TERROR

Do autor:

Série
OS DESAFIOS DE HAMILTON

Madame Terror

Terror

✸ ✸ ✸

Série
AS CRUZADAS

Livro 1 – *A Caminho de Jerusalém*

Livro 2 – *O Cavaleiro Templário*

Livro 3 – *O Novo Reino*

Livro Final – *O Legado de Arn*

OS DESAFIOS DE HAMILTON

JAN GUILLOU

TERROR

Tradução do original sueco
JAIME BERNARDES

Rio de Janeiro | 2013

Copyright © Jan Guillou, 2006
Publicado mediante acordo com a Salomonsson Agency
Título original: *Men inte om det gäller din dotter*

Capa: Marcelo Martinez | Laboratório Secreto

Editoração: DFL

Texto revisado segundo o novo
Acordo Ortográfico da Língua Portuguesa.

2013
Impresso no Brasil
Printed in Brazil

CIP-Brasil. Catalogação na fonte
Sindicato Nacional dos Editores de Livros, RJ

G975t	Guillou, Jan, 1944-
	Terror/Jan Guillou; tradução do original sueco Jaime Bernardes. – Rio de Janeiro: Bertrand Brasil, 2013.
	490p.: 23 cm (Os desafios de Hamilton; 2)
	Tradução de: Men inte om det gäller din dotter
	ISBN 978-85-286-1584-5
	1. Romance sueco. I. Bernardes, Jaime. II. Título. III. Série.
13-1131	CDD – 839.73
	CDU – 821.113.6-3

Todos os direitos reservados pela:
EDITORA BERTRAND BRASIL LTDA.
Rua Argentina, 171 – 2º andar – São Cristóvão
20921-380 – Rio de Janeiro – RJ
Tel.: (0xx21) 2585-2070 – Fax: (0xx21) 2585-2087

Não é permitida a reprodução total ou parcial desta obra, por quaisquer meios, sem a prévia autorização por escrito da Editora.

Atendimento e venda direta ao leitor:
mdireto@record.com.br ou (0xx21) 2585-2002

Impresso no Brasil pelo
Sistema Cameron da Divisão Gráfica da
DISTRIBUIDORA RECORD DE SERVIÇOS DE IMPRENSA S.A.

Prólogo

Ele amava cavalos, mas não foi por isso que morreu. Todos na sua família amavam cavalos, a maioria com certa sinceridade, alguns apenas por se tratar de uma necessidade social. Gostar de cavalgadas rápidas pelo deserto era quase uma imposição nacional. Da mesma forma que, embora num plano inferior e mais infantil, era obrigatório elogiar a torta de maçã da mamãe em sua outra pátria.

Caso tivesse ficado mais atento ao que se passava no mundo um mês antes, seria muito provável que ainda estivesse vivo. Não lhe faltavam recursos. Como príncipe da Arábia Saudita, recebia uma pensão de 100 milhões de dólares por ano sem trabalhar, e somente com a compra de cavalos de corrida nos últimos anos — sempre cavalos de trote atrelado, uma perversidade ocidental — ganhara mais 127 milhões.

No entanto, um mês atrás, em abril de 2002, apesar dos fracassos anteriores, ele ficara entusiasmado com a ideia de ganhar o Kentucky Derby, a corrida de cavalos que ele e muitos outros consideravam a mais importante do mundo. Já nutria grandes esperanças de ganhar no ano anterior com seu Point Given, de 3 anos de idade, que vencera praticamente todas as corridas até a famosa decisão. Ao sofrer a grande desilusão de vê-lo chegar apenas em quinto lugar, foram necessários meses para sair da depressão.

Porém, grandes esperanças renasceram. Ele estava em casa, em Riad, e assistia na televisão a uma cena do dia anterior do Derby de Illinois, em que um cavalo desconhecido, de nome War Emblem, chegara em primeiro lugar, seis corpos à frente do segundo colocado. O Derby de Illinois era, comparativamente, uma corrida sem importância, mas todo mundo podia ver que War Emblem tinha capacidade para vencer também no Kentucky. Portanto, era hora de agir.

Em casos normais, o dono de um cavalo como aquele não estaria disposto a vendê-lo, não se importaria com quanto dinheiro lhe fosse oferecido. Também estaria sonhando em vencer o Kentucky Derby. Já devia ser muito rico, e, por isso, dinheiro não era problema. Qualquer pessoa que lhe telefonasse para tentar comprar o War Emblem estaria arriscada a escutar uma grande risada do outro lado da linha.

Mas Sua Alteza Real, o príncipe Ahmed bin Salman bin Abdul Aziz, não era uma pessoa qualquer. O negócio não levou mais do que cinco minutos para ser concluído por telefone. E, quando o vendedor, surpreso e em estado de choque, desligou, logo lamentou não ter pedido o dobro do preço, já uma verdadeira fortuna.

Em 7 de maio de 2002 fazia um tempo maravilhoso sobre o Hipódromo Churchill Downs, em Louisville, Kentucky, anunciando o verão que chegava. Seria, como sempre, uma festa grandiosa, perante um público de 145 mil espectadores, todos muito bem-vestidos, vindos de todos os lugares do mundo. Mas, em maio de 2002, nada ainda era normal nos Estados Unidos. O 11 de Setembro acontecera apenas oito meses antes. Ainda assim, uma hora antes de a corrida começar, deu-se início às cerimônias tradicionais.

Os fuzileiros navais tocaram suas cornetas. Os bombeiros da terceira companhia, vindos da East Twenty-Ninth Street, entraram pelo círculo dos vencedores, marchando a um ritmo extralento, todos em uniforme de gala e exibindo medalhas. Doze dos seus colegas haviam morrido para salvar vidas americanas no ataque terrorista ao World Trade Center. Os bombeiros foram aplaudidos. Houve um minuto de silêncio. O público ficou quieto e respeitoso. Para o príncipe Ahmed, o tempo escorria lentamente.

A largada foi às 18h04. Nas apostas, o War Emblem dava vinte para um. O príncipe Ahmed, por princípio, não apostou mais de 1 milhão de dólares no próprio cavalo.

O jóquei Victor Espinoza nunca tinha visto o cavalo War Emblem e recebera instruções surpreendentes do treinador. Em resumo, devia se manter na briga, mas só avançar para a ponta no último minuto.

— Ele me disse isso pelo menos umas cem vezes, até que, finalmente, respondi *ok*.

War Emblem liderou a corrida de ponta a ponta e venceu com nada menos do que quatro corpos de vantagem.

Alguns espectadores torceram o nariz quando o príncipe Ahmed abriu caminho em direção ao círculo dos vencedores, mas isso não pareceu incomodá-lo nem um pouco, já que aquele era um dos dias mais felizes da sua vida.

— Aqui sou respeitado por todos — disse ele. — Todos aqui contribuem para o meu bom humor, de uma forma que quase me constrange. O público americano me trata muito melhor do que o público saudita.

E acrescentou:

— Esta é uma vitória decisiva na minha vida. Para mim é uma honra enorme ser o primeiro árabe a vencer o Kentucky Derby.

Não se podia dizer que fosse um vencedor querido. Em sua euforia, porém, jamais poderia sentir essa contrariedade. O conhecido colunista Jimmy Breslin, entretanto, não deixou de tomar nota da situação ao escrever no *Newsday*:

"O príncipe Ahmed bin Salman, da Arábia Saudita, acenava segurando a taça da vitória, certamente satisfeito com os muitos milhões que ganhou. E tudo isso bem perto dos bombeiros da terceira companhia [...] e eu tive logo a ideia de perguntar se ele teria algo a dizer, se lamentava ou se havia alguma coisa que pudesse fazer em relação ao que Osama bin Laden e outros dos seus compatriotas causaram em Nova York. Mas o homem não reagiu, não disse nada."

Duas semanas mais tarde, War Emblem venceu a segunda corrida mais importante dos Estados Unidos, o Preakness Stakes, em Baltimore. Então surgiu uma fantástica possibilidade. Desde 1977, quando Seattle Slew concretizou a façanha, nenhum animal vencera as três maiores corridas dos Estados Unidos no mesmo ano: o Kentucky Derby, o Preakness Stakes e o Belmont Stakes.

O príncipe Ahmed, é claro, respondeu a uma quantidade enorme de perguntas dos jornalistas a respeito dessa possibilidade única e explicou que, se ganhasse a tríplice coroa, isso significaria tanto quanto um casamento feliz para seu filho e sua filha. Seria a realização de um sonho quase impossível.

Mas, quando a corrida decisiva ocorreu, em 8 de junho, o príncipe Ahmed não estava presente em Belmont Stakes. Seu treinador, Bob Baffert, declarou que "problemas familiares" haviam impedido a vinda de Sua Alteza Real. War Emblem largou mal e não conseguiu nada além do oitavo lugar.

Depois disso, não se ouviu falar mais do príncipe Ahmed. Seis semanas depois, em 22 de julho, saiu a notícia de que ele morrera. Segundo informações da Arábia Saudita, o 43º sobrinho do rei Fahd teria falecido, durante a noite, de ataque cardíaco. Um pouco mais tarde, a versão de sua morte foi modificada. Teria sido consequência de uma trombose.

Era uma composição estranha. Desde o início isso ficara claro, mas, em meio a tudo, era também a única coisa que estava clara. Um pelotão das forças de segurança do Paquistão, com suas boinas vermelhas, incluía quatro homens anônimos das Forças Especiais dos Estados Unidos, de uniformes paquistaneses, e outros tantos das equipes Swat do FBI, vindos de Peshawar, também estranhamente anônimos, a despeito das letras FBI em branco, apostas de forma indiscreta sobre os coletes. Só podia ser um tipo de missão: capturar algum facínora, e, quando a missão fosse cumprida, o prisioneiro acabaria nas mãos dos americanos, não nas dos paquistaneses. Mas nada se disse sobre onde e quando a missão seria realizada, o que, aliás, não era de se estranhar, visto que as forças de segurança do Paquistão eram tão suspeitas que não era possível diferenciá-las do inimigo. As experiências a esse respeito eram tão claras quanto sombrias. As unidades americanas, por motivos burocráticos ou políticos inexplicáveis, não podiam atuar no Paquistão, a não ser disfarçadas como soldados paquistaneses. Mas, se o Exército local soubesse com antecedência onde e contra quem seria realizada a ação, era garantido que o pássaro já teria voado há muito na hora do bote.

Al Mansur, capitão das Forças Especiais dos Estados Unidos, não se preocupava nem um pouco por não fazer a menor ideia da finalidade da operação. Ou o homem seria encontrado rapidamente e logo capturado vivo, desde que não cometesse suicídio, ou se trataria de alarme falso. Poderia, ainda, ser mais um pássaro voando. Tudo podia acontecer.

Eles subiram a bordo de quatro helicópteros numa base perto de Rawalpindi, e os pilotos, então, informaram que seguiriam para Sargodha, na província do Punjabi, num voo de mais ou menos uma hora e meia. E foi tudo o que ficaram sabendo. Nem os pilotos sabiam o que os esperaria em seguida.

Al Mansur tentou se sentar ao lado do piloto. Gostava de voar baixo sobre a bela paisagem primaveril, fantasiar e pensar em outra coisa além do trabalho. Era 28 de março de 2002, e Al realmente tinha muita coisa em que pensar, ou, melhor dizendo, a planejar.

Para um americano, o nome Al Mansur não representava nada em especial, mas, pronunciado em árabe, era passível de provocar risadinhas ou gerar piadas. *Al Mansur* foi o lendário califa das *Mil e uma noites* e de outras histórias de Bagdá durante o primeiro grande período florescente da cultura árabe.

No passado, Al nunca pensara muito em sua dupla identidade, se considerava um americano que também falava árabe. Era apenas uma faceta a mais em sua vida, uma vantagem social na escola e na universidade, até que, possivelmente por uma questão infantil de autoafirmação, procurou as Forças Especiais, os "boinas-verdes", onde seu incomum conhecimento do idioma árabe foi reconhecido como um mérito extraordinário.

Na verdade, a aparência árabe foi o que mais pesou a seu favor, considerada um grande trunfo.

O avô por parte de pai abandonara a Arábia Saudita em 1932, exatamente no ano em que o país se definiu como Arábia Saudita e justamente por isso. A família era muçulmana, da seita shiah* e de Najd, como então era chamada a região ao sul do Iraque e do Kuwait, próxima ao Golfo Pérsico. Foi então que o clã beduíno wahhabita** Saud assassinou e saqueou pelo caminho até chegar a Meca e a Medina, lugares sagrados que eles também pilharam e arrasaram, decapitando

---

* A palavra "shiah" significa "seguidores, membros de um partido". Alá menciona no Alcorão que alguns de Seus servos honrados eram *Shi'ah* de outros de Seus servos honrados.
** O wahhabismo é um movimento religioso do islã criado na Arábia Central em meados do século XVIII, originalmente por Muhammad ibn Abd-al-Wahhâb. (*Todas as notas são do tradutor.*)

quem encontravam pela frente. Muitos muçulmanos dali tiveram de fugir. Os que ficaram passaram a ser considerados "seres não humanos". O clã Saud proclamou-se dono da região e fundou o próprio "reino". A cada julgamento era obrigação dos sauditas mandar matar esses "seres não humanos" diante de Deus, especialmente se fossem judeus, cristãos ou shiahs. Como Abdullah ibn Anaza ibn Mansur, seu avô, era um dos poucos habitantes de Najd dotados de educação e recursos econômicos, ele se tornou refugiado político antes de essa expressão fazer parte da linguagem cotidiana.

De qualquer maneira, não existia problema algum em ser árabe na década de 1930. Antes era até elegante e romântico. Eles eram considerados "os nobres selvagens que vinham do deserto", como foi o caso de Rodolfo Valentino,* transformado num símbolo sexual da época. Na verdade, o avô Abdullah detestava todos os beduínos. Ele os considerava parasitas sanguinários que não gostavam de trabalhar, desde que sua verdadeira profissão de pilhar e matar os vizinhos não fosse considerada trabalho. Mas com o tempo o avô acabou por ser chamado, respeitosamente, de "xeque" ou "beduíno" por seus novos vizinhos num lugar nada surpreendente: Portland, Maine, nos Estados Unidos. Afinal, Abdullah fora dono de uma das maiores empresas de pesca de lagosta e camarão no Golfo Pérsico e com espantosa rapidez estabelecera-se como empresário na mesma atividade nas águas frias do Atlântico Norte. Seus seis filhos receberam uma boa educação americana. Os três rapazes concluíram a universidade. As três filhas casaram bem. Tudo graças ao avô Ab, como ele acabou por ser tratado.

Na grande e barulhenta família do vovô Ab, todos falavam os dois idiomas pelo fato de a avó materna, chamada Taifa, nunca ter ido além do inglês rudimentar. Na geração seguinte, nem todos seguiram

---

* Ator italiano da virada do século XIX para o XX considerado o primeiro símbolo sexual do cinema e protótipo do "amante latino" fabricado por Hollywood.

essa norma, mas o pai de Al, Hamid, ao contrário dos irmãos, casou com uma árabe, uma palestina vinda de Al-Khalil, na Cisjordânia. Al e seus cinco irmãos e irmãs foram, portanto, o último braço da família Mansur a falar ambos os idiomas.

Todos levavam uma vida sem problemas, quase bucólica. A terceira geração da família Mansur era tão americana quanto todas as outras famílias americanas; porém, por continuar a cultivar o idioma de seus ancestrais, era quase motivo de inveja numa nação formada praticamente por imigrantes. Quem não gostaria de dominar o idioma de suas origens, quer fosse russo, polonês, alemão, italiano, sueco ou espanhol?

Entretanto, após o 11 de Setembro, tudo mudou. Ao contrário do que aconteceu com os idiomas de todos os imigrantes de outras origens, o árabe foi estigmatizado, quase uma demonstração de antiamericanismo ou, pior ainda, de hostilidade.

Se tentasse entrar para as Forças Especiais àquela altura, não seria aceito, com uma discreta menção a razões médicas. Era uma conclusão amarga e, possivelmente, injusta, mas era assim que a situação se apresentava. Al começou a se perguntar se era um árabe que falava um inglês perfeito ou um americano que falava fluentemente o árabe, coisa que antes do 11 de Setembro parecia uma questão idiota, sem sentido. Agora, apresentava-se como um problema que o consumia pouco a pouco, todos os dias.

A última vez que a família se reuniu foi no aniversário de 60 anos da mamãe Leyla, e todos os irmãos e irmãs disseram estar passando pelas mesmas atribulações. O escritório de advocacia de Omar começava a perder clientes. Wal, o principal dono da firma dedicada à pesca de lagosta, sofria diante de sucessivas greves e estranhas cartas dirigidas a seus clientes. Susana, que era dentista, recebia um bombardeio tenaz de mensagens racistas e processos indenizatórios. Abraham estava sendo pressionado a vender sua participação numa empreiteira, "visto que, na situação atual, isso seria o melhor para a empresa", e o marido de Nadia queria o divórcio, embora por motivos absolutamente comuns, como era fácil perceber.

Não foi uma festa familiar normal, alegre, de conversas triviais. O único fato que trouxe alguma alegria foi saber que o irmão mais novo, Al, passaria a visitá-los com mais frequência — não como civil, mas de uniforme e de boina verde.

Lá embaixo via-se a paisagem primaveril paquistanesa, sempre verde. A curva de um rio onde mulheres vestidas de cores fortes lavavam roupa, um rebanho de vacas rodeadas de crianças munidas de longas varas, uma aldeia de casas espremidas, tetos de argila seca pelo sol, uma escola, sim, devia ser uma escola. Ele ainda teve tempo de ver longas filas de garotos vestidos de branco e agachados. Não porque, à velocidade que iam, pudesse ver que eram garotos, mas porque conhecia e detestava o que vira. A posição corporal das crianças explicava tudo. Era uma *madrasa*, exercício em que os garotos, alinhados lateralmente, dobravam o corpo para frente e para trás, atividade feita durante alguns anos, ao mesmo tempo que repetiam o Alcorão até a loucura, chegando a decorá-lo, o que representava a aprovação final da sua educação no plano puramente intelectual. Terminavam o curso sem sequer saber contar. Depois, seguia-se uma instrução de caráter prático e militar que os conduziria para o paraíso.

Os números eram fáceis de lembrar. Em 1950, existiam duzentas escolas voltadas para o treinamento de extremistas religiosos em todo o Paquistão. Hoje, após algumas décadas de pesados investimentos por parte da Arábia Saudita, esse número subira para vinte mil. O sistema escolar normal no Paquistão quase esteve a ponto de acabar por falta de alunos do sexo masculino. E, evidentemente, por causa do crescente preconceito de que as meninas não precisavam ser alfabetizadas.

Tudo isso era financiado pelo regime que o vovô Ab odiava de tal maneira que resolveu se mudar para o outro lado do mundo, um regime que Al também odiava como se esse sentimento fosse hereditário. Mas também não era por falta de motivos recentes e racionais.

Apenas duas semanas antes, ocorrera um forte incêndio num internato saudita para meninas. Quando os bombeiros paquistaneses chegaram — quase todos voluntários —, a polícia religiosa já estava lá com seus chicotes e porretes, caçando todas as garotas vestidas de forma irregular e obrigando-as a voltar para as chamas. Nos casos em que as jovens conseguiram se salvar do incêndio, era porque tinham o rosto e o corpo escondidos por tecido preto. Houve conflito entre os bombeiros e a polícia religiosa, o que proporcionou a salvação de muitas jovens com vestimentas impróprias e queimaduras de primeiro grau. Contudo, o número de mortes em consequência das chicotadas e porretadas da moral niilista da polícia religiosa jamais foi anunciado. Em contrapartida, cerca de dez bombeiros foram acusados de conduta imoral, condenados a cem chibatadas em público e expulsos da corporação, com retenção dos salários.

Al Mansur, capitão das Forças Especiais, continuava voando para o Sul de helicóptero, a baixa altitude e a 350 km/h, com o alvo ainda desconhecido. Até então, nada de novo, tudo rotina, tendo em vista que o trabalho a realizar possivelmente seria o de costume. Podia ser, do mesmo modo, alguma missão no Iraque ou no Afeganistão, caso lá embaixo não se vissem apenas paisagens verdejantes. De novo, apenas a questão permanente que se transformara numa espécie de pensamento obrigatório: seria ele um americano que falava perfeitamente o árabe ou um árabe com inglês fluente?

✡✡✡✡✡

Sua missão era uma operação rotineira. Assim que o helicóptero aterrissou, perto de Sargodha, um grupo de quatro homens das Forças Especiais já estava no local, sob o comando do chefe de operações da região, o coronel Triantafellu, embora na companhia de dois outros coronéis paquistaneses usados como disfarce. Foi incompreensível a simplicidade com que Triantafellu montou toda a operação sem vazamentos.

O alvo encontrava-se no segundo andar de um prédio de dois andares nos arredores de Faisalabad e era de alto escalão na hierarquia da al-Qaeda. Considerava-se que fosse muito próximo de Osama bin Laden, funcionando quase como uma espécie de chefe de operações militares. Segundo informações recolhidas, foi desempenhando essa função que ele organizou o ataque terrorista contra o navio *USS Cole*, em 12 de outubro de 2000. Quando o cruzador estava prestes a ancorar no porto de Áden, no Iêmen, foi atacado por um pequeno barco motorizado. O ataque suicida resultou na morte de dezessete americanos. Por isso, os Estados Unidos tinham um acerto de contas especial a fazer com esse homem, não esquecendo, ainda, a hipótese de ele conhecer o possível paradeiro de Osama bin Laden. Foi para prender o sr. Osama que os Estados Unidos entraram em guerra com o Afeganistão. Era vital, portanto, apanhar esse bandido vivo.

A invasão do prédio seria realizada pelos oito homens das Forças Especiais, sob o comando de Al Mansur. As forças de segurança do Paquistão ficariam na retaguarda, a uma distância mínima de dois quarteirões. Os agentes civis não participariam da invasão em si. Era apenas uma questão de segurança e nada tinha a ver com prestígio.

Bem, é claro que tinha, pensou Al Mansur, enquanto ouvia, com expressão imutável, as explicações do coronel. Os "agentes civis" não eram outros senão membros da Swat aliados ao FBI, e não pareciam muito satisfeitos. De fato, seu chefe tentou fazer algumas objeções.

Mas o coronel Triantafellu nem sequer quis ouvi-las, acrescentando que o alvo deveria ser preso e, em segurança, entregue ao FBI. Era o que já fora decidido pelos superiores. A operação era vista como de extrema importância e, por isso, seria realizada tendo em consideração, principalmente, a competência e a segurança. Em última instância, se necessário, seria levado em conta o louvável orgulho de qualquer organização americana.

As fotos do alvo com sua aparência atual foram distribuídas apenas aos oito membros das Forças Especiais. O nome estava atrás das fotos, mas não devia ser revelado a ninguém — e a ordem fora repetida à exaustão: *a absolutamente ninguém* — antes de a operação terminar.

O restante do dia foi dedicado ao transporte em caminhões do Exército paquistanês, totalmente cobertos, para a área do alvo onde já se encontravam uma van paquistanesa e um automóvel sucateado de placa civil, para não levantar suspeitas de que Al e seus sete homens se aproximariam do prédio.

Assim que as forças paquistanesas se espalharam pelos quarteirões mais próximos do alvo e Al e seus homens estudaram os mapas da área e as plantas do prédio onde se daria a invasão, não restava nada a fazer, senão esperar pelo crepúsculo e a hora das orações. E foi exatamente quando os homens começaram a gritar dos minaretes mais próximos, conclamando os fiéis para as orações vespertinas, que os dois carros de placas frias avançaram em direção ao portão da casa, com os invasores agora disfarçados com vestimentas afegãs. Ao chegar, saíram dos carros e ficaram olhando em volta como se decidissem que caminho seguir. Depois, dirigiram-se ao guarda do portão, que começara a desenrolar seu tapete para orar. Mataram-no e subiram em silêncio para o segundo andar.

Tudo aconteceu conforme o planejado. Entre os dez homens que estavam no apartamento, o alvo foi logo identificado, um tal de

Abu Zubaydah. Algemaram-no e eliminaram todos os outros. Infelizmente, o sr. Abu Zubaydah também fora atingido duas vezes durante o curto embate no interior do apartamento. Ninguém sabia como isso fora possível. Al Mansur resolveu interromper a retirada para prestar os primeiros socorros e, ao mesmo tempo, usou o rádio para pedir reforços e uma ambulância.

Houve uma longa discussão sobre o acontecido, mas tudo acabou bem. O terrorista estava fora de perigo. Meia hora mais tarde, todos os americanos se encontravam em segurança dentro dos helicópteros, voando em direção ao Norte e a Rawalpindi. Os homens do FBI receberam o terrorista, felizes como crianças na noite de Natal.

Para o capitão Al Mansur, a operação estava terminada, um tipo de missão considerada de rotina. Normalmente não fazia ideia a respeito das razões que motivavam a prisão desse ou daquele elemento, nem por que era preciso apanhá-los vivos. Sabia que uma boa quantidade de operações semelhantes o esperava. E a sorte de Abu Zubaydah não lhe interessava mais.

Dois dias depois, porém, aquela operação que parecera corriqueira transformara-se no acontecimento mais estranho nos oito longos anos de Al Mansur nas Forças Especiais.

Chamado com urgência ao quartel-general, perto de Peshawar, viajando num helicóptero Black Hawk colocado especialmente à sua disposição, dois minutos depois de aterrissar na base já se encontrava diante do coronel Triantafellu, em seu gabinete mobiliado de modo a lembrar Esparta. Mas os dois não estavam sozinhos. No gabinete estavam também dois elementos do FBI e um homem que se apresentou murmurando o nome "Gus", que poderia ser qualquer outro. Cheirava a CIA até de longe.

Al Mansur fez as saudações de praxe, que foram correspondidas e seguidas de um convite para que se sentasse, convite dirigido também aos outros presentes, inclusive ao tal "Gus". Após as apresentações feitas pelo coronel Triantafellu, houve um momento de estranho silêncio no gabinete.

— Muito bem, capitão — disse finalmente o coronel —, nós nos conhecemos o suficiente para você saber que eu gosto de ir direto ao assunto, não é verdade?

— Sim, senhor. Sem dúvida, senhor — respondeu Al Mansur de forma mecânica.

— *Well*, vou lhe fazer uma única pergunta, que poderá parecer estranha. O que espero é que a resposta seja absolutamente verdadeira. E, se a resposta for negativa, nada de mais, nada de que você precise sentir vergonha. Mas, nesse caso, os nossos caminhos prosseguirão em separado. Compreendeu?

— Sim, senhor.

— Muito bem. Vamos então à pergunta, que é muito simples: até que ponto vai o seu conhecimento do idioma árabe?

— Sou bilíngue, senhor. Os meus avós falavam árabe, e toda a família sempre falou árabe em casa.

— Ótimo. Que espécie de língua árabe você fala?

— Os parentes do meu pai vieram do Leste da Arábia Saudita. Minha mãe é palestina. A diferença entre os dois idiomas não é muito grande, mas eu falo mais como o meu pai.

— Ótimo, capitão. Nesse caso, vou fazer mais algumas perguntas. O capitão poderia passar por saudita, nascido na Arábia Saudita, entre os sauditas?

— Sem dúvida, senhor.

— É o que consta no seu histórico. Mas as pessoas sempre tendem a exagerar quanto aos idiomas falados. Minha esposa afirmava saber falar fluentemente o francês, mas, quando chegamos a Paris, na nossa viagem de núpcias, era como se falasse grego. O capitão certamente entende o que quero dizer.

— Com certeza, senhor. Meu francês também se mostrou completamente inútil quando estive lá. Mas, com todo o respeito, esse não é o caso do meu árabe. Falo o idioma como qualquer saudita bem-educado, se é que posso ser mais preciso.

O coronel mostrou-se satisfeito com as respostas e fez um gesto divertido na direção de "Gus".

— E que espécie de árabe você acha que eu falo? — perguntou em árabe o homem da CIA, perfeitamente compreensível. — E prefiro que me responda também em árabe, capitão.

— O senhor fala árabe como um americano originário de algum lugar do Sul, eu diria, talvez do Texas. Desculpe, o senhor fala bem, mas com sotaque americano, a que eu chamaria de *dixie*.

— Muito bem, capitão — continuou o homem da CIA, em árabe. — E, esquecendo que venho do Texas, o que é tão verdadeiro quanto embaraçoso quando você consegue descobrir com tanta facilidade, me diga: onde acha que aprendi o meu árabe?

— É difícil dizer, senhor. Mas eu diria que foi durante um longo período de serviço em Beirute. Posso estar errado, mas há um sotaque palestino-libanês em tudo o que diz, e alguma coisa também que me faz pensar na Síria. No entanto, devo acrescentar, claro, que o senhor fala um excelente árabe, considerando, especialmente, ter vindo do Texas.

O homem da CIA ficou olhando para ele, pensativo, balançando a cabeça e, de repente, soltou uma gargalhada. Por sua vez, todos os outros no gabinete ficaram com cara de idiotas.

— Muito bem, coronel Triantafellu — disse ele. — Este aqui é o nosso homem! Nunca vi coisa igual. Com uma túnica e uma toalha na cabeça do capitão Mansur, vocês verão um saudita legítimo na sua frente. Só lhe faltam um olhar mortiço, uma barriga protuberante e uma musculatura flácida.

O ambiente tenso no gabinete mudou rapidamente, e os dois homens do FBI exprimiram seus sentimentos elevando os polegares.

Al Mansur compreendeu então que lhe estavam preparando alguma missão secreta em território saudita, totalmente em desacordo com os regulamentos.

Logo soube que a coisa era mais complicada do que parecia, não somente quanto à natureza da missão, mas também em termos de legalidade.

— Tenho ainda uma última pergunta antes de começarmos a negociar — retomou o coronel, parecendo muito satisfeito. — O que é necessário para que o capitão possa se passar por agente da polícia secreta e interrogador numa prisão da Arábia Saudita?

Al Mansur precisou se concentrar.

— O senhor quer dizer além do uniforme correto e seus complementos? — retrucou ele para ganhar tempo. Possivelmente essa era a pergunta mais estranha que havia recebido em toda a sua vida.

— O uniforme já está pronto! — O coronel sorriu. — E além disso?

— Algumas gravações com rotinas sauditas de interrogatório. Frases especiais, *modus operandi*, palavrões normalmente usados nessas situações e assim por diante... — respondeu ele, dando ideia do básico necessário.

— Isso também já foi requerido, capitão. Portanto, já podemos começar a agir!

A operação estava conectada com o alvo que eles haviam capturado em Punjabi, nos arredores de Faisalabad, onde nunca se poderia pensar em encontrar qualquer chefe da al-Qaeda. No entanto, encontram um, Abu Zubaydah.

Uma vez que o terrorista continuava na cama do hospital, era um pouco difícil, no momento, torturá-lo com o intuito de obter informações que pudessem servir para instruir Al Mansur e prepará-lo para a operação em vista.

No primeiro interrogatório com Abu Zubaydah, realizado pelo FBI, não se conseguiu nada de importante. O homem teve até o desplante de citar a democracia americana e os direitos humanos assim que se sentiu mais pressionado. Além disso, estava ferido e no soro. Como todos os sauditas, era ainda extremamente arrogante e tinha a infeliz tendência a começar a predicar sobre Deus e política. Apesar dos ferimentos, estava de bom humor e chegou a fazer piada a respeito do que aconteceria se sofresse aqueles poucos métodos de tortura permitidos aos americanos, como afundar sua cabeça num balde cheio d'água. Das duas, uma: ou seria blefe, ou eles, sem querer, conseguiriam afogá-lo. Em qualquer caso, ele não diria nada que não pudesse ser revelado. E, se morresse, seria considerado mártir e receberia a compensação correta de Deus.

Enfim, havia apenas uma única maneira de resolver o problema de um terrorista que não tinha medo da tortura americana: era preciso fazer o homem falar. Abu Zubaydah era o homem mais importante na hierarquia da al-Qaeda a cair nas mãos dos americanos, e havia a possibilidade de obter novas pistas do terrorista mais procurado do mundo, o próprio Osama bin Laden. Sem dúvida, Abu Zubaydah representava uma mina de ouro de informações em potencial. A questão era apenas saber como fazê-lo abrir o bico.

Em primeiro lugar, era preciso levá-lo para dar uma voltinha de carro, expressão que, na realidade, significava dar uma volta de avião. Claro que ele seria dopado para não saber o quanto voara, e muito menos para onde. E, então, acordariam o arrogante poço de merda num verdadeiro centro saudita de tortura. Para isso, já estavam construindo uma réplica na base americana. Os estimados aliados sauditas na guerra contra o terrorismo se mostraram muito prestativos, arranjando não somente as fotos, como também fornecendo operários paquistaneses. Não era o ideal, mas o que tinham à disposição. Como se sabia, nenhum saudita executava trabalhos manuais de natureza pesada, digamos assim.

A ideia era, portanto, acordar Abu Zubaydah, dopado, num centro de tortura, supostamente, na Arábia Saudita. Naquele cenário, ele saberia onde estava metido e o que o esperava. E, tudo leva a crer, começaria a se borrar nas calças. Em especial ao encontrar pela frente o coronel Abdullah ibn Turki e seu pessoal; aliás, capitão Al Mansur, das Forças Especiais. A mensagem não era para ser mal-entendida. Os sanguinários americanos, considerados principiantes na arte da tortura, haviam solicitado ajuda aos seus aliados mais próximos. Dali em diante, não se trataria de tapas na cara, de leves pontapés, nem de baldes d'água. Em primeiro lugar, alguém abriria de novo e lentamente a ferida causada por uma das balas, deixando a outra para depois. A seguir, arrancaria as unhas, uma a uma, com um alicate, e deceparia um dedo do pé já dolorido com a retirada da unha. O padrão de tortura árabe-saudita.

Ao rever o plano, chegou-se logo à conclusão de que seria impensável deixar o chefe interrogador e torturador, capitão Mansur, completamente sozinho no local com ele. Conversas de pessoas passando pelo corredor, assim como gritos de outros torturados, podiam se fazer ouvir por meio de gravações. Isso já era conhecido como o método alemão, usado durante a Segunda Guerra Mundial. Quaisquer outras comparações ficariam por aí.

Seria também impensável conseguir a colaboração de um oficial saudita disposto a sujar as mãos com a tortura, por se tratar de trabalho manual. Portanto, era preciso encontrar mais um ator. A procura de tal elemento atrasou a operação em mais quatro dias.

Localizou-se um sargento, de nome Lo Sarqaw, em uma das bases das Forças Especiais no Afeganistão, que logo chegou de avião. No entanto, quando ele e Al começaram a falar um com o outro em árabe, verificou-se que o sargento Sarqaw tinha um forte sotaque americano aos ouvidos de Al Mansur. Porém, o coronel Triantafellu estava tão interessado em colocar a operação em andamento que, sem pestanejar, resolveu ele próprio agir como diretor da peça.

Segundo seu raciocínio, na Arábia Saudita — pelo que se sabia a respeito dos costumes dos amigos mais próximos e estimados dos Estados Unidos no Oriente Médio —, era comum contratar os elementos mais sórdidos da vizinhança para fazer o trabalho sujo da tortura. Portanto, caso se promovesse Al, por exemplo, a general de brigada, e se rebaixasse o sargento Sarqaw a cabo, ainda por cima com a barba por fazer, tudo pareceria normal e real, certo? Na pior das hipóteses, sempre se poderia inserir algum paquistanês como ajudante. Afinal, se aqueles príncipes sauditas podiam contratar pilotos paquistaneses para trabalhar tanto na companhia civil de aviação, a Saudi Arabian Airlines, quanto na Força Aérea saudita — ainda por motivo de isso ser considerado trabalho manual —, e se a família real saudita, assim como os imperadores romanos, tinha uma guarda pessoal composta de estrangeiros, sobretudo paraquedistas paquistaneses, e se existiam no país mais de trezentos mil trabalhadores braçais também paquistaneses, nada mais natural que os torturadores fossem paquistaneses, certo?

Seria como trocar seis por meia dúzia. A vantagem de usar o sargento, porém, era grande. Caso fosse utilizado um torturador paquistanês, surgiria logo um problema de segurança: o de ele também trabalhar para a al-Qaeda.

Portanto, o sargento Sarqaw foi o escolhido, passando logo a receber treinamento linguístico por parte de Al Mansur.

Primeiro, foram realizados os preparativos para o transporte do terrorista. Usou-se um avião barulhento, no qual ele foi levado até Cabul e depois retornou. Aplicou-se no sujeito uma dose de pentotal sódico — também conhecido por "soro da verdade", droga a que se chegou mais perto do efeito desejado. De qualquer modo, o paciente ficaria grogue, gaguejando e predisposto a reagir a palavrões. Para aplicar o pentotal não haveria problema. Abu ainda se encontrava no soro gotejante.

Enquanto o terrorista continuava deitado, semi-inconsciente, os dois atores ensaiaram sob a supervisão do *diretor* Triantafellu certos termos, alguns palavrões e linguagem corporal, visto que os sauditas se movimentam com mais lentidão e descontração que os outros árabes. Aliás, tal paródia provocou sonoras gargalhadas em todos.

Finalmente, o momento chegou. As gravações com gritos de torturados foram acionadas assim que, segundo os médicos, o paciente deu sinais de começar a acordar. A sala era monitorada por quatro câmeras. Era possível observar, sob vários ângulos, todas as reações do terrorista aos sons ilustrativos, e ficou claro que ele não estava gostando do que ouvia. Quando os médicos na sala de controle fizeram sinal com a cabeça, chegou o momento da entrada em cena.

O capitão Mansur, agora general de brigada Abdullah ibn Turki ibn Mansour — o último sobrenome ironicamente parecido —, respirou fundo, relaxou os ombros, acionou os músculos do ventre de forma a expandir a barriga, ainda assim um pouco pequena demais, baixou ligeiramente as pálpebras e entrou na sala com seu colega, agora mais parecido com um gorila. Nenhum diretor de teatro teria conseguido melhor efeito. Via-se logo quem era o verdadeiro saudita e quem era seu auxiliar para serviços sujos. Conseguiram até um bigode falso para o sargento Sarqaw e mancharam seu uniforme com algumas nódoas de sangue de cordeiro.

— *Salaam aleikum*, sr. Abu Zubaydah, se é que esse é o nome que usa atualmente. Seja bem-vindo à casa dos bons fiéis da Arábia Saudita! — começou por dizer Al Mansur, como havia ensaiado dezenas de vezes. Essa era a única fala ensaiada, capaz de fazer com que o terrorista se cagasse nas calças. O resto seria improvisado.

Teria de ser esse, portanto, o momento em que o suposto terceiro homem da al-Qaeda, o prisioneiro mais importante que os Estados Unidos haviam capturado até então, na caça ao famigerado Osama bin Laden, perderia o autocontrole e começaria a gritar.

De início, o teatro parecia funcionar bem. O terrorista abriu os olhos, espantado, e tornou-se nitidamente alerta. Até aqui, tudo conforme o manual. Mas a continuação foi totalmente inesperada.

— *Aleikum Essalam!* Esteja a paz de Deus convosco também — devolveu o terrorista, cheio de felicidade. — Estou em casa, estou a salvo. Aqueles americanos arrogantes me mandaram de volta para a minha pátria. Quando saio daqui?

Tinha dado tudo errado. E ali estava Al Mansur, em seu uniforme de general de brigada saudita, de barriga saliente, tentando parecer ameaçador, enquanto os gritos de torturados ecoavam pelo corredor. Estava claro que o terrorista comprara o blefe. Ele se sentia realmente na Arábia Saudita. Mas sua reação de felicidade e descontração não fora prevista. Al Mansur tinha de improvisar o melhor possível:

— Escute aqui, sr. Abu Zubaydah, a situação não é assim tão simples — começou ele, com calma, enquanto tentava encontrar uma saída mais ameaçadora. — As regras já não são como antes. Tudo ficou diferente após o 11 de Setembro do calendário cristão. Você é nosso inimigo tanto quanto os infiéis. Não existe diferença entre você e os cruzados ou os judeus. O negócio é sério.

O terrorista olhou para ele, incrédulo, e, por um momento, Al Mansur julgou perceber naquele olhar uma inesperada indicação de que seria desmascarado. A sensação se fortaleceu quando o terrorista caiu na gargalhada, embora tenha parado logo que sentiu dor.

— Desculpe, general — grunhiu o terrorista. — É que, infelizmente, tomei dois tiros, disparados pelos tais cruzados, e, apesar da situação cômica, tenho dificuldade de rir. Estou entendendo que fui trazido para uma prisão secreta. Posso ouvir. E espero que o senhor dê a esses bêbados e filhos da puta aquilo que merecem. Agora a questão é providenciar para que eu volte para casa ou seja transferido para o hospital do rei Fahd, ou ainda para qualquer outro lugar onde eu possa receber cuidados médicos, melhores do que aqueles que o senhor pode oferecer aqui, general.

— Como eu disse — continuou Al Mansur, inseguro, o rosto petrificado —, as regras em vigor são outras depois do ataque ao World Trade Center, inclusive aqui, entre nós. Talvez você tenha estado fora tempo demais entre os guerreiros de Deus no Afeganistão para entender isso. Aliás, Deus abençoe todos os esforços desses guerreiros corajosos, mas agora a questão é outra. Temos algumas perguntas a fazer e queremos respostas. Caso contrário, o cabo "Saddam Hussein" entrará em ação. Nós vamos chamá-lo por motivos fáceis de entender. Ele virá para tornar a sua vida muito, muito desagradável.

— Essa foi a maior insolência que já ouvi! — chiou o terrorista, levantando o corpo da cama, mas ficando a meio caminho, fazendo uma careta por causa das dores. — Estou avisando, senhor general. Parece que ainda não compreendeu a situação. Mas, se não se contiver, esse seu capanga sírio, ou seja lá de onde ele vem, irá meter as garras em você!

— Essa é uma ameaça muito estranha, dada a situação em que se encontra, sr. Abu Zubaydah — continuou Al Mansur, desesperado, embora tentasse de todas as maneiras não demonstrar. — Talvez eu deva chamar o cabo para falar com você e torná-lo um pouco mais colaborativo. Voltarei dentro de algumas horas, depois das orações do meio-dia.

Era a sua última cartada, não podia imaginar outra saída. No momento, ele não conseguia pensar em outra solução. Por um lado, o terrorista havia acreditado no blefe. Por outro, tinha ficado aliviado por parar numa prisão saudita. Não fazia sentido, a não ser que estivesse louco em função do soro da verdade.

— Pela última vez, senhor general, veja se consegue ter bom-senso — suspirou o terrorista, falando de forma amigável. — Entendo que o senhor esteja apenas fazendo o seu trabalho, o seu dever, ou seja lá o que queira chamar. Mas entendo também que o senhor ainda não compreendeu claramente toda a situação. Deve ter havido alguma falha na comunicação. No entanto, podemos contornar isso a partir do momento em que nos ajudarmos mutuamente. Peço que telefone para o príncipe Ahmed. Vou lhe passar o número particular de Sua Alteza Real, mas não o seu nome completo. O ataque ao World Trade Center já era do conhecimento do príncipe Ahmed com bastante antecedência, assim como também era do meu conhecimento. Sua Alteza Real é pessoalmente responsável pelas ligações entre a família real e o exército de Deus, que tem voluntários em todo o mundo. Ele e eu temos as melhores relações, mas aparentemente ele ainda não sabe que estou aqui. Basta telefonar e logo o senhor sairá dessa infeliz ilusão de que o corajoso e heroico ataque ao World Trade Center teria mudado alguma coisa na nossa luta comum.

Para Al Mansur, havia apenas uma coisa a fazer: anotar calmamente o número de telefone, que o terrorista balbuciou, e sair da sala.

Na reunião de avaliação, improvisada numa sala onde dez homens puderam seguir a conversa através de quatro monitores com tradução simultânea para o inglês, o ambiente era de excitação e tensão. Os dois homens da CIA teclavam como loucos nos computadores e chegaram rapidamente ao objetivo desejado.

O número de telefone era verdadeiro. O assinante era o príncipe Ahmed bin Salman bin Abdul Aziz, mais conhecido por adorar os cavalos, por investir na imprensa árabe em Londres, por possuir uma ampla carteira de ações nos Estados Unidos e pelo seu não menos amplo número de casos amorosos.

Definitivamente, não era um zé-ninguém. Existem entre cinco mil e oito mil príncipes na Arábia Saudita. Portanto, nesse país, ser príncipe não quer dizer muita coisa. Mas esse, no jargão dos serviços secretos, denominava-se um "jipe de 100 milhões de dólares"; portanto, alguém superior, sobrinho do rei Fahd.

Teria ele tido conhecimento antecipado do 11 de Setembro? Além disso, caso o terrorista estivesse falando a verdade, o príncipe seria capaz, com um estalar de dedos, de transferir o preso da sala de torturas para um hospital de luxo. Nesse caso, Sua Alteza Real era um cúmplice criminoso.

Seria o momento de arriscar fazer um telefonema? Não, o príncipe desmascararia o blefe na hora, pois provavelmente já saberia que o sr. Abu Zubaydah fora preso no Paquistão e que, com certeza, não teria sido mandado para casa, na Arábia Saudita.

Finalmente se chegou a um acordo. Fariam outra tentativa de conseguir mais informações do terrorista. Depois, a operação entraria em compasso de espera, até que a CIA conseguisse analisar a situação com a ajuda de todos os seus recursos em Langley.

Al Mansur foi instruído a fazer uma nova visita ao terrorista, dessa vez sem o capanga. Ensaiou uma fisionomia de preocupação, a testa enrugada, imaginando que o terrorista dava como resolvido o problema e esclarecida a situação. Disse que o número de telefone não havia funcionado ou, pelo menos, ninguém havia atendido à chamada. Haveria outros números que pudessem ser tentados?

O terrorista, a princípio, ficou de mau humor, mas logo balbuciou dois novos números; o primeiro para um tal "príncipe Sultan", e o segundo para um tal "príncipe Fahd". E, para garantir, deu também dois outros números de alguém que ele afirmou ser seu contato direto no Paquistão e que também poderia ajudar a resolver a situação, embora talvez não por telefone. Em seguida, Al Mansur voltou para a sala de reuniões.

Os novos números estavam corretos. O "príncipe Sultan" era Sultan bin Faisal bin Turki al-Saud, também ele "jipe de 100 milhões de dólares" e sobrinho do rei Fahd. Seu pai era uma espécie de governador de Riad, a capital, e tinha escritório na praça Chop-Chop, de modo que podia ir ao terraço e assistir do alto às decapitações realizadas às sextas-feiras, depois das orações do meio-dia.

O outro príncipe da lista era Fahd bin Turki bin Saud al-Kebir, um parente mais afastado do soberano e, portanto, com um apanágio menor, de apenas 260 mil dólares por ano. Além disso, tinha somente 25 anos.

Os números de telefone no Paquistão que o terrorista forneceu eram ambos, estranhamente, do chefe da Força Aérea paquistanesa, marechal Mushaf Ali Mir. Um do celular, e outro do quartel-general na base aérea de Islamabad. Nesse caso, a chamada passou por todos os seus secretários.

Com isso, a operação não dizia mais respeito às Forças Especiais. O terrorista Abu Zubaydah desapareceria no vazio, talvez não na célebre prisão de Guantânamo, mas quase com certeza em outra prisão menos conhecida do sistema Gulag, criado pela guerra contra o terrorismo. O que aconteceria com ele, certamente, não seria nada agradável. No entanto, levando em consideração as informações que forneceu, não seria levado a julgamento. Seus conhecimentos, tal como o coronel Triantafellu colocou, eram infernalmente problemáticos.

Al Mansur voltou a seus serviços normais, mas foi chamado novamente dez dias depois, para uma breve cerimônia no escritório de Triantafellu. Recebeu, então, a notícia de que fora promovido a tenente-coronel e distinguido com uma medalha, por Serviços Distintos, embora tenham lhe dado a ordem de nunca mencionar o motivo.

Procurou saber o que constava a respeito da condecoração no almanaque do Exército, assim que voltou à sua base, onde passou a ser chefe substituto. A Medalha por Serviços Distintos era atribuída por "serviços excepcionais ao governo em missões de altíssima responsabilidade". Portanto, nenhuma menção a atos de coragem; ainda assim, estava em terceiro lugar na escala de prestígio militar.

Em termos de carreira, foi ótimo. E seus irmãos mais velhos não tinham nada contra a visita de um tenente-coronel de boina verde, elegante com suas condecorações. No entanto, por mais que matutasse, jamais conseguiu entender a importância da estranha *Sting Operation*, na qual, sem dúvida, desempenhara papel decisivo. Todavia, a medalha e a ordem de respeitar para sempre o sigilo, com que o assunto foi banido e enterrado, o deixaram confuso. Por isso a grande questão da sua vida permanecia: ele era um árabe que falava um inglês perfeito ou um tenente-coronel americano que falava árabe fluentemente e com sotaque saudita?

✪✪✪✪✪

As Forças Especiais dos Estados Unidos haviam realizado uma brilhante operação secreta, que excedera amplamente as expectativas dos serviços secretos do país. Isso foi admitido sem hesitação até mesmo pelo departamento da CIA para operações especiais em campo.

Entretanto, o processo, atualmente classificado como Arquivo Z, tornou-se motivo de grande querela entre o FBI, que entendia que o assunto por princípio devia ser considerado um problema policial interno, portanto, da competência do FBI, e a CIA, que, com maior segurança, afirmava ser tudo o que dizia respeito à Arábia Saudita e ao Paquistão um problema externo e, consequentemente, do seu escopo. A disputa territorial entre as duas instituições retardou as investigações. Além disso, tanto a CIA quanto o FBI tiveram um incontornável problema com o maior dos serviços secretos dos Estados Unidos, a NSA, tanto na área de pessoal quanto na orçamentária.

A National Security Agency, ou seja, a Agência Nacional de Segurança, sem sombra de dúvida, tinha as informações decisivas. Era os ouvidos do mundo, sendo de conhecimento geral de todos os serviços secretos que a NSA sistematicamente fazia a escuta da família real da Arábia Saudita desde 1996. E, nesse caso, devia investigar as ligações eventuais de três príncipes sauditas com a cúpula da al-Qaeda. Se a NSA tinha acesso a conversas desses suspeitos havia oito anos, era de se imaginar que esses arquivos seriam uma fonte decisiva de informações para esclarecer o caso. Bastava a resposta a uma pergunta muito simples: algum dos três príncipes havia falado ao telefone com o terrorista Abu Zubaydah? Isso já seria muito esclarecedor.

Contudo, a NSA recusou-se, desde o início, a cooperar, tanto com o FBI quanto com a CIA, em parte fundamentando a recusa, de forma ridícula, no fato de a disputa entre as duas instituições ainda não estar decidida. Assim, a NSA arriscava-se a "entregar indevidamente informações sigilosas" à instituição errada.

A situação levou quase um mês para se esclarecer. Mesmo assim, somente após a interferência direta do presidente, que tomou uma decisão salomônica, recomendando que a organização em que trabalhara seu pai, a CIA, cuidasse dos aspectos do caso no exterior, e o FBI, de tudo o que fosse necessário investigar no território americano. Voltou então à primeira instância.

Enquanto decorriam as discussões entre os serviços secretos dos Estados Unidos, o suspeito número 1 do Arquivo Z, o príncipe Ahmed bin Salman, ignorando o perigo, permanecia feliz e concentrado em seu novo brinquedinho, o cavalo War Emblem, e no Kentucky Derby, que estava para acontecer.

Quando o FBI finalmente se inteirou do assunto, as informações foram entregues, como era de se esperar, ao escritório Q, departamento denominado com a letra inicial da al-Qaeda. Para assinalar a importância do departamento depois do 11 de Setembro, ele foi instalado no edifício central da organização, o J. Edgar Hoover Building, na avenida Pensilvânia, em Washington, D.C.

A nova chefe do escritório Q, antiga assistente, era Harriet O'Malley, jurista com um brilhante diploma da Faculdade de Direito de Harvard. Durante o tempo em que ficou subordinada, ninguém entendia o fato de ela ter escolhido um emprego de salário baixo e a portas fechadas, num lugar onde jamais se faria justiça à sua rapidez de raciocínio e à dramaticidade de seu semblante. Suas chances seriam enormes na sociedade civil jurídica. Outra questão de menor importância, alvo de constantes comentários, dizia respeito ao fato de, por vezes, ela acentuar suas origens irlandesas pela entonação da voz. E, também, aparentemente, pintando os cabelos com uma tonalidade avermelhada. Ninguém conseguia, porém, chegar a uma conclusão definitiva.

Harriet O'Malley, de qualquer forma, ruiva natural ou não, apresentava uma capacidade de trabalho extraordinária, testemunhada por todos. E, assim que a Casa Branca deu sinal verde, ela começou uma investigação.

O Arquivo Z incluía quatro suspeitos, além do agora lendário Abu Zubaydah:

Príncipe Ahmed bin Salman bin Abdul Aziz, sobrinho do rei Fahd, louco por cavalos, considerado por seus pares um dos mais *ocidentalizados* entre os príncipes sauditas. Já investira quase 1 bilhão de dólares em empresas americanas. Além disso, com autorização especial da Casa Branca, fora evacuado rapidamente de Lexington, no Kentucky, logo após o 11 de Setembro, quando ainda estava em vigor a proibição de voar nos Estados Unidos. Seguiu direto para a Arábia Saudita num de seus Boeing 727.

Isso representava uma situação especialmente sensível, visto que se afirmava agora que ele "sabia do ataque ao World Trade Center com razoável antecedência". O FBI fez o registro de todos os passageiros antes de o avião levantar voo. No entanto, segundo ordens da Casa Branca, ninguém foi interrogado. Era um suspeito com alta proteção do presidente dos Estados Unidos.

Príncipe Sultan bin Faisal bin Turki al-Saud, também sobrinho do rei Fahd, mas não tão próximo do núcleo do poder saudita como seu primo hípico, príncipe Ahmed bin Salman. Também sem grandes interesses econômicos nos Estados Unidos, pelo menos segundo os padrões sauditas. De qualquer forma, era um príncipe de 100 milhões de dólares.

Príncipe Fahd bin Turki bin Saud al-Kebir, um príncipe menos importante em comparação com os outros dois, de uma classe que se contentava com 260 mil dólares por ano em apanágio. Além disso, tinha apenas 25 anos.

Marechal da Aeronáutica Mushaf Ali Mir, chefe da Força Aérea paquistanesa, um estranho curinga no jogo. Segundo um relatório secreto da CIA, estaria ligado, provavelmente, aos serviços secretos do Paquistão, a Inter-Services Intelligence. E, nesse caso, diretamente inserido na jihad paquistanesa. Era muito provável que fosse um dos coordenadores da al-Qaeda no Paquistão e, por isso, um homem com ligação direta com Abu Zubaydah — e, também com o mais valioso e procurado homem do mundo, Osama bin Laden.

Abu Zubaydah, o próprio, que se encontrava num campo especial de prisioneiros no Uzbequistão, onde tentara cometer suicídio assim que percebera ter sido enganado, levado a acreditar que estava na Arábia Saudita e podia falar à vontade. Quando a CIA realizou novos interrogatórios, ele quis retirar tudo o que dissera e, no momento, era considerado tecnicamente morto. A questão era saber até quando ele estaria tecnicamente vivo.

Esses eram os pontos de partida para a investigação, e, até ali, tudo parecia simples e claro para Harriet O'Malley. O marechal paquistanês ficaria de fora por enquanto. De qualquer forma, estava sob responsabilidade da CIA.

O mais importante da lista era o príncipe fascinado por cavalos, Ahmed bin Salman, em parte por ser aquele que estava em posição mais elevada na realeza saudita entre os suspeitos conspiradores e em parte por viver tanto nos Estados Unidos quanto na Arábia Saudita. Com isso, era um alvo indiscutível para o FBI.

Sob o ponto de vista puramente jurídico, não existiam barreiras à detenção do príncipe Ahmed bin Salman, diante da situação que se apresentava. Ser suspeito de envolvimento já era, por si só, motivo para ser riscado do mapa. Isso constava até nas leis antes do 11 de Setembro. Atualmente, depois do Ato Patriota, havia bases suficientes para mantê-lo sob interrogatório por até, no mínimo, seis meses.

Contudo, não seria demais recolher outras provas contra Ahmed, em especial alguma que o ligasse, definitivamente, a Abu Zubaydah. Para isso, Harriet O'Malley fez uma petição formal, segundo todas as regras da arte burocrática, à NSA. Seu pedido foi simples. O FBI queria humildemente receber parte das gravações de conversas telefônicas que pudessem esclarecer quais eram os contatos do príncipe Ahmed bin Salman e, em especial, qualquer conversa que o ligasse ao terrorista. Um pedido simples, descomplicado. É o que se poderia deduzir.

Não foi o que a NSA concluiu. De início, recusou-se a colaborar, com a espantosa afirmação de que "no momento temos uma grande sobrecarga de trabalho". Doravante, o FBI resolveu repetir a petição em nível superior. O chefe do FBI renovou a petição diretamente ao chefe da NSA.

A resposta demorou uma semana e de novo foi negativa. Dessa vez, com uma motivação ainda mais espantosa: "que o material em questão, assim como todo o material existente, deve continuar classificado como sigiloso, tendo em consideração tratar-se de um país estrangeiro."

— País estrangeiro! — exclamou Harriet O'Malley, ao lamentar-se diante do chefe, Rick Hammond. — A Arábia Saudita é justamente o país estrangeiro que temos a missão de investigar!

Todas as tentativas seguintes para furar o bloqueio da NSA fracassaram, até que se chegou à conclusão de que só havia uma saída: desistir. Estava claro que havia um veto direto do presidente George W. Bush por trás da obstinada recusa da NSA em colaborar.

Entretanto, para Harriet O'Malley, existia uma base jurídica inegável para deter o príncipe Ahmed assim que voltasse aos Estados Unidos. Além disso, era até previsível quando ele o faria, depois de ter ganhado o Kentucky Derby. Tão certo quanto o *amém* na igreja, ele estaria em Baltimore em 21 de maio para o Preakness Stakes.

No entanto, a decisão de prender o príncipe Ahmed bin Salman teria de partir do chefe máximo do FBI, o que seria estranho, levando-se em conta que, no momento, existiam cerca de dois mil árabes presos nos Estados Unidos por questões muito mais vagas do que a prova concreta contra o príncipe.

Passado mais algum tempo, a cúpula do FBI decidiu não se mexer em relação ao príncipe Ahmed. Harriet O'Malley rangeu os dentes ao vê-lo na televisão dando entrevistas depois da vitória em Baltimore.

Harriet O'Malley jamais soube qual foi a decisão seguinte, visto que os suspeitos envolvidos estavam no topo do poder. Mas, pelo que ela entendeu, foi o próprio presidente quem respondeu por todas as decisões no caso.

Mais tarde, a CIA, conforme sua responsabilidade por contatos com o exterior, foi instruída a enviar uma delicada mensagem para seus colegas do serviço secreto da Arábia Saudita, que, diga-se de passagem, era dirigido por um tio do príncipe Ahmed bin Salman. Desejava saber se as três pessoas mencionadas, da família real saudita, tinham quaisquer ligações ilegítimas com a al-Qaeda.

A resposta dos colegas sauditas chegou logo. Qualquer sugestão desse tipo seria considerada uma afronta não só contra os três membros da corte saudita, mas também contra o próprio reino da Arábia Saudita. Ponto final.

✪✪✪✪✪

Harriet O'Malley não ficou nem um pouco surpresa ao saber que o príncipe Ahmed bin Salman, apesar da sensacional possibilidade de vencer a tríplice coroa, não compareceu ao Belmont Stakes em 8 de junho. Os colegas da CIA foram obrigados a avisá-lo.

Em contrapartida, ela foi surpreendida com a informação, seis semanas mais tarde, em 22 de julho, de que Sua Alteza Real, o príncipe Ahmed bin Salman, que parecia ser um homem bastante saudável para seus 43 anos, havia sofrido um ataque cardíaco durante o sono e falecido. A informação foi corrigida depois, oficialmente, e a causa da morte passou a ser tromboembolia.

Evidentemente, podia ser pura coincidência, ponderou ela.

Na semana seguinte, porém, Harriet O'Malley soube que o número dois de sua lista, o príncipe Sultan bin Faisal bin Turki al-Saud, morrera no dia seguinte à morte do primo, em consequência de um acidente de carro, um Bentley. O acidente ocorrera numa estrada saudita ampla e pouco movimentada, quando ele estava a caminho do funeral do primo. Muito estranho. Não sem razão ela duvidou do acaso.

Novamente, uma semana mais tarde, convenceu-se da ligação entre as mortes. Da Arábia Saudita, chegara a informação de que a terceira Alteza da lista, o príncipe Fahd bin Turki, havia falecido. E, entre todas as causas árabes, fora escolhida a morte por "sede no deserto".

Não restou mais muita coisa a fazer em seu Arquivo Z. Na prática, a investigação terminara ali. Sete meses depois, o chefe da Força Aérea paquistanesa, Mushaf Ali Mir, fora assassinado junto com dezesseis outras pessoas, quando se encontrava num helicóptero sobrevoando uma região conhecida por abrigar terroristas no noroeste do Paquistão. As autoridades paquistanesas logo constataram que a explosão do helicóptero fora um ato de sabotagem, mas as investigações realizadas posteriormente haviam fracassado por completo. Não fora possível encontrar os culpados.

Três meses antes da morte do marechal Mushaf Ali Mir, Abu Zubaydah, que motivou toda a investigação de Harriet O'Malley, conseguiu ser bem-sucedido na segunda tentativa de cometer suicídio. Foi isso, pelo menos, o que disseram as autoridades uzbeques.

✪✪✪✪✪

"*Vamos acabar com todos aqueles que financiam terroristas, vamos colocá-los uns contra os outros, vamos caçá-los em toda parte, até que não encontrem mais descanso ou proteção [...] e vamos perseguir os países que ajudam os terroristas ou lhes dão guarida. Qualquer nação em qualquer parte do mundo terá de tomar uma decisão. Ou ficará do nosso lado ou do lado dos terroristas.*

A partir de hoje, todas as nações que continuarem acolhendo ou apoiando o terrorismo serão consideradas inimigas dos Estados Unidos da América."

George W. Bush, do discurso no Congresso, 20 de setembro de 2001.

1

Irritava-o não conseguir lembrar quem era o tenente Schmidt. Do jeito que o tempo estava — um inverno estranhamente ameno —, ele podia fazer seu treino de corrida ao ar livre ao longo do cais e passando, portanto, pela Most Lejtenanta Schmida, a ponte em homenagem ao tenente Schmidt, na ida ou na volta. Chegou à conclusão de que ele era seu colega, isto é, oficial da Marinha. A ponte, de ferro, era ornada com cavalos-marinhos, uma arte típica do século XIX, e estava situada a uns cem metros do Almirantado. No entanto, era difícil imaginar como um jovem tenente da Marinha podia ter se destacado a ponto de merecer que seu nome fosse dado a uma ponte. Nas Forças Aéreas, a questão era diferente. Os pilotos de guerra, de acordo com a regra, eram tenentes. E, no Exército, era possível, por exemplo, um tenente no comando de um tanque de ataque, graças à sorte e à competência, destacar-se por um ou outro ato de bravura. Mas um tenente da Marinha raramente seria comandante de navio e tampouco teria espaço para realizar sozinho qualquer ação. Na próxima visita ao Almirantado, passaria pela biblioteca e resolveria o problema.

De resto, ele usara bem o tempo para conhecer sua nova cidade e possivelmente fizera isso com o mesmo prazer matinal de todos os seus colegas que receberam a tão desejada ordem de mudança do inferno escuro e frio de Murmansk, base da frota do Ártico, para São

Petersburgo das noites brancas, base da frota do Báltico. A casa de Nikolai Gógol,* na rua Malaya Morskaya, ficava a menos de vinte minutos a pé do seu apartamento na Admiraltetskaya Naberechnaya. O mesmo acontecia com Fiódor Dostoiévski** e sua casa na Sennaya Plochyad, de onde se podia ir a pé num tour guiado seguindo os passos de Raskólnikov. Nesse sentido, a única decepção era a casa de Alexander Púshkin,*** dotada de um estilo burguês de muito mau gosto, que incluía a carranca de um negro com os lábios pintados de vermelho e saia dourada.

Além das excursões literárias e históricas, ele dedicou a maior parte de seu tempo livre a reformar o apartamento. Por sorte, o morador anterior era um almirante que havia acabado de sair da ativa e, portanto, de se mudar da Admiraltetskaya Naberechnaya, número 8. Segundo o que se afirmava no Almirantado, o apartamento sempre fora ocupado por almirantes. Portanto, servia muito bem para o novo morador, que vinha de Murmansk. Mas era um ambiente desolador para um homem sozinho. Antes havia uma grande família, incluindo empregados vindos do quartel, que assim ocupava os oito cômodos do apartamento.

Dois dos quartos foram transformados em cozinha e sala de jantar, com muito trabalho, suor e paciência. Havia pisos de dois níveis, e o sistema de escoamento de água era precário. A reforma deixaria a maioria dos ocidentais satisfeita. A sala de estar e o escritório foram remobiliados por ele, que até instalou computadores. O transporte foi feito com a ajuda da base e os móveis ficaram por conta da IKEA,

---

* Nikolai Gógol, escritor russo (1809-1852).
** Fiódor Dostoiévski, escritor russo, autor de *Crime e castigo*, que tem como protagonista Raskólnikov.
*** Alexander Púshkin, escritor russo (1799-1837).

uma das maiores redes em venda de mobiliário. Dois outros quartos continuavam espartanamente mobiliados, e ele resolveu instalar uma sala de ginástica e uma pista de tiro em outros dois — os quartos tinham pelo menos vinte metros quadrados. Finalmente, ele mudou o sistema elétrico do apartamento, que datava da década de 1920, para o padrão alemão. Era como se tivesse de equipar uma *dacha* no campo, um trabalho que parecia não ter fim. Mas as modificações tornaram um velho ninho de ratos num apartamento habitável, e a vista para as praias do rio Neva e a ilha Vasilij era imbatível. Em qualquer outra cidade que ele conhecia, principalmente no Ocidente, o bairro no qual vivia agora seria o mais caro e o mais atraente para quem estivesse à procura de um local para viver. Mas em São Petersburgo, por motivos desconhecidos, as pessoas não estavam muito dispostas a morar à beira do rio ou de seus muitos canais. Preferiam morar nos altos prédios modernos, ao longo de Moskovski Prospekt, com vista para uma larga avenida de tráfego intenso. Ali o preço do metro quadrado atingia o dobro do cobrado nos apartamentos junto às praias do Neva. Incompreensível.

Ele evitava frequentar os restaurantes da cidade, por várias razões. Ou fazia as refeições em casa — havia muitos supermercados e, portanto, não tinha qualquer problema com provisões —, ou ia ao Clube dos Oficiais no Almirantado, onde a comida — mas não a vodca — era de graça para os oficiais acima da patente de comodoro. Isso, no entanto, se tornou monótono e, nos últimos tempos, os colegas haviam ficado cada vez mais reservados, de modo que as conversas e a convivência cessaram. Tudo em função de uma ansiedade espalhada por toda a frota, diante da perspectiva de o presidente Putin deixar o poder e de se eleger outro nome para seu lugar. Na realidade, o camarada Vladimir Vladimirovich Putin fora bem astuto ao indicar seu sucessor, mas nunca se sabe em se tratando de democracia. Nada garantia que a Marinha continuasse a receber um tratamento especial entre os vários departamentos da Defesa. Ninguém sabia se o que ele disse era verdade ou não, apesar de não ter motivos para desconfiar. A tradição soviética ainda estava profundamente arraigada nas almas dos camaradas.

Mas, justamente naquela noite de janeiro, ele iria receber um camarada em casa para o jantar, o comodoro Alexander Ovjetchin. Eles se conheciam muito bem, tinham grande respeito um pelo outro e ambos haviam desempenhado papéis importantíssimos numa das operações mais espetaculares da Marinha russa em tempos modernos. Seria muito bom se a visita de Alexander fosse apenas de caráter particular, se a noite fosse apenas dedicada às antigas recordações da guerra. Mas não seria assim. Alexander convidara a si mesmo, e na ocasião acrescentou que havia sido transferido do serviço em Murmansk para a "capital", Moscou. Isso significava que ele trabalhava atualmente para a *razvedkan*, a liderança do serviço secreto militar, o GRU. E qualquer oficial do GRU, como *razvedtjik*, nunca aparecia em lugar algum em caráter particular.

Em termos de comida, não interferia em nada. Os oficiais russos tinham um gosto bem parecido. Caviar, vodca, panquecas, língua cozida, picles e esturjão defumado para a entrada. Depois, algo mais consistente. Ele precisou reunir paciência para cozinhar um estrogonofe especial com muito creme de leite e um pouco de queijo de cabra. Vinho, nem pensar, a não ser, talvez, uma garrafa de vinho branco gaseificado — um espumante, a que eles chamavam de "sjampanj", mas não era champanhe. Afinal, os dois tinham suas vitórias para brindar.

Também evitara encomendar a comida da cozinha do Almirantado, prevendo que a missão de Alexander, qualquer que fosse, seria uma questão entre dois amigos, e a conversa, melhor que ficasse entre eles, longe de outros ouvidos e sem interferências. Depois Alexander poderia pensar o que quisesse ao ver um oficial superior colocar os pratos na lava-louças. Certas diferenças culturais entre os dois jamais seriam derrubadas.

Evidentemente, ele esperava que Alexander chegasse pontualmente, não apenas porque qualquer comodoro que visite um vice-almirante devesse chegar na hora, mas sobretudo porque esse era um dever de todos os homens da irmandade *sub rosae*, de todos os espiões, não importando sua nacionalidade. Em contrapartida, não se esperava que o convidado comparecesse de uniforme. Isso tornaria o encontro desnecessariamente formal. O anfitrião estava vestido como a maioria dos russos, de jeans e paletó.

Ele se dirigiu à porta e abriu-a no momento exato em que esperava surpreender Alexander levantando a mão para tocar a campainha.

— Meu querido amigo, camarada e atualmente *kapitan pjervaja ranga*! — saudou ele, abraçando seu colega perplexo. — Entre, por favor, vamos beber logo uma taça de champanhe!

Beberam o champanhe na sala de estar, com vista para as praias do Neva, e seguiram o velho estilo dos oficiais russos de logo encher as taças novamente. Alexander parecia um pouco tenso, ou talvez estivesse apenas surpreso diante dos móveis suecos da IKEA, que contrastavam com o balde de gelo, prateado e muito ornamentado, no estilo do século XIX, e com os cortinados de veludo, pesados e também no velho estilo russo. Falaram um pouco a respeito da vista para além do rio, observando as fachadas iluminadas ao longo da rua Universitetskaya Naberezhnaya, onde se concentravam os edifícios da universidade, a Academia de Arte e o Palácio Mensjikov, um pouco mais longe, na direção do Museu de Arte, com suas esfinges egípcias iluminadas.

— Isto aqui deve ser realmente um contraste após o tempo que passou lá no Norte, em Murmansk, camarada almirante — disse

Alexander, que parecia um pouco distraído, como se seus pensamentos já estivessem voltados para a verdadeira missão.

— Realmente, Alexander, é um grande contraste. Mas vamos deixar de formalidades. Afinal, somos velhos camaradas de luta. Portanto, esta noite não me chame mais de camarada almirante, por favor. De minha parte, nem sequer penso em chamá-lo de Alexander Ilitj, e, como você sabe, não uso o nome do meu pai. Venha! Consegui encontrar uma vodca que faria todos os patriarcas da Rússia caírem de joelhos e rezarem. Venha!

Seu jeito animado não afetou Alexander, mas possivelmente a vodca especial, e certamente cara, causaria. Na Rússia ninguém mais tinha condições de apreciar o célebre caviar beluga. Por isso, não foi surpresa Alexander abandonar as formalidades logo que tomou dois goles da vodca, acompanhados do famoso caviar.

— Esta aqui — disse ele, enquanto esvaziava o terceiro copo, baixando-o com uma batida na mesa — é a segunda melhor vodca que já bebi na vida, e não tem nada a ver com a filtragem extraordinariamente cara, feita com prata. Tem a ver com as circunstâncias externas. E, já que agucei sua curiosidade, vou ter que continuar, não é verdade?

Seu anfitrião concordou satisfeito e ficou um pouco mais descontraído com o repentino relaxamento.

— Pois é. Foi depois do nosso último encontro, ao largo da costa portuguesa — começou ele por dizer, ainda hesitante. — Tínhamos acabado de abastecer o K601 pela última vez e vocês se encontravam a bordo, a caminho da guerra. Mas eu estava naquele navio-tanque a caminho de Severomorsk. Para mim, a operação terminara, após vários anos de tensão e de oscilação entre a esperança e o desespero. Entretanto, ela ainda estava em andamento, e eu, sozinho, no refeitório, com um copo de vodca na mão. E, de repente, pensei: além do presidente, eu era a única pessoa em terra que sabia o que estava para acontecer. Todos vocês continuavam a bordo, a caminho do alvo, com o rádio estritamente em silêncio. Não pude evitar, então, repensar um pouco a minha situação e imaginar como eu, na qualidade de *razvedtjik*, devia me considerar. E, então, a conclusão a que cheguei não foi nada positiva. Acho que o camara... que você já sabe o que pensei, certo?

— Claro — concordou o anfitrião. — Oficiais dos serviços secretos como você e eu pensariam a mesma coisa. Você representava o maior risco de segurança do mundo, era candidato a ser eliminado o mais rápido possível. Não é verdade?

— Claro. E aí chegou o capitão do navio e disse que tinha certas ordens a cumprir quando estivéssemos a cem milhas marítimas do encontro. E, então, chegamos a esse limite. O primeiro pensamento de que me lembro foi: *Chegou a minha hora! Foi assim que meu tio desapareceu...* É, você se lembra disso, certamente. Mas, em vez de ser liquidado, recebi uma carta do presidente e uma autorização para guardá-la, o que, na minha opinião, me dá o direito de contar para outros oficiais que participaram da operação.

— O camarada Vladimir Vladimirovich promoveu-o a comodoro e lhe deu, além disso, a Estrela da Marinha russa. Parabéns! Foi uma atitude muito elegante de um velho espião como ele.

— Sim. Mas como você soube?

— Você chegou de uniforme, Alexander. Afinal, eu também sou *razvedtjik* e não sou cego. Mas agora vamos provar outra vodca, a Vodca Dourada do Czar!

A bebida não parou de descontrair o ambiente, e, naturalmente, os dois ficaram conversando sobre suas lembranças da operação. Surreal foi a história que Alexander contou de quando ele e os cientistas, ainda em Severomorsk, prepararam uma pequena festa no seu apartamento imundo, com mantimentos atulhados na pequena geladeira e ficaram assistindo à CNN, calculando que o noticiário americano seria mais rápido do que o russo em dar a notícia. No entanto, calcularam mal a diferença de horário entre Haifa e Severomorsk. Por isso, na hora esperada, surgiram apenas notícias normais. Uma hora mais tarde, porém, a grande notícia explodiu em todo o mundo, e a festa, então, pôde começar. Foi um milagre todos os participantes da operação terem escapado com vida, um milagre, sobretudo, para os que estavam a bordo do submarino.

Finalmente, os dois levantaram-se e foram para a sala de jantar, junto da cozinha, passando pela sala de estar com vista para as praias do rio Neva. Era a hora não somente do conhaque, mas também de abordar o motivo da visita. Apesar de seus laços de amizade — que todos na Rússia conheciam bem, se não por experiência própria, pelo menos por ouvirem o que contavam os mais velhos dos tempos em que foi preciso sobreviver durante a guerra —, havia algo desagradável de que era preciso falar. Alexander tinha uma missão a cumprir, mas estava retardando a conversa. A hora, porém, era aquela.

O assunto era o mais improvável possível: o terrorismo financiado pela Arábia Saudita. O presidente havia nomeado um grupo especial para analisar a situação. E, evidentemente, a *razvedkan* fora chamada para desempenhar o papel principal no caso. Ainda que não fosse uma atividade comum entre as suas funções — afinal, era especializado em tecnologia marítima —, Alexander fora convocado para transmitir uma mensagem do próprio presidente. E, por mais que ele agisse com rodeios, não podia evitar que o assunto fosse desagradável e causasse perturbações na vida do anfitrião.

A análise da situação estava pronta e foi por aí que Alexander Ovjetchin começou.

Os dólares do petróleo da Arábia Saudita estavam transformando a Ásia Central num verdadeiro inferno. O renascimento do movimento muçulmano, que assolava toda a região, desde o Paquistão até as repúblicas autônomas do Cáucaso, tinha, provavelmente, um fundamento mais político do que religioso, aspecto que fora combatido com certo sucesso durante a era soviética. Agora, porém, o problema transformara-se num verdadeiro caos. Os novos muçulmanos da região não sabiam eles próprios que tipo de muçulmanos eram e, além disso, nem sequer sabiam ler seu livro sagrado.

Mas as mesquitas, que brotavam do chão como cogumelos, eram financiadas pela Arábia Saudita e, na sequência, segundo os analistas da *razvedkan*, também as ideologias mais extremas e execráveis de todos os tempos dessa religião. Nesse caso, não havia diferença entre russos e americanos.

O Afeganistão era agora uma zona de interesses americana, e os americanos estavam comendo o pão que o diabo amassou. Tinham sido eles, aliás, junto com a Arábia Saudita, que haviam montado o esquema das cruzadas contra a ocupação soviética. Agora estavam provando do próprio veneno. E só poderia terminar de um jeito.

No entanto, além disso, havia o problema das antigas repúblicas soviéticas da Ásia Central, o Uzbequistão, o Tadjiquistão, o Quirguistão, o Turcomenistão, e por aí afora. Era lá que estava a ponta de lança para uma nova expansão na direção da Rússia.

A grande questão era saber que tipo de defesa militar existiria contra essa onda saudita de extremismo e loucura quando chegasse às portas de Moscou e ameaçasse a própria Mãe Rússia. Ações militares em larga escala, formações de tanques de guerra, artilharia, bombardeios: tudo isso já se havia provado eficiente.

Alexander interrompeu a conversa e sorriu do seu exagero involuntário. Não, as guerras no Afeganistão e na Cechênia não haviam sido bem-sucedidas.

— Desculpe a minha interrupção, meu caro amigo Alexander — disse o vice-almirante, sem se mostrar impaciente ou irritado.

— Isso que você está contando merece ser considerado em seus vários aspectos. Vejo que existe lógica. Mas, como não podemos bombardear a Arábia Saudita, sou forçado a perguntar: o que isso tem a ver comigo?

A resposta para a questão incluiu uma palavra inventada. Contraterrorismo.

Era uma tática já usada com sucesso pelos americanos e seus aliados, sobretudo na América do Sul. Tanques de guerra e soldados chamam atenção e provocam descontentamento, além de publicidade indesejável. Geram problemas políticos, inclusive internacionais, alcançam as Nações Unidas e outras áreas. A formação de especialistas que atuem durante a noite e eliminem alvos primários, neste caso extremistas religiosos financiados pela Arábia Saudita e seus líderes terroristas, podem ter, a curto prazo, maior sucesso.

— Isso que você descreve, sem dúvida, tem por base experiências históricas — interrompeu novamente o vice-almirante. — Porém, desculpe eu voltar à minha pergunta anterior. Não quero parecer insistente, mas o que eu tenho a ver com isso?

Alexander Ovjetchin estava suando. Devia ter pendurado há muito o paletó do seu uniforme, agora era tarde demais. Poderia parecer uma manobra de esquiva. Não adiantava falar com rodeios, sobretudo diante de um oficial superior e amigo. Respirou fundo, antes de dizer do que se tratava:

— O presidente e seus conselheiros concluíram que essa formação deverá ser organizada não oficialmente, fora do esquema defensivo da Rússia. O que exigirá, claro, um grupo de especialistas em guerra não convencional, especialistas como você, Carl. O presidente quer confiar a você a responsabilidade operacional desse esquema. É isso. Finalmente consegui chegar ao ponto.

— Acho que entendi — confirmou Carl. — Nosso benfeitor Vladimir Vladimirovich acha que devo me justificar como convidado da Mãe Rússia?

— Essa é também a minha conclusão, sim.

— Terei de liderar uma formação anônima no Sul, no Cáucaso. Atacaremos apenas durante a noite, de rosto pintado de negro, ao contrário dos nossos abençoados guerreiros. Escolheremos alvos em cidades inimigas, para dar exemplos do que pode acontecer, e espalharemos o medo de tal maneira que qualquer pessoa tão cedo não vai querer ver um *mujahedin* a menos de um quilômetro da cidade. Mais ou menos assim?

— Correto. Esse é o plano.

— E a tudo isso se dá o nome de contraterrorismo?

— Correto também.

— Posso perguntar uma coisa, Alexander? Afinal, você é meu amigo. Em que situação você poderia imaginar entrar numa cidade e matar todos, homens, mulheres e crianças, que aparecessem pela frente?

Ele partiu do pressuposto de que a pergunta retórica encerraria a conversa. Mas não escaparia assim tão fácil.

— Apenas em uma situação, Carl. Durante a Grande Guerra pela pátria... Se eu fosse um dos primeiros soldados do Exército soviético, no momento de atravessar a fronteira e enfrentar os fascistas alemães... Nessa situação, acho eu.

— Desculpe, nunca tinha pensado nessa possibilidade. Acho que precisamos de mais conhaque.

Levantou-se e foi até o aparelho de som estéreo, de fabricação ocidental, e colocou um CD com músicas de Dimitri Sjostakovich, muito melancólicas, mas, também, bastante sentimentais e russas. Seguiu depois para a cozinha à procura de uma nova garrafa de conhaque. Lutava contra a vontade de ser indelicado e mudar para vinho. Nunca conseguiria se tornar um verdadeiro oficial da Marinha russa.

— Como você sabe, meu caro amigo — começou ele, ao voltar com uma garrafa de conhaque e outra de vinho branco borgonha —, essa é uma proposta abominável. Você pede para me tornar terrorista. Deve concordar comigo que ser *contraterrorista* é o mesmo que ser terrorista. Mais ou menos como você e eu sermos chamados de contraespiões. Portanto, como foi possível sua equipe ou seu presidente chegarem a cogitar que eu aceitaria esse encargo?

Serviu mais uma dose de conhaque, enquanto esperava pela resposta. Quando olhou e viu a agonia do colega, chegou a ter pena dele. Continuava considerando Alexander Ovjetchin um dos homens mais honestos e honrados que conhecera na vida. Essa devia ser também a opinião de Putin ao condecorá-lo e promovê-lo, em vez de matá-lo naquele momento decisivo no navio-tanque.

— Você está aqui na Rússia como convidado numa situação nada complicada. Com certeza, o presidente o considera um oficial de grande iniciativa e, na realidade, com muita experiência também nesse tipo de guerra não convencional de que falamos... — começou a dizer Alexander, mas perdeu o fôlego em seguida.

— Não vai haver eleição em breve? — tentou objetar Carl.

— Sim — suspirou Ovjetchin com grande dificuldade. — Mas nada parece indicar que haverá mudança de linha. Portanto, até o novo presidente poderá considerar, eventualmente... se você não colocar os seus conhecimentos à disposição dele, mandá-lo de presente para os americanos. Como você sabe, eles estão muito interessados nessa possibilidade.

Era, portanto, um ultimato. Ou "contraterrorista" ou sua cabeça entregue numa bandeja aos Estados Unidos, e então a pena de morte.

— Então, vamos fazer o seguinte, meu caro amigo — disse Carl, rapidamente. — Você já cumpriu a sua missão, e eu vou pensar no assunto. Nem mais uma palavra sobre o caso. Nós dois temos muito boas recordações a compartilhar, e o camarada Sjostakovich já fez o que tinha a fazer. Daqui para a frente, vamos beber e cantar até cairmos de cansaço!

Para eles era fácil. Pelo menos para Carl, que bebia vinho no mesmo ritmo que seu camarada russo bebia Rémy Martin XO. Tudo terminou como esperado, com Alexander iniciando a cantoria, ou, melhor dizendo, a tentativa de cantoria, e terminando sendo arrastado com um braço sobre os ombros de Carl para o quarto de hóspedes ainda por mobiliar, mas onde já havia uma cama. Depois, Carl foi para o escritório e ligou o computador. No momento, havia apenas uma saída.

❊❊❊❊❊

Raramente surgia uma ocasião para fazer piada sobre terrorismo. Ainda mais para fazer piada sobre a guerra contra o terrorismo. Em especial para quem era repórter da Rádio Suécia, a estação controlada pelo governo e livre de qualquer publicidade. A estação proclamava-se livre, visto que eram os políticos, e não as empresas do país, que nomeavam o seu conselho.

Entretanto, no momento, acontecia uma dessas raras ocasiões, e Erik Ponti quis aproveitá-la com energia e entusiasmo. Nas tardes das sextas-feiras, a Rádio transmitia o assim chamado programa de aprofundamento de temas, onde Erik fazia uma série de "comentários" que, na realidade, constituíam propaganda partidária. Atualmente, podia ser a favor ou contra, podia fingir apartidarismo ou, em casos excepcionais, até mesmo contar piadas. Caso, aliás, que os colegas consideravam um despropósito.

Erik Ponti considerou o último caso terrorista dinamarquês praticamente perfeito para uma piada de mau gosto. A polícia secreta dinamarquesa realizara um grande e já tradicional ataque contra supostos terroristas. E, como sempre, o ataque ocorrera durante a aurora, pois, por motivos dramáticos, essa atividade exigia que fosse feita ao nascer do dia. Além disso, como de hábito, os policiais usavam uniforme negro e capuz.

Foram presos três homens: um dinamarquês e dois tunisianos. Segundo o informativo para a imprensa e as entrevistas realizadas com o porta-voz da polícia secreta, os três estavam preparando o assassinato de um chargista dinamarquês que representara a figura de Maomé com uma bomba no turbante, uma charge que, dois anos antes, ficara famosa no mundo inteiro e fora considerada a imagem perfeita da liberdade de imprensa e da democracia em vigor no país.

A notícia chocante levou um dos maiores jornais dinamarqueses a republicar a charge de Maomé com a bomba no turbante sendo bombardeado por uma quantidade enorme de palavras, a fim de garantir à sociedade que todos estavam democraticamente solidários. Os políticos dinamarqueses condenaram com ênfase a ideia de matar o chargista e asseguraram que eles próprios não se deixariam amedrontar.

A mídia sueca seguiu o mesmo caminho, e pelo mesmo ângulo. Os políticos suecos também afirmaram ser contrários ao assassinato do autor da charge.

Era, evidentemente, uma boa história. Se aqueles terroristas estivessem pensando em assassinar o artista pela simples razão de não gostarem das suas charges, seria uma ótima história. Desde que fosse verdade. Caso contrário, não seria sequer uma história.

Aí estava o ponto fraco da principal notícia do dia: ela era totalmente falsa. O promotor foi obrigado a soltar o suspeito dinamarquês poucas horas mais tarde, já que não havia base para mantê-lo preso. E os dois tunisianos também foram soltos. Não havia razão para não o serem, e muito menos para irem a julgamento. Não existiam provas.

Eles podiam ser deportados para a Tunísia com base em provas sigilosas e de acordo com a legislação do país. Mas as leis sobre terrorismo serviam apenas para o caso de os suspeitos não serem inocentes. Caso contrário, eram aplicadas as leis normais do país.

No entanto, essa simples conclusão do caso — a de que os presos, infelizmente, eram inocentes — foi noticiada de forma superficial por toda a mídia escandinava. Em vez disso, os jornais concentraram-se em entrevistar peritos em terrorismo, inclusive no programa sueco *Dagens Eko*,* para desgosto de Erik Ponti. Os peritos disseram, como sempre, que tiveram conhecimento do caso antecipadamente, até mesmo as ameaças contra o chargista dinamarquês. Como de hábito, usaram palavras como "ligações" e "al-Qaeda".

Neste caso, portanto, houve a rara chance de fazer uma piada grosseira, não apenas com os caçadores de terroristas que tiveram sucesso em prender inocentes, como também a respeito de todos os colegas jornalistas que, como uma alcateia de lobos uivantes, caçaram uma raposa, como se faz nos campos da Inglaterra. Afinal, nem mesmo em se tratando de uma guerra contra o terrorismo pode-se colocar de lado a velha e muito conhecida ideia de que todos são inocentes até prova do contrário. Foi uma festa poder espalhar sal nas próprias feridas.

Quando Erik Ponti voltou à sua sala na redação do *Dagens Eko*, seu privilégio como repórter sênior e ex-chefe do noticiário internacional, foi checar as mensagens enviadas para o seu e-mail e apagou as luzes, pensando no feriado a seguir. Era janeiro, e ele pretendia passar alguns dias caçando na província de Skåne, ao sul da Suécia.

---

* Literalmente, *Ecos do dia*.

A caixa de entrada ficou logo cheia de mensagens de ouvintes raivosos que consideraram um atrevimento sem paralelo o fato de uma estação financiada pelos contribuintes emitir a opinião de que suspeitos de terrorismo seriam inocentes. E elas continuaram a entrar, com tal velocidade que não foi mais possível para ele empurrá-las para debaixo do tapete. Sendo assim, ele procurou saber se havia mensagens anteriores que tivessem passado despercebidas.

Foi então que deparou com duas linhas que o fizeram estremecer. Era como se todos os sons e todas as luzes tivessem desaparecido à sua volta, e um holofote se fixasse nesta curta mensagem:

Proponho que finalizemos o negócio interrompido na Cidade do Cabo. Trident. Cheval Blanc 82.

Era ele. Sem dúvida. Uma das duas pessoas mais procuradas e caçadas do mundo. E, portanto, uma das mais interessantes do mundo para se entrevistar. E justamente essa pessoa estava se oferecendo para uma entrevista.

Não podia haver dúvida. Certa vez, havia muito tempo, após ter uma vaga intuição que se tornaria, no futuro, capacidade prática, ele contara que sua designação militar era *Trident*, significando não só o cetro poderoso de Netuno, mas também três dentes. O "negócio interrompido na Cidade do Cabo" acontecera no ano anterior, quando o submarino, de repente, emergira pela segunda vez e Erik Ponti se lançara de corpo e alma no projeto de realizar uma entrevista com ele antes que partisse outra vez. Mas chegara tarde demais. E por bem pouco. Quando colocou os pés no cais, ainda conseguiu ver o submarino sair pelas bacias do porto.

Outra vez, após uma entrevista, no início da década de 1990, os dois haviam discutido muito a respeito de vinhos e chegado a um acordo sobre um bordô de 1982, mas não quanto ao tipo. Erik era mais favorável a um Pauillac, um pouco mais rústico e com mais cabernet sauvignon, enquanto Carl dissera preferir os vinhos dominados pelo tipo merlot de Saint Emilion e Pomerol.

Não podia haver dúvida. Era um código perfeito, reconhecido apenas por duas pessoas. Certamente um convite de Carl.

Erik deu uma olhada no horário da mensagem: 58 minutos atrás. De um remetente que não reconhecia. De qualquer forma, só havia uma coisa a se fazer.

Onde e quando? Não seria preferível um Latour 82? — respondeu ele. E, com isso, o circo estava montado.

Era, em parte, uma questão profissional. No jornalismo, a praxe dizia ser errado dedicar-se ao trabalho fácil de entrevistar celebridades que queriam ser entrevistadas. E, em parte, era também uma questão política. O único que podia fazer qualquer tipo de entrevista na época, entre os anos finais da década de 1980 até 1995, era Erik. E este corria o risco de se tornar o "repórter da corte", pelo menos segundo a opinião dos colegas mais jovens, que se sentiam mais inclinados e dispostos a manter a integridade e a credibilidade da Rádio Suécia.

No entanto, princípios são uma coisa e um furo jornalístico internacional, outra. Pelo menos foi assim que Katarina Bloom, a nova chefe de redação, resumiu, laconicamente, a agitada discussão. Só depois de Carl mandar as instruções exatas, com horários de voos e outros dados, e de colocar os limites decisivos — de que só Erik Ponti serviria — a entrevista foi marcada, e Erik, designado para desembarcar em São Petersburgo.

— Você sabe muito bem que essa entrevista vai ser analisada palavra por palavra pelos colegas que consideram ser capazes de fazer melhor, não sabe? — perguntou ela, ainda na sua sala, ao terminar a reunião e após pedir a Erik que esperasse um minuto.

— Eu sei. E sei também que não vou conseguir a aprovação de todos. Mas, que vai ser uma entrevista extraordinariamente interessante, isso vai — respondeu Erik, sem rodeios. — Se a nossa única escolha fosse mandar outro colega, será que a entrevista se realizaria?

— Todo mundo acha que você está velho demais para essas coisas — ironizou ela, com um piscar de olhos amistoso. — Eu própria me considero jovem demais para Carl Hamilton. Quando ele se tornou mundialmente famoso, eu ainda estava na faculdade de jornalismo, e, quando foi condenado à prisão perpétua, e depois fugiu, eu trabalhava como estagiária no *Dagens Eko*. Nem tenho certeza de ter ouvido qualquer das suas entrevistas com ele. Você, que o conhece bem, conte-me: como ele é?

— Melhor dizendo: conhecia. Aquele que eu conheci era um indivíduo correto. Militar, mas, ainda assim, bem-informado, com antecedentes esquerdistas parecidos com os meus. Portanto, sempre tínhamos muito do que falar. Foi antes de ele perder o equilíbrio, ou como queiram chamar, matando os seus informantes e sendo condenado à prisão perpétua. Naquela época, não fui autorizado a me encontrar com ele, de modo que nunca cheguei a saber o que aconteceu.

— No ano passado, quando aquela história do submarino estourou, ele não pareceu nada desequilibrado.

— Nem um pouco, mas também não sei o que isso significa. Aquelas operações do submarino de que ele participou, ou de que talvez tenha sido uma espécie de chefe, passaram logo para a história militar. Imagine que um único submarino conseguiu vencer toda a frota israelense do Mediterrâneo, deu a volta pelo Sul da África e foi derrotar a frota israelense do Mar Vermelho. E, no caminho, afundou ainda um submarino nuclear americano que o perseguia. Que história!

— Essa história... vamos publicá-la no *Dagens Eko*?

— Sim, essa é a ideia. Ele não vai nos convidar para uma entrevista e depois vir com aquela de *"no comments"*. Embora dele se possa esperar tudo.

— O que ainda não sabemos?

— Não sabemos a razão de ele querer falar com os jornalistas. De qualquer forma, não é para satisfazer a justificada vontade do público de querer saber a verdade que ele deseja ser entrevistado para o *Dagens Eko*.

— E o que você pretende fazer?

— Perguntar sobre as questões para as quais você gostaria de ter a resposta. Não conheço as intenções dele, mas poderei gravar as respostas.

Ela riu, e assim ficou decidido.

Uma semana depois, Erik aterrissava no aeroporto de Pulkovo, perto de São Petersburgo.

Além dos conhecimentos gerais, a única coisa que ele sabia sobre a Rússia tinha a ver com caça, mas a melhor caça só se conseguia longe, na Sibéria, uma região que se parecia com a província de Jämtland, na Suécia, só que um milhão de vezes maior. São Petersburgo era ainda Leningrado em seu subconsciente — Segunda Guerra Mundial e três anos sitiada. Ou, eventualmente, a história mais antiga. Foram os suecos que construíram o porto original, Nyenskans, mas Pedro, o Grande, foi quem mandou construir a então nova capital russa. O que provocou risos do rei Karl XII, da Suécia, e a célebre frase: "Deixem-no continuar por algum tempo. Assim que a cidade estiver pronta, vamos tomá-la dele." Mas depois veio a Revolução Russa. Foi isso que aconteceu, mais ou menos.

A Rússia estava fora dos planos de Erik, mais do que qualquer outro país, com exceção, talvez, da Mongólia. Ele sabia falar somente três palavras em russo. Além de *da* e *njet* — "sim" e "não" — sendo que o não se pronuncia "niet", ele conhecia a palavra *shajbo*, que significa "gol". Essa ele aprendera ao ver a equipe russa de hóquei sobre gelo jogar contra a Suécia e ao ouvir o público visitante gritar. Entretanto, nada disso tinha qualquer importância, visto que a entrevista a fazer com a celebridade mundial em São Petersburgo seria em sueco, o mais fácil para ele, comparado com o italiano e o inglês, as duas outras línguas que dominava.

O controle de passaportes não era pior do que no Terceiro Mundo, e a bagagem chegou à esteira como em qualquer outro país. Os russos também se pareciam com qualquer outro povo, se bem que o jeans era mais usado do que no Ocidente, pelo menos no aeroporto.

Ao entrar no salão de desembarque, espantosamente pequeno, mas asseado, não havia mais instruções. Evidentemente, ele chegou a pensar que tudo talvez não passasse de uma brincadeira, montada com muita inteligência, porém de extremo mau gosto. Mas logo colocou o pensamento de lado, lembrando-se da primeira mensagem em código enviada por Carl Hamilton.

Afinal, tudo continuou a correr bem. Entre as primeiras pessoas que ele viu ao sair pela porta automática, depois de passar pela alfândega — onde, estranhamente, não havia o menor controle —, logo reparou num jovem de casaco de couro preto, gravata e calças pretas que exibia um cartaz com o seu nome, escrito corretamente, no alfabeto latino.

Estava escrito GRAND HOTEL EUROPA nas portas traseiras do avantajado BMW preto, que logo descia e deslizava sem ruído por uma interminável e larga avenida com altos prédios residenciais do tipo caserna de ambos os lados. O inverno estava como na Suécia, uma mistura de chuva com neve caía e alguns centímetros de neve, aqui e ali, ornamentavam os parques. Era uma grande cidade. Quase todos os carros de fabricação ocidental. Nada de arranha-céus. Uma boa estrada, trânsito ordenado. Uma ou outra ponte sobre algum canal, e, fora o fato de ele não conseguir ler os anúncios em neon, considerou que era apenas uma cidade grande como qualquer outra.

E, em seguida, a entrada comum de hotel de metrópole, onde os porteiros, de bonés e uniforme verdes, abriam as portas e carregavam a bagagem. No salão de entrada, pilares de mármore verde-claro, tapetes grossos sobre piso de mármore verdadeiramente italiano, com inserções decorativas também tipicamente italianas. Podia ser a entrada de um hotel de Roma ou de Nova York.

Possivelmente, foram essas primeiras impressões que o levaram ao engano de começar a falar em italiano na recepção, mas, fora isso, tudo correu bem. Se algo não corresse nos trilhos, o erro, provavelmente, surgiria ali, naquela etapa da sua viagem. Mas nada. Tinha uma reserva em seu nome, e, como se fosse a coisa mais banal do mundo, a recepcionista explicou que o almirante Trident havia reservado uma mesa no Bar do Caviar para as dezenove horas.

Ainda não eram nem seis da noite, mas já estava escuro lá fora. O quarto não era nem grande nem pequeno, o banheiro, em mármore branco, também em estilo italiano. Mais uma razão para se sentir na Itália. E, nas paredes do quarto, pintadas em tom pastel, alguns quadros representando ícones e florestas russas de vidoeiros. O frigobar estava cheio. Ótimo!

Ele arrancou os sapatos dos pés e deitou-se na cama por cima da colcha. Até ali tudo bem. A milésima reportagem no milésimo quarto de hotel, portanto, nada de extraordinário, apenas mais uma tarefa a realizar. Tinha pilhas suficientes para o gravador. Já havia preparado mais de uma centena de perguntas para o que seria uma longa entrevista. Também preparara uma versão de meia hora e outra de cinco minutos. Fora Carl quem decidira as condições gerais para a entrevista. Esperava ter, pelo menos, a liberdade de fazer perguntas. Ou não?

Recentemente, um colega do *Dagens Eko* conseguira uma entrevista "exclusiva" de três minutos com Hillary Clinton, entrevista esta que acabou não acontecendo, mas que, na sequência, resultou numa história engraçada. Primeiro, vários jornalistas tinham sido convidados e, portanto, a entrevista não era tão exclusiva assim. Depois, três minutos era muito pouco tempo para cada um. De qualquer forma, Hillary Clinton chegou no horário previsto e ficou sentada numa cadeira colocada por um assistente a uma distância razoável, enquanto outro assistente gritava para os jornalistas que nenhuma pergunta deveria ser feita além daquelas acordadas com os assessores de imprensa da candidata. Um dos jornalistas achou os três minutos tão pouco que resolveu fazer uma pergunta fora do esquema previsto: "Não existe risco de os eleitores americanos verem a senhora como metade de um comando duplo na Casa Branca?"

É claro que a pergunta tinha razão de ser. Afinal, a candidata continuava casada com o ex-presidente Bill Clinton, com uma experiência de oito anos no cargo. Mas a entrevista parou por aí. Enunciada a pergunta, a candidata levantou-se e saiu, enquanto os assistentes se dividiram em dois grupos. Um deles rodeou a ex-futura entrevistada e saiu com ela. O outro afastou brutalmente o jornalista da Suíça. Ou seria do Sudão?

Muito bem, e daí? Sob o ponto de vista internacional, uma entrevista exclusiva com Osama bin Laden seria mais explosiva do que com Carl Hamilton, acima de tudo porque teria de ser feita em inglês, o que a tornaria mais rentável em termos de venda para outras estações.

A entrevista com Carl seria feita em sueco, mas ele preparara uma versão em inglês, "no caso de haver tempo". O tempo é um dos instrumentos daqueles que detêm o poder. O outro é o privilégio de conceder ou não uma audiência. Ao jornalista resta uma única defesa, a de fazer perguntas, de preferência sem ser colocado para fora. Mas, se ele for, também poderá relatar o próprio fato. Portanto, qual a razão de ficar matutando sobre a abordagem? Afinal, qual é o problema?

Provavelmente se tratava de psicologia. Carl Gustaf Gilbert Hamilton, no fim da sua carreira, vice-almirante e chefe da polícia secreta da Suécia, fora uma espécie de Björn Borg. Tal qual o famoso tenista sueco, ficou conhecido em todo o mundo por suas operações secretas, cada uma mais espetacular do que a outra. Chegou até mesmo a libertar executivos suecos reféns da máfia, ainda que à custa de um banho de sangue. Foi recebido como herói ao voltar ao seu país num avião da Scandinavian Airlines, com a escolta de jatos da Aeronáutica. Começou a sua carreira na então Alemanha Ocidental, matando os últimos terroristas alemães, depois desmontou bombas na Líbia e prendeu contrabandistas de armas nucleares, até que perdeu o juízo e matou um informante do Säpo, o Serviço de Segurança Sueco. Foi julgado e condenado à prisão perpétua. Mais ou menos como se o tenista Björn Borg tivesse sido acusado de estupro. Depois, andou foragido por mais de uma década. E ressurgiu no ano passado, ao comandar um dos ataques mais espetaculares da história feitos por um submarino.

Havia uma lista de perguntas a fazer, isso não seria problema.

Erik Ponti hesitava em usar gravata. Escolhera vestir jeans, afinal, esse parecia ser o estilo russo, e um paletó Armani que costumava usar para entrevistar gente sofisticada. Com camisa e gravata, ele se sentiria formal demais. Era melhor vestir uma camisa azul-clara. E, depois de alguma hesitação, resolveu deixar o gravador no quarto.

O Bar do Caviar não era realmente um bar, mas sim um pequeno restaurante pouco iluminado, com teto espelhado, quatro grossos pilares de mármore, uma dúzia de mesas com toalhas brancas de linho, uma fonte entre os pilares de um lado e um pequeno palco do outro onde um harpista tocava algumas melodias tristes. Também aqui o chão era de mármore italiano com desenhos elaborados. Definitivamente, o lugar não era barato.

Um garçom de avental vermelho foi ao seu encontro e, quando Erik pronunciou o nome *Trident* em voz baixa, logo foi levado para uma pequena mesa junto à fonte. Era o pior lugar do restaurante para realizar uma gravação. O que não podia ser por acaso.

Erik pediu água mineral sem que o garçom fizesse qualquer careta. Eram duas horas de diferença em relação a Estocolmo, mas ele acertara o relógio de qualquer jeito. Também não sabia se Carl chegaria pontualmente às sete horas, presumivelmente sim.

Logo se deu conta de que Carl Hamilton vinha na sua direção. Reconheceu-o, apesar de o rosto ter mudado um pouco, exibindo agora uma barba curta, que terminava junto às orelhas. A cor do cabelo também estava diferente. Hamilton vestia exatamente a mesma combinação de roupa que Erik, o que podia ser considerado uma piada.

— *Long time no see*. Você deve ter perdido uns quinze quilos desde a última vez que nos vimos. Começou a treinar? — perguntou Carl Hamilton, apertando a mão do convidado e, então, sentando-se.

— Ah, sim. É a luta contra a velhice. E você deixou crescer a barba. Isso funciona como disfarce?

— Bem, depende. Na Cidade do Cabo, não seria suficiente, mas, em São Petersburgo, funciona perfeitamente. Tenho duas condições a propor para a entrevista, mas apenas duas.

— Não perguntar nada a respeito da operação com o submarino nem sobre a condenação à prisão perpétua, certo? — ironizou Erik Ponti.

— De jeito nenhum. Realmente a ideia não é essa! — riu Hamilton, balançando a cabeça. — Mas vamos começar pedindo um prato com diversas variantes de caviar, em parte porque é a especialidade da casa e em parte por que estamos na Rússia. Os pratos de carne aqui não merecem nenhuma estrela no *Guia Michelin*, e a carta de vinhos não é do nosso padrão, posso assegurar. No momento, a Rússia está boicotando a Geórgia.

— Muito bem. Quais as duas condições?

— Nada deverá ser transmitido antes da próxima segunda-feira, ou seja, de hoje a uma semana. Acha que será problema?

— Não. E qual a segunda condição?

— Você não poderá informar onde a entrevista foi feita.

— Isso vai ser difícil manter em segredo. Toda a redação já sabe que viajei para cá.

— Não é isso. Você poderá dizer que a entrevista foi feita em São Petersburgo, mas não onde na cidade. Na realidade, penso que devemos fazê-la na minha casa, como medida de segurança. Não seremos vistos nem ninguém escutará a nossa conversa.

— Isso é tudo? Nenhuma outra restrição?

— Não, apenas essas.

— Nem em termos de limite de tempo?

— Não. Vamos falar até cansarmos ou quanto quisermos.

— Nesse caso, devo confessar que me preocupei à toa. Então não temos problemas. A não ser que eu não gosto de beber champanhe com caviar e que a carta de vinhos tem pouca escolha quanto a borgonhas brancos.

— Vamos beber vodca de entrada. Pelo menos é o que proponho, está bem?

— Bom, eu evito beber destilados, a não ser durante as festas de verão, no *midsommar*, visto ser uma tradição nos países nórdicos. Julguei que tínhamos os mesmos gostos, mas parece que você já se "russificou".

— Você vai ficar surpreso. Recomendo um tipo de vodca chamada Kauffman Soft. É a *U-1 Jerusalém* das vodcas.

Tudo estava correndo maravilhosamente bem. Em seguida, passaram a discutir o menu como se fosse um encontro qualquer de trabalho, em que podiam gastar sem se preocupar. Carl Hamilton parecia totalmente à vontade, e o que ele dissera a respeito da vodca especial era verdade, por mais estranho que parecesse. Era como se fosse uma carícia no céu da boca, em comparação com as bebidas bárbaras tradicionais dos países nórdicos.

No entanto, Erik continuava com uma dúvida martelando sua cabeça. Hamilton era um antigo espião e chefe de espionagem. Certamente não muito inclinado a dar entrevistas detalhadas. Portanto, devia ter uma ideia preconcebida, uma intenção *operativa*, para ficar de uma hora para outra tão disponível e complacente.

A conversa prosseguiu despreocupadamente, versando sobre assuntos variados, desde a tentativa em determinar qual o tipo de caviar — se beluga ou sevruga ou que raio nome tinham — até o afundamento de um submarino americano, o *USS Jimmy Carter* pelo *U-1 Jerusalém*. Ou se pediam presunto de urso ou estrogonofe como prato principal. Àquela altura, seria a hora de mudar de vodca para vinho tinto e de saber onde Hamilton havia se escondido durante doze anos, depois da fuga da Penitenciária Hall, perto de Södertälje, na Suécia.

Hamilton balançava ouro diante do nariz do seu repórter convidado. Grandes furos jornalísticos passavam por cima da mesa em que comiam. Contudo, devia existir um galho por quebrar em alguma parte, pensava Erik. Não podia deixar de haver. Simplesmente não seria possível. Era bom demais para ser verdade.

— Qual a sua verdadeira intenção em colaborar com esta longa entrevista? — perguntou Erik, ao achar que a conversa já decorrera bastante para que a pergunta não parecesse hostil.

— Muito simples — respondeu Hamilton, enquanto pousava a taça de vinho na mesa com uma expressão divertida que tanto podia estar relacionada com a estranha qualidade do vinho russo como com aquilo que estava prestes a dizer. — Na segunda-feira, Leif Alphin, meu advogado, vai entrar com uma petição no tribunal de apelação na

Suécia para um novo julgamento. Temos esperanças de ser bem-sucedidos. Isto é, que o meu pedido seja deferido e que eu me veja livre da condenação.

Erik acabara de levar a taça de vinho à boca e tomar um gole. Engasgou-se. Tossiu. Pegou o guardanapo com uma das mãos e agitou a outra, pedindo tempo para se recuperar e voltar a respirar normalmente. Hamilton, com delicadeza, manteve a mesma expressão.

— Por que você não falou isso logo? — sussurrou Erik, ainda no meio de um último acesso de tosse.

— Achei que você fosse fazer essa pergunta muito mais cedo. Mas temos bastante tempo ainda. Vamos repassar todos os assuntos esta noite. Amanhã de manhã faremos uma caminhada e, à tarde, trabalharemos na gravação. O que acha da minha proposta?

— Está certo. Acho ótimo. Isso significa que você pensa em voltar para a Suécia?

— Desde que o tribunal aceite a apelação e conceda um novo julgamento, sim.

— Você não precisa estar na Suécia, isto é, em seu território, para pedir o novo julgamento?

— Por estranho que pareça, não.

— No entanto, você, me desculpe a expressão, é fugitivo de uma condenação à prisão perpétua, certo?

— Correto. Totalmente correto. Mas, embora possa parecer também muito estranho, na Suécia, a fuga da prisão não é considerada crime. Portanto, o tribunal não precisa gastar seus neurônios jurídicos com esse detalhe.

Erik ficou mudo durante algum tempo, como se tivesse sofrido um curto-circuito mental. Havia feito um plano simples para a sua entrevista com Hamilton. Primeiro, um grande bloco sobre a operação do submarino, realizada no ano anterior, e sobre suas atividades nos serviços secretos suecos e estrangeiros. E, depois, um segundo bloco, quase tão grande quanto o primeiro, sobre a condenação à prisão perpétua e a fuga da prisão.

Agora havia mais um assunto a tratar, um novo bloco do mesmo tamanho dos anteriores. Consistia em saber o que Hamilton pensava sobre suas chances de ver a condenação retirada, e quais seriam as bases para a apelação. Na sequência, qual seria a tática de não voltar à Suécia caso o novo julgamento não fosse concedido. Era muita coisa. E era melhor começar logo a conhecer um pouco sobre esse terceiro e inesperado assunto.

Hamilton discorreu sobre ele simples e resumidamente, quase como se já estivesse dando a entrevista. Parecia até que se divertia, falando, por vezes, de forma descuidada e com ironia sobre leis e juristas. Dava a entender estar seguro de que a apelação seria um sucesso. Era como se tratasse de uma operação militar.

A lógica era simples. Pelo menos fora quando o seu convidado anterior, o advogado Leif Alphin, estivera com ele, ali mesmo, naquele restaurante. O advogado dissera estar certo, tão certo quanto um advogado pode estar, de que tudo correria bem.

Quanto ao acontecido, nada poderia ser feito. Ele havia matado três informantes da polícia secreta sueca a sangue-frio, confessara e fora condenado. No entanto, considerava que tivera bons motivos para fazer o que fez, já que os três haviam ferido e matado refugiados políticos que viviam na Suécia. Mas isso não contava a seu favor. Era definitivamente ilegal matar informantes da polícia secreta. Porém, sob o ponto de vista operativo, e talvez até moral, ele havia agido da mesma maneira em inúmeras situações semelhantes, e até sido condecorado, com toda a espécie de ordens e medalhas.

Fora um surto de loucura absoluto, que não permitira enxergar, no calor da ação, a diferença entre a matança legal e o assassinato. Esse era o ponto crucial. Naquele momento, ele estivera realmente louco, legalmente louco.

Quando seu crime foi julgado no tribunal distrital de Estocolmo, os trâmites correram com muita simplicidade, visto que Hamilton havia confessado. Ele próprio ajudou a reunir as provas contra si e não fez objeção contra a condenação à prisão perpétua. Entretanto, no meio de toda aquela simplicidade, o tribunal cometeu um erro fatal. Qualquer assassino que agisse daquela maneira, tão estranha e inusitada, seria levado a uma banca de psiquiatras para aferir se estaria louco do ponto de vista legal. E, só assim, seria possível estabelecer a condenação: ou seria internado para tratamento psiquiátrico ou encaminhado à prisão perpétua.

O fato de ele ter se declarado mentalmente são e de ter recusado fazer todos os exames mentais levou o tribunal a deixar a questão em aberto.

No entanto, ele estava louco quando foi condenado. Dez anos de tratamento diário com dois dos mais renomados — e mais caros — psiquiatras californianos confirmaram seu estado. Logo, a condenação à prisão perpétua fora um erro.

Por outro lado, atualmente ele se sentia são em termos jurídicos, o que os mesmos especialistas californianos poderiam atestar com satisfação, visto que seu tratamento surtira os melhores resultados.

Portanto, desta vez, ele não poderia ser condenado a tratamento psiquiátrico, o que seria a condenação correta treze anos atrás. Tampouco poderia receber uma condenação à prisão por um crime cometido num acesso de loucura.

Erik Ponti trabalhara bastante cobrindo grandes julgamentos de interesse jornalístico, desde casos de estupro de cantoras famosas, filhos de ricos dando pontapés uns nos outros nas ruas de Estocolmo, até executivos gananciosos que encontraram formas engenhosas, e ilegais, de enriquecer. Por isso, acreditava entender um pouco do que seria juridicamente possível. E o recurso do advogado Alphin era, de fato, perfeitamente possível.

Agora havia elementos novos sobre os quais era preciso pensar para a entrevista no dia seguinte. Além disso, os dois não estavam dispostos a beber mais vinho. Meia garrafa de vinho russo era mais do que suficiente. E já estava tarde. Era melhor que os dois tivessem uma boa noite de sono até a manhã seguinte. Erik chamou o garçom para pagar a conta. Hamilton tentou impedi-lo e quis usar algum tipo de cartão de crédito russo (evidentemente, ele não podia ter qualquer cartão estrangeiro). E então se deu uma discussão ridícula, que Erik venceu com o argumento de que a redação da rádio estava proibida de aceitar convite para jantar por parte de qualquer entrevistado. Uma proibição que não admitia exceções. Hamilton encolheu os ombros e brincou, dizendo que os preços russos não se encaixavam na ética do jornalismo sueco. Como combinado, não saíram do restaurante ao mesmo tempo. Erik esperou cinco minutos.

Já no quarto, Erik pegou uma cerveja no frigobar e ficou assistindo à CNN durante algum tempo, mas, na verdade, não viu nem ouviu nada. Pensava no trabalho a realizar.

Havia um problema prático a resolver. O material da entrevista com Hamilton seria suficiente para diversos programas durante uma semana inteira. Seria difícil editar o material e montar os programas extras a transmitir.

Um problema maior era o fato de Hamilton ter interesse particular em sua ilimitada generosidade para com a Rádio Suécia. Ele queria usar os programas para atrair simpatia para o seu processo. A publicidade criaria um grande interesse pela apelação, com os juízes deixando de lado tudo o que tinham em mãos para chegar rapidamente a uma decisão. A partir da segunda-feira seguinte, ao meio-dia e meia, por toda a Suécia ecoariam as histórias de Hamilton, a maioria a seu favor. Esse era seu plano, que tinha tudo para funcionar bem.

De resto, também era um dos temas da entrevista o modo como Hamilton costumava usar essa publicidade como uma arma militar. A bordo do submarino *U-1 Jerusalém*, ele chamara uma repórter da Al Jazeera para dar à operação vantagens políticas. Agora, usava o mesmo truque, embora em menor escala, com o repórter Erik Ponti. Não dava para fugir dessa comparação.

Era uma questão antiga e provocava sempre a mesma discussão, especialmente entre os políticos. Seria aceitável os jornalistas utilizarem fontes em suas entrevistas e, assim, interferirem nas decisões políticas? Uma vez, há muitos anos, Erik cobrira o caso do primeiro-ministro da Suécia, o social-democrata Olof Palme, que fora pego numa saia-justa por uma pequena sonegação dos impostos. Para todo mundo, o caso era sem importância, menos para o presidente do Partido Conservador. Olof Palme fizera uma conferência em Harvard, nos Estados Unidos, e pedira para trocar os generosos honorários a receber por dois semestres de estudos grátis para um de seus filhos. Para as autoridades americanas, o arranjo não tinha importância, mas, segundo as leis financeiras suecas, o primeiro-ministro teria de pagar imposto sobre o valor dos dois semestres concedidos gratuitamente ao seu filho, considerados pagamento de honorários pela palestra que o pai fizera. Na declaração de imposto de renda, Olof Palme se esquecera desse detalhe.

Na Suécia, a revelação desse caso teve grande repercussão e fez a alegria dos adversários políticos de Olof Palme. Menos esperada foi a reação de toda a imprensa social-democrata, que considerou Erik Ponti um membro astucioso do Partido Conservador. A acusação partiu do princípio lógico de que as fontes usadas na notícia transmitida pelo *Dagens Eko* só podiam ser de adversários políticos de Olof Palme. E, assim, a matéria da sonegação de impostos estaria "politicamente" contaminada. Sendo o *Dagens Eko,* em geral, e Erik Ponti, em particular, subvencionados pelo governo sueco, ou seja, pagos por todos os contribuintes — conservadores, social-democratas e de outros dois ou três partidos —, o princípio da imparcialidade das informações havia sido rompido.

Na ocasião, Erik defendeu-se dizendo que, se até mesmo o diabo lhe aparecesse com uma informação interessante, ele estaria obrigado a manter no anonimato a diabólica fonte, tal como garantido pela Constituição. Era apenas questão de confirmar a veracidade da informação e, depois, publicá-la ou transmiti-la. Ele não hesitaria sequer em entrevistar o diabo se a oportunidade surgisse.

A defesa não funcionara muito bem, e agora ele estava diante do mesmo problema, ainda que, no momento, não fosse possível saber qual seria a sua dimensão.

Mas não havia nada a fazer. Era apenas questão de realizar seu trabalho o melhor possível. O problema prático maior era considerar o oceano de perguntas a apresentar a Carl Hamilton. A falta de perguntas costumava ser um problema muito pior.

Erik deitou-se na cama e decidiu, com papel e caneta na mão, pensar em como deveria abordar a intricada situação do recurso ao tribunal de apelação. Além da problemática de Hamilton "covardemente" ter permanecido no estrangeiro até a barra ficar limpa. Seria oportuno levantar a questão de que apenas aqueles com sólido apoio financeiro estariam em condições de uma manobra jurídica como essa? Mais ou menos como O.J. Simpson nos Estados Unidos? Não, melhor deixar isso para lá. E foi assim que Erik, de repente, adormeceu, sem apagar a luz e sem trocar de roupa.

✪✪✪✪✪

Hamilton, como previsto, chegou às oito em ponto. Mas entrou em cena de forma inesperada, aparecendo em frente à entrada principal do Hotel Europa dirigindo um Volga preto visivelmente com muitos anos de uso e um escapamento do qual saía uma fumaça muito negra. Os valets logo correram para retirar a lata-velha do meio dos possantes, isto é, o Volga do meio das limusines imponentes e lustrosas e dos jipes incrementados dos hóspedes do hotel. Entretanto, assim que Carl saiu do carro, todos se contiveram, saudaram-no e apontaram o caminho para a entrada onde Erik o aguardava.

— O que aconteceu lá fora? Que disfarce é esse? O que os russos veem que eu não vejo? — perguntou Erik, logo que entraram no carro. Hamilton engrenou a primeira e partiu, deixando para trás uma verdadeira nuvem de fumaça negra. — E por que você usa um Volga entre todos os carros à sua disposição?

Hamilton riu satisfeito:

— Isto aqui é a Rússia, camarada Ponti. Aqui o povo vê coisas a que nós, na Suécia, não daríamos a menor importância.

— É por isso mesmo que estou perguntando. O que eles viram? Com certeza, não foi um dos condenados à prisão perpétua mais famosos e procurados do mundo...

Era uma ilusão e, ao mesmo tempo, não era, começou a explicar Hamilton. O casaco de couro preto que ele vestia não era de origem italiana, nem caro demais, mas justamente por isso chamou a atenção. Era um casaco russo especial. Mais precisamente o casaco que os oficiais dos submarinos russos usam em serviço e, por vezes, também enquanto de licença. Havia um distintivo especial nos ombros, embora sem indicação de patente. As calças pretas, já gastas, assinalavam a mesma coisa, bem como o gorro de pele, ainda que sem o brasão da Marinha russa. Até os sapatos revelavam a mesma origem. No entanto, nada disso impressionaria os funcionários do hotel não fosse por um pequeno e decisivo detalhe: na gola esquerda do casaco de Hamilton, havia a bandeira russa em miniatura com uma estrela dourada de cinco pontas.

— É a única coisa verdadeira. Quer dizer, também é verdade que sou oficial da Marinha. Esse emblema indica que sou herói da Rússia, e, portanto, não posso ser de jeito nenhum um criminoso qualquer foragido do Ocidente — explicou resumidamente Carl Hamilton.

— Com que fluência você fala russo? — perguntou Erik, em dúvida. — Quer dizer, para alguém que não tem o russo como língua mãe. No meu caso, por mais fluentes que as pessoas sejam em italiano, consigo reconhecer logo que são estrangeiras. E não só isso. Consigo também saber de que país elas vêm.

— Eu sei. Acontece a mesma coisa comigo quando as pessoas falam em inglês. Mas na Rússia não é assim. O país está marcado pelas ruínas da União Soviética. Existem muitos sotaques do russo. Temos, claro, o idioma considerado original. Mas Moscou tem um dialeto, e São Petersburgo, outro. Temos ainda o russo dos criminosos, o russo da Ásia Central, o russo do Báltico, e assim por diante. Os oficiais russos com quem trabalho acham que sou um antigo cidadão soviético vindo da Letônia ou algo assim. É isso. Tentarei lhe ensinar algo sobre a Rússia durante esta manhã, mostrando também dois museus e uma igreja. Começaremos pelo que é a Rússia hoje e depois voltaremos ao passado. Está bem assim?

— Parece ambicioso e impossível.

Deixaram o núcleo central da cidade, construído no século XVIII, com todos os seus canais e fachadas em tons pastéis, e entraram pela grande avenida Moskovski Prospekt, a caminho do aeroporto. Hamilton não falou muito, e Erik evitou fazer outras perguntas, pensando mais naquelas que teria de fazer para valer, com o gravador ligado. Na realidade, era um passeio um pouco estranho. Mais tarde, pararam diante de um monumento gigantesco, em estilo soviético, sem dúvida em homenagem aos grandes heróis da Pátria.

— Pela tua coragem, Leningrado! — traduziu Carl o texto gravado em letras douradas sobre granito vermelho, enquanto caminhavam pela passagem sob o monumento. Era como se estivessem descendo ao encontro de um enorme mausoléu, paredes em granito com textos em dourado. Lá embaixo, havia uma sala em que algumas paredes continham expressões de extremo sofrimento. E outras, expressões de júbilo pela vitória.

Não precisaram pagar nada, pois as duas velhinhas sentadas à mesa com os bilhetes e brochuras reconheceram a medalha de herói no casaco de couro de Hamilton. Ao longo das paredes havia bandeiras vermelhas penduradas em veludo, e, acima delas, uma interminável fileira de lanternas representando tochas acesas. Os dois eram praticamente os únicos visitantes.

— Novecentos dias e novecentas noites. Por isso, novecentas tochas — explicou Hamilton. — Esse foi o tempo que Leningrado permaneceu sitiada pelos alemães. Morreram 1.800 cidadãos russos, a grande maioria jaz em covas coletivas. Fazia 40° negativos durante os meses de inverno. Ao final, todos os cães e gatos acabaram sendo comidos. Inclusive as mães tiveram de cuidar para que seus filhos não fossem comidos também. Nem você nem eu podemos imaginar uma situação dessas. Para os russos, essa imagem faz parte de sua história. E talvez seja a imagem que fazem do mundo. A vitória contra a Alemanha nazista representa aqui uma ideia muito diferente da nossa, na Suécia. Aprendemos na escola que a vitória começou com o desembarque na Normandia, em junho de 1944, um desembarque que custou a vida de três mil americanos e aliados. Nesta data, a Rússia havia perdido trinta milhões de vidas, o cerco de Leningrado já fora rompido e o Exército soviético avançava na direção de Berlim. Isso não é apenas história; é uma imagem do mundo de uma determinada época, a realidade de um planeta muito diferente.

Hamilton não disse muito mais durante a volta que deram pela sala subterrânea. Apenas traduziu alguns textos que Erik apontou ao longo das paredes e ironizou a respeito de uma proclamação sobre mármore branco entre duas espadas grotescas que atribuía a vitória corajosa à liderança absoluta do Partido Comunista. Isto é, a Josef Vissarionovich, também conhecido como Stálin.

No caminho de volta ao Centro da cidade, Erik permanecera em silêncio. Estava mais mal-impressionado com a solene homenagem sepulcral no monumento soviético do que gostaria de confessar. Tinha a ver com aquele ambiente e o seu silêncio, só interrompido pela conhecida vinheta de abertura da Rádio Moscou durante a guerra — evidentemente, ele fora obrigado a perguntar sobre isso — e um prelúdio da *Sinfonia de Leningrado*, do compositor Sjostakovich. Tudo aquilo continuava como um peso enorme e invisível sobre seu peito. Havia outro fato, menos compreensível, que o incomodava. Possivelmente, era o culto à morte e a adoração aos heróis e, talvez pior, a ideia de que Hamilton estava ligado a essa linha de pensamento e quisera transmitir um argumento subentendido. Alguma pergunta teria de ser formulada quando chegassem ao capítulo sobre o asilo secreto de Hamilton na Rússia de Putin.

Hamilton tampouco fez algo contra o silêncio, mas parecia se divertir enquanto conduzia o carro como um russo que nunca tivesse estado no Ocidente. Fora assim que Erik interpretara a cena, com as mudanças de faixa sendo realizadas nos momentos mais impróprios e os sinais, ainda mais impróprios, sendo dirigidos aos motoristas dos carros mais caros. Aliás, quase todos os carros pareciam mais caros e definitivamente de origem ocidental.

— Por que não se vê o Volga por aí, e como se chama a rua em que estamos agora? — perguntou Erik, ao sentir que estava na hora de espanar do peito a corajosa Leningrado.

— Moskovski Prospekt, ou seja, avenida Moscou, para responder à parte mais fácil da sua pergunta — disse Hamilton. — A outra parte merece uma resposta mais elaborada. Os russos mataram sua indústria automobilística. Se tiver tempo, na quarta-feira antes da sua viagem de volta, podemos passear pela avenida principal, a Nevski Prospekt. As lojas são enormes, e é lá que estão a Gucci, Versace, Armani, Dior, Jaguar, BMW, Mercedes e muitas outras. No entanto, dentro das lojas só se veem falsas louras e seguranças gordos e maltratados. Nem um cliente sequer. Nenhum russo honesto tem condições de comprar ali seja o que for. Os preços da cidade fazem com que nem os turistas tenham condições de ir às compras, o que é uma pena. A cidade é linda. Mas apenas os mafiosos tem condições de encarar os preços calculados de acordo com o que estão dispostos a pagar. É incompreensível. A economia russa como um todo é incompreensível.

— Mas o que não é incompreensível?

— O seu trabalho e o meu, comparativamente, são fáceis de compreender. Você procura saber o que está acontecendo, recolhe as informações e transmite a verdade. Eu tento localizar o alvo e o atinjo. É tudo muito simples. Mais tarde, evidentemente, podemos nos perguntar para que serviu o que fizemos. E aí você levará alguma vantagem sobre mim. Mas logo refletiremos sobre uma questão filosófica mais divertida.

Por mais estranho que possa parecer, a questão filosófica mais divertida era o terrorismo, o terrorismo clássico.

Então chegaram à prometida igreja. Afinal, a Rússia seria explicada com a ajuda de apenas dois museus e uma igreja.

Estava localizada muito próxima do hotel de Erik e, aos seus olhos, o aspecto era exatamente o que ele conhecia de uma igreja russa, com cinco ou seis cúpulas douradas, em formato de cebola, mais ou menos como no caso mais conhecido da igreja na Praça Vermelha, em Moscou.

Estacionaram o carro e seguiram a pé até um canal a caminho da igreja. Do outro lado, um cruzamento de ruas de calçamento de pedra, à moda antiga. Erik imaginou que as casas ali em volta deviam ter pelo menos uns 300 anos. Eram casas históricas que normalmente se veem em cartões-postais.

— Ali estava Sofia Pirovskaia, em 1º de março de 1881 — disse Hamilton, apontando para uma esquina do outro lado do canal.

Ficou em silêncio, como se, com isso, tudo estivesse esclarecido. Soou, no entanto, como uma introdução a um programa de rádio em que se começa por dizer alguma coisa incompreensível a fim de criar expectativa, pensou Erik.

No entanto, a história era curta e simples. Sofia Pirovskaia fora uma terrorista, embora ela própria se apresentasse como anarquista. O grupo a que pertencia se chamava A Vontade do Povo.

Ali, naquele lugar e na hora certa, ela agitou o lenço branco que tinha na mão. Era o sinal combinado. O czar Alexander II estava a caminho. Os homens do A Vontade do Povo assumiram suas posições. O czar morreu justamente naquele lugar em que, por trinta anos, se construiu uma igreja, bastante cara, num estilo comum à Rússia medieval. Durante o sítio de Leningrado, serviu como armazém de cereais.

— A igreja tem um nome mais formal, mas não me lembro dele — confessou Hamilton. — No entanto, todos aqui a chamam de *Spas na krovi*, a Igreja de Sangue, em tradução literal. Mas o importante não é o monumento em si.

— Você lamenta a morte do czar? — ironizou Erik. Se Hamilton fosse ao mesmo tempo fã de Stálin e czarista, pensando bem, talvez estivesse realmente maluco.

— Sim, talvez, mas é justamente aqui que chegamos à questão filosófica — respondeu Hamilton, aparentemente insensível à ironia de Erik. — Para o seu tempo, o czar Alexander II foi um monarca muito mais moderno e esclarecido do que os outros no restante da Europa. Acabara com a escravatura. Dizia-se que ele morreu literalmente com uma nova Constituição no bolso. Bem, pelo menos, mandara escrever um rascunho dessa nova Constituição, uma espécie de reforma democrática do sistema russo, com direito de voto para todos, menos, claro, os camponeses.

— Mas os camaradas do A Vontade do Povo provavelmente não sabiam disso e, mesmo que soubessem, pensariam que era pouco e já vinha tarde — forçou Erik, tentando ao máximo não ser irônico.

No entanto, a questão não era só essa. Era bem mais significativa. Os dois estavam agora a caminho da igreja. Estavam na direção certa, assegurou Hamilton, que continuava pensando no tal momento histórico. Mais um museu e as visitas terminariam. Então, poderiam ir para casa e trabalhar na entrevista.

O czar Alexander II era, portanto, um monarca bom e esclarecido, com tendências democráticas. Em contrapartida, seu filho, que logo seria aclamado Alexander III, fora um tipo reacionário, que logo mandara queimar o projeto da nova Constituição democrática e que, em seguida, tomara a decisão de mandar matar todos os manifestantes das ruas de São Petersburgo. Fortalecera o poder da realeza, reintroduzira, na prática, a escravatura e, consequentemente, abrira caminho para a chegada de Lênin, dando início a um novo ciclo da história.

O problema, porém, foi Sofia Pirovskaia. Primeiro, é claro, ela morreu na forca, junto com seus camaradas. Depois, foi considerada heroína e deram o seu nome a uma rua, justamente aquela por que estavam andando. Atualmente ela era considerada outra vez uma terrorista. Sua carreira era incomum: duas vezes terrorista na história. Nelson Mandela, Arafat e Menachem Begin foram terroristas apenas uma vez. E, se a história voltasse a mudar de rumo, talvez ela voltasse a ser "desterrorizada", e seu nome viesse a designar novamente a mesma antiga rua.

A questão principal era a seguinte: a vítima foi Alexander II, que, ao que consta, já sobrevivera a seis atentados. O terrorismo estava bastante ativo na década de 1880, e, com toda certeza, o czar não duraria muito. Se não fosse daquela vez, morreria na tentativa seguinte. Mas, e se não morresse?

Nada de Revolução Russa? Nada de Lênin? Nada de Stálin? Nada de Mao? E, finalmente, nada da organização estudantil Clarté, de que eles dois, por coincidência, foram membros?

De volta a Sofia Pirovskaia. Não havia nada de errado quanto ao seu conhecimento intelectual. Ela estudara os grandes pensadores da época, Bakunin e os outros terroristas, isto é, anarquistas. Sua coragem era enorme, assim como sua vontade de mudar os rumos da história por meio da sua heroica interferência pessoal, o que acabou acontecendo, embora não na direção que ela imaginara.

— O mesmo acontece comigo. Não sou melhor ou pior do que Sofia Pirovskaia — resumiu Hamilton, quando saíam de uma travessa e chegavam a uma enorme praça diante do Palácio de Inverno.

— Você quer que usemos essa analogia na entrevista? — perguntou Erik, na expectativa de ter uma orientação.

— Não. Nenhum dos ouvintes sabe quem foi Sofia Pirovskaia ou Alexander II, de modo que não é adequado mencioná-los no rádio — constatou Hamilton, de imediato. — Isso é apenas para a sua informação. Tudo o que fiz na vida teve algum significado permanente. A esse tema, sim, podemos voltar. E, agora, ao Palácio de Inverno, nossa última lição do dia!

Era um dos maiores museus do mundo. Isso era praticamente tudo o que Erik sabia, mas receava o pior e começara a pensar se as lições de história não seriam uma manobra de Hamilton para desviar a atenção de algo mais importante.

No entanto, nada o levava a fazer tal suposição. Atravessaram a enorme praça, aproximando-se do Palácio de Inverno pelos fundos, onde havia uma pista para a prática de patinação no gelo, cujos assentos prejudicavam a visão geral. Hamilton apontou para uma coluna de mármore, semelhante à que sustenta a figura de Lorde Nelson, em Londres. No alto da coluna, um anjo com uma cruz na mão pisando uma cobra. A cobra era Napoleão.

Entraram sem pagar mais uma vez, depois de Hamilton murmurar alguma coisa que Erik não chegou a entender. Subiram uma enorme escadaria de mármore italiano que criaria um efeito extraordinário na filmagem hollywoodiana de *Guerra e paz*, obra-prima de Tolstói. Hamilton apontou para a pintura do teto, representando os deuses olímpicos, fez piada a respeito do tridente na mão do deus do mar e avançou, rápida e decididamente, por várias salas, até chegar a uma, pequena, com o retrato de Pedro, o Grande, no centro de uma grande alcova e ao lado da imagem de uma deusa.

— Quem é a deusa? — perguntou Erik, delicadamente.

— Minerva, mas isso não importa — respondeu Hamilton. — Não são os delicados bordados em prata nas paredes que afetam a nós, suecos. Também não se trata dos incríveis entalhes, artísticos e delicados, feitos no chão de madeira, nem do relógio dourado, tampouco de outros detalhes da decoração. São os dois quadros ali. O começo da Rússia.

Em duas paredes do salão, estavam penduradas as pinturas enormes. Hamilton explicara tudo quase distraidamente, falando mais devagar do que na Igreja de Sangue. A primeira pintura representava uma cena da batalha, bastante desconhecida, de Lesnaia, de 1708. O general sueco Lewenhaupt estava indo ao encontro do rei Karl XII, da Suécia, levando provisões e reforços, para que fosse possível o Exército sueco manter o domínio de toda a região hoje pertencente à Rússia, quando foi atacado por uma tropa russa em número bastante superior. Ao final, para que as provisões não parassem nas mãos do inimigo, o general sueco fora obrigado a queimá-las. Segundo Pedro, o Grande, com isso ele criara as condições para a vitória dos russos em Poltava, no ano seguinte.

O outro quadro representava justamente uma cena da batalha em Poltava. A vitória mais admirável de Pedro. O começo da Rússia como grande potência. O começo do fim do sonho sueco.

— Isso é tudo o que eu gostaria de lhe contar sobre a Rússia — resumiu Hamilton. — Este museu, aliás, é enorme, e levaria meses para vê-lo por inteiro. Aqui há de tudo, desde múmias e obras de Da Vinci até uma cafeteria com internet. Aliás, foi de lá que fiz contato com você. Enfim, proponho agora que busquemos o carro, apanhemos o seu material no hotel e sigamos para a minha casa, a fim de trabalhar.

Erik, claro, concordou com tudo.

Passaram no hotel para que Erik apanhasse as suas anotações, as baterias e o gravador. Hamilton morava perto do Palácio de Inverno e, em cima do portão do seu prédio, viam-se dois querubins gigantescos em pedra vermelha. (Ou seria gesso pintado de vermelho?)

A escada estava velha e precisava de uma boa reforma. A porta de Hamilton, no quarto andar, não tinha indicação do seu nome. O elevador não funcionava. Dava a impressão de uma mansão dilapidada. No entanto, ao entrar, era como se tivesse voltado a pisar num pedaço da Suécia, num apartamento de executivo na Strandvägen, a avenida à beira-mar em Estocolmo. A cozinha e a sala de jantar eram totalmente modernas, a sala de estar com vista para as praias do Neva era quase uma paródia do sonho de todos os suecos, e a mobília certamente fora comprada na IKEA. As pinturas nas paredes davam uma leve impressão de esquizofrenia. Eram telas com motivos dos séculos XVIII e XIX, misturadas com arte russa moderna da década de 1920.

Erik reconheceu *O homem vermelho*, mas não conseguiu se lembrar do nome do artista.

Hamilton foi buscar duas garrafas de água mineral e dois copos de cristal russo. E, depois, sentou-se no sofá. Imediatamente, Erik pôs o gravador para funcionar.

— Já encomendei o nosso almoço para daqui a uma hora, está bem? — disse Hamilton.

— Certo, está ótimo. Mas posso lhe fazer uma pergunta em particular antes de começarmos?

— Claro, nesse caso acredito que poderei responder.

— Foi uma lição fascinante de história, tenho de admitir. No entanto, por vezes, fiquei com a impressão de que você estava contando alguma coisa a mais nas entrelinhas.

— É mesmo?

— Você acredita que a história desculpa a tirania? Isso faz lembrar o que a gente pensava como jovens "clarteístas".

— Eu não acho. Nós não aceitávamos Stálin.

— Mas aceitávamos Mao!

— Ok, você tem razão. Quero dizer que precisamos compreender a história, compreender, por exemplo, que a Rússia sempre foi uma ditadura e vai continuar sendo ainda por um bom tempo. Uma quantidade espantosa de russos mais velhos continua a gostar de Stálin, e isso tem a ver com a vitória sobre a Alemanha nazista. Os mais jovens adoram Putin, e isso tem a ver com nacionalismo e consumismo. Tentei entender tudo isso, mas creio que não gostei do que vi.

— E o que você acha de Putin?

— Uma coisa é falar com o gravador ligado, outra é falar com ele desligado, pelo menos enquanto eu estiver na Rússia em serviço. Mas, em poucas palavras: na Rússia de Putin continua-se a assassinar jornalistas que ousam ser críticos, assim como oposicionistas no exterior. E os assassinos nunca são presos. Para mudar de assunto, devo dizer que, de todas as figuras de que falamos durante a nossa excursão, aquela com a qual mais me identifico, entre todos os heróis e vilões, é a de Sofia Pirovskaia.

— A terrorista da Igreja de Sangue?

— Sim, ou anarquista. Você vai fazer as perguntas a respeito de uma ou outra operação militar do passado. Vou tentar responder tão detalhadamente quanto possível sobre a verdade dos fatos. Mas é preciso deixar claro desde já: quase nenhuma das operações em que entrei teve qualquer consequência a longo prazo, boa ou ruim. Bem, a exceção talvez seja o caso da liberação dos executivos suecos reféns da máfia. Pelo menos para eles as consequências foram significativas. No entanto, nada na minha vida militar criou qualquer efeito a longo prazo, por mais que esse efeito fosse considerado explosivo à época.

— Isso soa como uma conclusão muito amarga. Desculpe, mas é como se você desejasse que fosse assim.

— Não é essa a intenção. Há mais ou menos um ano, libertamos Gaza, e seus habitantes passaram a ter um porto e um aeroporto, a frota de pesqueiros conquistou uma área própria e tudo passou a ficar muito melhor. Agora, os israelenses destruíram o porto e a base aérea e patrulham a costa de Gaza com novas unidades que receberam dos Estados Unidos. Esses loucos do Hamas assumiram o poder e tudo está pior do que antes. Isto é, jogamos uma pedra na água, criamos alguns respingos, várias circunferências se afastaram do centro na superfície aquática e logo essa superfície voltou a ficar na mesma.

— Precisamos gravar isso, mas qual será a sua conclusão pessoal?

— Nunca mais usarei armas na minha vida, eu juro. E, então, você tem outras perguntas a fazer?

— Sim, durante as próximas horas. Proponho que comecemos justamente onde estávamos enquanto ainda nos lembramos das palavras.

Erik Ponti ligou o gravador, enquanto Hamilton servia dois copos com água mineral.

Ela sabia que o havia capturado, e sentiu-se satisfeita. Não por ter qualquer tipo de inclinação sádica, mas porque o suspeito era policial e, por isso mesmo, difícil de capturar como criminoso. Entretanto, era uma estranha, embora tranquila, encenação, a que decorria do outro lado do vidro espelhado. Lá estavam o suspeito e seus dois interrogadores. Ela podia vê-los, mas eles sequer sabiam de sua presença.

Foi isso que ela fez durante dois longos dias, enchendo um bloco de anotações com novas perguntas e novas percepções psicológicas. O suspeito oscilava, como se previa, entre apelos ao corporativismo e momentos de muita agressividade. Parecia bastante seguro de si e tinha a certeza de que seria liberado. Seus colegas estariam trabalhando para isso, esclarecendo todas as dúvidas. Ele poderia, então, voltar ao seu posto, para calar a boca de muita gente e evitar novos rumores.

Muito bem. Sua autoconfiança exagerada, algumas vezes, se transformava em clara deficiência em enxergar a realidade, o que era ótimo sob o ponto de vista dos interrogadores. O comissário Kenneth Jernemyr, da Unidade de Narcóticos e Vigilância da polícia regional, era, evidentemente, uma grande figura, sempre pronto para ganhar um extra. Não satisfeito em fazer um bico como gângster, ao cobrar dívidas em nome de terceiros mediante gordas comissões, ele ainda recebia dinheiro para proteger o tráfico de narcóticos no país ou avisando aos suspeitos que suas chamadas telefônicas estavam sendo grampeadas. De vez em quando, ele prendia algum traficante que estivesse concorrendo com seus parceiros. O *dealer* era preso por sugestão dos próprios criminosos prejudicados ou até a pedido deles.

Foi esta última situação, considerada uma espécie de atitude imprevisível perante os mafiosos com quem mantinha contato, que tornou mais difícil reunir as provas contra ele. Sua justificativa era a de que passava metade do tempo no submundo. Não era de espantar que ele cumprisse atividades policiais especiais usando disfarces e que a sua luta contra o crime organizado exigisse não apenas "métodos não convencionais", como também, é claro, coragem, poder de decisão e incorruptibilidade. Ele queria ser ao mesmo tempo mafioso e herói policial, o que, entre outras coisas, o transformava num caso psicológico extremamente interessante e original.

Era um caso tecnicamente difícil, que tomaria muito tempo. A polícia secreta já tinha mais de três mil horas de conversas telefônicas gravadas com o suspeito. Já havia, portanto, material mais do que suficiente para condená-lo. Era uma questão apenas de escolher e organizar esse material.

Delegada policial e chefe havia um ano da Unidade de Investigação e Interrogatórios da polícia secreta, Ewa Tanguy podia dizer, pela primeira vez, que "se divertia" na nova função.

Para ela, essa era uma ironia que a fazia sorrir. Na realidade, quando o convite para assumir o posto foi feito, o desafio lhe pareceu interessante demais para ser recusado. Ao contrário. Ela se sentiu lisonjeada. E era natural que se sentisse assim, já que o superintendente da polícia sueca foi logo dizendo que ela era, com toda a certeza, a interrogadora mais competente de toda a corporação. Assim, assumir o posto não só se tornou inevitável como atraente. No entanto, todos os policiais *de verdade*, como dizia Anna, sua melhor amiga, viam a polícia secreta com certa dose de ceticismo. Era a maior organização isolada dentro da polícia e não se sabia de quase nada sobre seu campo de atuação e muito menos se conheciam seus resultados. Era, ainda, o único departamento de toda a polícia que parecia ter recursos ilimitados à disposição. Após o 11 de Setembro, seus recursos foram aumentados em 60%. Quem não gostaria de fazer nem que fosse um período de experiência nesse departamento? Além disso, sempre se poderia pedir transferência no caso de incompatibilidade com o serviço.

Havia ainda outra razão para aceitar o novo posto na polícia secreta. Talvez a mais importante, ainda que fosse difícil para ela confessá-la. Ao ser chamada para se apresentar ao intendente máximo da polícia sueca, ela pensava, na verdade, que seria convidada para chefiar a polícia na cidade de Skövde, o que também teria sido uma honra e um convite difícil de recusar. Afinal, ela era formada em direito criminal e passara por um curso de chefia dentro da polícia, seguindo uma carreira que ela própria havia escolhido. Portanto, Skövde, no interior do país, seria o próximo degrau.

E era nisso que ela pensava antes da reunião com seu chefe, seguindo por uma avenida famosa da capital sueca, a Norr Mälarstrand, literalmente a praia norte do lago Mälar. Pensava também na filha, Nathalie, que ainda nem fizera quatro anos. A mudança não seria problema para ela. Nova babá, novas companhias da mesma idade. Mas, para Pierre, o quadro era diferente. Ele era como que um imigrante dentro do próprio país. Após quarenta anos na Legião Estrangeira, no Norte da África, seus poucos amigos suecos viviam todos em Estocolmo. E também somente em Estocolmo existiam os mercados e os restaurantes franceses que o satisfaziam. Obrigá-lo a mudar-se para Skövde apenas para não atrapalhar a carreira dela seria, de qualquer forma, errado.

Em quase quatro anos juntos, a vida decorrera como um longo período de namoro. Viviam numa "intensidade" que não tinha paralelo entre os amigos mais íntimos, talvez porque acreditassem que essa era a última chance deles, pelo menos para pensarem em filhos. E agora tinham Nathalie.

Esse era, portanto, um tipo de vida que se encaixava perfeitamente na ensolarada área central de Estocolmo, a Riddarfjärden, onde viviam e continuariam vivendo após ela receber o surpreendente convite de seu superior para assumir uma função de chefia na polícia secreta. O local de trabalho ficaria à distância de um passeio a pé do seu apartamento, um lar bonito, decorado com mármore rosa da Córsega e muito confortável.

No que dizia respeito à nova função, os interrogatórios seriam semelhantes aos que ela estava habituada a fazer com suspeitos de crimes comuns. Portanto, nesse aspecto, sua confiança persistia quanto à sua capacidade de interrogadora. No tempo que passou no Departamento de Criminologia, trabalhara em muitos casos escorregadios, e em alguns particularmente difíceis, como o de corrupção do comissário Jernemyr, que ela pretendia ver resolvido no dia seguinte.

No entanto, tudo o que ela imaginara em relação ao trabalho na polícia secreta estava errado. Em vez de continuar fazendo um serviço semelhante, acabou metida num verdadeiro pesadelo. Analisando superficialmente, pode-se acreditar — tal como ela acreditara — que é a mesma coisa interrogar um contraventor e um terrorista, traficantes ou sonegadores, crimes complicados, resistência inteligente, questões difíceis de transformar em provas.

Porém, ela logo verificou que isso era verdade só em parte. Suspeitas concretas ou vagas, respostas concretas ou vagas — até aí, tudo igual. No entanto, existia uma dimensão totalmente nova em que sua competência policial não era suficiente. Os objetivos terroristas são políticos. Demorou um pouco antes que ela, contra a sua vontade, fosse obrigada a confessar isso para si própria. Mas não para seus amigos jornalistas, que a todo momento insistiam em afirmar esse princípio. E a política era mais forte do que a justiça. Seus interrogatórios haviam demonstrado que uma parte dos suspeitos era inocente, mas, de qualquer forma, os tribunais os condenaram, contrariando o bom-senso e a consciência. O trabalho dela não havia desempenhado nenhum papel importante.

O reconhecimento da situação levou-a a uma forma de depressão profissional, embora continuasse rodeada de felicidade familiar e do consolo dos bons amigos. Mas agora parecia que a situação havia mudado. O comissário Kenneth Jernemyr fez com que ela se sentisse quase eufórica, com vontade de trabalhar.

Ela acabaria com ele por meio da economia, o que seus dois interrogadores subordinados não haviam feito nos primeiros dias. Jernemyr podia falar o quanto quisesse sobre operações secretas, zonas policiais cinzentas e outros disfarces. Tudo isso ele podia fazer. Porém, ele não sabia da existência de três horas de gravação de suas conversas telefônicas. Além disso, desconhecia o quanto o investigador econômico podia descobrir da vida financeira de qualquer pessoa. Aliás, ele podia tudo. E seria uma festa derrubar Jernemyr, sobretudo por se tratar de uma operação verdadeiramente policial, imune a qualquer interferência política. Uma pequena reunião rotineira do grupo, sem nada de especial para tratar, aconteceria na manhã seguinte. E logo a sua hora chegaria.

No entanto, naquela quarta-feira nada houve de rotineiro na reunião de rotina da liderança da polícia secreta sueca. O promotor-chefe Von Schüffel, advogado de acusação sempre que o crime fosse cometido contra a segurança do reino ou se tratasse de crime terrorista, pedira a palavra e, com isso, toda a programação do dia ficara suspensa até segunda ordem. Ele antecipara a informação de que estava sendo preparada a prisão de um indivíduo. Era como se no hospital chegasse uma emergência.

Como de costume, todos estavam sentados em volta de uma mesa oval de madeira branca de vidoeiro, como havia acontecido durante o tempo de Ewa. No entanto, o chefe Ralph Dahlén se aposentara depois dos atos terroristas do ano anterior, e o novo chefe se parecia muito com ele, além de ter um nome parecido, Björn Dahlin, e ser jurista do mesmo nível de Dahlén.

O promotor-chefe Von Schüffel estava pensando na coletiva para a imprensa ao entrar na sala, e Ewa não pôde deixar de sorrir ao pressentir essa ideia. Ela partiu do princípio de que se tratava de alguma coisa de menor importância, ainda que importante sob o ponto de vista jornalístico. Caso contrário, a questão já devia ser do conhecimento da liderança do Säpo, o Serviço de Segurança Sueco.

O novo chefe, Björn Dahlin, deu as boas-vindas a todos, no mesmo estilo jurídico e masculino de seu antecessor, explicando que um assunto de emergência teria de ser tratado antes da ordem do dia. E passou a palavra a Von Schüffel, recostando-se depois em sua cadeira e adotando a posição característica de juiz, com o indicador apoiado na face.

— Meus senhores! — começou por dizer Von Schüffel, ansioso, mas logo voltou atrás. — Desculpem, Ewa e Dóris! Minhas *senhoras* e meus senhores! O que vou dizer será uma surpresa para a maioria dos presentes, para não falar da maneira como a sociedade em geral vai reagir, pior ainda os representantes da imprensa.

Fez uma pausa teatral, olhou em volta e prosseguiu:

— Estou manifestando neste momento, e verbalmente para não haver qualquer espécie de vazamento, a decisão de prender Erik Ponti, jornalista da Rádio Suécia, por proteção dada a um criminoso e pela prática de terrorismo.

Mais uma vez ele olhou em volta, agora com ar de triunfo, enquanto todos os presentes conservavam a mesma expressão de espanto, como se tivessem ouvido mal. Todos, menos o chefe superior e o chefe de operações, observou Ewa, embora sentisse sua cabeça rodar. Não havia, porém, qualquer espaço para dúvidas, e ela não era, definitivamente, a única na sala a se mostrar estupefata. Os dois que pareciam já saber do assunto nem sequer mudaram de expressão.

— Erik Ponti — continuou Von Schüffel, entusiasmado — visitou, cobrindo ou não para a Rádio, o criminoso mais procurado da Suécia de todos os tempos, o ex-vice-almirante Carl Hamilton, no seu atual endereço, em São Petersburgo. Nesta visita, Ponti contrabandeou certo material de Hamilton e deveria chegar ainda hoje a Arlanda, o aeroporto de Estocolmo, em voo comercial, mas parece ter escolhido, de última hora, outro plano de viagem. Pelo que sabemos, ele é esperado hoje no trabalho, dentro de mais ou menos uma hora. Uma vez detido, Ponti será levado a interrogatório. Sua sala na Rádio Suécia será vasculhada. A princípio, vamos buscar pelas gravações feitas com Hamilton. Se o pessoal de operações da polícia secreta não for suficiente, teremos de requisitar ajuda extra. O interrogatório será realizado aqui mesmo na polícia secreta. É claro que ninguém poderá sair desta sala até que Ponti seja detido. Alguma pergunta?

De início, pareceu que os membros presentes à reunião nada tinham, de fato, a perguntar. Todos estavam paralisados. Provavelmente pensando a mesma coisa. O promotor-chefe, nos processos que diziam respeito à segurança da nação e ao terrorismo, detinha poderes superiores à polícia, até à polícia secreta. Se ele desse uma ordem, esta teria de ser acatada. Não havia nada a negociar, nenhum espaço para discussão ou argumentações. Após um momento de total silêncio, os olhares se voltaram para o novo chefe supremo da polícia, que já havia abandonado sua máscara de juiz, inclinado-se para a frente e apoiado os cotovelos na mesa.

— Espero que você pretenda repensar a situação, Von Schüffel — começou Björn Dahlin, com lentidão. — Você está nos pedindo para atacar a Rádio Suécia. Não só isso, como também atacar um dos mais conhecidos jornalistas do país e, o que, aliás, não melhora a situação, um de nossos críticos mais ferrenhos. Trata-se simplesmente de uma situação histórica e única a que você esquematizou. Para começo de conversa, não seria mais conveniente se cumpríssemos a ordem de detenção do suspeito na casa dele? Não podemos subestimar o simbolismo da situação. Se necessário, posso esmiuçar melhor o meu pensamento.

— Sim, por favor! — respondeu Von Schüffel, impaciente.

— Muito bem. Penso da seguinte maneira — reagiu o chefe do Säpo, após curto período de silêncio. Ele não estava preparado para a insistência de Von Schüffel. — Algumas vezes, a polícia recebe ordens para prender jornalistas, sem que haja qualquer problema de monta para resolver ou discutir. Normalmente se trata de repórteres suspeitos de usar drogas e que trabalham na área de entretenimento. Excepcionalmente, trata-se de algum repórter suspeito de algum crime mais grave. No primeiro caso, não há discussão, apenas alguns dias de encarceramento. No segundo caso, uma discussão, para sermos francos, insignificante. Mas, se formos atrás de Erik Ponti, não discretamente na sua casa, e sim na poderosa Rádio Suécia, com certeza suscitaremos uma quantidade tão grande de publicidade negativa que prejudicará o nosso trabalho. Não será esta uma conclusão plausível?

— Você pode ter razão — aceitou Von Schüffel, inesperadamente cooperativo. — Proponho então adiarmos esta reunião e imediatamente seguirmos para apanhá-lo em casa, antes mesmo que seja capaz de dar um telefonema. Ok? É claro que a casa dele também deverá ser vasculhada.

— Assim é muito melhor — concordou o chefe do Säpo. — Vamos logo, não podemos perder tempo com qualquer adiamento. Hansén, por favor.

Hansén, o chefe de operações, levantou-se e saiu.

— Portanto — continuou Björn Dahlin, satisfeito em ter salvado a situação, pelo menos em parte —, estou pensando ainda naquela ordem de vasculhar a Rádio Suécia. Será que não seria mais conveniente pedir ajuda à polícia de Estocolmo, ao Departamento de Criminologia do município ou ainda a outros departamentos? O efeito simbólico da situação será um pouco exagerado se recair todo sobre o nosso pessoal, se é que você me entende.

— Entendo — respondeu Von Schüffel, firmemente. — As manchetes nos jornais serão, sem dúvida, maiores: SÄPO ATACA A RÁDIO SUÉCIA, do que se for outra unidade policial a fazer o trabalho, embora a diferença na prática seja nula. Mas agora existe de fato um perigo na demora. Vocês têm recursos aqui no departamento, e eu sou o líder da investigação preventiva. Simples assim.

Resignado, o chefe do Säpo aceitou a argumentação, adiou a reunião, apontou primeiro para Ewa e depois para sua sala.

Nada mudara no escritório do chefe. Talvez as fotos de família tenham sido trocadas. De resto, tudo igual. Até os quadros pendurados nas paredes e o café em cima da mesa de centro, diante do sofá. No entanto, Björn Dahlin não quis se sentar ali e avançou para a sua poltrona de couro preto atrás da escrivaninha. Ewa seguiu-o, obediente, e foi sentar-se na cadeira diante da mesa do chefe. Ela se sentia dopada ou meio ausente, como se tivesse recebido uma pancada na cabeça.

— Muito bem, Ewa, em primeiro lugar, as formalidades — começou ele por dizer, indo direto ao assunto. — Temos pela frente um grande desafio. Isso você já deve ter percebido, certo?

— É claro. Acontece que Erik Ponti é o melhor amigo do meu marido e também um dos meus melhores amigos.

— É mesmo? E como você se sente agora?

— Como num sonho. Ou num pesadelo. Nem sei o que dizer.

— Ele será interrogado aqui entre nós. Você será capaz de delegar a responsabilidade de ouvi-lo a alguns dos seus colegas?

— Claro — respondeu ela, em voz baixa.

Ele ficou em silêncio durante um momento, observando-a antes de continuar:

— Bem, a questão está resolvida — disse ele, assim que o longo silêncio se tornou quase insuportável. — Manterei-a fora dos preparativos para a operação, e esta é uma decisão que, espero eu, você saiba respeitar. Você se encontra numa situação complicada, que eu, particularmente, não invejo. Sei que realizou até aqui um trabalho excepcional no departamento. A unidade de interrogatórios é hoje uma das mais fortes, depois de ter sido, talvez, a mais fraca. Nesse aspecto, concordo em absoluto com o meu antecessor. Mas você não está afastada do trabalho, de jeito nenhum. Entre outros, tem pela frente esse infeliz Jernemyr para agarrar com unhas e dentes. Entretanto, o que você acha da situação? Tem alguma proposta? Alguma pretensão?

— Apenas uma proposta clara — respondeu ela, em voz baixa. — Não vou me meter no caso Ponti nem tomar conhecimento de qualquer documento que esteja relacionado a ele. E vou continuar trabalhando no caso Jernemyr.

— Acho uma boa proposta. Mas será que você não está um pouco esgotada? Quer tirar alguns dias de licença? Posso compreender perfeitamente...

— Não, obrigada. Acho que seria ainda pior ficar em casa. É melhor descarregar energia em algum trabalho positivo.

Ela falava em voz baixa e, possivelmente, pensou, estaria piscando os olhos como qualquer suspeito que mente ao ser interrogado. Teria sido mais fácil falar com Ralph Dahlén. Pelo menos ele tinha um pouco mais de bom humor. Björn Dahlin se parecia muito com seu antecessor, fizera mais ou menos a mesma carreira, fora vice-promotor e viria a ser, tal como Ralph, presidente de algum dos tribunais mais importantes quando deixasse o posto de chefe do Säpo. De qualquer forma, teria sido muito mais fácil falar com Ralph a respeito das complicações vigentes.

— Até aqui a nossa conversa foi formal — continuou o chefe do Säpo. — Mas agora eu gostaria de saber o que você pensa disso tudo.

— O que eu penso ao ver um dos meus melhores amigos sendo preso como suspeito de proteger um criminoso e terrorista? — perguntou ela com um tom irônico.

— Isso mesmo — continuou ele, imperturbável. — É justamente isso o que quero saber. Depois, eu mesmo direi o que penso. Mas você primeiro.

— Sim... — começou ela, hesitante. — Você deve compreender que esta situação é um verdadeiro pesadelo e não sou neste momento a pessoa mais objetiva para avaliar o problema.

— Claro que compreendo isso, mas, mesmo assim, o que você acha?

— Acho que Erik Ponti, sendo o que é, o jornalista que mais entrevistou Hamilton, fez agora uma nova entrevista com ele. Aparentemente em São Petersburgo. Parece que tudo está dentro da lei.

Portanto, não vejo que exista qualquer ideia de proteção ou ajuda de fuga de criminoso. E, quanto ao crime de terrorismo, isso é algo que não posso sequer imaginar. Mas talvez você saiba mais do que eu sobre o assunto.

— Sim, acho que sei — concordou o chefe, pela primeira vez com um esboço de sorriso nos lábios. — Se Hamilton é terrorista ou não, ainda está por provar. Para nós, ele é apenas um preso que fugiu de uma condenação. Isto é, fugiu da Penitenciária Hall, onde cumpria prisão perpétua. Mas, *se* ele agora é terrorista, o redator Ponti cometerá um crime se não compartilhar conosco todos os dados a respeito do terrorista em questão. É assim que o promotor-chefe Von Schüffel vê a coisa.

Ewa achava que ouvira mal, mas fora apenas uma primeira reação provocada pelo rosto duro do chefe enquanto falava aquelas idiotices. Quando o raciocínio conseguiu acompanhar as sensações, ela deu uma risada nervosa, levou a mão à boca e acenou com a outra como quem pede desculpa. Depois, tentou se conter.

— Essa é também a minha posição — insistiu o chefe, falando secamente. — Mas temos de cumprir imediatamente as ordens que recebemos do *líder das pesquisas preliminares*. Precisamos executar essas ordens e receber depois as críticas injustas. SÄPO ATACA A RÁDIO SUÉCIA. Meu Deus, onde vamos parar!

— E nem isso você pode evitar? — perguntou ela, cética.

— Exatamente. Não podemos evitá-lo. Está acontecendo agora, neste momento, *as we speak*. Estão jogando a merda no ventilador, para falar em termos mais diretos. Mas agora vamos fazer o seguinte: quero que você... Não, não é apenas um desejo. É uma instrução direta. Quero que você acompanhe o interrogatório de Ponti, isto é, sem que alguém a veja ou ouça. Você não deve entrar em contato com ninguém, nem com os interrogadores. Depois, quero que venha falar diretamente comigo e apresente o relatório verbalmente. Vamos resolver o desafio desse jeito, mas eu receberei também um estudo jurídico preliminar para saber para que lado o processo se inclina. Como você verá em breve, conto com um formidável apoio da mídia. Estamos de acordo?

— De acordo sobre a sua instrução direta.
— Muito bem. Então estamos de acordo.

✯✯✯✯✯

Ela já vira centenas de pessoas serem levadas para interrogatório. Todas sempre consideradas "objetos", uma espécie de material humano a ser trabalhado. Como interrogadora, sua função era não se deixar emocionar se alguns dos "objetos" começassem a chorar, a se debater, a vomitar de medo, a parecerem apáticos ou aterrorizados. Ou exageradamente corajosos, o que, muitas vezes, significava também aterrorizados.

Era uma situação impensável, aquela em que se achava agora. Diante dela estaria em breve um dos seus melhores amigos, detido pelos agentes do Säpo, dentro das usuais formas truculentas, talvez até sendo maltratado. E depois seriam jogadas na cara dele as maiores acusações, da forma mais direta e chocante possível. Qualquer um ficaria em estado de choque, pensando nos muitos anos que poderia acabar preso. Mais tarde, ele diria que havia aguentado bem e que o seu comportamento teria sido correto e irrepreensível. Era o que todos diziam. Ewa, como testemunha ocular, jamais poderia contar o que realmente acontecera, e aquilo que veria nas próximas horas ficaria para sempre na sua memória. O compromisso do silêncio valia para o resto da sua vida.

Ewa considerava a hipótese de a atitude do chefe ser intencional e puramente diabólica. Veja bem que tipo de amigos você tem. Será que não é melhor procurar outro lugar para trabalhar?

Não. Ele parecia uma pessoa sem poder de fantasiar uma coisa dessas. Além disso, era compreensível que pretendesse receber uma competente avaliação jurídica do interrogatório poucos minutos depois de finalizado. E ainda havia a considerar aquelas muitas horas de prestação de contas à imprensa que ele teria de cumprir.

Erik tinha uma ferida bem real, sangrando na testa, e o princípio de uma mancha negra num dos olhos ao entrar na sala para o interrogatório. Ainda por cima, trouxeram-no algemado, com as mãos nas costas. Ele parecia mais furioso do que amedrontado, mas, apesar de tudo, contido. Ainda bem.

Os colegas Johnson e Erlandsson, que certamente não imaginavam estarem sendo observados por sua superior, retiraram as algemas de Erik, ajudaram-no a sentar-se, serviram-lhe água e perguntaram a ele se queria algum tipo de atendimento médico. Erik simplesmente balançou a cabeça e secou um pouco de sangue da ferida com o pulso. Olhou para o resultado e encolheu os ombros. Um bom começo de ambas as partes, anotou Ewa.

Os colegas leram para Erik todas as formalidades de praxe. Informaram-lhe que estava detido por ordem do promotor-chefe Von Schüffel, com base na suspeita de proteger um criminoso, de ajudá-lo na fuga, e por crime de terrorismo. Informaram-lhe também que tinha direito a um advogado a seu lado ou, se fosse o caso, um defensor público. Ele respondeu dizendo que no momento não precisava de nenhum dos dois. No entanto, se mais tarde viesse a precisar de um, queria ter a seu lado o advogado Leif Alphin.

Até ali, tudo bem. Estava um a um. Ambas as partes comportavam-se bem.

Ewa ficou maquinando enquanto o ambiente na sala do interrogatório parecia ficar mais tenso. Qual seria a primeira pergunta? "Você é um velho amigo de Hamilton?", propôs ela, para si mesma, em silêncio.

— Você é um velho amigo do vice-almirante Hamilton? — perguntou Johnson.

— Sim. Podemos dizer que sim. Nós nos encontramos diversas vezes, mas sempre em serviço. Isso significa que me encontrei com ele na qualidade de jornalista — respondeu Erik.

— Você se encontrou com ele ultimamente, durante a sua viagem de três dias a São Petersburgo? — continuou Johnson.

— Vocês não têm nada a ver com isso — respondeu Erik, balançando a cabeça e sorrindo. — É claro que eu, pessoalmente, não tenho nada contra dar essa informação, mas o Serviço de Segurança Sueco não tem o direito de questionar as fontes que usamos na Rádio. Vocês estão inclusive proibidos pela Constituição de fazer qualquer tipo de pesquisa nesse sentido. Desde que não se trate de espionagem ou mau uso de dados secretos. E isso não foi mencionado por vocês — concluiu ele, mais divertido do que furioso.

Recue agora, Johnson, dê lugar ao policial simpático, pensou Ewa.

— Meu Deus, Ponti, o que devo dizer? — reagiu Johnson, suspirando e coçando a cabeça. — Provavelmente, você sabe muito mais sobre esse assunto do que nós, simples policiais. Mas a promotoria afirma que temos o direito de fazer perguntas sobre crime de terrorismo, até a um jornalista. O crime de terrorismo foge de certa forma à regra constitucional que permite o sigilo da informação. O que você tem a dizer a esse respeito?

Muito bem, Johnson, tática totalmente correta, pensou Ewa.

— Nesse caso, acho que vocês têm que ultrapassar duas barreiras muito altas — respondeu Erik. — Em primeiro lugar, terão que provar que me encontrei com Hamilton e que me encontrei com ele com um propósito criminoso, e não jornalístico. Em segundo lugar, terão que provar que Hamilton é terrorista. Para falar francamente, vocês não conseguirão provar nada, não serão capazes de ultrapassar essas duas barreiras, camaradas!

Minha Nossa Senhora, Erik! Com essa você já teria levado muitos a desistir, pensou Ewa.

— Muito bem — continuou Johnson, no estilo simpático que havia adotado —, quanto a essa primeira barreira, nós conseguimos ultrapassá-la. No dia 11 de janeiro, às 14h36, você recebeu um e-mail no seu computador na Rádio Suécia de um café numa espécie de museu em São Petersburgo. Espere, estou com a documentação aqui...

Meu Deus! Vocês rastrearam os e-mails da Rádio Suécia?, surpreendeu-se Ewa.

— Muito bem — continuou ainda Johnson, desdobrando uma série de documentos à sua frente. — No dia 11 de janeiro, às 14h36, você recebeu uma mensagem com o seguinte texto: *"Proponho que finalizemos o nosso negócio interrompido na Cidade do Cabo. Trident. Cheval Blanc 82."* E respondeu, em menos de uma hora: *"Onde e quando? Não seria preferível um Latour 82?"* Depois, recebeu uma resposta curta com instruções para a viagem a São Petersburgo, conseguiu um visto de turista e viajou para lá conforme as instruções. Aquele com quem você manteve contato via internet era Hamilton, não é verdade?

— Fantástico! Posso ver? — Interessado, Erik estendeu o braço e apanhou a documentação, com muita calma. Johnson não tentou evitar a manobra. Erik correu com os olhos a documentação, não para se inteirar dos textos, mas com o intuito de procurar outra coisa, imaginou Ewa.

— Muito estranho — constatou Erik, deixando os documentos em cima da mesa à sua frente caírem. — No ano passado, o Parlamento recusou-se a aceitar a proposta de que o Departamento de Rádio do Ministério da Defesa controlasse o tráfego de mensagens na internet. E agora temos aqui a violação concreta dessa decisão do Parlamento, preto no branco. Diga a Von Schüffel que esta prova não servirá para nada, não é legal e nem vale a pena considerá-la para efeito de prisão.

Ele está surpreendendo meus colegas. E pronto para o que virá. Em frente, Erik!, pensou Ewa.

— Pois bem. Isso aqui vai se tornar tão cansativo quanto prevíamos — reagiu Johnson, humildemente, dramatizando ou não. — Mas me deixe dizer o seguinte, ok? Aqui, no nosso trabalho, temos apenas que ouvir as suas respostas. Não precisamos seguir as bases legais. Basta apresentarmos a documentação. Isso aí, a respeito da decisão do Parlamento e de outras decisões semelhantes, é uma questão para outras autoridades judiciais levarem em conta. O que nos interessa é saber se você se comunicou com Hamilton. Isso é a única coisa que nos interessa no momento.

— Esses documentos chegaram a vocês através do Departamento de Rádio do Ministério da Defesa — pensou Erik em voz alta, como se não tivesse escutado a fala do interrogador. — Vamos entender uma coisa: eles não podem fazer essas operações de rastreamento... Mas podem receber informações de outras origens. É isso. Em cima, no canto esquerdo, NSA — National Security Agency —, a maior agência de escuta do mundo. Muito bem! O Departamento de Rádio do Ministério da Defesa resolveu o seu problema de ilegalidade na Suécia comprando o que é legal nos Estados Unidos. E depois vendem o material para vocês da polícia, eventualmente com algum valor adicional. Uma manobra muito esperta, não acham?

Agora é ele que os entrevista. Está pensando que mais cedo ou mais tarde vai conseguir uma cópia da fita e transmiti-la na rádio. Pense bem no que vai fazer, Johnson!

— Pode ser — disse Johnson, suspirando e dando sinais de aborrecimento. — Mas, através de uma manobra esperta ou não, a documentação está aí. E repito então a pergunta: foi com Hamilton que você se encontrou em São Petersburgo?

Merda! Johnson caiu direitinho, confirmando que recebeu a documentação da NSA. Essa fita jamais poderá sair daqui!

— Ah, sim, claro, a pergunta — repetiu Erik, notoriamente satisfeito com o rumo da conversa. — A NSA entrou no tráfego de e-mails da Rádio Suécia e viu que eu me comuniquei com alguém em São Petersburgo. Vocês acham que é Hamilton. Podem estar certos ou errados, mas não tenho obrigação nenhuma de responder a essa pergunta. Portanto, acho que podemos ficar por aqui, certo?

— Acontece que nós *sabemos*, nós temos certeza de que o emissário do e-mail codificado foi Hamilton! — insistiu Johnson.

Se é um blefe, você está fora, Johnson. Se é verdade que você sabe, cautela!

— Não creio nisso — provocou Erik. — Ninguém consegue decifrar esse tipo de mensagem em código. Não é uma questão matemática. Portanto, como vocês podem saber quem é o remetente?

Cautela agora, Johnson! E você, Erik, é teimoso!

— Como poderá entender, não vou responder a essa pergunta — disse Johnson. — Posso apenas afirmar que sabemos que o remetente é Hamilton. Mas você continua a se negar a confirmar isso?

Erik ficou em silêncio por algum tempo e pensou muito antes de responder:

— Não creio que tenhamos um grande problema — disse ele, finalmente. — Por uma questão de princípio, jamais responderei a uma pergunta como essa, quer parta do Serviço de Segurança ou de qualquer outra autoridade. Não posso revelar minhas fontes. Vamos supor que eu realmente tenha entrevistado Hamilton, como vocês acreditam. Nessas condições, vocês terão uma indicação mais precisa se ouvirem o programa *Dagens Eko* nos próximos dias. E então o problema estará resolvido. Caso contrário, a tensão irá aumentar, como dizem os tabloides. E, por mais agradável que tenha sido o nosso encontro aqui, está na hora de seguirmos os nossos caminhos, não acham?

Foi a vez de Johnson refletir. Depois, desviou o olhar para o colega Erlandsson, que fez um pequeno sinal de concordância. Estavam de acordo.

Totalmente certo. Hoje não dá para ir mais longe. Hoje não.

— Muito bem. Ficamos por aqui, pelo menos por hoje — constatou Johnson. — Resta apenas informá-lo sobre as questões práticas...

— Estou detido pelo promotor-chefe Von Schüffel. Dentro de alguns dias, serei levado a julgamento preliminar em que será confirmada a minha detenção ou a minha soltura — interrompeu Erik.

— Não há razão para participar de qualquer outro interrogatório antes disso. Desejo me encontrar com o meu advogado, Leif Alphin, o mais rápido possível. Presumo que não poderei ler os jornais, escutar o rádio ou ver televisão. Também não me interessa. Além disso, gostaria de receber assistência do médico ou do enfermeiro da prisão, com curativos, compressas e um analgésico qualquer. Depois, quero dar uma olhada na biblioteca da prisão — murmurou Erik, ao terminar.

Os dois policiais não puderam deixar de sorrir.

— Você conhece as regras por aqui — constatou Erlandsson.

— Claro que sim — disse Erik. — Já se passaram alguns anos desde que vivi a interessante experiência jornalística de ver a liberdade das pessoas ser restringida após serem interrogadas por policiais e seus gorilas vestidos de preto. Posso assegurar a vocês que essa é uma lembrança que nunca se esquece. E acho que por ora é tudo, não? Então, está na hora de eu me retirar para a minha cela!

Os dois colegas interromperam a sessão, chamaram o carcereiro e recuaram, constrangidos diante da obrigação de colocar em Erik as algemas para ele percorrer o pequeno trajeto até a cela.

Johnson e Erlandsson não juntaram suas coisas nem se retiraram como Ewa havia previsto. Johnson ficou sentado à mesa, e Erlandsson levantou-se e começou a andar em volta da sala, pensando em voz alta:

— Foi muita sorte Ewa não ter nos visto secar diante de um jornalista, mas não tínhamos outra saída, não poderíamos ter feito melhor — refletiu ele.

— Não, não acho que ela pudesse imaginar uma forma diferente para nós agirmos, embora com ela nunca se saiba o que poderá surgir, em se tratando de interrogatório. De repente ela tira mais um coelhinho branco da cartola. Mas agora isso não interessa mais. Nós não tínhamos saída a não ser perguntar a ele sobre Hamilton, e ele se recusou a responder. Então o interrogatório terminou por aí!

— É verdade. Também não podíamos dizer como sabíamos que era Hamilton com quem ele tinha se comunicado. E essa era a nossa cartada mais forte — insistiu Johnson.

— Nem tão forte assim — refletiu Erlandsson, que continuava rondando a sala. — Ele precisava apenas dizer que se tratava de um blefe da nossa parte. E ele também não demonstrou um pingo de medo. Acho que nós dois não somos assim tão horrorosos, de meter medo.

— Não somos, não. Mas é melhor que seja assim. Por ora, jogamos a merda no ventilador. E acho que Ewa aprovaria a nossa atuação — resumiu Johnson, enquanto arrumava o gravador e os documentos.

Quase aprovação total, pensou Ewa. A única falha foi terem deixado que ele pegasse os documentos, metesse o nariz neles e confirmasse que eram informações da NSA. Isso terá consequências. No *Dagens Eko*, ninguém vai deixar isso passar em brancas nuvens.

Ela retirou os fones, desligou os aparelhos e, naquele ambiente escuro, ficou pensando ainda por alguns instantes. Parecia chocada. Dois de seus colaboradores mais próximos, de quem gostava e treinava e com quem se sentia solidária, como com todos os policiais da mesma equipe, contra um de seus melhores amigos. Só poderia ser um pesadelo.

Agora só restava constatar que Erik ganhara o embate. Mas ela tinha de lamentar pelos seus colegas. De qualquer forma, teria sido muito pior se fosse o contrário. Mais tarde, eventualmente, ouviria Erik contar a história. Ele estaria convencido de que ela se mantivera totalmente fora do caso. E, ao ouvir a história contada por ele, teria condições de verificar onde estava a verdade.

Chegou à conclusão de que o convívio entre ela e Erik devia continuar como antes, sem mais reflexões. Von Schüffel teria de apresentar seu relatório nas próximas 24 horas, ou então perderia a reunião para apresentar o pedido de prisão preventiva, o que provocaria um verdadeiro terremoto na polícia e nos meios de comunicação. Leif Alphin acabaria com ele, e, dessa vez, Von Schüffel não poderia contar com a predisposição positiva da mídia, como quando resolvera atacar um inocente negro. Dessa vez, se tivesse mirado o cara errado, isso logo seria descoberto.

Ela olhou o relógio e levantou-se lentamente como se tivesse permanecido na mesma posição durante horas seguidas. Se desse tempo, ainda iria à sala do chefe antes da hora do almoço. Essa era a ordem recebida. Mas, afinal, o que ela tinha para relatar?

Pelo menos, agora, em seu segundo no cargo, ela conseguiu encontrar o caminho para a sala do chefe com mais facilidade, passando por imensos corredores. Foi pensando como formularia seu relatório, atendo-se apenas aos fatos. É verdade que sentia certo vazio na cabeça. Afinal, havia passado por uma situação de confronto sentimental, teria mais do que um simples interrogatório a relatar com fatos precisos. O que ela deveria dizer?

Sua encruzilhada não foi facilitada pela atitude do chefe, que, ao que parece, estava realizando uma "reunião" por telefone e a deixou esperando durante uns dez minutos, antes que a secretária a deixasse entrar. As vibrações não são boas, pensou ela, ao dirigir-se à mesa do chefe. Se a secretária não gosta de uma pessoa, o mais provável é que o chefe também não goste. Portanto, o que devo fazer?

— O que devemos fazer? — perguntou o chefe. — Ouvi dizer que o interrogatório com Ponti, talvez como fosse de esperar, não deu resultado algum. Está correto?

— É essa a interpretação correta, sim — respondeu Ewa, cautelosamente. — Queríamos confirmar se Erik se encontrara com Hamilton em São Petersburgo. Como ele se recusou a responder a essa pergunta, o interrogatório ficou por aí.

— Você acha que ele fez essa entrevista com Hamilton?

— É claro que sim. Indiretamente, deu a entender isso.

— Realmente tive a impressão de que ele se entrincheirou atrás da lei de liberdade de imprensa. Mas você viu tudo de perto e tem outra impressão, certo?

— Ele falou exatamente isto: "Vamos supor que eu realmente tenha entrevistado Hamilton, como vocês acreditam. Nessas condições, vocês terão uma indicação mais precisa se ouvirem o programa *Dagens Eko* nos próximos dias. E então o problema estará resolvido."

— Foi isso que ele disse, literalmente?

— Foi a frase mais importante do interrogatório.

— Você tem uma memória incrível!

— Para as frases importantes dos interrogatórios, sim.

— E qual a sua opinião em relação a um eventual julgamento do seu amigo Ponti? Desculpe, não quis ironizar. Ao contrário do que você possa pensar, eu tenho muita consideração por Erik Ponti. Mas qual é a sua verdadeira impressão?

— Tudo leva a crer que Ponti viajou para São Petersburgo pela Rádio Suécia para entrevistar Hamilton — começou ela por dizer, lentamente, enquanto pensava na conclusão. — Até aí tudo é muito simples e legal. Se foi apenas isso, não vejo nada de suspeito nessa atitude. O que você acha?

— Como você, acho que o caso não se sustenta. Ponti não pode ter incentivado qualquer fuga ou protegido qualquer fugitivo em São Petersburgo, pela simples razão de que, nesse caso, o Estado russo é o culpado. Logo, Von Schüffel não vai obter qualquer sucesso nessa questão.

— E em relação ao terrorismo?

— Pouco provável. Em tese, não é impossível, mas é pouco provável. Von Schüffel diz que quem não colabora nas investigações contra o terrorismo também é culpado. Essa é a nova lei de 2003, parágrafo 4, você sabe.

— Isso é difícil de sustentar. Se for assim, qualquer jornalista que entreviste um terrorista será considerado terrorista por contágio. O advogado Alphin vai criar uma grande polêmica caso a questão leve à prisão de Ponti.

— É exatamente o que penso. Estamos aqui sentados com as mãos atadas. Não erramos, nem podemos mudar nada. E este é o pior dia para mim, neste emprego, até agora.

— Mas será que a coisa não se regulariza sozinha? — perguntou Ewa, tentando consolá-lo. — Quer dizer, partindo do pressuposto de que Erik, isto é, Ponti, realizou a tal entrevista e que ela vai ser transmitida pela rádio. Quando isso acontecer, o problema deixará de existir.

— Isso seria ótimo. Você não gostaria de almoçar comigo, aqui mesmo no escritório? Hoje podemos escolher o gratinado de peixe ou o estrogonofe de salsicha.

— Estrogonofe — respondeu Ewa, surpresa. — Mas...

— Há muitas coisas que você ainda desconhece, e eu preciso de uma pessoa de bom-senso, comprometida, que me dê uma mãozinha antes do início da tarde. De preferência, alguém que conheça bem Ponti e saiba alguma coisa sobre jornalistas. E não confio no nosso Departamento de Imprensa para isso.

Ele se levantou sem dizer mais nada e apontou, como um militar, para os sofás. Foi lá que ele se sentou como Ralph teria feito, na mesma poltrona, de modo que o chefe anterior e o atual pareciam ser, de fato, a mesma pessoa.

Então Björn Dahlin passou-lhe o resumo da situação.

A polícia secreta sueca realizara, conforme ordens recebidas, uma revista geral na Rádio Suécia, e isso provocou uma enorme controvérsia. Em primeiro lugar, os funcionários não queriam deixar que a polícia entrasse. Um dos chefes desceu até a enorme entrada antes das portas de segurança e dos vigilantes e tentou esclarecer que a polícia secreta seria bem-vinda ao *Dagens Eko*, mas só depois de combinado um horário.

E ali ficaram discutindo, enquanto o tempo corria. Mesmo quando os dez homens mais fortes da unidade policial conseguiram forçar as portas de segurança, o problema continuou, uma vez que não sabiam onde e o que procurar. O local comporta milhares de pessoas e tem cinco ou seis andares, portanto, ninguém de fora seria capaz de encontrar a redação do programa *Dagens Eko* por conta própria. E certamente não receberiam qualquer ajuda nesse sentido.

Por fim, outro chefe chegou à entrada para participar da discussão. Cercado de repórteres, queria saber a decisão da promotoria sobre a investigação a ser realizada na Rádio Suécia. E se de fato ela existia.

Em seguida, os policiais foram conduzidos pelo chefe máximo até a redação e à sala de Erik Ponti, que esvaziaram de cima a baixo, inclusive levando o computador onde se supunha estivesse o material que procuravam. Requisitar todo o conteúdo da redação com algumas centenas de computadores era impraticável.

Quando o chefe atingiu este ponto do relato, chegaram duas porções de estrogonofe e água mineral e os dois comeram em silêncio, enquanto Ewa tentava imaginar o inferno que seria a publicidade em torno do assunto.

E, imediatamente depois do almoço, que durou vinte minutos, o promotor-chefe Von Schüffel convocou a mídia para uma coletiva no grande salão do edifício da polícia, que, àquela altura, já estava abarrotado de jornalistas indignados. Mal o chefe do Säpo acabou de fazer sua refeição, pôs a bandeja de lado.

— E agora, o que vamos fazer, o que vai acontecer? Estas são as minhas perguntas, muito simples — concluiu ele, enquanto limpava a boca com o guardanapo e o deixava na bandeja.

— Peço desculpas, mas não são perguntas simples — respondeu Ewa, afastando também sua bandeja e esticando o braço, segundo um velho hábito, na direção da garrafa térmica com café, no centro da mesa do designer Carl Malmsten. — Enfrentaremos um conflito jurídico, pelo que posso entender.

— Por favor, esclareça.

— É claro. A redação do programa *Dagens Eko* não se diferencia muito do nosso esquema daqui; quero dizer, no que diz respeito ao sigilo. Pense no caso de alguém entrar aqui e meter o nariz no seu ou no meu computador, afirmando ter direito de estudar seu conteúdo. A princípio, tudo que está no computador de Erik Ponti está defendido por sigilo absoluto, como tudo que está nos nossos computadores. É assim que vai ser tratado o assunto, mesmo que tenha sido Von Schüffel quem requisitou todo o material de uma das mais importantes redações do país. Será um escândalo, uma caça às bruxas, com a mídia nas próximas horas caçando o chanceler da Justiça, o ouvidor da Justiça, o governo e o Parlamento. E você, evidentemente!

Ele concordou em silêncio e ficou pensando sem mudar de expressão.

— Existe algo que possamos fazer para reduzir os efeitos?

— Eu sei o que faria se estivesse no seu lugar, é o máximo que posso dizer.

— O quê?

— Contrariar a ordem. Desobedecer.

— O quê?

— Você perguntou. Eu respondi o que faria.

— E como justificar essa atitude?

— Nós temos o computador de Erik Ponti aqui na Casa. Será nosso pessoal técnico a fazer a revisão. Von Schüffel não poderá fazer isso sem a nossa ajuda.

— E você acha que posso desobedecer?

— Não preciso nem contar os argumentos para não entrar no computador e revistar os documentos do *Dagens Eko* dos últimos anos. E, se a intenção é saber se Ponti fez uma entrevista, isso não está de acordo com...

— Com o princípio de investidas proporcionais... Obrigado, esse é um interessante ponto de vista. Pode continuar.

— Bem, isso é tudo. O *Dagens Eko*, exatamente como Ponti deu a entender, vai começar a transmitir o material da entrevista. Portanto, não há razão para meter o nariz no computador e tentar acessar o material original. Você vai ser o herói do dia ao se explicar desse jeito.

O novo chefe ficou pensando durante algum tempo, com a expressão imperturbável. Ewa não tinha mais nada a dizer. Havia sido um longo dia, interminável.

— De fato, uma sugestão brilhante — disse ele, deixando que o rosto se iluminasse. — Posso desobedecer à ordem do líder das investigações preliminares e com isso colocar a minha posição de chefe à disposição, ou simplesmente pedir demissão. O governo, no primeiro momento, não vai encontrar outro para fazer aquilo que me recusei a executar. Ao contrário, vai reconsiderar a decisão de Von Schüffel e provavelmente considerá-la absurda. E podem acabar pedindo para eu retirar o meu pedido de demissão. Brilhante!

— Nesse caso — disse Ewa —, mais um detalhe: o programa vai pedir o interrogatório de Erik Ponti, por escrito, e a própria gravação. Isso você precisa evitar que aconteça. O interrogatório levanta certas ligações entre nós e a NSA de que nem eu mesma sabia.

Quando ela saiu da sala de Björn Dahlin para seu departamento, Johnson já estava sentado, esperando por ela, do lado de fora da sala. Ela pediu que ele entrasse e se sentasse no sofá. Depois, procurou a garrafa térmica e se serviu de café, não sem antes fazer sinal para Johnson, se ele também queria. Ele agradeceu, mas não quis.

— Muito bem, Johnson, a situação é a seguinte — começou ela, depois de sorver dois goles de café. — Você interrogou hoje um dos meus melhores amigos. Estou convencida de que fez um bom trabalho, e não esperaria outra coisa. Mas, daqui em diante, não falaremos nem mais uma palavra a respeito do assunto. Está certo?

— Certíssimo, chefe. Agradeço por ir direto ao assunto.

— Então, vamos respirar fundo, pelo menos eu — continuou ela, tentando sorrir, um sorriso estimulante. — Vamos colocar aquele filho da mãe do Jernemyr no seu devido lugar. Eu digo "vamos", embora você não vá precisar dizer muita coisa. Você e Erlandsson fizeram o trabalho preliminar, fizeram com que ele se sentisse seguro e não abaixasse a cabeça. E agora eu vou lhe cortar as pernas. Mas isso não seria possível sem o trabalho preliminar. Espero que você reconheça o peso das palavras que estou dizendo.

— Sim, chefe.

— Não me chame de chefe!

— Claro, Ewa.

Os dois se levantaram e tomaram o caminho dos elevadores, com passos decididos. A farsa do comissário Jernemyr está chegando ao fim, pensou Johnson, o inspetor criminalista. Aquele sujeito vai cair na dela. De repente, chegará uma garota loura, que parecerá uma atriz desorientada, e então ele vai pensar, como pensam todos os homens e como eu também pensei: "Ora, ora... Aí vem ela, uma garota que fez o curso de chefia e nunca chegou a ser policial. Vai ser moleza."

Anders Johnson pensara quase a mesma coisa um ano antes, quando Ewa Tanguy fora nomeada chefe da recém-criada Unidade de Investigação e Interrogatórios da polícia secreta. Depois, começou a aprender com ela. Tornou-se um verdadeiro discípulo. E, de passagem, aprendeu também uma boa lição para não ser machista, não subestimar as mulheres policiais, mesmo que sejam bonitas. Os dois passaram a trabalhar bem em conjunto, como uma equipe. Ele pensou muito nisso quando, junto com Erlandsson, conseguiu enganar o tratante comissário Jernemyr, que supunha que tudo acabaria bem com uma boa conversa.

Anders Johnson sentiu algo muito próximo de uma paz interior ao separar a montanha de documentos na mesa entre eles. Ewa inclinou-se para a frente, para pegar o gravador, e o espertinho do Jernemyr apontou para o traseiro de Ewa, piscando para Johnson, numa "conversa" silenciosa entre pares. Como haviam combinado, foi Johnson quem leu as formalidades antes de passar a palavra para Ewa, diante de Jernemyr, deslumbrado.

— Já vi que vocês dois se tratam com certa intimidade, e proponho que continuemos desse jeito, embora, formalmente, eu seja de patente superior — começou Ewa, sedutora.

— É claro, você é uma daquelas garotas que estudou direito e fez curso de chefia — respondeu Jernemyr, com mais uma piscadela de olho e recostando-se confortavelmente na cadeira.

— De fato — sorriu Ewa de volta. — Trabalhei durante muito tempo no Departamento de Crimes Econômicos antes de aceitar este posto.

— Posso imaginar. Muita papelada, questões jurídicas e por aí afora, não é?

— Nem dá para calcular. De qualquer forma, estou muito interessada em tudo o que diz respeito à economia. E agora está na hora de falar de uma compra que você fez em novembro do ano passado, para a ampliação da sua casa de campo, no valor de 226 mil coroas. Está correto?

— É possível. E daí?

— Bem, nós temos as datas de todos os seus pagamentos para Järnia e uma certa firma de construção. O estranho é que as datas desses pagamentos combinam no tempo com as gravações telefônicas feitas entre você e certos criminosos, em que estes prometem lhe entregar 250 mil coroas. O que você acha dessa coincidência?

— Não acho nada. Não há coincidência.

— Ainda por cima, e por mais estranho que pareça, não existem registros desse dinheiro nas suas contas bancárias, nem na conta-corrente. Portanto, um quarto de milhão caiu do céu em dinheiro vivo e sem impostos, certo? Você ganhou tudo na corrida de cavalos em Solvalla? E sabe qual é a pergunta seguinte?

— Onde estão os cheques?

— Isso mesmo. Onde estão os cheques?

— Você está blefando a respeito dessas conversas telefônicas. O Säpo não pode gravar as nossas conversas ao telefone. Conversas de policiais de verdade. Seria uma loucura!

— Você vai ficar espantado. O inspetor Johnson quer ter a bondade de ler a transcrição da conversa 763, terceira parte?

Anders Johnson sentiu a tensão se elevar à medida que o plano previsto foi se desenrolando conforme o esperado. Estava correndo quase bem demais. A frase dela sobre estar muito interessada em economia fora formidável, ele não conseguiu evitar sorrir. Felizmente Jernemyr não entendeu a brincadeira e voltou a piscar o olho para Johnson e a levantar o olhar para o teto, de maneira significativa.

No entanto, estava na hora de falar sério, de levar Jernemyr para um plano mais frágil. Anders Johnson fingiu procurar entre os papéis na mesa e começou a ler o trecho em questão. O efeito era letal. Tanto Jernemyr como o identificado mafioso falavam uma linguagem clara.

Ewa esperou um pouco antes de fazer a pergunta seguinte, como se não tivesse entendido que a leitura havia terminado.

— Você tem que concordar que as palavras transcritas implicam atos condenáveis, certo? — perguntou ela, num tom de voz de preocupação.

— Claro que não, soam como uma besteira da pior espécie — respondeu Jernemyr, com toda a calma. — O problema está no fato de essa conversa não ser autêntica; pelo menos eu não participei dela.

Nesse momento, chegou-se à primeira bifurcação no interrogatório. O mais natural seria apresentar a gravação original e confrontá-la com a afirmação de Jernemyr de não ter participado da conversa, quando sua voz fora identificada, assim como, inclusive, seu número de telefone.

Habilmente, Ewa escolheu outro caminho, outra tática, a de levar Jernemyr a acreditar pouco a pouco que conseguiria se safar, quando, na realidade, continuava a aumentar o volume de mentiras. Ela suspirou e passou a outra conversa entre Jernemyr e o mesmo mafioso. O procedimento repetiu-se. Anders Johnson leu o trecho da conversa que tratava do modo como Jernemyr concordara em participar de um servicinho, o de meter medo a devedores mediante a apresentação de "um cartão de visita onde estaria escrito, no mínimo, Detetive Superintendente".

Ewa lançou então a pergunta sobre a qual haviam feito piada anteriormente:

— Desculpe, mas você é de fato apenas um delegado, o que, no máximo, significa inspetor-chefe, certo? A não ser que tenha se autopromovido a superintendente da polícia.

Jernemyr enfrentou a pergunta com muito bom humor, brincou um pouco a respeito daqueles que fazem muita questão de títulos e que, portanto, só podia ser outro policial o que falava na transcrição da conversa. Ele continuava recostado em sua cadeira, descontraído. Estava até muito bonito.

Ewa e Johnson conduziam o teatro com bastante desenvoltura, sem que Jernemyr parecesse se preocupar. Era um espetáculo fantástico. Os fundamentos para o interrogatório já estavam claros para Anders Johnson quando se encontrara com Ewa pela primeira vez. Mas com ela o plano ficou ainda mais estruturado. E não precisaram fazer nada por baixo dos panos, nem mesmo quando os colegas mais velhos e amargurados fizeram perguntas a respeito do caso. Ela não era apenas um gênio na área. Desenvolvera um sistema em que o mais importante era levar o interrogado a falar, de preferência muito, e não perceber a armadilha antes que estivesse encurralado. O cenário se repetia com Jernemyr, estranhamente frio. Ele devia sentir o tempo todo que a situação estava piorando e já devia ter compreendido havia muito que não era pela sua espertaza que se safava, mas porque não sofria pressão. Era como se fosse um manual de instruções. Jernemyr ia dizendo suas mentiras, uma atrás da outra, e parecia acreditar mesmo que tudo correria bem até o fim. Ewa dissera que justamente essa supervalorização do ego era seu ponto fraco.

Finalmente, chegara o momento da mudança de direção. Era como se Ewa começasse a apertar o cerco, voltando ao início e desmascarando cada mentira pronunciada durante o interrogatório.

— Sinto dizer, Jernemyr, mas a sua situação começa a ficar um pouco mais difícil — constatou ela.

— E você acha que vou acreditar nisso. Uma policial interrogando outro policial não pode ser assim tão fácil — respondeu ele, ainda aparentemente tranquilo.

— A situação está ficando mais difícil para o seu lado, sim — continuou ela. — A primeira conversa telefônica a que nos referimos aconteceu em outubro de 2007; a segunda, em dezembro de 2005; e a terceira, também em dezembro de 2005. Mas vamos agora pular para dezembro de 2007. O mafioso G, de nome Gustinov, como você certamente sabe, encontra-se no Hotel Kung Carl, no centro de Estocolmo. Ele lhe telefona e lhe pede para verificar se está sendo procurado. Você pede que ele espere um minuto. Na gravação ouve-se um estalido, é quando você liga o seu computador e, depois, diz claramente: "Está sim! Condenado à revelia pelo Supremo Tribunal do Júri da Suécia, prisão decretada a mando da polícia." Como a conversa foi realizada por celular, sabemos onde você estava ao receber esta chamada. Exatamente aqui, neste edifício. Por isso mesmo estava tão perto do seu computador. E o momento em que você entrou na internet também ficou gravado. Até aqui, portanto, apenas fatos. Como você explica isso?

— Eu não preciso explicar nada.

— É verdade. Desculpe se eu estou lhe metendo medo. Mas seria muito estranho se você interrompesse este interrogatório neste momento, não acha?

Ele concordou. Afinal, também era da polícia e sabia das consequências. Mas, duas horas mais tarde, já falara o suficiente para ser preso. Até na questão de tempo o plano de Ewa e Johnson dera certo, a diferença era apenas de minutos.

— Repassamos o plano várias vezes, mas ainda tenho uma pergunta — disse Anders Johnson, enquanto o ex-inspetor Kenneth Jernemyr era levado pelo carcereiro para um período de quatro anos de prisão.

— Uma pergunta? Claro, pode fazer — disse Ewa que, depois de reunir a papelada, já estava pensando em outro assunto.

— Você não vai ficar zangada comigo, mas... — continuou ele, hesitante, como se já estivesse arrependido.

— Mas o quê?

— Bem, vamos lá... Eu gostaria de saber o quanto importa...

Ela se mostrou divertida, fechou sua pasta, apoiou-se nela e inclinou-se um pouco na direção dele, mas sem querer ajudá-lo a sair da hesitação. Johnson sentiu que estava corando.

— Você gostaria de saber se é relevante na situação eu ser mulher e policial, certo? — completou ela.

Ele abriu os braços num gesto muito significativo, como quem confirma ser essa a questão. Era isso que ele gostaria de saber, mas não tinha coragem de perguntar, temendo colocar-se em uma posição constrangedora.

— Fica frio, Johnson — disse ela. — Você está a caminho de se tornar um interrogador muito bom, e é por isso, entre outras coisas, que aprecio o seu trabalho e gosto de você. Está totalmente certa a sua pergunta, e a resposta a ela, neste caso, é de fato sim, um sim muito claro. Se eu tivesse interpretado o papel da policial linha-dura, ele jamais teria entrado no meu jogo, não teria sequer interpretado mal quando eu disse que a situação dele estava ficando difícil, o que, na realidade, foi o ponto alto de todo o interrogatório.

— Foi mesmo — concordou Johnson, respirando fundo. — Eu também ri por dentro quando você disse estar "muito interessada em economia".

— Muito bem, mas pense em duas coisas. Esse tipo de refinamento não aparece no manual dos interrogatórios. Aí tudo é apresentado a seco. Nada é capaz de ensinar mais do que se sentar em frente a um suspeito e tentar arrancar a verdade dele. Veja essa questão homem-mulher como filigrana do serviço. Todo o processo teve por base o grande trabalho feito por você e pelo Erlandsson durante as conversas preliminares com o suspeito, e também quando nos sentamos à mesa e planejamos toda a ação final, depois de repassarmos o material.

Ewa olhou para o relógio, para dar a entender que estava com pressa. Mas ainda pediu ao Johnson que levasse o material para o departamento.

✪✪✪✪✪

O mais detestável, raciocinava ela, a caminho de casa, descendo a rua Hantverkargatan, na zona sul de Estocolmo, era misturar a vida profissional com a vida privada. O trabalho deve ser como uma roupa que se despe ao entrar em casa. Especialmente em se tratando de política, uma área em que ela não podia, nem queria, se interessar. Não somente ela, como também Pierre e seus amigos, eventualmente com a exceção de Anna, que dedicava grande parte de todas as conversas às guerras que aconteciam no mundo e aos escândalos que aconteciam no país. Esse espaço que a política ocupava em sua vida já era demais.

Ao aceitar o trabalho na polícia secreta, de início se convenceu de que se encaixava perfeitamente em sua vida pessoal. Chegar em casa, abraçar Nathalie e perguntar a Pierre o que comeriam para o jantar, com a certeza de que não precisaria dizer nada a respeito dos assuntos do dia pois tudo era secreto. Ela e Pierre desenvolveram até uma brincadeira específica e divertida para a situação. Ele perguntava: "Como foi o trabalho, minha querida?" E ela respondia: "Assim, assim." E era desse modo que o assunto se encerrava. Os amigos também se adaptaram às circunstâncias. Não era como no tempo em que ela trabalhava no Departamento de Crimes Econômicos e podia contar aos amigos sobre a ganância dos contraventores.

Mas ela logo entrou no *annus horribilis*. O ano anterior, de fato, fora horrível: A política explodira em seu rosto. Todo o trabalho nos interrogatórios fora dominado, do princípio ao fim, por questões políticas. Não dava para fugir ao tema. Todos os suspeitos eram considerados terroristas. Pior ainda era ver que o que ela fazia ou deixava de fazer não tinha a menor importância na histeria dos julgamentos. Culpados e inocentes foram misturados, tanto nos tribunais regionais quanto no supremo. Com isso, ela se sentiu cúmplice de um autêntico assassinato jurídico que dois de seus melhores amigos — também amigos de Pierre — Erik e Acke Grönroos, esforçaram-se para conter. Eles conseguiram provocar a demissão do ministro da Imigração e do chefe da polícia secreta, mas os inocentes continuaram na prisão, sem qualquer possibilidade, prática ou teórica, de obter revisão de pena. E, na sequência, surgiu uma reação contra os juízes políticos, uma ação terrorista realizada dentro de um teatro de Estocolmo que resultou num autêntico banho de sangue.

Esta última ação, pelo contrário, não criou problema sob o ponto de vista de trabalho para Ewa. Realizar os interrogatórios e comprovar a culpa dos assassinos de tanta gente não era uma questão política, mas, pura e simplesmente, um trabalho da polícia. A sindicância fora conduzida por ela com calma e frieza, tal e qual ocorrera no caso dos dois anarquistas que decidiram protestar contra os julgamentos políticos lançando bombas caseiras contra policiais que tentavam manter a ordem.

No entanto, a dolorosa questão mantinha-se no ar. E ela podia vê-la nos olhos dos amigos jornalistas cada vez que os encontrava, e até nos olhos de Pierre: aquele assassinato jurídico não poderia ter sido evitado? A lei não era igual para todos?

Seria por delicadeza ou por alguma espécie de reverência exagerada que eles nunca chegaram a levantar a questão na sua frente? No entanto, era de imaginar que o assunto fosse peça central na conversa dos amigos quando ela não estava por perto. De qualquer forma, Ewa detestava misturar política com trabalho policial, e por isso mesmo estava agora mais calma. Para ela, lutar contra a corrupção na polícia de Estocolmo era perfeito, um trabalho de limpeza que nem o mais politizado dos repórteres podia ser contra. Nem mesmo Anna. Aliás, ainda menos ela, que fora promovida a superintendente e mudara para a polícia criminal do reino, o chamado ninho feminista, uma vez que tanto a chefe quanto sua assistente, Anna, eram mulheres. Aliás, nem sequer tinham tido tempo para comemorar a promoção.

Ewa apressou o passo. Precisava de um plano para justificar o fato de, naquele dia, não poder simplesmente despir e pendurar o trabalho como uma roupa ao entrar em casa. Pierre, certamente, ficara o dia todo diante da televisão, vendo algum programa francês sobre a guerra no Chade. Ao chegar em casa, não daria para passar por ele sem ser vista.

Foi colocar a chave na fechadura e ouvir o marido cantar em francês na cozinha, com o som da televisão ao fundo. Nathalie ria alto, parecia feliz. Depois de pendurar o casaco à entrada, Ewa dirigiu-se à cozinha, curiosa. Estavam à bancada e preparavam um bolo. Nathalie estava animadíssima como só uma menina de cinco anos podia estar. Tinha um lenço na cabeça e farinha no nariz. Era uma visão de derreter o coração de qualquer um e, quando Ewa se ajoelhou e abriu os braços, Nathalie veio correndo, numa alegria exuberante, e jogou-se nos braços da mãe, pronta para dar e receber todo o carinho do mundo.

— *Maman! Maman, on a fait des raviolis avec des champignons sauvages pour le dîner! Et de crème caramel!*

— *Oui, ma chère, il faut parler suèdois avec maman!* — respondeu Ewa, suave e conciliadoramente. As regras da casa eram as seguintes: falar em francês quando sozinha com o pai; sueco quando sozinha com a mãe e, nos últimos tempos, também francês à mesa de jantar.

— Tudo bem, mamãe, mas como se diz ravióli em sueco? Fui eu que fiz! Já sei como fazer! — continuou a filha como se a troca de idioma não tivesse a menor importância.

— Diz-se *ravioli*, em sueco. Estranho, não é? E você está com farinha no nariz — disse Ewa, em voz baixa. Levantou a filha nos braços, abraçou-a forte e carinhosamente e levou-a para a cozinha.

— E o que vamos jantar além do ravióli? — perguntou ela a Pierre, que acabara de preparar o molho. Ele lavou as mãos, enxugou-as e só então se dirigiu à esposa, que beijou primeiro nas faces e depois na boca.

— *Noisettes de veau avec sauce de morilles*, um pouco exagerado para uma quarta-feira, mas não pude resistir ao ver a vitela — respondeu ele.

— O que significa *morilles*? — perguntou Ewa, desesperada para evitar a brincadeira de ser perguntada — a pergunta rotineira — como tinha passado o dia no trabalho...

— Um tipo de cogumelo. E como foi hoje no trabalho, querida?

Então, a televisão da cozinha salvou-a pelo menos temporariamente. De repente, passou a exibir imagens do Chade e Pierre apontou para a tela, animado por ver tropas da Legião Estrangeira.

— *Voilá*, aqueles são os nossos rapazes. Vê aquele emblema no tanque de guerra? Estamos atraindo rapazes europeus com experiência em guerra civil — explicou ele.

Ewa estava sentada em silêncio, fazendo carinho na filha, enquanto a reportagem se desenrolava. O dia se passara conforme ela previra. Pierre ficara em casa, assistindo ao canal francês o dia inteiro e não fazia a menor ideia a respeito de qualquer outra coisa que não a movimentação das tropas no Chade.

Assim que a moça da meteorologia apareceu com um guarda-chuva, Ewa estendeu o braço, apanhou o controle remoto e desligou a televisão. Pierre percebeu imediatamente que algo havia acontecido. Foi ver como estava o molho e depois se sentou à frente dela, cruzando os braços sobre o peito à maneira francesa de inquirir.

— *Allors*, o que aconteceu? — perguntou ele, preocupado.

— Quero cozinhar! — gritou Nathalie, animada, tentando se soltar do abraço de Ewa.

— Sim, vá, minha querida, mas cuidado com a panela — disse Ewa, soltando aos poucos a filha para que ela não batesse contra o fogão.

— Bom, Pierre, a situação é a seguinte: a polícia secreta revistou hoje de manhã a Rádio Suécia. Mais precisamente a redação do *Dagens Eko*. Erik está detido. Você é, presumivelmente, a última pessoa na Suécia a saber disso, mas foi exatamente o que aconteceu hoje no meu trabalho.

Pierre ficou, momentaneamente, à deriva, mas tentou se recompor.

— Erik? Quer dizer, o nosso amigo Erik Ponti está detido?

— Isso.

— Suspeito de quê? Pode me contar?

— Sim, posso. Eu não tenho nada a ver com a investigação, e, de resto, o advogado de acusação e promotor-chefe Von Schüffel já deve ter dado sua entrevista coletiva.

— O quê? Aquele Von Schüffel, o caçador de terroristas?

— Esse mesmo. E é exatamente essa a boa notícia.

Pierre levantou-se lentamente, pegou duas taças de vinho e colocou-as em cima da mesa. Depois escolheu aquela que devia ser a melhor garrafa. Ficou de pé e manteve a cabeça baixa, com uma expressão neutra e sem dizer uma palavra. Provavelmente estava chocado, mas nada transparecia em sua atitude. O piloto automático parecia ter assumido o comando do seu corpo.

— E de que Erik Ponti é suspeito? — perguntou, enquanto tirava a rolha da garrafa e servia o vinho. Os dois brindaram e beberam. Era um tinto bordô.

— Segundo o promotor-chefe Von Schüffel, mas não segundo a polícia secreta, Erik é suspeito de duas coisas — respondeu Ewa, muito séria. — Em parte, de dar proteção a um criminoso; e em parte de colaborar com alguma forma de terrorismo.

Pierre soltou uma gargalhada, mas logo se conteve e pediu a ela que continuasse.

— Você reagiu exatamente como eu esta manhã. Também não quis acreditar no que ouvi. Nem, aliás, meus colegas. Mas, no fundo, o problema, ou seja lá como queiram chamar, é que Erik foi entrevistar o vice-almirante Carl Hamilton em São Petersburgo, e com isso teria protegido um foragido da polícia. Além disso, de acordo com motivos a serem esclarecidos, por ter contato com Hamilton, ele se tornou suspeito de terrorismo.

— Isso é tudo? — perguntou Pierre, friamente.

— Sim, essa é a base para as suspeitas.

— Que eu considero inconsistentes, mas ninguém sabe o que os juízes consideram.

— Para mim, as suspeitas também parecem inconsistentes. Aliás, para o meu chefe também.

— E o que vai acontecer daqui em diante?

— Vamos convidar Erik e nossos amigos mais íntimos para celebrar a liberdade dele. Afinal, isso vai acontecer o mais tardar na sexta-feira antes do almoço. E eu receio que o apartamento de Erik no momento esteja praticamente inabitável. Também o revistaram.

Dessa vez, Pierre teve uma reação mais civilizada, sorriu, balançou a cabeça, levantou-se, levou a taça de vinho para a bancada e começou a ajudar a filha a fazer bolinhas de massa.

— Isso quer dizer que Erik está preso por enquanto — disse ele, por cima do ombro. — Certamente ele está achando isso uma maravilha. Deve estar se divertindo muito. Isto é, se as acusações forem de fato inconsistentes, certo?

— Ele está detido, não preso. Mas acho também que está se divertindo muito. No entanto, terá bastante trabalho a fazer para o *Dagens Eko* depois de ser solto na sexta-feira. Não se sabe quando poderemos marcar a comemoração.

Pierre sorriu novamente, ao mesmo tempo que passava a massa várias vezes pela máquina. Depois começou a fazer as bolinhas com a ajuda de Nathalie.

— Como se manda um convite de festa para alguém que está detido? — perguntou ele, em tom de brincadeira.

— Telefone para Leif Alphin, o advogado dele, amanhã, diga quem você é e peça a ele que transmita a Erik o nosso convite, intransponível e irrecusável.

— Isso é permitido?

— Sim, nem mesmo nós temos permissão para ouvir o que se fala no escritório de qualquer advogado.

Puseram a mesa e deixaram que Nathalie acendesse as velas. Pierre serviu o jantar e, uma vez sentados, mudaram para o francês.

Durante seis meses, Ewa frequentou um curso à noite, duas vezes por semana, e concordou em falar francês à mesa, o que chegou a pensar muitas vezes ter sido besteira. De qualquer forma, assim a *chère maman* poderia receber uma ajuda extra para falar tão bem quanto a filha. Mas, justamente naquele jantar, era muito difícil falar em francês sobre coisas sérias e complicadas. Por isso, conversaram apenas o habitual sobre comida, sobre talheres e seus nomes e sobre o que Nathalie fizera durante o dia com seus amiguinhos na creche.

Depois da sobremesa, Ewa começou a se sentir agitada diante da perspectiva do início dos noticiários do dia. Foram necessários uma dose extra de paciência e um permanente sorriso forçado para escutar a alegre porém longa descrição de como Nathalie ajudara o papai a preparar o caramelo para o *crème caramel*.

Todos os noticiários daquela noite, tanto do rádio quanto da televisão, tiveram como tema principal a detenção de Erik Ponti e a invasão da Rádio Suécia pela polícia. E, se Ewa havia temido as consequências da coletiva dada por Von Schüffel e seu poder de reger os jornalistas e transformá-los em fantoches, logo só viu e ouviu razões para voltar à calma. Os jornalistas quase agrediram Von Schüffel durante a entrevista, citando, inclusive, juristas que consideram o caso um abuso de poder sem precedentes e extremamente anticonstitucionais no que diz respeito às relações entre as autoridades jurídicas e o quarto poder do país, ou seja, a imprensa. O melhor de tudo foi a intervenção da chefe de redação da Rádio Suécia, Katarina Bloom, que Ewa e Pierre haviam conhecido justamente na casa de Erik, e que, fria e calmamente, disse que Ponti fora enviado a São Petersburgo pela Rádio para realizar uma entrevista exclusiva com o vice-almirante Carl Hamilton, entrevista que estava sendo preparada para ir ao ar nos próximos dias. A ideia de que uma entrevista com uma pessoa que todos gostariam de entrevistar pudesse ser considerada "terrorismo" foi considerada um absurdo completo. Nesse caso, os jornalistas suecos, estimados em pelo menos quinze mil, seriam todos potenciais terroristas, resumiu ela, corajosamente. Nenhum perito no assunto discordou — ou porque nenhum deles apresentou um ponto de vista diferente ou porque nenhum deles foi bem-vindo a qualquer estúdio do país para expor suas ideias naquele dia. Não havia dúvida de para que lado o vento, ou melhor, o furacão soprava no mundo da mídia.

✪✪✪✪✪

Pareceu incompreensível que o promotor-chefe Von Schüffel não tivesse abandonado a investigação preliminar contra Erik Ponti e, pelo contrário, insistisse no processo inicial de prisão preventiva. A questão tornou-se motivo de apostas entre juristas e jornalistas, visto que Von Schüffel era conhecido por subitamente jogar a toalha quando os ventos sopravam contra ele. Um tabloide informou que as apostas eram de dez para um e acrescentou maliciosamente que pelo menos desta vez o suspeito não era árabe.

No entanto, ou talvez por isso, o promotor-chefe Von Schüffel insistia no caso. O julgamento sobre a prisão preventiva do suspeito foi marcado para as dez da manhã de sexta-feira, no Tribunal Regional de Estocolmo.

Nessa mesma manhã, no primeiro noticiário do dia, a Rádio Suécia transmitiu duas notícias arrasadoras contra o promotor-chefe. A primeira dizia respeito ao comunicado do chefe do Säpo para a imprensa, informando que se recusava a mandar executar a apreensão do computador de Erik Ponti, conforme instruções da promotoria.

Evidentemente, estava colocando seu cargo à disposição. Como jurista e ex-promotor, e depois de muito considerar o assunto, acreditava existir um enorme conflito entre o que a promotoria, com ou sem razão, queria saber e as determinações constitucionais sobre a integridade dos jornalistas e a proteção de seus informantes.

Os repórteres do *Dagens Eko* também apontaram o fato de que o chefe do Säpo, Björn Dahlin, saíra recentemente do cargo de vice-promotor nacional e, portanto, ocupara um posto superior na promotoria, acima de Von Schüffel. Logo foram caçar o ministro da Justiça para falar sobre o assunto, e ele disse que, "embora eu não tenha refletido suficientemente sobre o caso", estava fora de cogitação aceitar a demissão de Dahlin.

E, naquela manhã, o *Dagens Eko* resolveu transmitir outra notícia ainda mais polêmica: um trecho da entrevista com o ex-vice-almirante Carl Hamilton realizada por Erik Ponti. O trecho foi curto, mas espantosamente bem-escolhido, acertando exatamente no alvo:

Ponti: Muita gente acha que você é um terrorista. O que tem a dizer sobre essa acusação?

Hamilton: A acusação peca pela base, é absurda e deve ser encarada mais como uma manobra política do que jurídica ou representativa dos direitos do povo. Além disso, é inútil tentar defender-se de julgamentos desse tipo. O mesmo acontece com rótulos específicos como comunista, fascista, racista, antissemita, homossexual e todas as designações que fazem parte dos debates internacionais e que crescem como uma erva daninha.

Ponti: E se eu especificar mais nitidamente a acusação de terrorista?

Hamilton: Faça isso e depois veremos.

Ponti: Você era comandante de um navio ou, pelo menos, participava da liderança a bordo de um submarino palestino que derrotou a

Marinha israelense no ano passado, além de afundar o submarino nuclear norte-americano *USS Jimmy Carter*. Centenas de mortes ocorreram desde então entre israelenses e americanos.

Hamilton: Tudo isso é verdade e está correto. Mas, segundo a Declaração Universal dos Direitos dos Povos, os ataques palestinos contra forças militares de ocupação foram legítimos. Isso em primeiro lugar. Em segundo lugar, no caso do *USS Jimmy Carter*, já foi esclarecido que nós disparamos um torpedo de aviso contra os americanos e que depois apenas respondemos ao fogo inimigo do *USS Jimmy Carter*. Nem pelo Congresso dos Estados Unidos somos considerados terroristas, embora o candidato republicano McCain tenha se manifestado sobre o assunto recentemente. Mas o que se diz numa campanha política não influencia ou se reconhece como um direito dos povos.

Ponti: Em que você baseia o seu raciocínio sobre o Congresso americano?

Hamilton: Numa circunstância muito especial e concreta. Minha *fellow officer* — desculpe, há muito que não falo sueco —, a oficial adjunta a bordo, que era, como se sabe, a general de brigada palestina Mouna al Husseini, aliás, uma das minhas melhores amigas, foi convidada pelo Congresso americano, onde fez um excelente discurso e foi aplaudida de pé pelos congressistas, que lhe concederam a Navy Cross, a segunda mais importante medalha da Marinha americana. Foi também um ato político. Nesse caso, é um gesto político muitíssimo estranho ser classificado na Suécia como terrorista.

A essa altura, a transmissão foi interrompida e o locutor fez uma entusiástica publicidade da entrevista a ser apresentada na íntegra no dia seguinte, sábado, pelo *Dagens Eko*.

A seguir apresentaram a opinião de um dos peritos mais conhecidos do país, o professor de direitos humanos Ove Bring, da Escola

Superior de Defesa. Ele confirmou que, de alguma forma, a primeira parte do raciocínio de Hamilton era inatacável. Um ataque militar palestino contra unidades militares israelenses estava em completa conformidade com os direitos humanos. Todas as forças dos territórios ocupados tinham o direito de resistir. E, no que dizia respeito ao afundamento do *USS Jimmy Carter*, também o raciocínio estava correto, desde que se pudesse provar que fora o submarino americano o primeiro a disparar os torpedos. Embora outro submarino americano, na mesma situação, tivesse aceitado o aviso do *U-1 Jerusalém* e se retirado do combate, nada indicava, pelo que se sabia, que a versão de Hamilton não fosse verdadeira.

Com isso, tanto em termos de direitos humanos quanto em de política internacional, nada favorecia a posição do promotor-chefe Von Schüffel no julgamento preliminar no Tribunal Regional de Estocolmo. A situação parecia muito complicada para ele.

Entretanto, as complicações para o promotor-chefe não terminavam por aí. Isso porque, quando o julgamento começou, às dez horas em ponto, tal como ele havia requerido na assim chamada "grande sala do terrorismo", começou pedindo um adiamento. O motivo, segundo ele, seria a estranha decisão do chefe do Säpo, na posição de líder das investigações preliminares, de negar-se a produzir as provas técnicas necessárias.

O júri levou algum tempo discutindo os fundamentos do requerimento e o recusou, explicando que se tratava de um julgamento preliminar, e não de um julgamento definitivo. Se o promotor-chefe convencesse o júri de que o material em falta era realmente relevante e justificasse o pedido de prisão preventiva, seria suficiente para o tribunal tomar uma posição sobre o assunto.

Erik Ponti e Leif Alphin, seu advogado, ficaram muito contentes, e Erik chegou a demonstrar satisfação com gestos dirigidos a amigos e colegas que ocupavam a sala. Sua alegria contrastava, no entanto, com o aspecto do seu rosto, com curativos e hematomas. A decisão do júri de rejeitar o adiamento fora aplaudida com veemência pelo auditório em peso, o que provocou, da parte do juiz na presidência, uma reação nitidamente simulada de intransigência, dizendo que, se as demonstrações daquele tipo continuassem, ele seria obrigado a mandar evacuar a sala.

Isso fez com que o agora suado promotor, sentindo-se de repente encorajado, desse mais um passo desesperado na luta pelas formalidades em pauta. Solicitou, para segurança do próprio reino, que as negociações continuassem a portas fechadas.

Naquela altura, o advogado Alphin aproveitou a oportunidade para realizar sua primeira intervenção brilhante. No que dizia respeito às questões secretas do caso, todos os presentes, com a exceção talvez do promotor Von Schüffel, tiveram a oportunidade de tomar posição já na hora do café da manhã, por meio da transmissão do *Dagens Eko*. Era praticamente impossível haver outra questão ligada ao tema da segurança nacional sobre a qual pudesse existir controvérsia. Aliás, este era um dos pontos cruciais da democracia: que ninguém fosse enforcado em silêncio. A defesa se opunha com veemência ao fechamento das portas.

O público quase irrompeu novamente em aplausos, mas aquietou-se diante do olhar rigoroso do presidente do júri.

Desta vez, os juízes se contentaram em ficar sentados nos seus lugares, discutindo em voz baixa uns com os outros e acenando em concordância. Em seguida, negou-se a pretensão do promotor de prosseguir a sessão a portas fechadas.

— E, com isso, senhor promotor, este júri é todo ouvidos para escutar suas alegações. Por favor, a palavra é sua — explicou o presidente do júri com um sorriso que dificilmente poderia ser mal-interpretado.

Houve um murmúrio geral de júbilo entre o público, porém curto, quase silencioso, já que ninguém queria ser mandado embora num momento como aquele com base em "demonstrações improcedentes". Mais tarde, o advogado Alphin lamentou o fato de o juiz presidente ter interrompido sem cerimônia sua brilhante defesa dos princípios fundamentais da democracia logo após o início das alegações, dizendo: "Por favor, por favor, pelo amor de Deus, senhor advogado, chega, chega!"

O júri do Tribunal Regional de Estocolmo negou o mandado de prisão preventiva, alegando que "a medida seria desnecessária, tendo em conta a atual situação". O júbilo e os aplausos que espontaneamente irromperam pela sala não tinham mais qualquer interferência legal. O presidente do júri, no entanto, tentou manter uma expressão severa ao sair da grande sala onde se tratava especificamente de terrorismo; muitos jornalistas curiosos, porém, observaram que ele soltara uma tremenda gargalhada assim que a pesada porta de carvalho se fechou.

Erik Ponti teve depois um longo dia de trabalho, que começou com um rápido almoço para festejar a vitória junto de seu advogado, que continuava desapontado por não ter tido a oportunidade de, como Hamilton e o professor de direitos humanos, dar uma entrevista para o *Dagens Eko*. Mas se viu perfeitamente recompensado quando Erik o convidou para uma grande festa na casa de amigos íntimos, à noite.

De volta ao estúdio do *Dagens Eko*, Erik foi entrevistado pela chefe de redação. Como combinado, passaram rapidamente em revista pelo martírio da prisão e entraram logo na grande notícia.

Durante o interrogatório, Ponti descobrira que o serviço secreto da Suécia haviam arranjado uma forma de conseguir a senha do tráfego eletrônico da Rádio Suécia. A polícia secreta contratara os serviços da central de rádio do Ministério da Defesa. Mas, como era sabido, essa central não conseguira autorização do Parlamento sueco para controlar as mensagens via internet de entrada e de saída do país. Entretanto, resolveu o problema deixando que a organização de espionagem dos Estados Unidos, a NSA, fizesse o trabalho. Os serviços da NSA foram contratados pelo Ministério da Defesa, que, por sua vez, vendia os resultados para os serviços secretos do país. Se essa engenhosa maneira de contornar tal proibição parlamentar era legal ou não, estava fora do âmbito jornalístico, admitiu Erik Ponti. Era um assunto para ser resolvido pelo Parlamento e pelas autoridades competentes. Não havia dúvida, entretanto, de que esse estranho relacionamento era uma questão "interessante", do ponto de vista jornalístico. A entrevistadora Katarina Bloom quase caiu na gargalhada ao ouvir a informação. Na realidade, era um autêntico escândalo, extremamente "interessante" como notícia. Felizmente, os dois colegas não estavam diante de câmeras de televisão.

Erik precisou trabalhar durante toda a tarde. Teve de editar a entrevista com Carl Hamilton para que coubesse em uma hora de transmissão. Cortou tudo o que mencionasse a notícia seguinte, em que Hamilton falava do seu pedido de revisão da sentença no Supremo Tribunal de Justiça da Suécia. Alphin só entraria com a petição na segunda-feira. E, por isso mesmo, Hamilton tinha imposto essa condição, a de que nada fosse transmitido antes de segunda-feira.

Na realidade, fora preciso quebrar, em parte, essa promessa. As circunstâncias haviam mudado, e teria sido absurdo esperar vários dias com um material que todos já sabiam estar disponível.

Houve uma discussão acalorada entre os chefes de redação acerca do material. Estava claro que se deveria começar por transmitir uma versão editada que abrangesse todos os temas. A entrevista de sábado, por exemplo, deveria focalizar os dados puramente biográficos do entrevistado, uma longa vida à sombra dos serviços secretos mundiais, onde as leis normais não influem. E assim por diante.

A transmissão de segunda-feira seria dedicada, evidentemente, aos motivos da petição de Hamilton junto ao Supremo Tribunal e à sua tática de permanecer na Rússia sob proteção até que o Supremo desse sinal verde para seu regresso ao país.

No entanto, e depois? O que se poderia fazer com todo o material que não coubera nos dois programas já previstos? Surgiria toda a espécie de especulação dos concorrentes em relação aos princípios utilizados pela redação do *Dagens Eko* nos cortes feitos. E a discussão começaria muito em breve. A solução foi colocar todo o material em sua forma original — com repetições e problemas de gravação — na internet.

Nesse ponto, a discussão foi longe.

The day was ours, pensou ele, satisfeito, quando, à noite, se dirigia a pé da Rádio Suécia, em Gärdet, para a casa dos seus amigos Pierre e Ewa, em Kungsholmen. Ewa telefonara mais cedo, avisando-o de que era melhor ele não passar em casa primeiro, para não ficar mal-humorado. Erik sabia muito bem do que ela estava falando. Já vira muitos apartamentos recém-vasculhados e arrasados pela polícia secreta, de curdos, palestinos ou de outros sempre considerados suspeitos. Também já fora vítima de uma dessas ações, embora isso tenha acontecido há muito tempo. De resto, a investigação recente feita dentro da redação do *Dagens Eko* foi cômica. Enquanto Katarina Bloom descia e impedia os policiais na portaria principal de entrar, os colegas de Erik faziam uma limpa frenética em seus arquivos, retirando tudo o que fosse material de fontes protegidas. Além disso, tiraram o HD do seu computador, colocando no lugar um do Departamento de Economia Esportiva. Eles reclamaram um bocado por verem uma parte dos gastos internos com o esporte confiscados pela polícia secreta. Logo o confisco foi desfeito, e o chefe do Säpo nem chegou a saber que tinha arriscado o seu posto por dados inúteis.

É estranha a minha amizade com Ewa, pensou Erik, após dez minutos de caminhada na neve enlameada da calçada da Strandvägen, uma das principais avenidas do Centro de Estocolmo. É estranho que eu goste tanto dela, considerando onde trabalha. Ela está entre os chefes do departamento, portanto, o que deve ter pensado quando soube que me detiveram como "terrorista", destruíram meu apartamento e confiscaram parte da rádio estatal do todo-poderoso reino da Suécia? *This will not stand,* disse George Bush quando soube que Saddam Hussein havia invadido o Kuwait. Isso não vai ficar assim. Ewa é jurista, além de uma superpolicial. Talvez tenha visto logo que o teto desabaria sobre a cabeça de Von Schüffel.

Ewa acredita na justiça, num sistema legal que funciona e no qual ela é apenas uma das engrenagens. Essa é uma imagem contra a qual lutei durante pelo menos metade da minha vida profissional. Portanto, eu devia achar que ela é uma boa pessoa, porém ingênua, especialmente depois das coisas terríveis que aconteceram no ano passado. Na Córsega, Ewa chegou a dizer — claramente, sem rodeios — que aquela história de terrorismo não ia dar em nada, que os dois principais acusados eram inocentes, exatamente como o bom-senso indicava. O trabalho que realizou no interrogatório dos envolvidos confirmou essa conclusão, e ela passou a ser considerada a melhor interrogadora do país. No entanto, os inocentes foram condenados à prisão perpétua. Seria ela ingênua?

Era bem possível. Mas era completamente honesta. E isso é algo inconcebível para qualquer cínico da velha guarda. Serei eu isso, um cínico?

Não, vamos deixar essa abordagem de lado. Nós ganhamos hoje daquele promotor que só pensa em terrorismo. Ganhamos! Uma vitória que, em primeira mão, dependeu do fato de eu ser branco e cristão, pelo menos do ponto de vista da polícia secreta. Mas ganhamos! Estava na hora!

Já se ouviam os sons da festa na rua. Visto que o inverno era extraordinariamente, ameno, as portas do terraço estavam abertas, e os que fumavam estavam ali por causa da Nathalie. Bastou isso para melhorar ainda mais seu humor. Era tudo tipicamente sueco, bem-organizado.

Assim que ele entrou pela porta, os aplausos dos amigos estouraram e garrafas de champanhe circularam por cima das cabeças. Estavam todos ali, até Leif Alphin e Katarina Bloom. Não dava para imaginar como ela havia chegado antes dele. A não ser que houvesse apanhado um táxi, em vez de fazer o trajeto a pé.

Ele esticou os braços acima da cabeça, seu gesto preferido. *The Muhammed Ali Shuffle*, ou seja, um gesto de vitória com uma dança. E logo chegaram Pierre, com uma taça de champanhe, e Ewa, com um abraço carinhoso, como ele esperara.

— Duas coisas, antes de mais nada — murmurou Ewa no ouvido dele, segurando-o ainda nos seus braços. — Evidentemente, fui excluída das investigações a seu respeito, mas fui eu que decidi realizar esta festa, sabendo, claro, que você poderia vir.

— Foi o que pensei, Ewa — murmurou ele de volta, beijando-a levemente nos lábios.

Meia hora depois, ele abriu uma ferida dolorosa na mão ao perder, por segundos, uma competição de abrir ostras com Pierre. O sangue foi estancado rapidamente com papel-toalha, e a festa valeu o sangue perdido.

3

O promotor-chefe Von Schüffel se considerava um homem de muitas e duras experiências. Por bons motivos, ele se lamentou diante de seus colaboradores na promotoria especial, de que era o chefe, embora ao mesmo tempo demonstrasse autoironia. Ele disse que não tivera a sorte do seu lado, o que era um axioma.

Na sequência, algumas semanas mais tarde, quando a situação já tivesse se acalmado, poderia encolher os ombros e dizer, por exemplo, que sua tentativa de prender o repórter do *Dagens Eko* não fora feliz, apenas por ter cometido um erro tático de julgamento e quase se asfixiado pelo corporativismo dos jornalistas. Essa manada sempre corre para o mesmo lado e vira conforme o vento. Até ali, na maior parte das vezes, o vento estivera a seu favor. Em especial no ano anterior, em todos os casos de terrorismo. É disso que os jornalistas gostam.

O mais irritante no fracasso com Ponti fora, no entanto, o fato de existir uma base lógica e jurídica para intervenção. Era comprovadamente verdade que Ponti era suspeito de ser amigo do vice-almirante Hamilton, procurado por assassinato.

Isso era verdade, mas, infelizmente, não podia ser apresentado como vantagem diante do júri, que decidiria sobre a prisão preventiva de Ponti, em especial após a transmissão matinal da entrevista pela Rádio Suécia, justamente antes do julgamento preliminar, livrando-se do rótulo de terrorista. Restava apenas cumprimentar o vencedor e reconhecer a derrota.

Ainda por cima houve a decisão sem precedentes do chefe do Säpo em se recusar a colaborar. Isso rendeu, para ele e para os serviços secretos da Suécia, muitos pontos favoráveis em termos de popularidade na mídia. Também era preciso reconhecer isso.

Se a coisa terminasse por aí, ainda assim o resultado não seria tão ruim. No entanto, piorou rapidamente.

Ninguém previra que Hamilton desse entrada com o pedido de revisão de sua condenação à prisão perpétua. Isso significava que ele voltaria ao seu país voluntariamente, e, com essa atitude, caía por terra a tática esperta de chegar até ele através do radialista, se bem que nem aí terminariam os problemas.

Quando Von Schüffel, assim como todos no país, soube da impactante notícia da apelação de Hamilton, logo concluiu que esse pedido seria julgado pelo Supremo Tribunal e, portanto, cairia na mesa do promotor-chefe, por ser a promotoria geral do país a contraparte do Supremo Tribunal de Justiça.

Estupidamente, ele chegou a se permitir exprimir alegria pela infelicidade alheia. Todos sabiam que os juízes do STJ jamais tinham tempo suficiente para realizar seu trabalho. O estudo de casos tão triviais quanto a revisão de um processo de julgamento poderia demorar anos.

A razão para isso era desconhecida pela sociedade em geral, mas muitas vezes motivo de brincadeiras internas. Os honorários membros do STJ, sem dúvida, já haviam atingido o topo de suas carreiras, mas seus salários eram muito baixos, possivelmente em consequência do velho princípio de que o bolo do Estado é pequeno, mas certo e garantido.

Entretanto, existiam bolos muito maiores no setor privado. Os membros do conselho do STJ eram os mais procurados para se manifestar sobre diversos assuntos ou quando se tratava de análises jurídicas encomendadas, em que seus pareceres favoreciam ou apoiavam as posições de quem encomendava. Esses bicos dos conselheiros podiam lhes render até 10 mil coroas por hora, ou seja, um salário mensal para cada dia de trabalho extra. Por isso, restava pouco tempo para tratar dos assuntos do serviço público, julgar processos particularmente difíceis, constituir precedentes legais para o futuro, considerar petições de novos julgamentos e outros serviços tristemente malpagos. Com isso, até a petição de Hamilton acabaria na enorme pilha de processos em espera.

Seria bom se fosse verdade.

Infelizmente, havia um detalhe jurídico em que Von Schüffel não pensara. Os processos que o povo tenta levar ao STJ são, em sua maioria, decididos por um tribunal de apelação. Neste caso, os pedidos de revisão de julgamentos anteriores.

O inusitado no processo de Hamilton é que o julgamento anterior parou logo na primeira instância, no Tribunal Distrital de Estocolmo. Foi nessa instância que Hamilton se considerou satisfeito com a condenação, em vez de entrar com recurso no Tribunal de Apelação.

As consequências, pelo menos para Von Schüffel, eram, de início, difusas, mas seriam, em breve, horríveis. A questão era a seguinte: não seria o STJ a julgar a petição de Hamilton, e sim o Tribunal de Apelação de Estocolmo. Assim, a contraparte não seria mais a promotoria principal do reino, mas a Câmara Especial do Tribunal Distrital de Estocolmo, onde Von Schüffel era o chefe. O encargo veio indicado pelo Tribunal de Apelação da capital sueca e chegou de forma irremediável.

Primeiro, Von Schüffel tentou fazer piada, aliás, uma piada quase macabra sobre o assunto. Inegavelmente ele estivera à caça de Hamilton, mas não esperava que suas orações fossem ouvidas pelo Todo-Poderoso a ponto de o ex-vice-almirante cair assim no seu colo. Ele também não tinha nada contra processos que chamassem a atenção da mídia, em especial se ela estivesse do seu lado.

E o processo contra Hamilton ia chamar a atenção da mídia. Assim que o assunto se tornou conhecido, uma tempestade soprou não somente na rádio, na televisão e na imprensa, como também, e em especial, na promotoria distrital. Mas, mesmo sendo muito otimista, ninguém poderia afirmar em sã consciência que a mídia estaria a seu favor.

Não era nada pessoal, apenas negócios. Interessado na mídia, Von Schüffel tinha facilidade em prever a lógica. Por isso, sabia que a mídia queria ver Hamilton por perto. Era mais excitante (e vendável) que ele tivesse sua apelação aceita e voltasse à Suécia do que ter sua petição rejeitada e continuar escondido na Rússia. Sua volta sensacional incitava a ganância, e esta era muito mais importante do que as questões sobre leis e a aplicação da justiça.

Essa psicologia era tão fácil de entender quanto inevitável, em se tratando de jornalistas ávidos por notícias sensacionalistas. Ainda por cima, as autoridades estavam influenciadas pelas mesmas inevitáveis preocupações. Todos queriam que Hamilton voltasse para a Suécia.

Von Schüffel, consequentemente, viu-se como pivô da história. Como chefe da promotoria, era seu dever considerar a apelação e rejeitá-la, ou seja, evitar que Hamilton voltasse ao país.

Ainda que a missão fosse — para dizer o mínimo — muito desagradável, ele deu o melhor de si. De início, considerou uma atitude pouco séria de Hamilton permanecer no estrangeiro, enquanto sua apelação se dava na Suécia. Por isso, o tribunal devia desconsiderar a petição de Hamilton enquanto este não voltasse e se entregasse para cumprir a pena a que fora condenado.

O Tribunal de Apelação rejeitou a argumentação do advogado de defesa de que o caso podia muito bem ser apreciado, mesmo que o apelante continuasse em liberdade.

Na rodada seguinte, o promotor se apoiou no artigo que um ex-ministro da Justiça escreveu quando era presidente da Comissão de Justiça do Parlamento, numa grande edição de debates em um dos jornais.

O ex-ministro pensava que a apelação devia ser rejeitada por questão de igualdade perante a lei. Voltar muitos anos depois com uma assim chamada análise psiquiátrica de peritos era uma manobra somente ao alcance de cidadãos ricos. Além disso, nesse caso especial, Hamilton contratara um par de conhecidos charlatães americanos que, mediante pagamento, sempre testemunhavam em favor de seus ricos clientes.

A essa altura, uma pequena faísca já se acendera na escuridão de Von Schüffel. Claro que não em função do argumento de que só os ricos podiam pagar atestados caros de psiquiatras. Isso era apenas um argumento político de alguém atualmente advogado e ex-ministro da Justiça em mais uma tentativa de voltar a ser ministro pelo Partido Social-Democrata. O promotor viu a luz se acender no mesmo instante em que ex-ministro relatou seu segundo argumento. Era normal que ele, de vez em quando, exagerasse um pouco. Não era brilhante, embora às vezes suas frases como advogado fossem mais divertidas do que justas suas opiniões como professor jurídico. Alguém disse uma vez que o homem devia ter cursado direito na Coreia do Norte...

Na Coreia do Norte ou não, bloqueado ou não, seu segundo argumento era mais interessante: o de que Hamilton contratara dois charlatães que atuavam mediante bom pagamento. A credibilidade da petição de Hamilton dependia, de fato, *till syvende og sidst*, inteiramente das análises anexadas ao pedido de revisão do julgamento anterior. Nessa questão estava a chave do processo.

O ataque seguinte do promotor já era previsto. Ele pedira que o conselho jurídico do departamento social verificasse e desconsiderasse os "charlatães" contratados por Hamilton. Infelizmente, ele citou as palavras duras do artigo do ex-ministro da Justiça. Supôs que o ex-ministro soubesse do que estava escrevendo.

No entanto, esse não era o caso. A resposta rápida do departamento social teve ampla e irritada cobertura na mídia sueca. Os dois peritos tinham um currículo inatacável, eram reconhecidos internacionalmente, e um deles, Finkelstein, de Berkeley, era considerado um merecedor do Nobel de Medicina.

O promotor se complicou ainda mais ao cometer um erro de principiante, embora pudesse se desculpar dizendo ter citado o tal ex-ministro da Justiça. Entretanto, para Von Schüffel, a situação começou a ficar cada vez mais desesperadora.

Por fim, ele tentou alcançar seu objetivo por meio de uma objeção apresentada no Tribunal de Apelação de Estocolmo, dizendo que o Tribunal Distrital, na época, não pedira uma análise das condições psíquicas de Hamilton, o que seria normal, visto que ninguém, entre peritos e leigos, desconfiou, àquela altura, da insanidade mental do assassino. Sem contar com o fato de que o próprio Hamilton rejeitou a análise científica em termos definitivos e até se considerou culpado e satisfeito com a condenação.

Ele mesmo reconheceu que o argumento não era muito forte, mas era seu último recurso, e não ficou surpreso quando viu que seus esforços foram em vão e o Tribunal de Apelação anunciou, por aclamação, um pronunciamento totalmente contrário.

Foi esta circunstância que Leif Alphin alegou e foi aceita pelo tribunal, a de que alguém que comete tais assassinatos tão brutais não poderia ter agido em condições normais de equilíbrio mental, e que essa atitude devia ter chamado a atenção e disparado o sinal de alerta, o que não acontecera. Era um erro direto de julgamento não considerar necessária e obrigatória a análise psiquiátrica do réu.

Com isso, o caso foi considerado perdido para Von Schüffel. "Um erro direto de julgamento" foram palavras duras o suficiente para que se aceitasse o pedido de revisão.

De qualquer maneira, ele fizera o possível e, pelo menos, não se acovardara ao ter toda a mídia contra si. Todos queriam saudar a volta do filho pródigo Hamilton ao país, aos braços da nação que o viu nascer. Foi uma histeria geral que gerou grande urgência em certas áreas. Por exemplo, o Departamento Social demorou três dias para se pronunciar sobre sua objeção contra os "charlatães". Apenas *três dias* para decidir sobre uma questão que, em condições normais, demoraria, no mínimo, seis meses.

Todos os procedimentos demoraram, do princípio ao fim, menos de três semanas. Segundo informou Von Schüffel a seus colaboradores, com toda certeza deve ter sido um recorde na história jurídica do país, com uma eventual exceção quanto ao que poderia ter acontecido no século XVII. Por isso, não admira que o Tribunal de Apelação se tenha manifestado a favor do apelante por unanimidade. O pior, para Von Schüffel, foi o tribunal ter aprovado o pedido de inibição por parte do advogado Alphin, ou seja, que Hamilton não ficasse sujeito a cumprir sua pena anterior de prisão perpétua quando se apresentasse para o novo julgamento.

Essa informação dos juízes do Tribunal de Apelação para o Tribunal Distrital de Estocolmo, onde se realizaria o novo julgamento, não podia ser interpretada de outra maneira. "É melhor inocentá-lo, senão nós o inocentaremos!"

Do ponto de vista da promotoria e, possivelmente, também da justiça de segurança nacional, a situação estava tão perdida que era melhor rir do que chorar. Para Von Schüffel, o problema era saber se ele próprio devia entrar no Tribunal Distrital de Estocolmo e perder o processo, ou se devia delegar o procedimento para um dos dois subordinados à sua disposição na promotoria.

Delegar o procedimento seria interpretado como covardia. Não, ele próprio devia estar presente no julgamento. "Ave, César, nós, condenados à morte, o saudamos!" — não era assim que os gladiadores romanos gritavam ao entrar no Coliseu?

Por um momento, Von Schüffel considerou se não devia fazer essa citação quando entrasse na sala do tribunal e ficasse frente a frente com a cascavel Alphin e o filho pródigo da nação. Talvez. De qualquer forma, ele só tinha a ganhar representando o papel de perdedor jovial, visto que o processo já estava perdido. Havia, no entanto, alguma possibilidade de reverter a situação mais tarde e obter uma desforra num ponto do qual o inimigo menos poderia esperar qualquer perigo.

✪✪✪✪✪

Ewa nunca dera uma entrevista para a rádio ou a televisão, nem para qualquer jornal. Não houvera motivo para isso antes. Dar alguns detalhes ou ideias para jornalistas conhecidos e de confiança era diferente. Por isso ela manteve um relacionamento descomplicado e amigável com Erik e Acke, enquanto trabalhava no Departamento de Crimes Econômicos. Todas as partes ganharam com o acordo. O departamento teve todos os seus trabalhos, bem ou malsucedidos, corretamente descritos no programa *Dagens Eko*, antes que os jornais tivessem a oportunidade de interpretar de forma equivocada os assuntos em pauta. Dessa forma, também a sociedade em geral se beneficiou, recebendo uma imagem correta da luta contra os crimes econômicos e informações claras quanto aos princípios democráticos e às leis em vigor. Sobre isso, ela e os jornalistas amigos concordavam. Nessa época, é verdade, ela ainda lidava com material classificado como secreto.

Logo que entrou pelas portas da polícia secreta, porém, essa parceria terminou abruptamente. Por vezes a situação ficou cansativa, pressionando a amizade entre eles, em especial no ano anterior, com as ações contra terroristas. Às vezes, era como se eles fossem adversários.

Em contrapartida, ela nunca quis se apresentar pessoalmente diante da mídia. Assim como a maioria dos colegas da polícia e da promotoria, tinha dificuldade em entender uns poucos colegas que gostavam da exposição. Exemplos históricos também não faltavam. Um clássico foi o do inspetor de polícia que sabotou as investigações do assassinato do primeiro-ministro sueco Adolf Palme, no momento em que se começava a resolver o caso, e decidiu se rodear de seguranças criminosos e colocar vidros à prova de bala em seu escritório. Von Schüffel era, comparativamente, uma figura pálida. Não era fácil imaginar como essas pessoas pensavam. Quem se expunha na mídia tal qual um macaco perdia o respeito dos colegas facilmente.

Essa foi sua primeira objeção quando Björn Dahlin, um pouco aborrecido, levantou a questão. Ela não queria se apresentar como uma idiota qualquer. E, se fosse para "falar tudo", para encher várias páginas do jornal da tarde, como fora proposto, o risco de idiotice se elevaria.

Mas o chefe do Säpo não cedia tão facilmente e tinha uma série de argumentos. Era uma oportunidade de ouro, dizia ele. Quase todo o pessoal da polícia secreta trabalhava com processos tão sigilosos que as possibilidades de comunicação com o público em geral eram quase nulas. As unidades de Acompanhamento de Segurança e de Investigação e Interrogatórios eram as únicas não tão sigilosas, embora os guardas tivessem acabado de passar por uma vergonha enorme e, ainda por cima, desnecessária.

É uma história paralela, mas, de qualquer maneira... Com seus seguranças, o vice-primeiro-ministro parou numa estrada do Norte da Suécia, por haver renas mortas ou agonizantes bloqueando o caminho. O motorista do caminhão que colidiu com as renas pedia um machado. Os seguranças mostraram suas armas de serviço, saíram do carro, deram um tiro, feriram mais uma rena e seguiram em frente. A piada na imprensa da província de Norrland não perdoou a gafe. Quem não era da polícia secreta deu boas gargalhadas.

A Unidade de Investigação e Interrogatórios, em princípio, era um dos departamentos mais abertos. Feita a acusação ou o indiciamento, havia que interrogar todos os participantes ou, pelo menos, a maior parte. Os interrogatórios eram públicos, e os resultados e as conclusões, publicados com grande precisão. Tudo o que era revelado ao público podia ser discutido por todos.

Ele também tinha argumentos políticos. Já havia um rumor sobre se a polícia secreta teria seu papel ampliado e se tornaria uma espécie de FBI, não atuando apenas com espiões e terroristas, mas também com certas ações criminosas organizadas, como, ultimamente, a corrupção dentro da polícia. A desmontagem do esquema liderado pelo ex-inspetor Jernemyr era um exemplo claro dos trabalhos realizados pela polícia secreta.

Esses aspectos importantes estavam ao alcance de Ewa, que tinha competência para discuti-los, inclusive com a imprensa vespertina, o *Kvällspressen*. Esta era a ideia de seu chefe. Para ela, não havia, agora, nada que impedisse uma discussão pública sobre o assunto, sabendo-se que já se começavam a murmurar pontos de vista entre as lideranças policiais: que a polícia secreta parecia ter se tornado a polícia da polícia. O momento era ideal, principalmente depois da bem-sucedida investigação no caso Jernemyr.

O jornal *Kvällspressen* enviara cartas para o chefe do Säpo pedindo autorização para entrevistar Ewa. Com eloquência, disseram que suas intenções eram as melhores, que pretendiam apresentar as questões com antecedência, prometendo que Ewa teria a oportunidade de ler os textos antes da publicação, com direito a mudar cada palavra, caso necessário.

Além de tudo, o chefe apresentou uma série de pontos de vista muito favoráveis — pelo menos, julgou que seriam — sobre Ewa. Disse que ela era a representante ideal para esclarecer os procedimentos da polícia secreta, os mais falados e incompreendidos da nação. Ela era uma profissional extremamente bem-instruída, ocupando uma posição de destaque e não tinha aparência de cafajeste. Com sua entrevista, a polícia secreta teria, pela primeira vez, receptividade.

Ela não gostava do tom de seu pedido, em especial daquilo que era preciso ler nas entrelinhas, como as palavras sobre sua aparência "nada cafajeste", como se ela fosse uma líder de torcida da polícia secreta.

No entanto, isso fora dito pelo chefe supremo. Muitos outros na organização já deviam ter dito o mesmo de maneira menos elegante.

Ela pediu tempo para pensar.

Pierre não seria o conselheiro indicado. Ele sabia pouco sobre jornalismo e fora entrevistado apenas por jornalistas culturais em matérias em sua homenagem. Em contrapartida, ela mantinha contato com alguns dos profissionais mais experientes do mundo da mídia, e alguns eram amigos íntimos. Não conseguiu encontrar Acke, que estava em Berlim e não atendeu ao celular. Erik estava zangado e deprimido. Seus colegas jornalistas queriam cortá-lo em pedaços e realizar um debate público sobre o seu péssimo comportamento na Associação dos Jornalistas Suecos. Erik não estava bem-humorado quando Ewa lhe telefonou pedindo conselho.

— Em primeiro lugar, o *Kvällspressen* está atrás da sua aparência — balbuciou ele, assim que entendeu o problema dela. — E, depois, a palavra deles não vale nada, quando dizem que você vai poder ler o texto antes de ser publicado. Você não vai se reconhecer no jornal. Nós mal vamos poder reconhecê-la. Quer que eu continue?

Sim, ela queria.

Ele se acalmou um pouco e recomeçou. Insistiu que era sua aparência o que mais interessava o jornal. Um chefe dos serviços secretos da Suécia devia parecer com um cavalheiro idoso e cansado, como Robert Mitchum, ou com um jovem muito mais ativo, como Brad Pitt. Aquilo que tornava Ewa mais interessante era seu distanciamento tanto de Mitchum quanto de Pitt. Esse seria o ângulo principal.

Outro ângulo seria sua "suecocidade", seu contraste perfeito com a imagem atual do inimigo, o moreno e barbudo Muhammed. Afinal, os redatores do jornal não são idiotas. Eles são excelentes vendedores e psicólogos.

Na melhor das hipóteses, depois ela se sentiria um pouco idiota, mas não seria mais do que uma sensação de ridículo, sem graves consequências.

No fim, ele amenizou suas ideias, mas, quando ela quis saber se ele era a favor ou contra a entrevista, ele desaconselhou o contato com a imprensa.

Ao combinar com os jornalistas do *Kvällspressen* ela ficou desconfiada, em especial porque eles insistiram em encontrá-la na creche quando ela fosse buscar Nathalie. Afinal, duas jornalistas apareceram, a fotógrafa, um pouco mais jovem, a repórter, um pouco mais velha do que a própria Ewa. Ambas tinham filhos mais ou menos da mesma idade. Dessa forma, parecia que o encontro não tinha segundas intenções. O espanto de Nathalie ao ver que, pela primeira vez, não era o pai, mas a mãe que a viera buscar passou despercebido às duas jornalistas. Pierre havia viajado a Paris para salvar a sua situação na editora que publicava seus livros.

Elas tiraram várias fotos no caminho da creche para casa e, quando chegaram à avenida litorânea Norr Mälarstrand, do lado Norte do lago Malar, a fotógrafa quis registrar mãe e filha próximas ao mar. Não havia nada de falso nessa situação. Ela e Nathalie costumavam dar comida aos gansos na margem do lago, perto de um parque, o Rålambshovsparken. No entanto, naquele dia ventava forte e o sol do inverno também ofuscava os olhos. O mar estava agitado, e as ondas produziam muita espuma ao chegar à praia. Não havia sinal dos gansos. A fotógrafa, porém, pareceu satisfeita e afirmou que a luz sobre o fiorde, o Riddarfjärden, estava fantástica e que se poderia aproveitar ainda melhor o vento se Ewa soltasse o seu rabo de cavalo e deixasse os cabelos esvoaçarem. Tudo parecia bem inocente, e Ewa já começava a ter uma pequena dor na consciência por ter desconfiado das jornalistas, profissionais tarimbadas, mais ou menos na sua idade. Portanto, concordou e soltou os cabelos. Depois disso, não resistiu e fez piada, dizendo que as modelos deviam ter muita paciência para aguentar tantas repetições da mesma foto.

Ao chegar em casa, Ewa convidou as jornalistas para um chá, acompanhado da torta que trouxeram consigo e respondeu não exatamente com a verdade a algumas perguntas sobre culinária (Pierre havia preparado um estrogonofe de cordeiro à provençal e deixou tudo pronto na geladeira). Então, depois de um breve bate-papo sobre problemas cotidianos, começaram a tratar de assuntos mais sérios.

A repórter perguntou se Ewa era contra o uso de um gravador, apenas para que não houvesse dúvidas na hora de reproduzir tudo em texto. Ewa concordou e disse que ela também trabalhava sempre com o gravador ligado, sem que precisasse pedir autorização. Enquanto a repórter pegava a lista de perguntas, a fotógrafa pediu licença para olhar o guarda-roupa, para ver se havia peças que servissem para fotos mais sofisticadas. Ewa considerou aquilo um pouco de intromissão, mas acabou concordando. Toda a casa estava limpa e arrumada como se lá trabalhassem diversos empregados. Não era, portanto, consequência de seus próprios esforços, mas isso as jornalistas não sabiam nem deviam saber.

As perguntas seguiam a rigor a pauta do jornal enviada para o chefe da polícia secreta. Começou-se por falar na questão mais importante, a investigação quase terminada sobre o escândalo de corrupção na Unidade de Narcóticos da polícia de Estocolmo. Nada de muito difícil ou complicado de responder.

Embora formalmente não houvesse um sistema parecido com o FBI, era natural que a polícia secreta fosse chamada a investigar os casos lamentáveis, ainda que raros, de policiais que cometessem crimes. A polícia secreta era uma organização muito fechada, em que era mais fácil se defender de falsos boatos, que surgiam na polícia tão naturalmente como surgem em outras organizações. As investigações contra policiais também despertavam mais curiosidade do que as investigações direcionadas contra criminosos comuns.

Os interrogatórios na polícia secreta eram diferentes dos interrogatórios na polícia normal? Sim, eram, pois tudo dependia da natureza do processo. Se o suspeito fosse interrogado na polícia secreta, seu crime era mais sério, como terrorismo, espionagem ou corrupção na polícia.

Como era ser mulher num ambiente mais duro, como este?

Ewa nem teve tempo de responder: a repórter desligou o gravador e pediu desculpas, mas sempre ficava com vontade de urinar após tomar chá. Talvez fosse problema fisiológico. As três soltaram umas risadinhas, de forma quase juvenil, diante do problema. Foi então que a fotógrafa voltou à sala, trazendo na mão um vestido Armani e afirmando que daria o mindinho para ter um desses. Seria uma foto fantástica, se ela conseguisse evitar a luz da varanda.

Ewa continuava não desconfiando de nada.

Quando a repórter voltou à sala, elas conversaram sobre como era ser mulher num meio tradicionalmente masculino. A imprensa, nesse aspecto, era praticamente igual à polícia secreta.

O primeiro sinal de alerta soou quando a repórter lhe perguntou se os terroristas islâmicos eram mais difíceis de interrogar do que os outros. Ela negou. Na realidade, era como se estivesse negando qualquer coisa durante um interrogatório.

Ela logo ficou de pé atrás e fez uma calma dissertação sobre o que era interrogatório e o que era a força de provas. Em princípio, não havia diferença se os suspeitos fossem ladrões ou terroristas. O ponto principal era saber que provas configuravam o delito. Se houvesse imagens, impressões digitais ou DNA no local do crime, o interrogatório seria fácil. Informações de anônimos ou de fontes não confiáveis levavam a interrogatórios difíceis. A essa altura, era preciso confiar na intuição. Essas eram regras elementares. O interrogatório, aliás, servia para estabelecer tanto a culpa quanto a inocência. O trabalho do interrogador era encontrar fatos e, de preferência, estabelecer um acordo com o interrogado. Sem esses pré-requisitos, não funcionaria. O restante ficaria por conta do tribunal.

Então Ewa começou a se sentir em perigo. Já havia decorrido uma hora. Até ali, ela havia conversado e dito coisas bonitas, como seu chefe sugerira, falando de democracia e de segurança na Justiça. Não fora nada difícil, já que coincidiam perfeitamente com o que pensava. Tudo parecia ser pura inocência, e até uma conversa entre jovens. Nathalie pôde brincar com uma câmera fotográfica e chegou a tirar algumas fotos da mãe. Os preconceitos de Ewa em relação aos atrevidos jornalistas dos tabloides haviam sido postos de lado.

No entanto, a repórter fez uma pergunta que, para Ewa, constituía uma reviravolta na situação:

— Você é considerada a melhor entre todos os interrogadores. Os suspeitos não sentem medo quando estão na sua frente ou eles se deixam enganar diante da sua figura?

O sinal de alerta soou de novo na mente de Ewa. Ficou mais atenta, mais na defensiva. Provavelmente, isso transpareceu em sua postura, pensou ela, constrangida. Os papéis tinham sido invertidos.

De qualquer forma, ela tentou responder com calma e método. Em primeiro lugar, não cabia a ela decidir quem era bom ou ruim em interrogatórios. Em segundo lugar, os problemas dos suspeitos eram sempre maiores, em se tratando de culpados, e menores, em se tratando de inocentes. E, em terceiro lugar, o aspecto dos interrogadores nada tinha a ver com a questão.

O sorriso irônico da repórter ao ouvir sua resposta — que só então ela notou ser ruiva — era um mau sinal. Bastava que a repórter fizesse um pequeno chiado ou sacudisse a cabeça para que a expressão pétrea de Ewa explodisse numa curta e nervosa gargalhada. Ela se recompôs rapidamente e deu uma olhada no gravador, pensando que apenas as suas palavras contariam, e não a sua aparência exterior.

— No ano passado, você derrubou os terroristas muçulmanos nos seus interrogatórios. Não teme represálias? — Foi a pergunta seguinte no jogo que estava endurecendo.

Pergunta de principiante, pensou Ewa. O truque de fazer uma afirmação antes da pergunta é primário.

Ela se manteve fiel a seu método de responder com calma, pedagogicamente, um assunto por vez. Em primeiro lugar, ela não "derrubara" quaisquer suspeitos; apenas fizera seu trabalho. Para ela, os interrogatórios demonstraram, ao contrário, que vários dos ouvidos eram inocentes. O que o tribunal resolveu depois não era problema dela. Em segundo lugar, os policiais não podiam ficar com medo de fazer seu trabalho. Caso contrário, era melhor mudar de emprego. Na verdade, ela nem gostaria de viver numa comunidade em que os policiais tivessem medo.

Era uma resposta atrevida. Na realidade, porém, em parte ela acreditava nisso, e em parte ficou satisfeita com a maneira como formulou a resposta. Aparentemente, a repórter também.

Depois, houve uma pausa. Nathalie começou a reclamar de fome. As jornalistas disseram que podiam esperar, sobretudo se pudessem tirar fotos de mãe e filha enquanto isso.

Ewa aqueceu o estrogonofe e cozinhou arroz para acompanhar, com água mineral para beber. Deixou que Nathalie acendesse uma vela em cima da mesa da cozinha, como de costume. As duas comeram com público, o que foi bem mais fácil para Nathalie do que para Ewa, a ouvir a câmera ser sistematicamente acionada. Nathalie estava completamente despreocupada e, como de hábito, passou a falar em francês durante a refeição.

A repórter aceitou uma xícara de café, enquanto a fotógrafa preparava seu material perto da varanda. Estava com pressa. A luz era fantástica lá fora, um céu avermelhado com algumas nuvens negras sobre o fiorde, o Riddarfjärden, e ao fundo as silhuetas das casas da Zona Sul de Estocolmo.

Em seguida, Ewa concordou em tirar mais algumas fotos, de vestido Armani e salto alto. Ela se convenceu de que não havia mal nisso. Afinal, ninguém dissera que os chefes da polícia secreta eram obrigados a usar sapatos baixos e se parecer como Robert Mitchum, certo?

✶✶✶✶✶

Sua vida, pelo menos sua vida profissional — o que era a maior parte da sua vida —, transformou-se num verdadeiro inferno no período de algumas semanas. Erik Ponti sabia que tinha uma pequena tendência à autopiedade e à autoironia. De qualquer forma, concluíra, após muita reflexão, que sua carreira de jornalista chegara ao fim.

O mundo não acabaria por esse motivo. Tudo na vida sempre chegava a um fim. Essa decisão teria grande impacto. Afinal, a vida era assim mesmo.

No entanto, com o fim de sua carreira, lhe sobraria mais tempo para viver. Herdara algum dinheiro e continuaria a receber 75% do seu salário se aceitasse a proposta feita a todos ao deixar a empresa. A matemática era simples. Se saísse espontaneamente, receberia 75% do salário. Dessa maneira, a empresa ganhava os 25% restantes, abdicando 100% do trabalho dele.

Do ponto de vista econômico da empresa, se ele continuasse a trabalhar, pagaria salário integral a um funcionário. Se parasse, os custos da empresa diminuiriam em 25% do seu salário, e outros jornalistas da rádio, sem aumento, ocupariam seu lugar, realizando sua função.

Assim funcionavam todas as empresas, estatais ou privadas, no país.

Em outras palavras, cinco anos de férias remuneradas, uma herança e a chance de escrever seu grande romance, antes que fosse tarde demais. Trabalho como freelancer também não seria problema. Ele era um dos jornalistas mais conhecidos do país. Na pior das hipóteses, poderia ganhar um extra como líder de debates, de vez em quando. Âncoras de programas, todos mais ou menos conhecidos, ganhavam muito bem numa atividade relativamente simples. Sustentar-se não seria um problema.

Provavelmente, Acke faria o mesmo em breve. Sua licença sem vencimento em Berlim poderia significar apenas que ele finalmente resolvera levar a sério seu projeto de escrever um livro sobre as fraudes com o dinheiro de ajuda aos países subdesenvolvidos.

Todos consideravam aquela uma decisão acertada. O problema estava apenas no caso de a sua atitude ser considerada deserção.

O inferno começou de uma forma branda, como ele havia esperado, e o momento foi igualmente escolhido a dedo: assim que terminou a semana triunfal da entrevista com Hamilton no *Dagens Eko*.

De fato, aquela foi uma semana triunfal, transmitindo com exclusividade a entrevista com Hamilton, o grande furo jornalístico, um sucesso inquestionável. Além disso, tudo começou melhor do que se poderia imaginar, com o promotor-chefe Von Schüffel fazendo a gentileza de aumentar o interesse geral ao deter e tentar prender um repórter, não de uma pequena publicação esquerdista, como *Varulven*, mas do *Dagens Eko*. Não havia sido um acontecimento divertido e interessante apenas sob o ponto de vista pessoal, ainda que esquecendo a semana de trabalho incessante para pôr em ordem seu apartamento. Tinha gerado uma notícia fantástica: que a agência americana de espionagem, NSA, registrava todo o tráfego de e-mails da Rádio Suécia e vendia para a FRA, que, por sua vez, transmitia as informações para a polícia secreta mediante pagamento.

Então veio a longa entrevista de sábado com Hamilton, em que este, numa conversa surpreendentemente solta e livre, falou sobre tudo, desde a presença de submarinos russos no arquipélago de Estocolmo até a declarada "diplomacia russa" para libertar presos suecos no exterior, quando, na realidade, foi o Departamento de Operações do Serviço Secreto sueco que resolveu o problema com uma série de ações violentas.

Esse tipo de denúncia esquentou o assunto de tal maneira que, durante dois dias, os repórteres do *Dagens Eko* caçaram como doidos velhos dirigentes políticos por todos os cantos do país. Foi até bem divertido. Depois, na segunda-feira, veio o segundo e novo furo, a notícia de que Hamilton estava entrando com uma petição no Tribunal de Apelação para a revisão de seu julgamento e que voltaria à Suécia. O advogado Leif Alphin assumiu brilhantemente o palco durante uns dias. Até ali, tudo estava correndo conforme o esperado.

Depois disso, como também era de se esperar, vieram as reações adversas. As outras redações da Rádio Suécia e das mídias concorrentes reclamaram que o programa *Dagens Eko* exercia uma espécie de "monopólio estatal" sobre Hamilton. Estavam profundamente indignados pelo fato de o *Dagens Eko* nem sequer dar o telefone do ex-vice-almirante em São Petersburgo. Assim cresceu a primeira onda de críticas desagradáveis, entre elas a de que Hamilton havia usado a rádio estatal da Suécia com objetivos pessoais, e que o *Dagens Eko* tinha se deixado utilizar.

A crítica era justificada. No entanto, também era verdade que todos os outros bons comentaristas da imprensa estatal teriam agido da mesma forma. Nenhuma redação teria recusado a exclusividade em entrevistar Hamilton. Isso seria um erro profissional muito grave. Portanto, todos se deixariam "aproveitar" por Hamilton. Só que a sorte favoreceu ao *Dagens Eko*.

Até então, tudo estava correndo bem. As redações da empresa *Sveriges Radio och TV* chegavam a ficar temporariamente do mesmo lado sempre que as críticas vinham de fora. Contudo, era apenas questão de tempo para a discussão se alastrar entre as várias redações internas, visto a empresa estatal ter vários canais mais ou menos autônomos de rádio e de televisão.

Começou com a questão do *houveporter*.* Por que justamente o *houveporter* Erik Ponti devia ter direito exclusivo a essas entrevistas? Seria bom para a credibilidade do *Dagens Eko*? As entrevistas não poderiam ter sido mais bem-feitas? Por exemplo, por que não se

---

* Alguns repórteres suecos têm acesso irrestrito à Casa Real da Suécia. Daí o uso da expressão *hovreporter*, repórter real.

perguntou a Hamilton se ele tivera alguma experiência homossexual? Ou se ele sabia quem havia assassinado o primeiro-ministro Olof Palme? E por que nada se perguntou a respeito de suas finanças, de onde vieram seus recursos, seu dinheiro? E se ele teria ações da empresa russa de gás, a Gasprom.

Como o *Dagens Eko*, numa demonstração de boa vontade, teve a péssima ideia de divulgar na internet as quatro horas de gravação da entrevista original, não editada, com Hamilton, logo muitos jovens colegas — mais talentosos, inteligentes e espertos —, de caneta na mão, repassaram o material e anotaram as perguntas que deviam ser feitas e não foram. Perguntas que, pelo menos, os críticos teriam feito.

Essa conversa fiada também fora facilmente prevista. Erik chegou a descrever o que aconteceria se o material gravado fosse divulgado na internet. Por enquanto, tudo levava a crer que ele conseguiria salvar-se da tempestade.

O momento decisivo surgiu com a vitória inesperada de Von Schüffel. Erik deu várias entrevistas, principalmente focalizando a notícia de que todo o tráfego de e-mails na Rádio Suécia era registrado pela NSA como serviço para as autoridades suecas. Era uma denúncia fantástica, caso pudesse ser comprovada, para além da própria afirmação de Erik.

Nesse ponto, Erik tinha certeza de que teria acesso ao protocolo e à gravação do interrogatório a que fora submetido. Achava, ainda, que tinha direito a uma cópia integral desse interrogatório. Como as autoridades classificariam uma conversa com ele como secreta e se recusariam a lhe dar uma cópia?

O que ocorreu veio a calhar para o promotor Von Schüffel, que convocou a imprensa escrita e a falada para uma coletiva. Foi um grande espetáculo, desta vez com toda a imprensa presente e, novamente, do seu lado, enquanto ele explicava o conteúdo do parágrafo 51 do capítulo 114º da Lei do Sigilo.

Os dados e os documentos secretos, considerados de suma importância, permanecem como tais, inclusive para as partes, neste caso o redator Erik Ponti, não precisando ser apresentados. Eles incluíam dados vitais para a segurança do reino, como consta no capítulo 2, parágrafo 2º, da Lei do Sigilo.

"Isso não poderia ser interpretado como confirmação da impulsiva denúncia de Erik Ponti?" — refletiu Von Schüffel em seguida. De jeito nenhum. As reflexões mais ou menos confusas, corretas ou não, também são secretas. No caso, foram provocadas por Erik Ponti, que tentou, talvez sem surpresa para ninguém, transformar o interrogatório numa espécie de entrevista, e lançou diversas hipóteses, às quais o pessoal do serviço secreto naturalmente decidiu não responder nem comentar. Tornar público um documento como esse conduziria a interpretações erradas e infelizes das reflexões fantasiosas de Erik Ponti e daria a elas um fundo de verdade, o que não era, de forma alguma, o caso.

Com isso, os ventos mudaram de direção. Os principais comentaristas da imprensa liberal e da conservadora exigiram que Erik fosse demitido do *Dagens Eko*, pois fora socialista e ativista palestino na juventude. No entanto, o mais importante foi ver que a rádio estatal, ao tentar se manter imparcial, tornara-se uma base para propaganda antiamericana, característica da época. Assim, de acordo com a denúncia constrangedora do promotor Von Schüffel a respeito da tentativa de manipulação de Ponti, é preciso descartar o "*scoop*" do *Dagens Eko* em relação à declarada atividade de espionagem dos americanos.

Os chefes da redação fizeram uma longa reunião para discutir se deviam ou não autorizar Erik a responder às acusações, e eles chegaram a um consenso. Numa curta entrevista, Erik confirmou que viu os documentos secretos e que não se enganou. Contudo, foi retirada a informação, acrescentada por ele, de que a maneira mais simples de confirmar ou desmentir o que disse seria a apresentação pública do material gravado durante o interrogatório.

Esta última afirmação foi considerada ofensiva e insistente, e o momento era delicado.

Depois disso, sua presença no futuro julgamento de Hamilton foi proibida. Não que ele não fosse qualificado para cobrir grandes julgamentos. Pelo contrário, durante muitos anos, essa fora uma de suas missões no *Dagens Eko*. Todavia, no momento a redação tinha um problema de credibilidade para resolver.

— "Ok" — disse ele. — Mas posso me levantar cedo todas as manhãs e fazer um resumo imparcial dos comentários da imprensa a favor e contra o governo. E depois outro locutor lerá meu texto.

Isso normalmente seria um trabalho para qualquer estagiário, mas sua proposta foi imediatamente aceita sem que nenhum dos chefes parecesse notar sua ironia.

No entanto, isso não foi o pior. A tempestade continuava forte. Quando o julgamento de Hamilton finalmente começasse, a barra já estaria limpa. Quem se lembraria, meses depois, da antiga entrevista na rádio?

Entretanto, foi o escândalo da vodca que tornou a sua situação insustentável.

A chefe de redação da Rádio Suécia, Katarina Bloom, levou o caso na brincadeira ao dar seu visto nas contas da viagem de Erik a São Petersburgo. À primeira vista, parecia que ele e Hamilton haviam feito uma verdadeira orgia no Bar do Caviar, no Hotel Europa. Gastaram quasе 10 mil coroas em vodca,* o que, calculado em preços normais

---

* Cerca de R$ 2.800,00.

por dose, correspondia a cerca de duas garrafas por cabeça, algo nada aceitável para quem estava se preparando para uma entrevista. Todavia, o problema teve uma solução que provocou risadas. Isso porque, olhando bem a nota de despesas, verificou-se que o consumo de vodca durante o encontro não atingiu mais de 120ml por pessoa. Além disso, beberam só uma garrafa de vinho, que nem sequer ficou vazia. Na verdade, a vodca recomendada, chamada Kauffman Soft, era não só muito boa, como também extremamente cara. Não se tratava, portanto, de consumo exagerado, mas de custo. De qualquer forma, o orçamento da redação teria autorizado até uma viagem à Nova Zelândia se fosse para entrevistar Hamilton. Mas a viagem fora apenas para São Petersburgo, do outro lado do Báltico, nada muito mais longe do que uma viagem para cidades tão próximas, como Oslo ou Copenhague. Na realidade, tudo saiu muito barato, visto que Hamilton pagou até a conta do hotel de Erik, e a conta do hotel foi muito maior do que a da vodca. Mais tarde não seria um grande problema para Erik devolver o custo da estadia para Hamilton.

Claro que não. Todos concordaram e resolveram esquecer o assunto.

Uma garrafa de vinho tinto e 240ml de vodca durante uma noitada para dois homens com cerca de cem quilos não justificariam nem uma pequena notícia na mídia diária. Noutra situação, com os ventos soprando em outra direção, isso jamais seria visto como uma "denúncia". Entretanto, depois da entrevista coletiva de Von Schüffel e da acusação de que o *Dagens Eko* tentara esconder informações secretas, a avaliação das notícias mudou drasticamente. O caso da vodca ganhou notoriedade.

Uma manchete atingiu Erik como um soco no rosto, no momento em que um colega tão malicioso quanto hipócrita entrou na redação e a mostrou:

HAMILTON
e Erik Ponti, do *Dagens Eko*,
BEBERAM VODCA
POR 10 MIL COROAS
num restaurante russo

O jornal *Kvällspressen* destinou boa parte de seus recursos à denúncia. Mostrar uma cópia da conta do Hotel Europa não tinha nada de estranho. No momento, havia pelo menos cinquenta pesquisadores de informações na redação do *Dagens Eko*. Mais surpreendentes eram os ambiciosos esforços do jornal ao mandar uma equipe de reportagem a São Petersburgo, para "visitar" o Bar do Caviar no Hotel Europa e conhecer a qualidade e o preço da agora famosa bebida. Também foram mostradas fotos de Erik Ponti e Carl Hamilton para funcionários do bar, para tentar fazê-los se lembrar de como a orgia de bebidas havia acontecido. O ângulo de reportagem não deu muito resultado. Melhor, nesse caso, foi a reação espontânea do mais alto chefe da Rádio Suécia, ao dizer que o consumo de vodca por 10 mil coroas não se enquadrava na política de representação da empresa. O jornal que fez a denúncia dedicou nada menos que quatro páginas inteiras à condenação feita pelo principal chefe da Rádio Suécia ao consumo de álcool.

Mais uma página inteira foi dedicada à segunda indignação do jornal: a de o *Dagens Eko* ter aceitado o pagamento do hotel por Hamilton. O chefe da Rádio Suécia, evidentemente, ficou surpreso e se manteve distanciado de mais esse problema que ignorava por completo.

A denúncia durou apenas dois dias, visto que no segundo dia outros jornais foram pedir comentários tanto de Erik Ponti quanto dos seus superiores imediatos, e assim a "orgia" de vodca tomou outras proporções. Esse problema foi resolvido por uma sincronização com o promotor-chefe Von Schüffel, que, no segundo dia, iniciou uma investigação preliminar contra o *Dagens Eko* por corrupção, apreendeu a conta já publicada e se manifestou dizendo tratar-se de "transações estranhas entre a Rádio Suécia e um condenado em fuga".

As manchetes voltaram a ser enormes. CORRUPÇÃO — INVESTIGAÇÃO PRELIMINAR — REPÓRTER DO *DAGENS EKO* DEMITIDO?

No fim, tudo era mentira, mas isso não fazia diferença, visto que havia certos detalhes verdadeiros. A vodca *custara* 10 mil coroas. Hamilton *pagara* o hotel. O promotor Von Schüffel realmente *dera* início a uma investigação preliminar e havia de fato uma dúvida a respeito da demissão do repórter do *Dagens Eko*. A questão ficou em aberto.

Mas não houve surpresa quando Von Schüffel, depois de uma semana, cancelou a investigação preliminar sobre corrupção. Ficou claro, porém, que o cancelamento não tinha mais do que um décimo de valor como notícia do que a decisão de dar início à investigação. Surgiram apenas pequenas notas aqui e ali sobre o fato. Durante esse tempo, mesmo não se sabendo o que estava sendo investigado, Erik ficou afastado do trabalho. As lideranças da empresa justificaram a medida dizendo que era preciso defender a credibilidade do programa *Dagens Eko*.

No entanto, depois do tumulto foi possível pôr de novo os pés no chão, raciocinou Erik. Cento e vinte mililitros de vodca por pessoa era pouco, e até Von Schüffel havia reconhecido que o pagamento de uma conta de hotel não tinha nada de estranho. Dentro de meio ano, mais ou menos, tudo isso se transformaria em histórias engraçadas, mesmo que no momento fossem dolorosas.

O que não daria para esquecer era o debate no Clube dos Jornalistas Políticos.

O Clube dos Jornalistas Políticos era uma instituição existente em Estocolmo desde o fim do século XIX. Nela, eram considerados os grandes problemas — e também muitos pequenos problemas — da imprensa. O Clube dos Jornalistas Políticos não era o lugar onde qualquer um pudesse se desgraçar.

Essa não era a intenção de Erik e de sua chefe imediata, Katarina Bloom, quando foram chamados para debater a manchete "Corrupção do *Dagens Eko*", considerada lacônica ou esperançosamente irônica. Os dois acreditavam ser capazes de levantar bem alto a bandeira da redação do *Dagens Eko*. Seus adversários eram alguns comentaristas importantes da imprensa antigoverno. Quanto às despesas de representação com vodca, ambos acreditavam deter os fatos e as piadas do seu lado. Só as despesas com *snaps* — a aguardente sueca destilada a partir da beterraba — da imprensa liberal, durante os chamados jantares de confraternização do pessoal, no fim do ano, atingiam valores muito superiores aos do *Dagens Eko*. Os dois ganhariam com facilidade um debate sobre bebidas, e seria até uma boa oportunidade para rir.

No entanto, não chegou a haver debate sobre bebidas, e não deu para rir. A primeira surpresa desagradável foi ver o enorme público que o evento atraiu. Os debates no clube normalmente eram realizados no restaurante, no último andar da Casa da Cultura, que podia acolher cerca de duzentas pessoas. Contudo, o debate em questão teve de ser transferido para o auditório da Casa, com espaço para mais de oitocentas pessoas.

Erik Ponti e Katarina Bloom se surpreenderam de cara com o ambiente hostil ao entrar no salão lotado. O público assobiava e ria desdenhosamente. Os comentaristas liberais foram aplaudidos e bem-recebidos pela primeira e última vez em sua carreira de debatedores no clube.

A primeira pergunta foi para Erik. Com todo o respeito por seu histórico, teria ele se prestado a entrevistar Hamilton só porque se deixara corromper por ser seu amigo ou porque, pura e simplesmente, fora pago para agir assim?

Um dos dois comentaristas debatedores se preparou muito bem, embora demorasse muito. Ele fez uma colagem do material da entrevista divulgado na internet e apresentou uma série de exemplos de incapacidade profissional, todos ligados a partes da entrevista não apresentadas na rádio. Foi uma escolha feita em cima de hesitações e palavras ditas de forma equivocada, ou ainda de mal-entendidos do tipo que se podem encontrar, normalmente, em entrevistas gravadas. Todavia, no caso, cada exemplo era concebido como "denúncia", e o público voltava a assobiar e a rir com desdém.

Erik defendeu-se dizendo que eram, claramente, os preparativos para uma entrevista direta, como, aliás, havia acontecido na que foi apresentada no sábado durante o *Dagens Eko*. Naquela entrevista, ambas as partes estavam mais concentradas, visto que nada nela poderia ser cortado. Nesse caso, como jornalista, ele se preparara de modo bem diferente. É claro que em quatro ou cinco horas de uma conversa que em grande parte dizia respeito apenas à biografia do entrevistado haveria momentos de hesitação e de dúvida. No fim, valia apenas o que foi transmitido. O resto eram apenas anotações impublicáveis no bloco de qualquer repórter de jornal. Erik não recebeu um único aplauso durante suas explicações, apenas gargalhadas grosseiras.

Em seguida, foram apresentados exemplos agressivos de como a entrevista poderia ter sido mais bem-executada com perguntas mais duras e feitas de surpresa, em especial que incluíam afirmações de que Hamilton enriquecia à custa de seus contatos com a máfia russa. Entre o público, muitas pessoas se inscreveram para falar. O primeiro da lista era um representante do Clube de Jornalismo Investigativo, uma associação que anualmente premiava um de seus membros com o chamado Furo de Ouro, por denunciar más condições nos hospitais e nos serviços sociais. O orador atacou a ruína dos estabelecimentos jornalísticos estatais. Profissionais como Ponti serviam sempre ao "poder", e, por isso, o poder podia destruir sem ser incomodado, à custa de instituições como a rádio e a televisão estatais. Erik retrucou, dizendo que Hamilton dificilmente poderia ser considerado um "poder", mas seu argumento caiu por terra.

Um jovem que Erik reconheceu vagamente levantou-se e declarou que sentia vergonha de trabalhar para o *Dagens Eko* depois do que aconteceu e que, por isso, pensava em demitir-se e procurar uma redação mais honesta e longe do "poder". Depois de falar, ele sentou-se um pouco envergonhado ante a estrondosa salva de palmas com que suas palavras foram acolhidas pelo público.

Katarina Bloom fez anotações num papel e o estendeu a Erik. O jovem era estagiário e já estava decidido que seria mandado embora. Erik fez que não com a cabeça. Não dava para usar isso como argumento. Na realidade, nada serviria diante da atmosfera reinante no grande auditório. Aquilo era um ritual, não um debate. Era inútil sequer tentar se defender.

Katarina Bloom respondeu a uma pergunta de uma jovem que dissera já ter ganhado dois Furos de Ouro, mas que não servia ao poder. A jovem queria saber como era possível transmitir um lixo como essa entrevista e se Katarina, como chefe do *Dagens Eko*, não sentia vergonha do que acontecera.

Katarina tentou se defender seriamente. Disse ser muito estranho ninguém ter considerado a entrevista ruim ou inferior quando fora transmitida. Ao contrário, todas as outras mídias a retransmitiram e todos os críticos dos jornais consideraram a entrevista um grande trabalho jornalístico. Portanto, o que, na realidade, havia diminuído a sua qualidade nas últimas semanas? Duzentos e quarenta mililitros de vodca?

Suas perguntas retóricas foram recebidas com novos risos de desprezo, e alguém entre o público resolveu perguntar gritando se ela iria demitir Ponti.

Ela ficou zangada, o que foi um erro, visto que isso apenas animou ainda mais o público. Disse que o debate já tinha ido longe demais. Em especial considerando que foi ali no Clube dos Jornalistas Políticos que, numa votação entre seus membros para escolher os melhores jornalistas do século XX, Erik Ponti ficou em quarto lugar, sendo agora o único sobrevivente da lista. Além disso, entre um Furo de Ouro aqui e outro Furo de Ouro ali, talvez fosse chegada a hora de lembrar que naquela sala Erik Ponti era o jornalista que mais prêmios recebera.

Mais gargalhadas grosseiras. Alguém gritou com desdém: *Século passado!* Outro perguntou a Erik quando ele havia recebido o prêmio pela última vez. Quando ele respondeu que fora em 1995, as gargalhadas soaram ainda mais contundentes.

Erik tentou compreender o que estava acontecendo, mas sua mente ficou paralisada. Não entendeu por que riram do ano. Há muito tempo ele não havia passado por uma situação como aquela.

Acontecera quando tinha pouco mais de vinte anos e era ativista nos grupos a favor da Palestina. Diante de um grande auditório cheio de membros do Partido Liberal, enfrentou em debate o líder daqueles que apoiavam Israel. Não importava o que ele dissesse, o público ria. Não importava o que o outro dissesse, o público aplaudia. Além disso, por falta de hábito, Erik cometeu o erro de defender-se dos insultos pessoais que o político adversário jogava em cima dele. Havia levado meses para se recuperar do choque.

E agora lá estava ele de novo. Não havia nada de errado nas entrevistas com Hamilton. Ninguém naquela sala faria um trabalho melhor. Ele era o jornalista que mais sabia sobre Hamilton no país. E era, entre todos os profissionais em atividade, aquele que mais entrevistas fizera com os poderosos e sabia muito bem diferenciar um trabalho bem-feito de um malfeito. Mas no momento ele estava aparentemente sozinho entre quase mil colegas a discutir as questões mais simples da profissão. Na realidade, eles não tinham vindo para debater técnicas de entrevista, mas para a morte de um elefante. Teria ele vindo também se tivesse 21 anos e fosse aluno da faculdade de jornalismo, por achar que seria divertido? A pergunta era, no mínimo, de difícil resposta. Mas, possivelmente, a resposta seria sim.

No fim da apresentação, o líder dos debates achou que Erik falara pouco e pediu que ele se defendesse.

Erik disse apenas que havia feito seu melhor e que, se os colegas achavam que o resultado fora ruim, não havia mais nada do que se defender.

As gargalhadas foram menos intensas. Alguns jovens jornalistas no fundo da sala gritaram qualquer coisa que ele não conseguiu entender, mas que tinha a ver com "poder". E foi assim que o pesadelo terminou. Pelo menos, no momento.

Katarina Bloom propôs que saíssem e fossem tomar uma cerveja para bater um papo sobre o que se passou. Ele devia ter aceitado, mas resolveu dizer que iria encontrar-se com alguns amigos e que também não havia muito a discutir. Ambos sabiam bem em que lugar estavam. Ele disse que se sentia bastante calmo, o que era claramente uma mentira.

Ao se misturar com a multidão, ele se transformara em uma não pessoa. Ninguém o via, ninguém falava com ele, as pessoas que o conheciam evitavam seu olhar. Ninguém o cumprimentava.

No caminho até chegar em casa, com um tempo triste e escuro de inverno, com a chuva caindo e se misturando com a neve, ele decidiu que estava na hora de parar. Passando em revista sua vida como jornalista, a conclusão era a de que havia feito praticamente de tudo, desde trabalhar em um pequeno jornal esquerdista até na Rádio Suécia, desde como ativista pró-Palestina até correspondente no estrangeiro. Entrevistara líderes partidários em eleições, fora chefe do noticiário internacional no *Dagens Eko*, fizera várias denúncias e descrevera desde assassinos em série até chefes de Estado malucos na África. Além de tudo, ganhara todos os principais prêmios jornalísticos do país. Continuar seria apenas repetir. E a única oportunidade de uma vida nova estava em assumi-la naquela hora. Pensando bem, acabara de receber um empurrão para uma vida nova por parte de seus sanguinários colegas do Clube dos Jornalistas Políticos.

✪✪✪✪✪

Era muito mais fácil ser um grande escritor na Brasserie Lipp, em Montparnasse, Paris, do que na Norr Mälarstrand, em Estocolmo.

A essa altura, a conclusão estava baseada na experiência, mas Pierre ainda assim preferia citar a sabedoria popular, pela simples razão de que ela soava melhor e mais divertida em sueco, embora incompreensível em francês.

De qualquer forma, ele gostava do restaurante, e lá estava ele, sentado diante de uma porção cheirosa de chucrute e de uma boa garrafa de vinho Riesling da Alsácia, como devia ser. Dessa vez era um autor mais importante do que da última vez, visto que não somente seu editor, Jean-Michel, o estava tratando bem, como também estavam presentes um dos principais chefes da Gallimard e uma jovem do Departamento de Relações Públicas. A bajulação era normal, aquela que da última vez o alçara na estratosfera como um balão e que em breve o grudaria numa escrivaninha em Estocolmo, trabalhando como uma máquina a vapor.

A jovem relações-públicas apresentou alguns números excelentes, traduções para diversas línguas, prêmios literários chegando do exterior, honorários de direitos autorais e enormes adiantamentos por novas traduções. Jean-Michel achava que Pierre devia ser mais ativo nos debates da imprensa diária da França. Era um método honesto de manter viva sua marca no país, pelo menos se escrevesse nos jornais certos e em especial se entrasse debatesse com Glucksmann e BHL.

Jean-Michel recusava-se a pronunciar o nome de Bernard Henri Lévy e só o citava pelas iniciais.

Réflexions d'un Légionnaire de longue date talvez fosse a obra-prima que diziam ser, apenas uma questão de demonstrar alegria pela consideração, assim como pelos inúmeros prêmios recebidos (com exceção do Goncourt, que foi dado a algum jovem gênio) e pelos milhões em honorários, visto que o dinheiro dava a medida exata de quantas pessoas queriam ler seus pensamentos e histórias. Ele não tinha ousado sequer sonhar com nada disso ao escrever o livro. Àquela altura, ele nem tinha a certeza de que alguém quisesse editá-lo. Escreveu-o porque precisava pôr no papel o que foram os seus quarenta anos na Legião Estrangeira.

A história era a sua vida, e, se todas as pessoas pudessem escrever um único livro, esse era o gênero que deviam escolher. Ele nunca havia pensado em nenhuma espécie de sequência, visto que não tinha mais experiências na vida para contar, a não ser um pequeno período na juventude e outro ainda mais curto da vida posterior, com Ewa e Nathalie. Portanto, o que haveria para acrescentar?

Muita coisa, achava Jean-Michel, quando no ano anterior se sentaram sozinhos na Brasserie Lipp para comemorar, quase em estado de choque, a primeira onda de sucessos. Inicialmente, o manuscrito tinha mais de mil laudas, reduzidas para seiscentas, visto que os editores achavam ser impossível vender um tijolaço daqueles e de algo que parecia ser as lembranças normais de um militar. Conhecido o material, a história era outra.

Era convincente, então, um ano atrás. Mas antes, em seu escritório, em Estocolmo, na Norr Mälarstrand, as dúvidas haviam sido muitas. Como escritor, Pierre, claro, sentia-se um amador, e era normal que um amador não conseguisse se disciplinar e se alongar em mil laudas, em especial escrevendo em primeiro lugar para si mesmo e não pensando em publicar um best-seller. Mas depois uma das maiores editoras da França resolveu aceitar o original, desde que pudesse reduzi-lo, e passou a realizar um trabalho de filtragem e redução do texto. Portanto, o livro devia ficar melhor, não é?

Qual seria então o sentido de reescrever o livro, todas aquelas partes consideradas piores que foram retiradas? Isso fazia lembrar alguns truques usados na indústria cinematográfica. *Rocky II* e *Tubarão III*, apenas para citar alguns exemplos dos sucessos apresentados na tela do refeitório do Segundo Regimento de Paraquedistas todas as sextas-feiras.

Quando Pierre contou, com todo o cuidado, a respeito de suas reflexões, Jean-Michel resolveu tentar outro ângulo de aproximação ao assunto. Era possível alongar e reduzir o texto. Consideremos, por exemplo, a história da intervenção da legião em Serra Leoa, na década de 1990. No livro, são apenas quatro páginas, mas poderiam ser mais. A história era boa e devia ser mais completa. Aliás, como foi mesmo a história? Conte!

Esse era um dos truques especiais de Jean-Michel para colocar Pierre para trabalhar. Ele já conhecia a história, mas não se importava de ouvi-la novamente.

A indústria de diamantes em Serra Leoa era dominada por um grupo de mafiosos que se considerava um "movimento de libertação" e ficou mais conhecido no mundo inteiro por ter o costume de cortar as mãos de seus concidadãos africanos. As minas de diamantes estão na parte Leste do país, longe da costa do Atlântico. Era um inferno indescritível, um trabalho feito com escravos, que morriam de esgotamento, sempre rodeados de guardas armados, muitas vezes adolescentes viciados em entorpecentes. Quando os escravos morriam por causa do cansaço ou eram assassinados, o "movimento de libertação" realizava incursões pelo interior do país para buscar mais escravos nas aldeias, aproveitando para cortar as mãos dos que não interessavam, as mulheres e os homens mais velhos. As receitas da exploração dos diamantes eram usadas não apenas para enriquecer os líderes, mas também para comprar cada vez mais armas. Serra Leoa caminhava para submergir na pobreza, pelo fato de os recursos da única grande fonte de renda do país simplesmente desaparecerem.

Finalmente, o mundo se cansou, e a União Europeia resolveu mandar tropas. Os fuzileiros da Marinha britânica desembarcaram nas praias perto de Freetown e fizeram corajosas declarações diante dos jornalistas de televisão que trouxeram consigo. Eles libertaram rapidamente a capital do país, o que não foi muito difícil pelo fato de os soldados do "movimento de libertação" não estarem lá, mas sim a uns quarenta quilômetros, nos campos de diamantes do interior.

O Segundo Regimento de Paraquedistas da Legião Estrangeira seguiu em aviões da base central de Calvi, na Córsega. Fez um pouso para abastecer numa das suas bases no Chade e voou direto, depois, em direção ao alvo, no Leste de Serra Leoa. Os combates foram curtos, mas sanguinários, e, quando acabaram, os legionários viram e entenderam o que acontecia no lugar. Até eles, homens duros e habituados, com mais de dez anos de experiência em toda a sorte de conflitos, caíram no choro. Aliás, nenhum prisioneiro sobreviveu. E ainda sabendo que se tratava de criminosos, como efetivamente eram, seus crimes eram proporcionalmente medonhos. Aquilo que vimos e que libertamos era um inferno indescritível.

O "movimento de libertação" nem sequer enterrava os escravos, que a toda hora morriam de esgotamento. Somente os retiravam das minas e os colocavam nas caçambas dos tratores, que os levavam para um lixão de onde uma nuvem de urubus se levantava quando a gente se aproximava. Enquanto limpávamos aquele campo de escravos, os fuzileiros britânicos desfilavam em parada em Freetown. Os malditos nem ao menos se importaram em vir nos buscar, senão duas semanas mais tarde, quando tudo já estava limpo e os montes de cadáveres já haviam sido queimados. Essa é mais ou menos a história dos diamantes de sangue.

— Mas, monsieur Tanguy, vocês não podiam voltar pelo mesmo caminho? — perguntou a jovem relações-públicas, de olhos espantados.

— Não, senhorita, há um pequeno problema que nós, paraquedistas, temos. É que, quando saltamos do avião, não dá para voltar — respondeu Pierre, quase perdendo a paciência.

— Mas o senhor não estava no comando desse feito extraordinário? — continuou ela, sem prestar a menor atenção.

— Não, senhorita, eu não era o comandante do regimento nessa época, apenas tenente-coronel e chefe de operações. Mas essa foi a última vez que chefiei uma grande operação na África.

— Por que a França resolveu mandar justamente a Legião Estrangeira? Nós temos também as forças regulares de paraquedistas. Isso tem a ver com a logística? — perguntou Jean-Michel.

— De jeito nenhum. A França tem capacidade para fazer até abastecimento no ar. Portanto, daria para mandar uma expedição para qualquer lugar a partir daqui. Mas havia outra razão: imaginava-se que se encontraria lá aquilo que o mundo sabia, mas para o qual fechava os olhos. A ideia era a de que a Legião Estrangeira poderia realizar um trabalho mais completo — inclusive de limpeza da área — do que se poderia pedir das forças regulares francesas. E foi o que fizemos. Talvez por isso só foram nos buscar duas semanas mais tarde, quando tudo já estava saneado. E não foi necessário nenhum tribunal internacional.

— Mas isso é maravilhoso! — exclamou Jean-Michel. — Desculpe, o que eu queria dizer, naturalmente, é que essa é uma história muito interessante, a verdadeira história dos diamantes de sangue na África...

A essa altura, ele voltou a soltar a imaginação. Pintou rapidamente um afresco de possibilidades nas paredes da Brasserie Lipp, de tal maneira que seu vinho da Alsácia respingou devido às suas gesticulações. *Os diamantes de sangue da África — a verdadeira história —*, do coronel Pierre Tanguy.

A editora poderia mandar fazer as pesquisas necessárias. No primeiro capítulo, um resumo da situação em Serra Leoa antes do ataque. No capítulo seguinte, o que Pierre realizava à época sem fazer a menor ideia de que em breve interviria na África Ocidental. Em seguida, o que acontecia nas Nações Unidas e na União Europeia (pesquisa da editora), o problema da população torturada e quem vendia e comprava os diamantes. Depois, de volta a Pierre no Segundo Regimento de Paraquedistas. E assim por diante. A história devia deixar que as grandes perspectivas se afunilassem cada vez mais, até atingir o inferno, a realidade para a qual o mundo havia virado as costas durante tanto tempo. E, então, a história culminaria com o próprio ataque. Poderia tornar-se um livro que combinaria de forma muito rara filosofia política com drama sanguinário!

E assim voltamos ao princípio, pensou Pierre, excitado e agradecido pela oferta de mais vinho, mas pediu para mudarem para Pinot Noir, que é um pouco mais frutuoso do que o Riesling maravilhoso que bebemos com a comida. E assim voltamos ao princípio. Estou na Brasserie Lipp, em Montparnasse, Paris, e me sinto como um grande escritor. Jean-Michel consegue que tudo pareça tão fácil e que eu me sinta alguém completamente diferente de um descartado coronel da Legião Estrangeira.

No avião, a caminho de casa, ele continuava se sentindo bastante otimista. A ideia que Jean-Michel havia esquematizado era muito fácil de seguir para um jornalista. O amigo Erik teria toda a facilidade para compilar todos os fatos, todos os pedaços, que serviriam de argamassa para construir a história do ataque do Segundo Regimento da Legião Estrangeira, que se aproximava cada vez mais, sem que os soldados fizessem ideia do que os esperava. Com as patentes mais baixas da legião, os soldados podem se sentar no avião antes de saberem por quê. Posso recapitular tudo o que aconteceu do nosso lado na história dos diamantes de sangue. Erik poderia me dar conselhos valiosíssimos sobre como se faz uma compilação das pesquisas, feita de modo que haja nela vida e drama. Mas talvez fosse indelicado de sua parte pedir ajuda a Erik, que jamais iria negá-la. Além disso, Erik já tinha trabalho mais do que suficiente no *Dagens Eko*.

A editora lhe pagava agora as passagens em classe executiva na Air France, e o almoço tardio foi excelente, a despeito de toda a sua simplicidade: *foie gras* com mais vinho da Alsácia como aperitivo, arroz de vitela com um toque de queijo Pomerol e, por fim, apenas cafezinho. Ele tomou um Armagnac com o café, colou a face na janela para sentir o frio vindo de fora, observou as nuvens e sonhou de novo o seu sonho de criança, o de ser um grande escritor, embora a vida tivesse feito dele um paraquedista. A vida depois da legião, no entanto, tornou-se muitíssimo melhor do que o antigo paraquedista poderia esperar. O amor com Ewa foi um milagre quando ele já não acreditava em tal coisa. Nathalie era a luz de seus olhos, como os árabes costumam dizer. Dali a pouco, ele estaria abrindo a porta de sua casa, deixando a bagagem no chão, e, de joelhos, com os braços bem abertos, gritaria: "Papai chegou, minha querida!" Não, ele não diria isso em sueco, mas em francês: "*Voilà ma petite chérie, papa est arrivé!*" Era esquisito que, sem perceber, ele sempre começasse a pensar em sueco no meio da viagem de volta para casa.

Ele não costumava ler os jornais suecos durante as viagens e, durante a semana em Paris, ficara muito ocupado com seminários, entrevistas e conversas com editores. Mas não pôde deixar de ler a grande manchete: HAMILTON LIBERTADO!

"Mon Dieu" pensou ele, "que vitória"! E nada menos do que justa e decente. O Estado lhe pedira que executasse uma operação atrás da outra e dera a ele os merecidos louvores quando as operações corriam bem, e ninguém perguntou sobre a quantidade de mortes durante as operações. E aí foi condenado à prisão perpétua, por ter matado três informantes! Usada a mesma justiça contra mim e tendo em conta o que fizemos contra o "movimento de libertação" na Serra Leoa e contra seus soldados adolescentes, eu teria recebido uma condenação de dois mil anos de prisão. Em vez disso, recebi o que hoje se chama na Serra Leoa de uma imitação cômica da Legião de Honra. Portanto, finalmente se fez justiça a Hamilton, e Erik terá muito a fazer nos próximos dias.

Por mais estranho que pareça, estava mais quente no aeroporto de Arlanda do que no Charles de Gaulle. O clima está, de fato, maluco. Quando se sentou no banco da frente do táxi, ele notou que o motorista tinha um nome argelino. Indicou o endereço em francês. Daí em diante, conversaram como se ele fosse um francês que acabara de chegar à Suécia, o que era verdade, mas também não era. Então ele perguntou o que havia acontecido no país nos últimos tempos, algo interessante, e o motorista respondeu com uma exposição eufórica sobre o processo de Hamilton e sua declarada inocência. Fora um evento extraordinário para a nação, mas mais ainda para os imigrantes. Doze anos antes, na época, Boumdienne, que era como ele se chamava, participara de uma passeata com milhares de outros imigrantes no dia em que Hamilton fugira da prisão. Hamilton foi condenado por matar canalhas da pior espécie, alguns informantes para *mukhabarat*, uma palavra árabe que provoca horror e más recordações na maioria das pessoas.

Pierre concordou com a cabeça momentos depois, quando perguntado sobre se estivera alguma vez na Argélia. Tinha, sim. Ele chegou a Sidi Bel Abbes com 17 anos, onde ficava o quartel principal da Legião Estrangeira. Aquilo que ele não sabia em relação aos últimos anos da Argélia como colônia francesa e à guerra de libertação não valia a pena saber nem valeria a pena contar para o honesto motorista Boumdienne.

Quando ele abriu a porta de casa e se preparou para se ajoelhar e receber a filha nos braços, encontrou pela frente uma multidão, com muitos rostos desconhecidos. Consternado, tirou e pendurou o sobretudo e entrou na festa. Alguém chamou por Ewa, que veio correndo, abraçou-o e explicou que aquela era a festa da vitória, que ela havia arranjado tudo à custa de um serviço do restaurante da Ópera (os criados circulavam aos fundos) e que todos estavam presentes.

Não era nenhum exagero. Havia muitos rostos desconhecidos e todos os amigos: Erik, que ele abraçou e beijou — afinal eram amigos íntimos —, Acke Grönroos, que ele apenas abraçou, a mulher de Acke, Ingalill, e a melhor amiga de Ewa, Anna Holt. Estavam presentes também a chefe de Erik, Katarina Bloom, e um advogado que nunca tinha visto antes e que o saudou mais formalmente, e a esposa do advogado, de quem ele beijou a mão.

Depois, Erik e Ewa o pegaram pelos braços, cada um de um lado, e o levaram à cozinha. Ewa piscou o olho para ele, cheia de segredos.

— É um amigo íntimo que quero lhe apresentar — disse Erik. — Este aqui é o vice-almirante Hamilton. E este aqui é o coronel Tanguy.

Era verdade. Ali estava o original da foto de Hamilton, na realidade um pouco mais baixo do que Pierre imaginara. E estava abrindo algumas garrafas de vinho. Entre todas as pessoas que Pierre queria conhecer, Hamilton era a número um. Mas ele não conseguiu dizer nada quando se cumprimentam, por terem sido apresentados com a indicação de suas patentes.

— Você, entre todas as pessoas que eu gostaria de encontrar na Suécia! — disse Hamilton. — Eu li o seu livro há alguns meses, em São Petersburgo, embora tenha dúvidas em relação ao título: *Confissões de um legionário ocidental.* Ainda assim, ele me atraiu. Mas que livro fantástico!

— Pelo que sei, ainda não foi traduzido para o russo, e o título soa um pouco estranho — respondeu Pierre, surpreso.

— Não, deve ser uma tradução pirata. A editora se chama "Relações Internacionais" — em tradução, claro. Eles pirateiam tudo. Processe-os. Posso ajudá-lo nisso. Mas, de qualquer maneira, meu Deus! Pierre Tanguy, é uma honra conhecê-lo. Estou começando a ler a tradução em sueco e parece estar muito melhor. Se tiver um fã-clube, entro já para ele. Ninguém, absolutamente ninguém, poderia falar melhor sobre nós do que você!

— Devo felicitá-lo pelo reconhecimento de sua inocência — respondeu Pierre, um pouco acanhado, visto não saber realmente como receber cumprimentos.

— Muito obrigado. Com que vinho vamos brindar ao nosso encontro? Borgonha ou bordô?

— Depende. O que temos?

— Romanée-Conti 85 ou Cheval Blanc 82?

— Então, a decisão é fácil.

— Sim, é claro. Talvez um pouco exageradamente caro, mas é por isso mesmo que a gente o bebe tão raramente — disse Carl, ao mesmo tempo que servia para os dois uma dose de borgonha.

Eles brindaram, beberam cada um o seu primeiro gole, fecharam os olhos e tentaram relembrar o passado.

— Acho que este é o começo de uma boa amizade — acrescentou Carl quando os dois tocaram os copos.

— Você sabe de quem é essa citação? — perguntou Pierre, surpreso.

— Oh, sim. Desculpe se eu tentei representar o intelectual na sua companhia. Mas eu tenho mil perguntas para lhe fazer a respeito de como contar as nossas experiências. Podemos começar já?

4

Como prometido, Ewa pôde ler toda a sua entrevista antes de ser publicada no *Kvällspressen*. Não havia nada a criticar. Eram suas palavras retiradas do gravador, e ela não ficou preocupada com o texto no jornal que "talvez pudesse ser um pouco encurtado", visto estar um pouco inocente demais.

O que ela não pôde ler antecipadamente foram os cartazes, a primeira página, as manchetes e as rubricas em páginas duplas, introduções e artigos complementares, tudo preparado de acordo com informações de dentro da polícia secreta ou afirmações de peritos em terrorismo islâmico. Em outras palavras, ela fora enganada. O choque foi ainda pior.

A família foi passear pela cidade na manhã de domingo para almoçar mais tarde na casa de Erik Ponti, e foi Nathalie quem viu o cartaz primeiro, porque a foto dela com a mãe estava nele. Mas o texto ela não sabia ler. Eram palavras muito esquisitas:

VALQUÍRIA NO SÄPO
O TERROR DOS MUÇULMANOS
Grande entrevista
Só no *Kvällspressen*

Ewa congelou e ficou olhando para a foto. Devia ser uma das que haviam sido tiradas na Norr Mälarstrand, junto à praia, naquele dia ventoso.

Ela parecia uma verdadeira paródia social-realista. Os cabelos estavam esvoaçantes, e ela segurava Nathalie no colo e olhava um pouco para cima, com uma expressão irritada. Devia ser a quinquagésima nona foto tirada no mesmo lugar, quando ela já não aguentava mais.

Pierre logo correu a uma banca para comprar o jornal. Ewa permaneceu onde estava, segurando com força a mão de Nathalie, enquanto ao mesmo tempo tentava se esconder, tornar-se invisível. Já estava com a impressão de que todos olhavam para ela.

— As fotos estão realmente excelentes — tentou brincar Pierre, ao voltar com o jornal já aberto. Ewa não achou graça e logo fez sinal para um táxi, não querendo se expor ao público por timidez. Pierre ajudou-a a sentar no banco traseiro, junto com Nathalie, enquanto ele se sentava na frente e, já dentro do carro, entregava o jornal para ela, sem dizer uma palavra.

Ao folhear o jornal, Ewa chegou a rasgar uma das páginas por pura excitação, queria ler tudo de uma só vez. Mas, na realidade, não entendia nada. A reportagem ocupava quatro páginas, sendo duas páginas duplas. Respirou fundo e recomeçou.

Na primeira página dupla, ela não era mais valquíria, mas CHEFE DA UNIDADE DE INVESTIGAÇÃO E INTERROGATÓRIOS DA POLÍCIA SECRETA. E isso, pelo menos, era verdade, embora a sequência do texto não fosse: PRENDEU TERRORISTAS DA AL-QAEDA.

A introdução ao artigo dizia que ela, até então, era considerada uma figura anônima na guerra contra o terrorismo. No entanto, era fundamental. E "apresentava-se agora exclusivamente no *Kvällspressen*". No meio da página, num boxe preto com texto em branco, ela dizia: "Os policiais não devem ter medo — caso contrário, devem mudar de profissão." Havia uma foto dela, de meia página, no vestido Armani, dramaticamente contra um céu avermelhado. Neste caso, ela não era a valquíria. Possivelmente, vampira. Ou, pelo menos, um monstro que comia homens ainda vivos.

De vez em quando, o texto continha algumas citações de Ewa, e as citações eram totalmente corretas, embora, ao mesmo tempo, descontextualizadas. Ela se lembrava muito bem da pergunta que fora mais uma afirmação: "Você arrasou os terroristas muçulmanos no ano passado durante o interrogatório. Não tem medo de ações vingativas?"

A primeira parte de sua resposta não fora incluída. Ela havia começado por desmentir, sem hesitação, o ter "arrasado" alguém e acrescentou que havia inocentado muitos suspeitos durante os interrogatórios, pelo menos de acordo com suas conclusões. Mas tudo isso foi retirado. Só ficou como resposta a ideia de que os policiais não podiam ter medo. Dessa maneira, parecia que ela havia concordado com a frase de que "arrasara" os interrogados.

Parecia até que ela usava a aparência, uma vantagem especial (a de ser uma valquíria, estava subentendido) ao interrogar os muçulmanos. Um verdadeiro truque de ilusionismo.

Primeiro, vinha a pergunta. Depois, a resposta de Ewa, sendo citada corretamente ao dizer que sua aparência não tinha nada a ver com o caso. Mas depois a repórter descrevia como havia conseguido que Ewa deixasse cair a máscara e piscasse o olho num entendimento bem feminista. A seguir, vinha um pequeno desdobramento contendo as próprias experiências da repórter ao entrevistar homens. E acima dessa passagem havia uma pequena rubrica em que a ideia toda se encaixava: "Os homens caem diante de nossa aparência."

Aquilo que a repórter acrescentou como reflexão própria parecia ser a resposta de Ewa para a questão.

Além de tudo isso, o restante do jornal continha matérias que Ewa nem sequer poderia imaginar. Um dos comentaristas principais elogiou-a num artigo ilustrado com uma foto dela com o vestido Armani e sapatos vermelhos de salto alto, com uma grande estante de livros ao fundo, na sua casa.

Eram elogios desagradáveis, reflexões sobre a arte de colocar os homens patriarcas em seu devido lugar e deixar que eles comessem a própria merda, exatamente com esse tipo de palavreado.

Em outro artigo, um dos peritos em terrorismo constantemente citados explicava que era, sem dúvida, uma vantagem a pressão psicológica contra terroristas islâmicos exercida durante os interrogatórios por uma mulher, com sua impressionante beleza ocidental. Era em parte um insulto e em parte uma leve tortura, visto que os terroristas muçulmanos costumavam ser sexualmente muito frustrados.

De certa forma, esse ainda não era o pior artigo paralelo do jornal. O pior citava fontes anônimas de seu ambiente de trabalho e tinha como título UM DOS NOSSOS CHEFES MAIS ADMIRADOS — NÓS A CHAMAMOS DE VALQUÍRIA.

Era difícil decidir qual alternativa era a mais constrangedora: se os colegas usavam esse apelido por suas costas ou se o jornal o havia inventado ao ver as fotos. Podia até ser o contrário: as jornalistas inventaram o apelido antes, e por isso tiraram as fotos. Ela jamais saberia a verdade. Mas, dali em diante, todos iriam chamá-la de valquíria. Enfim, sua mente estava um caos. Não dava para ela seguir uma só linha de pensamento, tal e qual uma investigação malfeita.

Aliás, ela se lembrou de um caso acontecido em seu último semestre como investigadora de crimes econômicos. Havia um baixinho enorme numa empresa, uma holding, com muitos suspeitos. Um dos grandes executivos havia atribuído a culpa ao tal baixinho. Os subordinados aceitaram essa ideia como hipótese e chegaram ao fim da investigação com um documento em que tudo parecia se encaixar

— embora muita coisa fosse irrelevante. No conjunto, porém, não restava dúvida. Havia crime e dívida a pagar.

Essa foi também sua conclusão ao ler o documento pela primeira vez. O tribunal concordaria.

No entanto, pelo fato de o advogado do baixinho insistir muito em pedir interrogatórios complementares, ela acabou concordando, e em poucas horas o que era preto ficou branco. O que mais chamou sua atenção no caso foi a experiência de ver que, na realidade, tudo o que estava no documento da investigação era verdadeiro. O que provocava o erro era o que não estava no documento. Ou seja, os investigadores realizaram um trabalho malfeito. Enfim, maus policiais e maus jornalistas têm mais em comum do que se pode imaginar.

Entretanto, ao encurtar o seu passeio tomando o táxi, eles chegaram mais cedo do que o previsto na casa de Erik, que ainda estava limpando a cozinha. O *Kvällspressen* estava aberto em cima da mesa.

Ele não disse "O que foi que eu falei?". Não era preciso.

Sentindo-se vítima de um crime, difamada por um dos maiores jornais do país, Ewa lhe perguntou se dava para abrir um processo. Erik sabia tudo sobre o assunto, mas apenas suspirou e não respondeu. Pierre, é claro, já estava ajudando o amigo a preparar a refeição. Os dois homens lhe viraram as costas, uma forma muito convincente de resposta muda, considerou ela, que se levantou irritada da mesa da cozinha, foi até a sala de estar e telefonou para o número secreto de emergência de Björn Dahlin.

Björn Dahlin não entendeu a razão da irritação de Ewa. Pelo que ele podia ver, nada no jornal estava errado. Não, ele nunca ouvira falar dessa tal Valquíria, mas era muito provável que alguém tivesse dito isso. As experientes policiais suecas, assim como Ewa, podiam muito bem dominar a ópera de Wagner e atuar como um coral, se necessário.

Além disso, ele achava as fotos no jornal encantadoras. Pensando na maneira como a polícia secreta normalmente era tratada pela imprensa, não seria esse caso, pelo menos, um passo à frente?

Abatida, ela voltou para a cozinha. Eles já tinham aprontado a comida e posto a mesa.

— Ok — disse Erik, quando fizeram um brinde entre eles, com copos de água mineral. — Está na hora de considerar sua pergunta. Não, na minha opinião você não vai poder processar o jornal. Eles cometeram um erro, um erro grosseiro, pelo qual poderão ser punidos pelo Conselho de Imprensa, mas não podem ser processados. Eles escreveram no cartaz de apresentação da edição do dia que você era *o terror dos muçulmanos*. Não é verdade. Isso vai contra nossas regras de ética e representa racismo. Quem fez o cartaz deve ter pensado em terroristas e escreveu muçulmanos, um erro freudiano de pensamento. Foi aí que eles erraram.

— Mas e o resto? — perguntou Ewa, hesitante, achando que Erik, certamente, não era defensor dos tabloides.

— Que resto? — perguntou ele, resignado e abrindo os braços naquele gesto latino que ele e Pierre tinham em comum. — Acredite em mim, Ewa, não há mais nada a acrescentar. É claro que você se considera enganada e está com raiva, mas eles não cometeram nenhum erro. Você não foi difamada, segundo as leis.

— Não fui difamada? Aquelas malditas me transformaram numa espécie diabólica de anjo da morte, uma nazista.

Fez-se um silêncio total. Ewa nunca usava palavras fortes demais e costumava dizer que não gostava de usar de linguagem grosseira na presença de Nathalie. E, de fato, Nathalie estava de olhos bem abertos, espantada. Pierre, que estava a seu lado, disse-lhe qualquer coisa em francês, que Ewa não ouviu, e depois a levantou da mesa e levou-a no colo para fora da cozinha.

— Desculpem-me — disse Ewa —, mas, como podem ver, hoje não estou bem.

— Claro, dá para notar — concordou Erik. — Mas agora você está mais calejada. Pisou numa mina e se feriu. Não se saiu bem no contato com a mídia. Isso já aconteceu com muita gente. Nem eu me salvei de passar por isso, como você sabe.

— Não existe mesmo nada que eu possa fazer?

— Não, acho de fato que não. O texto no *Kvällspressen*, possivelmente, não está correto, mas é inatacável. Bem, talvez com exceção do que foi escrito no cartaz.

— Mas isso é impossível!

— Muito bem. Suponha que eu sou o editor responsável pelo *Kvällspressen* a partir de agora. O que você tem a me dizer?

— Vocês prometeram fazer um artigo decente, mandaram as perguntas com antecedência e acabaram me envergonhando com todas essas mentiras.

— Desculpe, mas não estou entendendo — respondeu Erik, fazendo de conta que era o editor do *Kvällspressen*. — Nós apresentamos de você uma imagem positiva, quase uma homenagem à sua pessoa. Portanto, não vejo razão para você estar insatisfeita.

— Para começo de conversa, vocês me chamaram de VALQUÍRIA no cartaz. Isso é difamante!

— Você não entendeu bem a coisa. As fotos são de fato muito boas, fortes, fantásticas. É isso que todos dizem. Nós não passamos uma imagem ruim de você. Na realidade, as pessoas, em sua grande maioria, ficariam até satisfeitas em aparecerem no jornal desse jeito, tão bem-retratadas. Estética e dramaticamente bem-retratadas. Portanto, não posso imaginar que haja qualquer problema.

— Mas VALQUÍRIA!

— Ah, sim, você está pensando...

— Isso mesmo! Wagner soa retumbante no fundo, e as caveiras se escondem.

— Agora eu acho que você exagera. Essa conotação política já foi usada muitas vezes antes, está desgastada, agora que o Terceiro Reich caiu, e isso aconteceu há muito tempo. Aliás, toda a série de óperas de Wagner vai ser remontada na Ópera de Estocolmo na primavera. Não, isso tem a ver com os seus cabelos louros e as suas outras qualidades físicas. Mas, de fato, suas citações no jornal estão corretas.

— Sim, da maneira mais grosseira!

— Como? Isso me preocupa mais. Está escrito no jornal alguma coisa que você não tenha dito?

— Não, não está, mas...

— Foi bom ouvir isso! Portanto, você foi sempre citada corretamente, não é verdade? Ótimo! Significa que cumprimos o nosso compromisso e tudo está como deveria estar.

— Sim, mas... E o que foi retirado?

— Isso sempre acontece: a necessidade de cortar o texto... Ok, Ewa, precisamos continuar com esta brincadeira? — perguntou Erik, saindo do personagem.

— Não, claro que não — admitiu Ewa. — Me dê apenas mais um conselho. Você é jornalista e está bem por dentro deste jogo. O que devo fazer?

— No momento, nada. O passo seguinte é não falar para as outras mídias. Eles vão lhe telefonar para repetir, de maneira geral, o que já foi dito, e então vão pedir alguns minutos para uma nova conversa...

— Como assim? Que minutos?

— Isso significa citações. Eles vão querer algumas citações para poder "vender" a ideia sob o ângulo de Valquíria. Portanto, recuse-se a falar com quem quer que seja. E, no futuro, recuse-se a comentar tudo o que diga respeito a valquírias, dando a entender que isso não passou de uma invenção de mau gosto de um jornal da tarde. E tente esquecer o assunto por enquanto.

— Esquecer?

— Isso mesmo. Mesmo que não consiga, deve fingir que pode esquecer. Você devia ter seguido o meu conselho logo de início. Eu disse que eles insistiriam pelo ângulo da sua aparência. Desculpe, eu não devia...

— Deixa para lá. Está tudo bem. O problema maior é que eu não estou habituada a passar por idiota.

— De jeito nenhum. Você não é idiota, Ewa. Você sabe disso também. Acontece que os meus queridos ex-colegas fazem de tudo para escandalizar qualquer um. Inevitavelmente. Você viu como eles me massacraram, e eu sou muito mais experiente nessas coisas do que você. E entrei direitinho pelo cano. Ninguém pode estar seguro.

— Ninguém pode estar seguro?

— Não. Ninguém. E isso não tem nada a ver com o que é verdade ou mentira. Tem a ver, por exemplo, com alguns mililitros de vodca especialmente cara ou imagens valquirianas. Aliás, imagens muito bonitas! Foi isso que eu disse que eles aproveitariam!

Ele conseguiu que ela risse, e isso aliviou a pressão. Pelo menos, fez com que a dor desaparecesse por um momento.

A ideia de almoçar no domingo na casa de Erik era de que ele e Pierre pudessem falar durante umas duas horas sobre o resgate de Serra Leoa. Erik tinha agora todo o tempo livre, de modo que o pedido hesitante de Pierre, de uma pequena ajuda, chegou na hora certa. Ewa pegou Nathalie e saiu um pouco para o ar livre, onde o tempo se apresentava excepcionalmente bom. Um clima de primavera, embora ainda fosse inverno.

Enfim, chegou a hora de Pierre e Erik arregaçarem as mangas e falarem dos "diamantes de sangue" da África. O momento era perfeito.

Erik já esvaziara sua sala na Rádio Suécia, evitara as festas de despedida e recebera uma soma bem grande da empresa, como agradecimento por se livrar de uma despesa. Não importava que ele fosse uma ex-estrela.

Nas atuais circunstâncias, seu encontro havia se tornado impossível. Pierre viu isso no rosto de Erik, percebeu que havia um perigo, embora ele, evidentemente, tentasse fingir que não era nada.

Erik não disse mais nada, depois de ambos se abraçarem e se despedirem de Nathalie e Ewa. Ele foi direto para a cozinha, para buscar uma garrafa de vinho tinto na adega refrigerada. Abriu-a e voltou com duas taças, servindo a bebida em silêncio.

Os dois provaram o vinho e acenaram um para o outro, ainda em silêncio.

— *Alors mon frère*,* qual é o problema? — perguntou Pierre.

— *C'est un grand problème pour tout le monde mais surtout pour toi.*** Infelizmente, temos outra coisa além de diamantes de sangue para falar. Essa história é ótima, formidável, e vamos tratar dela mais cedo ou mais tarde. Não, o que quero dizer é que vamos tocar este projeto. Essa tal pesquisa a ser feita pela editora francesa não é brilhante, mas convincente, e eu posso fazê-la muito melhor. Mas no momento...

— No momento, temos um problema de segurança, certo?

— Sim, sem dúvida. Ewa foi apresentada como o alvo mais provável para qualquer terrorista ou psicopata na Suécia. Você tem alguma arma em casa?

---

* Em francês no original: *Muito bem, meu irmão.*
** Em francês no original: *É um grande problema para todo mundo, mas, sobretudo, para você.*

— Não, prometi a mim mesmo nunca mais pegar numa arma na minha vida. Acho até que isso, entre outras coisas, estava claro em meu livro.

— Mas nem no caso de ter de defender sua esposa?

— Claro que não. Como se consegue uma licença para porte de arma?

— Você entra para o clube de tiro que eu frequento e dá três séries de tiros na mosca. Isso significa que você vai precisar acertar uma moeda de cinco coroas a 25 metros de distância, o que não é fácil. Mas se você conseguir isso, terá sua licença.

— Você conseguiu?

— Sim, mas minha necessidade de usar armas não é nada comparada com a sua. Você terá que instalar um alarme na sua casa, colocar grades do lado de fora da porta de entrada e, pior ainda, precisará explicar para Ewa por que tudo isso será necessário. E acredite em mim, é necessário.

— O *Kvällspressen* condenou-a à morte sem se dar conta?

— Mais ou menos, drasticamente falando. No caso, porém, de ela ser vítima de um atentado, isso vai dar uma história fantástica para o *Kvällspressen*, que, ainda por cima, tem as melhores fotos dela.

✪✪✪✪✪

Justamente antes do feriado, ele prendera três somalis suspeitos de terrorismo. Ewa não havia participado dos interrogatórios, visto estar muito ocupada com tarefas administrativas que deixara para trás. Mas também não concluíra que o interrogatório dos suspeitos fosse especialmente complicado. Tratava-se apenas de apoio financeiro ao terrorismo. Decerto, um novo tipo de crime, mas certamente mais fácil de esclarecer. Ou os suspeitos haviam enviado dinheiro para endereços não permitidos, ou não.

Na reunião dos chefes dos vários departamentos, na manhã de segunda-feira, nenhum chefe ou assistente fez a mínima menção às valquírias. Foi pedido a Ewa que assumisse uma posição mais forte em relação aos somalis. O caso era bem mais complicado do que se pensava. Björn Dahlin queria ter um relatório de Ewa já no mesmo dia, às 16 horas.

Ela pensara em abordar o caso da entrevista ao *Kvällspressen* na reunião, mas, como ninguém se manifestou, também se absteve. De volta ao seu departamento, mandou chamar Anders Johnson para ter um primeiro resumo do que poderia haver de tão complicado num crime tão simples. Anders Johnson pareceu insatisfeito e deu a entender que o caso, afinal, não fora tão fácil. Em primeiro lugar, os somalis detidos eram cidadãos suecos e não podiam ser tratados pelas simplificadas leis terroristas. Eram necessárias provas mais substanciais. Ele não queria dizer, com isso, que estava reclamando. Era apenas para constatar que as eventuais ações criminosas estavam escondidas por montes de documentos financeiros também retidos, mas difíceis de analisar. Então, os interrogatórios eram difíceis. Ou, mais concretamente, que tipo de perguntas deviam fazer?

Ewa precisou ler o material de investigação por apenas uma hora para entender do que Anders se lamentava. A investigação dizia mais respeito a criminalidade econômica do que a terrorismo. Tratava-se de uma fraude realizada por meio de sete creches sustentadas com financiamento privado em Kålsta, nos arredores de Estocolmo. Havia tantos erros na contabilidade que era fácil supor que fraudes e evasão de impostos seriam encontradas. As creches eram financiadas com dinheiro público, mas os custos de manutenção, segundo a contabilidade, não atingiam nem metade da soma das contribuições. Uma diferença de 7 milhões de coroas parecia ter sumido para o exterior por meio do sistema bancário da Somália, país no qual se trabalha descalço em banco.

Até ali, portanto, as suspeitas eram pelo menos fáceis de comprovar: apropriação indébita, habitual e banal de verbas públicas. E isso não teria ligação direta com terrorismo, embora os suspeitos das apropriações e das evasões de impostos fossem de um país muçulmano.

A investigação devia ter sido feita por seu antigo Departamento de Crimes Econômicos, e não pela polícia secreta. No entanto, o promotor Von Schüffel preferiu vincular a difícil investigação econômica ao terrorismo. Havia dois motivos para isso, além do fato de ser muito mais fácil mandar deter os somalis por terrorismo do que por crimes contra a economia.

Quando se revistou, dois meses antes, a moradia de um dos suspeitos somalis por evasão de impostos foi encontrada uma imagem tirada da internet com o mapa da casa em que vivia o artista plástico Aron Bilks. Após muito se esforçar, Bilks havia atraído para si, no mínimo, uma ameaça terrorista. Ele pintara uma imagem de Maomé como um cão, exigindo que ela fosse publicada por toda parte em defesa da liberdade de expressão. Alguns jornais o ajudaram e afirmaram depois terem recebido ameaça de morte por muçulmanos. O artista conseguiu deter uma mulher de uns 70 anos que lhe telefonou e disse que teria muito prazer em lhe cortar o pescoço como se fosse um carneiro e que tinha parentes na al-Qaeda. Por mais estranho que pareça, ela repetiu as ameaças durante um interrogatório na polícia e com isso foi punida com uma multa ainda não paga.

Para Ewa, essa investigação já terminada contra o terrorismo serviria de pretexto ao promotor para requerer a detenção dos somalis. Outro pretexto fora a afirmação de que os suspeitos teriam enviado dinheiro para uma organização na Somália que fazia oposição à ocupação do país por forças da Etiópia.

Ewa separou os documentos em dois montes. As suspeitas de terrorismo em um monte menor e os que diziam respeito às supostas fraudes econômicas em outro bem maior. O problema era claro. As possibilidades de comprovar as fraudes econômicas eram grandes. Sete milhões haviam desaparecido da contabilidade sem deixar vestígio. As chances de comprovar o crime de terrorismo, porém, eram bem menores. No entanto, com base nessa denúncia, os dois malandros foram detidos, e por isso estavam agora nas mãos dos investigadores da polícia secreta, e não nas dos investigadores do Departamento de Crimes Econômicos, onde deveriam estar.

Ewa mandou chamar de novo Anders Johnson e lhe deu instruções para concentrar os interrogatórios naquilo que dizia respeito aos motivos da detenção. O mais importante era saber quem mandara dinheiro para quem na Somália. Havia um pequeno problema técnico a ser resolvido, mas para isso bastaria pedir ajuda à divisão de terrorismo. A questão era saber qual das duas organizações na Somália, apontadas no material da investigação, era considerada terrorista. Somente essas transações financeiras estavam enquadradas na lei contra o terrorismo. Essa era a questão jurídica fundamental.

Uma hora mais tarde, ao se encontrar de novo com seu superior, Björn Dahlin, ela apresentou suas conclusões sobre o caso, dizendo que, em primeiro lugar, os dois suspeitos deveriam ser mandados o mais depressa possível para as autoridades econômicas e detidos novamente. Dahlin concordou com tudo, não fez objeções ou novas perguntas. No entanto, mostrou-se claramente preocupado.

Havia outro problema bem diferente, que, no momento, era mais preocupante, suspirou ele. Levantou-se, foi até sua escrivaninha e fez um telefonema.

Três minutos depois, entrou em sua sala um jovem colega, claramente nervoso, que se apresentou como chefe-assistente do Departamento de Vigilância Interior, da seção de computação. Trazia uma pasta com imagens impressas da internet debaixo do braço. Sentaram-se nos sofás, e Björn Dahlin fez apenas um gesto mudo na direção do jovem colaborador, que olhou de lado para Ewa, clareou a voz e deu início a uma palestra muito redundante.

Uma das missões permanentes na seção de computação para vigilância interior era a de patrulhar a internet e, de vez em quando, entrar na infinita discussão sobre o islamismo, mais ou menos como os policiais entravam nos chats com as garotinhas à caça de pedófilos. Isso ele conseguiu explicar em cinco minutos, embora metade do tempo fosse suficiente.

De qualquer maneira, a questão era a seguinte: os artigos de ontem no *Kvällspressen* provocaram uma atividade inesperadamente intensa nas páginas principais dos sites, que, se é que podemos dizer assim, pertencem a *the usual suspects*. O grau de agressividade era enorme, e a irritação, dirigida não apenas à polícia secreta, de forma geral, mas também à policial Tanguy, em especial. Em outras palavras, havia surgido uma situação de ameaça.

Um tanto impaciente, Ewa interrompeu a explicação e perguntou se esses terroristas de computação já não eram conhecidos pela empresa como idiotas inofensivos.

Bem, não era assim tão simples. Uma parte desses jovens "excepcionais" tinha o talento de fazer colagens de imagens e de traduzir o conteúdo dos textos em inglês, e até em árabe, embora o inglês deles fosse, em sua maior parte, muito estranho. Dessa maneira, por vezes conseguiam boa repercussão na internet de suas obras. Na verdade, em apenas um dia, eles conseguiram que sua interpretação de Ewa na internet se transformasse em seu melhor trabalho até então, melhor do que aquele feito com a imagem de Maomé pelos dinamarqueses.

Em resumo, surgiram ameaças de todo o mundo, em especial do Irã, do Paquistão, da Arábia Saudita, do Sudão e do Egito. Uma pessoa anônima, agindo sob o pseudônimo de "Hussein al Bagdad", afirmando representar a al-Qaeda no Iraque, prometeu uma recompensa de 1 milhão de dólares para quem assassinasse a loura valquíria dos países nórdicos. Outro anônimo, de pseudônimo "Abu Hamsa", em Londres — o que era muito estranho, visto que o verdadeiro Abu Hamsa estava numa cadeia da capital britânica, condenado a oito anos por discursos cheios de ódio na mesquita de Finsbury Park —, desafiava todos os verdadeiros fiéis em nome da Jihad a darem uma lição exemplar em Ewa.

Isso era apenas um pequeno exemplo. Os ciberterroristas suecos, em sua maioria adolescentes já identificados e controlados, de acordo com Ewa, haviam conseguido lançar uma campanha internacional na internet. Quantitativamente, em apenas um dia, haviam tido mais sucesso do que em todos os anos anteriores.

O jovem especialista em computação espalhou várias fotos em cima da mesa de centro. Ewa não pôde evitar uma súbita reação de surpresa. Eram, em sua maioria, imagens suas com legendas em árabe — que ela não entendia —, entre labaredas de fogo, pornografia em geral e imagens de decapitações, cadáveres sendo queimados, presos de cabeças encobertas, fuzileiros americanos mortos sendo arrastados por carros ou cadáveres queimados dependurados em pontes, provavelmente no Iraque.

O problema crucial era, para o especialista, o fato de o material aumentar exponencialmente, a cada hora, de maneira que seria quase impossível acompanhar sua evolução. Outro problema estava nos jornais, que, despertados pela ocorrência, iriam noticiá-la, contribuindo para a ampliação da campanha.

Ewa sentiu-se levemente indisposta quando a apresentação chegou ao fim e ficou sozinha com Björn Dahlin. O medo não era sua sensação mais forte. Afinal, ela era uma policial bem-treinada e bastante experiente, e não correria para a cidade e mataria algum homem só porque este vira sua imagem e a reconhecera. Mas o ódio e a violência das imagens apresentadas a haviam atingido fortemente.

— Até agora — disse Björn Dahlin, depois de lhe ter servido uma xícara de café com leite —, mandamos uma equipe para sua segurança pessoal e mudamos seu número de telefone. Seu endereço também foi riscado de todos os registros. A medida não é tão tola como parece. Em primeiro lugar, isso vai defendê-la da solidariedade entusiástica dos seus amigos.

— O meu local de trabalho é bem conhecido — ironizou Ewa —, assim como nosso endereço.

— Naturalmente — admitiu Björn Dahlin. — Por isso mesmo, a partir de agora, você vai ter um segurança ao seu lado. Como você sabe, nós temos um departamento especializado, que custa caro, mas tem experiência nesse tipo de missão.

— Aqueles que atiraram na cabeça de renas feridas nas estradas da província de Norrland? São aqueles que vão estar ao meu lado?

— Na realidade, a resposta é sim para ambas as perguntas. Há uma hora, você já está sendo acompanhada por um dos nossos seguranças. E, quanto às renas mortas, acho que esta talvez não seja a hora de fazer piada sobre o assunto. É melhor partir do princípio de que esse pessoal que colocamos à sua disposição sabe o que está fazendo.

— Tudo bem, retiro o que disse. Mas, desculpe, sua ideia de eu me apresentar como valquíria na *Kvällspressen* não foi das melhores.

— Eu peço desculpas, mas não houve nada de errado naquela entrevista, a não ser num detalhe, impossível de prever.

— Que detalhe?

— Aquele perito em terrorismo que o jornal entrevistou. Ele foi infeliz ao utilizar as palavras "tortura sexual". Palavras claramente de mau gosto, que, acima de tudo, provocaram todo esse escândalo internacional. Quanto à menção de valquíria, acho que a maioria não entenderia seu significado e a expressão teria passado despercebida.

— Então, o que vamos fazer agora? — perguntou Ewa, contendo-se. Ela se sentia mais amaldiçoada e desgostosa do que com medo. Björn Dahlin não respondeu logo. Refletiu em silêncio. Ele fazia um esforço imenso para não mostrar o quanto estava perturbado com a situação.

Ele considerou deixar que Ewa entrasse de licença e fosse viajar durante algumas semanas até que o pior da tempestade passasse. Mas havia dois problemas nessa medida. Em primeiro lugar, o mundo era pequeno, e os recentes retratos publicados de Ewa corriam por todos os recantos do planeta. Se alguém, por acaso, a descobrisse na Córsega, por exemplo, sua proteção entraria em colapso, e, a essa altura, ela estaria muito mais protegida permanecendo na Suécia. Em segundo lugar, era importante, a princípio, não demonstrar medo das ameaças terroristas. Portanto, com sua anuência, era melhor que ela continuasse a trabalhar como sempre, mas com um guarda-costas a seu lado. Os jornalistas seriam de grande ajuda, salientando repetidamente o fato de ela ter proteção armada.

Um último fato de natureza prática: a partir daquele momento, ela devia voltar a portar sua arma de serviço. E, se possível, dedicar algum tempo a treinar seu manejo e sua pontaria.

❋❋❋❋❋

Carl fazia viagens constantes entre São Petersburgo e Estocolmo. Ele não tinha dificuldade alguma com vistos. Um código em seu visto permanente no passaporte indicava que ele havia sido laureado duas vezes como Herói da Rússia, o que não era totalmente correto, visto que, logo depois de a União Soviética ter deixado de existir, Boris Yeltsin achou que o título de Herói da União Soviética, automaticamente, iria pelo mesmo caminho. A solução temporária de Yeltsin para o problema foi socorrer-se de algo dos tempos dos czares para preencher o buraco aberto pela transição, e assim Carl e todos os outros participantes da Operação Dragão de Fogo foram agraciados com a Medalha da Cruz de São Jorge. Somente mais tarde se chegou à simples ideia de transformar o título de Herói da União Soviética em Herói da Rússia, assim como depois de muitas idas e vindas se adotou outra vez o velho Hino Nacional, mas sem letra.

No entanto, aquele era apenas um caso divertido. Em Stenhamra, uma cidade antiga e pequena perto de Estocolmo, Carl resolveu sair para comer um sanduíche nas cores de São Jorge, fatias de pão com recheio intercalado de caviar de salmão e de beluga.

Ele ainda não se arriscara a contatar nenhum dos velhos amigos ou companheiros de profissão, militares dos serviços secretos, e, se eles o procuraram, não foram bem-sucedidos, mesmo considerando que eram espiões com uma capacidade extraordinária de obter informações. Seu endereço em São Petersburgo continuava intocado, seu celular funcionava numa rede russa e certamente estava grampeado por uns e outros, mas não pelo serviço secreto da Suécia.

Ele não contatava seus amigos por insegurança. Eles haviam arriscado a vida juntos em diversas ocasiões, realizado várias operações sigilosas que muitas vezes foram tecnicamente brilhantes e, outras tantas, moralmente repulsivas. Mas a essa altura sempre havia um manto por cima dos crimes cometidos no exercício da profissão. Eles haviam matado centenas de pessoas, ninguém sabia ao certo quantas.

Presume-se que, no fim, Carl estava mesmo louco quando matara os informantes — todos os psiquiatras estavam de acordo nesse ponto. No entanto, a linha fronteiriça entre a loucura e o bom-senso era muito tênue, tão tênue que ele foi incapaz de vê-la, se é que ela realmente existia, mas teve de pagar, no mínimo, 1 milhão de dólares para o caso ter bases científicas. Por estranho — e até cômico — que pareça, ele recebeu do Estado sueco o reembolso de todas as despesas da viagem de primeira classe dos dois professores americanos da Califórnia para Estocolmo, a hospedagem no famoso Grand Hotel, o jantar que Carl teve com eles e a viagem de volta, depois de terem testemunhado no tribunal. E então ele ganhou o processo, no sentido de que era culpado mas inocente, ou seja lá como se queira interpretar a sentença. Culpado ele não era, ou teria voltado para a prisão. Estava aí sua grande chance. Era melhor voltar para a prisão sueca do que ser obrigado a ser matador de aluguel em algum país sob a jurisdição da Rússia, ameaçado pela Arábia Saudita.

Inocente ele também não era, porque, nesse caso, teria recebido de volta a sua patente militar e uma gigantesca indenização pelo longo tempo em que deixou de receber salário como vice-almirante. Mas nem o dinheiro nem os detalhes jurídicos tinham qualquer importância para sua nova vida. A única coisa que importava mesmo no momento era saber que estava livre e que podia recomeçar a pensar no futuro, sem que precisasse empunhar pelo caminho uma única arma.

Åke Stålhandske era coronel e chefe da Escola de Fuzileiros. Luigi Bertoni-Svensson era também coronel e, pelo que ele sabia, chefe de operações da recém-criada SSG, uma força especial formada por profissionais. Ambos eram como que nascidos para os novos postos que ocupavam. Åke era um antigo fuzileiro especializado em vigilância da costa e estava disposto a tudo para manter sua força de elite sem racistas e extremistas de direita. Luigi era como todos os especialistas em operações de extrema dificuldade com pequenos grupos, e o departamento que chefiava parecia ser uma ampliação do que fora antes a unidade de serviços secretos para operações sigilosas com o uso de armas. A diferença provavelmente estava mais na burocracia. A SSG estava sob o comando direto do comandante superior das Forças Armadas e do ministro da Defesa, de modo que nada podia acontecer por rápida improvisação e em sigilo, como antigamente. Antes, os grupos armados podiam sair em campo de uma hora para outra, deixar de dar notícias por um tempo e depois telefonar de algum aeroporto e dizer: "Alô? O refém que libertamos já está sentado no voo número tal, da companhia tal e vai chegar a Estocolmo no horário tal. Nós vamos mais tarde para chegar de maneira mais discreta." Isso sim eram bons tempos!

De qualquer forma, isso não interessava mais. Duas coisas tinham-no tolhido na hora de telefonar para Åke ou Luigi. Se ele, antigo chefe e amigo de ambos, estava mesmo louco, será que ainda continuariam a ser amigos, com a mesma facilidade com que alguém se reúne depois de se recuperar de uma pneumonia ou de um ferimento a bala? A outra coisa era ainda pior. Se o chefe ficou louco por causa da profissão, o que estará acontecendo comigo? E se agora ele se encontrasse com um deles, eles se cumprimentassem, olhassem nos olhos um do outro, seria um maluco que o ex-subordinado veria pela frente, condenado ou não?

Certa vez, Åke deixou que um contrabandista fugisse, entre uma gangue de prisioneiros que eles tinham feito numa ilha, a Kolahalvön. Bem, não eram contrabandistas quaisquer. Eles estavam contrabandeando uma ogiva nuclear para um SS-20, com uma potência, mais ou menos, quatrocentas vezes maior do que a da bomba de Hiroshima. Tanto a ordem do governo sueco quanto a do governo russo foram claras como água. Executar todos, eliminar todas as pistas de restos humanos.

Åke não obedeceu a essa ordem e deixou que um deles fugisse. Mais tarde, verificou-se que todos haviam sido usados como isca e eram inocentes. Åke foi o único no grupo que agiu corretamente. No entanto, uns dois anos mais tarde, depois desse incidente, eles se tornaram inimigos.

Não, ele não se convenceu a telefonar para Åke, embora este fosse um de seus melhores amigos. Haviam brincado juntos com a morte, tal como os jovens militares, ao se sentirem imortais, costumam fazer. É claro que nessas circunstâncias a amizade surge forte. Amigos para a vida toda, como se costuma dizer.

Pela quarta vez em um mês, Carl estava indo de São Petersburgo para Estocolmo. Alugou um carro no aeroporto de Arlanda e seguiu direto para Stenhamra, nas ilhas do lago Malar, e foi continuar a limpeza. A casa era grande e estivera abandonada por mais de dez anos. Teria sido melhor deixar que seu procurador se mudasse para lá e ficasse morando na casa, em grande estilo, do que simplesmente fechar as portas, cobrir todos os móveis com lençóis brancos e deixar a casa à sua sorte. Os ratos e os morcegos conseguiram fazer um verdadeiro estrago ambiental durante esse tempo. Apenas os veados no parque se comportaram como se nada houvesse acontecido, embora os veados adultos, hoje em idade de reprodução, não tivessem mais de um ano quando Carl abandonou Stenhamra, indo primeiro para a prisão por um ano, depois, para San Diego, por dez anos sob outra identidade e, finalmente, por mais um ano no submarino *U-1 Jerusalém*.

Stenhamra continuaria a ser seu ponto de apoio na Suécia. Era melhor pensar em ponto de apoio do que em lar. Pelo fato de a casa tei nada menos do que 26 cômodos e estar cercada por um muro de pedra, em parte construído na Idade Média, ela jamais poderia ser considerada a morada ideal para um homem solitário.

Mas em algum lugar ele teria de morar em sua velha pátria, sempre que estivesse lá. Se um simples quarto de hotel fosse a única alternativa, ele preferiria ficar em seu apartamento na Admiraltetskaya, em São Petersburgo, o único lugar, por enquanto, em que se sentia verdadeiramente em casa. Era lá que ele também conseguia fazer suas corridas ao longo dos cais sem provocar nenhuma curiosidade. Em Estocolmo, jamais conseguiria sequer passear em paz pelas ruas da cidade. Seria sempre uma figura pública atraindo os olhares dos transeuntes.

Mas da Admiraltetskaya até Stenhamra a distância geográfica era surpreendentemente curta. Demorava apenas três horas de porta a porta, incluindo a viagem de táxi até o aeroporto de Pulkovo e a viagem de carro alugado do aeroporto de Arlanda até sua casa. Era a distância psicológica que parecia grande.

Portanto, a questão da moradia parecia estar resolvida por ora — ou para sempre. O que ele iria fazer na vida já era um ponto de interrogação maior. Ele não era mais nada. Não era oficial, nem canalha, nem condenado à prisão perpétua, tampouco herói ou procurado. Por outro lado, o que ele não queria fazer estava bem claro. Nunca mais.

Nada podia evitar, porém, que Stenhamra tivesse de ser restaurada para que ele pudesse servir mais sanduíches à São Jorge como antepasto e voltasse a encher a sua adega. A área de tiro já estava em condições de ser usada. Afinal, atirar era preciso. O mesmo acontecia com o treinamento físico, do qual, durante a maior parte de sua vida, tinha descuidado, por estar em serviço, realizando operações nas quais o esforço físico era necessário. Desde que sua vida como civil começou pela segunda e última vez, o tiro ao alvo e o treinamento físico transformaram-se em hábitos demasiadamente arraigados nele para que pudessem ser deixados de lado. Além disso, eram hábitos saudáveis e mantinham longe a depressão.

É claro que ele era meio desajeitado em tudo que não fosse matar outros seres humanos, coisa que havia decidido não fazer mais. No entanto, sabia organizar um jantar, colocar as pessoas à volta da mesa no lugar certo, decorá-la, escolher a comida e o vinho, e esses eram os talentos mais úteis em sua nova vida, talentos que, afinal, ele tinha poucas oportunidades para praticar.

Nesse aspecto, Pierre Tanguy não chegava aos seus pés. Mas, em contrapartida, como Pierre conseguia descrever a guerra com palavras maravilhosas... Carl conseguia no máximo escrever relatórios, que eram tão exatos quanto sem adjetivos. À primeira vista, era possível considerar que Pierre e ele tinham saído do mesmo ponto de partida. Ambos eram muito jovens quando foram recrutados para atividades militares de extrema periculosidade. Ambos tinham as mesmas experiências em como pular da rampa de um avião Hércules, o céu negro por cima, o sinal vermelho que logo passava para verde, e aí saltavam com seus camaradas para o nada em queda para um lugar qualquer. Depois, encontravam o alvo no solo e acabavam com ele.

Carl escreveria apenas isso mesmo, em frases curtas: que se tratava de encontrar o alvo e acabar com ele. Pierre contaria a mesma história de tal maneira que a gente ouviria o funcionamento hidráulico da descida da rampa, sentiria o vento frio batendo nas roupas, a sensação gelada entrar pelo corpo ao saltar para o solo e como depois concretamente teriam matado os adversários, não "acabar com o alvo". Sentia tontura ao ler a história de Pierre. Tudo era reconhecível, embora não fosse capaz de passar essas ideias para o papel.

Ainda por cima, Pierre era um mestre em limpar, assim como em organizar a limpeza. Ele próprio dizia que isso vinha das tradições da Legião Estrangeira, em que, nos primeiros anos, os legionários se dedicavam mais à limpeza do que às incursões armadas. E isso ficava embutido pela vida toda, *corvée*, como se dizia.

Isso não acontecia na Escola de Mar e Guerra da Suécia, como era fácil constatar, mas onde a disciplina era ensinada como algo fundamental. Lá estava ele, Carl Hamilton, de novo: "A disciplina se aprendia como coisa fundamental." Já Pierre escreveria que a limpeza era "um dos pressupostos principais da vida para entender nossas condições humanas". Existem aqueles que se sentem obrigados a limpar. Existem aqueles para quem a limpeza é um luxo. E existem aqueles que nada têm a limpar. Em suma, é por aí...

Carl e Pierre ficaram amigos rapidamente, justamente porque ambos haviam feito as mesmas coisas durante muito tempo, coisas que outros não podiam nem imaginar. O professor Finkelstein diria que os dois tinham um interesse comum e "homossocial" acima do normal. Isso era apenas o jargão científico para dizer uma coisa simples: ambos eram paraquedistas com grande experiência.

De qualquer forma, eles haviam passado muito tempo juntos nos últimos dois meses em que Stenhamra começou a sair, aos poucos, de seu estado fantasmagórico, mesmo levando em conta que Pierre só trabalhava meio expediente, como ele dizia brincando. É que ele e Erik Ponti estavam engajados em outro projeto, o de escrever um livro sobre a África. Mas, sempre que Carl se encontrava com Pierre, a conversa deles parecia nunca mais acabar, e, ainda por cima, Pierre se transformaria surpreendentemente num seguro conselheiro na hora de recuperar a adega de vinhos, dando a ela sua antiga opulência.

❁❁❁❁❁

A expectativa de Ewa em relação à festa da primavera em Stenhamra era enorme. Não apenas por estar curiosa, mas também por se sentir merecedora de um momento de descontração depois de três semanas de imenso estresse. Somente naquele momento ela havia começado a sentir como normal a vida atípica que vivera nos últimos tempos.

O pior fora nos primeiros dez dias, enquanto a campanha de ódio na internet crescia e os tabloides se digladiavam para ver quem encontrava novos exemplos grotescos de ameaças sanguinárias para mostrar. Era notório o prazer que demonstravam em apresentar as imagens de Ewa como aranha, escorpião, cadela ou dançarina pornográfica, com a justificativa convincente de que o público tinha direito a ter informação.

Até sua ida para o trabalho havia se transformado em uma pequena operação militar. Os seguranças sempre chegavam em horários diferentes, mas combinados por antecipação. Eles faziam uma varredura do ambiente externo e então telefonavam para ela no apartamento. Ela já se encontrava pronta na portaria, saía correndo e entrava no carro preto, com vidros escuros à prova de balas. Às vezes, o carro nem chegava a parar. Momentos depois, Pierre levava Nathalie para o porão do prédio e seguia por um beco até chegar ao outro lado do quarteirão, de onde partia para deixar a filha na creche.

Pior ainda era ter de mentir para Nathalie, tentar encontrar explicações engraçadas para o fato de terem posto grades nas portas da casa, alarme especial contra arrombamento e um armário com armas. Ewa e Pierre faziam todo o possível para manter a ilusão de que tudo era normal e que a mamãe não corria nenhum perigo, ao contrário do que ela pudesse ouvir na creche. Chegaram a mentir, dizendo que houvera muitos assaltos pelas redondezas e que o número de roubos de casas sempre aumentava na primavera. O mesmo acontecia com os ursos, que sempre acordavam de sua hibernação na mesma época. A essa explicação Nathalie sempre reagia com indignação. Sua mãe era policial, e os ladrões não seriam tão estúpidos a ponto de invadir a casa deles. Sua mãe logo os prenderia, certo?

Nas sessões de tiro ao alvo, tudo corria bem. Ewa conseguia um resultado acima da média policial, e não havia nada de errado em ela treinar, visto que todos os comissários eram obrigados a frequentar as áreas de tiro da Academia de Polícia para obter direito de portar suas armas de serviço.

De início, o fato de Pierre também ter recebido uma arma a irritou, não por ele ter prometido que nunca mais empunharia uma arma. Evidentemente, era um caso de força maior. Mas ela que era policial, não ele. Engraçada também foi a maneira que ele encontrou para conseguir portar a arma. Ele entrou com um pedido no Departamento de Armamentos da polícia de Estocolmo, apresentando como motivo a segurança da família. Mas, na realidade, sua bem-documentada capacidade na luta corporal o fizera entrar para a lista negra até o fim dos tempos. A licença para portar armas não era concedida a quem tivesse como intenção primordial matar gente.

Entretanto, de repente, ele se mostrou interessado em tiro ao alvo como prática esportiva. E dentro de uma semana já circulava com uma Beretta 9mm, uma arma muito pouco esportiva, escondida junto ao peito. Ela falou de início que, como civil, ele estaria à margem da lei ao portar uma arma escondido. Mas ele apenas encolheu os ombros e disse que a chance de ser revistado pela polícia na rua era praticamente inexistente. Por outro lado, se, por infelicidade, ele fosse obrigado a usar a arma, ninguém reclamaria depois. Portanto, a justificativa era convincente.

Todas essas discussões acaloradas diminuíram pouco a pouco. À medida que o tempo corria, o que era anormal passou a fazer parte de seu cotidiano. Depois do primeiro mês, os analistas das imagens ameaçadoras acharam que estava na hora de reduzir um pouco o estado de alerta. Ewa concordou plenamente. Tudo o que ela havia percebido dos ciberterroristas indicava que a maioria era formada por adolescentes que ficavam sentados o dia inteiro diante do computador, brincando, em vez de fazerem as lições de casa. Além disso, havia uma sólida experiência policial em relação a essas ameaças. Os que ameaçam só querem mesmo ameaçar. Eles o fazem de uma forma que acham legal, uma forma leve de atacar, mas sem possíveis complicações jurídicas. Por isso, mesmo quem era preso por ameaça se justificava dizendo que não tinha feito nada, a não ser dizer besteiras pelo telefone ou, atualmente, pela internet.

Na verdade, o período de ameaças havia cessado, e a instituição só a protegia por achar que era necessário demonstrar que efetivamente salvaguardava seus funcionários. E, embora ninguém ousasse dizer em voz alta, todos achavam que seria um vexame se algum louco conseguisse atacar qualquer chefe do serviço secreto. Por isso, nunca era demais ser cauteloso. Era mais ou menos assim que o pessoal raciocinava. E, ainda por cima, os guardas, jovens e fisicamente bem-treinados, eram discretos.

Consequentemente, Ewa e Pierre seguiam a caminho da grande festa programada para Stenhamra mais uma vez no assento traseiro do carro preto da instituição — com vidros escuros e blindados — acompanhados de Nathalie, sentada entre os dois. Devia ser uma bela noite de primavera. A estação havia começado para valer, depois de um inverno malsucedido, ou seja, quente acima do normal. A vista das ilhas do lago Malar devia ser maravilhosa naquele fim de tarde, já ao anoitecer, mas os vidros escuros do carro comprometiam toda a beleza do ambiente.

Sua entrada em Stenhamra foi melodramática. O carro parou na frente de um portão gradeado e ladeado por muros de quatro metros de altura, com fios de alarmes eletrônicos no topo. Um dos rapazes no assento da frente pegou o telefone e ligou para a casa, murmurando algum tipo de senha, como "Cinderela", e desligou. As grades do portão começaram, então, a se abrir para os lados, aos poucos, com uma lentidão fantasmagórica, sem ruído, e eles puderam entrar e estacionar perto de outros pequenos carros junto da casa. Pierre parecia bastante satisfeito com toda essa evolução e explicou que haviam trabalhado como loucos para montar esse esquema eletrônico.

O próprio Carl saiu de casa e foi se encontrar com eles quando o carro estacionou. Beijou a mão de Ewa e abraçou Pierre, que pareceu um pouco constrangido. Depois, Carl foi falar rapidamente com os guardas, mas antes se desculpou com Ewa e Pierre, a quem pediu para esperar um pouco, enquanto resolvia alguns assuntos. Após voltar, propôs duas alternativas para os guardas. Na primeira, os guardas voltariam para a cidade e ficariam livres para fazer o que quisessem, visto que Stenhamra tinha um sistema de proteção eletrônica de primeira classe. Na segunda, eles ficariam vigiando a casa do lado de fora, o que seria desnecessário, por causa do sistema eletrônico. Mais tarde, pegariam a comida e dormiriam em turnos num dos quartos de hóspedes que estava à sua disposição. Carl foi extremamente delicado e disse tudo sem qualquer sinal de ironia. Os dois rapazes pediram conselho à chefe. Ewa disse que o mais prático era eles serem dispensados e voltarem para casa. Na manhã seguinte, entrariam em contato por telefone e planejariam a volta deles para a cidade. A julgar pela idade, os rapazes também deviam ter seus próprios filhos e certamente mereciam uma noite de sábado para passar com as respectivas famílias. Para definir melhor a situação, ela disse ainda que aquilo era uma ordem sua. Agradecidos, eles aceitaram, fizeram continência e partiram no carro.

— Se contra todas as previsões alguma coisa acontecesse aqui, esses dois rapazes só complicariam ainda mais a situação. Minha experiência desses casos é muito ruim — murmurou Carl, enquanto acompanhava Ewa e Pierre pela escadaria de pedra que levava até a entrada principal da casa.

Para Ewa, era como entrar em outro mundo, e pela primeira vez ela sentiu que Carl pertencia a uma classe diferente e superior. Alguém ajudou Pierre e Ewa a despir seus casacos num grande hall de chão de pedra calcária de cor cinza. Alguém também pegou suas maletas, e outra pessoa foi servir taças de champanhe numa bandeja de prata, assim que eles passaram à sala de estar, logo ao lado, onde os convidados se dispersavam ao longo das paredes, como se ninguém ousasse pisar no gigantesco tapete persa no centro. Eles foram andando em volta, cumprimentando todos com beijos no rosto. Logo um garçom chegou com uma bandeja cheia de petiscos.

Ewa achou que já devia estar preparada para uma recepção em grande estilo. Pierre havia passado ali muitas manhãs, que ele explicava serem apenas como *corvée*, o que, em linguagem normal sueca, era considerado mania de limpeza. Uma jovem chamada Juliette foi até eles falando em francês, se apresentou e disse que seria a responsável pela pequena Nathalie assim que o jantar começasse. Pierre agradeceu e disse, brincando, que já havia decorado ele mesmo um dos quartos, ao lado daquele onde eles iriam ficar, quebrando um pouco o forte clima germânico que pairava no ambiente.

Ewa andou rapidamente na direção de um grupo de jornalistas que haviam se amontoado num canto, enquanto Pierre avançou na direção de Carl, sozinho naquele momento.

— De repente, a gente reconhece que pertence mesmo à classe média. De fato, eu nunca havia pensado nisso desde que era criança — comentou ela com Erik Ponti, a fim de desviar a conversa para outro assunto que não as imagens ameaçadoras e as medidas de segurança tomadas.

— Eu também não — respondeu ele, tocando sua taça de champanhe na dela. — Nem agora, também. Não é a casa que faz a festa, são os convidados.

— Ou o anfitrião?

— Sim, claro, mas o anfitrião, de fato, se apresenta até de jeans.
— Não reparei, mas me pareceu que não.
— Não, essa é a diferença. Desculpa, mas ele está usando jeans de fabricação italiana. Se é Cerutti ou Armani, não posso dizer ao certo, mas são os únicos vendidos atualmente em São Petersburgo. Mas deixa pra lá. Você sabe que o livro vai muito bem, aquele que Pierre e eu estamos escrevendo? Já havia anos, décadas para ser mais específico, que eu não sentia tanta alegria no trabalho quanto agora com o livro.
— Quer dizer que você agora é também escritor?
— Não, mas possivelmente assistente de escritor. Seu marido, meu melhor amigo na vida, é um fabuloso contador de histórias, em duplo sentido. O livro vai ficar fantástico.
— Você não está sentindo falta do seu antigo trabalho?
— Claro que sim. Às vezes acordo às quatro horas da manhã, penso que tenho de atender ao turno matinal do programa e que dormi demais. Mas, tirando isso, não. Na verdade, sinto-me libertado, não tendo mais que obedecer o tempo todo a chefes mais novos que eu, me contendo e falando de imparcialidade.
— E o que vamos fazer agora?
— Como assim?
— Sim, agora. Aqui, nesta casa, da classe alta?
— Deixe de besteira. Você está entre amigos. Entre gente da classe alta, Carl teria de levá-la pelo braço e fazer as apresentações, solenemente, junto com Pierre. Aqui, na classe média, se espera que cada um resolva por si só o problema.

Ele tomou o braço dela, assumindo de brincadeira uma atitude solene, e dirigiu-se com ela para um grupo de quatro pessoas desconhecidas e um pouco isoladas que pareciam jornalistas. Eram dois homens: um gigante, com cabelos de um louro tão claro que parecia branco, e outro, moreno, que fazia lembrar o treinador do Inter de Milão, e duas mulheres bem altas, uma morena e outra loura, que pareciam uma mistura de modelos e policiais. Depois das apresentações, ficou claro que eram dois casais, os louros de um lado e os morenos do outro.

— Esta aqui é Ewa, minha amiga e esposa do meu melhor amigo, Pierre — começou Erik, observado o ritual. — Estas são Anna e Maria Cecília, e aqui o coronel Åke Stålhandske e o coronel Luigi Bertoni-Svensson, antigos colegas de Carl.

Todos trocaram apertos de mão, disseram estar encantados em se conhecer, e em seguida Erik, com alguma hesitação, resolveu sumir, comentando que se veriam depois à mesa, pois a ele cabia levar Ewa e ficar sentado a seu lado. Então Ewa ficou sozinha com os dois casais, sem saber o que dizer.

Também não precisava, visto que o gigante louro, falando em sueco com um notório sotaque finlandês, passou a tecer grandes elogios ao livro de Pierre, e o outro, com nome italiano, corroborou os elogios assim que teve uma chance. Eles tiveram a mesma impressão que Carl sobre o livro. Era a impressão de quem vivera as mesmas experiências. Eles puderam ver as imagens do livro à medida que o leram, como se fosse um filme diante de seus olhos. Disseram ainda que jamais poderiam imaginar que fosse possível contar a história dessa maneira.

— Quer dizer que vocês são também antigos paraquedistas e colegas de Carl? — perguntou Ewa após alguns momentos. Era uma pergunta desnecessária, mas suficiente para tentar mudar de assunto.

— Ah, não. Mais do que isso — replicou o italiano. — Nós somos considerados componentes do grupo Navy Seals e atuamos tanto na terra e no ar quanto dentro d'água.

A mulher dele levantou os olhos para o teto e depois piscou o olho para Ewa como que a expressar outra opinião. A essa altura, novo silêncio constrangedor.

— Oh, sim, exatamente — disse depressa o finlandês-sueco, ao sentir que estava na hora de mudar de assunto. — Chegamos a ser os quatro mosqueteiros. Mas um dos nossos morreu em combate. Então, ficamos sendo três. Depois, outro desapareceu para realizar uma longa viagem, e ficamos sendo apenas dois. Agora, ele retornou, e nós voltamos a ser três. Isso para simplificar uma história bastante complicada. Luigi e eu somos velhos camaradas de Carl, camaradas de armas sob todos os aspectos.

A sala de jantar devia ter o pé-direito de, no mínimo, oito metros, e havia chifres de veados pendurados em todas as paredes. De entrada, serviram uma torrada listrada com ovas rosadas de salmão e ovas escuras, que Ewa acreditou serem de caviar russo. Mas nada de vinhos. Antes, água mineral e copos pequenos de vodca com uma águia de duas cabeças gravada. Ewa deu uma olhada para o lado e começou a comer assim que Erik o fez. Era como se a casa em si, a pesada mesa de carvalho e os pratos a fizessem sentir mais perturbada do que satisfeita em ter comparecido à festa. Os jantares que ela organizava tinham um jeito muito mais latino, não esse ar germânico, como Pierre havia mencionado de brincadeira.

Carl acompanhou Anna Holt à mesa. O gigante finlandês-sueco sentou-se junto de Ingalill, o que também devia ser uma brincadeira, visto que Acke Grönroos ficou ao lado de Anna, a mulher do gigante. Portanto, houve apenas uma troca de parcerias entre finlandeses e suecos. Por sua vez, o coronel italiano Luigi fora colocado ao lado de Katarina Bloom, do *Dagens Eko*. E tudo parecia estranhamente planejado.

Erik contou que a especialidade da casa era justamente o que estavam comendo, torrada à São Jorge, e que ele havia ajudado na cozinha durante toda a tarde.

De repente, soou o tilintar de um garfo num copo de água mineral. Era o sinal de Carl, que se levantou. Todos fizeram silêncio e olharam para ele, na expectativa.

— Meus amigos e amigas — começou ele por dizer —, como dono da casa, não é de bom-tom dar as boas-vindas aos convidados com aguardente, mas espero que ninguém se sinta insultado por isso. Afinal, não há regra sem exceção. Isso que vocês têm nos copos não é habitual no nosso país, mas, sim, a vodca russa atualmente mais popular. Estou falando da famosa Kauffman Soft, pela qual nosso amigo Erik, se é que entendi bem o problema, foi obrigado a terminar sua carreira de jornalista. Se ele apenas tivesse deixado que eu pagasse a conta no restaurante, o mundo hoje não seria o mesmo, e nós, eventualmente, não estaríamos aqui. Pensem nisso ao brindar com esta vodca. *Skål!*

— Beba um bom gole! — murmurou Erik para Ewa, ao levantarem os copos.

E foi isso que ela fez. A bebida desceu suavemente, como uma carícia, mesmo para ela, que nunca bebia vodca.

— Foi realmente por causa desta vodca que você caiu? — perguntou ela, ao se recuperar da surpresa.

— Sim — respondeu ele. — Essa foi a gota-d'água — ou seria vodca? — que fez transbordar o copo. Vou ter sempre em casa, na geladeira, essa vodca, agora que consegui um fornecedor de confiança em São Petersburgo. E, quando Pierre e eu tivermos terminado o livro sobre os diamantes de sangue, vamos beber pelo menos meia garrafa.

O ambiente um pouco formal em volta da mesa ficou mais leve já na segunda rodada da supervodca russa. O prato seguinte foi filé de veado à *maison* com molho borgonha vermelho. Após algumas garfadas da carne muito vermelha mas celestial, Carl disse aquilo a que chamou a saudação de boas-vindas "formalmente correta", visto que agora o brinde seria feito com vinho. O que disse foi extraordinariamente emocionante. Extraordinário, porque emocionante seria a última palavra que alguém normalmente associaria a um ex-anjo da morte do Estado.

— A esta mesa, está sentada uma constelação — disse ele.

Cinco jornalistas, quatro militares, três policiais, uma professora de ginástica e uma gerente de mercado. Ali estavam também dois dos seus amigos mais chegados, ambos fazendo com que ele se sentisse como o filho pródigo, quando, finalmente, resolveu entrar em contato de novo com eles. Åke e Luigi. Estavam lá ainda novos e bons amigos, e amigos que talvez fossem por empréstimo. A maioria dos jornalistas não teria comparecido no tempo em que ele sempre os olhava com grande desconfiança, desde que não se pudesse tirar deles uma vantagem operacional direta. Mas agora tanto Acke quanto Erik tiveram a sabedoria de terminar a tempo suas carreiras no jornalismo e procurar uma profissão mais decente. Erik, ajudando nosso mestre Pierre, e Acke, circulando pela Europa para contar aquilo que nunca poderia incluir nos seus programas sobre economia, embora fosse da maior importância. Mas aquela parte de amizade por empréstimo, no entanto, englobava três jornalistas ainda em atividade. Em relação a Ingalill não havia problema, visto que ela trabalhava com literatura, o que, evidentemente, era um setor de todo decente. Isso dito sem intenção de querer melindrar Katarina Bloom e seu marido, Jörgen, que ainda não procuraram seguir outra profissão, mas que, justamente por isso, tornaram a opção de conhecê-los especialmente atraente nesta nova vida que Carl estava começando, tal qual a víbora que troca de pele pela primeira vez.

Com os policiais, em contrapartida, ele nunca teve problemas, menos ainda com a professora de ginástica e a gerente de mercado da Gucci.

Assim ele brindava e dava a todos as boas-vindas, dessa vez, como ele disse, a sério.

Ewa analisou rapidamente a situação e concluiu que era a mulher do oficial italiano a gerente de mercado da Gucci — isso mesmo, minha nossa! — e a mulher do gigante, a professora de ginástica. Claro que era ela, com aquela aparência esportiva. Erik confirmou as suspeitas dela, mas que não tinha sido assim tão difícil. A terceira policial, a chefe superior no Departamento de Criminologia do Estado, Lise, ela conhecia apenas vagamente. Haviam sido apresentadas uma vez.

Ewa não entendera bem aonde Carl queria chegar. Seu discurso fora por vezes irônico, divertido, mas um pouco lamentoso. Conseguiu que o pessoal risse, de forma que até parecia ser um discurso bem-humorado, no entanto, havia resquícios de mágoa em suas palavras. Ela ainda o conhecia pouco, haviam se encontrado apenas algumas vezes. Mesmo considerando que existiam igualdades entre ele e Pierre, como o fato de serem ambos oficiais e cavalheiros acima de qualquer suspeita, Pierre tinha uma vivacidade, um apetite pela vida completamente diferente, ou espiritualidade, como ele gostava de dizer. Em Pierre, não existia aquela mágoa disfarçada. Eles eram surpreendentemente diferentes, mesmo sabendo da semelhança na forma como haviam vivido no passado. De qualquer forma, haviam ficado muito amigos, o que era de estranhar. Ao vê-los juntos, era difícil de imaginar que tivessem algo em comum, a não ser o passado militar.

Ao final, a festa terminou com as conversas em tom bem elevado, consequência do excesso de vinho servido. Por isso mesmo, o café da manhã no dia seguinte, às dez horas, foi reforçado, à maneira inglesa, com cereais, bacon, ovos, pequenas salsichas e tomates secos.

Depois da refeição matinal, Pierre, Erik e Carl desapareceram em direção à área de proteção aos veados. Anna Holt juntou-se a Ewa e Nathalie num passeio até o lago. A chefe de Anna, Lise, já voltara para a cidade. Algo acontecera.

Como de costume, elas estavam com a consciência pesada por terem cancelado seu treinamento vezes demais. Anna tivera muitos serviços burocráticos a desempenhar, na qualidade de chefe assistente do Departamento de Criminologia do Estado. Ewa tivera suas preocupações com a permanente proteção física, e ambas falaram em voz baixa na possibilidade de correr e sentar-se em seus carros sob a proteção dos guardas do Säpo.

Sobre os homens, elas não trocaram uma única palavra, nem sobre os jornalistas, nem mesmo sobre os dois que haviam abandonado a profissão. A mulher do coronel, Maria Cecília, a mais baixa de todas, com seu encantador sotaque italiano, foi, entre todos os convidados, quem mais interesse despertou nelas. Ela chegou a comentar, com conhecimento de causa, o vestido escuro Armani de Ewa e sugeriu uma visita à Gucci, onde poderia conseguir algo de boa qualidade e a um preço muito bom. A esta última frase Maria Cecília acrescentou um piscar de olhos que pareceu muito promissor.

As primeiras flores da primavera haviam despontado algumas semanas antes, e agora as anêmonas azuis dominavam as encostas em volta da mansão, ainda que o azul dominante fosse pontilhado por pequenos grupos de anêmonas brancas recém-desabrochadas. Ewa respirava profundamente no ar ameno da primavera e pensava que estava tudo terminado. Nathalie apanhava algumas anêmonas brancas, que logo murchavam no contato com o calor de suas mãozinhas.

✿✿✿✿✿

O sequestro de Nathalie Tanguy, de 5 anos, filha de uma chefe superior do serviço secreto sueco, foi realizado com altíssima perfeição profissional.

Por mais estranho que pareça, a ocorrência pôde ser reconstituída quase em detalhes. Isso dependeu em grande parte de um verdadeiro acaso. Um acaso que pode ser o melhor amigo da polícia, mas também seu maior inimigo. No tempo ensolarado da primavera, o grupo de crianças da creche que Nathalie frequentava passeava regularmente até a beira do lago, junto da avenida Norr Mälarstrand. As crianças menores desciam de mãos dadas, em suas vestes coloridas, bem-assinaladas. As maiores chegaram em outro grupo, acompanhadas de duas assistentes. Os cisnes da praia eram os alvos normais dessas excursões. Todas as crianças maiores haviam recebido um pedaço de pão seco, igualmente distribuído. Nathalie era apenas uma criança no grupo. Isso foi, pelo menos, o que os analistas da polícia secreta concluíram antes de a catástrofe ser um fato.

O acaso nas circunstâncias é que tudo foi filmado. Um turista estrangeiro, caminhando pela pista de passeio junto à praia, focalizou com sua câmera de vídeo o Palácio da Cidade, o Stadshuset, e só muito depois notou que, possivelmente, havia sido testemunha de um crime.

O filme mostrou o indiscutível. As duas assistentes estavam sentadas num banco de jardim junto às águas do lago, com uma boa visão sobre as cinco ou seis crianças que davam o pão para os cisnes, a apenas oito metros de distância.

De um dos lados da pista, aproximava-se um casal de namorados, ou, de qualquer forma, um homem e uma mulher, aparentemente com uns 30 anos. Eles não levantavam suspeita, como se diz na linguagem da polícia, o que significava que eram pessoas brancas, de aspecto europeu, em roupas triviais.

Do outro lado, vinham ao mesmo tempo dois homens com bonés de beisebol e, pelo que se podia julgar, vestidos com elegantes jaquetas de couro.

Os dois pares chegaram quase ao mesmo tempo junto das assistentes, sentadas no banco do jardim, os homens primeiro. Um dos homens desdobrou um mapa, inclinou-se para as duas mulheres e deve ter falado qualquer coisa para elas. O mapa escondia a ocorrência. O outro par, formado pelo casal, separou-se, e o homem sentou-se no banco, ao lado das duas assistentes. A mulher avançou calmamente para o pequeno grupo de crianças e disse algo que levou Nathalie a se aproximar dela. Ela voltou a falar, ao que Nathalie respondeu. Houve, então, contato físico, parecendo que a mulher, cautelosamente, pegara a criança pelo braço.

No momento seguinte, ela levantou Nathalie nos braços e, junto com os três homens, seguiu sem a menor pressa, os quatro conversando entre si, em direção ao estacionamento entre a praia e a avenida onde havia dois carros, que imediatamente tiveram seus motores ligados. Nathalie parecia ter adormecido sobre o peito e o ombro da mulher que a pegou.

Nesse momento, um turista estrangeiro, de nome Magruder, de Dallas, no Texas, compreendeu que algo estranho estava acontecendo e apontou a câmera, primeiro, para as duas assistentes da creche — agora sem vida —, depois, para os quatro sequestradores e a criança, nos quais fez um zoom quando entraram nos carros. Então partiram em velocidade estranhamente lenta. Nada de pneus cantando no asfalto, nada de pânico. À saída do estacionamento, cada carro foi para um lado.

Depois, Magruder viu o filme várias vezes e estava quase certo de que havia sido testemunha de um sequestro. Mas, como era estrangeiro, explicou ele mais tarde, um pouco envergonhado, não queria telefonar para a polícia, da qual nem sequer tinha o número. Além disso, não sabia se teria de discar primeiro o número da Suécia em seu celular, visto que o aparelho era registrado nos Estados Unidos. Em vez disso, resolveu ir ao encontro das duas assistentes no banco do parque, que pareciam dormir enquanto as crianças, agora sem sua vigilância, continuavam despreocupadas a brincar com os cisnes.

As assistentes estavam inconscientes. Ele tentou acordá-las dando uns tapas de leve no rosto delas, mas isso não funcionou. E também nada aconteceu quando ele lhes bateu com mais força. A essa altura, as cinco crianças o viram, correram em sua direção e começaram a gritar e a protestar.

Ele correu então para a avenida, do outro lado do estacionamento, entrou numa loja que vendia bandeiras e tentou convencer o dono da loja a chamar uma ambulância e a polícia, dizendo que acabara de testemunhar um sequestro. Primeiro, o homem não quis acreditar, ou talvez fosse por um problema de idioma. Ele foi obrigado a passar o filme duas vezes, apontando e explicando, antes de conseguir convencer o dono da loja.

Quando a central da polícia recebeu a mensagem, preciosos dezoito minutos já tinham se passado. O caso foi entendido primeiro como um assalto às duas mulheres, que pareciam não dar sinal de vida. Por isso, deu-se prioridade à ambulância. Decorreram mais vinte minutos para entenderem na central o que tinha acontecido: que se tratava do sequestro de uma criança, e que não era uma criança qualquer.

Meia hora depois, evidentemente, deu-se o alarme geral, e logo se viu uma grande atividade em todas as áreas da capital sueca. Mas, de Nathalie e dos sequestradores, não se encontrou nenhuma pista que valesse a pena. Nem dos carros que eles usaram, apesar de as placas serem suecas, segundo o filme de Magruder.

5

No trabalho, Anna Holt controlava a raiva e raramente ou nunca se sentira com a mente tão arejada. Isso a surpreendia, mas ela supunha que isso tinha a ver com o pacto de união entre todos os policiais sempre que se cometia crime contra um deles.

Mas, como era de se esperar, o clima de animosidade se instaurou assim que ficou claro o que acontecera. A polícia secreta acreditava que a investigação era deles, pois algum crime fora cometido sob a sua jurisdição. O departamento especializado em coibir a violência em Estocolmo pensava o mesmo, já que o sequestro acontecera em seu distrito. Presumivelmente, gastou-se muita energia preciosa, ainda mais nas primeiras 24 horas, e houve muitas discussões sobre a preservação da autoridade. Por fim, o chefe superior da polícia do Estado foi obrigado a intervir e indicar os encarregados.

Como resultado, o Departamento de Criminologia do Estado assumiu a investigação e escolheu onde todo o material ficaria centralizado. Assim, tanto a polícia de Estocolmo quanto o pessoal do serviço secreto colocariam todos os recursos disponíveis na investigação e os dados logo seriam recolhidos e transmitidos à chefe assistente, Anna Holt, que ficou, portanto, com a responsabilidade de reunir e organizar os trabalhos. Todos estavam proibidos de guardar para si quaisquer elementos sobre o caso, uma ordem que valia até para a polícia secreta.

Uma semana com quinze a dezesseis horas de trabalho diário resultou numa investigação que, pela primeira vez, se mostrou praticamente inquestionável. Mas o resultado era desanimador. Não havia pistas definitivas dos criminosos, apesar de eles terem sido filmados.

Era o momento de Anna resumir os resultados da primeira semana de investigações de forma pontual, para que até os chefões da polícia, que nunca foram policiais de fato, fossem capazes de entender. Para não falar de alguns políticos e de outras figuras da sociedade. Na realidade, era meio que um resumo que ela fazia de vez em quando para si mesma, para o grupo de trabalho ou para a comissão em que trabalhava. A intervalos regulares, era preciso parar e estudar de novo todos os procedimentos para chegar a uma conclusão sobre o que se sabia.

Era normal anotar essas informações, e era essa a sua principal função. Tecnicamente, era fácil, mas muito estressante. Uma das cópias teria que ser entregue a Ewa. E o resultado era muito magro.

Anna Holt escreveu o relatório.

Ponto 1 — Dados das testemunhas
As visitas de porta em porta aos moradores da região não recolheram mais informações do que aquelas já coletadas no filme de Magruder. Os interrogatórios das cinco colegas de Nathalie Tanguy na creche que estavam na praia quando ela foi raptada foram contraditórios em três casos e inconsequentes em dois. Duas das crianças disseram achar que nada de estranho estava acontecendo, já que fora a mãe de Nathalie quem fora buscá-la. Como a afirmação era absurda, tanto subjetiva quanto objetivamente — a mulher que pegou Nathalie e a levou embora não tinha qualquer semelhança com a policial Ewa Tanguy —, os interrogadores foram obrigados a estender

as conversas com as crianças para tentar entender a razão do absurdo. Sem sucesso.

Só foi possível falar com uma das assistentes, a professora Catherine Johansson. A outra, professora Jonna Bordlund, continuava em coma no setor de tratamento intensivo do Hospital Sabbatsberg.

Catherine Johansson declarou sem hesitar que os dois homens que foram ao seu encontro pareciam pessoas decentes e agradáveis, entre outros motivos porque falavam o "Queen's English", ou seja, uma língua que poderia ser falada apenas por um inglês de nascimento. Portanto, não eram escoceses, irlandeses, tampouco imigrantes refugiados. Em segundo lugar, pareciam representantes da classe alta. Como Catherine era cidadã britânica com experiência acadêmica em internatos e se chamava Dornsey antes de se casar com o comandante da aviação Andreas Johansson, os investigadores concluíram que as declarações de Catherine deviam ser levadas a sério.

Catherine Johansson afirmou ainda que poderia descrever pelo menos um dos seus compatriotas para um retrato falado: o primeiro que falou com ela, entre outros motivos, por seu rosto de certa forma corresponder ao tipo de linguagem que usava. Ele era meio ruivo, cabelo curto, sardento, olhos azuis, orelhas levemente pontiagudas, isto é, segundo o jargão normal, tão inglês no aspecto quanto no linguajar. O desenhista da polícia já estava elaborando uma imagem do criminoso.

Mas Catherine não tinha a menor ideia do que a levou a ficar inconsciente.

Ponto 2 — Relatório toxicológico

O resultado, por enquanto, era negativo. Ao que parecia, as duas assistentes haviam sido envenenadas. Mas nenhuma das amplas análises feitas no Sabbatsberg surtira resultado até então. Também não foi encontrada qualquer marca de injeção nas mulheres, o que não invalidava a existência do ataque. Outra hipótese era o uso de algum gás, mas os médicos ainda não haviam chegado a nenhum resultado.

Ponto 3 — Os carros da fuga
Os criminosos fugiram do lugar num Saab 9-3, cinza, com a placa XOO 116, modelo 2006, e num BMW, série 500, azul-escuro, placa ARB 426, modelo 2005. O interessante na história é que as placas estavam registradas. Nenhum dos carros foi tido como roubado. Com bastante trabalho chegou-se à conclusão de que ambos estavam longe do local do crime, o Saab, em Umeå, no Norte da Suécia, e o BMW, em Gotemburgo, na costa Oeste do país. A falsificação das placas foi feita com tecnologia avançada, pois, com essas placas falsas, os carros circulavam sem esbarrar em qualquer controle mais simples. No entanto, depois do crime, as estradas de saída de Estocolmo ficaram sob vigilância especial, sem nenhum resultado positivo. Suspeitava-se de que os criminosos, logo depois do início da fuga, trocaram as placas por outras igualmente "genuínas".

Ponto 4 — Imagens fantasmas
O filme de Magruder foi feito a uma distância muito grande em relação à capacidade da máquina para que se pudesse ampliar as imagens e ver os rostos dos criminosos, a ponto de se poder realizar um reconhecimento perfeito. A imagem que os desenhistas da polícia fizeram, de acordo com a memória ainda conturbada de Catherine, não era considerada confiável.

Ponto 5 — Rede de vigilância
A polícia informou que o sequestro de Nathalie Tanguy deslanchou uma grande atividade nos sites — tal como era de esperar. Além dos

aplausos de mau gosto, de expressões de triunfo ou frases de simpatizantes e de mensagens a respeito do que seria justo acontecer às valquírias nórdicas, não existia nenhum material de interesse em termos de vigilância técnica. Nenhuma mensagem, nenhuma exigência. Nenhuma organização se responsabilizando pelo sequestro. Portanto, não havia base alguma para sustentar a hipótese de um motivo de vingança islâmica por trás do crime.

Resta apenas o silêncio, pensou Anna Holt, quando acabou de escrever. Era uma situação inesperada, que não fazia sentido. Redes de pedofilia que sequestram crianças eram raras e uma rede dessas, se é que existia, jamais se arriscaria a pegar Nathalie entre tantas crianças. A hipótese soava totalmente irreal. Nem o mais azarado dos criminosos teria tanto azar. Eles foram filmados e uma das assistentes era inglesa. A chance era remota.

Restava apenas examinar a ocorrência e adivinhar o motivo. Foi uma operação muito bem-montada. É o que mostra a gravação. Isso custa dinheiro, ainda mais quando o criminoso vem do estrangeiro. A essa altura, havia apenas dois motivos prováveis, mas ela preferiu não especular sobre isso e terminou o resumo.

Anna leu o relatório duas vezes para verificar se não faltava alguma letra ou se havia outros erros formais. Os leitores, dessa vez, não eram apenas os habituais colegas da polícia. E foi então que ela mandou o relatório por e-mail para uma lista de dezesseis pessoas em altas posições no país, entre elas, os ministros da Justiça e das Relações Exteriores. Depois imprimiu um exemplar, que pôs num envelope. O filme de

Magruder fora copiado para vários CDs, e ela pegou um deles e também o colocou no mesmo envelope. Era a hora de fazer algo muito mais difícil do que ser uma policial fria e eficiente. Teria de visitar Ewa e Pierre, entregar-lhes o material e ficar com eles por algumas horas.

No caminho, passando pela rua Hantverkargatan, ela ficou pensando, desesperadamente, em como consolá-los. Ewa estava passando pela pior coisa que poderia acontecer a uma mãe. O que se diz numa ocasião dessas?

Se ao menos ela tivesse alguma esperança para lhe dar... Ewa era uma policial como ela e logo perceberia qualquer conversa mole: Que a polícia estava trabalhando no caso, que criminosos desse tipo sempre acabam presos, nunca se safam, e por aí afora. Alguém tinha atacado um policial e, de repente, fugira sem deixar nenhuma pista real, a não ser a marca de tênis no solo, um de modelo mais popular da Nike, tamanho 42 — ou 43. Droga, ela havia esquecido de incluir isso no relatório. Mas não fazia diferença alguma.

Foi Pierre quem abriu a porta, e ele tinha aquele aspecto que ela já esperava. Ao abraçá-lo, ela sentiu o aroma de quem acabara de fazer a barba. E vestia camisa e gravata, como se estivesse preparado para um jantar especial.

— Ewa está no quarto. Eu volto em algumas horas — segredou Pierre no ouvido dela, ainda durante o abraço.

— Como ela está?

— Nada bem. Ninguém está bem aqui. Você quer me dar o relatório, por favor?

Ele estendeu a mão para receber o material como se fosse uma ordem.

— O que você vai fazer com ele?

— Vou estudá-lo linha por linha, imagem por imagem, junto com alguns amigos de confiança. Deixe as formalidades de lado por agora. Ewa não terá prazer algum em ver o filme, se é que posso me expressar assim. E o resto você poderá contar para ela.

Pierre continuou com a mão estendida, parecia estar completamente sob controle. Mas seus olhos estavam vermelhos.

✪✪✪✪✪

Até na televisão russa o sequestro da filha de uma policial sueca, se não fora uma grande notícia, pelo menos fora de interesse relativo. O instinto de Carl foi embarcar de imediato num avião para Estocolmo. Mas, pensando melhor, resolveu ir a Moscou para discutir a questão com a *razvedkan*. Não teve resultado, porém, ainda que os colegas estivessem de acordo quanto à hipótese de que devia se tratar de um ataque islâmico. Asseguraram, no entanto, que iriam transmitir qualquer informação ou pista que tivessem, numa atitude decerto sincera. Mas era pouco provável que o sequestro tivesse sido realizado por qualquer organização sob a esfera de influência da Rússia ou do conhecimento de seu serviço secreto. Tudo isso ele já devia ter previsto, pensou, no avião a caminho de Estocolmo. Mas o lado bom da viagem a Moscou era saber que a *razvedkan* de fato o ajudaria se pudesse. Era no mínimo um consolo.

É claro que ele esperava ter trazido da Rússia uma mensagem mais positiva ao se encontrar com Pierre e Ewa. Foi um encontro muito deprimente. Ewa estava bastante pálida, um pouco desajeitada e desligada. Pierre foi meio abrupto. Resignado, Carl deixou-os rapidamente. Não havia nada que ele pudesse fazer.

Em seguida, ligou para Erik Ponti, e os dois ficaram um dia e uma noite juntos, tentando formular teorias na maior parte do tempo.

Mas, enquanto os sequestradores não entravam em contato, tudo o que pudessem inventar não fazia sentido, apenas contribuía para fortalecer a sensação de impotência.

Se fosse questão de dinheiro, essa seria a melhor alternativa. Infelizmente, a menos provável. Em especial quando os dias passavam e não havia contato algum.

A segunda alternativa era a mais provável e também a mais terrível. Terroristas islâmicos que não se interessavam por dinheiro se vingando da imagem de Ewa apresentada no jornal *Kvällspressen*. Mas, se fosse por vingança, eles matariam Nathalie em vez de sequestrá-la.

Todas as tentativas de configurar o motivo dos sequestradores em se vingar através de uma criança de 5 anos eram tão absurdas que logo foram postas de lado.

Só havia uma saída: esperar. Uma única mensagem dos sequestradores, por mais insignificante que fosse, já seria uma pista a seguir. Era uma possibilidade de agir. Mas contra o silêncio não havia nada a fazer.

Enquanto esperavam, Erik não conseguia produzir nada, dedicar-se a fazer qualquer outra coisa. Carl morou na mesma casa que ele durante alguns dias. Faziam longas caminhadas, se alimentavam de forma saudável e bebiam vinho.

Carl tinha uma explicação concreta, mas terrível, para justificar seu interesse pessoal pela filha de Pierre. A amizade era recente, mas o caso fazia com que ele fosse obrigado a se lembrar daquilo que levara mais de uma década para sair da sua cabeça. Primeiro, sua primeira mulher, Eva-Britt, depois sua segunda esposa e o grande amor da sua vida, Tessie, e suas duas filhas. Todos haviam sido assassinados pela máfia siciliana. Os assassinos, naturalmente, foram primeiro atrás dele, mas nada conseguiram, já que ele, ao contrário das mulheres e das crianças, sabia se defender.

Quando resolveram matar sua mãe durante um jantar numa mansão na Escânia, uma província sueca, tudo o que conseguiram, segundo as palavras de um mafioso sobrevivente, foi atirar na velhota errada. Depois, descobriram o erro pelo jornal. E logo em seguida mataram a velhota certa.

Dois anos depois de toda a sua família ter sido assassinada, o governo sueco decidiu nomeá-lo chefe da polícia secreta. Se alguma coisa o fez enlouquecer, segundo a lei e a opinião dos psiquiatras, não foi o trabalho, o que por uma razão tática foi mencionado no último julgamento. Na realidade, o que o deixou enlouquecido foi a perda da família, a motivação pessoal. E, quando a pequena Nathalie fora sequestrada, todas as feridas anteriores, já cicatrizadas, voltaram a se abrir. Se é que feridas desse tipo realmente cicatrizam.

Já era tarde da noite quando ele chegou a essa conclusão. Com suas perguntas, Erik havia prolongado a história, mas agora, finalmente, ambos ficaram em silêncio.

Ainda que Erik ficasse com a sensação de que fora a conversa errada na hora errada, ele não pôde deixar de pensar na história pessoal e profissional de Carl, uma história única, um exemplo de vida para o mundo. Eles também tinham que escrever um livro juntos, logo que o trabalho com Pierre ficasse pronto.

De início, Carl reagiu de forma contrária e até agressiva, por achar impróprio falar sobre o futuro quando nem sabiam se Nathalie estava viva. Mas disse também, desculpando-se, que no momento não podia pensar em futuro pela simples razão de estar bêbado. Afinal, ele tinha acesso irrestrito à adega de Erik Ponti, que antes lhe pertencera e fora dada a Erik quando ele pensava estar abandonando o país de forma definitiva.

Quando Carl falou sobre vinhos, ambos sorriram, apesar das circunstâncias, e tiveram o mesmo pensamento. Será que os colegas jornalistas de Erik que ficaram impressionados com o fato de Carl querer pagar os 240ml de vodca no Hotel Europa reagiriam da mesma maneira se soubessem da adega de vinhos?

Enfim, Carl tomou mais uma última e desnecessária taça de vinho e foi se deitar. No dia seguinte, a dolorosa espera terminaria, pelo menos em relação ao filme, que ainda não fora liberado para a mídia e que Pierre prometera levar durante a tarde.

Antes de Pierre chegar, Carl resolveu ligar o computador ao telão de Erik. Enquanto refez as ligações e mexeu em fios e tomadas, ele contou que foi assim que começou ao estudar computação na Universidade da Califórnia, em San Diego, na década de 1980. Foi sua primeira escola como espião. Depois disso, a técnica da computação evoluiu de maneira fantástica, e sem o aprendizado em San Diego ele não teria como acompanhá-la.

Continuavam aguardando o filme quando Pierre chegou e começou a ler o relatório de Anna Holt. Todos concordaram que, *a priori*, havia apenas uma coisa sobre a qual refletir: como duas das outras crianças diziam estar seguras de que fora a mãe de Nathalie quem havia ido buscá-la? As crianças estavam habituadas a ver, de vez em quando, um dos pais ir buscar seu filho ou filha e levá-lo para casa mais cedo. Isso acontecia com frequência. Mas e se fosse alguém se passando por sua mãe, e os dois criminosos que acompanhavam a falsa mãe falavam em inglês para despistar? Será que haviam contratado uma atriz?

— Não — respondeu Pierre. — A terrorista falou em francês. As outras crianças não entenderam nada, mas certamente devem ter escutado Nathalie falar uma ou outra coisa em francês. Aliás, era eu quem costumava buscá-la, e nós sempre falávamos em francês quando estávamos a sós.

A conclusão parecia completamente lógica, pensou Erik. Uma mulher chegou e falou em francês. Nathalie a entendeu e respondeu qualquer coisa também em francês. A terrorista recebeu a confirmação de quem era a criança certa. As outras crianças entenderam que aquele linguajar diferente era uma espécie de sinal da mãe ou do pai.

No entanto, ainda temos um pequeno problema nessa análise — comentou Carl. — O uso do francês seria um bom truque caso pensado por antecipação, o que deve acontecido. Mas como os terroristas sabiam que Nathalie falava francês?

— Não é difícil adivinhar pelo nome — disse Pierre.

— Nem precisavam adivinhar. Isso constou até no *Kvällspressen* — salientou Erik. — Numa das fotos em que Ewa e Nathalie apareciam à mesa, escreveu-se que, em casa, na hora das refeições, a família falava sempre em francês.

— Dessa maneira, os terroristas tiveram a oportunidade de pesquisar em sueco — comentou Carl. — Devem ter contado com a ajuda de pessoas que sabiam ler sueco e, provavelmente, puderam encomendar as placas direto do registro central ou de outro jeito, se é que existe. De qualquer forma, devíamos transmitir essas informações para Anna.

Parecia não haver mais nada do que falar antes de ver o filme, que foi passado duas vezes, em silêncio. Depois, o passaram mais uma vez, quadro por quadro. Então, fizeram uma pequena pausa. Erik foi para a cozinha e voltou com um café expresso para os três.

— Ok, acho que sei o que vimos. Mas o que vocês acham? — começou Carl que, claramente, havia assumido a posição de chefe na discussão.

— Eles não são árabes, não são gângsters de segunda classe, fazem tudo corretamente e não se deixam entrar em pânico — comentou Pierre, circunspecto.

— Seriam militares? — perguntou Erik.

Os outros dois acenaram com a cabeça, concordando.

— Isso mesmo. São colegas meus e de Pierre — confirmou Carl. — Vamos fazer algumas ampliações para ver melhor.

Foi ao computador e produziu ampliações parciais das imagens, uma a uma. Mas o que se ganhava em tamanho se perdia em nitidez. O turista americano usara uma câmera de vídeo barata demais. Carl mexeu de novo, à procura do zoom ideal, apontando aqui e ali algum detalhe para Pierre, que concordava. Carl disse a Erik:

— Isso aí que você está vendo, os pequenos traços pretos borrados que passam pelo rosto, aqui e ali, são microfones! Eles têm contato pelo rádio uns com os outros e possivelmente com operadores que estão nas proximidades ou até do outro lado do mundo. Mas com certeza absoluta uns com os outros!

— Por exemplo, com os que estão à espera nos carros — sugeriu Erik, sentindo ter feito um comentário supérfluo.

A ideia foi a de que ele, como jornalista, habituado a examinar fotografias, pudesse ajudar. Os outros dois apenas sorriram, concordando com sua simples conclusão.

— Mas os sequestradores são europeus — continuou Erik, que, enfim, achou uma oportunidade de intervir. — Catherine não podia ter se enganado, dizendo que eram ingleses, e não quaisquer outros britânicos, como, aliás, ela salientou. Afinal, não é preciso muito tempo para identificar as diferenças de sotaque na sua própria língua.

— Meu ouvido para idiomas está corrompido. Na maior parte da minha vida, ouvi um francês ruim — disse Pierre, suspirando. — Mas vamos supor que é você quem essa está sentado naquele banco de jardim e o terrorista fala em sueco. Você tem entre dois e oito segundos para ouvir. Você acha mesmo que pode discernir nesse meio-tempo que sotaque sueco ouviu? Eu duvido.

— Não eu — disse Carl. — Mas a coisa é diferente com o inglês britânico. Eles ainda mantêm intacta uma marca bem diferenciada no linguajar. Tenho trabalhado bastante com os britânicos e concordo com a nossa testemunha, Catherine. Ela ouviu certo. O que ouviu foi o assim chamado "Queen's English". E que tipo de conclusão podemos tirar disso?

— Que os terroristas são ingleses bem-treinados — sugeriu Pierre.

— Além disso, militares bem-treinados, portanto oficiais, o que, na verdade, é um paradoxo, porque são criminosos capazes de atacar crianças e mulheres.

— É claro, mas pense no que viu — replicou Carl. — Se você e eu tivéssemos que organizar uma operação como essa, faríamos mais ou menos do mesmo jeito. Semanas de preparativos, vigilância sobre o alvo que está muito bem-protegido por guardas de segurança do país, o risco de sermos apanhados. Tudo isso poderíamos contornar. E ainda por cima criar a logística. A questão das placas, por exemplo... elas não caíram do céu. É preciso contar com uma organização experiente em operações desse tipo.

— Como eles conseguiram essas placas falsas tão perfeitas? — interrompeu Erik.

— Respondo em alguns minutos — disse Carl, virando-se para o teclado.

Em menos de dois minutos, já havia entrado no sistema e mostrando no monitor uma série de registros de carros.

— Está vendo? — disse ele. — A Suécia é única nos seus processos de administração pública. É só escolher um Saab, de preferência longe de Estocolmo, que seja igual ao seu carro. Aqui, evidentemente, de algum modo, eles deixaram alguma pista, mas isso é um caso para Anna e seus policiais descobrirem. Os terroristas devem ter encomendado a placa em algum lugar, de forma legal.

— E o veneno? — perguntou Pierre. — Afinal, devem ter usado veneno no ataque, certo? E isso é coisa que a al-Qaeda não usa, não é?

— Não — respondeu Carl. — Veneno é coisa que apenas um país usa. Os russos têm um autêntico "bar" de venenos à disposição, composições químicas praticamente impossíveis de analisar ou de detectar nos hospitais. Mas podemos deixar os russos de lado. Os britânicos, americanos e franceses também dispõem desses recursos.

— Desculpem o meu amadorismo, mas o que são esses "recursos", em termos militares? — perguntou Erik, pela primeira vez, algo cético.

Surgiu então uma longa discussão paralela. Carl começou dizendo que a capacidade de imobilizar o adversário era mais uma técnica policial do que militar. No mundo todo, a polícia normalmente usa aparelhos que produzem fortes choques elétricos. Do ponto de vista policial, não representava grande problema ver o alvo jogado no chão, em convulsões e com um comportamento estranho. Mas certas organizações militares, especialmente em situações de salvamento de reféns, tinham necessidade de usar uma técnica que de imediato imobilizasse o alvo, de modo que não houvesse tempo para os circundantes reagirem.

Ainda dentro desse raciocínio, Pierre lembrou-se de um caso. Uma vez, ele estava comandando uma força do Segundo Regimento da Legião Estrangeira que devia salvar os reféns dentro de um ônibus escolar no Djibuti. O veículo encontrava-se num terreno plano, e os terroristas ameaçavam atirar nas crianças se os policiais ou os militares chegassem a menos de duzentos metros. Havia dois caminhos a seguir.

Um deles, claro, era abater os terroristas com atiradores de elite. E foi esse o método que acabou sendo usado. Aliás, com sucesso.

Entretanto, no segundo dia, quando ainda se fingia realizar uma negociação, só para cansar os terroristas, apareceu um sujeito misterioso do serviço secreto do Exército, com uma maleta estranha, dizendo ter um preparado que imobilizaria os sequestradores instantaneamente. O problema, claro, era chegar perto deles. Por isso, acabaram sendo mortos com tiros na cabeça, em ação simultânea. Portanto, com certeza, a França também dispunha desses recursos.

— Mas não os terroristas islâmicos, não é verdade? — objetou Erik, que começou a se cansar da discussão paralela.

— Certamente não — concordou Carl. — Esse tipo de preparado é muito difícil de usar. O menor erro na dose, e a vítima acaba morrendo. Uma das assistentes continua em coma. Provavelmente seu peso está abaixo do normal, é anoréxica ou qualquer coisa do tipo. Nossos cavalheiros ingleses se deram ao trabalho, pelo menos, de não matá-la.

— Você quer dizer que já *sabemos* que os terroristas são soldados ingleses? — inquiriu Pierre.

— Sim, claro que sabemos. Inclusive sabemos que são soldados da elite — confirmou Carl.

— *Como*? — insistiu Pierre.

— Porque trabalhei com eles. Eu me lembro de um deles em especial, um tenente que havia se tornado lenda, Sykes-Johnson. Ele marcava o sentido, fazia continência o tempo todo, gritava "YES, SIR!" e nunca desistia dessa sequência, de tal maneira que quase pôs em risco o nosso último ataque. Mas não há dúvida de que ele falava "Queen's English", o que é importante para tipos assim.

— E de onde são esses tipos? — perguntou Erik.

— Não há muito para onde correr. SAS (Special Air Service), SBS (Special Boat Service), Royal Marines e um ou outro regimento de paraquedistas. É lamentável, mas foram colegas nossos que levaram Nathalie — constatou Pierre.

— Mas isso é improvável — objetou Erik. — Não podemos deduzir que foi o governo de Sua Majestade que mandou sequestrar Nathalie.

— Claro que não, *old sport* — disse Carl, numa tentativa para soar como um genuíno inglês. — Mas, entre as prováveis alternativas, eu aposto que os colegas nas imagens pertencem ao SAS, tal qual o inesquecível Sykes-Johnson. Ao contrário dos tipos da SBS e dos paraquedistas, eles aceitam eventualmente mulheres nos seus quadros com capacidade para falar outros idiomas, já que essa organização, mais do que as outras, entra em negociações para salvar reféns em outros países. E é por isso que eles também têm à disposição uma série de métodos para imobilizar aqueles com quem negociam. Os colegas que nós vimos no filme, levando Nathalie, são do SAS. Mas não em missão ordenada por Sua Majestade.

Pierre e Erik trocaram olhares. Ambos estavam convencidos da lógica no raciocínio e de que Carl se apoiava numa experiência altamente qualificada.

Mas, de acordo com esse raciocínio, havia algo difícil de engolir. Como o SAS, o regimento de elite da Grã-Bretanha de maior prestígio, formado por verdadeiros heróis, ataca uma menina e a sequestra? Como eles se transformam em terroristas, em vez combaterem o terrorismo?

Mas era impossível deixar de levar em conta aquilo que as imagens do filme mostravam, em especial para Pierre e principalmente depois de Carl ter feito as ampliações que, embora de resolução ruim, o levaram a concluir que os criminosos haviam usado comunicadores por rádio do tipo militar. Também era difícil aceitar que fosse possível contratar ladrões de banco e sequestradores entre os elementos da força secreta de elite da Suécia, a SSG.

— Claro que isso pode acontecer — disse Carl após terem discutido por um momento aquela que parecia uma questão impossível.

— Em 1982, houve uma tentativa de assassinato, aliás malsucedida, contra o líder do Hezbollah em Beirute, um ataque com carros cheios de explosivos. Morreram mais de cem pessoas, mas não o xeque mais procurado pelos Estados Unidos. Mais tarde, soube-se que foram dois homens do SAS que realizaram a operação e que foi o serviço secreto da Arábia Saudita que os contratou.

— Eu me lembro disso. Era repórter do noticiário internacional. Foi uma tentativa de vingança do ataque a fuzileiros americanos, com uns 280 mortos — comentou Erik. — Mas todos deram como comprovado que se tratava de uma operação orquestrada por israelenses. E o que a Arábia Saudita tinha a ver com o caso?

— É... Eles só queriam agradar aos seus aliados americanos com um servicinho — disse Carl, com um encolher de ombros. — Mas por ora vamos esquecer essa história.

— De jeito nenhum! — interrompeu Erik. — Porque nisso existe uma questão sem resposta: como os homens do SAS foram contratados pela Arábia Saudita?

— Concordo — disse Pierre. — Existe um grande "porquê", que eu não posso deixar passar em brancas nuvens. Você, eu e nossos colegas não andávamos por aí, pelo mundo, sequestrando crianças. Era impossível, não?

— Infelizmente, não! — respondeu Carl. — Os dois homens do SAS mataram centenas de civis na Zona Sul de Beirute. Isso é um fato.

Além disso, o SAS é o regimento de elite mais conhecido no mundo. Todos são muito bem-pagos e extremamente bem-vigiados. O salário é de quatro mil euros por mês, coisa com que outros soldados nem sonham. Mas a idade de aposentadoria é baixa, caso não se avance na carreira para o posto de oficial antes dos 35 anos. A essa altura, eles saem com uma boa pensão.

— E sentem uma necessidade súbita de se transformar em legionários! Não acredito. Não é normal — protestou Erik.

— Não, um legionário não ganha tanto assim, e a organização está cada vez menor, exceto no Iraque. Mas, se alguém disser o seguinte: "Você vai ganhar 5 milhões de dólares de adiantamento e mais 5 milhões depois. Dez milhões."

Pierre e Erik olharam em dúvida para Carl como se ele estivesse brincando numa situação em que não dava para brincar.

— Então, a gente pode comprar aposentados do SAS por 10 milhões por cabeça — resumiu Carl. — E, pelo que eu sei, existe apenas um comprador desse nível: a Arábia Saudita. E não estou inventando os valores. Eu disse exatamente quanto cada um dos dois assassinos da matança em Beirute recebeu. Nós podemos nos perguntar se alguém na Arábia Saudita achou que foi dinheiro bem-empregado. Mas, para isso, se não me engano, vamos ter uma resposta em breve.

✪✪✪✪✪

A prisão do cidadão norte-americano Charles Hamlon, também conhecido como Carl Gustaf Gilbert Hamilton, ocorreu sem qualquer dramaticidade, segundo comunicado para a imprensa por parte do departamento especial da promotoria. Dois policiais em trajes civis foram buscar o sr. Hamlon/ Hamilton na porta de um conhecido jornalista em Estocolmo.

A medida foi tomada de acordo com uma ordem de prisão emitida na Europa a pedido dos americanos. O promotor norte-americano exigia que o sr. Hamlon fosse extraditado para os Estados Unidos com base na acusação de traição à pátria e assassinato de marinheiros e oficiais da Marinha norte-americana. Pela solicitação, enquanto o tribunal sueco não se pronunciasse sobre a extradição, o sr. Hamlon/Hamilton devia ficar preso. A prisão de Carl devia ser julgada pelo Tribunal Distrital de Estocolmo.

Durante as primeiras horas na cela, Carl estava convencido de que, de fato, seria extraditado para os Estados Unidos. Era difícil imaginar que a promotoria americana agisse para prendê-lo e extraditá-lo sem antes chegar a um bom prognóstico. Por outro lado, era fácil imaginar a notoriedade que o assunto iria provocar.

Se ele fosse extraditado para os Estados Unidos por traição à pátria e assassinato, seria condenado à morte. Com injeção letal, partindo do princípio de que a pena de morte, na esfera federal norte-americana, fosse executada com os métodos mais modernos.

A situação, de certa forma, era risível, ao pensar em todo o trabalho que teve para se livrar da condenação à prisão perpétua na Suécia. Uma salvação que agora parecia perdida. A escolha entre uma injeção letal nos Estados Unidos e umas décadas de prisão ou o que fosse habitual para criminosos bem-comportados na Suécia seria uma questão simples de resolver.

Já havia pensado na morte antes, o que fora absolutamente normal, levando em conta as missões que cumprira. Mas sempre pensara na morte por um tiro de pistola ou de fuzil, que o mataria rapidamente e sem dor. Aliás, nas vezes em que foi atingido, nunca sentira dor alguma.

Seria uma boa maneira de morrer, caso fosse possível escolher. Mas não seria nada divertido, e sim degradante, morrer amarrado a uma cama, diante de um público curioso atrás de um vidro a alguns metros de distância, depois de procedimentos, ordens e, na pior das hipóteses, com a assistência de um padre-capitão da Marinha americana. Um pelotão de fuzilamento seria melhor, sem dúvida. Mas, com um pouco de sorte, talvez isso aconteça, pois ele será julgado por um tribunal militar, e possivelmente o poder militar norte-americano terá conservado suas antigas tradições em se tratando de executar os traidores.

Diante de um pelotão de fuzilamento, poderia morrer com alguma dignidade. Isso seria impossível no caso de a morte chegar lentamente, deitado numa cama, diante de políticos satisfeitos.

O advogado Leif Alphin pediu desculpas por ter chegado um pouco atrasado. Durante o dia, havia estado num julgamento no Tribunal Distrital de Malmö, Sul do país. Mas não havia levado nem uma hora para ficar a par do assunto e assegurou que jamais seria o caso de extradição para os Estados Unidos. O fato de Carl passar alguns dias preso numa cela tinha mais a ver com motivos políticos do que jurídicos.

O que fazia Alphin estar tão certo era o resultado de uma conversa telefônica durante a tarde com o representante jurídico junto do Ministério das Relações Exteriores, um antigo colega de estudos na Universidade de Lund.

Formalmente, fora o governo norte-americano, portanto o Departamento de Estado, que entrara em contato com o Ministério das Relações Exteriores da Suécia com o pedido de extradição. Com isso, a questão passou a ser política. Se o ministério sueco se recusasse a aceitar o pedido, estaria entrando num clima de hostilidade. Portanto, eles decidiram passar a questão para o pobre promotor do tribunal de

Estocolmo, que perderá a causa. A essa altura, o tribunal sueco seria o responsável por dar a resposta negativa aos Estados Unidos, e não o governo sueco. Assim, o ministério se livrou do problema e poderá lavar as mãos com a simples indicação de que se trata de uma decisão da justiça, um poder independente dentro da democracia sueca. Para essa engenhosa manobra diplomática, Carl contribuiria apenas com alguns dias na prisão. A apreciação do caso em juízo seria apenas uma formalidade que terminaria num anticlímax.

E assim aconteceu.

O promotor-chefe Von Schüffel amaldiçoou sua falta de sorte. Achava que não merecia segurar aquela bomba. Quando o Ministério das Relações Exteriores lhe mandou o caso, ele não pôde recusá-lo. Sabia que era impossível vencer. A primeira objeção da defesa foi clara e contundente: nenhum país membro da Comunidade Europeia pode extraditar qualquer suspeito, fugitivo ou condenado para qualquer país em que exista pena de morte. *But the show must go on.* Não havia justificativa para um compromisso nesse ponto. Portanto, houve apreciação do caso em juízo na grande sala para os terroristas, com a justificativa de que as medidas de segurança eram obrigatórias no caso de os suspeitos ou acusados serem especialmente perigosos. A periculosidade de Hamilton era inquestionável.

Com isso, deu-se início a uma série de medidas de segurança. Todas as dependências do tribunal passaram a ser vigiadas por policiais fortemente armados da força nacional para operações especiais, e o próprio Hamilton apareceu de pés e mãos acorrentados. Seria no mínimo uma imagem impressionante no início do procedimento.

Carl entrou ladeado por dois homens de óculos escuros e de uniformes de camuflagem, e foi obrigado a andar inclinado para a frente, a passos curtos, por causa das correntes que ligavam os pés e as mãos. Foi o show dirigido por Von Schüffel diante de um público formado por jornalistas que não paravam de murmurar, animados e com grande expectativa.

Em seguida, uma série de entraves apareceu no caminho de Von Schüffel. O primeiro veio do advogado Alphin, uma objeção que ele não esperava e era absolutamente pertinente e fatal.

Carl Hamilton não era cidadão norte-americano. Seu passaporte com o nome Hamlon era claramente uma ótima falsificação expedida pela CIA. Era apenas um gesto de boa vontade por parte das organizações de segurança e do serviço secreto norte-americanos para proteger Carl Hamilton e lhe permitir uma vida em sigilo numa cidade da Califórnia. O gesto representava um agradecimento por serviços prestados. Entretanto, Carl nunca chegara a solicitar a cidadania norte-americana, ficando satisfeito apenas em poder usar o passaporte falso.

Em princípio, o tribunal aceitou a objeção. Com isso, caíram por terra a prisão e a extradição. Qualquer cidadão sueco jamais poderia ser acusado de traição à pátria nos Estados Unidos. Além disso, a afirmação de ser responsável pela morte de muitos marinheiros americanos já fora examinada nas Nações Unidas, que decidiu que as perdas em material e em vida humana causadas pelo submarino palestino *U-1 Jerusalém* à Marinha norte-americana deviam ser consideradas legítimas ações de guerra.

Vinte minutos depois de o recurso impetrado por Alphin ter sido aceito, Carl já se apresentava no alto da escadaria do Palácio da Justiça de Estocolmo como um homem livre, ao lado do seu advogado, diante dos flashes incessantes das câmeras dos muitos fotógrafos presentes. Os repórteres gritavam suas perguntas, às quais ele respondia com equilíbrio, cautela e evitando envolver política na questão e fazer piada sobre o assunto. Mesmo assim, ouviram-se algumas gargalhadas quando ele salientou que havia sido acorrentado apenas diante da porta de entrada para a sala do tribunal, simplesmente para aumentar o efeito da sua entrada no auditório. Portanto, ele foi considerado perigoso e capaz de uma nova fuga só dentro do tribunal, e não durante a transferência da prisão para o fórum. Mas ele não tinha intenção de fazer ninguém rir.

✪✪✪✪✪

Foi a manhã mais terrível na vida de Anna Holt como policial. Nada pior acontecera antes, e ela chegara a se sentir mal fisicamente pela primeira vez desde que, como jovem cadete na escola da polícia, quase 25 anos antes, teve de assistir a uma autópsia. Para ela, a situação atual era muito pior.

O Departamento de Segurança da Polícia, que até então havia colaborado com o Departamento de Criminologia do Estado sem causar problemas, enviara dois homens para apresentar um relatório do que a unidade de computação pescara na internet durante a noite. Haviam copiado o resultado para um CD, intercalado com comentários e traduções, um trabalho tecnicamente muito bem-feito, de profissionais. O novo site que eles encontraram se chamava *al-Qaeda-Jibril*, e o conteúdo parecia ter quase o formato de uma reportagem onde se dizia que, com a ajuda de Deus Todo-Poderoso haviam conseguido realizar uma maravilhosa vingança contra a bruxa nórdica que fazia tortura sexual com os fiéis muçulmanos e condenava à prisão perpétua muçulmanos inocentes como se fossem terroristas. Agora, detinham a pequenina e inocente filha da bruxa.

Era verdade. Apresentavam uma sequência de imagens com som da pequena Nathalie, sentada no meio de um grande tapete de temática oriental, numa sala meio escura, com um lenço na cabeça e dizendo com um sorriso tímido *Allahu akbar*, Deus é grande, diretamente para a câmera.

Não havia dúvida alguma: era Nathalie.

Após várias citações do Alcorão, o locutor voltou a falar e contou que Nathalie fora salva das mãos de uma mãe maldita, que receberia agora uma educação conforme os bons preceitos da religião islâmica e que talvez dali a uns dez anos, quando chegasse à idade certa, se casaria e passaria a levar uma vida segura e pura, longe do ímpio e pecaminoso meio em que nascera.

Em seguida, apresentavam uma montagem com imagens distorcidas em que Ewa aparecia por vezes como caricatura, outras vezes em fotografias, entre prisioneiros nus, rodeada de cães e de chicote na mão — imagens que devem ter sido aproveitadas da prisão iraquiana de Abu Ghraib.

O texto continuava em tom triunfante, ridicularizando a mulher que, na sua arrogância, se achava "o terror dos muçulmanos". No entanto, não havia conseguido proteger a própria filha da justa punição e da vingança dos crentes. Ao final, havia uma apresentação em slides do caminho a percorrer pela indefesa criança — dos braços da mãe serpente até a maravilhosa transformação com que Deus a havia presenteado.

No Departamento de Segurança, ainda não tinham tido tempo para redigir uma análise do material, e Anna teria de se contentar com esse relatório oral preliminar.

Em primeiro lugar, a apresentação fora muito bem-feita. O texto em árabe, caligrafado, fora feito por mãos de mestre, o locutor falava um árabe clássico e puro, sem sotaque ou erros. A edição do programa era de alto nível, como se tivesse sido feita no estúdio de uma grande rede de televisão, e não no pequeno porão de uma casa, de onde normalmente a propaganda islamita provinha. Quem trabalhou no material deve ter aplicado muitos recursos.

É claro que já se havia rastreado o lugar, ou melhor, os dois lugares de onde o material teria sido enviado pela internet. Um dos provedores fora localizado em Lexington, Kentucky, nos Estados Unidos. O outro, em Dacar, capital do Senegal, na África Ocidental. O local em Lexington já estava sendo pesquisado pelo FBI. Com as autoridades em Dacar, ainda não fora possível ter qualquer contato. Obviamente, desde aquela noite o centro de computação passara a usar todos os recursos à sua disposição para acompanhar o site, continuar a analisá-lo e localizar a origem geográfica. E com essa informação os dois jovens policiais se retiraram.

Diante da sua mesa de trabalho, Anna ficou paralisada. A princípio, devia tomar uma série de decisões para pôr o seu pessoal em campo, mas não conseguia pensar em nada. Ou melhor, pensava apenas na imagem de Nathalie com um lenço na cabeça dizendo que Deus era grande. Como ela poderia contar isso para Ewa?

Mas era justamente isso o que ela tinha de fazer. E o mais depressa possível. No dia seguinte, a imagem de Nathalie estaria em toda parte, no *Kvällspressen*, nas manchetes de todos os jornais. E, na pior das hipóteses, à noite o noticiário na televisão já apresentaria o furo orgulhosamente. Pro inferno com todos os jornalistas!

Apenas uma coisa estava clara para ela: Ewa era mais importante do que todo o resto. Anna precisava ir falar com ela imediatamente. Não, ela tinha de explicar tudo primeiro para a sua chefe. Depois, correr direto para Ewa. Anna pegou um dos CDs e saiu resoluta para a sala da chefe, a uns dez metros, no mesmo corredor. Mostrou-lhe o material, resumiu a análise que os policiais do Säpo fizeram e disse que iria à casa de Ewa com outro CD na mão. Por pior que fosse a missão de ter de levar a má notícia, era melhor que Ewa a recebesse de uma amiga e colega do que da mídia.

Sua chefe, Lise, que reagira mais ou menos da mesma forma que ela diante do material, ficou muda e apenas acenou com a cabeça, como se dissesse: "Vai!"

No primeiro trecho da rua, descendo a Hantverkargatan, era como se a policial dentro de Anna acordasse de repente e ela começasse a pensar de maneira clara. O primeiro trabalho seria tentar encontrar a pista dos dois carros que os sequestradores utilizaram, o que provavelmente seria uma procura infrutífera e, sob todas as circunstâncias, bastante exigente em termos de tempo e de pessoal.

Mas será que o site da al-Qaeda-Jibril não mudara a situação? Claro, agora a prioridade máxima era encontrar Nathalie. Os sequestradores, provavelmente britânicos, já estavam fora de circulação, sentados em algum lugar, contando o dinheiro que haviam ganhado. Era completamente errado usar todas as forças na tentativa de encontrá-los antes de Nathalie. Mesmo porque, se os encontrassem, eles jamais revelariam o mandante do sequestro, se é que efetivamente o conheciam, o que também não parecia provável. Quem gasta milhões numa operação terrorista tem uma legião de atravessadores à disposição, gente que agencia a missão e providencia a entrega do dinheiro.

Pierre disse estar certo de que os sequestradores eram ex-soldados de elite do SAS. Eles já haviam informado a polícia britânica a respeito dessa hipótese e mandado o filme de Magruder. A polícia britânica, por sua vez, transferiu a responsabilidade e o material para o MI-5. Era melhor que os próprios britânicos cuidassem da caça a esses elementos. Grande parte do pessoal que permanecia seguindo a pista dos carros poderia se ocupar de outros serviços, sem peso na consciência.

Além disso, provavelmente, os sequestradores usaram carros britânicos, e não suecos. Ou não?

Ela considerou rapidamente a hipótese. Os BMWs e os Saab não são raros na Inglaterra. E então ela se corrigiu: na Grã-Bretanha.

E se os sequestradores eram britânicos e entraram na Suécia no início da alta temporada, com carros europeus e placas britânicas legais? E se eles só depois obtiveram as placas suecas que correspondiam aos seus modelos de carros e depois do sequestro retiraram as placas suecas e passaram por todos os controles policiais como britânicos insuspeitos?

Nesse caso, havia oportunidade de usar os serviços dos seus colegas policiais, ocupados em verificar os álibis de todos os donos de carros BMW e Saab no país, com as especificações de modelo, ano e cor. Quem produz as placas suecas, como são encomendadas e onde? E o que aconteceu com o selo nas placas confirmando o pagamento do imposto? Se os sequestradores se deram ao trabalho de comprar placas suecas legais, deve haver alguma pista burocrática que eles deixaram depois da operação, e isso seria fácil de descobrir.

O pequeno estímulo que ela teve com essa ideia começou a desaparecer à medida que se aproximava da casa de Ewa. O que diabos ela ia dizer? Como ela devia falar? "Boa notícia: Nathalie está viva, passa bem, apesar das circunstâncias, e os sequestradores não têm a intenção de matá-la. Mas a má notícia é ela está presa nas mãos de loucos islâmicos, que querem ficar com ela em definitivo."

Essa era a única notícia que ela podia dar a Ewa, e essa mensagem seria melhor do que a divulgada pela mídia. Mas como se diz uma coisa dessas a uma mãe?

Anna se corrigiu outra vez. Não era disso que se tratava. Quando era inspetora e guiava uma viatura da polícia, ela era obrigada, entre outras coisas, a dar o comunicado de morte aos familiares do assassinado ou acidentado. Era uma rotina. Antes de tudo, não se dá uma notícia dessas na porta de casa. É preciso pedir para entrar. Depois, pedir que os familiares se sentem. Então, a pessoa também deve se sentar e dar a notícia sem rodeios. Quinze minutos depois, quando começarem a chegar outros familiares e amigos para dar apoio, está na hora de voltar para a viatura, sentar no carro, respirar fundo, com um saco de lanche do McDonald's no colo.

Mas, dessa vez, quem receberia a notícia era sua melhor amiga e, além disso, colega de profissão. Não era o caso de pedir para Ewa se sentar primeiro. Ela também conhecia a rotina.

Seu cérebro trabalhava de forma fria e inteligente desde a descida da primeira rua, quando até chegou à ideia das placas dos carros, mas começou a emperrar ao virar para a avenida, a Norr Mälarstrand.

Foi Pierre quem abriu a porta, e ele logo percebeu pelo rosto dela que as notícias não eram boas.

— Nathalie está viva. Nós temos a sua imagem, mas ela está nas mãos de terroristas, em algum lugar desconhecido — conseguiu dizer Anna, enquanto os dois se abraçavam. — Chame Ewa.

Ele concordou com um aceno mudo, sem mostrar, estranhamente, qualquer reação. Apontou para o sofá na sala de estar e seguiu direto para o quarto.

Anna achou a espera longa e insuportável. E procurou o CD.

Quando Ewa chegou, apoiada em Pierre, não era a mesma. Os olhos estavam inchados e vermelhos de tanto chorar, os cabelos, descuidados, e o rosto, de uma palidez doentia. Ela cumprimentou Anna e tentou esboçar um sorriso. Pierre queria que ela se sentasse no sofá, mas ela resistiu, cruzou os braços e ficou encostada a uma pequena estante entre o quarto e o banheiro.

— Vem, Ewa, sente-se aqui. O que tenho a dizer é importante — tentou Anna.

— Não! Não! Não! — disse Ewa em voz baixa, rouca. — Eu não quero me sentar. Fale logo o que tem a dizer!

— Sente-se, Ewa — voltou a dizer Anna, engolindo em seco. — Nathalie está viva, mas é refém.

Ewa estremeceu como se tivesse levado uma injeção de adrenalina e rapidamente se sentou no sofá. Puxou os cabelos para trás e olhou bem nos olhos de Anna.

— Conte tudo, diga exatamente como está a situação! — Foi quase uma ordem. — Eu sou a mãe dela e tenho o direito de saber tudo, mas também sou uma policial. Portanto, tenho direito duplo de saber!

✪✪✪✪✪

Dois dias depois, a frente do prédio no qual Ewa morava parecia um parque de diversões. No estacionamento, entre a avenida e a pista de caminhada junto à praia, havia algumas vans de canais de televisão de todos os países nórdicos, da França, da Alemanha, e até da CNN e da BBC. A polícia foi obrigada a demarcar o local para que o "parque de diversões" não se estendesse para a avenida e prejudicasse o trânsito. Os repórteres gravaram de costas voltadas para o prédio, do outro lado da avenida.

A pequena e doce Nathalie, sequestrada por islâmicos, filha de uma valente policial da polícia secreta sueca, chamada de valquíria por seus colegas e fazendo jus ao apelido, era agora notícia mundial. Já no segundo dia, a mídia investira tanto quanto no caso de outra criança, tão doce e quase da mesma idade de Nathalie, uma inglesa assassinada, ou não, pelos pais em Portugal.

Era impossível dizer qual história infantil era a mais atraente do ponto de vista profissional. O caso Madeleine tivera o excitante atrativo de a mãe e o pai talvez serem os assassinos da filha, embora eles houvessem tido a sorte de conseguir o apoio até do papa e ganhado milhões em apoio financeiro. Foi um caso fantástico.

Mas Nathalie era prisioneira da al-Qaeda, seria transformada em muçulmana e obrigada a se casar aos 14 ou 15 anos, tudo bem-divulgado pela internet. Sua mãe era policial e seu pai, escritor famoso e, além disso, ex-paraquedista da Legião Estrangeira.

Também era um caso fantástico.

De vez em quando, os jornalistas conseguiam entrar pelo portão principal e deixar na caixa de correio algumas propostas financeiras para os pais de Nathalie. No começo, Pierre caiu na asneira de abrir a porta para enxotar os repórteres agressivos, mas acabou apenas dando uma chance de ser filmado e receber uma avalanche de perguntas e novas propostas financeiras. Como se todos quisessem tirar uma casquinha, segundo palavras dele.

Pierre e Ewa sentiam-se sitiados.

Carl e Pierre organizaram, então, uma retirada, de acordo com as melhores experiências militares e com a ajuda de Erik Ponti, que serviria de copiloto, e um carro da polícia como forma de distração. Eles usaram o mesmo caminho que Pierre fazia para levar Nathalie à creche, através do porão do prédio. Os guardas de trânsito receberam ordens para dar cobertura à fuga, fechando a saída do estacionamento onde estavam as vans dos jornalistas, que transmitiam notícias incessantemente.

A operação foi perfeita, como um relógio suíço. Em menos de uma hora estavam todos em Stenhamra, literalmente cercados por altos muros e alarmes eletrônicos. Os agentes do serviço secreto confirmaram que ninguém os tinha seguido.

Bem-humorado, Carl, por sua vez, confirmou que todas as despensas estavam cheias de mantimentos e que Stenhamra estava preparada para um longo cerco. Indicou ainda os horários em que a comida estaria pronta na cozinha e pediu a todos que se instalassem sem pressa. Isso valia também para os seguranças pessoais de Ewa.

Anna contribuiu ficando uns cem metros atrás dos dois carros de fuga a caminho de Stenhamra, a fim de avisar por telefone sobre qualquer carro que os estivesse perseguindo. Nesse caso, ela colocaria a lanterna azul no carro, pararia os eventuais perseguidores e ficaria examinando as carteiras de motorista, os documentos dos carros e os triângulos. Mas nada aconteceu. Os jornalistas foram efetivamente despistados.

— Precisamos viver uma vida nova, temos que entrar em combate, Ewa — disse Anna, pegando-a pelos ombros e levando-a para um dos banheiros. — Você precisa tomar um banho para relaxar. Pense que Nathalie está viva, pense que aqueles loucos disseram que vão ficar com ela durante anos. Portanto, nós vamos pegá-los!

A situação não era exatamente a melhor para que fizessem uma refeição juntos. Os convidados fizeram como Carl lhes havia pedido. Foram buscar a comida na cozinha para comer em seus quartos, com a exceção dos seguranças, que preferiram comer em seus respectivos lugares. Ewa foi se deitar cedo e Anna seguiu com ela.

Quando tudo ficou calmo na casa, Carl foi buscar Erik e Pierre, e levou-os para a chamada sala dos homens, no térreo, onde serviu três copos de conhaque.

— Muito tempo atrás, os homens jogavam cartas e faziam negócios nesta sala, em conversas sérias — ironizou Carl, ao lhes entregar os copos de conhaque.

— Como agora! — propôs Erik.

— Isso mesmo, agora vamos falar sério — concordou Carl.

— Onde você acha que ela está? — perguntou Pierre.

— Como você viu pelas imagens, ela está na casa de alguém com muitos recursos. O tapete onde ela se sentou é um antigo e gigantesco Isfahan, que custa mais de um milhão de euros. Isso condiz bem com a ideia de que estamos enfrentando alguém que tem dinheiro para brincar de terrorista em grande estilo!

— E onde estará essa pessoa? — inquiriu Pierre.

— Claro que, por enquanto, só nos resta adivinhar. No Paquistão ou na Arábia Saudita, possivelmente no Iêmen. Com certeza não no Afeganistão ou no Sudão, onde não existem nem casas nem tapetes como esses aí.

— Mas e em Dubai, no Bahrein ou em Abu Dhabi? — continuou Erik.

— Aí, sim. Existem casas e tapetes desse gênero — admitiu Carl. — Mas são lugares ruins do ponto de vista de segurança. São países pequenos, com escravos paquistaneses e filipinos por toda a parte, em todas as casas. E Nathalie está em todos os canais de televisão no mundo árabe. Seria impossível guardar segredo da sua localização em pequenos reinos governados por xeques. Mas chegou a hora de os sequestradores começarem a deixar pistas e, portanto, na prática, é uma questão de tempo para nós sabermos mais.

— Mas as pistas em Lexington e no Senegal deram em nada — retrucou Erik, cautelosamente.

— Não faz mal. Quanto mais eles repetirem esse truque, se comunicarem e deixarem pistas, mais perto estaremos de localizá-los. Tenho quase certeza de que alguém do nosso lado, a esta hora, já sabe onde ela está.

— Carl, meu Deus, o que você está dizendo? — explodiu Pierre, que só agora, pela primeira vez, abriu uma pequena brecha na sua fachada de controle emocional. — Quem já poderia saber onde ela está?

— A NSA, National Security Agency, já sabe. E, quando eles sabem, todos os seus amigos também ficam sabendo, pelo menos de acordo com as antigas regras. Se eu continuasse na chefia da polícia secreta da Suécia, já teria feito um pedido de ajuda formal.

— Com todo o respeito à NSA, as minhas experiências com essa agência são ruins, se é que se pode dizer isso, quando se trata de controlar os e-mails da Rádio Suécia, o que, comparativamente, é muito mais fácil. Mas como eles podem vigiar um sequestrador desconhecido? — pressionou Erik, que já tinha começado a ficar cansado da calma de Carl.

— Pelo fato de eles, por exemplo, terem acesso aos e-mails de todos os príncipes sauditas desde 1996 — respondeu Carl, alerta. Ele não pôde deixar de notar o ceticismo de Erik. — Todo mundo do nosso meio tem conhecimento disso. Não que eu saiba ou sequer entenda como eles fazem isso, mas eles já colocaram em órbita vários satélites de escuta sobre a Arábia Saudita. Talvez tenham pontos de escuta plantadas em terra nas suas bases. Mas o fato é que eles sabem. Todos sabem. E, como existe um controle total sobre o que esses príncipes falam entre si, eles já devem saber de muita coisa. Esses príncipes endinheirados financiam quase todo o terrorismo islâmico no mundo inteiro, desde os talibãs ao Hamas. A essa altura, deve ter havido muita troca de informação.

— E como vamos tirar da NSA essas informações valiosas? — perguntou Pierre.

Havia um fator político desconhecido. Segundo as antigas regras com que Carl havia trabalhado, o caminho seria bastante simples. A NSA forneceria suas observações aos aliados ocidentais. Uma vez conhecida a localização de Nathalie, a questão seria escolher que método utilizar para levá-la para casa, se por meio de pressões diplomáticas ou de violência. Se Nathalie fosse norte-americana ou britânica, a diplomacia poderia ser apoiada com latentes ameaças de violência. Se isso não desse resultado, seriam feitas ameaças diretas. E, se isso também não resolvesse, o presidente norte-americano ordenaria, sem hesitação, um desembarque de *marines* em grande escala. Mas, segundo a experiência de Carl, os diplomatas suecos preferem se concentrar no que chamam de diplomacia silenciosa, o que, na realidade, não quer dizer nada. Em algumas oportunidades, ele e o seu então Departamento de Operações do Serviço Secreto haviam libertado prisioneiros suecos com métodos violentos, para surpresa dos políticos do país, embora eles sempre fossem os primeiros a querer aparecer. Mas ele não sabia como a coisa funcionava atualmente. A força especial SSG parecia estar sob controle político, e isso não era bom sinal.

— Você está cometendo um erro num ponto importante do seu raciocínio — disse Pierre, depois de escutar por muito tempo, com uma expressão neutra. — Nathalie também é cidadã francesa, cidadania que ela recebeu através do pai.

— Essa foi, de fato, a melhor notícia do dia — disse Carl, sorrindo. — Isso muda completamente as regras do jogo.

— Carl, se você me disser onde eles a mantêm presa — disse Pierre, respirando fundo —, eu mesmo irei buscá-la. Tenho uma dúzia de velhos amigos, alguns ainda em serviço, outros já aposentados, com os quais posso me unir. Somos paraquedistas. Chegando do céu durante a noite, conseguimos fazer praticamente qualquer coisa.

— Sim, eu acredito — reagiu Carl. — Com a escuridão e o fator surpresa, um pelotão basta para ir muito longe, pelo menos mais longe do que a diplomacia silenciosa da Suécia. *À la bonne heure*, ou seja lá como vocês, franceses, comedores de rãs, costumam dizer...

— Isso nós *não* dizemos! — falou Erik, irritado.

— Ok, mas, de qualquer maneira — continuou Carl — você, Pierre é quem vai comandar esse grupo. Eu vou descobrir onde Nathalie está. Vou utilizar todos os meios ao meu alcance, todos os meus antigos contatos na espionagem, amigos e inimigos. Mas eu vou encontrá-la! O resto é com você.

6

Ele subiu a Pall Mall a pé, respirando um pouco de ar úmido de chuva. Depois da viagem desconfortável, concluiu que, na Europa, a primeira classe nos trens não era a mesma coisa de antigamente. Primeiro, ele voou para Edimburgo com uma passagem econômica comprada pouco antes da decolagem para completar os assentos vagos no avião. Isso pode significar ficar sentado entre um bêbado e uma mãe com um bebê chorando no colo.

A passagem de trem de Edimburgo para Londres foi comprada com dinheiro vivo, para evitar que os americanos seguissem seus passos antes que já fosse tarde demais. Querendo a sua extradição para a Suécia como traidor e assassino, eles se achavam no direito de prendê-lo em qualquer outro lugar do mundo.

Justamente por isso Sir Geoffrey foi enigmático ao marcar o horário e o lugar para o encontro. Os dois falaram pelo telefone:

— Vamos investir no seu favorito, meu velho? Aquele clube escocês, você sabe. O lugar de sempre, no horário habitual. Está bem para você?

Seu "favorito" era um empadão escocês intragável com purê de batatas, nabos e molho madeira, que escondia o purê, e carne de lebre. E ele se vingou convidando-o, na volta, a uma taberna, a Waterside Inn, lugar especializado para "comedores de rãs" que Sir Geoffrey chamou, estranhamente, de o melhor restaurante da Inglaterra.

Dessa vez, eles fizeram um excelente trabalho juntos e, apesar de algumas complicações inesperadas, no fim, tudo acabou da melhor maneira possível. Pelo menos para Sir Geoffrey, que, após dar sumiço aos cadáveres, pôde acrescentar a abreviação DSO ao seu sobrenome, sigla para Medalha por Serviços Distintos. Distinguished Service Order.

A casa parecia igual, sem modificações desde 1830, e, quando deixou sua pasta na portaria, viu que o porteiro era o mesmo homem que conhecera quinze anos antes. Ou era aquele tipo de inglês que nunca mudava e sempre falava do mesmo jeito?

— Lorde Hamilton, presumo? — Foi a saudação do secretário do clube, uma espécie de oficial intermediário que o levou ao refeitório, até a mesa de canto que continuava a ser reservada para Sir Geoffrey. A sala também não havia mudado em nada. Ao longo de uma das paredes, estavam sentados alguns velhinhos de expressão fechada diante das suas mesas de mogno com o *The Times* bem aberto na sua frente, funcionando como um biombo para o resto do mundo. Era o jeito de evitar os outros visitantes. Outra maneira era a de se sentar à grande mesa oval de teixo, reservada apenas para os membros do clube. No Travellers' Club, o tempo havia parado e nada mais mudaria. As regras sobre as zonas especiais livres de mulheres funcionavam sem modificações. Pelo menos, naquele momento, não havia nenhuma mulher por perto.

Enquanto esperava, ele deu uma olhada no cardápio, cheio de maus pressentimentos. E estava certo. Entre os três pratos do dia, lá estava novamente o inesquecível prato favorito de Sir Geoffrey: *Chieftain O' the Puddin' race wi' Bashed Neeps and Champit Tatties*. Sir Geoffrey não perderia a chance. As alternativas eram uma espécie de hadoque defumado à florentina e salsichas assadas de Northumberland.

— *Well, well*, Carl, há quanto tempo! Como é que você está, *old sport*? — saudou Sir Geoffrey ao chegar, apressado. — Estou atrasado, desculpa, é esse maldito trânsito.

Carl levantou-se, e os dois se cumprimentaram. Nesses quinze anos, os dois haviam envelhecido bem.

Sentaram-se, e cada um escolheu no seu cardápio antes que o garçom chegasse. Decidiram rápido o que queriam, e desta vez Sir Geoffrey não insistiu que seu convidado comesse a tal carne de lebre com molho madeira. Carl preferiu as salsichas e pediu uma garrafa de Pomerol antes que Sir Geoffrey encomendasse o habitual vinho da casa. Até ali, portanto, tudo estava correndo bem.

— Well, well, Carl, é realmente um enorme prazer encontrá-lo de novo. Eu queria dizer isso antes de entrarmos direto no assunto. Quando nos conhecemos, eu era o novo chefe da empresa. Aliás, foi até um encontro muito engraçado, você ainda se lembra? Pensando bem, mais do que isso: foi um encontro fantástico.

— Eu me lembro, sim. De fato, foi engraçado, mas só depois — admitiu Carl. — Só de pensar no tal Angus Hamilton, que era o único conde escocês em toda a Escócia que não usava *kilt* nas refeições.

— Mas depois você apareceu como devia — sorriu Sir Geoffrey. — Lá estávamos nós, todos de smoking, vendo descer pelas escadas o convidado de honra, de saia, e com todos os ornamentos pertinentes. Um tanto exagerado, diga-se de passagem.

— Posso assegurar que foi muito mais divertido para vocês do que para mim, Geoff. Mas Nosso Senhor pelo menos teve o bom-senso de subir correndo para o seu quarto e mudar de traje, de modo que, de qualquer maneira, passamos a usar o tal *kilt*. E uma hora depois, mais ou menos, eu caí na sua armadilha.

— Não foi armadilha nenhuma, Carl. Realmente não foi! Eu fiz apenas uma proposta amigável.

— Eu sei, uma proposta praticamente irrecusável. De qualquer forma, nós fomos bastante bem-sucedidos na operação.

— Concordo plenamente. Você prestou a mim e a Sua Majestade uma série de serviços impagáveis. Não posso deixar de salientar. Faço questão de dizer isso antes de você me pedir uma ou outra pequena retribuição. Afinal, é por isso mesmo que você veio aqui, certo?

— Naturalmente, Geoff. Mas vamos chegar lá daqui a pouco.

A comida acabara de chegar, e logo Sir Geoffrey se lançou sobre aquela repugnante mistura de que Carl ainda se lembrava. Em contrapartida, as salsichas acompanhadas de legumes cozidos demais provaram ser uma escolha muito menos perigosa. E o vinho era de fato bastante jovem para acompanhar bem as salsichas.

Sir Geoffrey havia envelhecido mais do que ele, pelo menos na aparência. Pudera: seu trabalho era ficar sentado. Quando se encontraram pela primeira vez, Geoff era um homem nos seus melhores anos, que acabara de receber um cargo de prestígio, de chefe do MI-6, que, segundo a tradição britânica, representava um passo na carreira que levava diretamente a outro lugar, ainda mais fino, a Câmara dos Lordes. No entanto, por ele ainda estar no mesmo posto, isso devia significar que ele havia se comportado muito bem, aliás, bem demais para ser demitido ou promovido. Possivelmente, isso era um bom sinal. Outro bom sinal era o fato de os dois se conhecerem e se darem bem. Dois velhos espiões e chefes de espionagem com apenas boas lembranças do trabalho em conjunto. Além disso, Sir Geoffrey havia sido muito amigo de DG, o antigo chefe de Carl. Portanto, todas as condições estavam dadas para que Carl fosse logo ao assunto.

No meio da refeição, Sir Geoffrey pousou o garfo e a faca, limpou a boca, pegou a taça de vinho e fez um gesto com as mãos indicando que estava na hora.

Carl entrou direto no assunto. Tratava-se do sequestro recente de uma menina de 5 anos, filha de uma oficial da polícia secreta sueca. Pouco tempo depois, ela apareceu na internet como uma espécie de troféu islâmico. Era mantida prisioneira em algum lugar.

Os sequestradores que executaram a operação em Estocolmo provavelmente eram especialistas — ou, talvez, recém-aposentados — do SAS, fazendo um bico como mercenários.

Mas isso não era tudo. Carl não dava a mínima para o fato de os sequestradores serem britânicos. O que lhe interessava era saber onde estava a menina. E aí vinha a parte formal da história, e a que mais o preocupava.

A questão era sigilosa. Carl era amigo dos pais da menina, e ele havia prometido fazer tudo ao seu alcance para localizar Nathalie. A sequência do plano cabia ao pai da menina, que realmente estava bem-preparado para a ação. Ou, melhor dizendo, mais preparado do que qualquer outro pai na mesma situação, já que era aposentado como coronel e chefe superior do Segundo Regimento de Paraquedistas da Legião Estrangeira, na Córsega. Portanto, assim que a garota fosse localizada, havia uma ótima chance de uma intervenção rápida para substituir a chamada "diplomacia silenciosa" ou evitar qualquer sabotagem por parte dos políticos.

Esse era o único serviço que Carl queria pedir a Sir Geoffrey, o de localizar a menina. Provavelmente ela estava presa na Arábia Saudita ou no Paquistão.

Nenhum serviço secreto europeu tinha relações mais antigas e amistosas com os americanos do que o MI-6. E Carl não tinha condição de saber qualquer coisa através, por exemplo, da NSA, principalmente agora que estava se arriscando a ser preso e com os americanos no seu encalço. O serviço secreto e militar da Suécia tinham boas relações com os americanos, mas os contatos estavam longe de ser íntimos, o que gerava mais uma complicação. Se seus antigos colegas suecos, com inesperada boa vontade, recebessem ajuda dos americanos e descobrissem onde a menina estava, seria muito improvável que eles dessem a informação a qualquer outra pessoa que não a liderança política da nação, e não a dariam, com toda a certeza, a qualquer um.

Carl esperava que esse tipo de indiscrição não fosse um impeditivo. Mas Sir Geoffrey apenas sorriu da ironia.

Portanto, Carl abrira o jogo, e o silêncio baixou sobre a mesa. Sir Geoffrey ficava cada vez mais sério à medida que pensava no assunto.

— Tenho algumas perguntas a fazer — disse ele, após um longo e insuportável silêncio. — Eu mesmo vi as imagens da menina na internet. Uma história impressionante. Mas o mundo está cheio de civis sequestrados. Isso é importante para você?

— Sim, Geoff. Acho até que posso afirmar que neste momento nada é mais importante. Você me faria um enorme favor.

— Já entendi. *Very well.* Nesse caso, tenho outras perguntas mais precisas — continuou Sir Geoffrey, agora, de repente, mortalmente sério. O seu jargão irônico desaparecera. — Em primeiro lugar, como tem certeza de que os sequestradores são britânicos?

— Disso eu tenho certeza, e também de que eles são militares de elite. E acredito que sejam do SAS.

— Em segundo lugar, a hipótese é a de que o cérebro da operação está na Arábia Saudita, certo?

— Correto.

— E qual é a base para essa hipótese?

— Circunstâncias econômicas e financeiras. Contratar pessoal do SAS, ou equivalente, de acordo com a única tabela que conhecemos, é de 10 milhões de euros por cabeça.

— Você está se referindo àqueles dois homens do SAS na tentativa fracassada de matar o líder do Hezbollah em Beirute, mais ou menos em 1982. Não é? Aliás, uma história horrorosa.

— Sim. E nas imagens da internet se vê que a menina está sentada sobre um tapete de Isfahan, que tem valor aproximado de meio milhão de libras. O material revela o uso de equipamentos de primeira linha, e toda a operação envolve recursos grandiosos. Portanto, ela está na Arábia Saudita.

Sir Geoffrey acenou com a cabeça, concordando, mas mesmo assim ainda fez uma longa pausa, em silêncio. Carl ficou na espera.

— *Well*, velho amigo, se você tem razão, e eu acredito que sim — começou ele, lentamente e, pela primeira vez, com algum sofrimento na voz —, nós temos pela frente cerca de um milhão de príncipes sauditas perversos entre os quais escolher. Isso me faz lembrar a história de uma agulha no palheiro.

— A NSA está escutando as conversas dessas figuras vergonhosas há décadas — retrucou Carl rapidamente. — O que torna a coisa mais simples, já que todos usam apenas telefones sauditas. A NSA sabe ou tem como saber quem entre eles é o nosso homem.

— Acho que você tem razão — disse Sir Geoffrey, suspirando. — É essa gangue de príncipes que financia 90% de todo o terrorismo islâmico. Disso não há dúvida. Mas o motivo que nos levou a ocupar o Iraque e o Afeganistão, em vez de a Arábia Saudita, não deve ser desconhecido para você.

Aí estava o grande problema. Sir Geoffrey contou quase distraidamente que acabara de ler um relatório do Congresso americano, de 25 ou trinta páginas, sobre o 11 de Setembro, o qual George W. Bush classificou como secreto, o que não era de se estranhar, por causa do capítulo dedicado ao papel da Arábia Saudita no financiamento do terrorismo. Além disso, vários dos príncipes mencionados no malfadado resumo tinham relações comerciais de muitos anos com o próprio George W. Bush e com seu pai. E agora George W. Bush, mais ou menos desesperadamente, tentava repetir aquilo que todos os presidentes norte-americanos fizeram no final da presidência, ou seja, abrilhantar seu obituário político com a paz no Oriente Médio. Ele não queria criar problema com os amigos sauditas. Isso fez com que os colegas americanos do serviço secreto evitassem ao máximo fornecer informações sobre a Arábia Saudita. Uma inevitável consequência dessa situação, de fato, era que até para o MI-6 era difícil conseguir o tipo de informação que Carl procurava. Nesse caso, seria necessário que os motivos fossem muito fortes.

Não, o sequestro de uma pequena cidadã europeia de 5 anos não era um motivo forte o bastante. Sobre isso, as opiniões poderiam variar, mas essa era a situação. Nathalie não pesava muito em termos de política mundial.

Mas existia outro motivo, que Carl considerava absolutamente secundário. E, ao destacar isso, não havia nenhuma crítica pessoal por parte de Sir Geoffrey. Era algo que ele queria salientar, não criticar. Era apenas uma questão de puro *business*.

Se Carl conseguisse provar que os sequestradores eram do SAS ou, acima de tudo, súditos de Sua Majestade, o assunto receberia total prioridade por parte do MI-6. Nesse caso, os norte-americanos não recusariam ajuda. Alta prioridade era alta prioridade.

Sir Geoffrey olhou para o relógio, e Carl acenou com a cabeça, em sinal de que havia entendido que o tempo passava, que essa informação seria de graça e ainda que eles tinham de se separar. Mas Carl pediu ainda mais um favor, o de que Sir Geoffrey promovesse, em Paris, um encontro dele com o antigo colega Louis Trapet, e o mais rápido possível.

Sir Geoffrey, ainda surpreso e arregalando os olhos, assegurou, claro, que marcaria o encontro. Mas Louis já estava aposentado havia muitos anos, certo?

Claro que sim, admitiu Carl. Mas não era o poder executivo de Trapet que ele desejava usar. Ele já sabia que Louis estava aposentado, mas queria saber mesmo é como as leis francesas estavam lidando com casos de operações particulares.

Sir Geoffrey acenou outra vez e sorriu satisfeito diante de todas as suas preocupações comuns com as leis, prometeu combinar o encontro de imediato, olhou para o relógio de novo e constatou que de fato tinha pouco tempo, mas podia deixar Carl no hotel.

Sir Geoffrey Hunt, que em breve seria Lorde Hunt, ainda mantinha seu Bentley verde, e o Hotel The Connaught, em Mayfair, tampouco mudara em quinze anos.

Ao entrar no quarto, que parecia exatamente o mesmo em sua memória — ou era de fato o mesmo ou então o The Connaught, como o Travellers' Club, era tão inglês que nada podia ser mudado —, Carl ficou deprimido. E a depressão vinha da janela, com a chuva batendo nos vidros, da lareira elétrica redonda de azulejos e do tempo que parecia parado.

Ele tirou uma faca de lâmina escura de sob o braço e jogou-a com repulsa em cima de uma das poltronas floridas. A faca era a única arma ainda útil que ele encontrou no seu agora vazio armário de armas em Stenhamra, e ele a levou consigo, mais por hábito, ao viajar em serviço. Mas foi isso que aconteceu. Ele viajou em serviço de novo, algo que nunca mais poderia ter acontecido.

Mas a situação era outra, em se tratando de resgatar Nathalie, defendeu-se, imediatamente. O que ele dissera para Sir Geoffrey era verdade: no momento, não existia nada mais importante.

Assim que se desculpou com esse pensamento, foi impossível evitar pensar em Johanna Louise. Atirou os sapatos para longe e deitou-se com as mãos cruzadas atrás da nuca no sofá inglês. Johanna Louise estava com 6 anos, um pouquinho mais velha do que Nathalie. Acabara de perder um dos seus dentes da frente. E na sua mente ele a viu, de início surpresa, depois quase a chorar, mas em seguida se arrependeu e ficou curiosa em ver o dente e quis até pegá-lo.

Seus assassinos foram dois irmãos de Palermo, Gino e Frank Terranova, que continuavam a cumprir a pena de prisão perpétua na Suécia. Eles foram espantosamente brutais e incrivelmente engenhosos. Esperaram por Eva-Britt próximo à creche Ekorren (O Esquilo) e depois mataram as duas, mãe e filha, numa das pequenas e estreitas ruas de Gamla Stan, a velha área medieval no centro de Estocolmo, jogando o Dodge roubado contra elas e a parede.

Por incrível que pareça, os assassinos que tentaram matá-lo também eram irmãos, Alberto e Fredo Ginastera. A recordação da tentativa ainda estava fresca na sua memória, como um filme. Ele era capaz de se lembrar de cada segundo.

Ele saiu do prédio do governo, o Rosenbad, sob escolta de dois seguranças, já que a polícia secreta afirmara que os palestinos, por algum motivo, queriam matá-lo. Ele olhou para a escadaria da Academia de Arte, em frente, por reflexo e costume. Era o lugar ideal, o mesmo que ele teria escolhido. Os sicilianos levantaram-se e tiraram uma arma de suas respectivas mochilas. Ele matou o da esquerda com dois tiros, um no pescoço e outro na cabeça. Em sua mente, ainda podia ver o sangue jorrando. Um arbusto de rododendros atrapalhava a linha de tiro para o segundo, de modo que ele teve de se deslocar antes de atirar, e por isso acabou ferido por três tiros, todos em seu lado direito: na coxa, nos intestinos e na extremidade inferior de um dos pulmões. Seus guardas dispararam então contra a silhueta de um alvo pouco claro e à sua volta, o que veio a ferir a perna de uma velha senhora. Mas ele conseguiu voltar para o prédio do governo, onde caiu sangrando nos braços do primeiro-ministro, em cima do carpete. Depois desmaiou, e tudo ficou escuro.

Ele tentara apagar de sua memória. O papel de excêntrico rico, louco por computação e que usava um rabo de cavalo, nos arredores de San Diego, fora uma boa ajuda. Com o tempo, ele chegou a pensar que poderia viver apenas como civil, dedicando-se inteiramente à especulação nas bolsas, ao treinamento físico e a ações de caridade — como Charles Hamlon. Essa ilusão terminara.

De volta ao mesmo quarto do hotel e ao mesmo sofá, era impossível deixar de recordar as imagens de outrora. Da última vez que se sentara ali, mal haviam sarado suas feridas.

De novo, antigos pensamentos voltaram. Sua longa fuga de si próprio também terminava ali, naquele quarto de hotel. Estava procurando por trabalho. Mas possivelmente estava em pior estado, mais lento, de reflexos atrasados em comparação ao passado.

E para falar a verdade, como ele pensara usar a faca em Londres? A ideia era absurda. O risco de ser deportado para os Estados Unidos era maior na Grã-Bretanha do que nos outros países europeus. E ele certamente estava na lista dos *ten most wanted*. Isso sem contar que os Estados Unidos achavam ter jurisdição e ser os xerifes do mundo, chegando ao ponto de contratar mercenários na caça aos procurados. *Dead or alive*. E com prêmios em dinheiro para quem capturasse. Assim eram suas regras depois do 11 de Setembro.

Mas, no The Connaught, ele não se fiava na faca, mas, sim, em Sir Geoffrey. Isso porque, caso se quisesse expressar a coisa como Sir Geoffrey certamente teria formulado, *seria extremamente constrangedor* se um amigo que serviu tão bem ao governo de Sua Majestade fosse algemado por alguns americanos bem no Centro de Londres.

E se fôssemos tentar ver a coisa sob um ponto de vista mais prático? Dois homens se aproximariam dele, de repente, quando ele estivesse passeando no Hyde Park. Um deles apresentaria uma espécie de carteira de identidade. E o outro, uma pistola.

Eles não iriam querer matá-lo no Centro de Londres. Muita confusão diplomática. Portanto, a pistola serviria apenas para convencê-lo. E sua faca impediria a operação.

Reflexões de outra vida noutro tempo. Já se sentia trabalhando outra vez, ainda que não estivesse de fato. No momento, ele era apenas um civil, não o oficial da polícia secreta de um país amigo. Não estava mais acima da lei.

Mas as formalidades desempenhavam um papel insignificante no caso, visto que, no momento, o mais importante era encontrar Nathalie. A dúvida era apenas sobre esperar por ajuda oficial de Sir Geoffrey ou não. Além disso, ele tinha de esperar pela resposta a seu segundo pedido, o de marcar um encontro com Louis Trapet em Paris. As instruções sobre o horário e o lugar seriam entregues com a habitual discrição na portaria do hotel. Uma hora ou dois dias, restava esperar.

✪✪✪✪✪

Não havia nada de errado na investigação da polícia, afora não ter surtido qualquer resultado concreto. Até ali, os quatro sequestradores haviam desaparecido sem deixar pistas nos seus dois carros ao abandonar o local do crime, perto da praia, na Norr Mälarstrand.

Para Anna Holt, a questão era quase fantasmagórica. Nenhum crime no país tinha recebido uma cobertura tão grande por parte da mídia, até mesmo da mídia internacional, desde o crime contra o primeiro-ministro Olof Palme. O filme de Magruder já fora liberado há muito tempo e era transmitido constantemente em todas as televisões do mundo, fazendo seu autor um enriquecer rápido.

O retrato-falado do sequestrador considerado inglês foi muito bem-feito e publicado nos maiores jornais e revistas do mundo. Quatro homens ficaram encarregados apenas de escolher as informações mais válidas entre a enorme quantidade recebida. Pierre Tanguy colocou 1 milhão de coroas à disposição da polícia para premiar uma denúncia certa. Ainda não houvera motivo para qualquer pagamento.

Essa fisionomia característica jamais poderia passar despercebida e, certamente, haveria milhares de denúncias se fosse vista num país tão pequeno como a Suécia. A imagem foi publicada também na mídia britânica, quase tanto quanto na mídia sueca. Afinal, a polícia sueca considerou que o sequestrador era inglês, mas a mídia na Grã-Bretanha se recusou a comentar a suspeita de que ele pertenceria a um dos regimentos militares de elite do país. A insinuação foi considerada não só insultuosa, mas absurda e, além disso, segundo Erik Ponti, existiam leis britânicas muito duras contra calúnias dirigidas às forças militares de defesa do país. E os jornais britânicos já estavam mais do que cansados de ter de enfrentar processos por escândalos veiculados. Era uma pena. Anna sabia que existiam na Grã-Bretanha mais de sessenta milhões de habitantes e também que muitos deles deviam parecer tipicamente "ingleses", como o homem da imagem. Mas, se a imprensa tivesse ousado descrever o homem como inglês *e* soldado de elite, o número de suspeitos seria reduzido milhões de vezes. Enfim, a esperança consistia na colaboração entre a polícia secreta sueca e o MI-6, mas até ali nem disso surgira qualquer resultado positivo.

Anna mal conseguia manter a calma. Em termos de organização, ela era a principal responsável pelos trabalhos de investigação e tinha como missão diária e sistemática organizar todo o material da polícia secreta e de todas as outras unidades, depois colocar esse material no respectivo programa de computação a que todos os participantes tinham acesso. A rotina havia funcionado bem e não houvera a mínima reclamação a esse respeito por parte dos colegas, mas, da imprensa, sim. Todos os peritos, criminologistas, colunistas, editores e políticos achavam saber mais e falavam de mais um escândalo investigativo do mesmo tipo do que houve depois do assassinato de Olof Palme. A pressão era enorme de todos os lados, mas dava para aguentar. De fato, ordem e método nos trabalhos — uma base em que era possível segurar as pontas.

Durante um curto período todos jogaram suas esperanças no GDS — Grande Detetive Sociedade —, contando que ele não jogaria o nome da polícia na lama com milhares de denúncias infundadas, como os que querem apenas prejudicar os seus inimigos pessoais. Mas, quando essa esperança esmoreceu, não houve outra coisa a fazer senão se perguntar o que seria possível fazer para juntar os cacos.

Anna resolveu seguir de novo a pista dos carros, a única que, junto com as fotos dos sequestradores, havia de concreta, extraída do local do crime.

As duas placas dos carros correspondiam a um Saab registrado em Västerbotten e a um BMW registrado em Gotemburgo. Para começar, os colegas haviam levado muito tempo para concluir que ambos os veículos estavam muito longe de Estocolmo na hora do crime.

O novo controle que Anna pediu também deu um resultado negativo, embora ainda misterioso. Desde que se passou a registrar com câmeras eletrônicas nos pedágios as placas de todos os carros que saíam e entravam em Estocolmo, as informações ficaram à disposição da central de investigação. O resultado foi interessante, mas não muito útil. Nenhum dos dois carros entrou ou saiu de Estocolmo durante um mês antes e duas semanas depois do crime.

Portanto, o mais provável é que houvessem entrado em Estocolmo com as placas verdadeiras, que depois foram trocadas pelas falsas. E, antes de sair de Estocolmo, as falsas foram trocadas de novo. Tudo muito bem-planejado. Os sequestradores eram espertos.

Pelo filme de Magruder, as placas pareciam autênticas, mas as imagens tinham pouca definição. Era impossível ver se as placas eram autênticas ou falsas, mesmo com a imagem ampliada, embora a falsificação certamente não passasse despercebida ao olhar direto de qualquer policial bem-treinado.

Se os sequestradores, entretanto, se deram ao trabalho de ter placas falsas e não se esqueceram dos mínimos detalhes para que passassem por verdadeiras, era muito possível que elas fossem consideradas autênticas até por um policial bem-treinado. Aliás, foi essa a ideia inicial de Anna ao mandar investigar como se encomendam as placas dos carros na Suécia. Soube-se que o sistema era bem facilitado, assim como tudo é bem facilitado em toda a Europa no que diz respeito a veículos.

As placas são encomendadas num departamento especial da polícia de trânsito. É necessário mostrar o documento de propriedade do carro com o número de registro. Dias depois, as pessoas recebem as placas pelo correio, por encomenda registrada, no seu endereço, e basta uma assinatura para dá-las como recebidas.

Uma nova consulta revelou que ninguém havia encomendado as placas falsas dos carros dos sequestradores. E que não havia qualquer possibilidade de que essa encomenda não ficasse registrada ou fosse apagada dos computadores do governo. Desistiu-se de procurar.

Como então se fabricam as placas falsas? A essa altura, surgiu a hipótese de que essas placas poderiam ter sido encomendadas na Lituânia, onde elas são idênticas às suecas. Dois homens foram para lá pesquisar essa possibilidade e voltaram com a informação óbvia de que os lituanos não só importaram a técnica sueca de fabricação das placas como também toda a burocracia do serviço, tudo no mesmo pacote, e que para estrangeiros seria ainda mais difícil passar por cima dessa burocracia na Lituânia do que na Suécia.

Restava descobrir como se faziam as placas. Na Suécia, todas são fabricadas no mesmo lugar, por uma única empresa, a SMC, situada em Danderyd, perto de Estocolmo. Nela, trabalhavam doze pessoas, mas apenas seis estavam ligadas à produção.

À primeira vista, parecia possível que alguém adquirisse placas falsas por debaixo do pano, pagando bem ou usando o contato certo, mas o Estado também mantinha um controle rigoroso sobre a empresa, como medida preventiva.

A fabricação era toda feita por computadores. Nenhuma placa poderia ser fabricada sem que isso entrasse no sistema legal de encomendas. As seis pessoas que trabalhavam na produção eram vigiadas pela polícia secreta e entravam e saíam do trabalho como se fossem mineiros numa mina de ouro. Foi considerado impossível que qualquer uma delas tivesse desviado as placas.

Anna recebeu a lista com os nomes de todos os empregados e verificou nos registros se havia qualquer informação negativa sobre eles. Muito naturalmente, todos eram cidadãos impecáveis, não tendo cometido nenhuma infração que ela também já não tivesse cometido.

A ideia havia sido boa. Mas a questão das placas autênticas continuou sem solução. Permanecia um mistério e era preciso decifrá-lo de qualquer maneira. Talvez não fosse absurdo imaginar que a fabricação na Lituânia pudesse seguir outros padrões, diferentes dos da Suécia. No entanto, também esse processo de controle foi incluído no pacote. Enfim, qualquer mínima possibilidade de encontrar a pista das placas falsas tinha de ser levada em consideração, mesmo que, de cara, parecesse boba.

Anna estava exausta e não conseguia mais pensar com clareza. Era melhor pegar suas coisas e ir para casa, ou, melhor, para Stenhamra, onde ela, Ewa e os seguranças moravam temporariamente, enquanto o anfitrião andava pela Europa para, se ela havia entendido bem, engajar organizações secretas na caçada a Nathalie. E Pierre estava na França, buscando mobilizar uma força especial e montar uma operação para libertá-la.

Anna não tinha certeza de que os dois fossem capazes. Chegariam a lugar algum. Para ela, como policial, era inútil começar a planejar a libertação da menina antes de prender os sequestradores. Além disso, Ewa despachara os dois dizendo que um iria espionar e o outro se encontraria com antigos companheiros. Estava totalmente desequilibrada, o que era fácil de compreender, e passava mal pelo fato de nada poder fazer o dia inteiro, a não ser esperar.

Insatisfeita, Anna arrumou sua mesa e desligou o computador. O telefone tocou. Chegou a pensar em não atender, mas viu que ainda não havia redirecionado as chamadas e atendeu.

Era uma ligação totalmente inesperada da Unidade de Controle de Trânsito do Distrito de Estocolmo, que agia no combate ao excesso de velocidade nas vias de acesso à capital sueca e que, normalmente, apanhava na rede os seus próprios colegas depois do trabalho a caminho de casa. O mau humor de Anna cresceu, e ela teve de se esforçar para não parecer brusca e arrogante.

Dez segundos depois, porém, ela reconheceu que poderia ser um primeiro avanço. Pediu educadamente que os dois colegas fossem para Kungsholmen e se apresentassem na portaria para serem escoltados até sua sala.

Aleluia, pensou ela. Uma ideia que, enfim, deu certo? E policiais que cumprem suas obrigações, por mais que pareça impossível?

Seu coração disparou, dava para sentir. Ela saiu para o corredor, mandou um dos homens buscar os visitantes na portaria e depois preparou o café. Fazia muito desde que uma chefe do Departamento de Criminologia preparava o café para seus subordinados. E muito menos para guardas de trânsito.

Os dois colegas do Departamento de Trânsito pareceram muito preocupados ao percorrer o corredor dos chefes da criminologia, embora tentassem não demonstrar. Por sua vez, Anna se esforçou para recebê-los da maneira mais amistosa possível, embora se sentisse exausta.

Num saco de plástico transparente, um deles, que era inspetor e chefe do seu companheiro, um pouco mais novo, carregava duas placas de carro e as colocou sobre a mesa de Anna, com todo o cuidado.

— Nós tocamos nelas apenas com luvas e as colocamos diretamente no saco de plástico — assegurou, compenetrado.

Anna inclinou-se para a frente, apoiou-se nos cotovelos e ficou olhando para as placas como que hipnotizada.

— Em primeiro lugar — disse ela —, vocês fizeram um belo trabalho. Este é o nosso primeiro resultado concreto numa investigação que já dura bastante tempo. Em segundo lugar, gostaria de saber se vocês acham que elas são placas suecas autênticas.

Sim, pelo que podiam ver, as placas eram autênticas. Tudo estava como devia ser, até o pequeno número de fabricação na parte de trás e o espaço para o carimbo do imposto pago, a moldura à volta da placa, o material, tudo.

Ela pediu que se sentassem, serviu-lhes um café e assegurou que, se fossem norte-americanos ou ingleses, teriam direito a uma medalha e depois a uma divisa colorida para usar por cima do bolso superior do uniforme, tal qual os militares. Mas, no momento, tinham de se contentar com o café. E então pediu que contassem tudo, embora tivessem de fazer um relatório por escrito, mais tarde, independentemente dos trabalhos normais. A partir dali e até que o caso ficasse esclarecido, ele ficariam à inteira disposição dela, e, se existisse algum chefe que precisasse ser acalmado, ela poderia fazê-lo de imediato.

E, de fato, existia, sim. Eles deviam ter terminado o turno e comparecido à unidade, na delegacia do distrito de Solna, quinze minutos antes, e talvez não fosse má ideia justificar o atraso e receber um pouco de apoio.

Anna ignorou a ideia do "apoio", foi até sua mesa de trabalho, pegou o telefone e pediu uma ligação para o chefe da polícia de trânsito. A conversa foi rápida.

— Ok, rapazes — disse ela, assim que desligou e se dirigiu à mesa de centro, onde o café fora servido, mesa que era pequena demais, rodeada de poltronas estreitas para os dois gigantes, que mais pareciam ursos-polares mal-acomodados. — Contem tudo!

Era uma história fantástica. A polícia de trânsito recebeu, como todas as outras divisões, uma circular pedindo que pesquisassem todas as lixeiras ao longo das vias de acesso a Estocolmo, para localizar placas jogadas fora com os números dados.

O inspetor Krok e o policial Wold levaram essa missão a sério, embora seus colegas chiassem e dissessem que policiais não são treinados para ser garis. Mas os dois procuraram as placas em mais de cem lixeiras, muitas delas bem cheias de lixo acumulado, certamente por contenção de gastos, ainda que estivessem na alta temporada.

Num estacionamento perto da curva do rei na autoestrada E-4, direção Sul, eles viram um pedaço de uma das placas que cortava o fundo de um saco de plástico preto cheio de lixo, deixado dentro de uma lixeira de aço que eles abriram. Em seguida, retiraram o saco, calçaram luvas e rasgaram-no com todo o cuidado possível, para não danificar o material. Logo reconheceram os números das placas, e depois foi só pôr cada uma num saco de plástico e limpar a bagunça. Quer dizer, eles arranjaram outro saco e meteram nele o lixo que estava dentro do saco preto em cujo fundo as placas estavam. E levaram tudo. O saco com lixo estava na mala do carro, caso houvesse algum interesse em analisá-la. Mas as placas estavam no fundo. Eles retiraram tudo para verificar se eram mesmo as que procuravam. Portanto, o que os sequestradores jogaram no saco estava ainda com eles. Na mala do carro.

Pela primeira vez em várias semanas, Anna sentiu uma pontada de otimismo, que podia surgir de repente em qualquer investigação dada como insolúvel. Além disso, estava impressionada com os dois colegas da polícia de trânsito, num caso em que seus colegas de profissão se mostravam preconceituosos.

As placas também confirmavam a ideia que ela lançara antes, diante dos chefes da investigação: a de que as placas falsas teriam sido descartadas e trocadas assim que desnecessárias. Ficara comprovado também que os sequestradores, aparentemente, não deixaram Estocolmo depois do crime.

Como os sequestradores passaram com suas placas autênticas por todas as câmeras dos pedágios nas vias de saída da cidade, deviam ter se desfeito das falsas na primeira oportunidade. Era um material que os implicaria, que eles não queriam ter no carro na hora da fuga, com a polícia à sua procura. A primeira lixeira que encontraram no caminho pareceu ser a solução lógica para o problema.

A tentativa de encontrar as placas falsas foi bem-sucedida graças a dois guardas de trânsito. E as placas estavam perfeitas, como se fossem próprias para registrar impressões digitais. Finalmente, Anna podia voltar para casa e para Ewa com uma boa notícia.

✪✪✪✪✪

Primeiro, os aromas, a irresistível sensação de ter voltado para casa, em especial ao aterrissar com o vento Sudoeste descendo das montanhas e dos montes sobre a cidade de Calvi.

Segundo, a sensação especial de viajar de avião saindo de Marselha, fora da alta temporada. Fazendo esse caminho nessa época, era certo que pelo menos metade dos passageiros tinha alguma ligação com a Legião Estrangeira. Em sua maioria, desligados temporariamente, percorrendo o caminho de volta, e era fácil reconhecê-los pelos olhos vermelhos e pelo fato de viajarem com as calças do uniforme, aliás, uma regra muito estranha. Ou jovens de cabelos raspados, novos recrutas que não conseguiam esconder seu contentamento por terem sido escolhidos para realizar um período de treinamento entre os melhores. Ele reconheceu e cumprimentou alguns subalternos e suboficiais, discretamente, como devia ser feito.

Um dos novatos começou a reclamar dele por espaço no bagageiro da cabine, o que de cara causou um breve silêncio geral de espanto no avião, e depois a rápida ida de três suboficiais que ele, em outros tempos e outro estado de espírito, não teria mandado parar, como fez agora. Bastou levantar a mão. O novato não era idiota e logo entendeu a situação, pedindo desculpas.

Em outro tempo e outro estado de espírito, ele certamente teria dito algumas palavras rudes ou ameaçadoras. Mas agora apenas sorriu e apontou o lugar à janela para o jovem colega se sentar.

E em terceiro lugar, Pierre reconheceu que havia conseguido sorrir pela primeira vez desde há muito.

Não. Claro que não era verdade. Ele tentou sorrir na casa de Bertrand Lavasse em Quimper, ou em Nantes, na casa de Michel Paravoli, ou ainda na casa de Jean-Louis, em Riom, perto de Clermont-Ferrand, assim como em Valence, na casa de Jean-Marie Courvelle. Para não falar de quando se encontrou com outros dois juramentados nas vinhas perto de Aubagne. Mas isso foi *em famille*.

Nenhum dos homens disse não. O juramento não deixava espaço para isso. O juramento era preciso, claro e irrestrito: *Você salvou a minha vida, camarada, e eu juro fazer o mesmo por você ou por quem você me pedir para fazer o mesmo.*

Ninguém que ele encontrara até então havia questionado o valor da honra no seu pedido. Nem poderiam. Trata-se da minha filha. Ela foi raptada por extremistas muçulmanos. Se nós a localizarmos, quero sua ajuda na operação de resgate.

Quem, entre os juramentados, poderia responder não a um pedido como esse?

No entanto, ele perdeu dois dos membros previstos para a formação do pelotão. Não que eles tivessem se negado a colaborar ou tivessem feito cara feia.

Um deles, Jean-Louis, se tornara fabricante de queijos no distrito de Auvergne. De certa maneira, tudo estava ótimo. Ele havia procurado uma atividade diferente daquela que, normalmente, os suboficiais da Legião Estrangeira encontravam disponível ou preferiam: um pequeno vinhedo perto de Aubagne, onde eram produzidos todos os vinhos para a organização. Mas a diferença fundamental entre Jean-Louis e a maioria dos outros camaradas não estava na escolha das vacas leiteiras, no seu pasto nas encostas ou na escolha da produção de queijos, em vez de vinhos, na Provence. Estava em Yvette, sua filha que tinha a mesma idade de Nathalie.

À noite, depois de as vacas terem sido ordenhadas e Yvette e sua mãe, Gaëla, terem se recolhido para rezar antes de dormir, Jean-Louis foi buscar, resoluto, uma garrafa de aguardente de ameixas, puxou a rolha com os dentes, como os legionários costumavam fazer, e serviu dois copos bem cheios na mesa rústica da cozinha.

Beberam em silêncio.

— De uma coisa você precisa saber — disse Jean-Louis, quando o silêncio começou a lhe incomodar. — Tenho tido uma série de pesadelos a respeito desse momento, quando alguém como você, alguém a quem prestei juramento, vem uma bela noite e me pede o que pediu. Eu tinha certeza absoluta de que diria não, mesmo ficando desonrado. É isso. Mas não quando se trata da sua filha, coronel.

— Eu sei, *subchefe* Rousse. Eu sei exatamente como se sente — respondeu Pierre. — Eu teria pensado a mesma coisa. Ainda mais agora, que conheci Yvette.

Foi uma resposta proposital e clara, não queria nem discutir o assunto. Não havia necessidade de qualquer psicologia reversa para convencê-lo. Muito menos quando ele, Pierre, ainda sentia o perfume da pequena Yvette, que havia se sentado no seu colo.

Pierre não podia informar como seria exigente e perigosa a operação, pois sobre isso nada sabia. No caso de o pelotão de paraquedistas do segundo regimento ter de invadir uma aldeia em Auvergne, seria uma operação simples e nada perigosa. No Noroeste do Paquistão, entre hordas de talibãs, seria totalmente diferente.

Ele disse que mandaria uma mensagem mais tarde, quando tivesse mais informações. E no resto da noite ficaram falando de antigas recordações, histórias de ações parecidas com a que o aguardava agora.

No carro, entre o aeroporto e o regimento em Calvi, Pierre ainda se sentia inseguro a respeito do quanto poderia falar para seu sucessor, frente a frente, durante o almoço de confraternização, que, obviamente, acabaria acontecendo.

Michel Dubois havia sido seu assistente durante cinco anos no regimento, enquanto ele era o comandante. Os dois se conheciam muito bem e haviam combatido juntos durante vários anos. Isso era ao mesmo tempo um problema e uma esperança. Michel era um dos juramentados da lista.

Mas, embora existisse um problema moral em pedir a um feliz produtor de queijos e pai orgulhoso que arriscasse a vida pela filha de um ex-companheiro, também havia dúvidas semelhantes quanto a Michel.

Diga-me, camarada, você poderia me fornecer equipamentos e armas para um pelotão e um avião de transporte? Não precisa ser um C 130; ficaremos satisfeitos com um Transall C 160. Além disso, claro, precisaremos de munições e equipamento de navegação.

Os dois eram amigos havia mais de trinta anos. A primeira vez que eles lutaram juntos foi numa operação contra Kolwezi, no Congo. Michel era o comandante do pelotão, promovido recentemente a tenente.

Mais de três mil rebeldes congoleses haviam entrado no país por Angola. Eles atuavam pela Frente Nacional de Libertação do Congo e foram treinados e armados por Cuba. Invadiram a cidade mineira de Kolwezi, no Sul do país, massacraram milhares de cidadãos e mantinham reféns os membros da colônia de mineiros. O governo congolês tentou resolver o problema do único jeito que estava à sua disposição, mandando contra-atacar com seu único regimento de paraquedistas. Mas os colegas congoleses devem ter sido muito azarados ou incompetentes no ataque. Eles desceram em plena luz do dia no meio do acampamento dos rebeldes, e muitos já estavam mortos quando atingiram o solo. Assim que o governo congolês pediu ajuda à França, e não aos Estados Unidos, o presidente, Valéry Giscard d'Estaing apostou tudo numa cartada só e mandou partir todo o Segundo Regimento da Legião Estrangeira. Ficaram em Calvi apenas os gatos de estimação e os cozinheiros quando os aviões levantaram voo.

Eles venceram rapidamente, libertaram os reféns e voltaram para casa em três semanas. Conseguiram vencer com apenas dez baixas. Michel Dubois poderia ter sido uma delas. E foi no avião, percorrendo a última parte do voo de volta entre a base de Fort Lamy, no Chade, e Calvi, que Michel, quase trinta anos antes, fez o juramento de honra perante Pierre.

Ao percorrer a bem conhecida parada do regimento, junto com o chefe-assistente, Pierre foi saudado com alegria por todos os que iam ou voltavam do almoço.

— Diga apenas onde ela está, e nós iremos buscá-la, coronel!

— Não desista, coronel! O senhor tem todo o regimento ao seu lado!

— Telefone assim que souber onde ela está, coronel! E nós cairemos em cima deles!

Quase metade dos rostos que ele encontrava era de seus conhecidos, ou até amigos, embora já estivesse aposentado por mais de cinco anos.

E, independentemente dos legionários que encontrava ou que passavam por ele, todos conheciam o caso de Nathalie. Ela era a grande notícia de toda a mídia francesa. Ele havia visto o retrato dela na primeira página de todos os jornais, desde os locais de Quimper ou Clermont-Ferrand aos grandes jornais nacionais e também nas televisões dos aeroportos e das estações de trem. A solidariedade dos legionários parecia totalmente sincera, o que, de repente, o enchia de otimismo, talvez sem motivo real, apenas emocional. No entanto, isso o levou também a reconhecer que seria desnecessário dar muitas explicações quando se encontrasse com Michel. Já estava claro para todos os legionários do regimento que ele não estava ali a passeio.

Assim que se sentaram à mesa e logo depois de se abraçarem, Michel entrou no assunto de imediato, perguntando se Nathalie já fora localizada e se já existia algum plano.

Pierre disse a verdade: as buscas ainda não surtiram resultado, mas as chances eram boas e o plano era simples: trazê-la de volta para casa com a ajuda dos legionários juramentados voluntários.

Michel chegou a rir, mas logo se desculpou e fez que não com a cabeça, pensativo.

— Sabe, camarada, se eu mandasse formar todo o regimento aqui na parada e perguntasse se alguém queria se apresentar como voluntário, todos os oitocentos homens dariam um passo à frente. Eles veem como um caso pessoal. E eu também. Mas nós somos amigos há trinta anos.

— É verdade. Faz agora, exatamente, trinta anos que estivemos no Congo. Mas todos os outros rapazes... Como isso pôde acontecer?

— É... O que eu posso dizer? É como um insulto pessoal contra cada um de nós. Se esses terroristas diabólicos atacassem os americanos ou os ingleses, a reação seria outra. Mas, se eles atacam a legião ou alguma das nossas esposas ou filhas, estão desafiando a todos nós, e aí é caso de vida ou morte. *Legio patria nostra.* A legião é a nossa pátria. Mais ou menos isso. E você está aqui para saber se posso ajudar, certo?

— Exatamente. Cheguei a pensar que seria difícil exprimir o meu desejo. Mas as coisas se tornaram mais fáceis do que eu imaginava. Devo dizer que me sinto até emocionado e animado.

— Com toda a razão. Mas, se você viesse com qualquer outro pedido, agora, trinta anos depois do juramento, eu não estaria mais tão disposto a ajudar, e isso para usar uma expressão suave. Estaria mais inclinado a não cumprir meu compromisso. Mas não quando se trata da sua filha.

Michel já havia repensado o problema e discutido com seus suboficiais mais próximos, assim que Pierre telefonou e, por alto, adiantou que em breve faria uma visita. Nunca houve dúvida a respeito do motivo. Bastava dar uma olhada rápida no telejornal para entender.

Mas era preciso lidar depressa com os problemas. Em primeiro lugar, Nathalie ainda não fora localizada. Partindo do princípio de que isso aconteceria cedo ou tarde, não era apenas uma questão operacional. Ou, melhor dizendo, sob o ponto de vista operacional, o segundo regimento poderia atuar em qualquer ponto do globo, tanto em termos de logística quanto em termos puramente práticos. Também não havia empecilhos técnicos.

Por outro lado, havia a questão política sobre o que poderia ou não ser feito. Se o presidente da França desse ordem de atacar, possivelmente seria uma operação fácil. Mas e se ele se opusesse?

Só restaria a possibilidade de organizar uma ação ilegal, e isso também não seria muito complicado. Todos os participantes se arriscariam a ser despedidos ou até presos. Como comandante do regimento,

Michel não poderia ordenar que seus comandados cometessem um crime e achava que o próprio Pierre agiria da mesma forma em seu lugar.

Mas ele poderia deixar passar uma coisa ou outra, de modo que, de alguma forma, fosse possível resgatar Nathalie. E achava ter sido isso o que prometera e jurara fazer na viagem de avião entre Fort Lamy e Calvi, depois da operação no Congo.

✪✪✪✪✪

O desânimo de Anna desapareceu por completo no momento em que partiu no seu carro de serviço, com placa civil, a caminho das ilhas do lago Mälar e de Stenhamra. Havia trabalhado duas horas a mais, além do horário normal. Mas todo esse tempo fora usado para acompanhar as pesquisas preliminares do departamento técnico quanto às placas e ao conteúdo do saco de lixo. Finalmente, ela poderia dar boas notícias a Ewa.

O exame da superfície das placas recém-fabricadas havia fornecido um resultado muito além da expectativa. Encontraram-se as impressões digitais de dois polegares da mão direita, de pessoas diferentes, mais quatro dedos em uma das placas e três na outra, também de pessoas diferentes. Além disso, no saco de lixo foram encontrados os invólucros de dois maços de cigarros ingleses da marca Benson & Hedges, com selos de impostos estrangeiros, e neles foi encontrada a impressão digital de um polegar já visto numa das placas e também ainda outro. Portanto, já havia digitais de três pessoas envolvidas. Talvez ainda se encontrassem mais, pois os sequestradores fugitivos se deram ao trabalho de limpar os carros na hora de se desfazer das placas falsas. Havia também muitas guimbas da marca Benson & Hedges que, certamente, poderiam ter o DNA de pelo menos uma pessoa. Provavelmente mais do que isso, raciocinou Anna. Atualmente, era raro as pessoas fumarem no carro, e não seria normal que apenas um dos sequestradores fosse autorizado a empestear o ambiente.

Como os sequestradores limparam o carro, talvez houvesse mais algo interessante dentro do saco de lixo. Os técnicos estavam apenas no começo de um longo trabalho.

Anna chegou a Stenhamra em tempo recorde. Já começava a escurecer. Ewa e ela certamente dispensariam a corrida obrigatória e a ginástica dolorosa que todos os dias faziam antes do jantar. Impaciente, Anna tamborilava com os dedos no volante, enquanto o dispositivo eletrônico verificava sua identidade do lado de fora do portão gradeado, antes de deixá-la entrar.

Ewa não estava dentro de casa. Anna a encontrou com um cobertor em volta do corpo, ombros encolhidos, sentada num banco do píer, junto ao mar. Apesar de saber da chegada de Anna — pois a inspetora ligou antes para avisar que ia para lá com boas notícias —, Ewa não reagiu ao ser chamada.

Como policial, Ewa entendeu que "as boas notícias" ainda não eram as que gostaria de receber e que "as boas notícias", além disso, numa situação em que há tanto tempo tateavam no escuro, poderiam ser qualquer bobagem.

— Ewa, minha amiga, preste atenção — disse Anna ao se sentar ao lado de Ewa e passar o braço pelos ombros dela. — É verdade, demos um passo à frente!

Ewa estremeceu como se, de repente, tivesse abandonado o estado de apatia e fixou seus olhos em Anna.

— Conta tudo logo! — ordenou ela.

Anna havia se preparado para uma longa explicação. Apesar disso, foi rápida e sistemática. Ao final, resumiu tudo, dizendo que possuíam agora as impressões digitais de pelo menos três sequestradores e o DNA de pelo menos um. As impressões digitais não tinham equivalentes no registro sueco, mas isso já era de se esperar. Havia agora mais indicações de que os sequestradores eram britânicos, e as digitais já haviam sido encaminhadas para a Interpol. A caçada, finalmente, havia começado.

Ewa se agigantou. Era como se, de repente, ficasse maior dentro do cobertor, assim que Anna terminou o relatório.

— Mas há uma coisa muito estranha nessas novidades — disse Ewa, ao caminhar com Anna em direção à mansão para a ceia tardia. — Quer dizer, parecia de fato que estávamos lidando com gênios do crime. Os arranjos com os carros foram perfeitos, o sequestro em si também. A fuga da cidade, 100%. E, quando tudo estava resolvido, decidem ser amáveis e deixar um pacote inteiro com impressões digitais e DNA numa lixeira. Será que isso faz sentido?

Anna já havia pensado nisso. O achado, sob vários aspectos, era bom demais para ser verdade. A primeira objeção foi a de que as impressões digitais podiam ser totalmente irrelevantes, que qualquer inocente podia ter jogado o lixo numa lixeira quase vazia e visto, com surpresa, as placas no fundo de um saco, mexido nelas e concluído que não serviam para ninguém, a não ser para o dono do carro.

Mas Anna pensava em dois fortes argumentos contra esse raciocínio: em primeiro lugar, os sequestradores estavam sendo vistos em toda a mídia e os números das placas apareciam constantemente e por toda parte. Era preciso ser muito ignorante para, nessa situação, alguém encontrar as placas e não ligar uma coisa à outra. Mas havia um fator mais importante e, de fato, decisivo: uma das digitais encontradas nas placas era igual à encontrada no maço de cigarros. E para isso não havia qualquer outra explicação. A mesma pessoa que pegou o maço havia pegado também uma das placas.

Ewa ficou pensativa e em silêncio durante alguns instantes, mas acabou por aprovar o raciocínio, ainda a caminho da mansão.

— De qualquer maneira, é meio estranho — insistiu ela, quando as duas pegaram carne de rena fatiada e cantarelas congeladas na grande e elegante cozinha. — Por um lado geniais e, por outro, idiotas. Como pode?

Anna, que tivera mais tempo para encontrar objeções ou pontos fracos na boa notícia, continuava pensando no mesmo problema, sem encontrar uma explicação realmente plausível para o fato.

Mas também era possível que os sequestradores houvessem tido algum tipo de falha profissional, mesmo se levado em consideração o fato de que todos os criminosos, pelo menos os mais espertos, estavam bem cientes do ABC do crime: não deixar impressões digitais, não deixar guimbas ou cascas de maçã, nem sequer odores, e nem usar celulares no lugar errado.

No entanto, as falhas aconteciam com frequência, em especial o uso de celulares, coisa que parecia difícil de eles aprenderem.

E, considerando objetivamente a situação, quando os criminosos já se encontravam bem longe do local do crime e perto de um estacionamento com lixeira, na autoestrada E-4, os riscos eram de fato quase nulos. Não havia testemunhas por perto. Eles pararam por alguns minutos, jogaram o lixo na lixeira e seguiram em frente, sabendo que não estavam sendo seguidos.

Se não fosse a incrível coincidência de haver dois guardas de trânsito muito zelosos por perto, e se não fosse pelo extraordinário azar de uma das placas ter furado o saco de lixo, não se teria conseguido obter essa pista promissora. Não esquecendo que os dois colegas da unidade de trânsito, dignos dos maiores louvores, estavam abrindo muitas lixeiras e dando uma olhada nos sacos de lixo, mas não os revolvendo nem metendo as mãos neles. Normalmente, contentavam-se em apenas dar uma olhada. E, se a placa não tivesse furado o saco, eles não teriam visto senão mais um saco preto, cheio de lixo e fechado.

E neste momento ainda são muitos os policiais resmungando e procurando pelas placas falsas nas lixeiras das vias de saída de Estocolmo. Mas a chance de encontrar outras pistas é mínima.

Ewa foi até a adega buscar uma garrafa de vinho tinto e fez uma brincadeira, dizendo que estava na hora de festejar o primeiro avanço na investigação. Era um bom sinal, pensou Anna. Parecia que Ewa estava conseguindo sair da sua apatia.

Mas, depois do jantar, Anna teve a difícil missão de revelar a Ewa outro fato. Havia novas imagens de Nathalie surgindo na internet. Seus sequestradores haviam usado os mesmos métodos anteriores. Transferiram toda a aparelhagem de gravação para outro lugar que não aquele em que se encontravam e enviaram pela internet mais imagens através de um novo provedor. Dessa vez, com origem em Islamabad, no Paquistão.

Anna levou consigo um DVD com uma parte do material com as novas imagens. Ela o vira e achava que Ewa devia vê-lo também. O motivo ela explicaria depois.

Sob tenso silêncio, as duas seguiram para a grande biblioteca, onde havia uma televisão em um canto. Enquanto Ewa se sentava, respirando fundo várias vezes e segurando as mãos, Anna preparava a exibição pelo controle remoto.

Nathalie brincava sozinha em cima de um grande tapete azul e bege. Parecia que tinha nas mãos vários camelos de pano, ou de couro, que alinhava em sequência, como uma caravana.

Em dado momento, ela olhou para a câmera. Alguém pareceu chamá-la, depois a cena foi cortada. Ela mostrou o que seria um pequeno sorriso e em seguida disse alguma coisa em árabe, o que fez com que Ewa ficasse paralisada, contendo-se para não gritar quando a tradução surgiu como legenda:

— Obrigada, Alá, o Misericordioso, por ter me salvado!

Ela pareceu ter recebido um elogio, também cortado, e sorriu de novo.

Anna desligou logo a gravação.

— Agora, escute, Ewa, e pense. Tente ao menos pensar claramente como policial e como se ela fosse a filha de outra pessoa — disse Anna, resoluta. — Esta é uma boa notícia.

— Você está louca! — gritou Ewa, com as lágrimas correndo pelas faces. Havia tentado se conter mais uma vez, mas foi impossível.

— Estou pedindo, Ewa. Tente pensar como uma policial. Normalmente, no sequestro de crianças, as primeiras cem horas são as mais importantes em termos de vida ou morte. Este não é um caso normal. Os sequestradores estão pensando a longo prazo. Isso nos dá mais tempo, e já estamos na pista deles. Eles estão tratando a Nathalie muito bem, brincam com ela e devem consolá-la dizendo que a mamãe vai chegar logo. Provavelmente, ela tem uma babá que fala francês cujo único trabalho deve ser o de tratá-la com carinho e fazer com que ela fique de bom humor. A situação é muito, muito melhor do que nos casos normais, você deve reconhecer isso!

Ewa bebeu um bom gole do vinho que trouxera da cozinha, inclinou-se para a frente, como se estivesse com dor de barriga, e bateu com os punhos na testa. Não gritou, mas chorou.

De repente, endireitou o corpo, respirou fundo e secou as lágrimas. Pareceu mais decidida do que abatida.

— Pensei em outra coisa — disse ela. — Quero voltar a trabalhar. Ficar em casa, sem ter o que fazer, é uma tortura. E você tem razão. Mas nem sempre é fácil pensar como policial.

Ela se esforçou para dar um pequeno sorriso depois que acabou de falar. E, então, Anna foi até ela e as duas se abraçaram forte e longamente.

7

Carl partiu do princípio de que o Hotel George V, em Paris, desempenhava a mesma função para a polícia secreta francesa que o The Connaught, para a britânica — o lugar no qual eram instalados seus convidados, pelo menos aqueles de nível social ou militar superior. Podia ter sido um erro fatal. Os caçadores americanos de terroristas apareceram por lá em menos de três horas. Pela primeira vez na vida, ele foi obrigado a fugir sem pagar a conta do hotel. Mas esse foi o menor de todos os problemas.

Louis Trapet convenceu-o a sair do hotel o mais rápido possível e passar o fim do dia e a noite em sua propriedade em Rambouillet. Um carro iria buscá-lo na hora marcada. Eram os procedimentos normais. O encontro seria em uma esquina, a alguns quarteirões dali. Bastava apenas que ele fosse retirar a bagagem no seu quarto, grande e intocado, no hotel, um quarto que lembrava, de certa forma, o do The Connaught, embora, claro, sem a lareira falsa. Devia pagar a conta, sair e apanhar o metrô, a fim de despistar eventuais perseguidores. Tudo como antigamente, da maneira clássica, embora hoje esse tipo de manobra fosse difícil em Londres, a cidade mais patrulhada por meio de câmeras eletrônicas do mundo e, em especial, se é a polícia secreta ou a polícia civil que se quer evitar. Em Paris, porém, ele não conhecia o poder de vigilância, mas também não tinha nenhum acerto de contas com as unidades policiais francesas. O problema, porém, era diferente, caso tivesse atrás de si alguns agentes particulares americanos. Enfim: tudo isso fazia parte de uma espécie de ABC do serviço secreto e, por isso, Louis Trapet já havia decidido rejeitar toda e qualquer tentativa dos americanos de visitá-lo em sua própria casa. Essa era a razão do procedimento sugerido, em relação a Carl.

Quando Carl voltou ao quarto do hotel para fazer a mala e sair, o que aconteceu foi surpreendente. Parecia mais a cena de um filme da década de 1950. Havia um homem sentado numa das poltronas do quarto, de estilo barroco, revestido de veludo vermelho-escuro, apontando para ele uma pistola Smith & Wesson, possivelmente calibre 357 Magnum ou 38 Especial.

— Boa-tarde! Nós, agora, vamos ficar bem calmos e fazer uma pequena viagem de carro — disse o homem, de terno completo, o que reforçava ainda mais a impressão de irrealismo cinematográfico. Seu sotaque era nitidamente do Meio-Oeste americano.

Primeiro, Carl não quis acreditar no que via. Parecia que o homem estava sozinho. Isso era uma brincadeira ou eles não haviam estudado a lição, acreditando que ele seria apenas um funcionário burocrático que deveria ser levado embora, um tipo de auditor acusado de fraudes? Do jeito que estava a situação, havia o risco natural de que apenas um deles saísse daquele quarto ainda vivo.

— Eu entendo, ou acho que entendo — disse Carl, após uma longa hesitação e fechando cautelosamente a porta. Em seguida, abriu o paletó para mostrar que estava desarmado e levantou os braços para demonstrar que se entregava.

— Posso fazer a mala, antes de irmos embora? — perguntou.

O homem na poltrona, que parecia ser bem forte e, pelo menos, dez anos mais novo do que ele, apontou o revólver para a enorme cama de casal, coberta com uma colcha de brocado esverdeado. Sua mala de viagem estava ali.

— Já está feita. Sem a faca, claro — disse o americano. — E agora vamos andando com calma, certo? Temos alguns amigos lá embaixo, no saguão do hotel, nos esperando.

— É claro — respondeu Carl. — Afinal, não podemos sujar de sangue um hotel tão elegante quanto este.

Ele se virou, ainda com os braços levantados, e viu o outro buscar a mala na cama, com seus passos fazendo ranger a madeira do assoalho. E, em seguida, ainda os passos dele, silenciosamente, sobre o grosso tapete.

Ao sentir o cano do revólver nas costas, Carl ficou inseguro e pensou: "Será mesmo que eles estão brincando comigo?"

Seu segundo pensamento foi que ele tinha de evitar matar o homem.

Duas horas mais tarde, já na confortável casa de campo de Louis Trapet, em Rambouillet, Carl viu confirmadas suas suspeitas em relação ao Hotel George V. Segundo seus colegas franceses, seria o local menos indicado para alguém que precisasse passar despercebido. O amigo Geoffrey fora quem escolhera o hotel, talvez por ter o nome de um soberano inglês.

Como era de se esperar, a noite começou com uma refeição do tipo que faria Sir Geoffrey comer rezando. Por um lado, Geoff detinha um sentimento quase psicótico contra os franceses em geral, que ele achava serem umas figuras ridículas, mas, por outro lado, achava também que a França era o melhor lugar do mundo para se comer e beber. Há coisas que um homem não pode negar.

Também Louis Trapet havia envelhecido, e agora se parecia muito com o velho e famoso ator Jean Gabin. Era viúvo e tinha uma governanta da maior confiança na casa de estilo francês clássico. E uma equipe de seguranças severos, que receberia a aprovação até mesmo de Pierre.

Após uma longa noite maldormida, a saída de Rambouillet foi organizada pelo anfitrião durante a madrugada (ou foi bem cedo pela manhã?), tudo dentro das regras. Dois guardas o levaram de carro até Bruxelas, uma longa distância feita sem paradas, em que ele ficou dormindo no assento traseiro do carro. E foi deixado no aeroporto.

Não importava se a CIA tivesse controle total de todos os passageiros de voos do mundo ocidental. De Bruxelas, partia um voo direto para Estocolmo dentro de meia hora e sua bagagem era simples, podia ser levada na mão, e sua faca já fora confiscada. Quando ele pagou a passagem, dessa vez com cartão de crédito, visto que sua pista já devia ter sido previamente detectada pelos computadores, e seu nome entrou na lista de passageiros, faltavam 25 minutos para a decolagem. Eles jamais poderiam chegar a tempo de apanhá-lo.

E, se houvesse um comitê de recepção americano quando chegasse a Estocolmo, ele já estaria então no seu país e, a princípio, poderia matar todos os elementos na hora em que eles o ameaçassem com alguma arma.

Os dez minutos que ainda tinha antes de embarcar no avião em Bruxelas ele usou para telefonar freneticamente do seu celular, agora que o risco era nulo. Conseguiu falar com Erik Ponti, pedindo-lhe para organizar um jantar à noite em Stenhamra. Falou com Ewa e disse-lhe que estava chegando com boas notícias. Ela parecia mais calma e concentrada do que ele esperava. Não falou com Pierre, mas deixou-lhe uma mensagem. Para seu espanto, transferiram a ligação dele, imediatamente, do atendimento para o chefe da polícia secreta no quartel-general. A conversa foi breve, formal, mas amigável, sem qualquer tom de constrangimento. É claro que seria perfeito se ele chegasse para uma curta visita já durante a tarde. Estranho, mas ótimo.

Em condições normais, Carl sempre dormia durante os voos, mesmo no caso de viagens curtas durante o dia. Mas ele estava esfomeado, muitas horas apenas bebendo vinho após a maravilhosa refeição na casa de Louis Trapet. E tinha de recapitular todos os seus dados.

Primeiro, Sir Geoffrey Hunt. Informações eventuais sobre a posição geográfica de Nathalie tinham um preço. Seriam pagas de preferência com dados sobre os especialistas militares britânicos que realizaram o sequestro.

Não havia muito a discutir; era uma questão de negócios. Nem os almoços no The Travellers' Club eram de graça. Sir Geoffrey dera a ele quaisquer informações — isto é, quase todas — numa época em que não somente eram amigos como também aliados formais em serviço. Atualmente, eram apenas amigos e antigos colegas. Se Sir Geoffrey desse informações especialmente sensíveis a um civil, ele precisaria de um motivo formal, alguma coisa em troca. Era a sua defesa necessária, e ele não queria tropeçar no último degrau para a Câmara dos Lordes.

Simples. Geoff queria poder dizer que o civil em questão oferecera a Sua Majestade serviços de valor inestimável. E nós pagamos isso com algo relativamente sem importância: a localização de uma menina raptada na Suécia, de acordo com as informações. Além disso, talvez devêssemos ter em conta que o personagem civil em questão possuía a Medalha por Serviços Distintos por atuações anteriores ao serviço de Sua Majestade.

Até aí tudo em ordem. Ele próprio teria raciocinado do mesmo jeito no caso de os papéis serem trocados.

De certa forma, voltava-se à estaca zero. Seria necessário apanhar aqueles que realmente realizaram o sequestro de Nathalie, um problema que Carl havia considerado antes uma perda de tempo, mas que agora reconhecia como moeda de troca para obter informações decisivas.

Com isso, surgia no quadro geral uma estranha ligação entre a policial Anna Holt, com endereço em Kungsholmen, Estocolmo, e George W. Bush, na Casa Branca, em Washington, D.C.

Anna precisava encontrar uma pista na Arábia Saudita. George W. Bush estava interessado justamente em contrariar essa ideia.

Ela e os seus colegas tinham de apanhar os sequestradores da Norr Mälarstrand. A teoria era a de que se tratava de militares britânicos aposentados, ou ainda na ativa, suposição, a princípio, já comprovada. De qualquer forma, foi ele quem, por um caminho complexo, levara Sir Geoffrey a acreditar, ou pelo menos a querer acreditar, que havia sido ele próprio — e não a polícia regular de Estocolmo — a conseguir essa informação.

Maskirovka, pensou ele. Essa foi apenas uma *maskirovka* russa. Dá para resolver. Por exemplo, convencendo Anna a liberar informações para ele, apenas suspeitas, antes de mandá-las, oficialmente, para o MI-5 através da polícia secreta. Dessa forma, Sir Geoffrey e ele estariam cumprindo as exigências. Ou talvez ainda mais simples e mais fácil para Anna engolir: enviar as mesmas informações para Sir Geoffrey, que as mandará para os outros setores, mas apenas com uma pequena saudação do amigo Carl. Mesmo que Sir Geoffrey reconhecesse esse tipo de truque, ele se deixaria enganar, por uma questão de amizade.

Portanto, era preciso apanhar os sequestradores. Aquilo que Sir Geoffrey ironizou ao ouvir de Carl que não tinha importância era importante, sim. Os sequestradores eram a chave para encontrar Nathalie. Se isso fosse resolvido, até mesmo George W. Bush autorizaria a NSA, e a agência passaria a ajudar seus aliados britânicos a limpar a casa na sequência daquele pequeno caso terrorista.

Era uma questão de honra entre espiões, independente daquilo que os políticos pudessem achar do caso.

E, com isso, a recapitulação já estava no meio. A essa altura, ele foi interrompido pelo almoço. Numa situação normal, ele estaria dormindo profundamente. Também não beberia vinho durante o almoço. Mas não era uma situação normal. Ainda havia um problema analítico a resolver.

Louis Trapet era um homem extraordinário. Ele já estava nessa atividade desde o tempo em que a organização se chamava Deuxième Bureau, depois SDEC, até se chamar STE. E era fácil imaginar que ele e DG tivessem sido grandes amigos. Além de serem da mesma geração, pensavam da mesma forma. Eles eram os velhos mediadores da tribo, completamente de acordo com a antiga crença de DG de que há uma enorme diferença entre as leis de Deus e as do homem. Nada disso, evidentemente, foi possível. DG não poderia ter se tornado seu amigo, e o próprio Carl não poderia ter trocado qualquer ideia com essa velha raposa francesa, nem mesmo levando em conta que ele falava um ótimo inglês, uma qualidade incomum em um francês de sua geração, mesmo considerando que ele havia começado a carreira como perito em línguas e tradutor nas horas vagas no Deuxième Bureau.

O velho colega, como já era esperado, divertiu-se ao ouvir a história da bizarra tentativa americana de prender Carl no Hotel George V. Nenhum operador normal, designado para trabalhar em campo, deveria se aproximar por trás de um colega com a medalha Trident na lista de méritos, apontando a pistola para as costas dele. Isso só poderia terminar de um jeito.

Segundo Louis Trapet, havia duas explicações prováveis. A menos provável era a de que a tentativa visava provocar uma fuga, a fim de ele cometer vingança sem julgamentos complicados.

Era um plano cheio de riscos. Não era possível prever o que aconteceria com esse colega designado para desempenhar o papel de idiota. Na pior das hipóteses, estava arriscando a vida. A propósito, o que acontecera com ele?

Carl tranquilizou imediatamente seu interlocutor. Havia deixado seu colega americano amarrado e amordaçado em cima da cama, enquanto descia pelo elevador de serviço e fugia pela cozinha. O pior foi ter de usar os elegantes cortinados e os cordames do quarto para esse fim, mas eles podiam pôr isso na conta.

A informação fez com que Louis Trapet ficasse mais animado do que tranquilo. Ele teve de se esforçar para voltar a falar a sério e esclarecer que a hipótese mais provável para a tentativa americana tinha a ver com vaidade humana.

Contava-se uma história moral sobre esse tema. Uma vez, no tempo em que o terrorismo ainda atravessava uma época comparativamente idílica, o procurado e famoso Ramirez Ilitj Sanchez encontrava-se em Paris. Ele era suspeito de um ou outro assassinato. O serviço secreto da Direction de la Surveillance du Territoire (Direção de Vigilância Territorial) tomou conhecimento de seu endereço temporário, e a história teria sido diferente para a DST, o próprio Monsieur Sanchez e o mundo, caso fosse feito o apropriado para as circunstâncias: mandar um grupo de gorilas da polícia especial até o endereço para empacotar o procurado.

Em vez disso, o chefe-geral da DST achou que estava na hora de abandonar seu lugar diante da mesa de trabalho e realizar uma ação heroica. Pegou sua arma de serviço já empoeirada e saiu em campo com um de seus chefes-assistentes. Como este sobreviveu, conseguiu-se saber em detalhe o que aconteceu.

Os dois policiais bateram à porta, e foi o próprio Monsieur Sanchez que a abriu, mostrando-se imediatamente compreensivo e educado diante da missão dos policiais. Pediu que sentassem, enquanto ele ia buscar seus objetos de higiene pessoal, pensando que ficaria preso durante alguns dias. Os policiais franceses não estavam habituados a ver os procurados agirem de maneira tão elegante. No caso, os dois idiotas resolveram sentar-se, cada um na sua poltrona, enquanto Monsieur Sanchez entrava no banheiro. Mas, quando voltou, em vez da escova de dentes, tinha na mão uma Glock 9mm. Assim morreu o ex-chefe da DST, cujo funeral ocorreu uma semana mais tarde, com todas as homenagens possíveis, o caixão coberto com a bandeira tricolor.

Como Monsieur Sanchez havia matado um oficial superior da polícia secreta europeia e ferido seu assistente, deixou de ser apenas mais um terrorista e passou a ser o mundialmente famoso "El Chacal", que, a partir de então, passou a ser suspeito de quase todos os atentados terroristas praticados. Demorou demais para que esse diabo fosse encontrado e enjaulado como convidado especial perpétuo do Estado francês. Teria sido muito mais simples para todos se tivessem mandado uma força normal para prendê-lo já na primeira oportunidade. Em vez disso, foi preciso aguentar uma carreira do terrorista de mais de dez anos e toda a consequente agonia, sabendo que tudo fora provocado pela vaidade de um chefe que queria representar o papel de herói.

De acordo com Louis Trapet, essa era a triste explicação e a única plausível. O idiota que invadiu o quarto de Carl devia ser algum superior da embaixada americana em Paris, que viu nessa ação uma oportunidade de ganhar mais alguns pontos e outra medalha para seu currículo.

De qualquer maneira, o homem era da CIA, confirmou Carl mostrando a carteira que confiscara. Por uma engraçada coincidência, ele se chamava Charles McCain, o mesmo nome do candidato republicano à presidência dos Estados Unidos. Deus quis que não fossem pai e filho, o que levaria os americanos à histeria. A questão era: se eles não conseguissem abafar a história, o que a imprensa francesa iria dizer?

Louis Trapet ficou nitidamente preocupado, levantou-se e dirigiu-se ao seu escritório particular, ligando logo o computador. Após alguns minutos, voltou dizendo em poucas palavras que Charles McCain era um dos dois assistentes dos chefes da seção da CIA estacionados na embaixada americana. Quer dizer, a história se repetiu.

Agora o problema era a operação de resgate da pequena Nathalie, mas todos estavam na dependência do pomposo amigo em Londres. A suposição de Carl de que o serviço secreto francês teria muita dificuldade em obter informações da NSA estava completamente correta, apesar de a menina ser cidadã francesa.

Se o primeiro e decisivo passo fosse dado com a ajuda cortês de Sir Geoffrey, se fosse possível conhecer a localização exata de Nathalie, o restante seria bastante simples, pelo menos em tese. Nenhum terrorista no mundo teria condições de enfrentar o Segundo Regimento. Até aí tudo bem. Além disso, Louis Trapet tinha muita confiança no coronel Tanguy. Haviam trabalhado em conjunto em diversas ações.

Numa delas, a libertação no Djibuti, uma gangue de terroristas mantinha como reféns as crianças de um ônibus escolar. O Segundo Regimento e a seção operacional do serviço secreto foram mandados para o lugar pelo presidente Mitterrand. E foram Tanguy e seus homens quem, de maneira resoluta — e muito elegante, admita-se —, resolveram o problema. Ele era merecedor, sem dúvida, de sua Legião de Honra.

A tática militar devia funcionar. O fator desconhecido era o novo presidente, Sarkozy, que até o momento declarara querer distância desses problemas. Era contra o terrorismo, mas não havia se comprometido nem feito qualquer ameaça. Isso podia ter ligação com o fato de ele não saber onde a cidadã francesa Nathalie se encontrava, mas era de se esperar que o presidente se manifestasse sobre o assunto com mais firmeza, dada a cobertura feita pela imprensa. Isso costumava chamar a atenção dos políticos.

Nesse aspecto, talvez fosse uma pena o fato de Ségolène Royal não ter conquistado a presidência. *Madame la Présidente* não teria deixado o caso de lado. Afinal, ela também era mãe.

Entretanto, a questão era Sarkozy. E, como ele era uma carta incerta no baralho, talvez fosse arriscado colocá-lo a par do assunto no estágio inicial. Em contrapartida, seria muito mais fácil retirar do presidente a sua capacidade de reagir. Havia um método para isso, considerado quase um padrão francês. Consistia, no início, em manter o presidente ignorante do caso, dando a ele a possibilidade de negar qualquer responsabilidade na operação se esta desse errado.

Isso significava que o coronel Tanguy e seus homens teriam de avançar para uma operação tecnicamente ilegal. Se fossem malsucedidos, feitos prisioneiros ou mortos, podia-se declarar que a ação fora a desesperada tentativa de um pai. E, daí, nenhum prejuízo.

Se a operação, em contrapartida, fosse bem-sucedida, tudo seria diferente. Seria preciso, imediatamente — e aqui tratava-se de uma questão de minutos —, informar a Louis Trapet. A essa altura, ele telefonaria para o presidente Sarkozy para informá-lo, e alguns minutos depois a ação particular passaria a ser tratada como uma sensacional investida oficial por ordem do presidente da República.

Assim devia ser planejada a operação, sob o ponto de vista prático. Quando a ação já estivesse em andamento, Louis Trapet seria obrigado a tomar certas providências, como saber a localização do presidente e informá-lo de que *talvez* tivesse de voltar a falar com ele em qualquer lugar e a qualquer momento durante os próximos dias — a respeito de uma questão da máxima importância para a nação. Decerto, iria funcionar.

Exatamente assim DG teria raciocinado e criado um plano. Exatamente assim, aliás, ele próprio teria imaginado o plano no tempo em que estava à frente do Departamento de Operações do Serviço Secreto Sueco. Pensando bem, foi assim que aconteceu, de fato, em algumas ocasiões. Os políticos sempre se mostram indisponíveis para decidir sobre operações de resgate, mas são rápidos para abraçá-las na hora de festejar o sucesso.

O avião já estava agora descendo para Arlanda, e Carl sentia que seu pulso acelerava. Os americanos já deviam saber onde estava havia cerca de três horas, de onde vinha e para onde ia. Na era dos computadores, ninguém pode se esconder como um peixe no meio de um cardume. Quem tem um código de alarme ligado ao seu nome aparece nos monitores de Langley em menos de dez segundos após fazer o check-in.

Mas seria possível raptá-lo no aeroporto de Arlanda? Carl pensou no caso pela terceira ou quarta vez. Seria possível tentar apanhá-lo sob a mira de armas no tumulto da saída do avião e levá-lo para outro avião dos Estados Unidos no aeroporto, pronto para levantar voo?

Não. Definitivamente, não. Não eram apenas as complicações jurídicas e diplomáticas que afastavam a possibilidade dessa tentativa. Os Estados Unidos achavam ter jurisdição em qualquer lugar do mundo, ou, pelo menos, era essa a ideologia predominante na Casa Branca. Mas até a execução prática da tarefa tinha uma barreira pela frente. Disparos no aeroporto de Arlanda, civis feridos e, na pior das hipóteses, a morte de um sueco — Carl jamais se deixaria levar vivo para dentro de qualquer avião dos Estados Unidos.

Não, isso seria demais, pelo menos caso se tentasse ver o problema de modo frio e lógico. Por outro lado, o incidente no quarto de hotel em Paris demonstrava que não existia a hipótese de se pensar fria e logicamente.

Ninguém esperava por ele à saída do túnel entre o avião e o aeroporto. Poucos suecos pareciam tê-lo reconhecido, apesar de o seu disfarce ser mínimo: apenas óculos e um recente cavanhaque grisalho, do mesmo tipo que usava em São Petersburgo.

Nenhum comitê de recepção na sala de bagagens, nem na alfândega, nem sequer na fila de táxis. E, com isso, o perigo desaparecera. Pelo menos, até então. Portanto, tinha valido a pena a escolha de Bruxelas como lugar de partida para a Suécia. O trem teria sido uma provação para sua paciência, puro sofrimento.

No táxi, a caminho do quartel-general onde o serviço secreto da defesa militar continuava a ter sua central de informações, ele tentou formular as perguntas a serem feitas aos colegas, ou, melhor dizendo, aos seus sucessores. Ainda não sabia como eles iam recebê-lo — como seu ex-colega ou como uma espécie de caso de internação, como um cidadão honrado com direito a fazer perguntas ou como um civil que, acima de tudo, não teria direito a perguntar nada que dissesse respeito aos problemas mais sigilosos da defesa do país.

Foi estranho voltar a entrar pela mesma portaria do seu antigo local de trabalho, anunciar a sua presença ao guarda, mostrar a carteira de identidade e receber um cartão de visitante com a recomendação de que o mantivesse "sempre à vista".

Era sexta-feira de tarde, e sempre havia gente apressada passando por ele, que estava sentado numa poltrona azul-clara à entrada. Parecia que ninguém ligava para ele, e isso era sinal de que seu disfarce surtira efeito. Os poucos que ainda assim o reconheciam, em compensação, tinham uma reação mais forte, e um deles, um comandante da Força Aérea, quase bateu com a cabeça na porta giratória.

Um soldado foi buscá-lo, empertigou-se, fez continência e pediu para o almirante acompanhá-lo. Foi bom, pelo menos, não ter sido chamado de sr. Hamilton, pensou ele.

Todo o grupo de líderes da corporação o esperava na antiga sala do chefe, que agora mais parecia uma sala de reuniões, com dois generais de brigada, envergando, estranhamente, os seus uniformes. Talvez fossem para alguma recepção oficial depois.

Eles o saudaram de maneira calorosa, ainda que um pouco solene demais. De qualquer maneira, não o olharam como se ele fosse um maluco saído do hospício. Quando lhe ofereceram um café, Carl brincou dizendo que, pelo que via, seu antigo local de trabalho fora invadido pelo Exército. No seu tempo, só havia gente da Marinha. Um dos assistentes também respondeu num tom de brincadeira, mas o bate-papo inicial logo morreu. Todos olharam para ele com um ar de espera. Entenderam muito bem que ele não fazia uma visita de cortesia, portanto, era melhor irem direto ao assunto.

— Muito bem, o caso é o seguinte — começou ele. — Pierre Tanguy é um dos meus melhores amigos, e estou tentando ajudá-lo a localizar sua filha. Vocês certamente já sabem da história. Pela minha experiência, acho que os nossos colegas americanos são os que têm as maiores possibilidades de localizá-la, especialmente a NSA. Daí a minha primeira pergunta: temos alguma informação desse lado?

O ambiente na sala ficou um pouco tenso. Talvez tivesse sido melhor apresentar a questão de um modo mais suave e não falar como se fosse um superior. Passaram-se alguns segundos em que a única coisa que se ouvia era uma colher mexendo o café.

Acabou recebendo como resposta uma informação, no mínimo, muito cautelosa. Mas ele compreendeu que os colegas estavam querendo ajudar, caso contrário já o teriam posto da porta para fora assim que ele mostrou estar à procura de informações secretas. Por outro lado, teria sido um pouco constrangedor começar a falar a respeito de segredos diante de alguém que passara mais de uma década nesse mesmo lugar que eles ocupavam agora. Acabou sendo uma informação balanceada, ainda delicada, mas cautelosa. Vinte minutos depois, Carl levantou-se e agradeceu. Apertou a mão de todos, que corresponderam com um sorriso descontraído, e deixou que o soldado o escoltasse até o portão de saída.

Na portaria, foi chamado por um porteiro meio zangado quando já ia saindo. Ele se esquecera de devolver o cartão de visitante.

✪✪✪✪✪

Erik Ponti manteve a velocidade a caminho das ilhas do lago Malar, com a mala do carro cheia de sacolas com as compras feitas no mercado Saluhall, no bairro Östermalm. Em uma hora, recebera dois telefonemas, o primeiro de Carl, e o segundo de Pierre, ambos mais ordenando do que pedindo a compra de comida para o jantar daquela noite em que os dois voltavam para casa. Pareciam estar de muito bom humor.

Não havia dúvida nenhuma de que eles preparavam e planejavam a operação de libertação com a maior seriedade. Não como Ewa e Anna, um pouco sarcasticamente, propuseram para si mesmas. Elas queriam ajudar de alguma forma, mas não sabiam como ajudá-los, como se preparavam, o que pensavam. Era um fato inquestionável que os dois — e em especial Carl — já haviam participado de operações semelhantes.

Mas como era possível trabalhar em cima de um plano como esse sem saber onde o alvo se encontrava? Pelo menos para qualquer jornalista como Erik essa ordem de trabalho estava completamente invertida. Era como se ele preparasse uma entrevista sem saber em que língua seria feita e com quem. Aliás, a comparação era completamente injusta e impossível. Pierre e Carl eram, no mínimo, tão profissionais na área militar quanto ele na sua. Talvez fosse uma questão de eficiência e de ganhar tempo. Se ele entendera bem, Pierre trabalhava no sentido de preparar uma força de ataque, e Carl, uma espécie de complô político e, acima de tudo, um método para conseguir obter a informação concreta sobre o paradeiro de Nathalie. Assim que localizassem o alvo, poderiam colocar a operação em andamento, em vez de só então começarem os preparativos. De fato, o jornalismo não chegava nem perto disso. Era um jogo de guerra com regras que só homens como Pierre e Carl entendiam.

E, caso pudesse contribuir como ator, cozinheiro e analista da mídia, isso já era, portanto, bastante ou, pelo menos, uma pequena ajuda.

Ele tentaria convencer Ewa a se oferecer para uma ou duas entrevistas para a televisão francesa. A história sobre Nathalie estava caindo no esquecimento pela mídia por falta de novas notícias. A multidão de jornalistas que acampara em frente ao prédio de Ewa na Norr Mälarstrand há muito tempo fora embora. Com isso, diminuía a temperatura política do caso Nathalie, e os políticos franceses e suecos sentiam-se menos forçados a falar a seu favor. O ministro das Relações Exteriores da Suécia, por exemplo, já dera a entender que talvez, para início de conversa, fosse responsabilidade da França a libertação de Nathalie. Isso apesar de o governo sueco, evidentemente, continuar atento à evolução do caso, envidando todos os seus esforços por meio da sua diplomacia silenciosa.

Era muito simples imaginar o que Ewa devia fazer. Devia ir a uma emissora francesa e mandar ao presidente Nicolas Sarkozy uma mensagem, dizendo que ele seria sua última esperança, pois as autoridades suecas pareciam ter perdido o interesse pelo caso e queriam passar adiante a responsabilidade.

Na França, milhares de manifestantes exigiram que o governo enfrentasse de maneira adequada as Farcs da Colômbia, que mantiveram presa a partidária ambientalista Íngrid Betancourt de 2002 a 2008. Entre os manifestantes em Paris, encontravam-se a presidente da Argentina, Cristina Kirchner, e a primeira-dama da França, Carla Bruni Sarkozy. Mas também havia vários cartazes com a imagem de Nathalie na manifestação.

Tratava-se, evidentemente, de uma ideia. Ewa devia pedir ajuda, primeiro, a Carla Bruni Sarkozy em suas entrevistas. Era uma forma mais inteligente de abordar o caso. Erik estava disposto até a anotar no papel algumas ideias e frases para Ewa.

Convencê-la a dar as entrevistas era, porém, outra questão. Por motivos óbvios, Ewa ainda tinha ataques de pânico só de pensar em novos contatos com a mídia. Aquela entrevista para as jornalistas do *Kvällspressen* foi o que deu azo à catástrofe.

De qualquer maneira, era preciso encontrar um caminho para convencê-la. O apoio da França era o mais importante de tudo, caso a operação de resgate realmente se efetivasse. Se Ewa pedisse à mulher do presidente para interceder, esta, por sua vez, aos microfones, não poderia dizer outra coisa senão que ela de todo o coração estaria ao lado da mãe de Nathalie e que seu marido, naturalmente, compartilhava de seus anseios. E, com isso, o presidente seria obrigado a concordar com ela em público. Como ele seria capaz de agir de modo diferente?

Isso poderia ser fundamental, de uma importância nada difícil de explicar para Ewa. O processo de convencê-la não seria fácil, mas era necessário.

Para Erik, cozinhar era um trabalho não apenas simples como divertido. Comprou lagostins vivos para o antepasto e estava preparado para ir direto para a cozinha assim que chegasse. Quem lhe abriu a porta foi a própria Ewa, suada, que voltou em seguida para a sala de ginástica onde Anna já se encontrava.

Enquanto ele ainda estava às voltas com os lagostins, chegou Carl, que logo passou a ajudá-lo, abrindo uma garrafa de vinho branco, untando a forma para levar os lagostins ao forno e pondo a mesa. Ao mesmo tempo, resumiu como tinha sido a sua viagem, como se livrara, em trinta segundos, do americano que tentou prendê-lo no Hotel George V e dedicou cinco minutos às ideias de um antigo chefe de espionagem da França sobre como obrigar o presidente Sarkozy a não apenas expressar boa vontade, como a colocar à disposição deles tudo o que estivesse ao alcance do governo da França.

Depois, voltou ao ponto crucial da questão. Era preciso encontrar os sequestradores. E que fossem britânicos, de preferência soldados de elite. Com essas informações, seria descoberto o paradeiro de Nathalie. Portanto, a bola estava agora com Anna Holt e seu pessoal no Departamento de Criminologia.

Exatamente no momento em que Carl concluía essas considerações, Anna entrou na cozinha, com uma toalha enrolada na cabeça e de rosto vermelho e ainda suado. Abraçou Erik e apertou a mão de Carl de forma contida. Pediu desculpas, tinha de retirar-se para secar os cabelos. Antes, porém, acrescentou que houvera avanços em sua investigação, da qual falaria mais tarde.

Cinco minutos depois, chegou Pierre, de táxi, direto de Arlanda. Também ele estava de nítido bom humor e perguntou logo onde poderia encontrar Ewa. Erik respondeu que ela talvez estivesse tomando uma ducha no ginásio.

Uma hora mais tarde, todos estavam sentados à mesa, e Ewa parecia calma e com autocontrole pela primeira vez desde a tragédia. Talvez fosse o otimismo de Carl e Pierre. Não porque ela acreditasse ou se atrevesse a acreditar que eles conseguiriam transformar em realidade seus frenéticos planos, mas porque se mostravam confiantes.

Na hora de comer os lagostins e beber o vinho branco bordô, só se falou de comida e de vinhos à mesa, e Erik recebeu inúmeros elogios pela sua saborosa mistura de alho, salsa, maionese, vinho branco e azeite de oliva para acompanhar os lagostins apanhados em mar aberto.

Pierre preparara também costeletas de vitela *à saltimbocca*, enquanto Carl realizava uma nova expedição à adega e, a pedidos, trouxera algumas garrafas de Barolo que ele colocou despreocupadamente ao lado do micro-ondas para que sua temperatura se ajustasse ao ambiente.

Quando já haviam começado a comer o prato principal do jantar, chegou a hora de Anna relatar aos outros sobre os tais avanços e fazer um resumo atualizado da situação.

A empregada da creche, Jonna Bordlund, já saíra do coma e não ficaria com sequelas do envenenamento que sofrera. A análise toxicológica ainda não produzira resultados conclusivos. Os médicos explicaram essa incerteza pelo fato de o ataque ter sido feito, certamente, com algum tipo de spray que continha um coquetel de venenos, na sua maioria biológicos, que de alguma forma foram absorvidos pelo corpo, mais ou menos como se fossem insulina. Mas isso também não era tão importante. Mais interessante era a informação de que ela não se lembrava de nada, não recordava imagem alguma do que acontecera — aliás, como já era de se esperar.

Agora, considerava-se vital encontrar quem fornecera as placas falsas. Devia ser possível. Havia apenas uma empresa que fabricava as placas na Suécia e apenas seis homens envolvidos em sua produção. Um deles era o culpado. Todos eram cidadãos irrepreensíveis, mas tinha de ser um deles.

Carl perguntou, pensativo, se Anna havia verificado a eventual participação desses seis homens no serviço militar, e ela disse que sim. Por mais estranho que pudesse parecer, só um deles servira. Mas isso agora, em tempos de paz, era normal. E esse homem passou dez meses no regimento de engenharia em Södertälje, no sul de Estocolmo.

— Corte esse da lista — disse Carl, de repente, ainda mais pensativo. — Ele não é o nosso homem. Os nomes deles estão no computador daqui?

Claro que estavam. Anna havia mandado todo o material para Ewa via internet.

Após alguns momentos em silêncio, Carl levantou-se de repente, pediu desculpas e murmurou qualquer coisa a respeito de ter de dar um telefonema. Demorou quinze minutos. Enquanto isso, os outros, um pouco surpresos, tentavam prosseguir com a conversa como se nada tivesse acontecido.

Uma questão importante, por exemplo, era a atitude dos criminosos que realizaram um sequestro, sob todos os aspectos, muitíssimo bem-sucedido, mas acabaram deixando para trás as suas impressões digitais e até amostras de DNA. No papel de policiais, Ewa e Anna não entendiam como isso poderia acontecer.

— Mas eu não — disse Pierre. — A explicação é muito simples: eles não são criminosos comuns. São militares. E acho que Carl concordaria comigo. Nas muitas operações de que participei na minha vida, nunca pensei em DNA, nem em impressões digitais. Isso porque aquilo que fazíamos era legal, mas seria ilegal se feito por civis. Não precisávamos sequer pensar no risco de termos a polícia atrás de nós. Não é verdade, Carl?

Carl acabara de voltar para a cozinha, e Pierre descreveu o problema rapidamente.

— Claro, naturalmente — concordou Carl. — Nós realizávamos operações militares. As nossas impressões digitais não serviam para nada. Mas agora já sei quem é o nosso homem entre os cinco restantes que trabalham na empresa e estão na lista de Anna.

— Como é que você soube disso, assim, de repente? — perguntou Anna, cética.

— Falei com um velho amigo meu que hoje é chefe de operações da Força Secreta Especial, a SSG. Antigamente, nós trabalhávamos juntos no mesmo grupo do serviço secreto. Chama-se Luigi.

— E ele sabia? Hoje em dia, parece que não existem mais limites para aquilo que os investigadores particulares conseguem descobrir. Ele também sabe quem matou Olof Palme? — resmungou Anna, expressando desconfiança.

Houve um silêncio constrangedor em volta da mesa. Carl puxou uma cadeira e sentou-se. Anna já se arrependia do que dissera. Carl bebeu mais um pouco de vinho e baixou o copo na mesa ainda em silêncio.

— Me desculpe, Carl — disse Anna. — Mas é a minha formação como policial. Sou alérgica a ficar falando das investigações. É uma situação um pouco diferente. Mas, de qualquer maneira, desculpe. E conte logo, por favor!

— O que me alertou — começou Carl, enquanto acenava para Anna demonstrando que aceitava as suas desculpas — foi ver que cinco de seis homens saudáveis e confiáveis, sem passagem pela política e tudo mais teriam evitado o serviço militar. Mas acontece que todos os participantes da SSG têm seu passado militar completamente apagado em todos os registros. Evidentemente, nós temos de manter esse passado em sigilo, como fazem todos os outros — por exemplo, os britânicos.

Então, digamos que nosso homem se chama X, para começo de conversa. Luigi, que fora seu chefe no Afeganistão, lembra-se dele muito bem. É um paraquedista bem-treinado, um dos melhores que já passaram pelo campo de treinamento em Karlsborg. Por isso, ele foi parar na SSG. O atual tenente X da reserva esteve num acampamento perto de Kabul, o qual a SSG compartilhava com... justamente, os homens do Special Air Service, os melhores das forças de Sua Majestade. Isso aconteceu em 2002 e foi a primeira operação internacional para a qual a SSG foi enviada. Suecos e britânicos se deram muito bem. Improvisaram inclusive um *pub*, a que deram o nome de Golden Pig, o Porco Dourado, possivelmente de brincadeira com o ambiente muçulmano que os rodeava.

— Como se chama o tenente X? — perguntou Anna, friamente.

— Isso eu não posso dizer antes de discutirmos o problema — respondeu Carl, servindo a todos um pouco mais de vinho.

O problema era que ele e Luigi queriam falar com o tenente antes da polícia. Estavam de acordo sobre o que aconteceu. O tenente X torna-se grande amigo de alguns elementos do SAS. Anos mais tarde, estes entram em contato e dizem que precisam de ajuda para uma operação contra terroristas em Estocolmo. Até então, nada de estranho. Britânicos caçando terroristas já haviam feito outras operações em território sueco. As regras atuais são muito imprecisas em tudo que diz respeito à caça de terroristas. O tenente X tinha todas as razões para engolir a história.

Mais tarde, ao verificar que fora enganado e que colaborara para um crime que lhe podia valer prisão perpétua, o tenente X entrou em pânico e não se entregou à polícia por achar que era inocente. O que, aliás, pode ser verdade, pelo menos sob o ponto de vista moral.

— Mas se a situação é essa, ele corre o risco de, no máximo, ser suspenso por ato ilícito no trabalho — interrompeu Ewa.

— Muito bem, isso é possível, claro — disse Carl. — Mas você só sabe disso porque é jurista. Eu não sabia disso e acho que o tenente X tem a mesma formação jurídica que eu. Ele colaborou para o doloroso rapto de uma pessoa, não é assim que se diz em termos jurídicos? Ele viu o que aconteceu com Nathalie, se sentiu muito mal e parou de pensar com clareza.

— Ok — disse Anna Holt. — Mas, então, que diabo, vamos pegá-lo e espremê-lo, fazer com que ele conte a história, e no fim vamos consolá-lo dizendo que ele não corre o risco de sofrer qualquer punição, desde que nos ajude. Qual o problema?

— O problema está em Nathalie — disse Carl. — Se eu e Luigi, seu ex-chefe, pudermos ter uma conversa com o tenente antes da polícia, nós poderemos convencê-lo a nos dar os nomes dos colegas do SAS. E agora já sabemos que realmente foram homens do SAS que realizaram o sequestro. Mas, se a polícia falar com ele primeiro — por favor, corrija-me se eu estiver errado —, o tenente ficará preso por ordem de algum promotor. Ou não?

— Claro! — responderam Ewa e Anna ao mesmo tempo.

— Muito bem — continuou Carl. — E a essa altura acredito que o promotor não ache uma boa ideia o tenente ser visitado por militares e tenha com eles uma conversa a sós. E, para eu conseguir saber onde Nathalie se encontra, preciso que ele nos dê primeiro os nomes dos dois britânicos que lhe pediram ajuda. É essa informação que eu vou vender para o MI-6. Em contrapartida, ouvirei deles o paradeiro da menina. Aí, Pierre e os seus homens vão trazê-la de volta para casa. Será possível contornar essas formalidades?

Ewa e Anna começaram uma discussão cheia de termos policiais e jurídicos, a qual os três homens à mesa não entenderam bem.

Mas elas chegaram rapidamente a um acordo sobre o método para driblar o promotor. Seria assim: buscariam o tenente para um interrogatório e para tirar suas impressões digitais. A essa altura ele ainda não estaria preso, portanto a questão ainda não teria chegado ao promotor. Desde que não houvesse uma pessoa claramente suspeita, Anna seria, na prática, a líder do interrogatório preliminar. A decisão era dela.

Havia um pequeno intervalo entre os procedimentos. Enquanto as suas digitais eram confrontadas com as das placas, o tenente estaria privado da sua liberdade, mas ainda não estaria preso. Anna seria a responsável por ele e poderia liberar a visita de Luigi e Carl, e conceder-lhes cerca de meia hora.

— Mas essa é, sem dúvida, uma ótima solução para o problema! — exclamou Carl. — O nome dele é Patrik Wärnstrand. Mas, quando forem detê-lo, lembrem-se de duas coisas: ele, certamente, não está bem, e é tão perigoso quanto Pierre ou eu. Quando Luigi e eu chegarmos para visitá-lo, é preciso que ele ainda esteja com vida e em condições de falar com os seus superiores. Nos deem apenas vinte minutos a sós com ele e vamos avançar bastante no caminho para encontrar Nathalie.

✪✪✪✪✪

Ele amaldiçoava sua estupidez. Aliás, havia feito isso muitas vezes nos últimos tempos. Devia ter se entregado à polícia, mas agora era tarde demais.

Havia sido um dia normal, igual a tantos outros, na oficina da empresa. Os trabalhos decorriam sem problemas, o tempo estava bom e, no fim da tarde, ele e Lisa, mais as crianças, iriam para a casa de campo dos sogros, queimar folhas secas e beber *snaps*, a famosa aguardente sueca. Essa era a vida, a vida normal em que nada acontecia.

E ele se convencia de que seria assim para sempre. Como se nada houvesse acontecido.

De repente, a oficina foi invadida por policiais vestidos de preto, com máscaras e pistolas de 9mm apontadas para ele, por todos os lados. Os idiotas seguravam as pistolas com as duas mãos, como no cinema. Irreal como no cinema. Entraram aos gritos, todos falando ao mesmo tempo, mas entendeu que queriam que ele se deitasse no chão, com os braços e as pernas abertos, enquanto os seus colegas eram levados para fora do local.

E, agora, ali estava ele, atrás de vidros blindados, perto de uma porta sem maçaneta e com tinta azul nas pontas dos dedos. Eles sabiam, eles já sabiam de tudo. Caso contrário, não o teriam atacado com tanta força. E não teriam tirado suas impressões digitais. Eles deviam ter encontrado... O quê? As placas? Não era possível...

De qualquer forma, a sua vida já estava estragada. Emma e Sixten cresceriam sem um pai. Lisa iria pedir o divórcio assim que soubesse do caso. Ela havia falado muito, sofrido muito, com o que acontecera à menina Nathalie nas mãos dos violentos terroristas. Ela jamais aceitaria a ideia de que o seu marido era um dos sequestradores.

Sequestrador? Era isso que ele era? Sim, não dava para se esquivar. Idiota ou não, estúpido ou não, ele era um dos sequestradores. Mais ou menos tão repulsivo quanto se fosse pedófilo, estuprador. A vida tinha chegado ao fim. Eles pareciam estar tão seguros de si... Seria condenado à prisão perpétua. Mas como ele poderia ter agido de maneira diferente? Telefonar para a polícia secreta sueca e perguntar se havia alguma ação britânica em curso contra terroristas em Estocolmo? Eles jamais diriam. Na realidade, o que devia fazer era suicidar-se.

Lisa impôs como condição, antes de terem filhos, que ele conseguisse um trabalho civil e abandonasse a SSG. Voltasse para a oficina, portanto. Não era uma posição nada absurda para uma mulher.

Por um lado, ele poderia ficar em casa, viver como um pai normal e ter uma vida comum em família. E por outro não se arriscaria mais. Não havia muito o que discutir. Era puro bom-senso. Além disso, o salário na empresa era melhor do que na SSG.

Quando ouviu o barulho da chave na porta, ele esperava que os policiais entrassem e, triunfantes, dissessem: "Ah-há as digitais batem!"

Em vez disso, viu apenas alguém pela porta entreaberta, dizendo que ele tinha visita. Primeiro, ficou gelado quando viu os dois entrarem. Depois, levantou-se rápido, ficou em sentido e fez continência.

— À vontade, tenente Wärnstrand! Por favor, sente-se! — ordenou o coronel Luigi Bertoni-Svensson, e puxou duas cadeiras, uma para si próprio e outra para Hamilton — *Hamilton? Que droga! Estou frito!*

Sentaram-se. E seguiram-se dez segundos de silêncio, dez segundos muito longos.

— No momento, a situação é a seguinte, Wärnstrand — disse Luigi, descontraidamente, quase amistoso. — Mentir para a polícia você pode, se quiser. Mas não para nós. Nós queremos trazer a menina de volta para casa. É isso que estamos providenciando. E, para conseguirmos, precisamos da sua colaboração. Está entendido?

— Sim, coronel!

— Muito bem. Não apresentei ainda o almirante Hamilton, mas parti do princípio de que você o conhece bem. O almirante cumprirá a função de líder da operação de resgate que está por vir. Ele tem algumas perguntas a fazer.

— Isso mesmo. E nós temos apenas vinte minutos para conversar — disse Carl. — Depois, a porta se fechará para nós e você ficará fora do nosso alcance e, inevitavelmente, nas mãos de algum promotor. Precisamos usar bem o tempo ao nosso dispor. O coronel Bertoni-Svensson e eu próprio fazemos uma boa ideia do que aconteceu para você cair nesta situação desgraçada. Mas não queremos colocar as nossas palavras na sua boca. Portanto, faça o favor de contar tudo com as suas próprias palavras. No máximo, em dez minutos!

Patrik Wärnstrand respirou fundo. Qualquer hipótese de mentir estava fora de questão. À sua frente, estavam dois oficiais superiores e colegas que gozavam da sua maior consideração: de um lado, seu ex-chefe, e do outro, Hamilton, o lendário Hamilton, pronto para liderar uma operação de resgate. Ele não precisaria nem de dez minutos para lhes contar o que aconteceu.

Enquanto contava a história, os dois superiores ficaram com suas expressões fechadas, sem demonstrar que estavam acreditando ou não no que dizia. Mas também não o interromperam.

— Está muito bem. É lógico. E eu acredito no que você diz — disse Luigi, assim que o tenente terminou de falar. — E, aliás, foi exatamente isso o que nós pensamos. Na sua situação eu teria caído na mesma asneira. Mas o almirante tem mais algumas perguntas.

— Se o almirante Hamilton tem mais algumas perguntas, só posso dizer que as responderei o melhor que puder — respondeu ele de imediato.

— Ótimo — reagiu Carl. — Em primeiro lugar, quando você viu que havia sido enganado pelos seus amigos britânicos, por que não se entregou logo à polícia?

— Pelo fato de ter participado do rapto de uma criança, pelo fato de achar que seria condenado à prisão perpétua por uma coisa de que não era culpado, almirante!

— E depois, quando soube que a menina era uma espécie de troféu de terroristas árabes, pois, certamente, você não pôde deixar de observar isso, o que você pensou?

— Que o mal já estava feito e não dava para reparar. Que eu estava totalmente impotente diante da situação.

— Explique-se melhor!

— Cheguei à conclusão de que eles haviam vendido a menina para os terroristas árabes por um bom dinheiro. Mas que não sabiam quem era o comprador. Um deles me telefonou e avisou que eu seria condenado à prisão perpétua se não mantivesse a boca fechada, e disso eu já estava convencido.

— Você recebeu algum pagamento pelo que fez? — perguntou Carl, fazendo uma careta de cansaço.

— Recebi uma oferta, que não aceitei, almirante!

— Entendo. Então, estamos chegando a uma decisão — continuou Carl.

Nesse momento, a porta se abriu, e Anna Holt apareceu, fazendo um sinal para Carl que todos na sala viram e logo compreenderam: um polegar para cima!

— Receio que o tempo tenha se esgotado. Ele será preso — disse ela.

— Nos dê mais dois minutos, por favor! — declarou Carl. E Anna retirou-se e voltou a fechar a porta, embora contra a vontade.

— Como ouviu, o tempo está curto, tenente Wärnstrand — disse Carl. — Eles encontraram as placas e conferiram as suas digitais, que combinam com as delas. Você será preso por participação no sequestro. Não terá como fugir disso. Mas, agora, escreva aqui os nomes dos seus dois colegas britânicos.

Carl apresentou um pequeno bloco de notas de cor preta e uma caneta esferográfica. O tenente escreveu rapidamente os nomes e devolveu o bloco por cima da mesa.

— Os nomes são do capitão David Gerald Airey e do tenente Harold Finley.

— Foram eles que realizaram a operação?

— Foram eles que falaram comigo, confiei neles, nós nos conhecíamos.

— Do Afeganistão?

— Sim. Nós ficamos no mesmo acampamento durante oito meses.

— Você era amigo do capitão David Gerald Airey. Descreva-o!

— Um tipo muito inglês. É ele quem corresponde ao retrato falado feito. Não entendo por que não o reconheceram logo. De família fina, pelo que sei. Nobre, mas pobre, como ele costumava dizer de brincadeira.

— Nobre, mas pobre. Deve ser horrível, não? — disse Carl, com uma expressão neutra, sem qualquer tom de ironia. — Foi ótimo, tenente Wärnstrand. Agora, tenho uma boa notícia para você e um apelo a lhe fazer.

A boa notícia tinha de vir em primeiro lugar, de acordo com o seu efeito psicológico. Se a história fosse verdadeira, e tudo indicava que sim, a condenação certamente não seria de prisão perpétua. Eventualmente, uma multa ou uma prisão em regime de liberdade condicional. Se a pessoa é enganada, há atenuantes. Sem dúvida, é uma situação horrível, mas melhor do que prisão perpétua.

Depois, o apelo. Mas, antes, uma pequena ajuda.

— Escute agora, tenente! — continuou Carl, dando uma olhada rápida no relógio. — Você deve pedir o advogado Leif Alphin como seu defensor público. Eu o conheço. Foi ele quem me livrou da minha condenação à prisão perpétua. Eu falarei com ele antes, informarei sobre a situação. E, agora, um apelo que tem a ver com o fato de termos de ganhar tempo para a operação de resgate. Você vai ser preso, vai entrar na prisão, e ficará sem contato com o mundo lá fora. Por favor, não fale nada durante uns dois dias, recuse-se a revelar a história antes de falar com o advogado. Isso não mudará nada no seu caso, mas valerá muito em termos de tempo, e agora é de tempo que nós precisamos. O coronel Bertoni-Svensson vai falar com a sua esposa e certamente conseguirá acalmá-la. Combinado?

— Claro, almirante!

— Obrigado. Por enquanto, vamos seguir por caminhos separados. Mas a sua ajuda foi valiosíssima.

— Se precisarem de um voluntário para a operação de resgate, estou à disposição. Seria fantástico se eu pudesse colaborar, almirante!

Os três levantaram-se para se despedir. A porta se abriu. Carl refletia, embora sua expressão permanecesse imutável. Os outros dois apenas olhavam para ele.

— É uma ideia interessante e fácil de entender — disse ele, finalmente —, mas talvez não seja possível. Antes de tudo, você precisaria estar livre. Como eu disse, vou falar com o advogado Alphin ainda hoje. E a operação de resgate será feita por franceses e falada em francês. Mas, de qualquer forma, vou levar sua ideia em conta. Boa sorte no plano jurídico!

Ele estendeu o braço para um curto aperto de mãos e saiu da sala com Luigi.

— Quer dizer que você vai viajar de novo, e de avião — refletiu Luigi, meio de brincadeira, quando chegaram à rua e iniciaram a caminhada até o quartel-general no bairro Östermalm.

— De jeito nenhum — reagiu Carl. — Não vou ter nada a ver com a operação de resgate. Vai ser um problema exclusivamente dos franceses e, aliás, o meu francês é praticamente zero. A minha função é apenas a de arranjar as informações necessárias. E, claro, cozinhar uma série de intrigas políticas. Mas fora disso... Não, voar nunca mais.

Os dois haviam decidido caminhar até o quartel-general trocando ideias sobre o encontro com Wärnstrand.

Para início de conversa, ambos acreditavam na história dele. Além disso, se alguém conhecido das Forças Aéreas Especiais pedisse a eles uma ajuda operacional, é claro que ambos não hesitariam em ajudar.

Ninguém em sã consciência poderia imaginar que uma força operacional do SAS estivesse a serviço do terrorismo islâmico através do sequestro de uma criança. Seria um pensamento completamente surreal. Era como se desse para comprar os serviços da SSG, por exemplo. Impensável.

E, no entanto, possível. Desde que financiada com os petrodólares da Arábia Saudita. Nenhum dos paraquedistas suecos estaria disponível por, digamos, 1 milhão de dólares. Muito menos para raptar uma criança. Mas e se fossem 10 milhões? Toda a lógica iria por água abaixo diante dessa enorme soma de dinheiro que os príncipes sauditas podiam oferecer.

Todas as regras do jogo haviam mudado, achava Carl. Se ainda trabalhassem no serviço secreto, eles teriam de pensar duas vezes para entender direito a nova realidade. Enquanto os serviços de segurança na Europa tentavam instalar escutas nas mesquitas, gravar as conversas telefônicas dos novos adeptos ou visionários que diziam ter visto a luz — vinda de Osama bin Laden —, ou enxames de funcionários investiam só para seguir os que navegavam na internet e pegar novos sites, na realidade estavam lidando com um inimigo que detinha a capacidade quase inexplicável de transformar em terroristas os melhores soldados da elite europeia. Era uma perspectiva muito obscura. Se o terrorismo se transformasse num passatempo, amplo e geral, entre os cinco mil príncipes da Arábia Saudita, tal e qual as corridas de cavalos ou de camelos, então o 11 de Setembro poderia ser considerado em breve apenas um prelúdio no caminho para o inferno. E, como a Arábia Saudita era a aliada mais consistente dos Estados Unidos no Oriente Médio, seus príncipes tinham toda a liberdade para fazer o que quisessem.

Luigi ouvira atentamente as considerações políticas feitas por Carl e salientou que nada tinha a acrescentar. Assim havia sido também no tempo em que trabalhavam juntos, mas a essa altura Carl era seu superior. Atualmente Luigi tinha mais facilidade em anunciar o seu desinteresse pela matéria, mudando de assunto.

— Estou pensando nessa operação de resgate que você está preparando — disse ele. — Onde está escrito que tem de ser uma operação francesa com voluntários? A menina é filha de uma policial sueca do Departamento de Segurança. Não poderia ser, também, uma questão sueca?

— Para falar a verdade, acho que não. Quer dizer, no tempo em que eu era chefe operacional na OP 5, talvez decidisse que estava na hora de entrarmos em ação assim que o alvo fosse localizado. Nós fizemos isso algumas vezes, e sempre faríamos, pelo fato de termos mais liberdade para agir. Mas os políticos acharam por bem retirar de nós esse poder. O serviço secreto não detém mais essa função operacional, se é que eu entendi direito a situação. Atualmente você e seus homens têm de receber ordens para agir, certo?

Sim, a situação era essa, confirmou Luigi, de repente, com alguma reserva. A SSG tinha todos os recursos técnicos, até mesmo muito mais do que podia dispor nos velhos e bons tempos. Tecnicamente, existia de tudo, inclusive capacidade de transporte em metade do mundo. Seria possível, por exemplo, organizar uma invasão pelo ar, do tipo que Carl e o amigo Pierre estavam preparando e aperfeiçoando no momento. Sob o ponto de vista prático, não haveria nenhum problema.

Em contrapartida, perdeu-se a agilidade nas decisões quanto às ações da SSG, que passaram a ser tomadas pelo governo, o que, por sua vez, significava debates públicos e democracia em geral. Em outras palavras, as operações secretas, mesmo pequenas e diversas, atualmente eram, na prática, impossíveis. A SSG era usada exclusivamente nas assim chamadas ações internacionais em zonas de conflito armado, no Afeganistão, no Congo e, no momento, em Darfur, Sudão. Aquilo que fora possível fazer no tempo do OP 5 não era mais como, por exemplo, libertar reféns, eliminar os terroristas, voar de volta para casa e telefonar para a polícia durante a viagem e contar o ocorrido.

Era lógico, mas triste, pensava Carl. O sistema chamado democracia tinha, sem dúvida, desvantagens operacionais. Mas a nação não era menos democrática nos bons e velhos tempos, quando era possível realizar intervenções rápidas ainda por sancionar. Bastava vencer, e os políticos aplaudiam com a maior boa vontade. Mas, agora, queriam saber das coisas por antecipação e decidir, assumindo os riscos. E, em matéria de riscos, era melhor dizer não do que sim.

Nesse aspecto, a França não era muito diferente da Suécia. Por isso, o plano para o resgate de Nathalie estava de acordo com o tipo de operação que eles faziam antes de os políticos assumirem o controle das decisões. Se vencessem, eles informariam ao presidente da França. Afinal, era mais inteligente fingir que a vitória era da França, e não de um pequeno grupo de paraquedistas idosos que voluntariamente se dispuseram a fazer o resgate.

Os dois concordaram que a SSG jamais poderia fazer qualquer coisa semelhante. O ministro das Relações Exteriores teria de se meter no assunto. O primeiro-ministro teria de assumir toda a responsabilidade. E os dois, por sua vez, não poderiam decidir nada sem dar conhecimento, antes, ao ministro da Defesa, que, ainda jovem e pacifista, se recusara a prestar serviço militar. Eventualmente, os ministros deixariam vazar os planos de intervenção, a fim de se livrarem das responsabilidades e cancelarem tudo. Sobre isso, infelizmente, nada mais havia a conversar.

Agora, era a vez de Carl mudar abruptamente de assunto. Queria saber mais sobre esse tal de Wärnstrand e o que ele havia feito no Afeganistão, junto com os cavalheiros das Forças Aéreas Especiais. Além de ter se deixado enganar numa situação em que Carl e Luigi também teriam caído, como ele era?

Antes de tudo, a sua lista de méritos era brilhante, assegurou Luigi. As melhores notas, o tempo todo, durante o treinamento inicial, um comandante calmo e bom em combate, duas menções especiais por bravura, um dos cinco ou seis melhores paraquedistas em terra quanto à precisão de tiro, além de trabalhar algumas semanas, de vez em quando, como instrutor na Escola de Paraquedismo, em Karlsborg, na Suécia.

Sobre ter abandonado a carreira militar por motivos familiares, não havia muito a dizer. Como seu superior imediato, Luigi não teria a menor vontade de procurar a mulher dele, olhar bem nos olhos dela e dizer: "Sra. Wärnstrand, eu gostaria que o seu marido continuasse conosco por um salário inferior ao da oficina de placas, arriscando a vida no mundo inteiro, seis meses por ano, em operações sigilosas sobre as quais, infelizmente, não posso falar."

— E o que vocês faziam no Afeganistão? — perguntou Carl, após alguns segundos de silêncio. Mas para essa pergunta ambos sabiam a resposta. No fundo, esperar o fim de uma operação é que os tornava mais intensamente vivos do que qualquer outra coisa. Um tempo em que sempre corriam risco de vida.

— No Afeganistão, o que fazíamos, evidentemente, é segredo, não posso contar — respondeu Luigi, com uma expressão perfeitamente neutra.

Carl não insistiu, mas virou o rosto com um sorriso nos lábios.

— Foi no início da intervenção no Afeganistão, em 2002 — continuou Luigi. — O termo técnico para aquilo que fazíamos era *aggressive patrolling*. A intenção era fazer prevenção contra todas as formas de insurgência na própria capital. Considerava-se isso especialmente importante no início da intervenção.

— Isso é o máximo! — disse Carl. — Isso se chama eufemismo! Vocês trabalhavam numa espécie de caça aos ratos durante as noites. Junto com os homens do SAS. Você não precisa contar mais nada. Acho que já entendi tudo. Mas... E o Wärnstrand? Ele se portou bem?

— Muito bem. Foi aí que ele recebeu uma das suas menções por bravura. Além disso, de uma forma geral, foi uma bênção os jornalistas nunca terem sabido nada a respeito do que fazíamos. O meu superior ainda continua brincando de gato e rato com a mídia, como você deve ter visto, acho. É qualquer coisa a respeito de um congolês submetido brutalmente a interrogatório pelos franceses na mesma base em que nós estávamos. Um caso de execução simulada, ou coisa do tipo. Eu não estava lá, mas pelo que ouvi os rapazes se comportaram tão bem que o comandante até recebeu, depois, a medalha da Legião de Honra. Embora nem ele estivesse lá também.

Carl soltou uma grande gargalhada.

— Já compreendi a mensagem, embora ela seja muito sutil — disse ele.

— Na realidade, não foi mensagem nenhuma. Eu falava do comandante superior.

— Isso mesmo, daquele que nem sequer estava lá. Por algum motivo, isso me fez lembrar Londres. Você fez o trabalho todo. Eu cheguei no final, somente para matar a mulher. Você teve de se contentar com a medalha da Cruz Militar. E eu recebi uma DSO, somente por ser o mais graduado. Você se lembra?

— Eu me ressenti disso durante muitos anos — respondeu Luigi, numa atitude notoriamente negativa.

Carl se arrependeu de ter trazido o assunto à tona. Era totalmente desnecessário. Na realidade, queria apenas fazer piada a respeito do comandante francês que recebeu uma menção honrosa que, possivelmente, evitou uma investigação mais ampla para aquilo que a mídia chamava de escândalo de tortura.

Os dois já estavam quase chegando ao quartel-general, e cada um seguiria por caminhos diferentes. Devia dizer alguma coisa de positivo na despedida, pensou Carl. Agradeceu pela ajuda no caso Wärnstrand. Assegurou que isso podia ser um grande passo para a volta de Nathalie e prometeu convidá-lo para um grande jantar em Stenhamra para festejar o seu regresso. Luigi não disse nada, bateu continência e foi embora.

Dez minutos depois, Carl estava na sala de espera que dava para o escritório de um dos assistentes da polícia secreta. Por coincidência, era sua antiga sala de trabalho, o que lhe deu uma sensação alucinante de que o tempo voltara. Ele estava de volta. Em breve, Samuel Ulfsson, fumante inveterado, viria em passos rápidos pelo corredor para acompanhá-lo até a sala do amargurado DG, que esperava explicações difíceis de apresentar.

Os atuais colegas tinham um estilo mais formal, constatou ele. Mas é claro que eles aceitaram o seu pedido. Afinal, uma mensagem confidencial a ser mandada para o chefe do MI-6 é uma mensagem confidencial para o chefe do MI-6. Além disso, eles receberiam uma cópia da mensagem, de modo que a curiosidade venceria a formalidade.

Telefonar ele não podia, tampouco enviaria a mensagem pela internet, pelo computador da sua casa. A linha de ligação criptografada entre as polícias secretas da Suécia e da Grã-Bretanha era a única via confiável e segura.

O programa de criptografia funcionava como antes. Portanto, ele não precisava nem de ajuda técnica para escrever a seguinte mensagem:

Meu caro e velho amigo,
Aconteceu o que eu esperava. O sequestro foi realizado por dois oficiais do Special Air Service: o capitão David Gerald Airey e o tenente Harold Finley. De acordo com bases seguras, podemos presumir que os outros criminosos foram recrutados na mesma instância. Dentro de alguns dias, por motivos que você certamente reconhecerá, vou ter de apresentar essas informações à polícia sueca, que, por sua vez, irá transmiti-las para os seus queridos primos do MI-5. As digitais e o DNA das várias pessoas envolvidas vão seguir dentro do mesmo pacote. Parto do princípio de que isso levará à prisão de toda a gangue britânica. O retrato-falado representa justamente o capitão Airey, segundo quem o reconheceu.

Presumo que você encontrará uma forma menos oficial de me enviar, por troca, aquilo que lhe pedi e que me é mais valioso do que qualquer outra coisa na vida. A polícia secreta da Suécia tomou conhecimento desta mensagem.

Seu grande amigo, Carl.

8

Foi uma sensação inesperadamente boa a de voltar a trabalhar. Era melhor para sua saúde mental do que ficar sozinha o dia inteiro em Stenhamra, tentando controlar o nervoso. Uma questão de bom-senso, de filosofia. E a situação não melhorava à noite, quando ela era obrigada a escutar os homens falando dos seus planos, por vezes infantis e absurdos. Todo o seu interior era um único espaço vazio onde ela procurava por Nathalie. A cada momento, via a filha, ouvia-a, sentia seu perfume, seu corpinho delicado. Na mente de Pierre, parecia haver apenas aviões de transporte, paraquedas e velhos companheiros.

Claro que era injusto ver a coisa somente por esse lado. À sua maneira, Pierre não falava de outra coisa senão de Nathalie; aquele jargão militar servia apenas, talvez, para se defender, para não desmoronar, por ser homem, ou melhor, coronel na legião. Afinal, era essa sua função, assim como a dela era ser policial.

Caso se tentasse pensar com lógica, dava para entender, aceitar tudo. Mas logo os sentimentos derrubavam toda a lógica. Nathalie, Nathalie, Nathalie, presa entre fantasmas.

O que ela receava mais no trabalho eram os olhares evasivos e de comiseração, como se ela precisasse andar dentro de uma redoma de vidro.

Todas as segundas-feiras, pela manhã, ela se fechava na sua sala e lia os protocolos dos interrogatórios. A única missão que a Unidade de Investigação e Interrogatórios, no momento, tinha pela frente era a de ouvir os elementos de um pequeno bando de neonazistas presos por porte ilegal de armas e de explosivos diversos, todos bastante potentes. Em outras palavras, havia o perigo de existirem planos de sabotagem ou de outros tipos de incidentes perigosos.

Seus colaboradores Johnson e Erlandsson fizeram um excelente trabalho com os três indiciados, mas o protocolo demonstrava um enorme receio pelas consequências políticas do caso. Trataram os três homens como bêbados. E, no entanto, existiam e estavam anexados todos os panfletos programáticos da "Frente Nacional de Libertação". Claramente tinham todos a ver com a motivação dos três homens, embora Johnson e Erlandsson tivessem se contentado em investigar apenas os dados factuais, as impressões digitais nas armas militares roubadas, os explosivos e coisas assim.

É claro que não chegaram muito longe ao querer saber se houvera outros bandidos para ajudá-los no roubo das armas. Os nazistas certamente tinham a mesma vontade de aparecer que as gangues de motociclistas e outras organizações de foras da lei. Eles já sabiam que seriam apanhados e presos. Sabiam também que a primeira coisa que lhes aconteceria seria terem de se apresentar para uma investigação preliminar diante do assim chamado Conselho de Confiança. E que, se houvesse o mínimo fundamento para desconfiar de terem atormentado alguém, eles passariam maus bocados.

Ewa fez uma verificação rápida dos textos do programa dos nazistas, e, embora seu interesse aumentasse à medida que os lia, teve de interromper a leitura e recomeçar. Ela ficou com a consciência pesada pelo fato de nem por alguns minutos deixar de pensar naquilo que, para ela, era o mais importante. Mas também não podia evitar de sentir certa alegria em estar trabalhando e em descobrir algo. E, então, tinha de parar novamente, com a consciência pesada, e recomeçar. Nathalie, Nathalie, Nathalie.

Ela convocou Johnson e Erlandsson para sua sala logo depois do almoço. E, ao vê-los, não pôde deixar de sorrir. Talvez parecesse um pouco estranho. Mas era inevitável. Ao entrarem vestidos exatamente do mesmo jeito, com jeans, paletós de *tweed* e camisa preta, de colarinho aberto, a expressão amigável por parte dela parecia constrangê-los mais do que o normal.

— Nós estamos muitíssimo satisfeitos em vê-la de volta... E ver que você parece... Tão forte, tendo em vista... É... — disse Johnson.

— Soubemos que a criminalística fez novos avanços. Pelo menos, os rumores apontam nesse sentido — tentou amenizar Erlandsson, olhando para o chão.

— Tudo bem. Por favor, sentem-se — reagiu Ewa. — O Departamento de Criminologia vai receber hoje, por volta das três horas, os nomes de alguns dos criminosos — continuou ela, com certo sarcasmo, que os dois, aparentemente, não chegaram a notar. Aquele demônio do Hamilton conseguiu arrancar da Anna a promessa de adiar por 48 horas o anúncio da descoberta, pensou ela. Não se sabia a finalidade do adiamento.

— Mas obrigada pela atenção — acrescentou ela. — A intenção, evidentemente, é a de que eu tente retomar a vida normal, e isso significa voltar a ouvir os criminosos. E é isso que vamos fazer, os três, partindo do interrogatório básico que vocês já adiantaram.

Eles a olharam, surpresos. Era de se presumir que tivessem feito mais do que um interrogatório básico, mas, por outro lado, eram melhores policiais do que juristas e achavam que a questão estava esclarecida. E, antigamente, a questão estaria mesmo esclarecida.

Vinte minutos mais tarde, estavam diante de um verdadeiro idiota, praticamente um palhaço: o *Führer* Joakim Nilsén, considerado líder da Frente Nacional de Libertação, de 24 anos, com uma suástica tatuada na nuca raspada.

— Mas, que diabo, é você mesma! — exclamou ele, logo que Ewa terminou de ler as formalidades antes do interrogatório, inclusive revelando seu nome e posto. — Deve ser uma droga de situação essa, a de ter terroristas árabes apertando a sua garganta.

— Sem dúvida — respondeu Ewa, com a maior calma.

Johnson e Erlandsson estavam cada um de um lado dela, encostados descontraidamente em suas cadeiras, como que antecipando a diversão. Alguma coisa a sua chefe já havia descoberto. Havia uns dois anos que trabalhavam juntos, e restava apenas tomar conhecimento do que vinha pela frente.

— Foi você quem escreveu este programa? — perguntou Ewa, agitando no ar uma pequena folha de papel e gravando por meio do microfone que se tratava do manifesto político da Frente Nacional de Libertação.

— Nem tudo, apenas uma parte — respondeu o nazista, meio curioso, sem saber aonde ela queria chegar. — Vários de nós se juntaram para escrever esse manifesto. Mas no nosso país existe liberdade de imprensa. Não é crime escrever, certo?

— Claro que não — disse Ewa, com um sorriso meio forçado. — Você tem razão em ambos os pontos. Eu só quero saber se você se responsabiliza pelo que escreveu aqui junto com os outros.

— É claro. Nós fazemos parte de um movimento revolucionário. Estamos orgulhosos por aquilo que representamos.

— Poder branco?

— Claro! Você mesma viu o que aconteceu com a sua filha.

Ewa mordeu o lábio, mas logo se recompôs.

— E isso não teria acontecido se o poder branco prevalecesse no país. É o que você quer dizer?

— Isso mesmo. Se realmente houvesse poder branco. Nós nos responsabilizamos pela defesa das mulheres e das crianças.

— Mas, então, vocês precisam tomar o poder do ZOG, o governo de ocupação sionista?

— Sim! E é isso mesmo que está escrito aí!

— Portanto, você apoia tudo o que está escrito neste programa, certo?

— É claro!

— E como estágio inicial para assumir o poder, vai haver um período de terror ariano para meter medo no ZOG?

— Isso mesmo!

— Portanto, sabotar as instituições civis é um meio para meter medo nos adversários?

— Justamente!

— E usar o poder armado é o único caminho que, abre aspas, os porcos do ZOG são capazes de entender, e em seguida ou pegam em armas numa batalha que eles estão condenados a perder ou serão destruídos pelas tropas arianas, fecha aspas? Você também se responsabiliza por isso?

— Sim, como disse, eu ajudei a escrever esse programa.

— E foi por isso que vocês se armaram, o que, aliás, já está provado. Mas você confirma tudo, não é?

— Claro. Nós jamais poderíamos realizar um ataque ao poder sem armas.

— Começando por meter medo na sociedade, de forma que todos compreendessem que vocês estariam falando sério?

— Sim, é claro!

— Nesse caso, é meu dever lhe informar que você é suspeito pelo crime de terrorismo. Aconselho-o a falar com o seu advogado o mais rápido possível. O crime de terrorismo é muito mais doloso do que os outros pelos quais você já é dado como suspeito. O interrogatório está sendo encerrado às 14h43, e a gravação não foi suspensa em nenhum momento.

✪✪✪✪✪

Carl sempre sentia uma má vontade instintiva ao meter a mão por trás da tampa da caixa de correio. Ela estava incrustada num muro de pedra com mais de um metro de espessura, e, também embutido, um detector de metais que dava para ver antes de abrir a tampa. Talvez fosse necessário embutir também um detector de movimentos, se bem que, a essa altura, criaria um problema quando o carteiro aparecesse. Carl tinha algumas fobias, sim, contra serpentes e aranhas... Serpentes venenosas, pequenas, mas interessantes; aranhas como a viúva-negra, de aspecto espantosamente inocente, mas letais.

No momento, ele passava a maior parte do tempo sozinho. Ewa e Pierre haviam tentado voltar para seu lar na Norr Mälarstrand. E Erik Ponti instalara-se na Biblioteca Real, a fim de ler sobre a Serra Leoa. Ele se desculpou, dizendo que tinha de trabalhar e se concentrar em alguma coisa para não enlouquecer.

Normalmente, era fácil separar a correspondência, já que as cartas de veículos de comunicação mais ou menos conhecidas sempre traziam os seus nomes com letras coloridas e em relevo. Os conteúdos eram praticamente os mesmos: entrevistas sobre isto e aquilo. Uma revista pornográfica masculina, porém, se desviou do padrão, com a oferta de 1 milhão por uma fotografia dele, nu.

Os convites da mídia ele atirava diretamente numa pilha, e os folhetos de propaganda, jogava logo fora. O resto eram contas a pagar.

Mas nesse dia ele recebeu uma carta que nunca iria esquecer. Quase desaparecera entre os folhetos de propaganda. O envelope era pequeno, elegante, de papel de linho, mas sem remetente. Endereçado a Lorde Hamilton, com uma caligrafia bem redonda. O coração acelerou quando ele abriu o envelope. Era uma carta de Sir Geoffrey:

Caro amigo,
De vez em quando, penso em como é difícil para pessoas especiais como você e eu encontrar uma via para se comunicar, sem que haja por perto alguém na escuta. Enviar mensagens pela internet, como nós sabemos, é a mesma coisa que enviar cópias da mensagem para alguns aliados, e telefonar, então, nem se fala. Mas uma cartinha escrita à mão, como você certamente entenderá, se não foi mandada todos os dias, é comparativamente quase uma manobra genial. Dá o que pensar.

Sua mensagem concreta e muito bem-estruturada foi de grande utilidade, e, ainda que não contivesse palavras impróprias, ela acirrou ânimos. Como você sabe, é sempre divertido chegar antes dos concorrentes. Muito obrigado.

O homem que você procura é Sua Alteza Real, príncipe Sultan bin Abdul Aziz al-Saud, conhecido, entre outras coisas, por seu bizarro passatempo de construir cópias de edifícios famosos: Versalhes, a Casa Branca, entre outros. Entretanto, ele mantém a cidadã francesa Nathalie numa de suas mais excêntricas construções de lazer, o Qasr Salah al-Din, ou seja, o Castelo de Saladino. Parece ter sido construído no estilo da Idade Média, pelo menos por fora. A posição é 3122 Norte e 3903 Leste.

Desejo a você e aos seus amigos boa sorte na caçada!

Do amigo Geoff.

P.S.: Telefone para combinarmos o nosso próximo almoço e confirme o recebimento desta carta.

Carl correu pela casa, entrou na biblioteca e abriu o atlas. A satisfação o invadiu como uma corrente de calor. O alvo estava situado numa posição quase perfeita. Seja bem-vinda, Nathalie, pensou ele. Sentou-se à escrivaninha, pegou papel, caneta e uma régua, e começou a fazer contas.

A posição indicada estava na ponta Noroeste da Arábia Saudita, a uma distância facilmente transponível da fronteira jordaniana, no que parecia ser uma área totalmente deserta chamada Al Harrah. Voando pelo território jordaniano, seria possível invadir o espaço aéreo saudita por apenas dez minutos para chegar lá. Maravilhoso. Pelo que ele podia entender, não havia bases sauditas nem americanas por perto. Era quase bom demais para ser verdade. A primeira parte da operação, a de chegar ao lugar, era quase um passeio. A segunda parte da operação, a de sair de lá, atravessando duzentos quilômetros de areia do deserto, era mais complicada. Exigia um bocado de criatividade e estudo.

Carl ficou ali sentado, pensando, medindo distâncias e imaginando diversas alternativas, até que, de repente, sentiu que estava em falta. Telefonou, então, primeiro, para Pierre, e, depois, para Geoffrey.

✪✪✪✪✪

Ewa estava inquieta e com maus pressentimentos ao pensar nas entrevistas que teria de conceder a vários canais da televisão francesa. De novo, aquelas sensações sem qualquer razão de ser. Erik trabalhou com ela durante duas tardes e duas noites para convencê-la de que, de fato, aquela se tratava de uma questão importante entre todos os esforços para trazer Nathalie de volta para casa. Até que ela cedeu. Diante da lógica, claro. O que nem por isso tornou a situação menos desagradável.

Depois, mais uma tarde e uma noite para treiná-la nas respostas a dar, inclusive em francês, para que o trabalho fosse o mais completo possível.

O mais importante, segundo Erik, era que ela aproveitasse a oportunidade para fazer um apelo e manifestar a esperança de que madame Carla Bruni Sarkozy lhe desse apoio. E ela, sem dúvida, teria a chance de fazer isso. Todos os entrevistadores, cedo ou tarde, iriam indagar-lhe sobre suas expectativas, o que ela esperava do futuro, qualquer coisa do tipo. E a essa altura restaria apenas despejar aquelas palavras já estudadas e treinadas, dirigidas à mulher do presidente.

As perguntas mais desagradáveis, mas infelizmente inevitáveis, segundo Erik, seriam aquelas que visavam saber como ela "se sentia" ao ver sua filhinha com um lenço sobre a cabeça dizendo algumas suras do Alcorão e agradecendo a Alá por seu maravilhoso salvamento.

A essa altura, Ewa começou a chorar. Isso seria ótimo nas entrevistas, assegurou Erik. Mas a afirmação fez com que ela ficasse irritada, até que, no meio de sua raiva, descobriu que estava ofendendo em francês o melhor amigo de seu marido. Os palavrões simplesmente pipocaram, sem uma pausa, o que deu à cena um ar de comicidade. E assim os dois puderam seguir em frente e pensar nas próximas dificuldades a vencer.

Antes de tudo, era preciso encarar o problema "valquíria", uma designação criada por um tabloide sueco, que nada tinha a ver com a realidade. Seria até muito bom se ela conseguisse explicar nas entrevistas que não havia "esmagado", de jeito nenhum, os muçulmanos durante o interrogatório no ano anterior. Pelo contrário. Foi por causa do relatório apresentado por ela que muitos foram inocentados. Entretanto, a situação de histeria em toda a Europa em termos de terrorismo islâmico havia contribuído em alto grau para o enfraquecimento dos atos de justiça.

Não era seguro que as manifestações desse tipo fossem apresentadas sem cortes. Podiam ser consideradas periféricas, sérias ou controversas demais. De qualquer forma, essas manifestações contribuíam para dar uma impressão de intelectualidade e bom-senso, o que devia agradar aos telespectadores franceses.

Uma última dificuldade, pelo que Erik sabia, era a má fama da polícia sueca, depois do que acontecera durante as investigações sobre o assassinato do primeiro-ministro sueco, Olof Palme. Era uma dificuldade, por um lado, inescapável.

Por outro lado, ela teria um trunfo na mão. Poderia dizer que os trabalhos da polícia sueca haviam sido difíceis, visto se tratar de sequestradores que vieram de longe, mas que os seus colegas já haviam identificado os sequestradores e que a captura era apenas uma questão de tempo.

Foi isso, na verdade, o que aconteceu? Era bom terminar com uma novidade, um furo, que é aquilo de que todos os jornalistas gostam.

Tudo bem, concordou Ewa. É certo que já se haviam passado mais de 48 horas desde que a polícia secreta enviara aos colegas do MI-5 os nomes dos dois oficiais do SAS suspeitos do sequestro. E até o momento não se realizara nenhuma detenção. Mas isso não era surpreendente. Havia uma enorme quantidade de motivos para que demorasse. Podia ser que um dos oficiais, ou os dois, estivesse no exterior, nadando no Mediterrâneo e gozando dos seus milhões. Ou, então, os agentes britânicos ainda estavam procurando outros eventuais implicados, para prender todos ao mesmo tempo. Era o caso, por exemplo, da mulher vista pegando Nathalie na filmagem de Magruder. Se fosse confirmado que ela trabalhava como intérprete dentro da força especial militar e falava francês, certamente não haveria muita gente nessas condições. Bastariam mais alguns dias de espera. Se Ewa recebesse uma missão equivalente, um pedido de ajuda dos colegas britânicos, também levaria alguns dias para a detenção dos suspeitos. Portanto, caso a questão irritante sobre os maus colegas suecos surgisse, ela poderia responder de forma agressiva com a consciência tranquila.

As entrevistas seriam feitas, uma após a outra, no Departamento de Imprensa da polícia secreta. A primeira, para um canal francês aberto, decorreu dentro de uma linha já prevista por Erik. A única coisa que irritou um pouco Ewa foi a pressão do repórter em relação às terríveis imagens de Nathalie na internet. A essa altura, ela não conseguiu conter as lágrimas. No entanto, se controlou e, já que o choro era um fato tão irritante quanto inevitável, pôde, então, com as lágrimas correndo pelas faces, fazer o apelo à Madame Sarkozy. Os elogios vieram em seguida, um tiro certeiro, comentou o repórter francês.

Ao ser maquiada para a entrevista seguinte, Ewa decidiu que devia tentar segurar o choro. Ela não era nenhuma tola, mas uma chefe na polícia secreta.

A segunda entrevista, para um canal mais sério, segundo Erik, decorreu, de início, mais ou menos como a primeira. A diferença foi que, dessa vez, quem a estava entrevistando era uma repórter, e esta dedicou mais atenção às críticas que Ewa poderia fazer contra as condições de insegurança que assolavam a Europa.

Mas, quando a repórter abordou a questão da falta de resultados nas investigações da polícia sueca, Ewa não foi muito longe na sua bem-estudada demonstração de confiança. O produtor do programa, de celular na mão, interrompeu a entrevista, parecendo bastante excitado:

— Madame — disse ele —, a polícia inglesa acaba de prender quatro dos sequestradores da sua filha! Pelo menos é o que a BBC anunciou agora mesmo!

A partir desse momento, e por muitas horas, foi um caos total. Ewa suspendeu a entrevista e correu da sala de imprensa para a central de comunicações da liderança do grupo, onde vários colegas já se encontravam diante de um monitor ligado à BBC World. Todos comentavam ao mesmo tempo o que estava acontecendo.

O comentarista da BBC falava do maior escândalo que atingira o poder militar da Grã-Bretanha nos últimos cem anos. Não havia caso semelhante na história: oficiais de uma força de elite como a Special Air Service, *Her Majesty's finest*, se aliando a terroristas islâmicos. Dois deles eram, além disso, muito conhecidos. O líder, capitão David Gerald Airey, recebera das mãos da rainha não somente a Cruz Militar, como também a Cruz de Vitória.

Além dos quatro suspeitos já presos, estavam sendo procuradas outras quatro pessoas, mas tanto a New Scotland Yard quanto o MI-5 se recusavam a revelar suas identidades e a confirmar se eram também soldados britânicos de elite.

Não se sabia também se algum dos presos já havia confessado o crime ou dado alguma informação a respeito de quem mantinha a menina sequestrada em seu poder.

E, então, o programa reprisou toda a história do sequestro, apresentando, inclusive, fotos de Ewa feitas pelo jornal *Kvällspressen*.

Em seguida, um dos chefes do MI-5 deu uma entrevista e, com a maior cara de pau, assumiu a honra de ter sido quem encontrou a pista dos suspeitos, apesar de ter sido necessário investigar, ao final, nos meios mais inesperados. Segundo informações anônimas dadas à BBC, na realidade a denúncia inicial havia partido do mais sigiloso serviço secreto britânico, o MI-6.

Agora não há outra saída, dizia o superior de Ewa, Björn Dahlin, que fora se juntar aos subordinados diante dos monitores. Era preciso improvisar rapidamente uma entrevista coletiva para a imprensa, e ele apelou para Ewa se apresentar. Caso contrário, eles ficariam cercados, comentou.

E Ewa, que esperava ficar livre de entrevistas depois das duas que concedera às emissoras francesas — mais ou menos de forma sigilosa —, quase ficou cega diante de milhares de disparos de flashes, quando uma hora mais tarde entrou na grande sala de reuniões do edifício central da polícia. Ela já havia decidido uma coisa. Nada de MI para cá e MI para lá, em termos de autoria do trabalho realizado. Tudo fora consequência das investigações do Departamento de Criminologia sueco e de Anna Holt. Os nomes dos dois líderes do sequestro foram enviados três dias antes pela polícia secreta da Suécia para o MI-5. Era preciso que isso ficasse claro.

De resto, por mais estranho que parecesse, havia muita coisa que não poderia ser dita. Por exemplo, que Pierre e Carl já sabiam exatamente onde Nathalie se encontrava e quem, entre os cinco mil príncipes da Arábia Saudita, a mantinha presa em cárcere privado, como troféu. Pierre obrigou-a a jurar que não revelaria em hipótese alguma esse segredo. Isso estragaria tudo, disseram Pierre e Carl ao mesmo tempo. Nesse caso, os políticos iriam se meter no assunto, e isso significaria arriscar a vida de Nathalie.

Ao responder à corrente de perguntas mais ou menos idiotas (Como é que você se sente?) misturadas com outras impossíveis (O que isso significa na guerra contra o terrorismo?), Ewa teve a sensação de estar vivendo algo irreal. Era como se ela ouvisse sua voz gravada. E, quase cega diante dos flashes das câmeras, ela só via à sua frente a figura de Nathalie, e tudo o que queria era ficar sozinha na sua casa, a não ser que Anna ainda tivesse tempo para lhe fazer companhia. Pierre já havia partido para a Córsega. Carl também já partira às pressas, embora nem dissesse para onde. Era uma loucura. Realmente, uma loucura completa.

✪✪✪✪✪

— Presidente, eu estou muitíssimo agradecido por o senhor ter cedido parte do seu tempo para me receber — começou Carl, de forma polida. Ele aguardara muito tempo na antessala superdecorada, como era de se esperar. O cômodo era ornamentado com móveis dourados, estofados com seda vermelha, chão de mármore com padronagem, pé-direito de oito metros, querubins e anjos pintados, portas brancas, duplas, de quatro metros de altura, dois guardas armados, de rostos imóveis, *the works*, o tratamento de costume. Mas era ali que ele tinha de ir e fazer suas preces. Ali, na Casa Branca da Rússia, era onde estava o poder. Não mais no Kremlin.

— Lamento que o tenha feito esperar, camarada almirante — respondeu Vladimir Putin, quase ironicamente. — Mas, quando quiser se encontrar comigo, é só dizer. Na última vez que nos vimos pessoalmente, tive o prazer de condecorá-lo como Herói da Rússia.

— O senhor é muito amável, presidente — reagiu Carl, devagar. Sentia-se inseguro. Não sabia se devia ser ele ou o ministro de Estado a tomar a iniciativa de falar do assunto em pauta. O protocolo russo era uma desgraça, impossível de aprender.

— É claro que eu iria recebê-lo, depois de um pedido tão veemente dos seus velhos amigos do serviço secreto. Todos disseram que eu devia receber o camarada almirante. E está subentendido que a apresentação deles implica o desejo de que eu faça o possível para atender a certas circunstâncias concretas, não é verdade? — perguntou Putin, num tom de voz inexpressivo, o que representava a variante russa do estilo sofisticado.

— Os camaradas do serviço secreto expressaram certo entusiasmo pelo meu projeto, senhor presidente — respondeu Carl, ainda hesitante. Putin brincava de gato e rato. Restava apenas dançar conforme a música.

— O que você está me pedindo para sancionar é tão perigoso quanto complicado, camarada almirante. E também não é barato, em especial os serviços de satélites. Mas mesmo assim você não hesitou em vir aqui falar comigo, olhar bem nos meus olhos e pedir tudo isso.

— Correto, senhor presidente.

Não se trata de dinheiro, pensou Carl. Mas ele quer ser pago pelo serviço. A questão é saber como.

— O senhor sabe, camarada almirante — continuou Putin, com o mesmo tom de voz bem formal, mas com um olhar em que ressaltava o bom humor —, o que eu diria nesta situação complicada e difícil se fosse o presidente americano?

— Bem, senhor presidente, eu ouso afirmar — respondeu Carl, rapidamente, num tom de voz inexpressivo que imitava o de Putin — que o senhor diria, com todas as letras, *what's in it for me?* O que eu vou ganhar com isso?

Putin abriu um largo sorriso. Era o que Carl esperava: o costumeiro teatro político russo. Parecia bem promissor.

— Muito bem, camarada almirante — continuou Putin, agora se divertindo com a situação. — Quer ter a bondade, então, de responder a uma pergunta complexa?

Carl sentiu-se mais confortável. Daria certo. Putin era como qualquer outro velho colega russo quando se tratava de ganhar um pouco de pompa e esplendor presidencial, um *tjekist** que, presumivelmente, ainda pensava como um *tjekist*. E o que ele pretendia não eram rublos nem dólares, mas uma valorização política.

— Eu vou ser bem sincero e falar de coração aberto — começou Carl, com uma brincadeira corajosa, a velha fórmula da política soviética que significava muita discussão para nada. Mas acertou na medida. Putin soltou uma gargalhada e piscou para ele.

— Parece promissor, camarada almirante. Portanto, me dê uma avaliação política do projeto. E não se esqueça daquela ideia americana... *what's in it for me?* É assim que se diz?

— Correto, senhor presidente — disse Carl, também sorrindo. — E, para continuar com outra metáfora americana, acho que posso afirmar que o senhor se encontra numa *win-win situation*, ou seja, numa situação ganha-ganha.

E, com isso, as preliminares haviam terminado. Agora, era preciso fazer uma avaliação rápida, exata e completamente não sentimental da Operação Nathalie.

Carl esquematizou primeiro a pior alternativa. Com a ajuda técnica russa, uma força voluntária francesa ataca um príncipe saudita degenerado em um de seus lendários castelos para libertar uma criança onde o príncipe a mantém. A operação falha. A força é presa ou morta. E, a essa altura, descobre-se que essa força, em parte, está equipada com material russo.

Quer dizer, possivelmente não se descobre nada. O mais provável, se a operação der errado, é que nada se saiba. O governo saudita certamente não tem interesse algum em denunciar que um dos elementos

---
* Ex-membro da KGB.

superiores da corte real saudita manteve em cativeiro uma criança europeia.

Mas, mesmo que a notícia venha a público, a intervenção da Rússia não seria uma coisa da qual se envergonhar, nada de prejuízo político. Pelo contrário. Quem poderia criticar uma tentativa de libertar uma criança sequestrada e, além disso, usada na mais insultante propaganda terrorista?

Até aqui, a menos positiva mas também a menos provável das alternativas.

E, com isso, vamos à alternativa mais provável e mais agradável. A operação obtém sucesso. A criança é levada para sua mãe e sua pátria. A publicidade no mundo inteiro é enorme, total.

A Arábia Saudita sofre uma grande derrota política. A operação revela que a corte real saudita está por trás do terrorismo internacional. A derrota alcança também os Estados Unidos, duramente, visto que eles dão apoio à corte real saudita e, com isso, colaboram com o terrorismo que dizem combater. A aliança entre árabes e americanos sofre um sério prejuízo, em especial tendo em conta que os Estados Unidos vão eleger um novo presidente, que, mesmo sendo republicano, vai querer se distanciar o máximo possível do concubinato com os príncipes terroristas.

E quem serão os heróis desta bela história? Em primeiro lugar, os voluntários corajosos, que, com o pai da menina à frente, conseguiram resgatá-la. Isso é inevitável e, acima de tudo, justo.

Em seguida, vem o presidente francês, que, é claro, vai assumir a honra da operação, caso seja bem-sucedida.

E, depois, vem a Rússia, cuja ajuda, por meio de observações de seus satélites e de informações via rádio, entre outras coisas, constituiu uma contribuição decisiva para o êxito da operação.

Carl parou por ali. Sua intuição lhe dizia que Putin já havia ouvido muitos e longos relatos de subordinados nervosos demais e queria, portanto, um relatório curto, conciso e um pouco atrevido.

Mas era difícil prever a reação de Putin. Até porque ele estava de costas, havia girado a cadeira de couro branco e, além disso, se encontrava em cima de um tablado, para que qualquer visitante sempre ficasse mais abaixo ao entrar na sala, e ainda menor quando ele se sentasse na opulenta cadeira atrás da enorme mesa polida constantemente vazia.

Parecia que Putin encontrara alguma coisa de errado; ao voltar-se, havia uma ruga em sua testa. A questão era saber por quê.

— Posso ver apenas um pequeno detalhe incerto, mas nem por isso menos importante, na sua explanação, camarada almirante — disse ele, com um ar de repentina decisão, olhando bem nos olhos de Carl. — Será que você consegue ver a fraqueza nesse seu cenário, camarada almirante? Um detalhe pequeno, bem pequenino?

— Claro que não, senhor presidente — respondeu Carl sem hesitar. — A minha intenção era fazer uma explanação bem completa.

Ele sabia que essa era a resposta certa. Era privilégio de Putin ser o mais esperto dos dois. A questão continuava promissora.

— Bem, camarada almirante, é até engraçado, mas sua crença na generosidade da imprensa ocidental em relação à contribuição russa para esse sucesso, considerando, no caso, o cenário de sucesso, me parece exageradamente otimista. O senhor concorda comigo ou estou sendo apenas, à maneira russa, desconfiado demais?

— De jeito nenhum, senhor presidente. A sua observação é perspicaz e relevante. Mas eu fiz uma descrição sucinta do desenvolvimento da operação. Se for autorizado a completá-la com outras informações, acho que a imagem ficará mais clara.

Era como pisar em ovos. Um exercício prático no qual ambos foram treinados no início de suas carreiras de espiões. A observação de Putin era justificada. Moscou não era exatamente o primeiro lugar onde a mídia ocidental começaria a caça aos heróis. Até aí, tudo certo.

No caso, porém — como explicou Carl —, estava previsto que a general de brigada Mouna al Husseini também fizesse parte da operação, e, como se sabe, ela também era Heroína da Rússia. Ela não hesitará em ressaltar a contribuição russa no plano. Aliás, seria ótimo se ela fosse convidada a visitar Moscou de novo. Quanto a Carl, embora seu papel fosse mais de atuar nos bastidores, aproveitaria todas as oportunidades para informar a mídia ocidental a respeito do incalculável valor da colaboração russa.

Putin pensou por um instante antes de abrir um largo e presunçoso sorriso.

— Então, tenho uma proposta a fazer, camarada almirante — disse ele, inclinando-se sobre a mesa.

— Sou todo ouvidos, senhor presidente!

— A própria Madame Terror, a heroína da libertação palestina que, com a ajuda de uma técnica avançada da Rússia, conseguiu virar o jogo do poder no Oriente Médio, me deu muitas alegrias. Aliás, o senhor também me deu muitas alegrias. Recebemos uma retribuição justa pela nossa participação no sucesso, não acha, camarada almirante?

— É claro, senhor presidente! O submarino *U-1 Jerusalém*, de fato, foi construído pelo nosso país, e metade da tripulação era russa.

— E vocês dois vieram aqui na Rússia e fizeram uma série de festejadas aparições, mas apenas diante de um público militar, muito fechado, ou diante do Parlamento, o Duman, quando eu os condecorei.

— Eu me lembro de tudo isso, são recordações que me aquecem a alma, senhor presidente — respondeu Carl, na expectativa. Putin queria impor algumas condições, dava para ler no seu olhar aguçado.

— Se aceitarmos a hipótese — continuou Putin, lentamente — de que vamos dar a assistência que o senhor pede, que assim a operação se tornará mais fácil, de que vocês chegarão à vitória e que, depois disso, chegará a hora de repartir os louros do triunfo... Esse é o ponto de partida, não é verdade, camarada almirante?

— Claro, senhor presidente, esse deve ser o único ponto de partida — respondeu Carl, superentusiasmado, sentindo que em breve chegaria a hora de gritar à maneira russa: HURRA!

— Muito bem. Então, eu tenho um modesto pedido a lhe fazer, camarada almirante — continuou ainda Putin, de boa índole, num tom quase provocante. Carl sentiu que a crise terminara e tudo daria certo. Restava apenas saber qual o preço a pagar.

Putin ainda demorou um instante, fixou os olhos nos de Carl e tentou fazer com que ele começasse a rir, mantendo um ar de suspeita exagerada. Era uma jogada estranha. De repente, Carl sentiu-se inseguro e chegou a pensar que ele iria voltar com a ideia de formar um grupo de contraterrorismo na Ásia Central. O preço seria alto demais.

— Depois do êxito da operação, o senhor e Madame Terror serão bem-vindos a Moscou como meus convidados oficiais — disse Putin. — Presumo que os dois vão aceitar o meu convite, camarada almirante.

— Sem a menor hesitação, senhor presidente! — respondeu Carl, aliviado.

— Presumo, ainda, que os dois entendam bem o que isso significa em termos práticos. Trata-se de vir aqui como convidados *oficiais*, não como convidados secretos.

— Sim, senhor presidente. Eu posso, por exemplo, me apresentar para uma ou outra entrevista coletiva e comparecer a alguma entrevista exclusiva na televisão em horário nobre — respondeu Carl, sem conseguir mais manter a máscara séria.

Droga!, pensou ele. Espero que valha a pena.

Putin levantou-se surpreendentemente rápido, deu alguns passos para a ponta do tablado e estendeu a mão. Eles riram alto, aliviados, enquanto apertavam as mãos.

— *Deal*, como dizem os americanos! — encerrou Putin.

✪✪✪✪✪

Felicidade era uma palavra na qual ele não pensava havia muitos anos, que havia desaparecido do seu vocabulário, era uma sensação inexistente. De repente, a palavra lhe voltou.

Era uma noite muito quente de junho em Moscou. O ar estava cheio de fiapos brancos, como cristais de gelo, mas vinham das árvores cujo nome da flor ele já esquecera. Estava passeando lentamente pela praça do Kremlin, a caminho do Hotel Metropol. Aqui e ali, havia namorados abraçados. A noite clara iluminava toda a escuridão existente por trás da permanente desordem no posicionamento dos edifícios da praça e das estreitas ruas de acesso. Como em São Petersburgo, a maioria dos carros no trânsito intenso parecia ser de origem ocidental.

Como era natural, ele vestia um terno escuro e usava gravata, além de, na lapela esquerda, a condecoração de Herói da Rússia. Assim, era fácil reconhecer que ele não era um qualquer e, sobretudo, não era homem de negócios nem gângster. Logo afrouxou a gravata e despiu o paletó, jogando-o sobre o ombro.

De fato, ele se sentia feliz, embora ainda não soubesse como descrever essa sensação. Mesmo sem a ajuda de Putin, daria para resgatar Nathalie. Agora as possibilidades de êxito eram tão grandes que o risco de um insucesso era praticamente nulo. Além disso, o comodoro

Ovjetchin seria seu contato com a *razvedkan*. Melhor impossível. Naquele mesmo momento, já havia um satélite de observação da Rússia, ou, como diziam os russos, satélite de espionagem, em órbita, sobre certo ponto do Noroeste da Arábia Saudita. A contagem regressiva da operação já havia começado.

Por isso a felicidade? Sim, talvez, muito simples. Era uma conclusão a que ele já havia chegado uma vez antes, uma única coisa de valor na sua vida profissional anterior, a de ter resgatado vários compatriotas mantidos como reféns no exterior.

Nada mais havia valido o preço da intervenção. A Líbia nunca chegara a colocar em funcionamento a ogiva nuclear roubada de um SS-20. Os americanos acabaram descobrindo e destruíram o alvo no ar. As bases de submarinos soviéticas no arquipélago de Estocolmo foram desbaratadas silenciosa e discretamente, como resultado de mudanças políticas nunca imaginadas, quando se decidiu matar toda a tripulação no fundo do mar. O terrorismo alemão ocidental também acabou morrendo após alguns anos por si mesmo. A solução definitiva da qual ele participou não foi nem um pouco decisiva. E assim por diante.

Todos esses assassinatos, a que os militares costumam dar outro nome, como, por exemplo, fogo eficiente, não haviam tido significado algum, tampouco uma justificativa moral. Embora só se tomasse conhecimento dessas coisas mais tarde. Na pior das hipóteses, muitos anos mais tarde.

Uma única coisa teve um valor que permaneceu. E nada o fazia sentir melhor do que dizer para a pessoa: "Fique quieto! Já terminou. Nós vamos levá-lo para casa!"

A Operação Nathalie ia dar certo. O apoio que ele havia conseguido para Pierre e o armamento que o camarada e amigo Ovjetchin, a partir de agora devidamente autorizado, poderia providenciar funcionavam como garantias. Na melhor das hipóteses, dentro de dez dias, e, na pior, dentro de um mês. Ele partiu da ideia de que Mouna iria aparecer e se apresentar no último e decisivo momento do plano. Todos os motivos, tanto humanos como políticos, falavam por si. Além do mais, os palestinos deviam a ele um serviço.

Em breve, Nathalie estaria nos braços da sua mãe e do seu pai. Era por isso que ele, pela primeira vez em uma eternidade, havia associado o momento à palavra felicidade. Além disso, agora ele poderia relaxar. Já estava pisando em terreno seguro.

Isso porque, se havia um lugar na face da Terra onde os americanos não tentariam prendê-lo, esse lugar era Moscou. Putin ficaria furioso e, por consequência, ficaria furioso também o seu "papagaio", o novo presidente, Medvedev. O preço político seria alto demais. E em breve haveria uma nova administração na Casa Branca, com uma forte necessidade de se afastar o máximo possível, no todo e nos detalhes, da administração de Bush. Ele próprio, certamente, estaria englobado no grupo dos detalhes. E o seu caso também logo estaria esquecido.

Carl assumiu como um bom sinal o fato de o Hotel Metropol apresentar, naquele momento, uma Semana Libanesa, com cozinheiros especialmente convidados de Beirute. O ciclo do último ano se fechava de um jeito simbolicamente literário.

Mas, de qualquer maneira... Se Mouna, contra todas as expectativas, não o tivesse procurado em La Jolla, perto de San Diego — aliás, que surpresa! —, ele ainda estaria vivendo nesse lugar como o filantropo sr. Hamlon. Uma meia centena de americanos e ainda outros tantos israelenses continuariam com vida e respirando como ele, sem fazer a menor ideia do que Deus ou o diabo, de repente, aprontariam para eles no seu jogo entre a morte e o acaso.

Ele iria servi-los com uma refeição libanesa. Tinha até vinho libanês em sua adega, em sua mansão branca de La Jolla, uma mansão da qual ele, aliás, já nem se lembrava mais.

Mas foi lá, nessa mansão, entre comes e bebes, que Mouna descreveu seu projeto do submarino *U-1 Jerusalém*. E, se ele ainda se lembrava corretamente, ela lhe deu um dia para pensar se aceitava.

No que foi que ele pensou antes de dizer sim?

Foi em qualquer coisa entre escolher viver mais vinte ou trinta anos como o excêntrico nórdico Hamlon, de cabelos presos num rabo de cavalo, ou viver apenas mais um ano como o verdadeiro Carl Hamilton. Era isso que *fazia a diferença*, como os americanos gostavam de dizer. E era essa a equação sobre a qual decidir no momento.

Mas os sentimentos que ele sempre negou terem qualquer peso na decisão haviam estado lá o tempo todo. E talvez fosse a hora de reconhecer isso. Não fora uma pessoa qualquer que chegara e lhe pedira ajuda.

É claro que ele sempre havia apoiado a luta do povo palestino pela libertação. Desde o ensino médio. Mas, se o representante dessa luta pela libertação fosse um daqueles dirigentes à volta de Arafat, um homem que preferia beber uísque com a comida e sempre estava com pressa porque tinha "um encontro importante" mais tarde à noite, a essa altura os princípios não teriam pesado tanto, tratando-se de luta pela libertação ou não. Mas foi ela quem veio, a mulher mais admirável que ele conhecera na vida, incluindo aí Eva-Britt, sua esposa assassinada, e Tessie, sua adorada filha, também assassinada.

Era uma vergonha ter de reconhecer isso, mas era a verdade. Ele havia amado a esposa e a filha, mas não as admirara tanto quanto admirava Mouna. Era impossível. Mouna era uma pessoa excepcional. Aqui talvez uma palavra imprópria. A expressão mais simples e correta seria a de que ela era uma superprofissional. Assim ficaria menos estranho.

E, pensando nisso, encomendou uma refeição libanesa para seu quarto às 20h30 e meia garrafa de champanhe às 20h05, enfatizando que ele, ao mencionar os horários, queria mesmo que fossem estritamente obedecidos.

Não havia risco. Mouna fazia parte da irmandade — seria possível haver uma irmã entre tantos irmãos? — *sub rosae*, a dos espiões que sempre chegavam na hora exata.

Carl guardou seu terno escuro no guarda-roupa, tomou uma ducha e se vestiu como um russo, isto é, jeans, camisa de colarinho aberto e paletó esportivo. Ficou pronto às dez para as oito. Mas estava ansioso. Voltou ao banheiro, tirou a camisa e fez a barba.

Durante três minutos, sentiu a pulsação acelerar, sentado numa larga poltrona de estilo italiano. E esperou, tamborilando com os dedos na mesa.

Ficou contando os segundos que faltavam para as oito horas. Levantou-se e foi até a porta do quarto. A campainha tocou e ele abriu a porta.

À primeira vista, não conseguiu reconhecê-la, com cabelos ruivos, cachecol elegante Hermès, óculos escuros, um vestido verde e, pela sua altura, sapatos de saltos muito altos.

Ela não disse nada, apenas o abraçou. E os dois ficaram assim, abraçados, quietos, durante algum tempo. Primeiro, ele pensou que o tempo havia parado. Depois, ele viu diante de si a imagem de uma geleira prestes a desmoronar, apresentando já algumas brechas. Ficou com medo, ou apenas preocupado, e tentou suavemente se afastar.

— Não! — disse ela, mantendo-o agarrado, os corpos juntos, ainda por mais alguns instantes.

Algo mais se mexeu no corpo dele, na parte inferior, há muito tempo congelada.

— Assim! — disse ela, tirando os óculos e revelando as lentes de contato azuis. Depois, beijou-o levemente nas faces. — *Long time, no see*. E, como se diz em sueco, *tack for senaste!* Obrigada pela outra vez!

Ele lhe mostrou o quarto e ela passou pelos sofás e foi direto para o banheiro. Voltou logo, agora com seus verdadeiros olhos castanho-escuros.

— Você conhece essa história do olho mau — murmurou ela ao sentar-se no sofá. — O olho mau é sempre azul. Eu não acredito nisso, mas presumo que os outros acreditem, em especial os agentes israelenses no aeroporto de Damasco. De qualquer forma, que bom te ver de novo!

— É bom te ver de novo também. E como é que você está no trabalho, lá em Damasco? — perguntou ele, timidamente. Ela poderia muito bem ter soltado uma gargalhada diante dessa pergunta, uma leve paródia de um papo furado.

— Bem, é a mesma história de sempre, muito sofrimento, como se costuma dizer — respondeu ela, sem se aprofundar. — O pior, claro, é que eu preciso andar com um monte de tecidos à volta do corpo, ligeiramente inclinada para a frente e com ar de submissa sempre que vou à cidade.

— É, isso não faz o seu gênero. Mas você continua com as suas funções operacionais? Em Damasco, é você quem decide? — perguntou ele.

— Ah, sim. Continuo com todos os poderes. E você quer que eu coloque a força operacional do serviço secreto da OLP à sua disposição — continuou ela, com um suspiro de insatisfação.

— Sim, por favor — respondeu ele, inseguro. — Sem dúvida, eu preciso da assistência da Jihaz ar-Razed. Trata-se da operação de resgate de uma menina francesa, de 5 anos de idade e...

— Eu já conheço a história — interrompeu ela. — Nós tentamos descobrir quem foi o idiota, entre todos aqueles idiotas, que teve a ideia de mandar sequestrá-la — continuou ela, num tom agora mais de negócios. — Nós partimos do princípio de que ela está na Arábia Saudita, e não no Paquistão.

— Estão absolutamente certos — disse Carl. — Ela está num castelo de Sua Alteza Real, o príncipe Sultan bin Abdul Aziz al-Saud. O castelo está situado num lugar a Noroeste da Arábia Saudita, chamado Qasr Salah al-Din.

— Você pode repetir o nome desse príncipe, por favor? Eu sempre faço uma grande confusão entre os nomes de todos esses príncipes.

Ele procurou em suas anotações o nome exato, mas foi interrompido por uma batida à porta. Era o maldito champanhe, chegando na hora errada. Ele se levantou com a expressão de quem pede desculpas e foi abrir a porta. Dispensou o garçom com uma nota de 5 dólares e tentou colocar a garrafa de champanhe às escondidas no frigobar, por trás dela.

— Champanhe? — admirou-se ela, elevando as sobrancelhas. — Você tem algum motivo para comemorar?

— Mais tarde, talvez — murmurou ele, constrangido. — Muito bem, o príncipe, que é o nosso alvo, chama-se Sultan bin Abdul Aziz al-Saud, sobrinho do rei Abdullah, conhecido pelo seu passatempo excêntrico de construir réplicas de edifícios famosos, entre eles a Casa Branca, de Washington, não a de Moscou, um exemplar de Versalhes e uma cópia da Mesquita de Omar, em Jerusalém, em escala de um para dois. Isso lhe diz alguma coisa?

Dava para ver que sim. Pareceu espantada, mas acenou afirmativamente com a cabeça. E seu estado de espírito reservado, bem por baixo, desapareceu de um momento para outro.

— Claro que sim — confirmou ela. — Se nós na OPL fizéssemos uma lista dos nossos piores inimigos, certamente esse príncipe estaria bem perto do topo, logo atrás do George W. Bush, se é que você me entende.

— Não. Conta pra mim!

E ela contou, com todo o prazer. Esse príncipe era mesmo aquele inimigo que ela queria apanhar. Havia, claro, um bando de príncipes sauditas, parasitas, que investiam dinheiro em projetos terroristas, na construção de mesquitas na Indonésia ou na antiga Iugoslávia, ou ainda em escolas para ensinar o Alcorão no Paquistão, apoiar os talibãs no Afeganistão, entre outras iniciativas pérfidas que serviam para preencher a regra do Islã que exige a entrega de esmolas aos pobres. Presumivelmente, eles acreditavam que esse era o caminho para comprar um lugar no paraíso, de preferência com piscina exclusiva. O sistema funcionava de acordo com as suas presunções, mais ou menos da mesma maneira que as indulgências no antigo mundo cristão. Mas, como suas indulgências tinham de combinar com o wahhabismo saudita, nem todas as organizações estavam em condições de receber as suas esmolas. Para que a caridade fosse merecida, do ponto de vista religioso, exigia-se que o financiamento fosse dirigido a manobras as mais odientas, as mais intolerantes e as mais loucas. A OLP, evidentemente, estava desqualificada, entre outras coisas, por não ser ortodoxa o bastante e por recusar o seu apoio à tese de que todos os judeus e todos os cristãos, e até mesmo todos os muçulmanos xiitas,* deviam morrer. Esse era um dos pilares da crença dos vaabistas.

Na perspectiva palestina, Sua Alteza Real, o príncipe Sultan, era absolutamente o pior dos príncipes sauditas, visto que era individualmente

---

* Os xiitas são o segundo maior ramo de crentes do islã, constituindo 16% do total dos muçulmanos (o maior ramo é o dos muçulmanos sunitas, que constituem 84% da totalidade dos muçulmanos). Os xiitas consideram Ali, o genro e primo do profeta Maomé, como o seu sucessor e olham com indiferença os outros três dos quatro califas que o sucederam. (N.T.)

o maior contribuinte para as loucuras do Hamas, qualquer coisa em torno de 50 milhões de dólares em determinados anos. Em resumo, tentava criar um movimento talibã na Palestina e, infelizmente, era preciso reconhecer que ele estava no caminho certo. Uma exigência que ele fizera junto com a sua última doação financeira foi a de que o Hamas devia criar uma polícia religiosa em Gaza e impedir as meninas de frequentar as escolas. A primeira exigência ele conseguiu que fosse aceita, mas não a segunda.

Suas imposições em relação à ortodoxia e à piedade religiosa, na realidade, eram absolutamente grotescas, levando-se em conta o que ele gastava com prostitutas europeias e orgias alcoólicas em Londres, Paris e Nova York. Além disso, gostava de posar para a imprensa marrom e participar de programas de televisão do mesmo gênero, em que fazia questão de alardear suas enormes disponibilidades financeiras e ainda mostrar suas réplicas ridículas de edifícios famosos.

Nesse momento, foi Carl quem esteve prestes a interrompê-la, mas ela, sorrindo, levantou a mão, com um sinal para que não falasse, e continuou a história.

Era isso mesmo! Ela se lembrava, em especial, das imagens da televisão Al Jazeera focalizando o pomposo castelo batizado com o nome do próprio Saladino (Sim! Ela tentaria conseguir uma cópia das imagens dessa reportagem!), e, se havia uma coisa a que todos os árabes deviam ser alérgicos era em relação a príncipes ou presidentes que tivessem começado a se comparar com Saladino. Saddam Hussein, nos seus últimos anos no poder, fora um dos que assumiram essa posição.

Em algumas oportunidades, o departamento operacional da OLP chegou a discutir a possibilidade de eliminar Sua Alteza Real. Mas decidiu arquivar os planos em função do risco claro de retaliação. Até mesmo a OLP precisava levar em consideração a ameaça de ter toda a casa real saudita como inimiga. Não se podia atacá-lo sem uma razão bem-fundamentada. Portanto, um motivo maior do que o efeito de suas enormes contribuições para o Hamas na divisão do povo palestino, o que tornava impossível um acordo de paz com Israel.

Esse era o aspecto principal da questão. Até agora. Era, de fato, uma coincidência estranha.

— Vocês precisavam, portanto, de um *casus belli* — constatou Carl. — E foi o que acabei fornecendo a vocês, simplesmente, numa bandeja de prata?

— Isso mesmo — disse ela, com um sorriso de cansaço. — Por sorte ou por vontade de Deus, não sei, mas foi isso mesmo que você veio nos oferecer. Portanto, o que quer de nós? O que devemos fazer, exceto matar Sua Alteza Real?

Quando Carl, entusiasmado, se inclinou para a frente, a fim de descrever os planos preliminares do ataque a Qasr Salah al-Din, a campainha da porta soou novamente. E mais uma vez no momento errado.

Mouna ficou espantada, quase desapontada, logo que a luxuosa e exagerada refeição libanesa foi empurrada para dentro do quarto e o garçom começou a abrir duas garrafas de vinho. Em silêncio, Carl amaldiçoou seu planejamento equivocado.

— Você pensava que oito horas depois de ter passado por Damasco eu estaria com saudade de comidas que me fariam sentir em casa, é isso? — comentou Mouna, meio de brincadeira, ao mesmo tempo que colocava um pouco de *homus* em um pedaço de pão *pita*.

— Bom — murmurou ele, meio constrangido. — Eu apenas pensei... É, você se lembra de quando nos reencontramos em San Diego e você me convenceu a partir para uma morte certa em favor da causa palestina. E ainda por cima dentro de um submarino. Foi uma refeição maravilhosa. Pelo menos, foi o que eu achei...

— Eu também achei — admitiu Mouna, de novo mais cordata.
— Mas não morremos. E também não perdemos. Aconteceu o de sempre.

Então, os dois caíram, por alguns instantes, nas recordações de tempos antigos, com a característica comum de que aquilo que fora considerado, de início, um sucesso, quase sempre voltava ao que era anos antes. Como, por exemplo, Gaza. Eles tinham libertado Gaza enquanto puderam ameaçar com superioridade militar no mar. Assim que essa superioridade mudou de mãos, os israelenses bombardearam novamente o território, destruíram o porto e o aeroporto, impediram a importação de combustíveis e proibiram toda a navegação dos palestinos, até mesmo dos barcos pesqueiros. E isso apesar de todas as resoluções das Nações Unidas.

— Há quanto tempo você atirou em mim? — perguntou Carl, de brincadeira, senão para mudar de tema, pelo menos de tom.

— Ah, minha nossa, quando foi que eu atirei em você? — refletiu Mouna. — Deixa ver, eu estava com 22 anos, portanto, deve ter sido em 1987. Mas tem de concordar que eu atirei muito bem em você. Foi um belo tiro...

— Ah, sim, eu não tenho qualquer reclamação a fazer. Nunca fui tão bem-atingido — admitiu Carl.

E assim morreu o tema da conversa sobre antigas recordações, discretamente. E ambos continuaram a comer em silêncio por alguns momentos.

— Eu fiquei muito satisfeita ao receber uma mensagem com um pedido de encontro, visto você ter uma coisa importante para contar — disse ela. — Mas você poderia ter falado algo sobre o assunto.

— É... Mas agora, de qualquer maneira, já estamos aqui juntos — reagiu Carl. — E a pergunta é: ao realizar a operação, você quer que a gente mate o príncipe Sultan?

— Bom, a ideia não é ruim — comentou ela. — Especialmente se essa morte acontecer durante a luta para tomar o castelo, uma luta que deve causar algumas vítimas colaterais. Esses príncipes sempre têm grupos de seguranças paquistaneses em seus castelos e mansões.

— Eu tenho uma ideia melhor. Nós temos de sair de lá transportando uma criança viva. Por que não trazer o príncipe na bagagem e entregá-lo às autoridades britânicas?

— Para quê?

— Pela simples razão de que eles estão montando o julgamento do século contra os soldados do Special Air Service que Sua Alteza Real teve o prazer de contratar. Se entregarmos o contratante aos britânicos, eles vão incluí-lo no mesmo julgamento. O que você acha?

Mouna ficou pensativa e depois abriu um largo sorriso de satisfação.

— Essa é uma ideia esplêndida. Perfeito! — concordou ela. — Um dos piores príncipes parasitas da Arábia Saudita sentado como réu num tribunal público europeu, julgado por terrorismo. Uau!

— Isso mesmo, uau! Mas nós agora estamos colocando o carro na frente dos bois. Ou não?

— Claro, mas também não é a primeira vez que isso acontece. Conta: quais são os planos? — instou Mouna, pela primeira vez bastante interessada no que Carl tinha para dizer.

Mais ou menos doze homens, partindo da Córsega, iriam invadir o castelo pelo ar. Claro, durante a noite, informou Carl.

Há uma pista de pouso ao lado do castelo que representa a única comunicação com o lugar, além do uso de camelos ou de veículos com tração nas quatro rodas. As estradas abertas para a construção do edifício foram destruídas depois, para restabelecer a desertificação e o isolamento da área. Os restos das estradas ainda podem ser vistos do ar.

O ataque deverá coincidir com uma das visitas do príncipe, para que o resgate seja realizado em seu avião particular.

Mouna logo fez sua primeira objeção: como seria possível saber quando o anfitrião estaria no castelo? Esses príncipes não tinham hábitos regulares. Eles voavam em seus aviões particulares para qualquer lugar, a qualquer momento...

Carl apontou para o teto. Mouna não entendeu.

— Monitoramento por satélite — explicou ele, satisfeito.

— Com satélites russos, aposto — disse ela. — Já que não há outra alternativa à nossa disposição. George W. Bush ficará furioso se agarrarmos um de seus amigos do peito e o deixarmos num tribunal europeu!

— Pior para ele.

— É... mas os satélites russos de espionagem não vão agir de graça. O que teremos de pagar pelo serviço? — perguntou ela, desconfiada.

— Nada que não esteja ao nosso alcance. Falaremos sobre isso mais tarde. Deixe que eu conte onde é que você entra para nos ajudar.

— Muito bem, vá em frente!

— Você vai transportar um famoso jornalista convidado para o lugar. Em cima de camelos. E a partir de território jordaniano.

— Hã?

— Sim, e você já fez isso antes comigo, se me lembro bem. E a distância foi três vezes maior do que agora.

— E o que é que o jornalista vai fazer lá?

Carl não respondeu diretamente, mas olhou para ela com uma expressão vazia, e ela acabou por sorrir e encolher os ombros.

— É verdade — disse ela. — Quase esqueci as nossas queridas jornalistas convidadas da Al Jazeera, a bordo do *U-1 Jerusalém*. Suponho que a ideia seja a mesma desta vez, certo?

— Exatamente. A ideia é a mesma. Se aquelas jornalistas não estivessem a bordo, talvez não tivéssemos sobrevivido. Neste caso, assim que o castelo estiver em nossas mãos, vamos chamar o jornalista, que, por meio da mídia, vai tornar público o acontecimento para todo o mundo e, com isso, os sauditas não vão poder bombardear o castelo para o resto da vida. Mais ou menos isso.

— Mas por que camelos? — suspirou Mouna.

— Porque nenhum de vocês vai poder cair de paraquedas durante a noite. Porque vocês vão ficar por perto e ser chamados via rádio, se tudo der certo. Caso contrário, vão poder se retirar do lugar com a maior discrição possível, pelo mesmo caminho de onde vieram.

— Entendo. E acho certo. Presumo que seja um jornalista de confiança.

— Ah, sim, claro. Já o utilizei muitas vezes e ele sempre se portou bem. Mas, por segurança, ele ainda não sabe de nada sobre a sua próxima missão. Esse truque deu muito certo da última vez.

Mouna soltou uma gargalhada, de repente, e levou a mão à boca para conter-se. Demorou um pouco antes que ela pudesse se explicar.

Não fora o fato de eles terem ludibriado uma equipe da Al Jazeera a bordo do *U-1 Jerusalém* e depois a mantido sem outra saída, a não ser ficar. Isso foi desculpável. Até mesmo as jornalistas acharam isso normal, visto que receberam um bom pagamento através da exclusividade sobre a maior e mais interessante história mundial da época. As duas ficaram famosas no mundo inteiro. E ricas. Eram duas mulheres corajosas, de cabelos na venta.

Não. O engraçado foi ver as duas mulheres andando e descendo as escadas dentro do submarino de saia curta de couro e com sapatos com saltos de dez centímetros. Mais divertido ainda era ver quando elas tinham de subir as escadas, mostrando tudo. Para os homens, eram imagens deliciosas, de dar água na boca.

Entretanto, as transmissões que elas fizeram a partir do submarino salvaram a vida de todos a bordo. A esse respeito, ela teve de concordar com Carl, quando ele terminou a sua lacônica conclusão. O jornalismo pode matar, sem dúvida. Mas também pode acontecer exatamente o contrário.

Ela sabia montar em camelos, mas isso não era um hábito. No entanto, desde que essa prática tivesse um bom motivo, tudo se resolvia, dava até mesmo para aguentar as dores no traseiro.

Carl abriu vários mapas e explicou de novo a ideia preliminar do plano. Os dois discutiram como fazer para encobrir a presença do jornalista na Jordânia e escolher o alvo turístico que justificasse seu desaparecimento repentino enquanto alguém dirigia seu carro alugado de volta a Amã.

O resto tinha mais a ver com a técnica, vários tipos de transmissores de rádio e qual o melhor método de criptografia para usar nas suas comunicações, um plano de tempo para ser mais ou menos seguido e outros itens tão necessários quanto rotineiros. Mouna comportou-se como de costume. Os dois planejaram a operação como já haviam feito tantas vezes antes. E Carl acabou esquecendo os seus sentimentos negativos diante das reações meio estranhas por parte dela, no início do reencontro.

O pessoal do hotel foi limpar os restos da refeição, e Carl se lembrou mais uma vez da garrafa de champanhe escondida no frigobar. Mas logo teve uma sensação estranha e concluiu que seria errado fazer qualquer celebração de imediato.

— E quando nós vamos nos ver de novo, você e eu? — perguntou ela, enquanto reunia suas anotações, rasgando-as e dirigindo-se ao banheiro, onde queimou tudo, jogou na privada e puxou a descarga em seguida.

— Nós nos veremos aqui em Moscou, assim que tudo estiver terminado — disse ele, quando ela voltou do banheiro e pegou a sua bolsa sem mesmo se sentar.

— O quê? — disse ela. — Aqui, em Moscou? Eu pensava que você vivia em São Petersburgo.

— Sim, mas esse é o pagamento de que lhe falei no início e pedi para explicar mais tarde. O pagamento por certos serviços, como o satélite espião, explosivos, instrumentos para ver na escuridão, radiocomunicadores e mais algumas poucas coisas, será feito com a nossa presença aqui em Moscou para falar bem de Putin e da preciosa contribuição do povo russo para o maravilhoso salvamento da Nathalie. Lamento, mas esse é o preço.

Mouna não respondeu, apenas fez que sim com a cabeça, resignada, deu-lhe um beijo, meio frio, na face e seguiu em direção à saída. Carl correu e foi abrir a porta para ela, que prosseguiu depois na direção dos elevadores. Carl fechou a porta do quarto tentando não fazer o menor ruído.

Depois, foi até o frigobar, olhando fixamente para a garrafa de champanhe. Mas acabou por escolher duas garrafinhas de Jack Daniels e foi se sentar no sofá, agora totalmente vazio.

Ele se sentia inexplicavelmente melancólico, num estado de espírito meio estranho. No caminho, passando pela Casa Branca moscovita, ele chegara a fazer certas associações com a palavra felicidade, que lhe passava pela mente. Tudo isso já havia desaparecido com o vento, restando apenas a habitual melancolia. Havia qualquer coisa de lamentável em sua situação, nada de doloroso, nada de deselegante, apenas lamentável, representada por essa garrafa de champanhe. Ele não sabia o que era, mas a sensação era forte.

9

Ewa aguentou dois dias em sua casa na Norr Mälarstrand, até que voltou para Stenhamra. Foi uma coisa a que ela mesma se impôs, visto que lá não estavam nem o anfitrião nem Pierre. E, então, meio que obrigou Anna a seguir com ela.

Desde que os sequestradores haviam sido presos em Londres, o cerco da imprensa ao apartamento se intensificou de novo. E, assim que duas outras pessoas foram presas, na França e na Austrália, entre elas, seguramente, aquela que fora a primeira a agarrar Nathalie, o número de jornalistas à sua porta aumentou ainda mais.

Ewa talvez pudesse ter aguentado os repórteres. Afinal, fora constatado ser impossível sua atitude de "nunca mais atender aos jornais" e, na verdade, depois disso, ela já estivera presente até em uma entrevista coletiva.

Na realidade, o que ela não aguentava mais era ver o quarto de Nathalie vazio. Lá dentro, ninguém tocara em nada, a não ser talvez Pierre, mas só para aspirar e tirar o pó. Lá estava o livro com as histórias que ele contava para Nathalie adormecer, ao lado de um grande despertador cor-de-rosa. Na sua cama, havia gansos esperando por ela, com Babar e Celeste em destaque, no centro do cobertor azul-claro. Era um lugar encantado. Quando Nathalie voltasse para casa, toda a família recomeçaria, precisamente, do lugar onde tudo havia sido interrompido, quando seu pai se preparava para contar a história, em francês.

Mas, por enquanto, tudo era apenas uma visão dolorosa, insustentável. Ewa sentia-se constantemente atraída para o quarto, não conseguia deixar de entrar e acariciar as almofadas, baixar a cabeça e sentir o cheiro da filha, pegar um livro e ler algumas palavras em francês, murmurando-as para si mesma. Não dava para resistir. No entanto, era algo, ao mesmo tempo, insuportável. Era como se seu peito fosse comprimido por todos os lados e ela tivesse a sensação de não conseguir respirar.

Stenhamra era solo neutro.

Ela voltara do trabalho uma hora mais cedo do que o normal. O interrogatório dos três nazistas que, de fato, confessaram ser culpados de terrorismo, o que duplicaria a pena, já estava pronto. Dependia agora de o promotor decidir se eles eram terroristas ou apenas criminosos nazistas.

De maneira geral, nesse momento, não havia presos nem detidos na polícia secreta a ser interrogados. Os somalis detidos há bastante tempo já haviam sido ouvidos no departamento político da polícia, mas, apesar de meses de trabalho, não existia base para novos interrogatórios. Eles eram terroristas, sem dúvida. Ewa dedicou algumas horas à papelada, mas logo se cansou e mandou chamar os seguranças para a conduzirem até Stenhamra.

Dois de seus colaboradores haviam viajado para Londres, para participar dos interrogatórios dos seis militares presos, que gozaram da sua riqueza recém-adquirida por pouco tempo. Se ela se lembrava bem, a legislação britânica oferecia várias possibilidades de redução da pena para aqueles que colaboram com a justiça, e o mesmo acontecia nos Estados Unidos. E existia apenas um ponto decisivo para o julgamento dessa colaboração: eles teriam de denunciar o mandante, o homem que estava com Nathalie. O príncipe Sultan, ou fosse lá o nome que ele tivesse. Um criminoso cruel. Mas um criminoso cruel com mais de 700 milhões de dólares do governo por ano só para gastar com lazer e planos diabólicos.

Exatamente como Anna, ela esperava que algum dos soldados britânicos revelasse o nome desse tal mandante, de modo que Nathalie pudesse voltar para casa em segurança. Enquanto isso, Pierre e Carl já esperavam o contrário. Afirmavam achar que a vida de Nathalie correria perigo logo que o nome do verdadeiro sequestrador viesse a ser conhecido. E que o príncipe preferiria se desfazer da comprovação do seu delito do que perder a pose. Ele acabaria por receber o apoio de toda a Arábia Saudita. Ou, pelo menos, da família real saudita, que detém todo o poder.

Às vezes, Ewa acreditava no que eles diziam. Em outras, achava que eles tinham apenas uma atitude infantil, desejando realizar uma aventura excitante como aquelas das quais haviam participado na juventude, em vez de querer ver Nathalie de novo em casa, sendo acompanhada, na volta, por uma policial britânica — sempre com aquele trejeito triste e assexuado — e com alguma nova boneca nas mãos. Na realidade, Ewa não sabia no que acreditar, e sua opinião oscilava de acordo com seu estado de espírito.

Pierre viajou por alguns dias para a Córsega, mas já estava de volta. Quando telefonou para anunciar a chegada do avião ao aeroporto, parecia meio abatido. Como da vez anterior, Carl também estava para chegar, mais ou menos, no mesmo horário. Certamente, estivera novamente na Rússia, se bem que ela nem sequer poderia imaginar o que isso tinha a ver com Nathalie. Mas foi isso o que ele afirmou. Era de presumir, contudo, que um deles, ou os dois, como da última vez, já tivesse telefonado para Erik Ponti, pedindo que ele fosse ao mercado e fizesse novas compras de mantimentos.

Sua suposição, evidentemente, estava corretíssima. Os dois militares eram bem previsíveis. E chegaram com uma diferença de vinte minutos.

Depois, aconteceu algo que ela não podia imaginar nem em seus pensamentos mais fantasiosos. Algo que a deixou quase sufocada, em seguida profundamente emocionada, depois desesperada e ao mesmo tempo feliz.

Carl começou retirando tudo o que havia sobre a mesa da cozinha; dirigiu-se, então, para sua bagagem e voltou com um rolo de papel de um metro de comprimento. E, sem dizer nada, fez um sinal para que se aproximassem.

Desenrolou sobre a mesa uma série de fotografias gigantescas e extremamente detalhadas e nítidas. E colocou pesos nos cantos, usando vários objetos.

— Aqui é onde — disse ele, apontando — fica Qasr Salah al-Din, o lugar onde Nathalie vive no momento. Este grande quadrado aqui é o jardim externo do castelo. Já este retângulo aqui no Sul é o jardim interno. Olhem bem para esse lugar!

Ele apontara para um canto do jardim interno. Viam-se, nitidamente, pessoas lá embaixo.

Ewa olhou fixamente para a imagem e, como se não fosse por vontade própria, seu indicador resvalou para uma pequena figura com uma burca clara.

— O instinto maternal não erra nunca — disse Carl. — Você está certíssima. Essa pequena figura é Nathalie. Ela estava brincando do lado de fora com uma espécie de babá. Tenho aqui uma foto ampliada.

Ele apresentou novas fotografias em formato gigante, agora com granulação maior, devido à superampliação. E as colocou em ordem cronológica. Apontou de novo para as fotografias, em silêncio. Depois, murmurou qualquer coisa em relação à adega e deixou-os sozinhos com Nathalie.

Pois era ela, sim! No início da sequência, ela brincava num balanço junto de um lago próximo ao jardim interno do palácio. Parecia se embaraçar na burca branca e jogou-a para longe. Em contraste com sua longa bata negra, via-se que a cor dos seus cabelos condizia. Os cabelos castanhos deviam tomar aquela tonalidade em preto e branco. Uma babá vestida de preto e também de burca avançou na direção dela. Parecia que discutiam. E a discussão era sobre a burca que Nathalie se recusava a usar. Nas últimas fotografias, ela recebia uma palmada na mão, junto do portão situado em um dos lados do jardim.

— Você está vendo? — disse Pierre. — Ela não se cala, discute, e esse é um bom sinal, não acha?

As lágrimas corriam pelas suas faces. Era a primeira vez que ele chorava. Pelo menos que Ewa tivesse visto.

Finalmente, pensou ela, abraçando-o carinhosamente. Finalmente ele chorou. Finalmente está chegando a hora de voltarmos a ser três de novo.

— Vá buscá-la, Pierre! Faça isso! — murmurou ela no seu ouvido, ao mesmo tempo que pegava um pedaço de papel-toalha para enxugar as lágrimas dele.

✪✪✪✪✪

Erik Ponti assumiu seu papel de mordomo com bom humor. De novo, o Águia I aterrissou apenas vinte minutos antes do Águia II e os dois logo lhe telefonaram e pediram que organizasse o jantar, o que ele fez com todo o prazer. Aliás, era uma função psicologicamente interessante e mais difícil do que organizar uma grande festa. Ainda não era o caso de esquematizar uma refeição com quatro pratos italianos ou franceses. Uma festividade pantagruélica desse gênero só mesmo quando Nathalie estivesse de volta.

Por outro lado, também não era o caso de fazer uma demonstração pública de penitência ou de grande sofrimento, em que o feijão com arroz estaria tão fora do lugar quanto uma terrina de fígado de pato do Clos St. Hune. Mas mexilhões marinados era um prato perfeito para a ocasião, seguido de um carré grelhado com legumes como prato principal e de acordo com o suave clima de verão. (Aliás, para melhorar um pouco a atmosfera de festa, havia sempre a possibilidade de fazer uma escolha adequada de um bom vinho, mas isso era problema de Carl.)

Depois do jantar, Erik e Pierre reuniram toda a louça na máquina de lavar, e Carl serviu um vinho rosé com cubos de gelo diante da televisão, onde todos aguardavam o noticiário das nove. Erik tinha o velho hábito de ouvir as notícias do programa de rádio *Dagens Eko* discretamente, usando um fone no ouvido enquanto ele e Pierre arrumavam a cozinha. Por isso, já sabia o que vinha pela frente em termos de noticiário na televisão.

Nathalie havia perdido temporariamente o primeiro lugar como notícia, em consequência de outra menina ter sido sequestrada e assassinada a apenas algumas centenas de metros da sua casa. O suspeito do assassinato seria um conhecido maníaco sexual que antes já fora preso por crime idêntico.

Quando Nathalie surgiu na tela com a conhecida fotografia em que ela era apanhada por uma mulher, no momento já presa, novos dados foram anunciados.

The Thames Valley Police havia encurralado e prendido mais algumas pessoas ligadas ao bando britânico de sequestradores. Já eram oito as pessoas presas, e um porta-voz da polícia afirmou que, provavelmente, o grupo estaria completo.

Alguns presos haviam confessado e apontado um conhecido traficante internacional de armas, Alisalim ul-Haq, como a pessoa que encomendara o serviço e que também fizera o depósito na conta do bando em Liechtenstein.

Alisalim ul-Haq era paquistanês e não fora encontrado em nenhuma de suas muitas e luxuosas residências na Flórida, em Marbella, nas Índias Ocidentais ou na Sardenha, já que todos esses endereços haviam sido invadidos sincronizadamente pouco depois de o seu nome ter surgido na lista da Interpol como um dos dez homens mais procurados do mundo. Presumia-se que ele estivesse no Paquistão, país que não tem nenhum tratado de extradição com a Europa e com os Estados Unidos.

Em resumo, ele era retratado como um indivíduo riquíssimo, uma riqueza colossal construída principalmente com a venda mais ou menos das mesmas armas para todas as facções nas guerras civis africanas. Afirmava-se que ele tinha ligações estreitas com o serviço secreto do Paquistão, o ISI, gozando, inclusive, de sua proteção. Isso, por sua vez, implicava contatos com o terrorismo talibã. As pistas do sequestro de Nathalie apontavam, agora, na direção do Paquistão ou do Afeganistão, concluíram os comentaristas da televisão.

— Isso é formidável! — constatou Carl. — Agora esses diplomatas vão ter de trabalhar com o Paquistão. Isso vai ocupá-los e impedi-los de passar à nossa frente, Erik!

Ele se levantou do sofá e, apontando para a taça de vinho de Erik, pegou a sua e fez um sinal na direção da porta da biblioteca.

— Vamos trocar algumas ideias a sós — sugeriu ele, mas com voz de comando.

Erik sentiu-se como um sargento da Marinha que acabara de receber a ordem de um almirante, o que, na verdade, retratava bem a situação.

Entraram na biblioteca. Carl fechou a porta, levantou a taça para brindar e afundou o corpo numa das grandes poltronas de couro em estilo inglês. Erik sentou-se à sua frente.

— Tenho um novo serviço para você — começou Carl, como se estivesse falando sobre mais uma encomenda de mantimentos.

— Acho que será o serviço mais importante de toda a sua vida. No mínimo o mais perigoso. Para início de conversa, você vai ter de solicitar imediatamente uma entrevista com a princesa Majda, da Jordânia. Na realidade, ela é sueca, de Södertälje, nascida Margareta Lund e casada com um primo do rei Abdullah da Jordânia.

Erik não disse nada, embora entendesse que talvez se esperasse dele uma explosão de perguntas ou protestos. Mas resolveu aguardar que Carl prosseguisse.

— Você já montou em um camelo? — perguntou Carl, casualmente.

— A minha experiência se restringe a cerca de dez minutos desagradáveis passados perto das pirâmides de Gizé e a uma hora de viagem a caminho de Petra, na Jordânia — respondeu Erik, reticente. Ele continuava sério sobre o assunto.

— Ok — disse Carl, suspirando e reconhecendo que a sua brusca apresentação não dera resultado. — É melhor botar as cartas na mesa. Você será o nosso repórter exclusivo e vai partir da Jordânia, viajando de camelo, sob escolta, até chegar ao alvo. Se Pierre e os seus homens conseguirem tomar o castelo, eles chamarão você e os seus acompanhantes por rádio, e você terá algumas horas importantíssimas pela frente para relatar o resgate de Nathalie, com imagens dela, dos paraquedistas franceses e de um príncipe saudita, preso e furioso. Essa é, resumidamente, a sua missão. Alguma pergunta?

— Ah, sim, claro! — disse Erik, sorrindo. — Repórter exclusivo, empacotado, "comprado", embora a favor dos mocinhos.

— Isso.

— Como aconteceu na história do submarino, certo? Publicidade sensacionalista no momento decisivo, garantindo a iniciativa e imobilizando os adversários e a possibilidade de retaliação. É isso? Desculpe se eu não entendo bem essa linguagem militar, mas essa deve ser a ideia, não?

— Isso.

— E quem vai cuidar da minha proteção durante a viagem de camelo?

— Uma grande amiga minha, de longa data, Mouna al Husseini, também conhecida internacionalmente como Madame Terror.

— Ah, essa é boa!

— Tem razão.

— E o que é que eu devo preparar?

— Existe banda larga no lugar. Tudo o que você relatar em texto ou imagem terá de seguir por esse caminho, mas eu presumo que você também terá à sua disposição um telefone por satélite para contatar quantas estações de rádio quiser, se tiver tempo para isso. Deve arranjar ainda um equipamento de filmagem compatível com a internet e a banda larga. E combinar tudo com os seus contatos nas rádios e nas televisões da França, da Itália, da Grã-Bretanha e, claro, da Suécia. Também com a Al Jazeera, por amizade antiga e ainda porque eles podem vender o material para os americanos. Tudo isso dependendo do tempo que tiver. O plano é você fazer a reportagem ao amanhecer e depois enviá-la em todas as línguas possíveis enquanto houver tempo. É um trabalho para um repórter autônomo, que é o que você é atualmente, certo?

— Certo. Você está me convidando para um furo mundial.

— Exato. Não existe nada para esconder, quer dizer, não haverá censura, mas nós precisamos de um jornalista entusiasmado ao nosso lado. Acho que isso vai ser decisivo desta vez, também. A dificuldade não vai ser a luta, a tomada do castelo e a libertação de Nathalie. A grande dificuldade vai ser sair de lá e, a essa altura, a mídia tem de sacudir o presidente francês, a fim de que a operação, que, naturalmente é ilegal, passe a ser sancionada como oficial. Acho que você compreende a lógica.

— Claro. Quando é que eu viajo?

— Agora. Quer dizer, o mais depressa possível. Amanhã você compra o equipamento de filmagem ou, eventualmente, as coisas que lhe faltam para completar o que já tiver. Depois a gente acerta as contas. Não hesite em gastar o que for preciso para ter o que é necessário. E disso você entende melhor do que eu. Solicite uma entrevista com a princesa Majda e, quando a resposta chegar, se for positiva, você terá garantido automaticamente o visto de entrada no aeroporto de Amã. Você se instalará no Hotel Intercontinental e fará a entrevista. E com isso já estará no nosso grupo.

— No Intercontinental eu já estive antes. Era o hotel onde todos os jornalistas se hospedavam, pelo menos antigamente. E depois? O que é que eu faço para contatar...

— Não se preocupe. Ela vai se encontrar com você. A Jordânia é praticamente a casa dela.

Assim que tudo estava esclarecido e todos os problemas foram resolvidos, Carl levantou-se e desenrolou algumas fotografias em cima da mesa do escritório. Pegou duas lâmpadas de leitura e uma antiga e gigantesca lente de aumento. Depois fez sinal para Erik se aproximar.

Era assim que o alvo se mostrava, visto diretamente de cima. Erik nunca vira fotos feitas por satélites espiões, mas logo entendeu do que se tratava. Aquilo de poder fotografar uma bola de golfe no solo não parecia ser verdade, mas as imagens eram de fato perfeitas, bem-definidas. Era possível ver as linhas de cada uma das grandes pedras da construção que se parecia realmente com qualquer castelo do século XIII, com as suas seis torres de vigilância em volta das muralhas. Havia dois homens em cada uma das seis torres, todas equipadas com metralhadoras. O mais espantoso era ver uma garotinha de burca brincando num dos jardins do castelo. Alguém havia feito com caneta vermelha um círculo à volta dela. Carl apontou em silêncio para o local e entregou a lente de aumento para Erik.

— É ela? — perguntou Erik, respirando fundo. Era uma imagem estonteante. Carl confirmou, com um aceno silencioso.

— Sim, é ela mesma, sem dúvida — acrescentou ele, em seguida.

— Existem centenas de imagens dela, que aparece ao ar livre duas vezes por dia, saindo sempre desse mesmo portão aqui!

E apontou o lugar.

— Portanto, agora é apenas uma questão de tempo.

— Sim. E a hora está chegando! O cronômetro já está rodando — confirmou Carl. — Você pode chamar Pierre aqui?

— Claro, mas desculpe a pergunta de um amador: vai ser um alvo fácil ou difícil para um grupo de paraquedistas? Vocês vão conseguir tomar de assalto aquelas torres ao mesmo tempo?

— Eu não. Essa vai ser uma operação sob o comando de Pierre. Mas, pela minha experiência com os fuzileiros, posso dizer que esse alvo *is just a walk in the park*. Às três ou quatro horas da madrugada, tudo estará às escuras. Pierre e seus homens, todos de rostos pintados com graxa preta, descerão do céu sem fazer ruído. Não haverá problemas. A dificuldade está em sair de lá, mas é aí que você entrará na história.

Erik pegou sua taça de vinho e esgueirou-se para o lugar onde estavam os outros. Sentia-se quase atordoado, tentando imaginar se sempre era assim que as coisas aconteciam, com calma e simplicidade. Mapas, discussão dos assuntos numa sala, algumas ordens aqui e ali. Seria sempre tão simples? Ou ele deixara de notar alguma coisa?

E se ele escrevesse as memórias de Carl Hamilton? Essa era uma possibilidade que ele via crescer com a sua participação nessa "operação". Afinal, era raro um jornalista estar no local certo, na hora certa. E, na sequência, relatar todas as grandes investidas de Hamilton, salientando esse tipo de ambiente.

"E assim convidei o jornalista a entrar na biblioteca. Ele sabia que estávamos preparando o resgate, mas não muito mais do que isso.

Quando lhe pedi que preparasse uma entrevista com a princesa jordaniana Majda, ele olhou para mim como se eu não tivesse entendido bem quais eram suas prioridades jornalísticas. Mas logo ele compreendeu que a entrevista era apenas o primeiro passo e o que estava realmente em jogo." Seria um bom começo?

Após a saída de Erik e já com a porta fechada, Carl sentiu vergonha da maneira espirituosa como apresentara a contribuição de Erik para a operação. Podia parecer até uma tolice. Ele próprio sentia isso. Devia ter falado com mais seriedade, indo direto ao assunto. Será que havia vivido demais como eremita em San Diego? Perdera a sensibilidade social? Ou ficara americanizado sem ser americano? O encontro com Mouna também o havia deixado meio atordoado. E aquela história do champanhe, por exemplo? Nem era bom pensar naquilo.

O principal, no entanto, era ter Erik a bordo. Ele era arrojado o bastante. Não tinha medo. Estava em boas condições físicas. E entendia bem o jogo político. Além disso, tinha bons contatos e sabia falar várias línguas. E isso era o mais importante. E não o que ele poderia pensar de um ex-espião.

Ao entrar na biblioteca e fechar a porta, Pierre pareceu surpreendentemente preocupado. Era difícil entender por quê. O alvo estava pronto. A pista internacionalmente aceita apontava para o Paquistão e estava errada. E isso servia perfeitamente para suas intenções. O príncipe Sultan não sabia que sua hora estava próxima. Portanto, qual era o problema?

O alvo, segundo Pierre. As seis torres de vigilância precisavam ser tomadas ao mesmo tempo. Seria preciso eliminar doze guardas paquistaneses, dois em cada torre. A sorte da operação residia por completo nesse momento inicial. O alarme geral seguido de uma troca de tiros intensa durante a noite numa enorme construção como aquela só poderia conduzir a muito sofrimento.

Isso era verdade, mas o alvo não era especialmente difícil. Carl havia medido o espaço em cada torre onde fossem aterrissar.

Cada uma tinha cem metros quadrados. Os paraquedistas modernos treinavam aterrissagens em espaços de cinco metros quadrados. Disso dependia sua aprovação.

É verdade, admitiu Pierre. Mas era justamente aí que estava o problema. Ele tinha doze homens que iriam atuar, que deveriam atuar.

E contou, então, a história da tradição na Legião Estrangeira de que aquele que salvasse a vida de um companheiro tinha o direito de fazer um pedido de igual dignidade, até mesmo um pedido ilegal.

Pierre fora legionário durante quarenta anos e, por isso, continuava com doze homens na sua lista prontos para entrar em ação. Mas os dois mais velhos eram paraquedistas do tempo em que se usavam paraquedas redondos, eram jogados do avião e, na melhor das hipóteses, aterrissavam a cem metros do ponto indicado.

Esses dois não conseguiriam aterrissar em cima de uma torre, no espaço de cem metros quadrados e, em seguida, matar os dois guardas.

Carl ficou pensando por um momento e objetou depois, dizendo que seria possível um só homem matar dois guardas de cada torre. Durante os últimos dez metros antes do pouso, daria para matar os dois guardas com uma metralhadora em uma das mãos e, com a outra, direcionar o paraquedas. Ou não?

Sim, em tese, admitiu Pierre. Mas o risco era enorme. E, mais uma vez, se o momento inicial da operação falhasse e o alarme fosse dado, quantos adversários teriam de enfrentar?

Entre 36 e 40, imaginava Carl. A central russa de espionagem por satélite mantivera o castelo em constante supervisão nos últimos dez dias. Como havia sempre dois homens em cada torre, junto da metralhadora e em turnos de oito horas, isso implicava haver três turnos de vigilância, mais ou menos como num submarino. Portanto, um total de 36 homens, mais alguns reservas, por doenças ou outros motivos.

Claro, Pierre já havia feito o mesmo cálculo. Mas uns vinte sobreviventes paquistaneses, com um nível razoável de treinamento — caso contrário, não teriam sido escolhidos para esse serviço muito bem-remunerado —, correndo por todo o lado e atirando com suas armas automáticas, acordariam de imediato todo mundo dentro do castelo. E o que aconteceria, então, a Nathalie?

Carl propôs que os dois homens impossibilitados de aterrissar nas torres caíssem no aeroporto, a oitocentos metros do castelo, numa depressão do terreno.

O aeroporto devia ter alguma forma de vigilância e, além disso, contato via rádio com o castelo. Era preciso silenciar os instrumentos de rádio do aeroporto. Dois homens de caras pintadas e armas silenciosas deviam ser capazes de tomar essa posição. Havia apenas uma barraca de vinte metros de comprimento e uma pequena torre de controle de aeronaves. Esse problema já existia, antes mesmo de se saber que dois dos homens não tinham a qualificação necessária para a descida nas torres. Portanto, duas das torres precisavam ser tomadas apenas por um homem cada. Era preciso apenas escolher entre os mais jovens e melhores.

Claro, admitiu Pierre. Teria de ser assim, mas o risco aumentaria. Ele queria voltar para casa com Nathalie e entregá-la nos braços de sua mãe. E não morrer e ser enterrado com a bandeira tricolor da França sobre o corpo.

A respeito da logística da Operação Nathalie, não havia, de repente, mais nada a dizer. Não havia nenhum tipo de desacordo entre os dois; aquilo que um deles via o outro também via.

Carl queria ganhar mais algum tempo e perguntou a Pierre se podia convidá-lo para alguma outra coisa. Mas Pierre fez que não com a cabeça energicamente.

A história da garrafa de champanhe voltou a atormentar os seus pensamentos. Então, Carl levantou-se e foi observar mais uma vez as fotografias aéreas de Qasr Salah al-Din. E passou a usar a enorme lente de aumento. Jogou-a para cima e pegou-a pelo cabo. Repetiu a manobra, jogando-a mais para o alto e, após várias rotações, pegou-a novamente pelo cabo. Repetiu uma terceira vez a jogada, quase atingindo o teto, e pegou de novo a lente pelo cabo. Depois, colocou a lente cuidadosamente sobre as fotos e voltou-se para Pierre.

— Eu não sei se você será capaz de entender a situação — disse ele. — Nem mesmo você, que já escreveu sobre aquilo que viveu e que eu também vivi. E, na verdade, ninguém mais escreveu sobre nós. Mas o certo é que esta situação também passou a ser importante para mim, pessoalmente. Eu quero estar presente quando você entregar Nathalie nos braços de Ewa. E tenho vivido esses últimos meses só pensando nisso. Tudo tem a ver, evidentemente, com minhas próprias crianças assassinadas. Não é preciso ser um psicólogo para perceber isso. Mas, de qualquer maneira, eu prometi a mim mesmo e a Deus, em quem não acredito, que nunca mais mataria alguém na vida. Essa foi a promessa mais honrosa e, de certa forma, a mais pesada que já fiz. Uma promessa com a qual me sinto comprometido e determinado a cumprir. Mas não ao se tratar da sua filha. Eu vou com vocês. E não se preocupe: eu posso descer no espaço de cem metros quadrados. E também posso arranjar mais um homem para fazer o mesmo.

✪✪✪✪✪

Patrik Wärnstrand sentia-se um tolo, mas isso já era uma melhora. Ao ser detido como suspeito de um crime doloso, o de participar do hediondo sequestro, foi considerado em todas as mídias um criminoso violento e insensível, quase um estuprador pedófilo.

Agora, já era tido como tolo e, pior, um tolo desempregado, acusado de erro profissional e roubo no local de trabalho. O advogado Alphin assegurou que ele escaparia de ser preso, mas teria de pagar multa e indenização.

Sua situação foi facilitada pelo fato de David Gerald Airey e seus colaboradores terem sido apanhados rapidamente na Inglaterra.

Eles acabaram declarando que seu companheiro sueco se portara de fato como um idiota útil e que não podia ter imaginado que eles estavam prestes a realizar o sequestro de uma criança, encomendado por terroristas.

A liberdade era muito melhor do que, no mínimo, dez anos de prisão. Não havia a menor dúvida. Mas, logo que o advogado Alphin chegou com a notícia de que o promotor havia concordado, durante o indiciamento, em retirar a acusação por crime doloso e que ele estaria livre dentro de algumas horas, Patrik Wärnstrand sentiu-se envergonhado por ser considerado um tolo. E pediu ao advogado que tirasse a imprensa do seu encalço e arrumasse um jeito de ele sair por uma porta dos fundos.

Era um pedido praticamente impossível de atender, a não ser que a polícia ajudasse e o levasse do porão da delegacia para casa num de seus carros civis com vidros escuros. Isso a polícia não costumava fazer, a não ser que se tratasse de alguém conhecido acusado de tráfico de drogas.

Ele já havia recebido uma quantidade enorme de convites para dar entrevistas para a mídia sueca e também ofertas de largas somas de dinheiro, por parte da imprensa britânica, para dar uma entrevista exclusiva a respeito de David Gerald Airey.

Seu advogado disse que não era fácil manter a mídia afastada numa sociedade democrática e pareceu não estar totalmente desinteressado em se encontrar com os jornalistas. De qualquer maneira, prometeu ver o que poderia fazer e que iria telefonar. Pareceu mais uma desculpa do que propriamente a promessa de tomar alguma medida nesse sentido.

Parecia, mas não foi o que aconteceu. Quando Wärnstrand estava prestes a ser libertado e já assinava o recibo com a lista dos seus pertences, inclusive o cinto e os cadarços dos sapatos, o advogado chegou na inesperada companhia do coronel Luigi Bertoni-Svensson, em uniforme completo, desde a boina verde da guarda-costeira até as condecorações na farda que testemunhavam uma ampla experiência internacional e as botas bem-engraxadas, substituindo os sapatos pretos normais. O que mais impressionou Patrik Wärnstrand foi o emblema dourado das forças SEAL, uma águia com âncora e flechas nas garras.

— Tenente Wärnstrand?

— Sim, coronel — respondeu ele, colocando-se logo em posição de sentido.

— Vamos fazer o seguinte: enfrentaremos lá fora a multidão de leões. Você não vai precisar dizer nada. Deixe eu e o advogado conduzirmos a conversa. Entendeu?

— Sim, coronel!

E a coisa terminou por aí. Ele seguiu entre o advogado e o coronel por um longo caminho ladeado de grades até chegar ao bando barulhento de jornalistas e fotógrafos, que já punham em funcionamento as suas câmeras a mais de vinte metros de distância.

Ficaram rodeados e atravancados. O advogado disse que seu cliente se sentia feliz por tudo ter se esclarecido. Fora, portanto, um mal-entendido.

O coronel Bertoni-Svensson disse que até ele teria caído no truque que afetara Patrik Wärnstrand. Que a justificativa era totalmente razoável. Além disso, o tenente Wärnstrand continuava gozando de total confiança por parte do regimento da Força Secreta Especial da Suécia, a SSG, que agora o recebia de volta a seu serviço, caso a empresa na qual trabalhava insistisse em despedi-lo.

E foi assim que tudo terminou. Entraram, depois, num carro do quartel-general e partiram, mas pararam umas centenas de metros à frente para deixar o advogado sair. Depois, foram diretamente para a casa do tenente, onde a mulher e os filhos já o esperavam.

A casa em Enskede também estava sitiada por jornalistas, mas o coronel teve a gentileza de repetir, mais ou menos, o que dissera antes, à saída da delegacia. E pediu que fossem deixados em paz.

Na verdade, houve alguns protestos, mas os fotógrafos conseguiram fazer um bom trabalho ao registrar o momento em que o tenente abraçava os filhos, alguns até pendurados nas macieiras na frente da casa, cujas flores caíam como flocos de neve.

Sua mulher convidou o coronel para tomar café com a família. O tenente conservava Emma e Sixten sentados nos seus joelhos, e a sensação da tolice cometida começou a desaparecer. Eles tentaram falar de questões do dia a dia, como, por exemplo, uma viagem para o campo, na qual pretendiam pescar arenques. Mais tarde, de repente, uma notícia explosiva.

— É o seguinte, sra. Wärnstrand — disse o coronel, num tom de voz muito amigável e com a cabeça ligeiramente inclinada para o lado —, eu vou ter de roubar seu marido por uma hora, mais ou menos. Ele voltará para o jantar; portanto, não está previsto nenhum perigo. Mas, dentro da SSG, temos muita confiança no tenente Wärnstrand e estamos dispostos a lhe oferecer não só trabalho, como também aumento de salário. Talvez deva acrescentar que não se trata de grandes riscos, mas uma ação de grande importância. Queira nos desculpar, por favor.

Sua esposa pareceu tão espantada quanto seria possível imaginar diante da promoção repentina de seu tolo marido, mas ela não estava olhando para ele, e, sim, para o coronel e, portanto, não pôde ver como ele também estava espantado, ignorante tanto quanto ela, do novo e inesperado convite.

No carro, já à saída de Enskede, os dois ficaram em silêncio por bastante tempo, antes que o tenente tivesse coragem para perguntar se era verdade.

— De certa maneira, sim — disse Luigi. — Tenho total confiança em você, continua a mesma de sempre. Tenho pensado muito a respeito da maneira como eu agiria na sua situação. E cheguei à conclusão de que eu também teria caído na armadilha. O Special Air Service faz apenas coisas boas, mais ou menos como nós mesmos, não é verdade?

Ele não respondeu. Continuava envergonhado, apesar de todas as desculpas aceitáveis, diante do fato de ter sido um idiota útil. E isso havia levado ao sequestro de uma criança de 5 anos, filha de um coronel, uma menina que agora estava nas garras de terroristas árabes. Era um pesadelo, e jamais seria outra coisa senão isso.

— Aonde vamos? — perguntou ele, depois de outro longo período de silêncio.

— Estamos a caminho das ilhas do lago Malar — respondeu Luigi, abruptamente. — Você vai se encontrar de novo com uma pessoa e ela vai lhe fazer um convite irrecusável.

— Hamilton? — arriscou Patrik Wärnstrand, depois de mais um longo e angustiado silêncio.

Luigi apenas acenou com a cabeça, afirmativamente.

— E depois eu não vou ter nada mais a ver com o assunto — continuou ele. — Tudo aquilo que eu disse a respeito da sua volta para a SSG é mentira. Pode esquecer. Já cometi erros demais em serviço até aqui. E não faço a menor ideia do que vocês vão discutir. Está entendido?

— Sim, coronel, está entendido.

— Ótimo. Mas aposto, apesar de tudo, que você vai aceitar a proposta.

✪✪✪✪✪

Realmente, chegaram a pensar em rasgar os garotos, em eviscerá-los, como se faz com os peixes para retirar os diamantes engolidos. Ele próprio não tinha autoridade para contê-los. De qualquer forma, nem tentou. Caso Pierre Tanguy não tivesse aparecido na esquina do edifício de administração nesse exato momento, teria sido tarde demais.

Michel Dubois sofria com pesadelos, algo, aliás, que acontecia com todos os legionários com longos serviços prestados em pequenas e mais ou menos desconhecidas guerras na África. Mas esta era a pior, a única permanente, ano após ano.

A situação, posteriormente, foi considerada tão irreal quanto incompreensível. E, ao mesmo tempo, fora um fato do qual não se conseguia fugir. Logo depois da chegada à caserna de escravos e ao campo de extração de diamantes de Serra Leoa, os legionários perdiam a humanidade e passavam ao estado de animalidade. Só as imagens vistas podiam explicar a transformação: montanhas de cadáveres de vários metros de altura, de onde os abutres levantavam voo como se fossem moscas gigantescas, os corpos macilentos, os cadáveres de escravos apodrecendo ao ar livre, pendurados nos galhos das árvores à volta do campo, montes de mãos cortadas.

O fato de não fazerem prisioneiros era, a princípio, da própria natureza do serviço. Eles matavam todos os homens adultos, sem exceção, independentemente de estarem armados ou não, de resistirem ou jogarem fora as suas metralhadoras AK-47 e de aparecerem de braços levantados sobre a cabeça. Ateavam grandes fogueiras, onde juntavam os cadáveres dos escravos e dos capatazes, e ocultavam os restos numa mesma cova enorme.

De início, nem pensavam nas crianças, que fugiam para todos os lados, como se fossem ratos medrosos. Mas um dos sargentos da terceira companhia encontrou seis garotos dentro do escritório principal, abandonado rapidamente logo que o ataque começou. De forma muito estranha, os garotos pareciam crianças apanhadas ao fazer uma coisa feia, com as mãos metidas em latas de doces. Foi isso que o sargento contou depois.

Mas não eram doces, nem geleias, que eles metiam goela abaixo. Eram diamantes brutos, ainda não lapidados. Não se esclareceu por quanto tempo eles ficaram entretidos naquela refeição, e ninguém sequer podia adivinhar quantos milhões existiam nas barrigas inchadas dos garotos. O primeiro pensamento de eviscerá-los parecia praticamente normal.

Pierre descobriu, no último instante, o que estava para acontecer. Mandou parar e meter os garotos numa sala com as portas e janelas trancadas. Eles ficariam ali até que cagassem todos os diamantes ingeridos. Depois, seriam mandados para casa. Pelo menos, foi esse o plano inicial, mas não surtiu resultado.

Rapidamente, já havia merda nos latões colocados dentro da sala, mas nada de diamantes. E a explicação só podia ser uma: os garotos procuravam, desesperados, os diamantes em meio às suas fezes e engoliam-nos de novo. Demorou dois dias para solucionar o problema. Só depois os garotos foram mandados para casa, por uma trilha tortuosa onde apenas os veículos com tração nas quatro rodas podiam circular por sobre a lama avermelhada. Tudo aconteceu logo depois da época de chuvas.

Se algum dos garotos, mesmo assim, conseguiu levar para casa alguma pedra pequena no estômago que, no mínimo, já engolira pela terceira vez, merecia levá-la.

Michel Dubois perguntou a si mesmo muitas vezes como seriam seus pesadelos caso Pierre houvesse chegado tarde demais. Nesse caso, teria sido ele, Michel Dubois, major do Segundo Regimento, o responsável que ficaria eternamente com a dor de consciência. Realmente, teria sido uma lembrança negra e, pensando bem, sua dívida de agradecimento teria sido maior do que aquela derivada do que aconteceu no Congo, muitos anos antes. Dessa vez, Pierre chegou com duas companhias fortemente armadas exatamente no último instante. Mas isso era normal. Era normal salvarem a vida uns dos outros. Assim como era normal eles levarem para o quartel os mortos e os feridos. Mas aquela situação no campo de diamantes da Serra Leoa é que não era normal.

E estava chegando o momento decisivo. Ele esperava a chegada de Pierre em seu boteco favorito, na pequena aldeia com vista para o mar onde o sol se punha. Não havia mais legionário algum nas proximidades. Os rapazes de folga procuravam lugares menos tranquilos e prazeres diferenciados no centro de Calvi ou ao longo das praias.

Ao chegar, Pierre precisava receber, de forma rápida e concreta, a informação. Todo o resto não importava. Seria impossível sentar a uma mesa e escolher de cara entre um refogado de javali e lagostas grelhadas, fingindo que eram dois legionários veteranos que se encontravam para recordar velhos tempos e suas aventuras. Pierre precisava receber a informação de imediato.

Mais uma vez, ele pensou nos riscos que estavam correndo, fora o da demissão, dois anos antes de conseguir se aposentar. Será que perderia a pensão na hora de ser demitido?

Era possível, mas nem isso era uma objeção forte o bastante. Não, se ele respeitasse a promessa de Pierre e a levasse a sério. Todos os que ajudassem na Operação Nathalie seriam compensados por eventuais perdas. Era evidente que Pierre ganhara grandes somas de dinheiro com as vendas do seu livro. E ele as merecia. Era uma história fantástica que ninguém havia contado. Não valia a pena saber por que a história dos diamantes de sangue na Serra Leoa havia sido tão curta. Ele próprio, preocupado, foi logo folhear esse capítulo primeiro, para tomar conhecimento do seu conteúdo. Mas a história dos garotos que comiam os diamantes brutos não estava lá. Talvez por consideração ao velho amigo, que estivera prestes a carregar uma culpa pelo resto da vida.

Não. Não havia como voltar atrás. A sua dívida com Pierre Tanguy era enorme. Era ou vai ou racha. Ele tinha de dar 100%, e de preferência um pouco mais. Isso tinha de ser dito de imediato, antes mesmo de se sentarem à mesa, à mesma mesa de boteco em que sempre se sentavam nos velhos tempos.

Ele pegou novamente seu pequeno livro de anotações de capa negra e reviu mais uma vez suas objeções e correções.

O alvo era fácil de tomar. Assim que viu as imagens feitas pelo satélite que Pierre levou consigo, sentiu-se aliviado e feliz. Aquele castelo dava para quase fazer água na boca para qualquer paraquedista experiente.

Era dessa previsão que todo o plano dependia. Era preciso ganhar logo de cara, para depois corrigir eventuais erros cometidos. Mas existiam dificuldades, sim, das quais não era fácil fugir.

Como chefe do regimento, Michel poderia fornecer a Pierre o seu próprio avião Transall com os dois pilotos. Até aí não havia problema nenhum. Mas seria quase uma loucura deixar que o grupo treinasse o seu ataque no regimento em Calvi. Seria fácil perceber o que estava prestes a acontecer. Todo mundo sabia o que havia acontecido à filha de Pierre. E, se os planos vazassem, tudo iria por água abaixo.

O Djibuti era a solução. Ele não sabia como Pierre iria reagir a essa notícia, mas tinha certeza de que seria, sim, a melhor opção. Djibuti, no momento, era um lugar mais ou menos caótico, resultado da ampla caça aos piratas que assolavam a área marítima entre o Iêmen e a Somália. A divisão aérea havia sido fortalecida, assim como o regimento regular do Exército francês. E seria perfeitamente plausível que o regimento da Legião Estrangeira também recebesse um reforço, uma força especial preparada para alguma operação secreta. E seu colega da 13e Demi-Brigade de la Légion Étrangère no Djibuti jamais hesitaria diante das instruções um tanto confusas recebidas do Segundo Regimento de Calvi.

Eles ficariam num barracão especial na área da legião e teriam de resolver os próprios problemas e os do avião. Ninguém iria descobrir o blefe logo de cara, e numa noite escura eles iriam levantar voo e desaparecer. E isso era tudo. Devia funcionar.

E aquilo que pareceria místico demais e criaria certos rumores em Calvi, como, por exemplo, a chegada de um avião russo Antonov carregado de caixas com armamentos, seria digno de se aceitar como normal e passaria perfeitamente como atividade ligada à força especial preparada para intervir secretamente no Djibuti.

Não, não havia como voltar atrás. Nada também de meios-termos. Ou vai ou racha. No momento, era preciso arriscar tudo.

Assim que se cumprimentaram, Pierre parecia cheio de confiança e não ficou nem um pouco surpreso diante da informação positiva que recebera.

E ambos continuaram sentados, até muito depois de todos os outros clientes do boteco terem ido embora. Viram e reviram todos os planos. Pareciam dois legionários veteranos trocando lembranças de velhos tempos e de antigas aventuras, uma situação que, na realidade, daria até para rir.

10

O calor era insuportável. Somente uma vez na vida ele havia passado por algo semelhante, em Bagdá, há muitos anos, quando era correspondente internacional. Foi em meados de julho, ou seja, mais ou menos na mesma época que agora. A temperatura estava entre 50 e 53º celsius e, ao sair do carro ou do hotel, a experiência era a mesma: isso não pode ser verdade, é simplesmente impossível, ninguém pode ter tido a ideia absurda de deixar que nossa civilização aflorasse nessa temperatura. Os babilônios não podem ter sido pessoas sãs.

Mas em Bagdá havia a possibilidade de usar o ar-condicionado das casas ou dos carros. No deserto, contudo, não existia essa possibilidade. As horas passavam e o sol continuava insuportável, sob um céu completamente sem nuvens.

O frio dava para suportar, até mesmo o frio extremo. Isso ele já conhecia por ter estado na Sibéria e no Norte do Canadá, entre os esquimós. Era possível se defender do frio usando as peles como vestuário, mesmo quando a temperatura descia a 60º negativos. No entanto, contra o calor não existia nada semelhante, e ele precisava lutar contra o impulso de retirar a grossa vestimenta de tecido preto com que se cobria: na realidade, ele se passava por mulher e conservava o rosto coberto por um tecido azul que lhe permitia ver o que estava à sua frente.

Como mulher, ele não podia tirar a roupa, claro. Mas, como europeu, tinha a impressão de que somente se despindo poderia aguentar o calor, como aliás faziam os homens bem morenos, bronzeados, que trabalhavam ao longo do asfalto da estrada. Mas, se os beduínos chegaram à conclusão de que aquele estilo de vestimenta, após milhares de anos, era o correto, ninguém podia duvidar do seu empírico bom senso. Muita roupa é a defesa correta contra o calor, mesmo que ele se sentisse como uma couve-flor cozida no vapor.

Uma de suas defesas mentais era sonhar acordado. No movimento oscilante do camelo, quase um sonífero, deixar que a fantasia flutuasse entre recordações e ideias, e entrar numa espécie de sonolência inebriante. Mas isso funcionaria melhor se as dores físicas não o atormentassem. Sempre que mudava de posição na sela, sentia dores.

Na década de 1970, o uso de selas de camelos como decoração ficou muito popular entre os intelectuais de esquerda na Suécia, que se sentavam nelas e à volta de mesas de latão, bebendo vinho, fumando haxixe e discutindo política. Mas, a essa altura, ele jamais pensaria em passar três ou quatro dias em cima de um apetrecho tão diabólico, ainda por cima em movimento.

Mouna, mulher de verdade, que "camelava" na sua frente e que, ainda por cima, rebocava seu camelo, parecia completamente imperturbável, assim como os homens que os acompanhavam. Não havia uma explicação genética. Mouna não era beduína, embora sua aparência e seu vestuário pudessem fazê-la passar por uma. Também usava o rosto tampado e seguia com ele no rastro do grupo, depois dos homens.

Ele teve de aceitar se vestir de mulher. A explicação era plausível. O risco de encontrarem uma patrulha saudita pelo caminho, certamente, era muito reduzido, mas, como os policiais e soldados sauditas jamais se rebaixavam a falar com qualquer mulher, ele não precisaria se preocupar em ter de abrir a boca e, com isso, se revelar.

Mouna conseguia imitar o dialeto beduíno, segundo afirmou. Além disso, tinha uma pistola presa a uma das coxas. Ela explicou de passagem que seria impensável cair com vida nas garras dos sauditas. Estava cansada e com dores quando fez esse comentário, na hora de adormecer no acampamento na primeira noite. Por isso, ele não estendeu a conversa e não perguntou nada a respeito da razão de ela pensar assim. Mas, se não se esquecesse, ele faria a pergunta naquela noite.

O suor penetrava na vista, e ele chegou a sofrer de pequenas mas irritantes feridas no canto dos olhos de tanto enxugar o suor com as costas das mãos. Então, novas gotas de suor escorriam por cima das feridas, provocando mais dores, que agora competiam em intensidade com as causadas ao montar no animal.

A entrevista com a princesa Majda, da Jordânia, fora muito além das expectativas, e ele se envergonhava pelo fato de a entrevista não ser transmitida para lugar nenhum, sendo apenas uma manobra escusa para justificar sua subida no lombo do camelo. Na realidade, era uma boa matéria, e ele nem sequer tentou apressar seu fim, realizá-la o mais rápido possível.

Ele havia pedido à redação do *Dagens Eko* para mandar à princesa um e-mail atestando sua importância como repórter e sua condição como um dos veteranos do programa. Isso lhe custou uma série de comentários sarcásticos a respeito daquilo com que um jornalista autônomo deveria se ocupar. A redação do programa, normalmente, não dava atenção para entrevistas com princesas, uma visão da qual ele, aliás, sempre compartilhou.

No entanto, não havia nada errado em sua história. Ela encontrara seu futuro marido, o príncipe Raad, não numa boate, mas na Universidade de Cambridge. Era sua única esposa, tinham cinco filhos e um grande número de netos, dos quais ela jamais conseguia lembrar os nomes. E já estavam casados desde o verão de 1963. Mired, seu filho, era embaixador da Jordânia nas Nações Unidas, e ela era fundadora e grande mentora da Al-Hussein Society, que desenvolvia um amplo trabalho de ajuda e apoio aos deficientes da Jordânia. Não se ouvia qualquer palavra ruim a seu respeito, e ela não se esquivava de discutirem problemas políticos. Pelo contrário. Até gostava mais de discutir outros assuntos e não aqueles que normalmente interessavam à imprensa marrom.

Mas o que de fato o surpreendeu foi sua franqueza ao falar da família real saudita, pela qual demonstrou o mais aberto desprezo, com a reserva de que isso ela podia dizer em sueco, porém, por motivos diplomáticos, não em inglês ou árabe.

Sua família, a corte real de Hashemiti, tinha ligação direta e dramática com a corte de Saud.

Quando pilharam Meca e Medina em 1932, os beduínos sauditas baniram também o guardião das duas cidades sagradas, o xerife al-Husseini. Sua família tinha parentesco direto com o profeta Maomé e desempenhava a liderança política nas cidades santas havia mais de 600 anos.

Os Estados Unidos foram rápidos em reconhecer a "corte real" saudita, que logo depois das pilhagens das duas cidades sagradas se denominaram soberanos de um reino que eles inventaram. O acordo entre os Estados Unidos e o bando de ladrões sauditas foi simples e rápido, pois se descobriu petróleo no lugar no mesmo ano. Os Estados Unidos ofereceram proteção militar ao novo reino indefeso em troca de pagamento em petróleo.

A essa altura, a família al-Husseini estaria fadada a desaparecer, caso Churchill não tivesse tido a brilhante ideia de fazer deles reis, também, nas terras recém-descobertas do Iraque e da Jordânia, as quais estavam sob o domínio britânico. E, então, um dos irmãos al-Husseini — Feisal — tornou-se rei do Iraque e o outro — Abdullah —, rei da Jordânia. Ambos foram assassinados mais tarde por extremistas ou revolucionários.

Margareta Lind, de Södertälje, estudante do colégio municipal da cidade, atualmente princesa Majda da Jordânia, tinha boas razões para odiar os sauditas tanto quanto Mouna.

Erik perdeu o fio da meada no momento em que, novamente, algumas gotas salgadas de suor entraram pelo canto dos olhos. O que ele estava pensando mesmo? Será que já havia perdido a capacidade de raciocinar? Os olhos ardiam demais. E o seu traseiro devia estar aos cacos, assim como as partes internas dos joelhos. Na sela do camelo, era preciso se sentar com um dos joelhos em posição angular, pois não há estribos, como nos cavalos.

A situação até provocava alguns risos, mas também alguns elogios bem merecidos. Onde ele se lembrava de ter lido essas palavras na literatura? Não importava. Elas lhe serviam perfeitamente naquele momento.

Havia abandonado o jornalismo. Cansou-se. Possivelmente por causa da ridicularização que sofreu e que culminou no seu linchamento no Clube dos Jornalistas. Mas, de qualquer maneira, ele deixou o jornalismo para ser escritor part-time, ganhar dinheiro e dedicar mais tempo à caça e à natureza, embora seus planos ainda fossem muito vagos. Vagos, porém não mais nobres do que esse agora vivenciado.

E ali estava ele, em missão de reportagem. Em cima de um camelo, sob um calor de 50º. Além disso, como repórter convidado, um gênero que ele ridicularizava com certo sucesso. Um editor do *Kvällspressen* viajou para o Iraque e, quando voltou, escreveu textos inflamados sobre a necessidade da continuidade da ocupação americana, explicando que ela era culpa dos próprios iraquianos, por não terem se comportado como deviam após a sua libertação.

A psicologia era tão elementar quanto simples de entender. Dentro de um helicóptero Black Hawk, a pessoa pensa mal dos que estão lá embaixo atirando contra a aeronave, mas não pensa mal daqueles que estão ao seu lado. Essa é a ideia básica do jornalismo por convite, que funciona muito bem dentro de um helicóptero ou, no caso, em cima de um camelo.

Eles se aproximavam do ponto crítico. Era uma estrada de veículos por onde eles deviam atravessar, no meio do deserto, em território saudita, a dezenas de quilômetros da fronteira jordaniana.

O regime saudita tinha certa consideração pelas tribos de beduínos pertencentes ao lado derrotado, que continuavam a se sustentar por meio de contrabando, cada vez em menor escala. Essa prática, aliás, fez da tribo saudita a mais poderosa da história. Entretanto, de vez em quando, os policiais sauditas prendiam outros beduínos, ficavam com o contrabando ou os obrigavam a pagar pela liberação.

Esse era praticamente o único risco de sua expedição, e, se acontecesse, seria justamente ao atravessar a estrada entre Kaf e at-Turayf. A essa altura, Erik devia ficar em silêncio e de cabeça baixa, tentando parecer uma mulher. E Mouna, com a mão na pistola automática, por baixo da sua vestimenta preta e pesada, enquanto os homens seguiam bem na frente para negociar o preço em dólares e prosseguirem.

Assim que atravessassem a estrada, o perigo deixaria de existir. Segundo Mouna, os soldados ou policiais sauditas eram extremamente preguiçosos e prefeririam sempre patrulhar sobre o asfalto, ouvindo música proibida em seus hummers, com ar-condicionado.

Eles riram da sua proposta de atravessar a estrada durante a noite. Era época de lua cheia, e os faróis dos carros da patrulha podiam ser vistos a quilômetros de distância.

Durante a noite, porém, o perigo era ainda maior. A essa altura, eram os americanos que patrulhavam a Arábia Saudita do espaço ou por meio de aviões, e um pequeno bando de beduínos em movimento era visto com mais facilidade do que durante o dia.

Afinal, o que ele estava fazendo ali? Convidado ele foi, como jornalista, sem dúvida alguma. A falsa entrevista com a princesa ele já havia feito, e agora estava atrasando sua volta.

Margareta, como ele, de brincadeira, a chamava, quando estavam a sós — ela não se importava nem um pouco com isso —, ou *Your Royal Highness*, sempre que alguém estava por perto e falava inglês, afirmou que ele tinha de seguir com ela e alguns dos netos para um passeio de um dia à cidade de Petra. Isso ele devia fazer, sem dúvida.

A extravagante hospitalidade com que a família real o recebeu, o grande respeito que a princesa sueca demonstrou por ele, o absurdo de se contrapor a essa hospitalidade — tudo isso somente poderia resultar numa atitude de agradecimento.

Petra é uma cidade fantástica, um notável ponto turístico. Está situada numa ravina, com as casas construídas no arenito vermelho. Uma cidade que resistiu a todos os ataques, até que os romanos descobriram de onde vinha a água para a população sitiada. Uma visão extraordinária, sem dúvida.

Mas informar sobre a viagem ao pessoal de Mouna no Hotel Intercontinental não foi legal. *Sorry*, mas vou ter de atrasar a viagem por um dia. Tenho de visitar Petra.

A ideia era a de alugar um carro, viajar até a fronteira saudita e visitar as ruínas do Castelo Qasr al-Azraq, onde ainda era possível ver seus fantásticos mosaicos helenistas. E foi isso o que ele fez, 24 horas mais tarde.

Qasr al-Azraq está situado a alguns quilômetros da estrada principal, numa área desértica, aliás, um deserto de pedras. Ele passou por um acampamento de beduínos, com uma bandeirola sueca tremulando por cima de uma das barracas negras, completou a visita aos mosaicos com calma e foi um dos últimos turistas a sair. E voltou, então, para o acampamento, que era sua parada final.

Um dos palestinos foi até seu carro, despiu suas vestes de beduíno, enrolou a roupa e entregou-a a ele. Por baixo, usava jeans e botas americanas, camisa branca de gola. Sorrindo, estendeu a mão para receber as chaves do carro.

— É para entregar na Avis, no aeroporto? Tem alguns CDs decentes no carro? — Foram as únicas perguntas do homem, antes de entrar no veículo, dar a partida e desaparecer por trás de uma nuvem de poeira.

E ali ficou ele com uma muda de roupas em uma das mãos e a sua mala na outra. Logo chegou Mouna, sorridente, vestida à maneira ocidental, por baixo de um longo cafetã.

Ela não fazia objeção ao fato de ele ter atrasado a partida com aquele passeio extra com a princesa. Pelo contrário. Na sua opinião, as improvisações, por vezes, eram necessárias. Eles haviam tentado formular uma boa justificativa para a presença dele. E agora a justificativa era a melhor possível. Caso necessário, ele seria apontado como amigo da família real. Uma situação esplêndida. E também não havia pressa em partir.

Mouna tinha a seu dispor um transmissor de rádio que ela usava de hora em hora para manter o controle. Mesmo montada no camelo, ela não deixava de cumprir a tarefa. Erik sabia apenas que era um aparelho russo, com sinal codificado, e que, presumivelmente, era Carl quem estava do outro lado, em contato.

Tudo parecia irreal no meio do sofrimento físico e concreto com o calor. E assim eles partiram. Nos olhos de Mouna não se via a mínima hesitação. Estavam a caminho da conquista de um castelo árabe à noite, no meio do deserto. De sua parte, Erik achava que estava arriscando sua vida ao viajar em cima de um camelo, e não em um Black Hawk.

Seus músculos abdominais doíam muito. Era com eles que se mantinha o equilíbrio no balanço do maldito animal. Não é de admirar que chamem os camelos de "navios do deserto". Não tinha nada a ver com a grande superfície árida pela qual avançavam, mas porque, na sua marcha, o animal balançava de um lado para outro, como se estivesse em cima de um barco.

Ele pensou em fechar os olhos com toda a força para expelir o suor, em vez de esfregá-los com as costas da mão. Daria resultado?

E ele era o único repórter no lugar para relatar uma aventura no melhor estilo Indiana Jones. Para Carl e Mouna, sua presença era exclusivamente uma questão operacional, mas para ele era uma chance de ouro sob todos os aspectos. Seria uma reportagem de interesse para o mundo inteiro.

No seu tempo como repórter internacional, ele havia feito a cobertura de eventos no exterior ao lado de amigos, conhecidos e colegas da mídia americana. Já acontecera de a mesma história que rendia seis minutos no *Dagens Eko* dar aos americanos fama mundial e prêmios de prestígio. Mas dessa vez ele estava sozinho, sem nem sequer um colega americano por perto.

Por que Carl, com todos os seus contatos, o escolhera, e não alguém da CNN? Não fora pela amizade de muitos anos. Para Carl, amizade não existe, em se tratando de uma ação puramente militar. Apenas ponderação prática.

Possivelmente foi por ele falar várias línguas. E porque ele era europeu, *não* americano. Simples assim. Qualquer repórter da CNN poderia ver a transmissão da sua matéria impedida por motivos inescrutáveis ou, talvez melhor, por motivos patrióticos, embora, nesse caso, fosse um patriotismo maldirecionado, visto que o público americano certamente não devia sentir pela Arábia Saudita a mesma consideração que George W. Bush. Mas a reportagem e as entrevistas de um acontecimento mundial, veiculadas ao mesmo tempo em italiano, francês e sueco, jamais seriam censuradas ou recusadas. Aliás, em inglês também. A BBC estaria mais do que interessada em descrever a continuação para as suas matérias sobre o gigantesco escândalo dos soldados britânicos da elite ao serviço de um príncipe saudita e terrorista. Simples assim. Carl havia escolhido o jornalista que melhor poderia satisfazer suas intenções. Não sob o ponto de vista profissional, mas apenas por motivos políticos e linguísticos.

Claro que esse era o pensamento correto. Mas isso significava também que ele não estava sonhando. Tudo era realidade. A dor nos olhos era cada vez mais insuportável, as feridas ocasionadas pela "camelada" já sangravam, supuravam e eram reais. Tudo era quase impossível de compreender. Ele estava agora a 75 quilômetros de Nathalie e talvez apenas a uma semana de voltar para casa. Assim como ela.

Ou a cinco horas de ser preso.

Mouna fora fria e calculista. Segundo ela, havia apenas 10% de risco de eles serem presos. Para ela, ser capturada com vida era uma tortura, aquela tortura que os sauditas e seus especialistas praticavam nas mulheres, incluindo tudo o que Erik pudesse imaginar e muito mais que ele não pudesse. Para ele, com sua carteira de jornalista, sua cidadania sueca, pele branca e popularidade em seu país, ser preso significava desde cinquenta chibatadas numa praça pública de Riad até três anos de prisão, enquanto a chamada diplomacia silenciosa agisse. Mas os riscos de insucesso eram, como se disse, inferiores a 10%.

Eles continuavam avançando, enquanto o sol baixava no horizonte e a temperatura descia. Ao parar para montar acampamento, já fazia muito tempo que eles haviam deixado a estrada de asfalto e tentavam encontrar o terreno mais acidentado possível no meio do deserto. Os camelos estavam insatisfeitos e reclamavam em protesto. Eles preferiam a areia e não gostavam de andar sobre as pedras, muitas delas cortantes. Mas essa escolha do caminho tinha a vantagem de diminuir ainda mais os riscos. Os soldados sauditas achavam impraticável andar com as viaturas nos terrenos de pedras e nem se preocupavam em perseguir beduínos quando a perseguição fosse desconfortável.

Já haviam passado pelo pior, assegurou Mouna, dirigindo-se a ele, enquanto obrigava seu camelo a se ajoelhar e o ajudava a descer da montada como se ele fosse de fato uma mulher. As pernas mal o sustentavam.

Os beduínos levantaram as barracas pretas de tecido de lã, acenderam fogueiras e passaram entre si sacos de couro com água. Surpreendentemente, a água estava fresca, e Erik a bebeu em goles largos. Agora que estava debaixo da tenda, ele tirou toda a roupa grossa, pesada e feminina, e ficou apenas com uma camiseta e calças cáqui. E descalço, com os pés exalando vapor. Tentou dormir para aliviar o corpo de toda a dor que sentia.

Já estava comprovado que o melhor para ela seria continuar trabalhando normalmente. Ela se sentia melhor quando em serviço do que em casa, o tempo todo sozinha em Stenhamra. Não se passava um segundo sem que ela "visse" na memória a imagem de Nathalie sentada sobre aquele tapete azul e amarelo-claro, dizendo coisas horríveis em árabe que ela própria não entendia. Chegara uma nova versão editada mostrando Nathalie com uma expressão inocente e até feliz por ter conseguido desempenhar a tarefa, após citar algumas suras do Alcorão que tratavam da guerra sagrada contra os inimigos do islamismo. E, como exemplo desses inimigos mal-intencionados, apontava-se a mãe, a conhecida bruxa da fria Escandinávia.

Não: era melhor para sua paz de espírito continuar no trabalho, embora a atividade dos intrusos à sua volta, por vezes, fosse estressante, com todos os que se afirmavam peritos dizendo como uma pessoa deveria organizar seu dia a dia se sua filha fosse sequestrada por terroristas islâmicos.

Mas seria muito melhor se ela pudesse se ocupar dos trabalhos normais, interrogando suspeitos. Era o que ela gostaria de fazer, afundada nos assuntos em pauta por períodos de vinte minutos até que, novamente, a imagem de Nathalie surgisse na sua mente e ela perdesse o fio da meada.

Em vez disso, ela recebeu uma ordem para realizar uma série de palestras destinadas a um grupo de pessoas extremamente desconfiadas, ou, como se ela fosse atacada por preconceitos ao escutar de quem se tratava, membros da Associação de Jornalistas Criminalistas.

A polícia secreta havia sido fortalecida com uma nova chefia, a de ligação com a imprensa. E o novo chefe chamava-se Lars Jacobsson, recrutado com uma lista de méritos que, para Ewa, pareceu ser espantosamente escassa em termos de experiência com a imprensa e que terminou com sua colocação como informante no Departamento de Imigração. A função tinha por objetivo explicar para a mídia que as autoridades sempre tinham razão quando expulsavam refugiados políticos, que não havia guerra no Iraque e outras coisas semelhantes.

No ano anterior, Lars Jacobsson era apenas secretário de imprensa e, segundo Ewa entendeu, havia trabalhado em "treinamento para enfrentar a mídia", treinamento esse, em especial, para os chefes que corriam o risco de enfrentar os jornalistas. Ewa havia recusado delicadamente, mas com convicção, essas lições, por considerar que tinha peritos bem mais qualificados à sua disposição entre os amigos.

Depois de ter sido nomeado chefe de imprensa, Lars Jacobsson convocou os outros chefes para uma reunião em que manifestou pontos de vista muito peculiares a respeito de como suas ações operacionais deviam se adaptar melhor ao atual clima midiático... mas não se sabia que espécie de clima era esse!

Mas, sem dúvida, ele se tornou mais ativo, e seu plano mais recente era uma série de palestras para jornalistas considerados mais leais à polícia secreta, os quais seriam, antes de tudo, comentaristas e editores da imprensa do governo e, portanto, jornalistas especializados em criminalidade.

Uma grande parte do grupo compareceu ao auditório, e Ewa não conseguiu escapar, apesar de todas as suas tentativas, argumentando que se ocupava apenas de interrogatórios e, por isso, nada teria a dizer sob a perspectiva de segurança policial. Um interrogatório era apenas um interrogatório.

Seu chefe, Björn Dahlin, porém, não desistiu, e ela desconfiou que, aos jornalistas, mais interessava sua presença do que aquilo que tivesse a dizer sobre interrogatórios. Ela era atualmente, como se murmurava nos corredores com certa inveja, a única estrela da polícia secreta, uma estrela mundial. Era uma brincadeira tão cínica quanto desagradável, se é que se tratava de uma brincadeira, tendo em conta, no caso, o que a levou a esse status.

Ela obedeceu à ordem, pegou o rascunho das palestras que, de vez em quando, realizava na Academia de Polícia e passou o texto para o auditório sem nenhum entusiasmo. Não havia nada de novo a dizer, nada sensacional. As polícias do ocidente trabalhavam mais ou menos seguindo as mesmas regras teóricas, designadas por PEACE, sigla em inglês que, pela ordem, representava planejamento, preparação, contatos introdutórios, histórico livre após interrogatórios, fechamento e avaliação.*

Havia uma quantidade imensa de variantes. Os primeiros contatos com os Hell Angels seriam completamente diferentes daqueles com as assistentes de uma creche acusadas de peculato. O histórico livre significava justamente que haviam conseguido contatos introdutórios bem-sucedidos. O planejamento e a avaliação complementavam a situação, visto que os dois momentos determinavam o início e o fim do ciclo, antes de se voltar ao caso depois. E assim por diante. Os 25 jornalistas presentes pareciam pouco interessados, e nada havia a dizer sobre o assunto, achava Ewa, já que os sentimentos eram recíprocos.

Não dava para fugir das perguntas finais. Os jornalistas começaram tentando saber notícias de Nathalie, recebendo em troca respostas curtas e desencorajadoras. Depois, quiseram saber se era difícil interrogar os terroristas islâmicos, e Ewa ficou notoriamente irritada, achando que eles estavam mesmo a fim de "Valquíria" e da ideia de que os islamitas eram especialmente sensíveis à "tortura sexual".

Talvez por estar nervosa no momento, ela se aventurou desnecessariamente a fazer uma comparação sobre a diferença entre um grupo

---

* Planning, Preparation, Engage, Explain, Account, Closure, Evaluate. (N. T.)

de nazistas e um grupo de somalis suspeitos de terrorismo, grupos que ela havia interrogado recentemente. Isso não era segredo algum. Era do conhecimento geral que essas pessoas estavam presas.

Por mais estranho que parecesse, ironizou Ewa, os nazistas confessaram, alegres e até orgulhosos, que eram terroristas — de acordo com a legislação em vigor —, que a posse por eles, de armas e explosivos estava associada ao seu programa político, e que era por meio do terrorismo que eles conseguiam impor o medo.

Enquanto isso, os três somalis confessaram seus motivos, mas se recusaram a ser chamados de terroristas. Mandavam dinheiro para suas famílias na Somália e para uma organização de resistência que lutava contra a ocupação do país pelos etíopes.

E, a essa altura, em ambos os casos, a ação dos interrogadores havia terminado. Dali em diante, tudo o que acontecesse não dependeria mais de interrogatórios, mas da ação política ou, na melhor das hipóteses, da ação político-judicial dos promotores e dos analistas da polícia secreta.

O que, no caso, havia levado à liberação dos nazistas como suspeitos de terrorismo, apesar da confissão, e à prisão novamente dos somalis como suspeitos de terrorismo, apesar de não se considerarem terroristas.

O comentário de Ewa fez com que os jornalistas presentes acordassem e, de repente, passassem a fazer perguntas diretas e incisivas. Perguntaram se Ewa achava errado da parte dos promotores liberar os nazistas suspeitos de terrorismo e qual era, nesse caso, a diferença das penalidades a serem atribuídas a eles.

Ela respondeu que, como jurista, não era capaz de entender como se podia evitar a acusação por crime de terrorismo contra alguém, quando esse crime havia sido provado e confessado. E que as penas eram de quatro e oito anos de prisão, esta em caso de terrorismo.

Naturalmente, ela também foi questionada sobre os somalis presos. Não seriam terroristas?

Nesse momento, Ewa teve de ser mais cautelosa. Pelo que ela podia ajuizar, os somalis não haviam confessado nada nesse sentido, e durante o interrogatório nada se apresentou que confrontasse a palavra deles. O que restou depois foram considerações políticas cuja relevância judicial era extremamente discutível.

Nesse ponto, ela foi longe demais. E logo entendeu isso ao olhar para os 25 jornalistas à sua frente.

E, depois, foi o inferno. Na manhã seguinte, a reunião dos chefes foi dominada pelo tema *damage control*. Björn Dahlin usou justamente a expressão inglesa que, como Ewa soube depois, era mais militar do que policial, o que fez com que ela pensasse em Pierre, Carl e Nathalie.

Se outros jornalistas estivessem presentes e ouvissem um dos chefes da polícia secreta discordar dos resultados da própria organização, teria havido uma discussão infernal na mídia. A frase infeliz também não veio de qualquer um, mas da chefe mais destacada em termos de atenção midiática. Portanto, a questão agora era saber como as consequências poderiam ser evitadas ou reparadas.

O chefe de imprensa Jacobsson sentiu-se estimulado pelo fato de, pela primeira vez, estar no centro das atenções na reunião dos chefes. Mas, segundo afirmou, utilizou a noite muito bem. A maioria dos jornalistas criminalistas havia mostrado compreensão e reconhecido a importância de haver uma boa relação entre eles — isto é, aquele que escrevesse qualquer coisa inconveniente teria dificuldade de acesso a informações no futuro. Também concordaram com a ideia de que uma série de palestras instrutivas não era uma entrevista sobre um assunto particular. Caso quisessem informações específicas de Ewa

Tanguy ou de qualquer outra pessoa na organização, bastava telefonar e pedir uma entrevista sobre determinado assunto, embora correndo o risco de ouvir a resposta padrão *no comments*.

Foi assim que ele encerrou o assunto. Todos os olhares se dirigiram para Ewa, e ela fez sinal de que a ordem fora entendida.

Depois da reunião, ela foi chamada ao gabinete de Björn Dahlin como se fosse uma estudante pronta para receber uma advertência do reitor, o que era degradante. Mas o pior foi ela chorar compulsivamente.

De início, ela havia pensado em se defender. A liberdade de expressão que valia para o país, em geral, também valia para os policiais e até para os chefes da polícia secreta. Ela não tinha revelado nenhum segredo. Os nazistas já haviam sido condenados por posse de armas, e o protocolo do interrogatório era de conhecimento público. Por outro lado, o caso dos somalis fora largamente comentado pela imprensa. E ela também não havia revelado nenhuma informação desconhecida.

Mas Björn Dahlin não desistiu:

— Não cabe aos nossos mais altos funcionários, nem aos mais qualificados, polemizar em público contra os promotores — disse ele, insistente.

— Recebi uma pergunta direta. O que você responderia? Suponho que você mesmo questione, como eu, o fato de os nazistas não poderem ser considerados, de acordo com a lei, terroristas, quando eles confessaram que eram — atacou ela de volta.

— Sob o ponto de vista jurídico, você tem razão. Como ex-promotor, estou tão surpreso quanto você. Mas a questão não é saber se temos ou não razão. Existe muita gente lá fora que deseja colocar a polícia e a promotoria sob desconfiança em se tratando de combate ao terrorismo.

— Você está me acusando de traição?

— Mas minha querida Ewa...

A essa altura, ela não aguentou mais. De repente, começou a chorar, um choro descontrolado, as lágrimas escorriam pelas faces, e ela se dobrou para a frente.

Não melhorou em nada a situação o fato de ele ter se levantado e tentado acalmá-la com um afago.

Ela sofrera uma espécie de curto-circuito, entre raiva do seu chefe e tristeza e medo por Nathalie. Sentia como se fosse uma perfídia contra Nathalie o fato de brigar por bobagens no trabalho e se engajar em problemas menores. Ainda mais degradante era ser acarinhada pelo chefe e tratada como uma velha, embora ele tivesse tido a sabedoria de não usar essa palavra. Ele pediu desculpas e disse que a compreendia. Tratava-a, portanto, como uma mulher irresponsável. E isso a fazia chorar mais e a deixar fora de si.

Ele sugeriu que ela fosse para casa, e Ewa acenou afirmativamente, em silêncio, procurando enxugar as lágrimas.

Mas ela voltou a chorar no carro, quando os seguranças, delicada e silenciosamente, a levavam. Eles não entendiam a razão do seu choro, e nem ela realmente sabia. Eles podiam apenas — como todos os outros — tratá-la como uma mulher tola, afetada pela tristeza e pelo sofrimento, e não como uma mulher no mais alto cargo de chefia.

Ela não iria entrar em colapso!

Essa também foi a primeira coisa que ela disse ao telefonar para Anna.

— Eu não entrei em colapso, mas estou chorando, e isso me perturba, é uma merda! Estou precisando de você.

Anna chegou a Stenhamra cerca de uma hora depois. A essa altura, Ewa já estava melhor e havia preparado um jantar que ela chamava de "jantar policial *a la* férias em Chipre". Era composto de rodelas de lula fritas de entrada e rodelas de lula fritas como refeição principal com duas espécies de molhos e vinho branco. Pierre deixara uma considerável quantidade de jantares prontos para duas pessoas, com os respectivos molhos no congelador e, evidentemente, à maneira militar, uma lista de indicações para os vinhos que deviam ser escolhidos para cada ocasião e onde encontrá-los na adega. Hoje elas deviam encontrar o vinho certo na prateleira 57, caixas números 16 e 17, vinhos da Sicília. Seus "jantares policiais" já não eram mais os de antes: pizza com qualquer tipo de porcaria a que se dava o nome de vinho tinto. Novos homens na vida, novos hábitos.

Anna preferiu rir, mais do que lamentar, quando ouviu quais eram os problemas de Ewa, primeiro ao ser desafiada por um infeliz jornalista e "chefe de imprensa" na reunião dos chefes, e depois ao ser chamada à atenção pelo chefe.

O cômico estava naqueles 25 jornalistas especializados em assuntos criminais e de investigações policiais, todos doidos, principiantes. Erik e Acke Grönroos morreriam de rir quando ouvissem a história. A não publicação de uma declaração daquela que era, atualmente, a mais conhecida chefe da polícia secreta, falando sobre a injustiça de se terem livrado os nazistas e de preparar a condenação dos somalis, era entendida como uma aberração incompreensível, no limite da traição jornalística. E, depois, havia aquele acordo subentendido entre a polícia e aqueles jornalistas que a ajudam a ter boas notícias na imprensa. Em compensação, os jornalistas de má vontade, que publicam verdades inconvenientes, ficam encurralados e sem informações.

— *Factum turpe* é o nome que os romanos davam a isso — disse Ewa, divertida. Ela se sentia dessa forma com as irônicas explicações de Anna.

— O quê? — reagiu Anna.

— Acordo torpe — explicou Ewa. — Nós estamos precisando de um pouco mais de justiça romana na nossa polícia.

Elas comeram em pratos de papel, no terraço que dava para o lago, para terem a sensação real de — como policiais — estar em férias em Chipre. A noite estava quente, silenciosa, e elas deixaram desligados os aquecedores a gás.

Anna e seus colaboradores do Departamento de Criminologia haviam abandonado o caso de Nathalie. Era agora a polícia secreta que assumira seu desfecho, tratando esse assunto diretamente com o Ministério do Exterior sobre a entrega do desaparecido paquistanês negociador de armas e dos contatos com a polícia britânica. Anna havia retomado a investigação de um caso de assassinato de duas crianças na cidade de Arboga e a tentativa de assassinato da mãe delas. A assassina, presumivelmente, era uma alemã, ex-namorada do padrasto das crianças, mas a polícia local fizera uma trapalhada com as provas de DNA. Tudo acabaria se esclarecendo.

Ewa fez alguns comentários drásticos contra os funcionários do Ministério do Exterior ao assegurar que a diplomacia silenciosa estava trabalhando sob pressão total. Quanto a resultados, nada. Já era de se esperar. Senão, deixaria de ser silenciosa.

A pista do Paquistão, de qualquer maneira, estava errada. Na cozinha, ainda estava guardado o rolo de fotografias mostrando onde Nathalie estava, no deserto da Arábia Saudita, e não no Paquistão ou no Afeganistão.

Então, a tentativa de manter uma conversa superficial sobre vários assuntos terminou. Concentraram-se nas fotos que estavam na cozinha.

— Quando foi a última vez que Pierre telefonou? — perguntou Anna.

— Ele já está no Djibuti, na companhia dos seus homens — respondeu Ewa, em voz baixa.

— Onde fica isso?

— Ao Sul do Mar Vermelho, uma antiga colônia francesa, mas a França continua a ter tropas por lá. Se eu entendi bem nas entrelinhas da conversa com Pierre, eles estão a quatro horas de viagem de Nat... Do alvo, que é como ele diz.

— E onde estão Carl e Erik?

— Ainda pelo que eu entendi, pois ele telefona de um celular e acha que o mundo inteiro está escutando a nossa conversa, Carl está na Rússia, e Erik em cima de um camelo em algum lugar no meio do deserto.

— Devem ser telefonemas muito estranhos!

— Você nem imagina! Mas, de qualquer maneira, Pierre está bastante otimista. Dá a impressão de que tudo já está resolvido. Ontem mesmo, ele disse que tem muita coisa ainda por fazer, mas talvez a gente possa se ver já no fim de semana. Ele não falou em toda a família, mas era isso que ele queria dizer. Não quero nem pensar...

Anna fez um sinal, concordando, mas não disse nada. Era difícil imaginar a situação. Os *investigadores particulares*, que era como ela os chamava, ainda preocupada, estavam muito à frente das autoridades policiais do mundo inteiro. E isso era inacreditável. Mas era um fato devidamente comprovado por um rolo de fotografias na cozinha. Além disso, os *investigadores particulares* haviam convencido dois policiais a cometer erros em serviço. Pois essa era a realidade, caso se reconhecesse o valor das formalidades a serem cumpridas, coisa que os policiais, naturalmente, deviam saber. Tanto Anna quanto Ewa sabiam que a pista do Paquistão perseguida pela polícia estava errada, mas elas escondiam a informação correta. E isso não era certo.

— Mas Nathalie teve muita sorte — disse Anna, depois de um longo momento de reflexão em silêncio.

— Essa eu não entendi — reagiu Ewa, surpresa.

— Ah, sim. Pense bem: uma menina de 5 anos é sequestrada por profissionais de primeira linha e entregue a terroristas cheios de recursos financeiros. Quais são as chances que ela tem? Nenhuma! Mas Nathalie não é uma menina qualquer. A sua mãe é uma policial especializada, e o seu pai é coronel de quê? Se eu entendi bem, ele é coronel do grupo de paraquedistas mais corajoso do mundo. E um novo amigo da família é um antigo mestre da espionagem. Ou sei lá como descrever o Carl... Talvez Pierre volte para casa no fim de semana, sim. E isso se chama ter sorte no meio do azar!

— Por favor, não diga mais nada — pediu Ewa. — Mesmo que seja verdade, não diga mais nada...

✪✪✪✪✪

Carl havia passado as últimas cinco noites num pequeno quarto para chefes da *razvedkan* num lugar escondido perto de Moscou. Ele e Alexander Ovjetchin trabalharam incessantemente, estudando as imagens fornecidas pelos analistas russos. No fim do terceiro dia, os dois já haviam recebido as informações necessárias, mas eles eram perfeccionistas que queriam sempre saber mais. Como, por exemplo, a respeito das grandes coberturas que eram colocadas sobre as torres de vigilância durante o dia, o que não era de admirar. Os monitores ligados aos satélites marcavam uma temperatura, no solo, de cerca de 50º durante o dia. Mas durante a noite as coberturas eram retiradas, o que era uma bênção para os paraquedistas que chegassem. A descida em cima dessas coberturas não seria segura.

Ou a informação de que ninguém se mexia nos jardins externo e interno entre as dez da noite e as seis da manhã. Dia após dia, a mesma coisa. Isso só podia significar a existência de alarmes. Todos os portões ficavam fechados, e os alarmes, ligados, sensíveis a qualquer movimento na superfície dos jardins até as seis da manhã. Seria terrível não saber disso de antemão. Os seis grandes jipes americanos estacionados no jardim externo, portanto, não constituíam qualquer perigo durante a noite.

O lado mais curto do castelo, com o magnífico portão de entrada, servia de alojamento para os homens da guarda paquistanesa. Era ali, provavelmente no andar térreo, que eles tinham seu dormitório. E era necessário dirigir uma força competente o bastante para aniquilar esses homens na caserna o mais tardar em um minuto depois da descida.

O príncipe Sultan tinha seu próprio *haram*, uma área proibida para todos, a não ser os convidados, as mulheres e alguns criados escolhidos a dedo. Aliás, a área era circundada, justamente, pelo jardim interno. Era lá também que se encontrava Nathalie, que nunca aparecia no jardim externo. Essa conclusão estava de acordo com as imagens de televisão e a reportagem de uma das revistas árabes sobre famosos que Mouna mandou pelo correio para Moscou. Eles puderam desenhar uma imagem bastante boa da área proibida, inclusive da sala com o gigantesco tapete Isfahan que também apareceu na reportagem. Aliás, uma falha enorme do serviço secreto. Será que ninguém, nenhum colega, de qualquer país amigo ou inimigo, podia estudar essas revistas para comparar com as imagens obtidas pela internet?

Aparentemente, os espiões leem muito pouco hoje em dia. A coisa era totalmente diferente nos velhos tempos da KGB, assegurou Alexander. Como eles liam!

O problema operacional mais interessante era saber quando o príncipe Sultan chegava e partia de seu palácio. Não havia um padrão, nenhum esquema regular nos seus movimentos. Ele tinha muitas outras construções semelhantes. Além disso, usando a sua frota de aviões, às vezes, seguia para o Kentucky, para ver alguma corrida de cavalos, ou ia a Londres, Marbella ou Paris, ou ainda para qualquer outro de seus palácios no deserto.

Eles acompanharam seu avião justamente a caminho do Kentucky e escutaram todas as mensagens trocadas por rádio com a torre de controle. Chegou a ser cômico, pois, no controle, estava uma mulher que respondia às chamadas do comandante do avião, na hora da chegada. E, como de costume, foi uma aterrissagem não anunciada, fora do esquema, coisa que só os sauditas podiam fazer nos Estados Unidos. Não passavam pela alfândega nem pela imigração.

A controladora de voos na torre do aeroporto de Louisville havia pedido ao comandante para ficar na espera. Eles responderam que eram sauditas e, para início de conversa, nem falavam com mulheres, nem mesmo se estivessem no controle dos voos. E, em segundo lugar, já estavam perto da pista de pouso e não podiam esperar.

O pânico foi geral na torre de controle, tendo sido necessário dar uma nova ordem para um avião da American Airlines, um Boeing 737 vindo de Chicago, interromper a manobra de pouso. Depois tiveram de chamar um controlador masculino para assumir o lugar da mulher e conduzir o avião saudita sem provocar uma catástrofe. Toda a conversa pôde ser ouvida perfeitamente nos alto-falantes do lugar onde estavam Carl e Alexander, no outro lado do mundo.

— Fico feliz em saber que esse homem, em breve, estará vendo a sua última corrida de cavalos — comentou Alexander em russo, num tom muito irônico.

E foi então que os dois decidiram encerrar seus trabalhos. Já havia informações mais do que suficientes, e estava na hora de entrar na fase final da operação.

Na sua última noite em Moscou, Carl voltou para o Hotel Metropol e convidou Alexander para um jantar de despedida. Mais uma vez, eles haviam realizado, juntos, um bom trabalho e, nessa noite, poderiam comemorar com champanhe. Possivelmente a refeição libanesa com Alexander seria mais divertida do que com Mouna. Mas a semana libanesa já terminara havia muito tempo, e não era possível apelar para a antiga maneira russa de festejar qualquer ocasião — com a melhor vodca e o melhor caviar.

— Conte-me, meu querido amigo almirante — disse Alexander, quando a sala já estava sendo arrumada, depois da festa, curta, mas intensa, e eles já estavam meio bêbados pela traiçoeira e cara vodca e sentindo a hora da despedida se aproximar. — Eu entendo que estamos trabalhando por uma boa causa. Quero realmente que essa menina volte para a sua mãe. Quero ver esse príncipe reacionário preso. Muito bem, é uma boa causa. Mas...

— Mas o quê? — perguntou Carl, já sabendo antecipadamente qual seria a pergunta, tipicamente russa, que Alexander estava prestes a fazer.

— Por que nós estamos ajudando tanto? Nós não estamos nem envolvidos. Ao menos diretamente, certo?

— Por política — respondeu Carl. — Na Suécia, normalmente seria por dinheiro. Aqui, na Mãe Rússia, é a política que influencia as decisões. E sempre foi assim.

— Por favor, explique isso melhor, meu querido amigo almirante — disse Alexander, comovido e ao mesmo tempo constrangido por não conseguir deixar de perguntar e pedir: — Será que não podemos beber mais uma dosezinha?

Carl levantou na mesma hora e foi ao telefone pedir uma garrafa de vinho branco borgonha, meia garrafa de vodca e mais gelo para o balde de prata.

— Não faz diferença se amanhã eu estiver de ressaca. A minha viagem vai ser longa, e eu sempre durmo nos aviões — desculpou-se ele, voltando a sentar-se.

— Num avião Antonov, receio que você não consiga dormir por muito tempo — objetou Alexander, quase num lamento. — O barulho lá dentro é infernal.

— Eu sei. Por isso, sempre uso tampões nas orelhas — disse Carl.
— E vamos então à questão da política!

— Ah, sim. Como você sabe, eu sou oficial da Marinha, e os oficiais da Marinha russa sempre se mantêm longe da política. Portanto, não entendo a nossa situação, por mais que seja por uma boa causa. Você não se dirigiu ao pequeno urso, mas ao grande, certo?

O pequeno urso, no jargão russo, era o novo presidente, visto que o seu nome continha a palavra "urso". Consequentemente, o grande urso era Vladimir Putin, o ex-presidente, atualmente ocupando o posto de primeiro-ministro e chefe do partido, o único existente e o único com permissão para existir.

— Claro — disse Carl. — É claro que eu fui direto ao grande urso. Sei o que você pensa de Vladimir Vladimirovich. Ele é *tjekist*. E os antigos membros da KGB, como ele, são uns pobres-diabos sem imaginação que mantêm sob escuta até os poetas e as canções de protesto. Mas, de política, eles entendem. Quando realizavam espionagem política no meu país, pesquisavam até a associação juvenil do partido agrário. Queriam saber o que estava sendo decidido em relação à próxima reunião do partido, uma coisa a que nós, suecos, não dávamos a menor importância. Ele continua seguindo essa tradição de que é tudo política. E, em política, nenhum detalhe deixa de ser importante.

— Eu talvez já esteja bêbado, mas continuo sem entender, camarada almirante — suspirou Alexander.

— Estou vendo! Você, Alexander, me trata de novo como camarada almirante. Pense que somos amigos para a vida inteira, nós nos tratamos sem formalidades. E que você também acaba de ser promovido. Na realidade, fizemos um acordo bem-sucedido. Consegui a sua ajuda e a do *razvedkan*. Consegui uma boa quantidade de armamentos, segundo uma lista que você mesmo fez, arranjando até uma solução muito boa para o seu transporte.

— E o que nós recebemos de volta? Quer dizer, o que o grande urso vai receber de volta?

— Tudo o que puder abalar a Arábia Saudita é bom para todos, com exceção de George W. Bush. E atingir a Arábia Saudita é uma coisa que nós garantimos. Se formos malsucedidos na fase final da operação, presos ou mortos, nem a imprensa ocidental nem a imprensa russa vão deixar de apontar as razões. As imagens por satélite da menina vão ser publicadas por ordem do grande urso, a história de alguns de nós como mártires de uma boa causa vão deixar os olhos de todos cheios de lágrimas, até nos Estados Unidos. Mesmo que a gente perca, a gente vence e, portanto, a Rússia também vence.

— E, se vocês vencerem, então, nós venceremos ainda mais. É isso que entra no cálculo, espero.

— É claro. E, se for assim, nós nos veremos novamente aqui em Moscou, assim que eu estiver livre de todos os programas de televisão em que vou agradecer ao povo russo, amante da paz, por toda a ajuda prestada. E fazer os maiores elogios à decisão de Putin.

— E eu vou ficar aqui esperando por esse momento. Isto é, o momento de nos vermos novamente, aqui, em Moscou. Mais um brinde: *skål!*

O barulho dos motores do Antonov era bem menor do que Carl esperava, e isso era consequência de um lapso de pensamento. Ele esperara que o ruído fosse o daqueles modelos antigos, do tipo Hércules, com hélices, em que não só o barulho como as vibrações do aparelho impediam o sono. Mas os novos aviões Antonov eram a jato. Além disso, havia muitos lugares vagos para fazer de cama, bem na parte dianteira do avião, como se fosse da classe executiva em comparação com aquilo a que ele estava habituado antes.

Por falar em classe executiva, outra questão foi também levantada, de outra maneira e mais por causa da burocracia russa. O chefe do aeroporto de Djersinka — que era militar —, nos arredores de Moscou, negou a partida do avião caso Carl não assinasse um compromisso de que pagaria o custo do combustível necessário para a viagem de ida e volta entre Moscou e o Djibuti. A posição de Carl como negociante era fraca. Por outro lado, o chefe do aeroporto havia tentado ser esperto demais, acreditando que poderia acrescentar uma diferença substancial no custo do combustível. Caso a operação tivesse sucesso, o valor poderia ser facilmente renegociado, logo que ele se tornasse o garoto-propaganda de Putin em Moscou. Mas, na verdade, se morresse na Arábia Saudita, ele também se tornaria incapaz de pagar essa conta.

Durante a viagem, ele acabou dormindo oito horas e, quando acordou, já estavam em espaço internacional, sobre o Mar Vermelho.

No caso de contrabando de armas e explosivos, de munições e de outros equipamentos militares mais sensíveis para qualquer país do Oriente Médio, a possibilidade de usar camelos era sempre preferível para o transporte. Mas ali estava ele, sozinho como passageiro de uma classe executiva, com dois grandes caixotes que, aliás, pareciam minúsculos no meio do espaço de bagagem na traseira do avião. Era um contrabando de armas tão grandioso que deixava a impressão de a operação poder ser malsucedida. Mas Pierre ficara extremamente satisfeito com a ideia.

Faltava mais ou menos meia hora para eles começarem os procedimentos de pouso no aeroporto de Djibuti. Carl caminhou até a traseira do avião para ter certeza de que nada havia acontecido com a carga e conferiu mais uma vez o conteúdo dos caixotes, item por item. Não, nada faltava, nada havia sido esquecido. Em breve, o Papai Noel iria aterrissar.

Depois, foi até o *cockpit* para falar com os pilotos. Os dois homens, que não estavam pilotando o avião, logo se levantaram, ficaram em sentido e fizeram continência. Carl mudara de roupas civis para o uniforme de camuflagem e já usava a boina padrão dos soldados suecos, deixando sua patente bem à mostra. Por isso a reação dos dois homens, diante de um uniforme que, certamente, era o mais provocativo entre todos os usados por contrabandistas de armas nos últimos tempos.

Os pilotos mostraram onde ele devia se sentar, entregaram-lhe um set de fones com microfone e sintonizaram a frequência para que ele pudesse falar com a torre de controle em Djibuti. Carl agradeceu.

— Djibuti! Djibuti! Chegada de Antonov, Operação Épervier III, aguardando autorização para aterrissar!

— Bem-vindos, Operação Épervier III, a pista está livre, aterrissagem autorizada! — respondeu uma voz em inglês, com nítido sotaque francês.

Fizeram algumas correções de curso, e logo apareceram as duas linhas de luzes lá embaixo, junto da escuridão do mar. O pesado avião desceu em terra sem o mínimo ruído, inclusive sem o normal chiado dos pneus ao atingir o solo.

Eles receberam instruções para taxiar numa das pistas laterais, o mais longe possível da torre de controle e da parte civil do aeroporto, o que poderia ser bom ou mau sinal, dependendo daquilo que os esperava lá longe, no meio da escuridão. Uma força policial militar? Ou Pierre e seu pessoal?

Carl já estava na rampa traseira quando esta desceu. E viu que eram Pierre e seus homens que os aguardavam, mas também havia outras pessoas, aparentemente policiais militares. Um caminhão já manobrava com a traseira virada para a rampa do avião.

O rosto de Carl assumiu uma expressão dura. Ele saudou primeiro Pierre com uma continência e depois os policiais e seu chefe. A maneira como todos reagiram, respondendo à saudação, indicou que o perigo havia passado. Reações tão positivas por parte dos franceses não seriam normais, caso houvesse a suspeita de contrabando de armas. Pelo menos foi o que Carl pensou.

Pierre não demonstrou alegria especial ao vê-lo. Isso, evidentemente, também fazia parte do teatro. E começou logo a dar várias ordens quanto à maneira como o caminhão com o emblema da Legião Estrangeira nas portas devia recuar e ficar em posição de recolher a carga em meio àquele escuro. Passaram-se apenas alguns minutos, e todos já partiam com a escolta dos policiais na frente e atrás da carga em direção à base militar no aeroporto, enquanto o Antonov se punha em movimento de novo e se aproximava da pista, pronto para levantar voo e voltar.

Pierre e Carl ficaram em silêncio durante algum tempo no assento traseiro de um jipe, dirigido por um dos seus próprios legionários. Eles estavam impressionados demais com o sucesso dessa parte da operação para falar. O que aconteceu foi fantástico, levando-se em conta toda a sua simplicidade. Tinham até escolta policial.

— Parece que essa ideia de utilizar um avião russo deu mais certo do que se poderia esperar, não é? — perguntou Carl, mais para quebrar o silêncio do que para receber uma confirmação do que estava claro.

Pierre concordou entusiasmado e contou depois, em resumo, o que aconteceu. Enquanto a "força secreta de voluntários" ficou treinando ou recolhida em sua barraca, ninguém tomou conhecimento do que eles faziam, e nem tinham tempo para isso. Todos estavam cheios de trabalho e preocupados com as operações em andamento contra os piratas. Aliás, a movimentação era enorme.

Assim que Pierre informou os seus colegas coronéis do regimento francês e do regimento da Legião Estrangeira de que a operação passaria a ter o codinome Épervier III, de que se esperava no Djibuti uma carga secreta levada por um avião de transporte das Forças Aéreas da Rússia e de que era absolutamente necessário que nada vazasse sobre o assunto, seus colegas ficaram visivelmente impressionados e dispostos a ajudar. Uma carga militar secreta vinda diretamente de Moscou e devidamente assinalada por um, digamos assim, remetente oficial do mais alto nível não poderia servir para outra coisa senão um plano muito grande e especial. E claro que, com a colaboração russa, só podia ser totalmente secreto.

Também fora impressionante a chegada do enorme avião russo na hora exata estabelecida. Foi uma ilusão que se tornou realidade. Ninguém perguntava nada, ninguém ousava importuná-los antes do tempo.

— O que significa "épervier"? — perguntou Carl. — Simsalabim?

— Quase — riu Pierre. — Ao pé da letra, significa "gavião", mas, como sugerido pelo III, já houve duas operações com esse nome, ambas realizadas no Chade. A minha ideia foi a de dar um nome oficial, uma coisa que muitos viriam a reconhecer automaticamente, em especial os colegas dos nossos próprios regimentos.

— Na Rússia, nós sempre chamamos o plano de Operação Nathalie — disse Carl. — A propósito, como tem se comportado o sueco que eu mandei para você?

— Muito bem. É ótimo. Um paraquedista de primeira classe. Ele não teria dificuldade alguma em entrar para o Segundo Regimento da Legião Estrangeira.

11

Para Patrik Wärnstrand, a vida era um caos, mas, militarmente, bem-ordenada. Jamais poderia imaginar que se encontraria entre paraquedistas franceses, num calor insuportável e num clima úmido, uma semana depois de sair da prisão com o rabo entre as pernas, sendo considerado o idiota que ajudou a sequestrar a filha de um coronel. A situação era tão inacreditável quanto abençoada.

Aconteceu precisamente como seu ex-chefe dissera ao deixá-lo na casa de Hamilton. Que ele iria receber uma proposta irrecusável. Hamilton foi muito franco e, mal apertaram as mãos e se sentaram, direto ao assunto:

— Nós estamos preparando uma operação de resgate de Nathalie Tanguy. Já localizamos o alvo e as probabilidades são boas. Mas temos um homem a menos. E precisamos de outro, de preferência paraquedista. Você vai receber pela sua participação. Parto do princípio de que você concorda.

A conversa levou menos de cinco minutos. Dois dias depois, Patrik estava dentro de um avião a caminho de Calvi, e uma semana depois sofria com o calor de uma sauna africana chamada Djibuti.

Nunca chegou a haver hesitação, não existia alternativa. Ele jamais poderia se olhar de novo no espelho se não aceitasse a oportunidade de corrigir o erro. O pior era a família.

Sua mulher não quis acreditar quando ele lhe assegurou que não haveria perigo, mas que era algo muitíssimo importante. Não combinava. Nada podia ser tão importante e tão sigiloso que nem para as pessoas mais próximas ele pudesse falar. E, ao mesmo tempo, sem perigo.

Ele só teria autorização para dizer onde estava quando telefonasse para casa de uma base militar francesa no Djibuti, na África, mas nada mais. Não era de estranhar que sua mulher tivesse maus pressentimentos ao ouvir falar sobre a África. Em 2003, ele estivera lá, numa ação denominada Operação Ártemis, também junto com franceses. E então correu o risco de morrer junto com um grupo de outros paraquedistas, quando as metralhadoras AK-5 deles emperraram ao mesmo tempo, de modo que não podiam se defender dos revolucionários que os atacavam. Quase aconteceu o pior, e ela sabia disso. Depois, ao deixar o serviço na SSG, ficou mais fácil contar uma série de verdades, no lugar das velhas frases normais. Por isso, ela ficou apreensiva, relembrando esses acontecimentos, quando ele telefonou e, mais uma vez, lhe assegurou que estava tudo calmo.

De qualquer forma, não havia nada a fazer. Ele devia realizar esse serviço. Era algo pessoal.

O estado da barraca deles era lastimável. Estava localizada na parte interna da área do regimento e parecia mais um depósito de lixo abandonado. Mas, então, os franceses, durões, demonstraram sua espantosa capacidade de fazer limpeza e de melhorar o aspecto do lugar. As janelas foram todas reparadas, o ar-condicionado voltou a funcionar com perfeição, e não havia nem um grão de poeira pelo chão. O que mais impressionou Patrik também foi ver que esses guerreiros, já de idade avançada e de peso elevado, eram extremamente competentes no ar e na aterrissagem. Na hora de comentar isso diante do coronel Tanguy, ele recebeu uma explicação muito simples. Em parte, tratava-se de homens que haviam sido escolhidos entre os melhores e, em parte, porque aquele que atacava pelo ar, pertencendo ao Segundo Regimento, jamais descia por ser convidado para um chá. Se não fosse bom, não teria a chance de sobreviver.

Eles treinaram descendo para um alvo no meio do deserto onde estavam marcadas no solo as seis torres, com as distâncias e a escala corretas. Era assim que o verdadeiro alvo devia parecer. Logo no primeiro dia todos desceram, com uma diferença, no máximo, de oito segundos entre o primeiro e o último. Mesmo assim o coronel ficou insatisfeito e deu uma bronca em todos. Oito segundos representavam uma eternidade, afirmou ele, até mesmo em se tratando de guardas paquistaneses com pouca experiência, pois eles poderiam estar com armas automáticas. É preciso descer com uma diferença de tempo de três segundos entre o primeiro e o último.

De início parecia ser impossível. Nenhum grupo do mundo conseguiria tal façanha. No entanto, eles cortavam essa diferença aos poucos em cada um dos seus três exercícios diários.

Quando Hamilton chegou com os novos equipamentos, entrou-se em uma nova fase. Todo o tempo de descanso foi extinto e dedicado à prática de exercícios com as pistolas, todas com silenciadores. E, a partir daquele momento, passou-se a fazer os exercícios com todo o equipamento agarrado ao corpo: armas automáticas, explosivos, rádios para comunicação, capacetes com óculos de visão noturna e, além disso, um par de algemas de metal e uma porção de algemas de plástico, surpreendentemente eficazes, usadas pelo Exército americano. Também a partir daquele momento as descidas de paraquedas passaram a ser feitas durante a noite. De dia, o treino era dedicado ao uso das armas e à repetição exaustiva do plano de ataque após a aterrissagem. Também entrou em vigor a lei seca.

Foi surpreendente ver aqueles fortes guerreiros tatuados bebericando vinho tinto ao anoitecer. A palavra bebericar passou, então, a fazer parte de seu vocabulário. Mas, assim que eles entraram na fase de alerta total, até o vinho tinto foi proibido. Segundo o plano de ataque, eles partiriam entre meia-noite e as duas horas da madrugada, para atingir o alvo entre as quatro e as seis horas da manhã. Ainda que esse último horário fosse ruim, pois teriam apenas uma hora de vantagem com os seus óculos de visão noturna. Mas, como tanto o coronel quanto Hamilton haviam dito, a coisa era muito simples: se eles não tomassem o alvo em uma hora, então, provavelmente, a causa estaria perdida. O combate teria de terminar, de preferência, em dez minutos.

Com a chegada de Hamilton, Patrik Wärnstrand não se sentia mais tão isolado. Ele e Hamilton podiam sentar-se e falar em sueco, dispensando o coronel Tanguy de funcionar à noite como intérprete. Para Patrik, o francês era uma língua absolutamente incompreensível, mas durante o ataque todas as ordens do coronel seriam feitas nas duas línguas.

Na véspera da operação, ele e Hamilton falaram sobre as expectativas — que o príncipe devia chegar ao castelo e cair na armadilha antes da hora do ataque — e sobre as comunicações eletrônicas. Hamilton levava consigo o mesmo tipo de rádio do coronel. De certa forma, era uma técnica já antiquada, um transmissor de ondas curtas que enviava mensagens codificadas para um microponto no éter. O receptor correto apanhava o sinal e decodificava a mensagem. Era quase certo, segundo Hamilton, que a NSA iria gravar essas mensagens, mas, depois, teriam de ser seguidos diversos passos. Primeiro, precisariam decodificá-las, o que levaria algum tempo. Depois, era preciso desvendar quem as teria mandado e por quê. E, por fim, teriam de interpretar frases sem sentido. Por exemplo, *Três cabras não são tão perigosas*. Qual seria o significado disso?

Que Mouna e o jornalista convidado estavam a treze quilômetros de determinada posição do grupo, a dez quilômetros do alvo. E que dali em diante seria preciso interromper as comunicações pelo rádio. Os jovens analistas da NSA começariam depois a pensar por que os beduínos estariam enviando uma mensagem sobre cabras com uma técnica russa ultrapassada, admitindo que houvessem gravado a mensagem. E, em seguida, mesmo assim, ainda teriam de imaginar a quem interessaria receber essa mensagem, talvez no Djibuti. No mundo das supertécnicas, o uso de códigos primitivos ainda era o mais eficaz.

Como era naquele momento.

Eles estavam entretidos numa surpreendente conversa pessoal, sobre a esposa de Patrik, sobre o amor e outras coisas de que os homens normalmente falam entre si. Hamilton parecia até um pouco alienado, ao elogiar a tal Mouna al-Husseini com palavras fortes e imaginando que talvez ele e ela...

A essa altura, ouviu-se um *pling* no seu rádio, que ele nunca carregava e deixava a uma distância que pudesse ouvir. Ele pegou o rádio, olhou para o mostrador e imediatamente para a hora. Patrik Wärnstrand fez o mesmo: eram 23h03. E havia a diferença de fluxo de uma hora para o alvo. Portanto, 24h03.

Ele atendeu o rádio sem dizer nada e apontou para o mostrador no qual estava a mensagem decodificada em caracteres digitais: O URUBU POUSOU.

— Moscou informa que o príncipe chegou. Vamos partir dentro de uma hora. Apronte-se. Eu vou avisar os outros — disse Hamilton, que se levantou e partiu em direção aos franceses que estavam no outro extremo da barraca, vestidos com camisetas, suando pelos braços tatuados e conversando sobre futebol. O clima de descontração transformou-se imediatamente em prontidão absoluta assim que

Hamilton chegou e murmurou algumas palavras no ouvido do coronel, que passou a emitir ordens curtas, que faziam lembrar tiros de pistola. No momento seguinte, toda a barraca se transformou numa espécie de quartel dos bombeiros após o alarme de incêndio ter soado. Agora, cada minuto era precioso. Quanto mais cedo eles chegassem ao alvo, melhor seria. Essa era apenas uma coisa entre milhares de outras que eles haviam implantado nas suas memórias. Todos os homens, em um reflexo simultâneo, olharam para os seus relógios: chegara a hora!

Quinze minutos depois, todos já estavam equipados e em formação. O coronel fez uma rápida inspeção geral, mais como formalidade e para o caso de alguém ter se esquecido de alguma coisa. Um dos caminhões da Legião logo se aproximou da barraca para levar os soldados para o aeroporto. Partiram.

Quando todos já sentiam a brisa fresca da noite e subiam a rampa do pequeno avião de transporte de paraquedistas, um avião francês que já aquecia os motores, o coronel gritou qualquer coisa, e uma parte dos homens pegou seus celulares e se afastou para o lado. Os outros apenas acenaram com a cabeça.

Hamilton chegou perto de Patrik e explicou que, se ele quisesse ligar para casa, agora seriam quase dez da noite lá e que aquela era a última oportunidade.

Wärnstrand ficou indeciso. Seria bom telefonar para a mulher àquela hora da noite para dizer "Olá, querida, não há perigo nenhum e eu estou bem"? E com ela escutando ao fundo o barulho dos motores do avião, será que não entraria em pânico?

— Não. Acho que não é uma boa ideia — gritou ele. — Quando é que ela vai saber?

— Se tudo correr como o planejado, o mundo inteiro vai saber do acontecido por volta das seis horas, horário de Londres, e então ela receberá a boa notícia quando estiver tomando o café da manhã. Parto do princípio de que a sua mulher vai saber somar dois mais dois — respondeu Hamilton, encorajando-o com uma palmada no ombro. — Eu também não telefonaria para a minha esposa nesta situação, mas tenho de avisar a um velho colega francês.

Hamilton pegou o celular, afastou-se um pouco e levou-o ao ouvido, depois de teclar um número que já sabia de cor.

Eles entraram em formação, prontos para embarcar. Hamilton e o coronel ainda continuavam um pouco afastados, gritando nos seus celulares. A rampa baixou até o solo, os motores aceleraram, e ficou difícil manter a posição por causa da corrente de vento. O coronel terminou a sua ligação, fechou o celular e deu uma ordem, a qual Patrik não conseguiu entender em termos de idioma, mas compreendeu em termos de conteúdo. Todos marcharam pela rampa e foram se sentar nos seus lugares. A rampa fechou-se com certo chiado e com um forte ruído metálico ao final. Depois, o avião partiu em direção à pista. Ao longe, viam-se algumas luzes da cidade que Patrik não chegou a visitar. Os motores aceleraram ainda mais, o avião seguiu em frente pela pista e logo levantou voo, sem turbulências, um voo suave. Eles estavam a caminho.

❂❂❂❂❂

Ewa deitava-se cedo demais, como naquela noite, por volta das dez horas. Rolava de um lado para o outro, com insônia, no lençol cada vez mais ensopado de suor e que, pela manhã, parecia uma corda em volta do seu corpo. A única coisa que ela fazia era sentar-se na cama pela meia-noite e beber uma boa taça de vinho, não muito para que pudesse dormir, não pouco para evitar ficar acordada. Já se tornara perita nessa área.

Anna continuava a lhe fazer companhia. De vez em quando, viam algum programa sem graça na televisão, só para passar o tempo. E, às vezes, ficavam na cozinha, falando sobre a vida, recordando antigas lembranças e criticando os chefes que já tiveram.

Nessa noite, justamente, estavam na cozinha quando o telefone tocou. Ewa suspirou e avançou para o aparelho na parede. Um telefonema a essa hora da noite só podia ser de algum jornalista que, por caminhos insondáveis, teria descoberto onde ela estava.

Anna observou-a pegar o telefone e atender dizendo seu nome, mas não falou mais nada, a não ser no final, quando disse qualquer coisa em francês. Ewa olhou atônita para o aparelho e desligou. Virou-se como se fosse uma sonâmbula e voltou lentamente para a mesa da cozinha. Depois, serviu-se de mais vinho e olhou fixamente para Anna, com um olhar de quem estava dopada.

— Era Pierre — disse ela. — O avião levantou voo.

— O quê? — gritou Anna.

— É. Mal consegui ouvir o que ele disse. Os motores do avião faziam um barulho ensurdecedor. Mas agora eles estão a caminho. Agora, a coisa é séria.

Primeiro, Anna ficou como que paralisada, mas, depois, seguiu o exemplo de Ewa e serviu-se de mais vinho.

— E agora, o que é que vamos fazer?

— Não sei — reagiu Ewa. — De fato, não sei. Por mais incrível que pareça, eu nunca consegui imaginar esta situação. Foi sempre uma espécie de fantasia, um sonho. Mas, agora, a coisa é séria. Nós não podemos nem dormir, pelo menos eu. Também não podemos ficar bêbadas. Portanto, só posso repetir aquilo que você disse: e agora, o que é que vamos fazer?

— Quando é que vamos saber alguma coisa?

— No noticiário da manhã, na televisão francesa, às seis horas, às sete horas daqui. Não, é ao contrário. Às seis horas daqui teremos o *Dagens Eko*. É a nossa primeira chance.

— Tem certeza?

— Sim. Pierre falou tanto sobre isso que eu jamais poderia esquecer essa informação, embora não conseguisse levar a conversa a sério. Eles vão atacar dentro de exatamente quatro horas; vão se comunicar com o mundo, o mais tardar, dentro de cinco horas. Se vencerem, claro.

As duas olharam para os seus relógios. Eram quinze para as onze.

Ewa levantou-se da mesa da cozinha e saiu sem dizer mais nada. Anna hesitou, mas seguiu os passos dela. Ambas foram andando até o píer. Sentaram-se e ficaram olhando para as águas do lago, um manto prateado refletindo o sol que ainda não se pusera. Não havia vento e estava quente. Ao longe se ouvia apenas o canto de um cuco. E no bosque de carvalhos dois rouxinóis enchiam o ar com sua música. Mas todo o resto na natureza estava quieto.

— Por acaso, gravei um filme no outono passado — disse Ewa, num tom de voz meio sonolento —, se bem que não entendi de cara do que se tratava. Era uma porção de homens reunidos numa sala longa e escura, vestindo capacetes e com um barulho enorme ao fundo. Eu pensei em gravar outra coisa qualquer, mas Pierre me conteve e explicou que era assim, precisamente, que as forças de paraquedistas se preparavam para atacar. Não posso deixar de pensar no caso agora. Aqui estamos nós, em silêncio, no meio de um ambiente de paz estival. E Pierre agora está...

— Eu não acho que você deva se preocupar justamente com isso — tentou amenizar Anna. — Podia ser pior, se fosse ao contrário, com eles aqui sentados, e você e eu no avião. O homem certo no lugar certo. E a mulher também, diga-se de passagem...

Ewa sorriu, um sorriso amarelo, e concordou. Era verdade.

— Você se lembra daquela história do Papai Noel, quando nós estávamos na sua casa com uma quantidade enorme de pizzas e molhos de tomate que Erik havia recomendado, uma receita espanhola — disse Ewa, após mais um longo momento de silêncio. — Já foi há muito tempo, parece até uma eternidade. Mas, de qualquer maneira, você se lembra?

Bem-contados, faz uns seis anos, afirmou Anna. Mas é claro que se lembrava. Era outra vida, outro tempo. O filho dela havia se comportado mal na escola, era anarquista e vegetariano. Costumava ter problemas com a polícia e chegou a ser preso pelo próprio pai, que também era policial. Agora, acabara de passar no vestibular e estava no serviço militar, num regimento de caçadores em Arvidsjaur, nos ermos da província de Norrland. Quem poderia acreditar numa coisa dessas?

Mas, voltando àquela noite há seis anos, Ewa acabara de se divorciar e de corrigir um erro cometido com um policial, membro da Polícia Civil. E sua vida também não havia sido muito bem-sucedida nos anos anteriores. Porém, ela acabou se encontrando com Pierre, que contou sobre seu passado como militar, mas antes se apresentara como ladrão, como se ser ladrão fosse melhor do que ser oficial da Legião Estrangeira. Ewa e Anna estavam sentadas, conversando sobre suas horríveis pizzas de lombo com abacaxi e bebendo vinho como se fosse a última noite com sua turma de policiais. E Ewa não queria confessar, realmente, o quanto se entusiasmara ao encontrar Pierre, por isso fingia se preocupar com o fato de ele, afinal, ser um ladrão. À época, Anna agiu rápido e sistematicamente como faria no interrogatório de qualquer testemunha. Estudou todos os seus sinais de caráter e de comportamento, e ainda outras características especiais, e logo chegou à conclusão de que o homem poderia ser apenas uma coisa: oficial militar. E aconselhou Ewa a esclarecer o assunto de uma vez.

Ah, sim, concordou Ewa. Mais ou menos um mês mais tarde, noivaram, e ela já estava grávida quando os dois viajaram pela primeira vez para a Córsega.

Depois, tudo foi um mar de rosas, uma vida nova. E do terrível passado de Pierre não existia praticamente nada, nem uma sombra. Talvez apenas cicatrizes antigas no seu corpo e no rosto, as tais outras marcas especiais.

Ela olhou para o relógio. Tinham se passado apenas quarenta minutos. Na sua fantasia, ela imaginou estar no avião Transall, rumo ao Norte, durante a noite, sobre o Mar Vermelho. Agora ela sabia como era esse tipo de avião, por meio das imagens no livro de Pierre. Provavelmente, estariam, naquele momento, passando por cima do porto e da cidade saudita de Jeddah. E não havia nada, absolutamente nada, que ela pudesse fazer nesse caso.

— Gostaria de saber se ele chegou a pensar em não telefonar.

— Você acha que teria sido melhor? — objetou Anna, cética.

— Isso, certamente, não é o que você gostaria que acontecesse. Se eu fosse você, teria ficado cheia de raiva se soubesse de tudo pelos jornalistas.

— Cheia de raiva, não sei, mas de fato você tem razão — disse Ewa.

— Se ele telefonasse, como, de fato, telefonou, eu passaria uma noite com insônia, é claro. Mas se ele não telefonasse, eu me sentiria... eu me sentiria por fora, afastada. Aliás, ele prometeu que telefonaria.

Começou a anoitecer, uma noite ainda clara, com o céu vermelho no horizonte a Oeste e com o calor do verão. Anna se dispôs a buscar em casa uns cobertores e almofadas. Podiam ficar sentadas ali no píer durante a noite ou dentro de casa. Tanto fazia, achava ela. Entretanto, Ewa seguiu os passos de Anna e entrou em casa para ajudar, como ela disse, a buscar taças limpas e mais vinho.

As feridas de Erik Ponti mal haviam sarado. O traseiro e a parte interior das coxas estavam ásperas de tantas crostas, e o canto dos olhos havia melhorado com o uso de um colírio que Mouna lhe emprestara.

Em contrapartida, a espera se tornou insuportável, e a falta do que fazer, um sofrimento. Haviam montado acampamento a três quilômetros do castelo, atrás de uma ravina, mas sob um vento Sudoeste, constante e persistente, e de uma pequena sombra que surgia no fim da tarde. Se soubesse o que lhe esperava, ele teria levado consigo alguns livros para ler, exatamente como fez Mouna, que, aliás, permanecia imperturbável. Os livros dela, de poesia libanesa e palestina, infelizmente estavam escritos em árabe e, portanto, para ele, restava como ocupação sonhar acordado.

Eles não podiam usar o rádio, que servia apenas para mandar uma única mensagem, assim que Mouna confirmasse que haviam chegado à posição combinada. E depois serviria apenas para receber uma única mensagem, a de que o avião teria partido do Djibuti para o seu destino. No restante do tempo, deviam manter completo silêncio no aparelho. Segundo Mouna, a Arábia Saudita era o país mais vigiado do mundo, inclusive por receptores de rádio.

O céu estava estrelado. Erik ficava longas horas de noite deitado de costas e com as mãos sob a nuca, olhando para o infinito, sempre brilhante, tal qual fizeram Jesus, Maomé, Abraão e todos os curadores, magos e impostores do mundo, um milhão de anos antes dele. Ou fosse qual fosse a época do aparecimento do ser humano na face da Terra. Sua espécie, *Homo sapiens*, segundo se costumava afirmar, surgira trinta mil anos atrás, a contar de quando o homem acabou com seu concorrente mais próximo, o Homem de Neanderthal.

Ele próprio não valia muita coisa no lugar onde estava. Desde a brilhante ideia de jogar a profissão de jornalista pela janela, seu valor se reduzira a nada. A não ser que esse serviço como propagandista temporariamente contratado pudesse ser visto como uma irônica continuação para o ambiente que ele tentara abandonar. Essa era uma forma muito pessoal de ver a coisa, e não se tratava de ele não desejar que a Operação Nathalie obtivesse o maior sucesso do mundo. Pelo contrário. Mas, no conjunto, sua posição tornou-se bem ridícula, com sua vida pausada justamente no momento em que devia recomeçar. E só porque o mundo o exigia. Mas essa situação ele tinha de aceitar. Nathalie era agora mais importante do que tudo. Até mesmo para ele e para o futuro da sua carreira como *ghostwriter*, escritor de livros de memórias alheias.

Mais uma vez, essa ridícula autocomiseração. Enfim, a falta do que fazer provocava seus piores sentimentos.

Foi então que ele ouviu os passos de Mouna, e, pela energia com que ela chegou, logo pressentiu que a hora havia chegado. Ela se abaixou e cutucou-o como se ele estivesse dormindo.

— Eles levantaram voo! — disse ela. — Estarão aqui dentro de quatro horas.

Mouna mostrou-lhe o rádio e apontou para a mensagem: O FALCÃO ESTÁ A CAMINHO DO PARDAL. A mensagem continha o horário exato mencionado a seguir.

Em francês, Operação Épervier III, explicou ela.

Eles prepararam um chá, encheram duas garrafas térmicas e subiram pela ravina para verem, de longe, o castelo, cujo exterior ficava iluminado durante a noite. Utilizando binóculos, a imagem era fabulosa. Segundo Mouna, a iluminação era uma verdadeira aberração, sob o ponto de vista tático. Os guardas nas torres, naturalmente, viam tudo o que se passava no deserto até uma distância de cem metros dos muros, mas, atrás dela, não viam nada, ficavam completamente cegos. Teria sido mais seguro, do ponto de vista deles, os guardas apagarem as luzes e operarem com óculos de visão noturna ou, pelo menos, com holofotes mais potentes. Era de presumir que o príncipe achasse a iluminação um arranjo mais bonito. Quando chegava, seu avião costumava circular em volta do castelo várias vezes para os convidados admirarem, do ar, o castelo, precisamente como fizeram naquela noite.

Para os paraquedistas que estavam prestes a chegar, a iluminação não constituía nenhuma vantagem. Sua visão, habituada ao escuro, seria até prejudicada na hora da aterrissagem.

Mouna e Erik podiam ter ficado no acampamento, em vez de subirem a ravina para ver o castelo. Mas isso foi um pequeno détour na espera. Mouna havia tratado o jornalista escandinavo com a mesma dura e rabugenta disciplina que usava com todos os outros, com a exceção de ter lhe emprestado o colírio para os olhos.

No momento, Mouna estava sentada com a sua xícara de chá na mão e os joelhos junto ao queixo, bem na frente dele, e era como se ela quisesse mostrar com a sua posição corporal que não estava ali a chefe militar, nem a chefe de espionagem, nem a ex-guerreira, mas, sim, uma simples mulher, e que aquele era um momento para se falar de outra coisa.

— Até que ponto você conhece Carl Hamilton? — perguntou ela, como se não fosse nenhuma pergunta especial e na hora em que servia mais chá para os dois.

Na realidade, ele não conhecia Carl muito bem. Ao longo de muitos anos, eles haviam se encontrado apenas profissionalmente, quando desejavam tirar vantagem um do outro. E, nos últimos tempos, o convívio entre os dois fora dominado totalmente por Nathalie. Todos os contatos, assuntos, ficaram praticamente sem espaço.

Ele divagou um pouco ao tentar dar a ela a imagem de um homem que aparentemente havia sofrido muito na vida, talvez um pouco tímido justamente por esse motivo, e terrivelmente frio e decidido ao enfrentar casos sérios.

Mouna concordou com a descrição com um leve sinal com a cabeça e disse qualquer coisa no sentido de que eles tiveram experiências parecidas e talvez, também, problemas pessoais semelhantes. Seu marido e seus filhos tinham sido assassinados pelos israelenses. A irmã dela morrera quando os israelenses explodiram o carro num dia em que Mouna deveria estar guiando. Dessas experiências, não advinham apenas tristeza e melancolia, mas sensações de sofrimento, desapontamento e depressão. Especialmente se não houvesse algo novo na vida a que se agarrar, como esperança de um futuro melhor. Seria Carl uma pessoa assim?

A essa altura, ele começou a entender aonde ela queria chegar. Evidentemente, isso era tão lógico quanto compreensível.

— Você gostaria que Carl se tornasse a sua nova virada na vida, assim como você seria uma virada na vida dele? — perguntou ele, depois de pensar longamente num modo de formular sua pergunta sem que isso demonstrasse a intenção de invadir a vida particular dos dois.

Ela desviou o olhar para baixo, mas não respondeu. A lua já havia descido no horizonte e as estrelas não iluminavam o bastante para que ele pudesse interpretar a expressão do seu rosto. Mas ele pensou, no entanto, em deixar a pergunta no ar.

— Esta é uma pergunta intrometida — continuou ele, após um momento, vendo que ela não respondia. — Mas aqui estamos nós, neste deserto saudita, não sabendo se estaremos vivos daqui a cinco horas. Por isso, acho que certas liberdades são possíveis.

— Sim — disse ela.

Ele abafou o reflexo de repórter de pedir esclarecimentos, se aquele "sim" se referia a Carl ou à situação deles. Ele ainda esperou alguns momentos, mas ela não esclareceu.

— Carl está viúvo há mais de dez anos — refletiu Erik, em seguida. — Acho que ele sente muito a falta de calor humano. É normal. Por vezes ele me dá uma impressão de frieza. O que você acha?

Ela concordou com um aceno curto e respondeu em voz baixa que ela e Carl, também nesse aspecto, eram bastante parecidos. Os dois ainda eram iguais no uso de uniforme quando se encontravam, tanto no sentido literal quanto no figurado. A grande causa sempre fora o mais importante. Além disso, Carl era um verdadeiro cavalheiro. Jamais tratava uma mulher como subordinada, tanto profissional quanto pessoalmente.

Embora em certas ocasiões fosse exageradamente bom, continuou ela, contando depois de forma rápida e numa torrente de palavras como ficou desapontada quando ele lhe pediu que fosse a Moscou tratar de um assunto "especial" e ela interpretou de forma totalmente errada. Se ao menos ele dissesse que era "importante" ou "urgente", ou usasse qualquer outro adjetivo. No entanto, era mais uma vez apenas por uma grande causa.

Não que ela tivesse alguma objeção ao assunto. Se nas horas seguintes tudo corresse bem, seria para a causa dela, também, uma vitória significativa. Não havia dúvida a esse respeito. E havia ainda o lado humano, embora, como de costume, isso somente fosse assinalado nas últimas linhas dos relatórios das operações. Havia uma menina de 5 anos sequestrada e que deveria ser levada de volta para os braços da sua mãe. Ela própria fora mãe. E seus filhos foram assassinados por terroristas.

— Vou falar a sério com Carl sobre isso — disse Erik, após um momento de reflexão e de ter certeza de que havia entendido tudo.

Eles abandonaram o assunto e começaram a falar de política no Oriente Médio com evidente descontração. Mouna contou a respeito da fantástica região perto de Damasco, o seu último lugar de exílio. E o tempo corria rápido.

De repente, seu rádio voltou a pipilar, e ela se pegou olhando automaticamente para o relógio. Havia uma nova mensagem, a qual ela mostrou para Erik: DEZ MENINOS NEGROS.

— O que significa isso? — perguntou ele, perplexo.

— Ah! Isso é quase uma brincadeira. É um código que também já não tem tanta importância. Significa que o avião vai chegar aqui em dez minutos e que o ataque terá início dentro de quinze minutos — disse ela, buscando debaixo da sua roupa o set de fones com microfone, oferecendo-o para Erik, que, um pouco desajeitadamente, colocou-o na cabeça e aprendeu com Mouna que botão deveria usar para responder às chamadas.

— A partir de agora estamos on-line — brincou ela. — Assim que eles começarem a se comunicar entre si, nós vamos poder ouvir tudo o que disserem. Você vai ter de traduzir para mim, caso o francês deles seja rápido demais.

O batimento cardíaco de Erik começou a acelerar. Mas ele respondeu afirmativamente com um aceno. Os dois olharam para o céu, numa reação automática. Estava limpo, e eles ficaram na escuta. Por enquanto, só havia o silêncio.

Mais alguns momentos, e Erik pensou ter ouvido ruído de motores, talvez fosse apenas impressão sua. Mas logo virou certeza. Era o som de um avião com hélices que se aproximava. E não era um avião de pequeno porte, não, com as hélices girando furiosamente. Era o grunhido forte de um monstro.

Mouna sorriu para ele, apontando na direção de onde vinha o ruído. E já se viam as pequenas e fracas luzes nas asas.

— Eles vão dar uma volta sobre nós e depois subir com o vento — explicou Mouna, no momento em que o avião fazia uma ascensão rápida, quase vertical, ao passar por cima do castelo pelo Noroeste.

O ruído dos motores, de repente, parou, e o avião pareceu descer de novo.

— Os homens já deixaram o avião e estão a caminho — explicou Mouna. — Os pilotos descem novamente para uma altitude bem baixa tentando fugir aos radares. Foi assim que eles chegaram até aqui.

Erik olhava o céu fixamente, mas não via outra coisa senão as estrelas. O ruído dos motores do avião foi ficando cada vez mais fraco. De repente, ele ouviu a voz de Pierre nos fones, clara e nítida, como se os dois estivessem lado a lado.

— Número um! Você está baixo demais. Corrija!

E logo a resposta:

— Entendi, coronel! Correção feita!

— O que eles estão dizendo? — perguntou Mouna.

— Nada de especial, correções de curso — respondeu Erik. — Eu vou passar a traduzir para você.

— A iluminação é forte demais! Para todos, corrigir visão no escuro! — ouviu ele, novamente, a voz de Pierre no comando, demonstrando uma calma extraordinária.

Erik fez apenas um sinal para Mouna, indicando que não era nada de especial.

— Um minuto para a aterrissagem! Para todos, corrigir e acertar posições entre si para chegar ao mesmo tempo! — Foi a ordem seguinte de Pierre.

— O coronel informa que falta um minuto — explicou Erik, ao mesmo tempo que ele e Mouna colocavam seus binóculos em posição.

Foi o minuto mais longo da vida de Erik.

Em seguida, explodiu uma cacofonia de palavras em francês nos fones.

— Torre um, clara!
— Torre quatro, clara!
— Torres cinco e seis, claras!
— Torres dois e três, claras!
— Relatório de baixas?
— Nenhuma, coronel!
— Ótimo! Iniciar momento dois!
— O que está acontecendo? — perguntou Mouna.
— Eles tomaram todas as torres, sem baixas — explicou Erik, continuando a perscrutar o castelo, sem conseguir ver nenhuma atividade, nenhum movimento sequer. Mouna suspirou longamente.
— O pior já passou — disse ela. — Já vencemos a defesa externa. Daqui em diante, por favor, traduza rapidamente. As ocorrências vão acelerar.

✦✦✦✦✦

A pulsação de Patrik Wärnstrand acelerou ao colocar as algemas no guarda sobrevivente e uma silver tape na sua boca. Ouviram-se alguns sons aqui e ali nas outras torres, mas não houve nenhum tiro.

Ele e Hamilton haviam descido bem-alinhados rumo ao alvo. Nos últimos segundos, quando já podiam ver com clareza, mas com a iluminação do castelo incomodando bastante, Hamilton fez sinal com uma das mãos para Patrik atacar o guarda da esquerda, que estava sentado, comendo qualquer coisa e, portanto, com ambas as mãos ocupadas. Hamilton matou o segundo guarda com três tiros, aterrissou alguns instantes antes do seu companheiro e teve tempo para surpreender o outro guarda, que, assim, se tornou presa fácil para Patrik. Hamilton agia friamente quando era preciso.

Depois de fazer o que estava programado, eles aguardaram a ordem para o momento número dois. Para eles, isso significava carregar o guarda sobrevivente, descendo a escada da torre, a caminho da "área sagrada", o coração do castelo, como nas palavras do grupo. O coronel Tanguy e um dos legionários faziam, no momento, a mesma manobra na segunda torre.

Carl e Patrik desceram ladeando o guarda sobrevivente.

— Nós não queremos matá-lo, já acabou para você. Somos franceses e suecos, e estamos aqui para libertar uma prisioneira, está claro? — disse Hamilton, em voz baixa, ao ouvido do preso, na hora de obrigá-lo a descer as escadas.

— Qual é o código? — ordenou ele, ao descer pela escada em espiral e chegar a uma grade dourada com fechadura codificada. Do outro lado da grade, via-se uma imagem já publicada numa revista de fofocas, com um corrimão de mármore que rodeava um jardim interno, com repuxos de água no centro.

O prisioneiro acenava com a cabeça e tentava dizer alguma coisa, impedido pela mordaça. Hamilton soltou a faixa de explosivos pendurada no ombro esquerdo e colou-a na fechadura da grade.

— Primeiro eu te mato e depois abro o portão. Ou, então, você abre o portão e continua vivo. E nós não temos nada contra você! — murmurou Hamilton no ouvido do prisioneiro. Era como eles esperavam: os paquistaneses sabiam falar inglês.

O preso acenava desesperadamente a cabeça. Hamilton puxou sua pistola russa e forçou o silenciador contra o pescoço dele, que desistiu e rapidamente digitou o código, o portão se abrindo com um clique e sem que qualquer alarme soasse.

Havia ali uma iluminação especial. Era escuro para os olhos humanos, mas forte para eles. Tiveram de levantar depressa os óculos do capacete.

Tudo estava calmo, nada de alarmes tocando em lugar algum na casa. O único som que os dois ouviam era o da respiração dos outros nos fones e partes das conversas mais ou menos idênticas à que eles tiveram com seu prisioneiro.

Ao olhar em volta, verificaram que estavam sozinhos na área. A balaustrada com o corrimão de mármore e a larga varanda à volta do andar de cima estavam desertas.

— A número um já devia estar aqui — disse Carl para Patrik Wärnstrand, em voz baixa.

— Pierre, nós já estamos aqui dentro. Onde é que você está? — indagou ele, pelo microfone junto ao pescoço.

— O maldito aqui diz que não sabe o código. Estamos junto do portão gradeado.

— Entendi. Iremos aí com o nosso abridor de portas. Chegaremos em vinte segundos! — respondeu Carl.

Toda a passagem até o outro lado onde se encontravam Pierre e seu companheiro, com seu preso, estava coberta por um grosso tapete persa. Melhor, pois tinham de passar pela única porta que dava para os aposentos particulares do príncipe. Ao chegar lá na frente, eles encontraram Pierre, seu companheiro e o preso, atrás de um portão de grades douradas do mesmo tipo daquele que havia sido forçado. O prisioneiro deles parecia furioso e acenava repetidamente com a cabeça.

— Ele se recusou a abrir. Diz que não sabe o código — explicou Pierre, com um encolher de ombros. — Se tentarmos explodir o portão, o alarme vai soar. Então, você vai ter de tomar conta do príncipe primeiro.

— Tenho uma ideia melhor — disse Carl, fazendo com que o seu prisioneiro se ajoelhasse e pressionando o cano da pistola contra a nuca dele.

— Temos várias possibilidades — murmurou ele para o prisioneiro de Pierre. — Você abre e os dois são poupados e sobrevivem. Ou você não abre, e eu mato primeiro o seu amigo. Você continua não abrindo, e eu te mato também. O que você prefere?

O prisioneiro entre Pierre e Michel Paravoli ficou imediatamente dócil, mas continuou sem dar sinal de querer abrir o portão. Carl balançou a cabeça, suspirou teatralmente e armou a pistola, direcionando o cano para a nuca do seu preso, que logo começou uma tentativa desesperada de falar através da mordaça.

Nesse instante, o preso de Pierre começou a gesticular e, com as mãos tremendo, digitou um código errado, visto que se ouviu um bipe e uma pequena luz vermelha se acendeu.

— Vai com calma e pensa bem — encorajou-o Carl, num tom amigável.

O prisioneiro se concentrou, tentou novamente com movimentos mais lentos, e a coisa funcionou bem. Todos os quatro estavam agora dentro da "área sagrada". Eles verificaram rapidamente os quartos de hóspedes do corredor mais próximo do portão de entrada que dava para o Sul e para a torre de onde vieram Pierre e Michel. O instrumento de infravermelho mostrou que o quarto estava vazio, não havia ninguém lá dentro. A porta, aliás, estava aberta.

Era um quarto fantástico, coisa das mil e uma noites, com areia e uma tenda beduína autêntica, preta, suspensa sobre uma cama gigantesca, em estilo rococó, com as quatro colunas de, no mínimo, dois metros e meio de altura e que pareciam de ouro maciço. Cada uma devia pesar mais de meia tonelada, o que, evidentemente, era ótimo.

Enquanto os dois franceses acorrentavam os prisioneiros a uma das colunas da cama, Carl explicou em inglês, num tom ainda mais amigável, que esperava nunca mais vê-los, e ambos demonstraram pela primeira vez ter entendido e concordaram.

Ao fechar a porta do quarto com todo o cuidado, eles verificaram que as coisas continuavam calmas nessa parte do castelo, nada de vozes altas e, acima de tudo, nada de alarmes. Mas, nos fones, ouviram um barulho infernal, ordens e gritos dramáticos. O grupo principal acabara de entrar na caserna da guarnição e tentava dominar os guardas restantes.

Pierre olhou para o relógio com olhar de insatisfação.

— Estamos dois minutos atrasados — constatou ele, apontando uma ordem para Carl e Patrik, que logo voltaram para a área por que eram responsáveis do outro lado do corredor, passando pelos aposentos do príncipe, que tinha apenas uma entrada reforçada com aço e um alarme montado. Ele poderia dormir um pouco mais, tranquilamente.

O primeiro quarto de hóspedes na parte do corredor onde eles deviam ter começado também estava vazio, segundo indicavam os instrumentos, e a porta também estava aberta. Mas eles fizeram uma revista no aposento, sabendo que os sentidos humanos ainda superam os eletrônicos, antes de seguir para o quarto seguinte.

O instrumento usado indicou ondas de calor de dois corpos que, aparentemente, estavam deitados, cada um na sua cama, a dez metros de distância da porta. E, neste caso, a porta estava fechada.

— Isto aqui eu não faço desde o tempo que era jovem. Portanto, desculpe se eu demorar um pouco — falou Carl, em voz baixa, puxando do bolso uma chave-mestra e atacando a fechadura. Ela cedeu fácil.

— Fechadura padrão americana — murmurou Carl, enquanto abria a porta e deixava o seu companheiro passar primeiro. Pelos fones, escutou que Pierre e o seu colega haviam encontrado pela frente um hóspede realmente furioso no quarto seguinte, mas logo o barulho sumiu.

Estava tudo às escuras quando eles entraram no quarto, tendo de usar os seus óculos para visão noturna. Fecharam a porta atrás de si, com todo o cuidado para não fazer barulho, e olharam ao redor.

À primeira vista, parecia que haviam entrado na sala de controle de um estúdio de televisão, com muitos monitores, uma mesa de edição de material e prateleiras com vídeos em uma das paredes. Ao longo de outra parede, junto da janela, havia uma saleta com móveis de refeitório e, um pouco mais afastadas, duas camas grandes, cobertas por uma cortinado de tecido transparente, e nelas duas pessoas dormindo.

— No três — ordenou Carl. — Um, dois, três!

Os dois mal conseguiam conter o espanto ao se atirar sobre as duas pessoas, mantendo-as em silêncio e algemando-as. Eram mulheres.

Mais barulho chegou aos ouvidos deles pelos fones. O pessoal continuava a pacificação da guarnição paquistanesa. Parecia que tudo estava correndo bem. Nenhum alarme havia disparado.

Carl e Patrik levantaram as duas mulheres, que esperneavam loucamente, obrigando-as a se sentar em cadeiras, com os braços atrás das costas e as mãos presas com as algemas de plástico.

Carl foi até a porta, acendeu a luz e puxou os óculos de visão noturna acima do capacete. Ficou examinando suas inesperadas prisioneiras, duas mulheres entre 30 e 35 anos que pareciam europeias, uma delas loura.

Ele avançou em direção a elas com o dedo sobre a boca, pedindo que ficassem caladas. Depois, com um puxão, retirou a silver tape da boca de uma delas.

— Nome e endereço, por favor — pediu ele, em inglês.

De repente, ouviu um falatório, parte em francês, parte em inglês, e teve de colocar de novo a fita na boca da mulher, que parecia histérica.

— Agora vamos voltar ao princípio, com calma — disse ele, em voz baixa. — Nós estamos aqui para levar para casa uma menina, Nathalie. Não para fazer mal a vocês. Por favor, respire fundo pelo nariz. Quando eu retirar a fita, vai doer um pouco. Desculpe. Mas concentre-se. Está claro?

A mulher fez sinal de que havia entendido e tentou respirar fundo várias vezes pelo nariz.

— Nós também estamos presas aqui — disse ela, quando Carl lhe retirou a fita da boca, dessa vez com mais cautela. — Nós fomos obrigadas a filmá-la e a editar as tomadas. Somos francesas. Aceitamos um trabalho em Dubai, e depois nos trouxeram de avião para cá e não nos deixam ir embora.

A respiração da mulher era acelerada, seu busto arfava por baixo da fina camisola, e sua colega, ainda com a mordaça, fazia sinais desesperados, concordando com o que ela dizia. Carl fez sinal para Patrik retirar também a mordaça da outra mulher, o que ele fez, mas pedindo silêncio com o indicador.

— Vamos voltar mais uma vez ao princípio — disse Carl, demonstrando calma. — Nome e endereço.

Ambas começaram a falar quase ao mesmo tempo, dizendo que eram jornalistas autônomas e de Paris, Mireille Detours e Christiane Laroche. E que já estavam ali havia vários meses.

— Neste caso, antes de tudo, tenho somente uma coisa a dizer a vocês — afirmou Carl. — Nós somos um grupo especial de franceses e suecos que está aqui para levá-las para casa. Tudo terminará dentro em pouco.

As duas começaram a chorar ao mesmo tempo, e Carl teve de chamar a atenção delas para não fazerem barulho.

— Vocês vão conhecer em breve um compatriota seu, o coronel Tanguy — disse ele, em voz baixa, e continuou a falar, agora em sueco, através do microfone no pescoço: — Ok, Pierre, você ouviu o que eu disse. Nós estamos no segundo quarto do corredor a partir do portão gradeado. Venha até aqui assim que tudo estiver limpo do seu lado.

— *Well*, minhas senhoras — continuou ele —, vocês vão ter de me desculpar. O meu francês é praticamente zero. Desculpem também pelo fato de terem de ficar algemadas por enquanto. Quem é que está no quarto ao lado neste corredor?

Era a babá, ou, melhor, as duas babás, mas apenas uma dormia ali de cada vez. No momento, quem estava no quarto era Gertrude Fritch. A outra, Amande Benami, estava lá embaixo com Nathalie, visto que a menina jamais dormia sozinha. Essa foi a explicação das duas mulheres, ambas falando ao mesmo tempo, ansiosas em colaborar. Carl não pôde deixar de sorrir e pediu que elas repetissem tudo, ponto por ponto. Uma de cada vez.

Portanto, Nathalie tinha duas mulheres jovens que tomavam conta dela. Ambas haviam sido enganadas do mesmo jeito que as duas jornalistas. Responderam a um anúncio para trabalhar em Dubai, com a promessa de um salário fantástico. E acabaram prisioneiras, exatamente como as duas jornalistas.

Quer dizer que há apenas uma babá no quarto ao lado? Quem é ela?

Gertrude Fritch, da Alsácia. Amande Benami era de origem argelina e falava árabe. Era esta quem dormia naquela noite com Nathalie. Aliás, todas gostavam muito de Nathalie e, se não fossem todas prisioneiras, até seria possível dizer que tinham um bom convívio.

— Parece que temos cinco prisioneiras francesas aqui, se é que eu entendi bem as palavras confusas das suas compatriotas — resumiu Carl, quando Pierre e Michel Paravoli entraram no quarto. — Eu e o tenente Wärnstrand vamos buscar a srta. Fritch no quarto ao lado, e vocês vão ter de verificar as suas histórias nessa língua meio selvagem de vocês. Ok?

Em outra situação, Pierre teria achado engraçadas as palavras de Carl, mas ele tinha sangue nos olhos no momento em que começava a fazer perguntas em francês às duas mulheres, enquanto Carl e Patrik colocavam de novo os óculos de visão noturna e saíam do quarto.

Dessa vez, Carl conseguiu forçar a fechadura da porta em poucos segundos, e os dois seguiram os procedimentos com muito mais cautela, sabendo que era uma mulher que iriam encontrar.

Gertrude Fritch também começou a chorar assim que Carl explicou a ela que em breve tudo estaria terminado e que o coronel Tanguy estava no quarto ao lado. Quando ela pediu para se vestir antes de se juntar às outras, Carl hesitou. O tempo passava. Acabou jogando para ela um roupão que encontrou no banheiro. Depois, levou-a cautelosamente para o quarto das jornalistas. As mulheres se abraçaram, chorando em silêncio.

— A história delas bate? — perguntou Carl.

— Estou procurando confirmações na internet — murmurou Pierre, digitando rapidamente no seu celular. O príncipe devia ter instalado uma antena ali por perto — ... sim, todas as quatro desapareceram misteriosamente em Dubai e Abu Dhabi... os familiares preocupados... sem deixar pistas... receio de comércio de escravas brancas. E assim por diante. Parece confirmado. Vamos, agora, para a fase três!

— Onde está exatamente Nathalie neste momento? — perguntou Pierre em francês, mas logo repetiu a pergunta em sueco.

As três mulheres sabiam responder, mas não paravam de falar ao mesmo tempo, excitadas. Pierre ordenou, então, que apenas uma delas falasse e apontou para Gertrude Fritch.

Nathalie seria encontrada descendo pela escada ao lado da porta do príncipe até o andar de baixo, onde estão os repuxos de água. E, depois, descendo outro andar, existe mais uma porta com fechadura de código. E dois guardas armados.

Carl e Pierre olharam um para o outro. Era o momento decisivo. Sabiam muito bem que havia fortes motivos para que Carl assumisse a ação. Pensavam do mesmo jeito. O termo era economia de perdas, o que significava de uma forma mais concreta que Ewa não podia se arriscar a perder as duas pessoas que lhe eram mais próximas ao mesmo tempo.

— Vamos! — disse Carl, decidido. — Wärnstrand, siga-me!

Carl respirou fundo quando, acompanhado por Patrik Wärnstrand, saiu pela porta do quarto. Era a hora de agir como se pisassem em ovos, movimentando-se ao mesmo tempo rápida e lentamente, esquecendo todos os sentimentos e concentrando-se exclusivamente no alvo.

A informação das mulheres estava correta. As francesas não tinham razão para mentir. Pierre já havia obtido a confirmação das suas histórias. Eram realmente prisioneiras de Sultan.

No andar de baixo, os dois fizeram uma parada. Ficaram na escuta, verificando a situação. Pelos ruídos em seus ouvidos, o restante do castelo estava prestes a ficar em suas mãos. Ainda por controlar, apenas o pessoal da cozinha e outros prisioneiros menos perigosos. A guarnição paquistanesa já fora anulada e estava sob controle absoluto.

O jardim construído no andar de baixo era extraordinariamente bonito, com repuxos e cascatinhas sobre mármore cor-de-rosa no meio de um espaço com cerca de setecentos metros quadrados, tudo coberto por tapetes persas nas cores rosa, vermelho, azul e bege. O jardim interno era rodeado por colunatas com arcadas em mármore branco, decoradas com caligrafias árabes gravadas a ouro e a lápis-lazúli, e ainda com um material feito de pedra preta que Carl não sabia como identificar.

Não havia nenhum portão codificado diante da descida para o porão, talvez pelo fato de ser esteticamente perturbador. A arcada por cima da escada era coberta por mosaicos dourados, com inserções de pedras preciosas azuis e verdes. Também ali tudo estava coberto por grossos tapetes, que silenciavam os passos.

Eles desceram discretamente pela escadaria sem dificuldade, sem fazer ruído, dobraram um corredor e, depois, ainda outro. Chegaram diante de uma porta dourada com caligrafias árabes e uma fechadura moderna, de estilo contrastante. Ali estavam sentados, nas respectivas cadeiras, dois guardas paquistaneses meio adormecidos. As cadeiras de madeira eram entalhadas com inserções de cedro, pau-rosa, madrepérola e de novo aquele material brilhante de pedra negra. Os fuzis AK-47 dos guardas estavam encostados na parede ao lado de cada um e mal ao alcance deles.

Carl fez um sinal, e Patrik deu alguns passos rápidos em direção ao homem da direita, tomou a arma dele e apontou a pistola para o seu peito, enquanto Carl atacou o outro guarda do mesmo jeito. Deram, então, dois passos para trás, continuando com suas armas apontadas para os dois homens, antes sonolentos, mas agora, subitamente, bem acordados.

— A vantagem de vocês serem paquistaneses — disse Carl, num tom de voz normal — é que falam inglês. Evidentemente, vocês entendem do que se trata. Nós não temos nada contra vocês. Só viemos aqui para buscar a menina. Entendido?

Ambos os guardas, cheios de medo, com os braços meio levantados, acenaram afirmativamente com a cabeça.

— Muito bem — disse Carl. — Se vocês nos ajudarem, nós não vamos matá-los. Você aí, à esquerda, quer ter a bondade de se levantar lentamente e usar o código para abrir a porta?

O homem não se levantou.

— Não posso! — disse ele. — Não sei qual é o código.

— É uma pena — disse Carl. — Assim, vai ter de morrer. E sem fazer as suas orações. Não temos tempo para isso. O nosso plano tem de ser cumprido à risca. E então?

O homem acenou novamente com a cabeça e não deu sinal de querer se levantar. Carl deu três tiros, no rosto e na testa dele. Naquele espaço reduzido, todos ficaram manchados de sangue e pedaços de miolos. Patrik Wärnstrand chegou a tremer, mas recuperou-se rapidamente.

— E aí, meu amigo — continuou Carl, calmamente, apontando a arma para o outro guarda —, só pode ser você a conhecer o código, não?

— Não atire! Não atire! — reagiu ele, desesperado, levantando um pouco com as mãos sobre a cabeça e acenando para a fechadura.

— Muito bem — disse Carl. — Abra a porta e depois coloque os braços nas costas! Entendido?

— Sim, senhor, entendi! — respondeu ele, dirigindo-se cautelosamente para a porta. Digitou o código até se ouvir o clique normal e depois levou lentamente as mãos para trás das costas, de modo que Patrik pudesse prender-lhe os pulsos com a algema de plástico.

✪✪✪✪✪

Mouna deixou Erik sozinho por alguns momentos no posto de observação, desceu para o acampamento e recebeu ordens para empacotar tudo e carregar os camelos. Em breve, chegaria a ordem de partir, embora ainda não estivesse claro que instruções receberiam da força principal.

Quando ela voltou para se juntar a Erik, se ouviam somente palavras em sueco nos fones. Carl e seu ajudante estavam entrando na prisão de Nathalie. Erik esclareceu rapidamente o que estava acontecendo. Mouna acompanhou sem problemas a conversa com os dois guardas do lado de fora da porta de onde Nathalie estava. O som seco da pistola de Carl, com silenciador, assim como o barulho da saída das balas pelo cano e das cápsulas pela lateral da pistola, o baque de um corpo caindo e a réplica de Carl para o guarda sobrevivente: nada disso precisava de interpretação. Mouna e Erik puderam imaginar perfeitamente a cena. Ouviram ainda o som da porta se abrindo. E, depois, o silêncio.

Carl e o seu ajudante falaram depois em sueco e em tom baixo, e a seguir ouviu-se a voz sonolenta de uma criança, que também disse qualquer coisa em sueco.

— Yes! — explodiu Erik, fechando os punhos no ar e deixando cair as lágrimas. — Eles conseguiram... estão com ela... ela diz que está bem, mas com saudades da mamãe e do papai... o tio Carl diz que o papai está por perto, na mesma casa... espera, também há uma francesa... os quatro estão subindo as escadas... eles vão levar o guarda sobrevivente também para cima. Bem, isso você já entendeu.

Ao mesmo tempo, outro grupo informava em francês que o aeroporto fora tomado, e Pierre ordenava que ficasse no lugar, dominando a posição.

No momento seguinte, Carl chamou Mouna e Erik pelo rádio pedindo para avançarem o mais rápido possível para o aeroporto com os camelos e tudo, e que esperassem por novas ordens. Depois, ouviram-se algumas palavras suas em sueco com Nathalie, que, aparentemente, ele carregava nos braços.

Quando Carl chegou ao quarto onde Pierre, as jornalistas francesas prisioneiras e a outra babá estavam, ouviram-se tantas vozes falando em francês ao mesmo tempo que os dois resolveram baixar o volume dos fones e se preparar.

— É uma pena não estarmos lá também — disse Mouna, sorrindo. — Esse foi um momento que eu gostaria de ter visto.

— E que eu gostaria de ter fotografado, como convidado ou não — murmurou Erik. — Ainda bem que desta vez são apenas dois quilômetros em cima desse maldito camelo.

Ao descer para o acampamento, tudo já estava pronto para a partida. Os camelos foram obrigados a baixar de joelhos e todos, menos Erik, subiram nas selas. O camelo de Erik negou-se a obedecer e grunhiu insatisfeito, obrigando um dos beduínos a descer do seu animal e a dar-lhe umas chibatadas debaixo de uma torrente de palavrões. A seguir, todos puderam seguir para o aeroporto.

Pararam diante do barracão e da pequena torre de controle. Mouna e Erik entraram para fazer reconhecimento da situação. Dois legionários nos seus uniformes de camuflagem e com as armas balançando nos ombros lhes deram as boas-vindas, puseram-se em sentido e bateram continência quando viram a patente militar de Mouna e apresentaram os seus prisioneiros: quatro soldados paquistaneses unidos por algemas e dois controladores de voo muito pálidos, sentados cada um na sua cadeira, com as mãos amarradas atrás das costas.

Mouna olhou em volta, percebendo algo que a preocupou.

— Onde estão os pilotos? — perguntou ela. — Eles dormem no castelo?

Os dois legionários encolheram os ombros. Ali embaixo, de qualquer forma, não havia mais ninguém quando dominaram a posição, explicaram.

Mouna virou-se para os dois controladores e fez a mesma pergunta.

— O avião voltou para Riad — declararam eles, meio sem graça. — Vai voltar amanhã com convidados. E, para o avião de reserva lá fora, no momento, não há pilotos.

Mouna ficou petrificada. Puxou Erik para fora e acionou o transmissor.

— Mouna para Carl, Mouna para Carl — chamou ela.

— Carl falando. Vocês já estão no aeroporto?

— Sim, com os camelos, o repórter e todo o resto.

— Ótimo. Aguardem mais um pouco. Ainda temos algum trabalho, antes que tudo esteja sob controle.

— Estamos aguardando, mas temos um problema — respondeu Mouna, aborrecida. — Aqui não tem nenhum Boeing 727 dourado e preto. Apenas um avião de reserva, mas nada de pilotos. O Boeing voltou para Riad.

— Repita!

— Não temos pilotos, entendido?

— Entendido, sim. Então, é Erik quem vai resolver o nosso problema. Retornarei assim que tivermos dominado nosso pássaro, pois ele ficou aqui, embora seu avião tenha partido.

— Um momento; aguarde, que eu retorno já.

Mouna voltou para a pequena torre de controle, com Erik no seu encalço, e perguntou aos dois controladores se Sua Alteza Real, o príncipe Sultan, ainda estava no castelo ou se havia voltado com o avião.

Eles olharam para Mouna com uma expressão contrariada e pareciam não querer responder. A essa altura, ela avançou e deu um tapa forte na cara de cada um. Depois, puxou a pistola e a engatilhou. Só então ela recebeu a informação de que Sua Alteza Real estava com um de seus convidados no castelo.

— Deixa, que eu falo com ele em sueco — disse Erik, que pegou o transmissor e chamou Carl, explicando a situação.

Que inferno, pensou Erik. Pelo jeito, vamos ter de voltar de camelo. Prefiro voltar a pé. Mas o que Carl queria dizer com esse "Então, é Erik quem vai resolver o nosso problema"?

✪✪✪✪✪

No castelo, Pierre resolveu usar o quarto das duas jornalistas francesas como seu quartel-general. Por enquanto. Elas e as duas babás pareciam se dar muito bem com Nathalie, que aparentava estar alegre e satisfeita. Deviam tê-la tratado o melhor possível. Ela corria de um lado para outro, falando sem parar com o pai e suas amigas francesas.

— Vamos ter de apanhar o príncipe imediatamente. Sem ele, a situação vai ficar crítica — salientou Carl, que não tinha mais paciência para as longas e incontroláveis demonstrações sentimentais de Pierre, que a todo o momento pegava Nathalie nos braços, fazia carinhos nela e a consolava, se bem que a necessidade de consolo parecia espantosamente pequena. Mas, sem um plano pronto para realizarem a viagem de volta, o relógio ia continuar a rodar em direção à morte. Se o príncipe acordasse, e já eram cinco horas da manhã, podia desconfiar de alguma coisa e telefonar para o seu tio, o rei Abdullah...

— Você tem razão — reagiu Pierre, entregando a filha nos braços de uma das babás. Depois, convocou um reforço de dois homens e lhes deu instruções sobre o caminho que deviam tomar para chegar até ele.

O reforço chegou rapidamente, e os dois novos legionários receberam ordens para proteger as ex-prisioneiras, enquanto Pierre, Michel Paravoli, Carl e Patrik Wärnstrand se aprontavam, reviam os seus armamentos mais uma vez e saíam para o corredor.

Pierre estudou primeiro as informações reunidas de uma reportagem feita por uma revista e de uma transmissão da Al Jazeera. Havia apenas uma porta fortificada com alarme e vigas de aço, que dava para os aposentos particulares do príncipe. Por trás da porta, primeiro, um hall, seguido da sala de refeições, depois um escritório e, por último, os quartos de dormir ou qualquer que fosse o nome a dar àqueles enormes espaços.

Assim que a porta fosse forçada, eles teriam de correr uns cinquenta metros através de várias salas até chegar à cama. Não poderia demorar mais de dez segundos, e mesmo assim já seria tempo demais. A esperança era a de que o diabo tivesse sono pesado. As janelas que davam para fora eram de vidro blindado, e foi bom saber disso, pois, de outra forma, seria escolhida a invasão com os legionários descendo a partir dos parapeitos do edifício, entre as torres.

Então, eles se dirigiram para a porta, ou melhor, para o portão, e examinaram todos os detalhes antes de retirar do ombro esquerdo os explosivos necessários e começar a colocá-los nos devidos lugares. E não tiveram medo de exagerar na dose, pois tinham a proteção perfeita na escada que descia ao lado do portão. As cargas não tinham fios de conexão. Eram disparadas por um simples sinal de rádio, de modo que sua colocação e adaptação foram fáceis.

Assim que se recolheram à proteção da escada, Pierre olhou para o relógio, preocupado.

— Nós estamos vinte minutos atrasados em relação ao plano estabelecido e não temos nenhum avião para voltar — constatou ele, primeiro em francês e depois em sueco. — Mas agora resta enfrentar um problema de cada vez. Carl, você confia nesses explosivos russos? Se não apanharmos esse diabo de maneira rápida e com vida, vamos chegar perto de um fiasco.

— Você vai ficar surpreso — respondeu Carl. — Mas tome cuidado com a pressão atmosférica, tampe os ouvidos e diga aos seus colegas para fazerem o mesmo. Caso contrário, vamos romper os tímpanos.

E cuidado também com os estilhaços de vidro que vão cair do teto e do outro lado da balaustrada.

Pierre repetiu as instruções recebidas em francês e adotou uma expressão que Carl traduziu como um "uh-la-la", ou outra coisa tão estranha quanto essa.

Logo que Carl pressionou o botão do transmissor, não só o portão foi pelos ares, mas também tudo em volta. E, como Carl havia avisado, choveram estilhaços de vidro e de argamassa por todo os lados e em cima deles. Perderam-se, assim, alguns segundos preciosos ficando no local protegido. Depois, eles subiram a escada correndo através da poeira levantada até chegar ao lugar onde o portão antes se encontrava. Havia um grande buraco oval na parede e uma quantidade enorme de escombros, mas nada de portão. Rapidamente, eles avançaram tropeçando para dentro dos aposentos, ultrapassando as barreiras até chegar à superfície lisa, que rodeava umas cascatinhas, da enorme sala de jantar oriental e do escritório, os quais atravessaram correndo. Chegaram, então, às portas duplas que antecediam os quartos. Durante a corrida, tiveram de baixar os óculos de visão noturna. Presumivelmente, a explosão havia cortado também a eletricidade. No entanto, um alarme soou em algum lugar.

Cama não era a descrição certa. Bem, era uma cama, se é que se podia chamar assim algo que mais parecia um playground de, no mínimo, cinquenta metros quadrados. Duas pessoas gritavam no centro, pareciam mulheres, e uma figura nua estava engatinhando no chão, à procura de um jeito de acender a luz. Eles pegaram o homem primeiro, pressionaram sua cabeça contra o chão e colocaram as algemas em seus pulsos, antes que uma luta cômica irrompesse em cima da cama gigantesca. Patrik Wärnstrand, com todos os seus equipamentos militares no corpo, tentava segurar as duas mulheres. Só conseguiu segurar uma delas. A outra conseguiu driblá-lo, mas foi cair, desesperada, nos braços de Carl.

De repente, a luz voltou. Provavelmente foi religada por um gerador. O quarto fantasioso surgiu esparsamente iluminado com luz indireta que vinha de lâmpadas escondidas atrás de arcadas e pilares de mármore e arenito. Era mais uma variante da história das *Mil e uma noites*, notaram os quatro homens enquanto recuperavam o fôlego e olhavam em volta. Depois, correram novamente tentando dominar todos os espaços que ainda não haviam vistoriado e todos os recantos onde alguém poderia se esconder naquele ninho de amor.

Os quatro pilares de sustentação da plataforma para brincadeiras amorosas possuíam incrustações de marfim e sustentavam também um gigantesco toldo em várias camadas de brocados e sedas.

Os quatro homens prenderam o homem nu, parecido com um querubim careca e barbudo, que continuava fazendo ameaças e juras de vingança, junto com as duas mulheres, a um dos pilares de marfim. E voltaram a considerar a situação.

— Está tudo em ordem — constatou Pierre, aumentando o volume do seu microfone. — Atenção, atenção, todas as unidades, acabamos de prender o homem... — Essa foi a única coisa que Carl e Patrik Wärnstrand conseguiram entender, mas o conteúdo da mensagem surgiu através da imagem que tinham diante de si e da comemoração dos legionários que chegava aos seus ouvidos.

— Agora eu preciso, de fato, fazer uma ligação para Paris — disse Carl, puxando um telefone de um dos bolsos junto à coxa. — Por segurança, a chamada será feita via satélite, para que os americanos tomem conhecimento da situação.

Louis Trapet atendeu ao segundo toque e não parecia estar bem acordado, a despeito de ter acionado o despertador mais ou menos para aquela hora. Eles avaliaram a atual situação e resolveram sobre o que ele teria de informar ao presidente Sarkozy.

Uma força francesa com dois especialistas suecos havia tomado o castelo Qasr Salah al-Din, situado a 3122 Norte e 3903 Leste. Toda a resistência fora dominada, e a situação estava sob controle. Não apenas Nathalie Tanguy, mas também quatro outras cidadãs francesas, prisioneiras no lugar...

A essa altura, Carl estendeu o telefone a Pierre para que os nomes franceses fossem corretamente pronunciados.

Entre os presos havia, além de guardas paquistaneses, o principal responsável pelo drama do sequestro, o príncipe Sultan, sobrinho do rei Abdullah.

A operação estava em risco pelo fato de o Boeing 727, no qual o próprio príncipe chegou, não se encontrar no aeroporto. Portanto, a situação era crítica, visto que havia apenas oito camelos para a fuga. E o governo saudita receberia dos americanos todas as informações da atual conversa dentro de uma hora.

E agora se tratava de receber da França a assistência necessária. O aeroporto que servia ao castelo podia receber qualquer tipo de avião. Até aí, tudo bem. Se o presidente Sarkozy resolver sancionar *a posteriori* essa — tecnicamente — operação ilegal, ele poderá receber as cinco francesas em triunfo.

Louis Trapet caiu na gargalhada, quase aos gritos, na outra ponta da linha. Claro que sim, tudo entendido. O presidente tivera um primeiro ano de governo realmente muito ruim e sofria ataques até de seus próprios eleitores. Era chamado "Presidente Plim-Plim". Seria um grande prazer acordá-lo hoje com essa refinada oferta.

Carl tinha apenas mais uma coisa para lembrar ao presidente. Os noticiários nos quais se falaria sobre o assunto começariam por volta das seis horas, horário de Londres.

Carl deu por terminada a conversa, contando entusiasmado sobre a resposta obtida. Eles olharam para o relógio.

— Agora, estamos dezessete minutos atrasados em relação ao plano original — disse Pierre. — Mas estamos numa situação em que o tempo já não tem mais um papel tão importante. Talvez a gente tenha de ficar aqui durante alguns dias. O que fazer? Alguma proposta?

Pierre repetiu as suas perguntas em francês, mas ninguém disse nada. Todos olharam para Carl e ficaram aguardando o que ele poderia dizer.

— Gostaria de fazer três sugestões — disse Carl. — Vamos ativar Erik Ponti, apresentando-o às francesas que estão aqui. Vão ter de começar a trabalhar duro. Devem ser capazes de começar a transmitir o material a partir do escritório do príncipe dentro de três horas. Em segundo lugar, vamos descer os jipes americanos e bloquear a pista do aeroporto, de modo que não venha um batalhão de sauditas sentar-se no nosso colo. E, em terceiro lugar, vamos fazer uma ronda de inspeção.

Pierre concordou, pressionou o botão do transmissor e cuspiu uma série de ordens.

— Nós vamos fazer a ronda — confirmou ele, em seguida. — E você, Wärnstrand, fica aqui, tendo o prazer de vigiar os três prisioneiros no quarto. E pense bem: aquele desgraçado lá dentro é o nosso seguro de vida.

— Entendido, coronel — reagiu Patrik Wärnstrand, batendo continência.

Pierre e Carl voltaram para a grande sala que servia de dormitório e estúdio para as jornalistas francesas e onde Nathalie e suas quatro compatriotas se encontravam agora, sob a proteção de dois legionários.

— Que explosão, papai! — exclamou Nathalie no momento em que eles entraram na sala. — Explodiram também o titio mau?

Ela parecia deslumbrada.

Pierre gostaria de tomá-la nos braços novamente e apresentá-la a todos os que arriscaram a vida por ela. E talvez ainda fizesse isso, para o bem dela. Mas seria algo para depois, esperando-se que isso fosse feito em circunstâncias mais seguras. Haviam conquistado instalações gigantescas e podiam existir ainda alguns pontos de resistência por descobrir. E eles eram apenas catorze homens. Entretanto, encontrar todos eles era importantíssimo. Todos tinham o direito de ficar a par do sucesso obtido na operação, assim como do inesperado problema da falta de transporte para casa.

Eles subiram pelo mesmo caminho por que desceram e seguiram para a outra ponta do castelo, passando pelas torres agora abandonadas, de onde todas as metralhadoras já haviam sido retiradas. Desceram, depois, por uma escadaria em espiral, chegando ao andar térreo, onde foram recebidos por dois legionários que já os esperavam e lhes mostraram a caserna dos guardas paquistaneses da guarnição.

Era um salão enorme, mas pobre, com paredes brancas e frias, e quase sem qualquer mobília, a não ser várias fileiras de beliches triplos, muito estreitos, prova de que os sauditas não consideravam os paquistaneses pessoas dignas, comentou Carl. Esse estado de coisas facilitou bastante nossa ação.

Em quase todas as camas havia um soldado paquistanês deitado, com um dos pulsos algemado na cabeceira e o tornozelo oposto algemado ao pé da cama. Eram cerca de quarenta soldados, e o único que não estava preso à cama era o capitão, por respeito à sua patente. Mas mesmo assim estava com os pulsos algemados. Dois dos legionários levaram-no para a frente, e Pierre deu ordem para lhe retirarem as algemas. Assim que isso foi feito, o capitão pôs-se em sentido e fez continência.

— Bom-dia, capitão. Eu sou o coronel Pierre Tanguy, comandante da força francesa que invadiu e tomou este castelo, e pai da menina sequestrada e aqui aprisionada.

— Bom-dia, coronel — respondeu o outro com mais uma continência, muito rígida, ao estilo britânico. — Eu sou o capitão Asif

Sharif, comandante da guarnição de Qasr Salah al-Din. Que menina sequestrada é essa?

Surgiu um momento de confusão, quando o colega paquistanês declarou que não sabia nada sobre a existência de uma prisioneira na área proibida do castelo, se bem que houvesse sentinelas de serviço lá dentro.

Havia, portanto, várias coisas a esclarecer. Em primeiro lugar, os dois tenentes subordinados ao capitão foram chamados. Retiraram-se suas algemas, e eles se apresentaram. Pierre explicou que os três oficiais podiam movimentar-se à vontade pelo castelo, menos na área proibida. Que os três seriam considerados oficiais de ligação e que se tentaria atender aos seus pedidos enquanto durasse a ocupação, seguindo, assim, as regras normais.

O primeiro pedido relacionava-se com os paquistaneses mortos e feridos. Pierre lamentou que houvesse oito soldados mortos da guarnição, mas eles seriam levados de maneira honrosa para o jardim externo do castelo dentro de uma hora. Ambos concordaram que não havia mais razões para novos conflitos. A trégua foi confirmada com novas continências e apertos de mãos.

✪✪✪✪✪

Um dos soldados foi buscar Mouna e Erik em um dos grandes jipes americanos, deixando no seu rastro uma nuvem de poeira. Os outros jipes se dirigiram à pista de aterrissagem e ficaram estacionados em zigue-zague. Depois, também foram levados para a pista os camelos, que ficaram dentro de uma cerca improvisada. Assim, Qasr Salah al-Din não poderia mais ser resgatado por tropas regulares enviadas por avião.

Carl recebeu Mouna e Erik do lado de fora do grande portão, no meio do enorme jardim externo do castelo, onde se encontravam todos os prisioneiros, acocorados em longas filas e com as mãos algemadas atrás das costas.

Ele levou os dois para o quarto das jornalistas na área proibida do castelo e apresentou-as a Erik, lembrando-se dos nomes delas, Mireille Detours e Christiane Laroche. Dali, seguiram para a residência do príncipe, onde estavam Sua Alteza Real, completamente nu, e suas duas amantes. Ou, talvez, fossem escravas. E, assim, voltaram para o escritório do príncipe. O computador era de primeira linha, assegurou ele. A capacidade da banda larga era altíssima. Era dali que os primeiros programas editados seriam enviados. E era bom que ficassem prontos para enviar o mais tardar dentro de duas horas. Entretanto, ele incumbiu Erik e as duas jornalistas de decidir sobre a ordem dos trabalhos.

Erik, Mireille e Christiane ficaram estupefatos olhando uns para outros.

— Foram vocês que fizeram o vídeo de Nathalie? — perguntou Erik, um pouco retraído.

Sim, admitiram elas, constrangidas.

— Foi um trabalho muito bom, de fato. Quando eu vi o vídeo, achei que os recursos seriam bem maiores. Como vamos fazer? Temos apenas duas horas.

A discussão, de início, foi hesitante. Depois, correu tudo rapidamente. Determinaram, então, a formação do grupo de trabalho jornalístico, com Erik sendo o repórter, Mireille, a câmera, e Christiane, a editora — e chegaram a um acordo sobre os honorários, que seriam divididos em três partes iguais. Era a hora de começar a trabalhar. E de começar a falar sobre um furo jornalístico de amplitude mundial!

12

Na Escandinávia, aquela noite de *midsommar** foi a mais quente dos últimos 42 anos. Ewa e Anna acabaram adormecendo nos bancos duros do píer, por mais incômodos que fossem, apenas com cobertores e almofadas. Nem mesmo na hora de amanhecer, com o sol se destacando por cima das árvores, o ar fresco deixou de ser agradável ou suave.

Elas acordaram ao som da *Marselhesa*, tocada pelo celular de Ewa, uma brincadeira da família, mas desta vez completamente de acordo com o momento.

— Pierre! — gritou Ewa, assim que atendeu. Anna sentou-se logo no banco, as costas empinadas, dando uma olhada rápida no relógio. Eram um pouco mais de quatro horas da manhã.

Anna olhava para Ewa como que hipnotizada, quando esta começou a falar com a única pessoa do mundo que podia fazê-la chorar daquele jeito.

— Minha querida, meu amorzinho — disse ela, soluçando —, eles foram maus para você?... Estou com tantas saudades, vou deixar tudo aqui pronto para receber você e o papai...

---

* *Midsommar*, corresponde, mais ou menos, à noite de São João. É feriado nacional e o dia mais festivo do ano. Nessa época, em Estocolmo, o sol se põe por volta de onze horas e reaparece por volta de uma hora da madrugada.

Depois, Pierre deve ter pegado o telefone, visto que Ewa ficou mais contida, escutando com atenção. Acenava afirmativamente com a cabeça, murmurava algumas palavras, respostas curtas, e também olhava para o relógio.

— Conta tudo! — ordenou Anna, assim que o telefonema terminou. Agora as duas estavam completamente acordadas.

A notícia era impressionante. Pierre estava com Nathalie no colo ao telefonar para a mãe. O castelo do sequestrador havia sido tomado, "toda a resistência, neutralizada", o príncipe, preso, e sem baixas. Além disso, haviam libertado outras quatro francesas.

A má notícia era que ainda não sabiam como sair dali. Uma falha de comunicação fez com que eles não pudessem contar com o avião do príncipe para sair de lá. O avião não ficou no aeroporto. Havia o risco de a Arábia Saudita mandar seu Exército antes de uma eventual operação de resgate por parte da França, operação que, além disso, ainda não estava acertada. Os noticiários em toda a Europa começariam a transmitir sobre o caso dentro de duas horas. E isso era tudo por ora.

— Quer dizer que a aflição ainda não terminou — disse Anna em voz baixa. — Nathalie está sentada no colo do pai, e nós devíamos chorar de alegria, mas a história ainda não acabou. E cá estamos nós, sem saber de novo o que fazer. Vamos fazer o quê, afinal?

— Bem, dormir é que não dá — respondeu Ewa, levantando-se com um ar de brincadeira. — Vamos preparar o nosso café da manhã e ficar à espera dos noticiários na televisão.

Elas reuniram os seus cobertores e almofadas e voltaram para casa, a fim de preparar o mais longo café da manhã de suas vidas. Não havia nada a fazer, e as duas reconheceram isso. O sol já estava a pino e não havia quase nenhum orvalho sobre a grama. Apenas um rouxinol cantava no alto do bosque de carvalhos.

Elas estavam bem acordadas, com fome e sem ressaca alguma. Começaram as duas longas horas de espera com uma omelete de queijo e presunto, e bebendo chá. Fizeram um passeio pelo bosque de carvalhos, passando pelo píer, e depois voltaram para casa e bebericaram mais chá. De vez em quando, ligavam o rádio, mas só havia música clássica para escutar. Era como se tudo estivesse normal.

Fizeram mais um passeio. E voltaram a beber chá. E assim passaram as duas horas mais longas das suas vidas.

O *Dagens Eko* começou com uma voz retumbante anunciando que a filha sueca do Säpo — era assim que a mídia da Suécia chamava Nathalie — havia sido libertada pelas forças especiais francesas em um castelo na Arábia Saudita. Em seguida, um homem do *Dagens Eko* no local, Erik Ponti, entrou no programa, falando dramaticamente da ação dos paraquedistas durante a noite, do tiroteio com os mercenários paquistaneses e da prisão de um príncipe saudita, tudo entremeado com trechos de uma entrevista com a alegre e pequenina Nathalie — que, por sua vez, falou das saudades que sentia da mãe e do pai — e de uma entrevista com o próprio pai, por acaso o comandante da força expedicionária francesa que libertou não apenas sua filha, mas também quatro francesas aprisionadas pelo príncipe: duas para fazer upload de vídeos repulsivos na internet — entrevistas muito curtas com as duas jornalistas — e duas para serem as babás de Nathalie durante seu período de reclusão. Conforme contaram, acreditavam que iriam ganhar pequenas fortunas tomando conta de crianças nos países do Golfo, mas acabaram sequestradas num castelo construído no meio do deserto saudita.

Depois disso, surgiram o primeiro-ministro e o ministro das Relações Exteriores comentando, alegres e satisfeitos, que, graças aos seus esforços por meio da diplomacia silenciosa e à estreita colaboração com a França, tudo parecia dar resultado, ou, pelo menos, era o começo de um final feliz para a horrível história do sequestro. O ministro das Relações Exteriores negava-se, por enquanto, a responder à pergunta sobre o que significava o fato de ter sido um príncipe saudita, e não um vendedor de armas paquistanês, o mandante do sequestro da filha sueca do Säpo.

Ewa e Anna correram para a sala de televisão. Ewa procurou a lista de canais preparada por Carl e pressionou um número que seria de um canal francês.

Logo se ouviu a voz de Erik falando em francês, mais ou menos a mesma coisa que elas já haviam escutado em sueco. Ewa traduziu para Anna, mas, acima de tudo, elas ficaram surpresas com as imagens.

Elas viram o castelo fantástico no meio do deserto, com seus muros altos e torres de vigia. E o sol iluminando três mastros, com as bandeiras francesa, sueca e uma terceira que elas não reconheceram, com um dragão no meio. Viram também a imagem do príncipe algemado, de Nathalie — rindo no colo de Pierre — e das quatro mulheres francesas, entre 20 e 35 anos, que mostravam dificuldade em conter as lágrimas, mas agradeciam ao presidente e à nação francesa pelo maravilhoso salvamento.

Ewa pulou, então, para a BBC de Londres, onde mostravam a bandeira da França tremulando no mastro e apresentavam Erik falando, agora em inglês. Em seguida, mudou para o canal americano CNN, que acabava de transmitir a reportagem, a qual se estendia numa mesa-redonda de comentários políticos. Do Ministério do Exterior saudita, falou um porta-voz com título de príncipe, afirmando que a Arábia Saudita havia sofrido um ataque criminoso, uma tentativa de sequestrar um membro da família real, e que as tropas sauditas já estavam a caminho para eliminar os terroristas. Disse ainda que todas as insinuações de que o príncipe Sultan teria mandado sequestrar uma criança eram absolutamente ridículas, um completo absurdo, e que a Arábia Saudita, como nação soberana, se reservava o direito de aplicar a própria justiça e que os criminosos estrangeiros que haviam atacado a família real seriam julgados por essa mesma justiça.

Ewa voltou, então, para os canais suecos, primeiro o canal 1, depois o canal 2, onde foi apresentada mais ou menos a mesma reportagem, sendo encurtadas as entrevistas com as francesas e dando-se mais espaço para a entrevista com Nathalie.

Ewa procurou na lista de Carl um canal alemão, onde se discutia um problema de impostos, e mudou então para a Al Jazeera, enquanto explicava para Anna, em voz baixa, que Erik não era muito fluente em alemão. Na Al Jazeera, via-se a bandeira francesa contra o sol nascente e o fabuloso castelo.

Ewa ainda conseguiu encontrar o canal italiano RAI, que mostrava a mesma reportagem, embora fosse engraçado ouvir Erik falando italiano.

De repente, ela desligou a televisão, sentou-se e bateu com o controle remoto na cabeça várias vezes.

— Nós vimos o que já sabíamos — disse ela. — Mas na televisão americana eles disseram uma coisa que *não* sabíamos, que as tropas sauditas estão a caminho para salvar o príncipe.

Anna não encontrou resposta. Ela não tinha certeza de que a situação era ameaçadora, já que a libertação de Nathalie havia sido mostrada nas televisões do mundo inteiro.

✪✪✪✪✪

No castelo ocupado de Qasr Salah al-Din, a situação era tensa por não poderem partir, como previsto no plano original. Na realidade, segundo o plano original, já há muito tempo eles teriam abandonado o espaço aéreo saudita.

No momento, tudo podia acontecer. Talvez tivessem de ficar ali mais algumas horas, talvez alguns dias ou até mesmo semanas.

Pierre, ajudado por Carl e dois legionários, entregou formalmente os restos mortais dos oito soldados paquistaneses ao comando da guarnição de Qasr Salah al-Din, o capitão Asif Sharif e os tenentes Nawaz Zardavi e Ali Bhatta. A cerimônia teve lugar no meio do grande jardim externo. Os mortos foram alinhados e envolvidos em tecido preto retirado dos aposentos particulares do príncipe, presumivelmente uma mortalha sensacional e muito cara.

O capitão Asif Sharif negociou a liberação temporária de dez de seus homens para realizar a cerimônia de enterro dos mortos no cemitério fora do castelo. Conseguiram encontrar um imame entre os prisioneiros ainda não separados, e ele também foi liberado para preparar e dar assistência religiosa durante os funerais.

Pierre e seus homens já haviam ocupado países muçulmanos várias vezes e sabiam que os mortos, por tradição, deviam ser enterrados imediatamente.

Mas havia muitas outras coisas a serem tratadas com a mesma precisão e cuidado. O pessoal da cozinha também foi liberado, recebendo instruções para voltar ao trabalho e preparar o café da manhã, que devia ser servido da maneira habitual, embora com a diferença de que os prisioneiros paquistaneses deviam ser os primeiros a comer. De resto, havia catorze estrangeiros recém-chegados, além de Sua Alteza Real e seu convidado, no momento inacessível. Como medida de praxe, Pierre deu ordens para que os capacetes fossem retirados da cabeça e substituídos por bonés dos legionários paraquedistas.

Mouna ajudou a inspecionar a parte Oeste do castelo, habitada pelas mulheres. Até então, ao se defrontar com a situação, os legionários haviam se limitado a colocar um deles de guarda na entrada.

Lá dentro, Mouna encontrou apenas um alojamento simples para o pessoal da limpeza, vindo do Iêmen e das Filipinas. Faxineiras sauditas não existiam. Ela explicou a situação, com toda a calma possível, e também pediu que todas voltassem ao trabalho como se fosse um dia normal.

A missão seguinte foi muitíssimo mais interessante para Mouna. Pediram-lhe que liberasse as duas mulheres algemadas no quarto do príncipe e cuidasse para que elas se vestissem decentemente.

Ela as encontrou com um sonolento legionário sueco, ainda de capacete, sentado numa cadeira a uns dez metros de distância do grupo, formado pelo gordo príncipe real e pelas duas mulheres, de grande beleza, os três algemados entre si e à volta de um dos quatro pilares da cama, pilares esses de marfim incrustado de ouro. Ambas as mulheres não entendiam árabe e haviam acabado de chegar de avião de Portugal.

Mouna soltou as duas, ignorando o príncipe, que, furioso, continuava a jurar vingança. Depois, escoltou-as até uma pequena sala que servia de vestiário para convidadas especiais e onde elas podiam vestir-se adequadamente. O que vestiam não as tornava menos nuas, principalmente à luz do sol, no jardim, entre os outros prisioneiros. Mouna levou-as então para o quarto que estava à disposição delas, aproveitando a oportunidade para lhes perguntar se queriam ficar no castelo ou aproveitar a carona e voar de volta para a Europa. Sua indecisão terminou quando Mouna lhes contou que Sua Alteza Real também seguiria, involuntariamente, na viagem, e que talvez não fosse uma boa ideia estar lá quando os parentes dele chegassem, certamente furiosos. Elas logo chegaram à conclusão de que era melhor se vestirem já para a viagem. Mouna fechou a porta com a chave e voltou para o guarda sueco e o príncipe Sultan.

— Muito bem, Alteza, talvez seja melhor também se vestir com um pouco mais de decência. Assim desse jeito, você não vai poder aparecer diante das câmeras de televisão — falou ela, com um sorriso de satisfação. Ela se sentia genuinamente feliz, mas a sensação divertida lhe custou caro. O homem nu cuspiu nela, dizendo obscenidades e ameaçando-a com tudo, desde enforcamento e chibatadas em público a punições ainda mais diabólicas.

— Se você não se contiver, meu pequeno príncipe, não vou poder retirar suas algemas. — Mouna riu. — E, então, as câmeras que o esperam lá fora vão ter de se contentar em fazer imagens da sua pessoa tal como ela se apresenta agora, isto é, nu. E o papai não vai gostar disso.

Essa ameaça surtiu efeito. O homem ficou manso como um cordeiro. Não admira, pensou Mouna. Esse merdinha precisava de uma *galabeya* branca e de um *keffieya* na cabeça para parecer o multimilionário que ele é.

Para seu espanto, a primeira coisa que ele fez ao lhe serem retiradas as algemas foi dar-lhe uma bofetada. Por isso realmente ela não esperava, nem poderia imaginar. O troco foi devolver a bofetada com um chute no saco que quase o matou de dor.

Enquanto o príncipe se contorcia no chão, chorando e gritando, e se encolhia como se fosse um recém-nascido, ela se dirigiu ao sueco e lhe perguntou se ele sabia falar árabe. Patrik Wärnstrand fez que não com a cabeça. Mouna explicou para ele resumidamente o que havia acontecido. As duas portuguesas não pertenciam à casa e estavam fechadas no quarto para convidadas especiais. Depois, levou Patrik até o príncipe, que continuava deitado no chão, rugindo uma torrente de ameaças e maldições.

— Ele está dizendo que vai nos cozinhar vivos em óleo fervente — explicou Mouna, rindo e fazendo com que ele ficasse de pé com um puxão nada suave pelo pescoço. — Mas agora precisamos torná-lo mais apresentável. Nós somos uma força de ocupação humanitária e civilizada.

Erik e suas colegas Mireille Detours e Christiane Laroche não perderam um minuto. Trabalharam como se estivessem em transe, com quatro fitas diferentes, trocadas na câmera conforme o idioma: italiano, francês, inglês e sueco. Cada cena que Erik e Mireille filmavam, assim como cada entrevista que faziam, tinha de ser repetida quatro vezes, trocando as fitas. E, a intervalos regulares, corriam até Christiane na sala de edição. Ela fazia os primeiros cortes no material recolhido, que em seguida ia para o escritório do príncipe e era enviado pela internet para todas as estações de rádio e de televisão, cujo número já havia dobrado.

Para Erik e as duas jornalistas, o prolongamento da permanência em Qasr Salah al-Din fora um bônus inesperado, mas muito bem-vindo. Os três estavam a ponto de ficar milionários. O fato de estarem correndo perigo de morte nem os preocupava. Estavam completamente concentrados no trabalho.

Em poucas horas, os legionários, agora com a ajuda de seus colegas paquistaneses, conseguiram pôr em ordem todo o ambiente, e tudo começou a funcionar. Cada vez menos pessoas permaneciam presas no jardim, entre elas os dois professores de religião de Nathalie.

Pierre cuidou para que os dois legionários mais velhos na guarda do aeroporto fossem substituídos. Quando eles chegaram ao castelo, receberam ordens para descansar. A partir daquele momento, ele passaria a estabelecer escalas. Os horários para servirem as refeições também foram estabelecidos. Em termos militares, a situação estava normalizada.

O café da manhã reforçado para metade dos legionários era servido no escritório do príncipe, onde ele dispunha de uns dez monitores de televisão. Alguém conseguiu sintonizar um canal estatal da televisão francesa, onde apareceram imagens deles mesmos e da bandeira da França tremulando sobre Qasr Salah al-Din. O evento foi o único tema tratado pelo canal durante toda a manhã.

Erik Ponti e Mireille foram tomar o café da manhã no primeiro horário, segundo ordens precisas. E, quando as criadas começaram a andar de um lado para outro, a servir, como se estivessem com medo, Patrik Wärnstrand aproximou-se da mesa de Erik e sentou-se com um prato na mão.

— Olá — disse ele em sueco —, acho que o conheço! Você é Erik Ponti. Lugar estranho para nos encontrarmos. Meu nome é Patrik.

— Eu sei — disse Erik. — Patrik Wärnstrand. O que eu não sabia era que você estava aqui. Mas que coincidência. Se bem que, pensando melhor...

— Dá para adivinhar!

— Seria possível uma pequena entrevista para a televisão sueca mais tarde, com a bandeira francesa, a sueca e a do Segundo Regimento como pano de fundo?

— Claro que sim. A minha mulher vai explodir, mas claro!

Eles foram interrompidos pelo barulho de cadeiras se arrastando e de vozes falando mais alto. A televisão francesa anunciava um discurso à nação por parte do presidente da República. Logo em seguida, fez-se um silêncio sepulcral na sala, assim que a transmissão começou diretamente do Palais de L'Élysée com a imagem de Nicolas Sarkozy bem acordado, mas de semblante sério.

Logo que o presidente começou a falar, todos os legionários no local ficaram quietos e de olhar fixo nos monitores de televisão, sem qualquer tipo de reação. Patrik Wärnstrand não entendia o que estava sendo dito, nem compreendia nada pela mímica de Sarkozy.

Mas, de repente, todos os legionários presentes se levantaram de suas cadeiras e abraçaram uns aos outros, inclusive Erik e Mireille. Alguém começou a cantar o Hino Nacional da França, mas logo foi abafado pela reação dos outros, que queriam a continuação do pronunciamento do presidente.

— O que foi que ele disse? — perguntava, desesperado, Patrik. — Droga! O que foi? O que ele disse de tão bom ou divertido?

O discurso foi curto e já havia terminado. Foi então que o canal passou a tocar a *Marselhesa* e os franceses na sala começaram a cantá-la. Aparentemente, todos conheciam a letra.

— Bom, o negócio é o seguinte: — gritou Erik no ouvido de Patrik — ele disse que forças da França tinham acabado de libertar esta manhã, de um ninho de terroristas na Arábia Saudita, cinco cidadãs francesas, e então ele acrescentou o nome das garotas, inclusive o de Nathalie. Um avião francês já estava a caminho do local. Ele acredita que o governo saudita não vai erguer barreiras... E por aí adiante... E ele então fez uma ameaça... Porque senão o Armée de l'Air vai entrar em ação!

— O que é que isso significa, pô?

— A Força Aérea francesa, a nação francesa!

Os legionários cantavam como loucos e continuaram a cantar muito depois de o canal de televisão ter encerrado a música.

Pierre também cantava a plenos pulmões, com Nathalie sobre os ombros, e ela ria e se engasgava, mas continuava tentando acompanhar a cantoria.

— *Merde!* — soltou Mireille, pegando o braço de Erik. — Precisamos entrevistar o príncipe antes de isso terminar!

Era verdade. Erik deu mais umas dentadas na comida, foi ao encontro de Pierre e conseguiu, com dificuldade, que ele interrompesse a cantoria. Pierre escutou com atenção as poucas palavras de Erik, olhou para o relógio e concordou.

Cinco minutos depois, estavam montando uma câmera diante de Sultan, agora já vestido e condecorado, parecendo de fato um príncipe saudita. A diferença estava no fato de ele ter dois legionários atrás de si, com as armas sobre os joelhos, mas com o aspecto de serem seus novos vigilantes. O príncipe estava algemado, sentado numa cadeira, mas de maneira que as algemas fossem vistas pela câmera.

Com toda a delicadeza, Erik colocou um pequeno microfone na abertura dourada central do longo manto que cobria Sultan até os pés, como se ele fosse qualquer um. Depois, abriu um papel branco diante do rosto dele para ajustar a câmera, voltou calmamente para a sua cadeira, sentou-se e fez a primeira pergunta:

— Vossa Alteza Real estudou em Harvard. Pressupõe-se, portanto, que esta entrevista possa ser feita em inglês. Peço desculpas por não saber falar árabe — começou ele por dizer, num tom de voz descontraído e neutro.

— Eu não dei autorização para ser entrevistado — rugiu o príncipe.

— Não. É verdade. Mas, no momento, o senhor não está em condições de dar ordens ou autorizações aqui no seu castelo. É a bandeira da França que tremula. Nessas circunstâncias, como o senhor se sente?

— Para limpar toda essa sujeira, eu vou mandar lavar todo o castelo com água de rosas, como Saladino fez com a Mesquita de Al Aksa, quando os Cruzados foram expulsos de Jerusalém. Eu vou fazer jejum e me purificar com orações durante um mês, uma semana e um dia, por ter sido manchado pelas mãos sujas dos terroristas cristãos.

— Eu entendo... — hesitou Erik. Havia vários caminhos a seguir. — Mas o que lhe deu o direito de raptar uma criança, Nathalie Tanguy, e mantê-la longe da mãe e do pai? — continuou ele.

— A mãe dela é uma mulher suja, e pessoas desse tipo não têm o direito de viver. Ela é uma puta cristã, vale tanto quanto merda de rato. Mas a criança é pura e eu podia oferecer a ela uma salvação maravilhosa.

— Mas o senhor não reconhece que isso vai contra a lei, Alteza?

— Eu sou um Saud, nós somos a lei.

— Mas, se a Alteza for julgada num tribunal europeu, pensa em se defender com esse argumento?

— Nenhum tribunal cristão pode julgar um Saud. Mas eu posso colocar todos vocês em julgamento, e é isso que vou fazer. Vocês invadiram a minha casa. São vocês os criminosos. E merecem todos a morte que os espera.

Isso não é verdade, pensou Erik. Isso é um sonho. Isso é uma entrevista histórica.

— Como é que o senhor pode dizer que vamos morrer? — continuou Erik, com uma expressão de condenado. — Não é um tribunal que nos vai julgar primeiro?

— O meu pai é juiz supremo no reino da Arábia Saudita e, se vocês quiserem pedir perdão, terão de se dirigir ao meu tio, o rei Abdullah. Vocês ofenderam a honra de um Saud e, portanto, a penalidade só poderá ser a morte.

— O senhor quer dizer enforcamento em público? — perguntou Erik, com olhar de espantado.

— Sim, embora essa ainda seja uma condenação leve. Mas o júbilo dos crentes fiéis em toda a praça será enorme, agradecendo a Deus, Misericordioso e Bondoso, pela maravilhosa justiça feita.

— Não será muita audácia de sua parte, Alteza, manifestar tais ameaças na qualidade de prisioneiro, sentado nessa cadeira, algemado, quando um avião da França está a caminho para vir buscá-lo e levá-lo para enfrentar um tribunal?

Não importa mais o que ele possa dizer, pensou Erik. A entrevista está pronta e fala, ou grita, por si mesma.

— Avião do Estado francês? — chiou o príncipe. — Um bordel a ponto de entrar em falência? O que é a França diante do reino da Arábia Saudita? Quanto custa um juiz francês?

— Sua Alteza Real acredita que a Jihad* poderá vencer todos os ocidentais e cristãos?

---

* Jihad: Guerra santa muçulmana, luta armada contra todos os infiéis e inimigos do Islã.

— A Jihad é a maior finalidade na vida, a força maior para todos os crentes fiéis, a finalidade maior da minha vida, aquela que vai acabar destruindo todos vocês. Nenhum judeu ou cristão irá sobreviver quando acabarmos com vocês. O 11 de Setembro foi apenas o começo!

— Muito obrigado, Alteza. Muito obrigado pelo tempo que nos concedeu — concluiu Erik, levantando-se.

Erik estava totalmente atordoado quando ele e Mireille deixaram a sala e os legionários, com energia, tomaram conta do príncipe e voltaram a algemá-lo com as mãos nas costas.

Depois de fecharem a porta, os dois se olharam, quase indecisos, querendo saber se ouviram e viram a mesma coisa. Acabavam de fazer uma entrevista que seria vista centenas de milhões de vezes no mundo inteiro, por toda a eternidade. Não dava nem para imaginar, nem com a menor fantasia otimista, o quanto eles iriam ganhar com aquilo.

✺✺✺✺✺

O contato por rádio com a aeronave da Força Aérea francesa foi mantido desde a partida até a chegada, por meio da torre de controle no aeroporto do castelo. Seguindo a ordem do presidente, todas as comunicações pelo rádio foram mantidas em linguagem clara para evitar mal-entendidos. Um Hércules C 130 havia acabado de transpor o limite das águas territoriais sauditas e dirigir o curso para o Qasr Salah al-Din, com chegada programada para dali a 1h45.

Pierre teve um último encontro formal com o capitão paquistanês Asif Sharif. Os dois concordaram que a forma mais correta e mais cavalheiresca de se separarem era continuar mantendo a maioria dos soldados paquistaneses algemados às suas camas. Infelizmente, teriam de ficar nessa posição incômoda por mais uma hora. Pierre achou que o capitão Sharif e seus dois imediatos, os tenentes Zardavi e Bhatta, deviam ficar satisfeitos.

Os paquistaneses deviam respeitar o ponto de vista francês. Tratava-se de levar para casa suas cidadãs com vida e sem novos e maiores incidentes.

O capitão Sharif concordou. Mas pediu, em contrapartida, que a força de ocupação baixasse a bandeira francesa do mastro antes de partir, uma exigência que Pierre considerou perfeitamente justificada.

Em suma, o final poderia ser organizado da seguinte forma: o capitão Sharif e os dois tenentes iriam escoltar o contingente francês até o aeroporto e, então, receberiam as chaves das algemas para soltar os homens de suas camas.

Pierre e Sharif cumprimentaram-se e bateram continência, indicando estarem completamente de acordo sobre todas as providências. E, com isso, a negociação terminou. O capitão Sharif e os tenentes Zardavi e Bhatta acompanharam toda a evacuação até o aeroporto em alegre conversa entre pessoas da mesma profissão: a militar.

O grupo de viajantes que se juntou no aeroporto era bastante heterogêneo. Duas beldades portuguesas de profissão desconhecida, usando óculos escuros, saltos altos e saias curtas e justas. Um príncipe saudita algemado, trajando longa vestimenta branca, também ele de óculos escuros. Duas babas francesas, de saias e mangas longas. Três jornalistas de jeans e calça cáqui. Catorze soldados de uniformes de camuflagem e boinas verdes. Quatro beduínos de vestimentas tradicionais. Uma oficial militar de óculos escuros e de patente espantosamente elevada. Oito camelos furiosos e reclamando a todo momento. E uma alegre menina de 5 anos agarrada pela mão a seu pai.

O avião chegou na hora exata, aterrissando pesadamente na pista que, minutos antes, havia sido evacuada. Através dos constantes contatos via rádio durante a aproximação, ficou claro que a aeronave estava sozinha no espaço.

O avião taxiou e depois baixou a rampa traseira antes mesmo de parar. A entrada a bordo atrasou uns dez minutos por causa dos furiosos camelos, mas depois prosseguiu sem mais delongas.

Erik Ponti quase chegou às lágrimas de felicidade ao ver a paisagem rochosa e arenosa passando rapidamente embaixo e ao reconhecer que, definitivamente, não precisaria mais viajar em cima de um camelo.

Os legionários já haviam visto muitos desertos e mal se prepararam para dormir.

Erik e as duas jornalistas se afastaram então um pouco e foram discutir o que fazer em termos de distribuição assim que chegassem a um país civilizado.

Pierre pegou Nathalie nos braços e entrou com Carl na cabine do piloto, muito espaçosa, para cumprimentar os oficiais franceses no comando. Carl logo ficou por fora da conversa, que continuou em francês, mas de forma muito rápida, totalmente fora do seu alcance.

— A situação é a seguinte — traduziu Pierre, sentando-se ao lado de Carl. — Eles têm ordens para voar o mais baixo possível, como você já deve ter notado, a fim de neutralizar possíveis ataques aéreos. Os sauditas estão furiosos e fazendo grandes ameaças. Daí também o voo em zigue-zague, que, infelizmente, prolonga a viagem sobre o território deles. A Arábia Saudita tem a segunda maior frota de caças F-15 Eagle do mundo. Com pilotos normais, esses caças poderiam nos fazer em pedaços. Nossa esperança é que eles não tenham hoje quaisquer pilotos disponíveis.

— É preciso haver apenas um ou dois pilotos com vontade de trabalhar — murmurou Carl. Parte daquilo que ele vira na CNN parecia bem preocupante. A CNN condenou a ação pirata dos franceses e apresentou o tempo todo declarações que defendiam o ponto de vista dos sauditas. — Espero que eles saibam que temos o príncipe a bordo, não é?

— É claro. Isso eles devem saber, sem dúvida — disse Pierre. — Nós deixamos isso bem claro nas nossas comunicações via rádio, inclusive com o desconforto de falar em inglês para eles poderem entender melhor.

Carl parecia não considerar essa informação especialmente tranquilizadora. Pediu desculpas e foi falar com Mouna para tirar certas dúvidas de caráter religioso. Em especial sobre as expectativas dos sauditas wahhabitas quanto à vontade de Deus. Como eles encarariam o risco de ver um dos filhos mais fiéis da casa de Saud sendo julgado sob formas pejorativas pelos infiéis. E, por outro lado, a possibilidade de ele ser considerado um mártir e ascender diretamente ao paraíso. Carl achava saber a resposta para essas questões, mas não tinha certeza.

Mouna dormia pesadamente, assim como todos os outros à sua volta. Nem sequer usava tampões nos ouvidos. Carl não quis acordá-la. No momento, tudo estava nas mãos de Deus, como se costuma dizer. E ele voltou para a cabine dos pilotos.

Eles voaram durante quarenta minutos, sem que nada acontecesse. O avião quase acariciava o solo, de tão baixo que eles voavam. Qualquer montículo os obrigava a corrigir a altitude. Como todos os paraquedistas, Pierre já conhecia por experiência as táticas de voo para chegar ao alvo e para sair do alvo, e parecia completamente despreocupado naquela montanha-russa de subidas e descidas, sempre com a incansável Nathalie sentada no seu colo. Brincava com ela como se estivessem num balanço e falava-lhe em francês sobre coisas que Carl não entendia, embora de vez em quando achasse ter compreendido a palavra "Babar" e pensasse na sua infância. Só que ele sempre dizia a palavra com acentuação tônica na primeira sílaba.

De repente, tudo mudou.

— Caças se aproximando! — informou o oficial do rádio.

Apenas dez segundos depois, surgiram dois F-15 a bombordo, com os fólios das asas rebaixados, para se adaptar à baixa velocidade do Hércules. As asas ficaram oscilando, e então se desviaram para mostrar o curso que devia ser seguido, segundo as regras internacionais de aviso para aviões sequestrados.

— Ignorar esse aviso e seguir direto em frente, agora! — ordenou o comandante.

Um minuto depois, os dois jatos surgiram pelo lado esquerdo. Era como se fossem dois leopardos à caça de uma vaca.

— Chamada via rádio chegando! — informou o oficial do rádio.

— Pode ligar! — respondeu o comandante do Hércules.

— Bom-dia, cavalheiros, aqui é a Força Aérea da Arábia Saudita chamando!

— Bom-dia, tenente, aqui é o comandante Legrange, da Força Aérea da França, respondendo! — disse o comandante em inglês.

— O senhor está voando sobre território saudita, comandante. Siga-nos até a pista que vamos indicar ou então abriremos fogo! — falou o piloto do jato.

— Negativo, tenente! — respondeu o comandante francês, elevando a voz. — Temos o príncipe Sultan a bordo. Não podemos arriscar a vida dele. Temos também a bordo cidadãs francesas libertadas da prisão. Vamos manter o curso e deixar o território saudita dentro de oito minutos!

Não houve reação por parte dos pilotos sauditas, mas, subitamente, eles viraram e tomaram altura. Depois o silêncio prevaleceu durante um minuto. E, em seguida, passou diante do nariz do Hércules um míssil que explodiu no solo, formando uma nuvem de fogo.

— Este foi o nosso único aviso. Na próxima vez, vamos atirar para acertar. Siga-nos agora! — ordenou o piloto saudita.

— Comandante, desculpe interromper — disse o operador de rádio. — Quatro novos caças estão chegando, direção Nordeste, velocidade supersônica!

— Vamos manter o curso! — disse o comandante entre os dentes cerrados. — Estamos a dez segundos da guerra entre a França e a Arábia Saudita!

❁❁❁❁❁

O dia de Ewa fora caótico. Não conseguira terminar um trabalho sequer nem tivera uma conversa proveitosa com ninguém. Ela e Anna haviam decidido, apesar do risco notório, voltar ao edifício da polícia e, pelo menos, tentar trabalhar. O que ficariam fazendo em Stenhamra?

Seu chefe, Björn Dahlin, também nada havia conseguido fazer de útil. Até a tarde, nenhuma notícia nova. Só se repetiam as notícias antigas. E a mídia especulava, enlouquecida, sobre o desaparecimento do Hércules francês sobre território saudita. Não havia mais nada a dizer nem a fazer senão esperar. Chegou a ser desumano.

Alguns dos outros colegas no grupo de líderes também pararam e acabaram acorrendo à sala do chefe, onde ficaram sentados esperando, fazendo apenas isso, esperando, pois nem conversar eles conseguiam mais. Ninguém queria falar das preocupantes últimas notícias. Nada se dissera a respeito do desaparecimento do avião francês.

— Há um telefonema para a policial Tanguy — informou um secretário que entrou na sala sem bater.

— Eu não tenho tempo agora para isso! — chiou ela.

— Mas... Mas é da França — insistiu o secretário.

— Quem, da França? — perguntou Ewa, levantando-se.

— Eu vou transferir para a sua mesa — acrescentou o secretário, saindo rapidamente.

Ewa dirigiu-se à mesa e ficou olhando para o telefone, enquanto o ritmo da sua pulsação aumentava e ela ficava mais nervosa, juntando as mãos.

O telefone tocou, e ela logo atendeu. Os homens na sala ficaram em suspenso, olhando para ela e tentando descobrir o que acontecia.

— *Oui, Monsieur, c'est moi...*

— *Oui, certainement...*
E então nada aconteceu. Eles viram quando ela mudou na posição.
— *Oui, Monsieur le Président, je parle français, mais pas très bien...*
— *Merci, Monsieur le Président...*
— *Oui, pas de problème, Monsieur le Président...*
E continuou assim, da mesma forma, durante alguns minutos. Os colegas de Ewa na sala do chefe trocaram olhares inquiridores entre si. Sarkozy?

Assim que Ewa colocou o fone no lugar, começou a chorar. Parecia que ela havia recebido a notícia de uma catástrofe, mas sua atitude durante o telefonema não combinava com isso. Teria recebido, no entanto, alguma notícia de morte?

— Era o presidente da França — disse ela, depois de enxugar as lágrimas do rosto, que agora brilhava de felicidade. — O avião dele vai aterrissar em Estocolmo dentro de três horas para me buscar. Tenho de chegar a Paris antes das sete. É nessa hora que eles vão chegar. Peço permissão para me ausentar por esse tempo!

❂❂❂❂❂

Ao sair do edifício da polícia, Ewa voltara a se sentir forte, concentrada e feliz. E a pensar com clareza. A primeira coisa que fez ao chegar à sua sala para buscar a bolsa foi telefonar para a mulher de Luigi, Maria Cecília, explicando que era uma emergência — uma *emergenzia* —, ou fosse lá o que fosse em italiano. Ela estaria dentro de algumas horas ao lado de Carla Bruni, mulher do presidente francês, e não tinha nada adequado para vestir.

Maria Cecília soltou uma sonora gargalhada quando ouviu a explicação, em parte por simpatia pelo final feliz da história horrível e em parte pela perspectiva de mais um negócio. Ela percebeu imediatamente uma coisa sobre a qual Ewa nem sequer havia refletido: a roupa de Ewa iria ser comentada em todas as televisões do mundo.

— Venha aqui imediatamente. Nós da Gucci vamos te vestir dos pés à cabeça. Você poderá escolher a bolsa que quiser e tudo o mais, absolutamente tudo. Será por conta da casa, *on the house*!

Em Arlanda, o aeroporto de Estocolmo, na área VIP, se encontrava estacionado um avião branco onde não se lia Air France, mas République Française. E na cauda do avião estavam pintadas as três cores da bandeira francesa. Um tapete vermelho havia se desenrolado diante da escada, e toda a tripulação, composta de quatro homens e quatro mulheres, esperava em sentido quando ela chegou apressada na sua roupa nova e cheirosa, e com a sua bolsa nova, tremendamente cara, pendurada de forma descontraída no ombro.

Ewa se sentou no compartimento da frente, decorado como uma grande sala de estar, onde logo serviram uma taça de champanhe e, depois, um almoço de primeira. Um dia ou apenas algumas horas antes, teria sido impossível engolir o que quer que fosse, mas agora tudo parecia delicioso. Além disso, todo o pessoal se juntou a ela entusiasticamente, compartilhando da sua felicidade.

Ela sonhava acordada. Era uma sensação esquisita. Sabia que estava desperta, mas parecia estar sonhando, bom demais para ser verdade. Nathalie chegaria às sete horas, prometeu o presidente. A sua chegada a Orly, aeroporto de Paris, estava prevista para as seis e meia.

O avião aterrissou em Orly, desenrolaram um tapete vermelho e puseram um Citroën à sua disposição, com guardas por perto.

E o sonho continuou quando ela chegou a um edifício lateral, onde o presidente beijou sua mão. Depois, com beijinhos nas faces, ela saudou a esposa de Sarkozy, ficando as duas a olhar desconfiadas uma para a outra, avaliando a roupa que cada uma vestia e chegando à conclusão de que haviam empatado. Mais uma taça de champanhe e um brinde feito pelo presidente em sua honra. Sarkozy disse que ela era considerada, sem dúvida, sua convidada mais bem-vinda nesse primeiro ano de governo tão ruim.

— Se todos estão nos seus devidos lugares — acrescentou ele, retoricamente, virando-se para a sua comitiva, metade formada por homens de terno escuro com fones nos ouvidos e os respectivos fios de conexão —, então talvez a gente possa mandar o avião descer na pista.

O presidente Nicolas Sarkozy brilhava de autoconfiança ao sair e passar diante de mil jornalistas que ficavam atrás de uma zona demarcada por cordas. Andava lentamente, ladeado por duas mulheres bonitas, sorrindo para todos os lados, a caminho de outro tapete vermelho. Acabou parando num ponto em que não havia demarcação para os jornalistas. Mas ainda restavam dez metros de tapete na direção da pista.

Todos os olhares se voltaram para o céu, na direção do Sul e da luz ainda forte do entardecer. Logo a seguir, ouviu-se o som estridente de motores a jato e viram-se quatro aviões Dassault Rafale, o novo orgulho tecnológico da França, passando por cima da pista de aterrissagem e liberando jatos de fumaça em azul, branco e vermelho. Depois, aceleraram novamente e, com tremendo estrondo, desapareceram no céu.

Assim que os tímpanos do público se recuperaram do estrondo, viu-se, então, o possante Hércules se aproximar da pista na contraluz, acompanhado de mais quatro jatos.

Logo que o Hércules tocou o solo, os jatos subiram e desapareceram, mas sem o mesmo efeito dos quatro jatos anteriores. A tensão aumentou ainda mais quando o pesado aparelho deu uma volta e se aproximou do comitê de boas-vindas que o aguardava (e dos mil jornalistas). A sensação de irrealidade de Ewa também aumentou, após um longo dia de tantos acontecimentos, e ela quase chegava a duvidar da sua capacidade de entender o que ocorria. Pensou mais uma vez se tudo não passava de um sonho, apesar do forte cheiro de gasolina.

A aeronave foi se aproximando cada vez mais devagar, deu uma volta, mas acabou parando ao lado do tapete vermelho e com a porta da frente diante do presidente e das duas mulheres. A escada foi de encontro à porta. Por instantes, nada aconteceu.

Finalmente, a porta do avião se abriu, e saíram doze paraquedistas da Legião Estrangeira em uniformes de gala. Desceram as escadas e se colocaram ao longo do tapete vermelho.

Depois, uma nova pausa.

Pierre apareceu, então, na porta, também em uniforme de gala e, segundo Ewa, com um chapéu ridículo, que parecia um tacho, na cabeça. Com Nathalie no braço esquerdo, fez continência com a mão direita. Um milhão de flashes foram disparados.

Ele desceu as escadas e, no final, soltou a filha com cuidado no chão. Nathalie quase caiu ao correr pelo tapete em direção aos braços de sua mãe. Mais dois milhões de flashes.

Ela quase voou para o colo de Ewa, falando muito animada em francês dos soldados que cantavam tão bem, que eram capazes de saltar do céu, que existia uma canção chamada "Nathalie", que falava dela, mas se passava na Rússia.

— *Mais il faut toujours parler suédois avec Maman, ma chère!* — disse Ewa, sofrendo um bloqueio linguístico. Mas se corrigiu, depois de abraçar a filha:

— Mas, minha querida, com a mamãe você fala sempre em sueco!

— *Non, Maman! Nous sommes en France, ici tout le monde parle français!* Quem é esse senhor do seu lado?

— Esse senhor... — Ewa hesitou e deu uma risadinha abafada. — *C'est Monsieur le Président de la République Française, ma petite!*

— *Bonjour, Monsieur le Président!* — chilreou Nathalie, estendendo as mãos para ele, que logo aproveitou a oportunidade, levantou-a dos braços da mãe e beijou-a em ambas as faces. E recebeu um abraço. Três milhões de flashes foram disparados.

O espetáculo prosseguiu para o ato seguinte. As quatro francesas libertadas desceram as escadas com flores nas mãos. Dois milhões de flashes foram disparados.

Em seguida, surgiram, para surpresa geral, a mundialmente famosa Madame Terror e o vice-almirante Carl Hamilton na porta do avião. Desceram, depois, pela escada. Mais dois milhões de flashes disparados.

À medida que a fila se formava diante do presidente, Pierre, que saudou Sarkozy de maneira tensa e beijou a mão de Carla Bruni, tirou a filha dos braços do compatriota. Estava na hora de encerrar o espetáculo.

A rampa traseira do Hércules baixou, e por ela saiu um príncipe saudita de vestimenta tradicional, mas com as mãos algemadas nas costas, entre dois legionários em uniforme de gala, que, em sentido e fazendo continência, o entregaram a um grupo de policiais de ternos escuros, da polícia secreta. Os policiais levaram-no para uma viatura com grades nas janelas. Com o acompanhamento de mais dois milhões de flashes.

Epílogo

O F-15 é o mais incisivo, mais rápido, mais caro e mais poderoso caça que os Estados Unidos exportaram para um pequeno número de aliados. A Arábia Saudita comprou a maior quantidade de exemplares e gastou mais de 400 bilhões de dólares nos últimos dez anos na compra de armamento dos Estados Unidos.

Esse foi um dos fatores mais importantes e preocupantes que a Força Aérea da França teve de considerar ao receber a ordem fulminante do presidente de proteger o avião de transporte Hércules, considerando a possibilidade de fogo real contra aviões de combate de países inimigos.

A solução do problema foi improvisada, mas muito simples. Ao Sul, no Djibuti, já se encontravam oito caças do novo Dassault Rafale. Essa força estava incluída na manobra autorizada pelas Nações Unidas para combater os piratas que atuavam na parte Sul do Mar Vermelho e no Oceano Índico, ao largo da costa da Somália, assaltando e sequestrando navios de transporte. Os novos caças franceses tinham capacidade, também, para cobrir áreas bem maiores.

De acordo com as perspectivas, o plano se desenvolveu, mais ou menos, por si mesmo. O Hércules francês devia voar muito lentamente e à altitude mais baixa possível. Se os caças sauditas chegassem, seriam obrigados a usar os freios nas asas para conter a velocidade e voar ao lado do Hércules, seguindo as normas internacionais de abanar as asas e ameaçar. Era a hora de os caças franceses chegarem a toda velocidade e por cima.

Mais tarde, os peritos em armas poderiam discutir o quanto quisessem a respeito de qual dos aviões era superior. O fato era que, em velocidade reduzida, a situação fica muito difícil para qualquer piloto.

Quando os quatro caças franceses chegaram por cima e apontaram os mísseis teleguiados para os dois caças sauditas, estes acusaram no painel de instrumentos o recebimento do aviso de perigo por meio dos seus próprios radares. Sua sorte dependia agora de pressionar o botão correto. A pressão fora feita e sua morte seria certa.

Além disso, eles receberam uma informação complementar via rádio, em inglês, mas com forte sotaque francês:

— *Bonjour!* Aqui fala o irmãozinho malandro da Air France que acaba de "fechar" a mira dos mísseis teleguiados nos seus aviões, coisa que já devem ter notado. O tempo está ótimo, as condições de aterrissagem na pista da sua base são perfeitas e nós pedimos, por favor, que deixem esta área.

Os pilotos sauditas tomaram, então, a decisão que todos os seus colegas no mundo inteiro teriam tomado nessa situação: a de salvar seus aparelhos. Eles cederam e deixaram a área.

Foram decapitados não em público, mas num porão, após uma semana de torturas.

✪✪✪✪✪

A triunfal chegada a Paris na hora prevista, ordenada pelo presidente da França, foi muito bem-regida e um grande sucesso. O índice de popularidade de Sarkozy, que havia alcançado seu nível mais baixo, subiu astronomicamente. Mas sua organização foi antecedida por uma série de negociações muito difíceis.

Isso porque, se o avião com as cidadãs francesas libertadas tivesse voado diretamente para Paris, chegaria por volta das cinco da tarde, um horário muito ruim sob o ponto de vista televisivo. Ninguém estaria em casa. A essa altura, todos os franceses permaneciam dentro dos carros em engarrafamentos monstruosos, e os parisienses, em especial, nas estações do metrô.

O avião foi então encaminhado, primeiro, para Calvi. Os camelos, que apenas estragariam o cenário em Paris, puderam ser desembarcados, assim como os beduínos e um par de beldades portuguesas. Os legionários do Segundo Regimento foram recebidos de forma tumultuada na sua área das casernas, e Nathalie teve de seguir em parada e saudar cerca de oitocentos paraquedistas que cantavam não apenas as suas músicas costumeiras, mas também a canção intitulada, justamente, "Nathalie", de Gilbert Bécaud, repetida várias vezes.

Além disso, todos tiveram tempo para tomar um banho, se barbear e vestir os uniformes de gala para se encontrar com o presidente. E Erik e as jornalistas puderam sair e visitar a estação local da televisão francesa em Calvi, de onde começaram a enviar mais uma parte do material exclusivo.

Mas um dos conselheiros do presidente se mostrou reticente. Fez certas ressalvas quanto à presença, em Paris, de Hamilton e Madame Terror. O conselheiro apresentou o seu ponto de vista de maneira delicada, mas insistente, dizendo que talvez fosse melhor os dois desaparecerem do cenário tão discretamente quanto as prostitutas portuguesas. Dessa forma, todo o conjunto se tornaria "puramente" francês.

Pierre recebeu a proposta com uma gargalhada, e sua posição não era exatamente frágil como negociador. Ele se referiu então ao fato de que a operação não havia sido sancionada oficialmente, coisa que, portanto, não tencionava nem discutir em público, a não ser que...

✪✪✪✪✪

Mouna al Husseini foi a primeira mulher palestina, aliás, a primeira pessoa palestina, a ser condecorada com a Grande Cruz da Legião de Honra. O presidente Sarkozy desistiu rapidamente de tornar a operação "puramente" francesa. Portanto, foram incluídos dois suecos e uma palestina, cuja contribuição não podia ser questionada.

Surgiram algumas complicações protocolares. Dois dos mais altos oficiais da Operação Épervier III já haviam sido condecorados com a Legião de Honra, o vice-almirante Carl Hamilton já era comendador, e o coronel Tanguy, cavaleiro. Resolveu-se elevar os dois à categoria superior e dar a eles a Grande Cruz. Mas, nesse ponto, verificou-se que a mulher palestina tinha de fato uma patente militar mais elevada do que o coronel Tanguy. Ela era general de brigada. Ainda por cima, era preciso levar em conta o aspecto feminista da coisa.

Com um suspiro, o presidente acabou aceitando os fatos e resolvendo o problema com mais algumas canetadas. A Grande Cruz para os três oficiais superiores. O grau de cavaleiro para todos os outros legionários, incluindo o sueco, mas não para os beduínos, nem para os camelos.

✪✪✪✪✪

Sua Alteza Real, o príncipe Sultan, ficou detido primeiro por ordem de um tribunal francês. Mas não era o tipo de preso desejado pelas autoridades francesas. A condenação de um sobrinho do rei saudita Abdullah à prisão perpétua — qualquer outra punição por tentativa de assassinato e sequestro, além de terrorismo, não seria nem discutida — podia levar não apenas a dificuldades no fornecimento de combustível, mas também a novos atos de terrorismo. Nenhum Estado no mundo gostaria de ter um membro da família real saudita em suas prisões.

A justiça britânica, portanto, estava diante de um problema insolúvel. Havia condenado cidadãos britânicos pelo sequestro de uma criança sueca, mas o mandante do crime e responsável por seu financiamento estava na França.

Apesar de contrariado, o promotor britânico foi obrigado a redigir um pedido formal de extradição do suspeito saudita para a Grã-Bretanha, por motivos já constantes de uma investigação em andamento sobre um crime de que ele era suspeito de ser o mandante.

Por mais estranho que pareça, as autoridades francesas, contrariando suas habituais rotinas, não contestaram qualquer deficiência burocrática na formulação do pedido recebido nem encontraram quaisquer outras barreiras formais. Sua Alteza Real, o príncipe Sultan, foi extraditado de imediato e com a melhor das boas vontades para a justiça britânica, que, suspirando e contrariada, mas inevitavelmente, o condenou à prisão perpétua, assim como foi feito antes com os ex-brilhantes oficiais entre *Her Majesty's finest* das Forças Aéreas Especiais que haviam colaborado com o mandante terrorista.

✪✪✪✪✪

Para Erik Ponti, a vida melhorou consideravelmente depois da Operação Épervier III. Suas preocupações, talvez um pouco exageradas, quanto à capacidade de se sustentar foram suplantadas pelos honorários que compartilhou com Mireille e Christiane. Segundo um cálculo preliminar realizado quando ainda continuavam preenchendo faturas a torto e a direito, sua conta já engordara quase 2 milhões de euros, dos quais metade provinha da entrevista realizada com o príncipe Sultan, entrevista que até os canais americanos transmitiam repetidamente.

E, depois de voltar para a Suécia e de uma primeira semana tumultuada, seu grupo de amigos começou a se relacionar como de hábito, ou quase, pois, em Stenhamra, todos bebiam e comiam como se a festa nunca mais fosse terminar.

Em seguida, fez-se um esforço na tentativa de retomar a vida normal. Para Erik, isso significava que ele e Pierre voltariam ao trabalho de escrever a história dos diamantes de sangue na Serra Leoa. Erik estava convencido de que o livro seria um bestseller internacional. E de fato foi.

Entretanto, Carl também havia pensado muito a respeito de escrever a história da sua vida, embora não soubesse como fazê-lo. Quando ele e Erik resolveram enfrentar a questão, discutindo-a em detalhe, ambos chegaram a uma ideia possivelmente brilhante. Erik escreveria a história de Carl em nada menos que dez volumes. Foi a série mais lida de todos os tempos no país. Na sequência, Erik Ponti passou a participar de caçadas na África e trocou seu Alfa-Romeo por um Maserati.

✪✪✪✪✪

Carl cumpriu a promessa feita a Vladimir Putin. E, para seu espanto, Mouna não fez qualquer objeção quando ele lhe pediu para acompanhá-lo na prometida campanha de agradecimentos, ou seja, no pagamento pela assistência dada, de incalculável valor, na Operação Nathalie — nome usado no país.

Os dois compareceram obedientemente em Moscou como convidados oficiais do primeiro-ministro. E passaram a enaltecer, lealmente, o amor pela paz do povo russo através da sua grande contribuição para a vitória sobre o terrorismo saudita. Agradeceram as novas medalhas russas que lhes foram ofertadas. E compareceram até a talk-shows na televisão, nos quais Carl fez grande sucesso com suas histórias sobre a Guerra Fria num russo perfeito e bem-humorado, embora o humor fosse do tipo seco e militar.

Com isso, puderam pagar pelos aparelhos de visão noturna, os explosivos de primeira linha, os radiocomunicadores e, acima de tudo, a vigilância por satélite. Putin, aliás, resolveu distribuir as fotos feitas por satélite pela imprensa livre da Rússia, ou seja, pela imprensa amiga de Putin, a fim de acentuar ainda mais os efeitos políticos do caso.

Carl continuava a não fazer objeções. Nem Mouna. *A deal is a deal.* Nathalie voltara a brincar na creche. A Arábia Saudita havia sido atingida por um míssil político.

Quando tudo havia terminado, quando Carl já passara até mesmo pelo combinado jantar russo com seu amigo Alexander Ovjetchin, recém-promovido a contra-almirante e um dos três chefes assistentes da *razvedkan*, ele e Mouna resolveram fazer um almoço de despedida, o mais simples possível, no Hotel Metropol. Estavam um pouco cansados. Haviam falado tudo a respeito de sua última operação bem-sucedida. Não havia nada mais a dizer. Só faltava tocar num assunto.

— Eu arranjei um novo emprego — disse Mouna, deixando-o em suspense. — Vou deixar essa carreira. Sou conhecida demais, já fui fotografada demais, recebi medalhas demais. Tudo isso você sabe. Então, o presidente Abbas resolveu me nomear embaixadora da OLP na Suécia. Ele acha que agora eu poderei ser mais útil na política.

Carl ficou sem saber o que dizer. Olhou para ela, longamente, sem sequer se apressar em parabenizá-la pela nomeação. Na sua cabeça, passavam-se mil pensamentos ao mesmo tempo.

— Seja bem-vinda — disse ele, finalmente, ainda sem se recuperar da confusão.

— Obrigada — disse Mouna, num tom de voz que mais parecia ser o de uma conversa de negócios. — Mas acontece que eu preciso arranjar uma moradia segura em Estocolmo.

— Você pode morar comigo — reagiu ele, tão rápido quanto um raio.

Mas ela não respondeu. Ficou olhando para ele de um jeito inquisitivo.

— Quer dizer... — continuou ele — uma embaixadora da OLP não pode simplesmente morar com um homem, como se fosse qualquer uma. Eu entendo, portanto... você quer casar comigo?

— Almirante Hamilton, isso é uma proposta de casamento? — perguntou ela, com um ar de seriedade, mas ao mesmo tempo com um brilho no olhar que a traía.

— Sim — disse ele, naquele mesmo tom de voz militar que tantas vezes havia surgido como uma barreira entre os dois.

— Está na hora de o almirante me servir um pouco de champanhe!

Um agradecimento especial para:

O advogado Peter Althin, de Estocolmo,
e a Professora Natalya Tolstoya, de São Petersburgo.